Le passé meurtri

1

— Lizzie ? Qu'est-ce qui t'arrive ? Tu es pâle comme un linge…

Louis Christian observait Elizabeth avec inquiétude : elle semblait effarée par la lecture d'un article qui faisait la une du quotidien local.

— Je n'arrive pas à y croire, dit-elle sans quitter le journal des yeux. Tu te rappelles ce reporter du *Houston Chronicle* qui est venu m'interviewer il y a une quinzaine de jours ?

Louis déchira un morceau de son croissant et le jeta à son chien depuis le belvédère où ils prenaient leur petit déjeuner. Sagement assis sur la pelouse, Archie l'attrapa au vol et l'engloutit d'un claquement de mâchoires.

— Je me souviens surtout que ton éditeur avait fait le forcing auprès de toi pour que tu acceptes ! dit Louis. L'article est paru aujourd'hui ?

— En première page, rubrique « mode de vie ».

Il se pencha vers elle pour voir par lui-même.

— Jolie photo… Tu fais très *pro* devant ton ordinateur.

Avec un haussement d'épaules désabusé, Elizabeth poussa sa tasse sur un coin de la table afin de pouvoir y étaler le journal.

— J'aurais dû refuser, soupira-t-elle. Je le savais… Ecoute ça : « Elizabeth Walker, lauréate du prestigieux prix Newbery du livre pour enfants, mène en plein Houston une existence recluse. Après avoir essuyé de sa part nombre de refus, notre rédaction a fini par obtenir d'elle une entrevue. Cette jeune beauté aux cheveux auburn, que l'on imaginerait plus volontiers dans un défilé de mode que derrière un ordinateur, en train d'écrire des histoires sensibles et originales à l'intention de nos chères têtes blondes, a bien voulu nous recevoir dans sa demeure du quartier chic de Memorial. Une telle résistance à s'exposer aux feux de l'actualité ne pouvait que nous intriguer, et nous sommes en mesure de vous révéler, au terme d'investigations poussées, les dessous d'une histoire bien moins lisse qu'il n'y paraît au premier abord. En effet, Mlle Walker n'est autre que la fille du juge Matthew Scurlock Walker, éminente figure politique et judiciaire des années 1970. A sa mort, survenue il y a vingt-cinq ans de cela dans un mystérieux incendie, le juge Walker, déjà veuf, a laissé derrière lui trois orphelines. Elizabeth, l'aînée, était âgée de cinq ans à l'époque. Aucune famille proche ne pouvant les recueillir, les deux cadettes furent adoptées par un couple. L'infortunée Elizabeth, quant à elle, devint pupille de l'Etat du Texas et passa le reste de son enfance ballottée d'une famille d'accueil à une autre. »

D'un bond, Elizabeth se leva et se mit à faire les cent pas dans le pavillon de jardin.

— Ces journalistes ! s'écria-t-elle. Tu peux me dire ce que tout cela a à voir avec ma carrière ?

— Pas grand-chose, reconnut Louis. Mais avoue que ça ajoute du piquant à l'article…

— Ah oui ? Et la suite, je suppose que c'est pour susciter la compassion des foules ?

Penchée sur la table, Elizabeth reprit sa lecture :

— « Selon des sources sûres, Mlle Walker n'entretient plus aucune relation avec ses sœurs, depuis leur adoption. En fait, elle ne les a plus revues après la nuit de l'incendie. » Comment a-t-il fait pour le savoir ?

— Je suppose qu'il a mené son enquête.

Elizabeth marmonna quelques mots inintelligibles, replia rageusement le journal et alla s'asseoir en haut des marches du belvédère.

— Ce que ce fouineur de journaliste ne précise pas, dit-elle d'une voix tremblante, c'est que mes sœurs n'ont jamais tenté de me joindre.

Derrière elle, Louis ramassa le journal et survola l'article en diagonale.

— Il ne faut pas t'en faire pour ça, Lizzie. Il est normal que ton succès attire l'attention. Ce reporter ne fait que son boulot.

Elizabeth ferma les yeux et inspira profondément, avant de déclarer dans un souffle :

— Je me sens abusée. C'est presque… comme un viol.

La connaissant suffisamment pour savoir qu'il était inutile d'argumenter, Louis se contenta de soupirer. Mais Elizabeth ne semblait pas prête à faire taire ses rancœurs.

— Pas étonnant que les médias souffrent d'une réputation à peu près aussi mauvaise que celle des vendeurs de voitures d'occasion ! dit-elle amèrement. Ce qui me surprend le plus, c'est ma naïveté. Je n'ai rien vu venir… Les questions qu'il m'a posées semblaient tellement innocentes ! Des classiques du genre : « Où trouvez-vous vos idées ? », « Avez-vous eu du mal à trouver un éditeur ? », « Pourquoi avoir choisi d'écrire des livres pour les enfants plutôt que pour les adultes ? » Comment ai-je pu croire une seule seconde que l'article porterait *réellement* là-dessus ?

— Il porte *également* là-dessus, lui fit remarquer Louis d'une voix posée.

Intriguée, Elizabeth se tourna vers lui pour le dévisager. Puis elle se mit à rire nerveusement, et lui demanda :

— J'en fais trop, c'est ça ?

Louis laissa retomber le journal sur la table, et sourit.

— Je n'irais pas jusque-là. Il est vrai que cet article peut être considéré comme une atteinte à ta vie privée, mais ton éditeur et ton agent te diront sans doute que toute publicité, d'où qu'elle vienne, est bonne à prendre.

Pour toute réponse, elle émit un grognement dubitatif et détourna le regard. Louis avait le chic pour voir le bon côté des choses. N'empêche qu'il comprenait certainement sa réaction devant cet article indélicat du *Houston Chronicle*, qui venait verser du sel sur une plaie jamais tout à fait cicatrisée.

Elle regarda Louis avec affection. A soixante et onze ans, il était encore très beau, même si elle avait remarqué dernièrement qu'il se voûtait un peu…

Cela faisait près de cinq ans qu'ils étaient voisins, mais ils n'avaient pas sympathisé tout de suite. A cause d'elle : elle s'était montrée réticente. Toutes ces années passées dans des familles d'accueil lui avaient appris ce qu'il en coûte d'accorder sa confiance trop tôt… Mais Louis était venu à bout de ses défenses par une série de gestes de bon voisinage : il lui apportait des tomates de son jardin, il lui offrait son journal, il rapportait la poubelle vide jusqu'à son garage après le passage des éboueurs… Enfin, plus que tout, il avait rapidement joué un rôle fondamental dans la vie de Jesse.

Un cri aigu, venu de l'autre côté de la pelouse, fit bondir Elizabeth. Mais, à l'évidence, c'était la joie plus que la douleur qui avait fait crier la petite fille. En compagnie de son meilleur ami Cody, elle se lança à la poursuite d'Archie, qui tenait dans sa gueule un objet bleu indéfinissable. Les deux enfants avaient peu de chances de rattraper le golden retriever, mais ça ne les empêchait nullement d'y mettre tout l'enthousiasme de leurs cinq ans.

— Qu'est-ce qu'il tient dans sa gueule ? demanda Louis.

— La casquette de base-ball de Cody. Elle n'a pas de prix…

Elizabeth sourit en regardant Jesse contourner le chien par l'arrière, pendant que son camarade de jeu faisait diversion devant lui à grand renfort de cris et de gesticulations. Enfin, avec un cri de triomphe, la fillette se jeta sur l'animal, qui se prêtait parfaitement au jeu, et fut bientôt rejointe par le petit garçon. Ce fut lui qui émergea le premier de la mêlée confuse qui s'ensuivit, brandissant fièrement sa casquette à bout de bras.

Beau joueur, Archie s'éloigna en remuant la queue.

— On devrait peut-être aller voir s'il n'y a pas de bobo, suggéra Louis en voyant que les deux enfants restaient étendus dans l'herbe.

— Pour qui ? demanda Elizabeth. Pour les gosses ou pour Archie ?

— C'est une question, en effet…

Ils rirent en regardant les enfants se relever et partir à l'aventure dans une autre direction, leur fidèle compagnon trottinant entre eux.

Elizabeth se sentait fondre d'amour pour sa filleule. Cette gamine quelque peu délurée était une source de joie permanente, en dépit des incertitudes que la brouille de ses parents faisait peser sur elle.

Le rappel de cette triste réalité, avec laquelle Lizzie devait vivre chaque jour, suffit à effacer son sourire. Gina d'Angelo, la mère de Jesse, vivait chez elle depuis qu'elle avait rompu avec Austin Leggett, le père de la fillette. Ce n'était pas la première fois qu'une telle situation se présentait et, jusque-là, il avait toujours suffi à Austin de quelques mots d'excuse et d'un sourire enjôleur pour que Gina regagne leur domicile et reprenne la vie commune… jusqu'à la prochaine crise.

Il était douloureux autant que frustrant pour Elizabeth de savoir que sa filleule vivait en permanence dans un climat de peur et de violence. Gina était une adulte libre de ses choix, mais Jesse, fruit de cette liaison orageuse, ne pouvait rien faire d'autre que subir.

Mais peut-être que, cette fois, la rupture était définitive. Le fait qu'Austin eût une maîtresse plaidait en ce sens. Lizzie ne souhaitait pas voir son amie malheureuse, mais elle pensait surtout au bien-être de Jesse…

Gina avait franchi un pas important en faisant appel à une avocate et en engageant une procédure légale pour obtenir la garde de sa fille. Pourtant, elle ne pouvait que redouter les conséquences d'une telle démarche car Austin Leggett était un homme puissant et respectable, ce qui ne manquerait pas d'influencer le juge.

— Gina dort encore ? demanda Louis, tirant Lizzie de ses pensées.

— Elle a besoin de récupérer. Elle n'a pas une vie facile, en ce moment.

Elizabeth savait parfaitement ce que pensait son voisin. C'était à Gina, et non pas à elle, de surveiller Jesse. Mais la veille, la jeune femme n'était rentrée que peu avant minuit. En dépit du fait qu'elle était condamnée à se battre pour reconstruire sa vie, Gina était anéantie d'avoir été rejetée par Austin, et stressée par la perspective de l'audience au tribunal. La sachant à cran, Elizabeth lui avait suggéré d'aller au cinéma pour se détendre. Longtemps après la fin de la séance, ne la voyant toujours pas rentrer, Jesse s'était inquiétée. Elizabeth compatissait aux infortunes de son amie, mais elle ne pouvait excuser l'inconstance dont elle faisait preuve dans son rôle de mère.

Gina avait fini par appeler, contrite et embarrassée d'avoir attendu si longtemps pour prévenir de son retard. En sortant du cinéma, elle était allée faire un tour dans une galerie commerciale voisine. Là, elle était tombée sur une ancienne collègue avec laquelle elle avait travaillé au cabinet juridique, et elle n'avait pas vu le temps passer. Finalement, elle s'était inquiétée de savoir si sa fille allait bien. Elizabeth avait eu envie de lui répondre qu'il était un peu tard pour ça, mais elle s'en était abstenue, et avait même proposé de faire dîner Jesse, de lui donner son bain et de la mettre au lit.

— Encore une histoire, tante Lizzie ! avait supplié Jesse, une heure plus tard, quand Elizabeth avait décrété le couvre-feu. Une dernière !

Les yeux emplis de sommeil, sa peluche favorite serrée contre elle, la fillette semblait fermement déterminée à attendre le retour de sa mère. Sans se laisser amadouer, Elizabeth avait refermé *Le Mariage de Dame Araignée* dans un claquement sec, et tiré la couverture sous le menton de l'enfant.

— Pas plus de trois histoires, ma douce ! avait-elle répondu en lui caressant la joue. Il est l'heure de dormir depuis déjà longtemps. Si tu n'as pas ton compte de sommeil, tu seras grognon, demain matin : je te connais.

Quand Elizabeth avait voulu quitter la chambre, sa filleule l'avait retenue par le bras.

— Tu veux pas rester à côté de moi, tant que je dors pas ?

Cela faisait des semaines que Gina et Jesse étaient là. La jeune femme avait débarqué en pleine nuit avec sa petite fille, pâle et terrorisée, pendue à son cou.

Depuis, Jesse était perturbée. Dans la journée, elle jouait comme tous les enfants de son âge, elle se conduisait normalement à la garderie, mais la tombée de la nuit faisait immanquablement resurgir ses angoisses.

Cette fameuse nuit, quand Elizabeth leur avait ouvert la porte, sa première pensée avait été pour Jesse, même si le sort de sa mère était loin de la laisser indifférente. D'ailleurs, la petite fille s'était jetée dans les bras de sa marraine.

Comme Gina refusait d'en parler, il était impossible de savoir ce à quoi la gamine avait assisté lors de cette ultime scène entre ses parents. Mais il n'était pas nécessaire de connaître les détails sordides de l'affaire pour comprendre que le traumatisme était évident…

— Je crois que je vais en profiter pour me détendre un peu dans ce rocking-chair, avait déclaré Elizabeth en tirant le siège près du lit de l'enfant. Pendant que je me balancerai, tu pourras compter les moutons.

— N'éteins pas la lampe, tante Lizzie !

— D'accord.

— Et ne ferme pas la porte !

— Ne t'inquiète pas. Bonne nuit, ma douce…

Mais, au lieu de fermer les yeux, Jesse s'était mise à regarder fixement la fenêtre.

— Est-ce que mon papa a une clé de ta maison, tante Lizzie ?

— Non, ma chérie. Seules ta maman et moi avons la clé.

— Elle pourrait lui en donner une.

— Elle ne le fera pas. Elle me l'a promis.

— Bon.

Jesse avait marqué une courte pause avant de demander, d'une petite voix timide :

— Tu crois qu'il pourrait entrer par la fenêtre ?

— Certainement pas ! La maison est équipée d'un système de

sécurité. Tu te rappelles ? Si quelqu'un force une porte ou une fenêtre, la police arrive aussitôt.

— Les policiers sont gentils. Ils aident les gens.

Quelque peu rassurée, Jesse avait bâillé avant d'ajouter :

— On nous l'a dit à l'école.

— Oui, c'est vrai. La police est là pour nous protéger.

La gorge serrée par l'émotion, Elizabeth s'était penchée pour prendre la main de Jesse. Il n'était pas juste qu'une enfant ait à lutter contre de telles craintes.

— Ne t'inquiète pas, ma toute douce. Tu es en sécurité, ici, avec moi. Comme toujours.

— Ma maman aussi, elle est en sécurité ?

— Je suis sûre que oui. Elle doit être coincée dans les embouteillages. Elle sera bientôt là.

— Je suis contente… que tu ne sois pas coincée… quelque part, tante Lizzie. J'ai… trop besoin… de toi… moi.

Ses derniers mots n'avaient été qu'un murmure. Et, avec un ultime battement de paupières, Jesse avait finalement capitulé face au sommeil. Entre ses doigts, Elizabeth n'avait pas tardé à sentir la main de la fillette se détendre.

En y repensant, à présent, elle se sentait partagée entre sa loyauté pour Gina et son amour pour sa filleule.

Jesse était à l'abri, dorénavant, mais cette sécurité était bien fragile. Lizzie savait que, malgré tous ses efforts, il lui serait impossible d'aplanir toutes les difficultés qui se présenteraient sur le chemin de cette enfant qu'elle aimait tant. Combien de fois avait-elle chapitré son amie ? Combien de fois lui avait-elle répété qu'elle avait des responsabilités vis-à-vis de sa fille ? Mais à quoi ses remontrances pouvaient-elles bien servir, quand l'amour obsessionnel que Gina portait à Austin primait sur tout le reste ? Lizzie ne parvenait pas à comprendre que son amie puisse préférer la vie incertaine que lui faisait mener son amant à toute autre option et que, en plus, elle impose une telle souffrance à sa petite fille.

En vérité, Gina était trop instable et immature pour assumer correctement l'éducation d'un enfant. Naturellement, jamais

Lizzie ne lui en aurait fait le reproche. Sachant d'où elle venait, elle était mieux placée que quiconque pour la comprendre.

Leurs personnalités s'étaient forgées dans leurs jeunes années. Ballottées d'une famille d'accueil à une autre, elles n'avaient fait que rêver d'un foyer stable et de parents bien à elles. Et voilà que, aujourd'hui, Gina imposait à sa propre fille des conditions de vie proches de celles qu'elle avait dû supporter dans son enfance. Comme si l'histoire était destinée à se reproduire de façon inéluctable...

Vivre aux côtés de Jesse procurait à Elizabeth la douleur douce-amère de devoir aimer l'enfant d'une autre. Si la petite fille avait été la sienne, jamais elle n'aurait été exposée à la terreur. Jamais elle n'aurait été contrainte d'assister à l'incompréhensible violence des adultes... Oui, si Jesse avait été sa fille, Lizzie l'aurait chérie comme un don du ciel. Elle n'aurait certainement pas laissé passer cette seconde chance d'être une bonne mère.

2

En découvrant ses e-mails, le lendemain de la publication de l'article du *Houston Chronicle*, Elizabeth s'arrêta sur l'un d'entre eux avec un immense étonnement. L'adresse électronique de l'expéditeur lui était inconnue, mais le sujet mentionné retint immédiatement son attention — ce qui était probablement le but recherché, se dit-elle.

« Filles du juge Matthew S. Walker. » Tel était le titre du message.

A en juger par le logo reproduit en en-tête, la personne qui avait envoyé le message travaillait pour une station de télévision locale…

Poussée par une curiosité bien légitime, Elizabeth cliqua pour ouvrir la fenêtre et lire le texte.

> Elizabeth, bonjour…
>
> Vous ne me connaissez pas, mais j'espère que, après avoir lu ce qui suit, vous aurez envie de faire ma connaissance. Je m'appelle Lindsay Blackstone. Vous m'avez peut-être vue sur WBYH-TV dans l'émission « Une heure avec Lindsay » — à présent déprogrammée, à mon grand regret. Quoi qu'il en soit, je vous contacte suite à l'article vous concernant paru hier dans le *Houston Chronicle*. Vous aurez peut-être un peu de mal à le croire, mais je dois vous dire sans plus attendre que ma sœur Megan et moi-même sommes les « deux cadettes » dont parle l'article. Après la mort du juge Walker, voici vingt-cinq ans, Joseph et Emily Blackstone nous ont recueillies et donné leur nom. Et, à présent que nous vous avons retrouvée, notre souhait le plus cher est naturellement de vous rencontrer.

Le cœur battant à coups redoublés, les yeux brillant de larmes contenues, Elizabeth dut interrompre sa lecture. La bonne fortune de ses sœurs, confiées à des parents aimants alors qu'elle-même s'était retrouvée bringuebalée comme un meuble encombrant de famille en famille, demeurait difficile à avaler, même un quart de siècle plus tard. Tout ce qui touchait à cette époque noire de son existence était si douloureux qu'elle ne se permettait jamais — absolument jamais — d'y penser. Il lui fallut donc beaucoup de courage pour achever sa lecture.

> Megan effectue son internat au Hermann Hospital et, de ce fait, elle n'a pratiquement plus de vie privée, mais elle fera naturellement le nécessaire pour se libérer au jour et à l'heure de votre convenance. Elle est aussi pressée que moi de vous revoir. Mon producteur, ici à Channel 6, à qui j'expliquais notre lien de parenté, vous connaissait déjà, étant donné qu'il a des enfants en bas âge. Il savait aussi que vous aviez remporté le Newbery. A ce propos, toutes mes félicitations ! Il s'est cru obligé d'ajouter qu'il aurait apprécié que je fasse preuve du même talent que vous. Il ne cesse de me taquiner dès qu'il le peut, mais sur ce point je ne peux qu'être d'accord avec lui. Mes modestes facultés de gratte-papier ne pourront jamais être comparées à votre merveilleux talent d'écrivain. Mais trêve de digressions ! Pour aller droit au but, je serais ravie que vous puissiez m'indiquer où et quand il nous sera possible de renouer le contact. Ce serait vraiment fantastique d'être enfin réunies, n'est-ce pas ? Appelez-moi. S'il vous plaît.

Suivait une série de numéros de téléphone : bureau, domicile et portable. Lindsay s'était même crue obligée d'ajouter le numéro des Blackstone. Et elle avait signé : *Affectueusement, Lindsay.*

Elizabeth était à la fois irritée et décontenancée. Renouer avec ses sœurs était bien la dernière chose dont elle eût besoin ou envie, elle qui avait cherché à oublier son passé avec tant d'opiniâtreté. En recevant le prix Newbery, elle ne s'était certes pas attendue à voir son histoire personnelle étalée sur la place publique.

D'un *clic* déterminé sur la souris, elle effaça l'e-mail. Puis elle créa un nouveau document et se mit au travail. Hélas, il était plus facile de se débarrasser du courriel indésirable que du trouble dans lequel celui-là l'avait plongée. Mentalement, elle nageait en plein chaos. Il lui était impossible d'ignorer l'intérêt subit que lui témoignait Lindsay Blackstone, mais, après vingt-cinq ans de silence, il arrivait trop tard. Que s'imaginait-elle, au juste ? Qu'il suffisait de venir frapper à sa porte pour qu'elle leur fît une place dans son cœur, à elle et à sa sœur ? Non, elle avait suffisamment à faire dans sa vie sans éprouver le besoin de se lier à deux inconnues. En Gina, elle avait une sœur au sens le plus noble et le plus vrai du terme. Ensemble, elles avaient partagé l'enfer, ce qui, à ses yeux, créait des liens bien plus forts que ceux du sang.

Sans compter que cette Lindsay Blackstone était journaliste, ce qui n'était certainement pas étranger à sa démarche…

Déterminée à se remettre à l'ouvrage, Elizabeth parcourut ses dossiers et ouvrit le fichier sur lequel elle avait travaillé la veille. Peu à peu, à mesure qu'elle s'immergeait dans un monde familier — un monde empli de merveilles et de découvertes, un monde d'enfant —, elle sentit qu'elle se détendait. En se rappelant une remarque de Jesse, elle eut l'idée d'une nouvelle scène à raconter. Décidément, sa filleule était pour elle une inépuisable source d'inspiration.

Elle était totalement concentrée sur son travail lorsque Gina fit irruption dans le bureau.

— L'audience est pour vendredi à 10 heures du matin, annonça-t-elle, essoufflée. Maude vient d'appeler. Elle veut te faire citer à comparaître en tant que témoin de moralité. Ainsi que Louis.

Elizabeth sauvegarda son document avant de se tourner vers son amie pour lui demander :

— Maude t'a dit si elle voulait nous rencontrer avant l'audience, pour préparer notre témoignage ?

Manifestement inquiète et agitée, Gina croisa les bras.

— Non. Enfin… je ne sais pas. Je n'ai pas pensé à lui poser la question. J'étais tellement anxieuse… Il va tout faire pour me la prendre, Lizzie, tu verras !

Elizabeth nourrissait les mêmes craintes et ne cessait de réfléchir à ce qu'elles pourraient faire pour contrer les coups bas qu'Austin gardait sûrement dans sa manche. Mais, comme elle ne voulait pas ajouter son inquiétude à celle de son amie, elle ne dit rien. Elle se leva de son bureau, alla prendre place sur le sofa en cuir, et tapota le siège du plat de la main pour inviter Gina à l'y rejoindre.

— Essaie de garder ton calme, Gee. Austin devra faire état devant le juge de sérieuses preuves en ta défaveur pour faire pencher la balance de son côté.

— Il n'aura pas à chercher loin ! Je suis au chômage, je n'ai pas d'appartement, j'ai dépassé le découvert autorisé sur mes trois cartes de crédit, je...

— Ces dettes, il en est responsable autant que toi.

Elizabeth songea que l'avocat de la partie adverse n'aurait aucun mal à démontrer l'incapacité de Gina à élever sa fille, pour peu qu'il connaisse son métier — ce qui ne faisait pas le moindre doute.

— De toute façon, dit-elle, tu ne serais pas dans une situation aussi critique s'il ne s'était pas arrangé pour qu'on te mette à la porte. C'est du harcèlement caractérisé. Et puis, tu sais aussi bien que moi que ce n'est pas la garde de Jesse qu'il veut. Tout ce qui l'intéresse, c'est te donner le moins d'argent possible.

— Peut-être. Mais il essaiera quand même de me prendre ma fille.

— Et Maude n'aura aucun mal à l'en empêcher en faisant valoir qu'il peut difficilement passer pour un père modèle.

Gina fit une grimace et secoua la tête d'un air abattu.

— C'est la lutte du pot de terre contre le pot de fer, reprit-elle d'une voix chargée d'amertume. Et le pot de fer, ce n'est pas moi... Crois-moi, son avocat va me faire passer au mieux pour une mère indigne, au pire pour une garce intégrale.

C'était plus que probable, mais pour rien au monde Elizabeth n'aurait abondé dans son sens. Il n'aurait pas fallu grand-chose pour que Gina, déjà stressée par la rupture, finisse par craquer et renoncer à se battre. En dépit du fait qu'Austin se montrait cruel, injuste et violent avec elle, il y avait en lui quelque chose qui la captivait comme une proie peut être fascinée par le serpent qui cherche à l'étouffer.

Huit ans auparavant, Gina d'Angelo avait été embauchée en tant qu'assistante dans le cabinet juridique dont le père d'Austin était l'un des principaux associés. Il était facile de deviner ce qui, chez elle, avait séduit le fils Leggett. Avec ses longs cheveux noirs, son corps mince, son esprit affûté, son sourire avenant, Gina était une femme séduisante qui ne pouvait laisser les hommes indifférents. Elle était également douée pour le droit, et Elizabeth avait tenté de la convaincre de poursuivre ses études. Mais, comme cela aurait signifié passer moins de temps avec Austin, Gina y avait renoncé.

Elle n'avait pourtant pas eu à attendre bien longtemps pour s'apercevoir que le caractère colérique et emporté de son nouvel amant ne faisait pas de lui le prince charmant. Il ne l'aurait pas épousée, mais il éprouvait pour elle un désir maladif. Leur vie commune était agitée et imprévisible — un jour au paradis, le lendemain en enfer. Ce qui avait incité Gina à maintenir une telle relation si longtemps, Elizabeth ne le comprendrait jamais, même si le fait qu'il fût le père de Jesse pouvait fournir un semblant d'explication.

— Qui est son avocat ?

— Ryan Paxton, répondit Gina d'une voix lugubre. Ce qui n'arrange pas mes affaires…

— Pourquoi ? demanda Elizabeth. Qui est ce Paxton ?

— Tout simplement l'arme fatale que dégainent Leggett, Jones & Brunson quand il s'agit de gagner un procès coûte que coûte.

Incapable de rester en place, Gina se leva et se mit à faire les cent pas dans la pièce en se massant le front.

— J'espérais naïvement que ce ne serait pas lui, poursuivit-elle, car il n'est pas friand de ce genre de dossiers. On a dû le lui demander comme un service. On ne peut pas dire que ce soit un ami d'Austin. En fait, j'ai toujours eu l'impression qu'il ne l'aimait pas beaucoup, qu'il le trouvait… enfin, qu'il n'avait pas d'estime pour lui. Il sait qu'Austin doit son poste à son père, alors que Ryan est arrivé là où il est grâce à son intelligence et parce qu'il bosse comme quatre pour amener un maximum de clients au cabinet.

Gina cessa brusquement de marcher et décrocha le téléphone.

— Il faut que je rappelle Maude, dit-elle en composant le numéro d'un doigt tremblant. Je dois lui dire à quel adversaire redoutable elle va devoir faire face.

Elizabeth l'écouta répéter toute l'histoire à Maude Kennedy. La conversation fut brève, et lorsque Gina raccrocha, son expression épouvantée laissait deviner que son avocate n'avait pas su la rassurer.

— Je suis foutue, Lizzie... Maude dit qu'elle connaît la réputation de Ryan et que j'ai raison de m'inquiéter. Elle me demande de bien me préparer pour parer à toute attaque de sa part, mais c'est sans espoir.

Un petit cri étranglé lui échappa avant qu'elle ne conclue :

— Ryan Paxton va me réduire en bouillie. Cet homme est une machine à gagner les procès.

— Aucun avocat n'est infaillible, Gee... Il leur arrive à tous de perdre.

— Lui, il est l'exception qui confirme la règle. Depuis qu'il travaille pour la firme, je ne l'ai jamais vu perdre.

Pour mettre un terme à la conversation, Elizabeth se leva à son tour.

— En fait, dit-elle en poussant son amie vers la porte, je vois un avantage à tout ça.

Il était l'heure de préparer le déjeuner. Après une matinée passée à la garderie, Jesse jouait dans le jardin, sous l'œil attentif de Louis. Bientôt, elles la verraient débouler dans la maison, et Elizabeth ne tenait pas à ce que la fillette absorbât encore une fois le stress de sa mère — surtout si son irascible père en était la cause.

Elle referma donc la porte de son bureau, et se dirigea vers la cuisine, tout en expliquant à Gina :

— Puisque vous avez travaillé dans le même cabinet, Paxton et toi, vous n'êtes pas des étrangers l'un pour l'autre. Quoi que son client puisse lui dire, il sait à quoi s'en tenir à ton sujet.

— Il ne faut pas trop compter là-dessus, répliqua Gina d'un

ton gémissant. J'étais assistante, pas avocate, et je travaillais exclusivement pour le compte d'Austin. Si Ryan doit choisir entre une ex-employée de LJ&B et le fils de Curtiss Leggett, qu'est-ce qu'il va décider, à ton avis ?

— C'est Austin qui t'a forcée à démissionner, Gee. Quand il a su que tu allais lui réclamer une pension alimentaire pour Jesse, il ne t'a pas laissé le choix. Tout comme il t'a obligée à quitter la maison que vous partagiez depuis huit ans. Maude va se faire un plaisir de révéler tout ça à l'audience. Et quand tu auras gagné, tu auras toutes les raisons d'engager une procédure contre lui.

Epouvantée par ces paroles, Gina regarda Lizzie avec des yeux ronds avant de protester vivement :

— Tu es folle ! C'est exactement ce qu'il attend. J'ose à peine imaginer ce qu'il fera si je ne me contente pas de la fermer.

— Alors, tu comptes lui livrer Jesse sur un plateau, c'est ça ?

En voyant les yeux de Gina s'embuer, Elizabeth regretta aussitôt ses paroles irréfléchies. Son amie était suffisamment consciente de l'enjeu sans qu'elle eût besoin de retourner le couteau dans la plaie.

— Je ne pense pas que Paxton puisse aller jusqu'à te salir à la barre, conclut-elle d'une voix radoucie. Il ne pourra que tenir compte de ta réputation d'employée consciencieuse.

— On voit bien que tu ne le connais pas ! rétorqua Gina, la mine défaite. Il va me détruire, voilà la vérité.

— Je me fiche de savoir comment vous allez vous y prendre. Détruisez-la, un point, c'est tout !

Ryan Paxton laissa retomber son stylo sur le bloc-notes qu'il venait de couvrir d'une écriture nerveuse, et s'adossa à son fauteuil. Impassible, il regarda son collègue, le visage tordu par la colère et les mâchoires crispées, faire les cent pas dans le bureau.

— Vous y allez un peu fort, Austin, protesta-t-il. Rien de ce que vous venez de me dire n'est de nature à convaincre un juge de refuser à Gina la compensation financière à laquelle elle peut prétendre après huit ans de vie commune.

— C'est bien pourquoi nous devons la détruire.

Ryan ne put retenir un soupir de frustration. Il avait accepté de représenter Austin Leggett uniquement parce que son père, principal associé de Leggett, Jones & Brunson, lui avait demandé comme un service personnel de tirer son rejeton d'une « sale affaire ». Curtiss voulait régler cette situation rapidement, proprement et définitivement afin qu'elle n'entache pas la réputation de la firme.

Sans se faire d'illusions quant à ses chances de succès, Ryan consulta ses notes d'un œil songeur. Austin s'était accroché aux basques de Gina d'Angelo aussitôt qu'elle avait mis les pieds chez LJ&B, huit ans plus tôt. Ensemble, ils avaient une petite fille de cinq ans. Et maintenant, celui qui avait initié cette relation voulait y mettre un terme sans en assumer les conséquences financières. S'il s'était écouté, Ryan serait allé sans tarder informer Curtiss qu'il ne voulait en aucun cas être mêlé de près ou de loin aux sordides mésaventures sentimentales de son fils. Mais, en tant qu'associé à part entière de la firme, il était concerné par la réputation de LJ&B. Hélas, Austin Leggett, lui, ne semblait pas étouffé par de tels scrupules…

— Vous n'en seriez pas là, lança Ryan sèchement, si vous aviez respecté la règle de non-fraternisation avec le personnel qui est en vigueur dans cette entreprise.

Austin haussa les épaules. Les mains plongées au fond de ses poches, il avait l'air d'un adolescent boudeur, forcé de se justifier après un écart de conduite.

— On a passé de bons moments, elle et moi, marmonna-t-il. Du moins, au début.

— Eh bien, j'espère que le souvenir du bon vieux temps vous fera oublier les deux mille dollars mensuels que vous allez devoir cracher, mon vieux. Parce que c'est ce que je vous réclamerais — en plus de la pension alimentaire — si j'étais le conseiller de Gina.

Austin secoua lentement la tête, comme s'il refusait d'y croire.

— Si c'est votre adversaire qui vous inquiète, dit-il d'un ton railleur, tranquillisez-vous ! Gina a fait appel à une militante au grand cœur qui s'est spécialisée dans les affaires de famille. Vous êtes capable de la pulvériser sans même qu'elle s'en rende compte.

— Comment s'appelle-t-elle ?

— Maude Kennedy.

Ryan fit la grimace.

— Je la connais. J'ai eu l'occasion de la voir à l'œuvre, et j'aime autant vous prévenir, Austin : vous allez devoir trouver autre chose que de l'hostilité et des vœux pieux pour vous en sortir sans payer.

Laissant cet avertissement produire son petit effet, Ryan croisa les mains derrière sa nuque et enchaîna :

— Franchement, c'est la petite qui complique les choses.

— Comment ça ?

— Eh bien, si vous n'aviez pas eu cette petite fille… (Il se pencha sur son bloc-notes pour y repêcher le prénom qui lui manquait.) Jesse, c'est ça ? Si Jesse n'était pas là, le dossier de Gina serait beaucoup moins solide. Allons, Austin… Elle est votre chair, votre sang ! Vous voulez remplir votre devoir de père vis-à-vis d'elle, n'est-ce pas ? C'est Gina, l'objet de votre désamour, pas Jesse.

Sans lui répondre, Austin se renfrogna et reprit sa marche sans but dans le bureau encombré. Ryan avait une tendance naturelle à stocker des documents sur toutes les surfaces utiles, y compris le plancher. Il y avait même une boîte en carton ayant contenu une pizza… La veille, il avait dû plancher jusqu'à point d'heure sur un cas digne de ce nom, et non sur une dispute entre ex-amants qui se détestaient autant qu'ils s'étaient aimés.

Si le désordre ambiant gêna Leggett, il n'en laissa rien paraître. Sans doute était-il trop occupé à se creuser la tête pour découvrir le meilleur moyen de nuire à son ancienne compagne, le bien-être de sa fille dût-il en souffrir.

— Et si je réclamais la garde de Jesse ? suggéra-t-il enfin, le visage éclairé par cette subite illumination.

Ryan eut un élan de sympathie pour l'infortunée fillette.

— Il faudrait d'abord prouver que sa mère n'est pas capable de s'occuper d'elle, répondit-il. Une idée qu'elle contestera farouchement, vous pouvez en être sûr. Les mères sont généralement assez chatouilleuses sur le sujet. Curieux, non ?

Austin, manifestement insensible à l'ironie de la remarque, précisa en regardant l'avocat droit dans les yeux :

— Elle a eu une enfance difficile.

— Qui ça ? Gina ?

— Oui. Très jeune, elle est devenue pupille de l'Etat. Elle a échoué successivement dans une douzaine de familles différentes, d'après ce qu'elle m'a dit, et elle s'est retrouvée livrée à elle-même dès l'âge de seize ans. Elle a dû dormir dans la rue plus d'une fois.

— Ce n'est pas un crime.

— Quoi qu'il en soit, il ne devrait pas être difficile de prouver qu'elle n'est pas le meilleur modèle parental possible pour une gamine de cinq ans.

— Ah oui ? Et de quelle façon ?

— Eh bien… je ne sais pas. A vous de trouver !

A court d'arguments, il se passa les mains sur le visage et reprit d'un ton impatient :

— Il doit y avoir des failles. Gina est loin d'être parfaite.

— Vous êtes le mieux placé pour le savoir, étant donné que vous avez vécu avec elle pendant huit ans. J'ai besoin de faits précis, et jusqu'à présent, vous ne m'en avez fourni aucun. Je ne connais pas Gina personnellement. A l'exception de rencontres occasionnelles dans les couloirs, je ne pense pas que nous ayons jamais discuté ensemble. Mais elle me semble plutôt solide. En tout cas, c'était une assistante remarquable, d'après ce que m'a dit Jean Johnson — ma propre assistante.

— Ah oui ? lança Austin avec un rictus méprisant. Je peux vous dresser une liste longue comme le bras qui vous démontrera qu'elle n'est même pas capable de s'occuper d'un chat. Alors un enfant, vous pensez…

— D'accord, mais je vous préviens : vous avez intérêt à vous montrer convaincant. Si vous portez de fausses accusations à l'encontre de sa cliente, Maude Kennedy s'acharnera sur nous jusqu'à ce qu'elle nous ait réduits en pièces !

— Ça va, j'ai compris..., marmonna Austin en se laissant tomber sur une chaise.

— Pour commencer, expliqua Ryan, elle va produire des témoins de moralité à toute épreuve. Je n'ai pas besoin de vous rappeler quel merveilleux effet ils font sur la cour.

— Vous êtes là pour les décrédibiliser, non ?

Agacé, Ryan haussa les épaules.

— Pas nécessairement. Chercher à salir un témoignage de bonne foi peut se retourner contre vous.

— Je crois savoir qui seront ses témoins, déclara Austin en se caressant le menton d'un air songeur.

Se redressant, Ryan saisit son stylo, prêt à noter.

— Je vous écoute.

— Elle va sans doute demander à cette garce au cul serré chez qui elle a emménagé de débiter quelques beaux petits mensonges sur mon compte. Ces deux-là sont répugnantes quand elles sont ensemble. Et maintenant que je ne fais plus partie du paysage, elles sont constamment fourrées ensemble ! Elizabeth Walker doit être ravie : c'est ce qu'elle a toujours voulu. A l'entendre débiter ses petits discours cryptoféministes, j'ai très vite compris qu'elle avait le béguin pour Gina.

A côté de l'information qu'il venait de consigner, Ryan traça un énorme point d'interrogation.

— Elle habiterait chez une lesbienne ? demanda-t-il avec scepticisme.

— Vous jugerez sur pied quand vous la verrez ! Quant à ce vieux bouc qui habite à côté de chez elle, il sera sûrement le témoin numéro deux. Qui se ressemble s'assemble... Je vous jure ! C'est un vrai rassemblement hippie quand ils se retrouvent. Elizabeth se pique d'écrire — enfin, elle pond des livres pour enfants. Le vieux croûton, lui, il ne fait rien. Il se contente de mater...

De plus en plus mal à l'aise, Ryan reposa son stylo d'un geste sec. Son devoir envers la firme n'allait pas jusqu'à le forcer à écouter sans réagir un flot d'insanités.

— Dites-moi, Leggett… Il ne vous est pas venu à l'esprit que ces gens pourraient être tout simplement ce à quoi ils ressemblent ? Et si Jesse était heureuse, entourée d'adultes qui l'aiment vraiment ?

Surpris par sa véhémence, Austin se rembrunit.

— Ce qui signifie que moi je ne l'aime pas ?

— Ce qui signifie que vous êtes à ce point obsédé par la nécessité de mettre un terme à votre relation avec Gina que vous risquez de perdre de vue l'intérêt même de votre fille. Je peux vous garantir que le juge ne pensera qu'à ça, lui. Et c'est ce qui motivera sa décision.

— Ce qui m'obsède, c'est d'empêcher cette garce de me mettre sur la paille. Jesse sera très bien avec moi. Je…

La sonnerie du téléphone l'empêcha de poursuivre. Sur l'écran d'identification de l'appel, Ryan vit s'afficher le numéro de portable de sa fille. Jennifer avait pour instruction de ne le déranger qu'en cas d'urgence, mais ces temps-ci, elle avait tendance à étendre quelque peu la définition de ce terme. Tout devenait urgent pour une ado de quinze ans.

Avec un soupir résigné, Ryan s'excusa d'un regard et décrocha.

— Qu'est-ce qu'il y a, Jen ?

— P'pa ! Tu as appelé m'man, comme je te l'ai demandé ?

Sans attendre de réponse, Jennifer embraya d'une voix geignarde :

— Elle est tellement pénible, tu peux pas savoir ! Elle me traite comme si j'avais dix ans. (Signe de détresse extrême, sa voix grimpa dans les aigus.) Je ne sais pas si je vais pouvoir supporter ça encore longtemps…

Ryan fit pivoter son fauteuil pour tourner le dos à Austin et prendre le ciel à témoin de sa lassitude.

— Supporter quoi, Jen ? Et fais vite, parce que je suis avec un client.

— Excuse-moi, dit la gamine d'une voix glaciale, mais j'espère quand même que je suis aussi importante pour toi qu'un client !

Je suis ta fille, au cas où tu l'aurais oublié... Bon, tu ne m'as pas répondu ! T'as parlé à m'man, oui ou non ?

— Je n'ai pas encore eu le temps de l'appeler, Jen. Et je ne vois pas ce que tu espères de ce coup de fil. Les règles édictées par ta mère me semblent tout à fait raisonnables.

— Tu m'avais promis ! s'écria-t-elle comme s'il venait de lui enfoncer un poignard en plein cœur.

Prudemment, Ryan éloigna l'écouteur de son oreille.

— Je tiendrai ma promesse, dit-il. C'est juste que j'ai été un peu débordé ces temps-ci, et...

— Oh, non ! Toujours la même rengaine... C'est trop injuste, à la fin ! Si tu devais vivre avec elle tous les jours, tu comprendrais mon calvaire.

Ryan veilla à baisser d'un ton pour demander :

— Quel est exactement le problème, Jen ? En quoi ta mère te traite-t-elle comme un bébé ? Sois précise.

— Ça, c'est bien des paroles d'avocat...

— Je *suis* avocat.

Un petit rire mutin retentit à l'autre bout du fil, suivi d'un autre bruit... Jennifer venait de se jeter sur son lit. Ryan se l'imaginait parfaitement, affalée dans sa chambre, prenant tout son temps — et celui de son client — pour lui raconter par le menu la dernière bataille en date entre elle et sa mère. Et ce fut effectivement ce à quoi il eut droit.

— Alors voilà..., commença-t-elle d'un air décidé. Jeff Landon m'a invitée à sa fête. C'était juste avant que je voie à la vitrine de chez Stella Keen cette paire de boots carrément craquante... Eh bien, figure-toi que m'man n'a rien voulu savoir. A croire qu'on en est réduites à manger à la soupe populaire ! Elle a dit non. Tout simplement non. Que je ne pourrai pas les avoir. Qu'elles sont trop chères. Que...

— Peut-être que tu n'en as pas vraiment besoin ?

— Bien sûr que si, j'en ai besoin ! Elles sont si belles... Des Via Spigas, figure-toi ! Elles iraient super bien avec mon nouveau fute.

Elle reprit son souffle et poursuivit avec la même véhémence :

— En fait, il n'y a pas que les boots, tu sais. C'est plus grave que ça. Elle n'a pratiquement plus de temps pour moi. Il y a ce nouveau type qui lui court après… C'est un vrai beauf, p'pa ! Et il est chauve, en plus !

— Jennifer… Voulais-tu me parler de ces chaussures ou du nouveau petit ami de ta mère ? Je te rappelle que je suis en rendez-vous. Si tu étais l'une de mes clientes, tu serais en train de gaspiller de l'argent…

— Très drôle, p'pa ! En d'autres termes, tu n'as plus de temps à me consacrer, toi non plus. Je n'existe plus pour elle, je n'existe plus pour toi ; je n'ai plus aucun ami, et Jeff va probablement me larguer quand il me verra avec mes vieilles grolles ! S'il n'y avait pas Mocha, je serais seule au monde. Bordel ! Ma vie est foutue.

En dépit de ces dramatiques perspectives, Ryan esquissa un sourire. Mocha était le labrador de Jen ; il lui était totalement dévoué depuis ses cinq ans.

Faisant pivoter son fauteuil, Ryan ôta ses lunettes de lecture et les posa sur le bureau.

— Quoi qu'il en soit, conclut-il en se massant l'arête du nez, ce problème de chaussures ne mérite pas un tel tapage. Et ne jure pas, bon Dieu ! Tu connais les règles. Elles sont valables chez Diane comme chez moi.

— Faites ce que je dis, mais pas ce que je fais ! minauda Jennifer. Belle mentalité…

Ryan, qui était à bout de patience, ne put s'empêcher d'élever la voix pour lancer sur un ton autoritaire :

— Dis à Diane que je l'appelle ce soir. Qu'elle soit là !

Un marmonnement à peine audible se fit entendre dans l'écouteur.

— Et toi aussi, reprit-il, j'aimerais que tu sois là pour qu'on puisse…

Trop tard. Sa fille venait de lui raccrocher au nez.

— Un problème ? demanda Austin, qui n'avait rien perdu de la scène.

— Attendez d'avoir la garde de votre fille…, maugréa Ryan en raccrochant. Un jour, Jesse aura quinze ans, elle aussi.

— Je m'en sortirai très bien.

Avec un sourire suffisant, il se leva et gagna la fenêtre avant de poursuivre, les yeux fixés sur son avocat :

— Pendant que vous téléphoniez, je réfléchissais… et je crois avoir une bonne idée pour régler le problème posé par Jesse. Ma mère ne cesse de me harceler pour que sa petite-fille vienne la voir. Elle dit que son nouveau mari ne demanderait pas mieux, et il y a bien assez de place chez eux pour accueillir Jesse.

Après le coup de fil de sa fille, Ryan devait faire un effort pour se concentrer sur les problèmes de son client. Si Jennifer ne mettait pas un peu d'eau dans son vin, elle allait finir par avoir des ennuis. Qu'est-ce qui pouvait bien clocher à ce point entre elle et Diane ? se demanda-t-il. Après leur divorce, son ex avait demandé la garde de leur fille, mais au bout de six mois, elle s'était remariée et elle était partie vivre à Dallas. Moins de deux ans plus tard, elle divorçait de nouveau. De son côté, il ne prétendait pas être un père idéal, mais au moins, il avait une vie stable. Le plus dur était de garder le contact et une autorité suffisante sur Jen à cette distance…

Mais ce n'était ni l'heure ni l'endroit pour régler ses problèmes domestiques : il fallait en revenir à Austin.

Ryan se passa une main sur les yeux et rechaussa ses lunettes.

— Où habite votre mère ? demanda-t-il. Pas trop loin, j'espère ?

— En Arizona. Ce n'est pas tout près, mais qu'est-ce que ça peut faire ?

— Ça peut faire que les juges tiennent à ce que les enfants demeurent à une distance raisonnable de leurs deux parents. Vous avez entendu ce qui vient de se passer entre ma fille et moi ? Quand les parents divorcés ne peuvent plus partager l'autorité pour cause d'éloignement, la situation a tendance à leur échapper. Si vous enlevez Jesse à Gina, vous devrez endosser toute la responsabilité de son éducation. Ce n'est pas une sinécure. Croyez-moi, je sais de quoi je parle.

— Pour ça aussi, je me débrouillerai.

Fatigué des éternelles vantardises de son client, Ryan prit une profonde inspiration et referma son dossier sur les notes qu'il venait de prendre.

— Je ne veux pas vous donner de faux espoirs, conclut-il. A moins que vous ne me fournissiez de sérieuses munitions pour salir la réputation de Gina et jeter un doute sur ses compétences en tant que mère, ça ne va pas être du gâteau.

— A d'autres, Paxton ! s'écria Austin. Vous seriez capable de monter un dossier d'accusation convaincant contre mère Teresa, si vous le vouliez… Quant aux défauts de Gina, ils sont innombrables ! C'est votre job de les dénicher et de les monter en épingle…

A ce stade, songea Ryan en admirant par la grande baie vitrée la superbe vue sur Houston, il n'y avait que deux options. Soit il priait ce charlot de se trouver un autre avocat pour faire son sale boulot, soit il attendait l'audience pour se faire par lui-même une opinion sur Gina d'Angelo et sur ce qui était préférable pour la petite fille. Valait-il mieux la laisser partager le style de vie non conventionnel de sa mère ou la confier à sa grand-mère ? Dans un cas comme dans l'autre, conclut-il tristement, la pauvre gamine ne devrait pas compter sur son père. Les draps étaient à peine refroidis dans la chambre qu'il avait partagée avec la mère de Jesse qu'Austin, à n'en pas douter, réchauffait déjà un autre lit…

— Je vous prépare un topo sur Gina et ses témoins ! lança-t-il en se dirigeant vers la porte. Il y a tellement à dire que vous n'aurez aucun mal à broder.

— Si vous voulez gagner, répliqua Ryan en se levant pour le raccompagner, faites en sorte que ce *topo* soit plus probant que tout ce que vous venez de me dire.

*
* *

Ryan dut honorer trois autres rendez-vous, ce jour-là, avant de pouvoir ouvrir le dossier qu'Austin Leggett lui avait fait déposer. Il passa une heure à étudier les descriptions que son client faisait de la femme qui avait partagé sa vie durant huit ans. Après avoir lu la dernière ligne, il se sentait quelque peu écœuré. Mais il était bien placé pour savoir que les gens qui se sont aimés peuvent brusquement s'étriper en s'accusant mutuellement d'être le mal incarné.

C'était exactement ce qui leur était arrivé, à Diane et à lui. Quand il avait découvert qu'elle le trompait, il avait cessé de l'aimer, presque du jour au lendemain. Jen n'avait que neuf ans, à l'époque, et c'était elle qui avait le plus souffert de la situation, malgré les précautions qu'il s'était efforcé de prendre pour la protéger. En réalité, Diane et lui s'étaient révélés totalement incapables de faire passer l'intérêt de leur fille avant leurs querelles d'adultes.

Distraitement, Ryan feuilleta les notes qu'il avait prises durant son entretien avec Austin. Il avait carte blanche pour frapper fort, et il devait reconnaître que l'instabilité de Gina d'Angelo était plus qu'évidente. Partant de là, il ne serait pas bien difficile de parler d'inaptitude à remplir correctement le rôle de mère. Mais la confiance toute relative qu'il avait en son client perturbait ce scénario. Dans quelle mesure Leggett disait-il la vérité ?

Le document suivant concernait Louis Christian, témoin de moralité et consultant à la retraite, dont les états de service remontaient à plus de quinze ans. L'acte de propriété de sa maison prouvait qu'il l'avait achetée cinq ans plus tôt, mais Austin avait été incapable de dénicher son adresse précédente ou de rassembler d'autres détails sur sa vie privée. Manquait également les éléments susceptibles de mettre en cause son témoignage.

Une note de Maude Kennedy était agrafée à la page. Christian demandait respectueusement, pour raisons de santé, l'autorisation de livrer son témoignage par écrit. Ryan, qui n'y voyait pas d'objection, rédigea une note à sa secrétaire pour qu'elle communique son accord à la partie adverse. Si, à la lecture de la déposition, quelque chose lui semblait louche, il pourrait toujours réclamer la comparution du témoin.

Ryan referma la chemise et ouvrit la suivante, qui portait en en-tête le nom d'Elizabeth Walker. Il éprouva aussitôt une impression de déjà-vu, qu'il ne parvint pas à préciser. La première page du dossier était la photocopie d'une notice biographique émanant d'une maison d'édition réputée. A sa lecture, il comprit vite que la jeune femme n'avait rien de cette dilettante en mal d'écriture que son client lui avait décrite.

Sa bibliographie était déjà conséquente, par sa longueur autant que par les prix et distinctions qui l'émaillaient, mais la notice se révéla beaucoup plus succincte quant aux informations portant sur la vie de l'auteur. Naissance à Houston. Scolarité dans divers établissements publics. Maîtrise de lettres modernes à l'université du Texas.

Une femme brillante, conclut Ryan. Et ravissante, en plus, ajouta-t-il en examinant la photo reproduite en tête de page. Son visage formait un ovale parfait. Elle avait des pommettes de top model et une bouche large, attirante, que l'on avait forcément envie d'embrasser. Mais ce furent ses yeux qui retinrent l'attention de Ryan. Bien que la photo fût en noir et blanc, ils lui parurent étonnamment cristallins, avec des sourcils joliment arqués et des cils très longs. Il lui était impossible de deviner la couleur de ces yeux, mais il se surprit à s'interroger : bleus, gris, noisette ?

Aucune mention n'était faite d'un mari, d'une famille ni même d'un quelconque hobby. Le document était si laconique que Ryan sentit sa curiosité éveillée. Il prit du recul pour examiner encore une fois le visage d'Elizabeth Walker. Une femme dotée d'une telle beauté pouvait chercher à en tirer avantage. Mais était-elle ce genre de femme ?

Comme à contrecœur, il passa au document suivant : la photocopie d'une coupure de presse parue dans l'édition du *Chronicle* du dimanche précédent. Il ne se rappelait pas avoir vu passer l'article, mais ça n'avait rien d'étonnant : il jouait au golf ce jour-là, et il n'avait fait que survoler le journal. A la lecture des premières lignes, le sentiment de déjà-vu qui l'avait troublé, quelques instants plus tôt, trouva son explication. Le premier instant de surprise passé, il étouffa un juron et se remit à lire à toute allure. Les détails passés sous silence dans la biographie fournie par l'éditeur étaient mis en lumière par le reporter de façon impitoyable.

Au terme de sa lecture, Ryan tomba sur une autre photo. Elizabeth Walker y figurait dans son bureau, assise à son ordinateur. Une profusion de plantes vertes agrémentait le décor. Elle était entourée de bibliothèques bourrées de livres méticuleusement alignés. De petits objets d'art et des souvenirs étaient disposés dans la pièce avec beaucoup de goût. Il reporta son attention sur la jeune femme et constata que, cette fois-ci, elle souriait. Un sourire trop tendu pour être naturel, sans doute consenti de mauvaise grâce au photographe.

Ryan referma le dossier et s'adossa à son siège. Son humeur était aussi sombre que le crépuscule qui tombait sur la cité. Une vieille douleur s'était réveillée dans sa poitrine. Une rage ancienne lui poignardait le cœur. A en croire l'article qu'il venait de lire, Elizabeth Walker n'était autre que la fille du juge Matthew Walker, figure marquante des milieux politiques à Houston, mort dans un incendie à la fin des années 1970. Mais ce n'était pas ça qui l'intéressait. Il avait des raisons plus personnelles de se souvenir de cet homme, puisqu'il le tenait pour responsable de la mort de son propre père, survenue vingt-cinq ans plus tôt…

3

— Voyons si je vous ai bien comprise, madame d'Angelo.

Ryan Paxton adressa au juge un sourire de connivence, de ceux que l'on échange lorsqu'on se comprend à demi-mot.

— Vous prétendez que mon client vous a battue non pas une, mais plusieurs fois, au cours de votre relation ?

— Oui, c'est bien ça, chuchota Gina, pâle et terrifiée, les mains frileusement jointes entre ses jambes serrées.

Assise au premier rang, Elizabeth assistait, impuissante, à la déposition de son amie. Elle aurait voulu aller vers elle, poser la main sur son épaule, la rassurer de quelques mots, mais elle ne pouvait strictement rien faire pour lui venir en aide. Dans la description qu'elle lui avait faite de Ryan Paxton, elle n'avait pas exagéré. Quand cet homme décidait de fondre sur sa proie, c'était un spectacle impressionnant…

Mais rien de ce que lui avait dit Gina ne l'avait préparée à l'effet que Paxton lui avait fait. Il était bien plus jeune que l'image qu'elle s'en était forgée. Il pouvait avoir entre trente et quarante ans — trente-cinq ans, peut-être —, ce qui rendait sa réussite et sa maîtrise professionnelles plus remarquables encore. Il suffisait de le regarder bouger, d'écouter son accent traînant pour comprendre qu'il était un pur produit du Texas.

Aucune nonchalance, cependant, dans son esprit vif et affûté comme une lame. Quand il se déplaçait dans le prétoire — ce qu'il ne se privait pas de faire —, c'était avec une grâce étonnante…

— Madame d'Angelo, parlez plus fort, s'il vous plaît ! ordonna le juge d'un ton sévère.

Pour ne rien arranger, Lawrence Hetherington, le magistrat en charge du dossier, était réputé pour la rudesse de ses manières. Gina s'était bien débrouillée quand Maude Kennedy l'avait interrogée, mais la panique la faisait à présent trembler comme une feuille, ce dont l'avocat d'Austin ne manquait pas de tirer avantage.

— Madame d'Angelo ? insista le juge, les sourcils froncés. Veuillez répondre, je vous prie.

Gina s'éclaircit la gorge avant de lancer, un ton plus haut :

— Oui. Austin se montrait souvent violent avec moi.

— Pas assez souvent, néanmoins, pour que vous vous décidiez à le quitter ? lança Ryan Paxton.

— Objection, Votre Honneur ! s'écria Maude en jaillissant de son siège.

— Objection retenue.

Sans insister, Ryan Paxton ouvrit un dossier, dont il tira une feuille.

— Voici une liste des hôpitaux et services d'urgence dans un rayon de quatre-vingts kilomètres autour du logement que vous partagiez avec mon client, madame d'Angelo. Aucun d'eux ne garde la moindre trace de votre passage pour quelque raison que ce soit. Comment expliquez-vous cela ?

— Je ne suis jamais allée me faire soigner, voilà tout.

— Vous prétendez pourtant avoir été blessée ! Plus d'une fois !

— Oui.

— Décrivez, je vous prie, ces blessures dont vous assurez dans votre déposition qu'elles étaient invalidantes.

— Eh bien… Il y a eu des bleus sur mes bras, mes jambes et mon dos, quand il me lançait à travers la pièce et que je me cognais contre les meubles. Parfois, il m'arrivait de boiter pendant une semaine… Il me tirait aussi par les cheveux, au point de les arracher. Et, plus d'une fois, il m'a frappée en plein visage. Un jour…

— Et vos collègues ? l'interrompit Paxton. Ils n'ont jamais vu ces bleus ? Ils ne se sont jamais inquiétés d'un œil au beurre noir ? Ils ne vous ont jamais demandé pourquoi vous marchiez avec des béquilles ?

— Je n'ai jamais eu besoin de béquilles.

L'avocat hocha la tête avec un scepticisme évident.

— Je vois. Et les bleus ?

— Eh bien…

Troublée, Gina se passa la langue sur les lèvres et tourna la tête vers le juge Hetherington.

— Il faisait toujours très attention, Votre Honneur. Quand il me frappait, c'était souvent loin de Houston, à l'occasion d'un déplacement ou pendant les vacances. Comme ça, à notre retour, les bleus avaient eu le temps de s'atténuer, et je pouvais les dissimuler sous du maquillage.

Par-dessus ses lunettes, le juge lui lança un regard sévère.

— Adressez vos réponses à Me Paxton…

Gina hocha tristement la tête et fit face à l'avocat.

Les yeux rivés sur une autre feuille tirée de son dossier, celui-ci reprit :

— Vous reconnaissez donc être partie en vacances en compagnie de mon client ?

— Oui.

— A de nombreuses reprises, selon ce qu'il m'a dit et comme en atteste cette liste qu'il m'a fournie. Je constate que vous vous êtes rendus ensemble à Saint-Croix, puis à Hawaii — deux fois —, ainsi qu'en Europe, au Canada, à Boston, San Francisco, Washington D.C., New York — pas moins de six fois. Vous aimez New York, madame d'Angelo ?

— C'est Austin qui aime New York.

— Ces déplacements étaient de nature professionnelle ?

— C'est exact. Nous assistions à des colloques et à des conférences.

— Faites un effort de mémoire. A combien de conférences avez-vous assisté ensemble ?

Gina haussa les épaules.

— Trois ou quatre. Je ne me rappelle plus très bien…

— En ce qui me concerne, je dénombre pas moins de vingt lieux de villégiature très luxueux et prisés. Oh ! A ce propos…

Combien de fois votre petite fille, Jesse, vous a-t-elle accompagnés lors de ces voyages ?

— Aussi souvent que j'ai pu convaincre Austin de l'emmener.

Gina, qui avait jusqu'alors évité de le regarder, s'autorisa un bref coup d'œil en direction d'Austin. Affalé derrière la table de la défense, il regardait dans le vide et paraissait s'ennuyer.

— Combien de fois ? insista Paxton.

— Trois…, répondit-elle d'une voix hésitante en secouant la tête. Peut-être quatre. Je ne sais plus.

— Si je comprends bien, poursuivit-il en fixant sur elle un regard sévère, la mère attentionnée que vous êtes — ou prétendez être — a accepté de laisser derrière elle sa petite fille chérie pour prendre des vacances de rêve en compagnie de son amant… et cela dix-sept fois. Qui veillait sur votre fille pendant ce temps-là, madame d'Angelo ?

— Sa marraine, Elizabeth Walker.

— Votre amie… intime.

— Ma meilleure amie ! corrigea Gina en se redressant.

Ryan Paxton se tourna alors vers le juge et conclut d'une voix tranchante :

— J'ai beau m'y efforcer, Votre Honneur, je ne trouve dans le témoignage de Mme d'Angelo pas l'ombre d'un début de preuve de ces accusations de violence qu'elle porte à l'encontre de mon client. Bien au contraire, il s'est montré envers elle suffisamment généreux pour la faire profiter maintes fois de luxueuses vacances. De plus, il l'a accueillie chez lui durant tout le temps qu'a duré leur cohabitation, lui offrant par la même occasion un niveau de vie que Mme d'Angelo n'aurait jamais pu connaître avec ses seules ressources. En outre, je suis persuadé qu'Austin Leggett est plus qualifié qu'elle pour obtenir la garde de leur enfant. Il a reconnu sa paternité, il aime sa fille, et il est déterminé à faire le maximum pour assurer son bonheur et son éducation.

— Maître Paxton, s'étonna le juge, seriez-vous déjà en train de nous livrer votre plaidoirie ?

Ryan eut un sourire légèrement contrit.

— Pas encore, Votre Honneur. Veuillez m'excuser.

Sans attendre, il en revint à Gina, avec l'évidente intention de reprendre son patient travail de sape.

— Comment prévoyez-vous d'assurer la charge matérielle de votre fille, madame d'Angelo ?

— J'ai un métier. Je suis assistante juridique, et mes compétences ont été reconnues par mes différents employeurs. Je devrais pouvoir trouver un emploi dans l'une des meilleures firmes de cette ville.

— Soyez précise : occupez-vous cet emploi actuellement ?

— Non.

— Pour quelle raison, je vous prie ?

— Je n'ai été… j'ai quitté Leggett, Jones & Brunson il y a seulement un mois. Je suis partie avec une indemnité correspondant à trois mois de salaire, et…

— Si vous êtes aussi compétente que vous l'affirmez, pour quelle raison avez-vous été licenciée ?

Gina lança un regard circonspect à Austin avant de répondre en baissant les yeux :

— Je n'ai pas été licenciée. J'ai démissionné.

Paxton feignit la surprise :

— Ah bon ? Pourquoi cela ?

— C'est Austin qui me l'a… fortement suggéré.

Instinctivement, Gina chercha de nouveau le secours du juge en se tournant vers lui.

— Je sais que ça peut paraître irresponsable, Votre Honneur, mais il me rendait la vie impossible. Il…

— Adressez vos réponses à la personne qui vous interroge, madame d'Angelo ! Et ne m'obligez pas à me répéter.

Les épaules de Gina s'affaissèrent, et elle reprit d'une voix embarrassée :

— Il menaçait de m'accuser d'irrégularités dans la gestion du dossier d'un de ses clients. Austin s'est spécialisé dans le droit des successions. Il lui arrive de brasser des millions de dollars. Rien n'aurait été plus facile pour lui que de mettre sa menace à exécution en manipulant quelques chiffres.

Avec un regard de prédateur, Paxton prit appui sur la rambarde et se pencha en avant.

— Regardez-moi, madame d'Angelo.

Il attendit qu'elle eût levé les yeux vers lui pour poursuivre :

— Seriez-vous en train de porter des accusations graves contre mon client ?

Le visage de Gina se figea. Les yeux écarquillés, elle secoua longuement la tête en protestant faiblement :

— Non, non… Il n'a fait que proférer des menaces. Dans sa position, il est facile de transférer de l'argent d'un compte sur un autre sans que personne…

— Vous persistez, madame d'Angelo ! hurla l'avocat sans la laisser conclure. Ces accusations ne sont pas anodines. En fait, il serait facile d'y voir de la diffamation…

— Ce n'est pas de la diffamation puisque c'est la vérité ! s'écria Gina. Pensez-vous que j'aurais renoncé à un poste que j'occupais depuis neuf ans sans de sérieuses raisons ? En sachant que j'allais me retrouver à la rue et que je n'aurais plus de quoi assurer la subsistance de Jesse ?

— Vous saviez pertinemment que vous ne seriez pas à la rue ! répliqua Ryan. Votre meilleure amie, Elizabeth Walker, la marraine de Jesse, n'a été que trop heureuse de vous ouvrir sa porte… Non. Selon moi, vous avez orchestré toute cette mise en scène — votre démission surprise, les accusations fantaisistes portées contre mon client, l'action judiciaire engagée à son encontre — dans un seul but : vous assurer un joli petit pactole pour solde de tout compte.

— C'est faux ! Je…

— Plus de questions, Votre Honneur.

Ryan Paxton fit volte-face et revint s'asseoir à sa table sans plus accorder le moindre regard à Gina ni à Austin. L'air morose, il referma son dossier, croisa les mains dessus comme pour empêcher le contenu de s'en échapper, et laissa son regard errer par la fenêtre voisine. Si son but avait été de détruire Gina, songea Elizabeth en le dévisageant attentivement, il pouvait se vanter d'avoir réussi.

Pourtant, il n'avait absolument pas l'air triomphant d'un avocat fier de son succès…

— Madame d'Angelo, vous pouvez regagner votre place, dit le juge.

A cet instant, Maude se leva.

— Si Votre Honneur le permet, lança-t-elle en arquant un sourcil parfaitement dessiné, j'aimerais poser à ma cliente une dernière question.

D'un bref hochement de tête, le juge acquiesça.

— Gina, commença l'avocate avec un sourire rassurant, afin que les choses soient claires pour tous, dites-nous quelles sommes vous réclamez à votre ex-compagnon en guise de compensation financière.

— Deux mille dollars par mois, répondit Gina. Rien de plus. Cette somme servira à l'éducation de notre fille. Jesse ira bientôt à l'école. La moitié de l'argent sera utilisée pour payer ses frais de scolarité, l'autre sera placée sur un compte épargne qui servira à financer ses études universitaires.

— J'en ai terminé, Votre Honneur, conclut l'avocate en se tournant vers le juge.

D'un geste de la main, le juge incita Gina à regagner sa place, et se plongea dans le dossier ouvert devant lui.

— Maître Kennedy ? lança-t-il bientôt. Souhaitez-vous faire appeler votre premier témoin de moralité ?

Toujours debout, Maude expliqua :

— Il n'y a qu'un témoin à comparaître, Votre Honneur. Nous avons une déposition écrite de notre second témoin, Louis Christian, qui veille actuellement sur Jesse, dans la résidence d'Elizabeth Walker. Comme vous le constaterez en lisant sa déposition, M. Christian n'est pas apparenté à la fille de Mme d'Angelo, mais il fait auprès d'elle office de grand-père, et cela depuis toujours. Ils se voient chaque jour et sont très proches l'un de l'autre.

— Dans ce cas, faites appeler le témoin qui a bien voulu se déplacer, maître.

D'un geste las, comme s'il était à bout de patience, le juge Hetherington ôta ses lunettes et se frotta les yeux. Le visage dénué de toute expression, Maude Kennedy hocha la tête à l'intention de l'huissier.

— Elizabeth Walker ! annonça celui-ci d'une voix forte.

Elizabeth s'était déjà levée. D'un pas résolu qui ne laissait rien paraître de son tumulte intérieur, elle gagna le siège que venait de quitter son amie et prêta serment comme l'y invitait l'huissier. Elle se sentait nerveuse, dévorée par le trac. Ses expériences précédentes des tribunaux ne lui avaient pas laissé de bons souvenirs. S'il ne s'était pas agi de Jesse et de Gina, elle n'y aurait jamais remis les pieds.

Maude, qui avait dû percevoir son trouble, lui adressa un sourire rassurant. A sa demande, elle déclina son identité, son adresse et sa profession.

— Depuis quand connaissez-vous Gina d'Angelo ? lui demanda l'avocate.

— Nous nous sommes connues à l'âge de cinq ans.

— Vous n'êtes donc pas parentes ? s'enquit Maude, bien qu'elle connût la réponse.

— Pas par les liens du sang, non, répondit Elizabeth avec un sourire affectueux. Mais parfois, il nous arrive de nous sentir presque sœurs.

Pour se donner du courage, elle prit une profonde inspiration, puis ajouta :

— Nous sommes toutes deux devenues pupilles de l'Etat. Nous nous sommes retrouvées orphelines à l'âge de cinq ans. Par chance, nous avons fréquenté les mêmes familles d'accueil pendant notre enfance.

— Je suppose que c'est ce qui a motivé votre décision d'accueillir chez vous Mme d'Angelo et sa fille.

— Je ne me suis même pas posé la question.

Elizabeth commença à se détendre et à penser que son témoignage s'avérerait moins pénible qu'elle ne le craignait. Elle poursuivit donc sur sa lancée :

— Nous habitons la même ville ; il nous arrive de passer nos vacances ensemble, de faire du shopping, d'échanger des potins et des vêtements… Je tenais la main de Gina quand Jesse est née.

Pendant sa grossesse, j'ai même été sa partenaire lors des séances de préparation à l'accouchement. Aussi, rien ne m'a paru plus naturel que de l'aider à traverser cette mauvaise passe et à se remettre sur pied quand, par la faute d'Austin Leggett, elle s'est retrouvée à la rue avec ma filleule.

— N'était-ce pas plutôt à M. Leggett d'aider sa compagne lors des séances de préparation à l'accouchement ?

— Il prétendait qu'il n'avait pas le temps.

— Où se trouvait-il, à la naissance de sa fille ?

— En Europe, répondit Elizabeth sans chercher à masquer son amertume. Pour l'un de ces nombreux voyages d'agrément qu'il effectuait sans Gina.

— Comment décririez-vous Mme d'Angelo, en quelques mots ?

— Elle est affectueuse, intelligente, honnête, spontanée, drôle. Jesse l'adore. Quant à moi… elle est à la fois ma sœur et ma meilleure amie. Ma vie serait moins riche sans elle.

Après l'avoir remerciée, Maude Kennedy regagna son banc, laissant le champ libre à son confrère de la partie adverse.

En voyant Ryan Paxton approcher, Elizabeth se raidit. L'admiration qu'il lui avait inspirée un moment plus tôt lui revint à l'esprit. Mais il n'était pas question pour elle de se laisser distraire : elle devait se montrer extrêmement vigilante car l'avenir de Jesse dépendait en partie de ses capacités à lui tenir tête dans les minutes qui allaient suivre.

Concentrée sur ses réponses, Elizabeth s'immergea dans la partie de ping-pong verbal qui s'engageait.

— Voilà des années que vous représentez un soutien essentiel pour Gina, n'est-ce pas, madame Walker ?

— Que voulez-vous dire ?

— Vous l'avez tirée d'affaire à de nombreuses reprises.

— Si c'est ce que vous insinuez, Gina ne s'est jamais attiré d'ennuis importants.

— Vous êtes-vous portée caution pour elle, afin qu'elle puisse obtenir une carte de crédit qu'on lui refusait ?

— Oui, mais il y a des années de cela.

— Avez-vous financé les études qui lui ont permis de devenir assistante juridique ?

— Oui.

— Lui avez-vous donné des cours de soutien afin qu'elle décroche son diplôme, à l'université ?

— Gina a beaucoup souffert dans son enfance. C'est un handicap évident au moment de poursuivre des études.

— N'avez-vous pas souffert, vous aussi ?

— Naturellement ! répondit-elle sèchement.

— Avez-vous eu pour autant besoin de cours de soutien ?

— Eh bien…

— Vous êtes-vous retrouvée, comme votre amie, en difficulté à l'université ?

— Je…

— Oui ou non, s'il vous plaît, madame Walker !

— Non.

Apparemment satisfait de lui avoir arraché cette réponse, Ryan Paxton marqua une pause avant de reprendre d'une voix radoucie :

— Madame Walker, pourriez-vous nous en dire un peu plus sur vous ? Vous écrivez des livres, je crois.

— Oui. Des livres pour enfants.

— Et avec un grand succès, à en juger d'après un récent article du *Houston Chronicle*.

— J'ai eu de la chance.

— Il se trouve que j'ai lu l'un de vos livres, la nuit dernière. Celui qui vous a valu le prestigieux prix Newbery. Je l'ai trouvé très intelligent, fantasque et drôle tout en délivrant un solide message.

— Un message moral, corrigea Elizabeth. C'est ce que je m'efforce de faire passer dans chacun de mes livres.

— Il y était question des difficultés rencontrées par une petite fille auprès de ses camarades de classe, mais je ne parviens pas à me rappeler son nom. Pourriez-vous me rafraîchir la mémoire ?

— Jasmine.

— Jasmine, oui, c'est bien ça. Et parce que sa mère avait choisi un style de vie... disons atypique, les autres enfants s'en prenaient à elle.

— Les enfants peuvent être cruels entre eux.

— Le personnage principal — Sophia, c'est bien ça ? — devient la meilleure amie de Jasmine. Elle prend sa défense, s'arrange pour lui venir en aide et, de ce fait, se place elle-même dans une situation délicate.

— J'ai essayé de montrer qu'une conduite courageuse peut être récompensée, mais qu'il faut accepter d'en payer le prix.

— Quel prix aurez-vous à payer, madame Walker, pour le courage dont vous faites preuve aujourd'hui en volant au secours de votre amie Gina ?

— De quel prix parlez-vous ? Je ne comprends pas.

— L'article paru dans le *Houston Chronicle* fait état de votre aversion pour toute forme de publicité. Vous vivez presque en recluse. Or, une audience telle que celle-ci ne peut que susciter à votre endroit cet intérêt médiatique que vous semblez vouloir fuir.

— Avec tout le respect que je vous dois, maître Paxton, je pense que vous vous trompez. Je ne constitue pas un sujet de prédilection pour les médias.

— J'ai moi-même effectué quelques recherches dans votre passé, après avoir lu cet article.

Elizabeth sentit ses joues s'empourprer et son pouls s'accélérer. Heureusement, Maude s'était déjà dressée pour se porter à son secours.

— Objection, Votre Honneur ! Le procès de Mme Walker n'est pas à l'ordre du jour. Si Me Paxton a une question à poser au témoin, qu'il le fasse.

Sans quitter Elizabeth des yeux, l'intéressé protesta :

— Personne ici n'est en procès, Votre Honneur. Je me cantonne dans mon rôle, qui est de vérifier la crédibilité des témoins de moralité de Gina d'Angelo.

— Objection rejetée, trancha le juge. Veuillez donc poser votre question, maître Paxton.

— Etes-vous à l'aise en sachant que les médias se trouvent dans cette salle, madame Walker ?

Par-dessus l'épaule de l'avocat, Elizabeth jeta un coup d'œil aux bancs clairsemés du public. Les regards de plusieurs spectateurs croisèrent le sien — trois femmes et une demi-douzaine d'hommes, disséminés çà et là. Au fond de la salle, un groupe de jeunes gens assistaient aux débats en prenant studieusement des notes. Sans doute des étudiants en droit, se dit-elle. Si l'avocat cherchait à la déstabiliser, il allait en être pour ses frais.

— Je ne m'intéresse pas plus aux médias qu'ils ne s'intéressent à moi, répondit-elle tranquillement.

— Même s'ils devaient en arriver à se pencher sur votre style de vie ?

— Mon style de vie ? répéta-t-elle, les sourcils froncés. De quoi voulez-vous parler ?

— Vous et Gina êtes très proches. Vous l'avez reconnu l'une comme l'autre. Mais jusqu'où va cette proximité, madame Walker ? Diriez-vous de votre relation qu'elle est… intime ?

— Objection, Votre Honneur ! s'écria une nouvelle fois Maude Kennedy.

— Objection retenue, concéda le juge en se renfrognant. Surveillez la nature de vos questions et poursuivez votre interrogatoire du témoin, maître Paxton.

D'un hochement de tête, l'avocat acquiesça et reprit :

— Où trouvez-vous les idées qui vous servent à écrire vos livres, madame Walker ?

— Comme la plupart des auteurs, répondit Elizabeth en s'efforçant de maîtriser la colère qui faisait trembler sa voix, j'observe la nature humaine, je lis les journaux, je regarde la télévision.

— Ce personnage, dans votre livre, dont la mère adopte un style de vie *non-conformiste*, s'appelle Jasmine. Cela ressemble assez à « Jesse », vous ne trouvez pas ? Faut-il y voir une allusion à votre filleule ?

Maude bondit de nouveau.

— Votre Honneur, je proteste ! Ces insinuations sont grossières et ne reposent sur aucun fait.

— Je retire ma question, Votre Honneur.

Imperturbable, Ryan Paxton regagna sa table et se replongea dans ses notes.

— 24 décembre 2000 ! lança-t-il à l'intention d'Elizabeth. Cela vous dit-il quelque chose, madame Walker ?

— Le réveillon de Noël ?

Elle était parvenue à répondre d'une voix posée, mais son cœur battait la chamade.

— C'est bien cela, dit Paxton en se dirigeant vers elle d'un pas lent. Dites-nous ce qui est arrivé cette nuit-là.

— Ce qui arrive à tout le monde. Cela dépend de vos traditions familiales... En ce qui me concerne, les réveillons sont généralement assez tranquilles.

— Ce qui ne fut pas le cas cette année-là, n'est-ce pas ? Des policiers ne sont-ils pas venus sonner à votre porte, un peu après minuit ? Vous étiez déjà au lit, je suppose.

— Votre Honneur, intervint Maude, si Me Paxton a réellement un élément important à ajouter à cette audition, pourrait-il en venir au fait ?

Ryan Paxton s'adressa directement au juge.

— Cette audition a pour but de vérifier la capacité de Gina d'Angelo à assumer la garde principale d'une enfant de cinq ans. Les faits que je cherche à éclaircir auprès de ce témoin sont de nature à mettre en doute cette aptitude.

— Soyez concis, maître Paxton ! cria le juge. Il n'y a pas de place dans ce tribunal pour les effets de manche.

— Compris. Où en étions-nous ? Ah, oui. Noël 2000. Minuit. Des policiers sur le seuil de votre porte. Dites-nous de quoi il s'agissait, je vous prie.

— Gina venait d'avoir un accident. Elle était...

— Ivre ?

— Eh bien, Gina et Austin réveillonnaient chez des amis. Ils se sont querellés en présence des invités. Ils avaient bu tous les deux. Tout le monde avait bu lors de cette soirée, mais...

— Mais personne d'autre que votre amie n'a quitté la réception sur un coup de tête, alors qu'il faisait un temps de chien dehors — non pas une petite averse, mais une de nos torrentielles pluies de Houston. Ce qui n'a pas empêché Gina d'Angelo de disparaître au volant de la Porsche de quatre-vingt-cinq mille dollars appartenant à mon client.

— Elle savait que si elle rentrait avec lui, il se montrerait violent ! plaida Elizabeth avec force. C'était déjà arrivé.

L'avocat eut une grimace comique, puis il assura d'une voix mielleuse :

— C'est pure spéculation de votre part, madame Walker. Ce que nous savons de manière certaine, c'est que votre amie a raté un virage et défoncé une clôture, infligeant d'importants dommages à la Porsche.

— A cause d'un coup de volant qu'elle avait dû donner pour éviter un chat ! expliqua Elizabeth.

— Un chat ? Sous la pluie ? Dans un quartier résidentiel où les animaux domestiques se prélassent au coin du feu plutôt que de traîner dans les rues ?

— Peut-être était-ce un animal sauvage ? Un raton laveur, par exemple.

Elle savait qu'elle était piégée et qu'elle ne faisait qu'aggraver la situation, mais elle ne pouvait s'empêcher de défendre bec et ongles la réputation de Gina.

— Dans ce quartier, ajouta-t-elle, il existe un ruisseau souterrain. Cela n'a rien d'inimaginable.

— Certes. On peut même imaginer que dans l'état où elle se trouvait, Gina d'Angelo ait voulu éviter un éléphant rose.

— Est-ce l'idée que mon estimé confrère se fait d'un interrogatoire, Votre Honneur ? intervint Maude avec une mimique de dégoût.

Le visage impénétrable, Ryan Paxton referma son poing sur ses notes et dit au juge, avant de retourner s'asseoir :

— J'en ai terminé avec ce témoin, Votre Honneur.

Folle de rage à l'idée d'avoir été manipulée, Elizabeth se tourna vivement vers le magistrat.

— Cette nuit-là, expliqua-t-elle d'un ton pressant, Austin l'aurait frappée si elle ne s'était pas enfuie. Voilà pourquoi elle a pris cette voiture. Et il l'aurait traitée encore plus sévèrement si elle s'était avisée de demander de l'aide à l'un des convives car, bien entendu, il redoutait qu'elle ne révèle publiquement la cruauté dont elle était victime.

— Votre Honneur…

Mais le juge Hetherington, manifestement agacé, n'accorda pas la parole à Ryan Paxton.

— Assez, madame Walker ! lança-t-il. Retournez vous asseoir, je vous prie.

Puis, après avoir pris une profonde inspiration et s'être passé une main lasse sur le visage, il balaya les parties en présence d'un regard sévère, et décréta :

— Il me semble qu'une pause fera le plus grand bien à tout le monde. Allons déjeuner. L'audience reprendra à 14 heures.

D'un geste sec, il abattit son marteau et se leva.

Ce fut un trio de jeunes femmes déconfites qui prit place à la table d'un restaurant voisin du tribunal, une demi-heure plus tard.

— Désolée, Gina, dit Elizabeth. Je crois que je me suis fait avoir en beauté.

Les yeux clos, elle se massa les tempes et s'efforça de bannir de sa mémoire le visage hautain de Ryan Paxton. Elle se reprochait amèrement de n'avoir pas su déjouer les pièges qu'il lui avait tendus. De fait, il avait fait d'elle exactement ce qu'il avait voulu.

— Tu avais raison, reprit-elle en ouvrant les yeux pour dévisager son amie. Il est redoutable.

Le regard perdu dans les profondeurs de son verre de thé glacé, Gina conclut tout bas :

— Et pour ne rien arranger, le juge est de son côté.

— Allons, allons, mesdames ! protesta Maude. Rien ne justifie un tel défaitisme…

Ses lunettes posées à l'extrémité de son nez, elle étudiait attentivement le menu.

— Bien malin qui pourrait prédire les penchants secrets d'un juge, reprit-elle. L'une de vous a-t-elle déjà essayé la truite amandine ?

— Je me demande comment vous faites pour avoir de l'appétit ! lança Gina en guise de réponse. Moi, j'ai l'impression que je ne pourrai plus rien avaler de ma vie…

— Ne dites pas de bêtises ! répliqua l'avocate. Que diriez-vous d'une bisque de crabe, suivie de ce grand classique : une salade César ?

— Je prendrai juste la bisque, annonça Elizabeth en reposant son menu.

— Vous avez vu comment il a claqué la porte derrière lui ? demanda Gina, qui suivait toujours son idée.

— Je vous le répète, dit Maude, l'humeur d'un juge ne présage en rien de sa décision.

Elle fit une pause pour appeler un serveur, puis poursuivit :

— Et même s'il a pu vous paraître partial, ce matin, le juge Hetherington a la réputation d'être un magistrat honnête. Il est rude, peut-être même un peu macho, mais quand le bien-être d'un enfant est en jeu, je vous garantis qu'il se montre on ne peut plus scrupuleux.

Elle rangea ses lunettes dans son sac, et ajouta à l'intention d'Elizabeth :

— Laissez-moi vous dire que vous vous sous-estimez, Liz. Votre réputation et votre attitude constamment digne ne peuvent qu'ajouter du poids à votre témoignage. Le juge ne pourra écarter d'un revers de main le fait que vous ayez vu Gina blessée à plusieurs reprises.

— Même si Paxton a tenté de le persuader que nous sommes lesbiennes ? ajouta Elizabeth avec amertume.

— Cette insinuation était déplacée, reconnut Maude Kennedy. Je m'étonne d'ailleurs qu'un homme comme Ryan Paxton s'abaisse à utiliser de tels procédés.

— C'est un prédateur ! intervint Gina, la mine défaite. Je vous l'avais bien dit !

— A mon avis, dit Maude, il a dû se laisser influencer par son client.

— Je me doutais bien qu'Austin était prêt à tout, déclara Gina, mais je n'imaginais quand même pas qu'il tomberait si bas.

Tout en parlant, elle triturait machinalement un petit pain entre ses doigts.

— Mais le pire, reprit-elle, c'est qu'il soit allé déterrer cette vieille histoire de conduite en état d'ivresse.

— Sur ce point, dit Maude, je pense que le juge tiendra compte de l'explication fournie par Elizabeth. Même s'il a dû la faire taire, par principe.

D'un geste plein d'élégance, elle porta son verre d'eau à ses lèvres avant de conclure :

— Et si nous passions commande ? Je suis affamée !

Elizabeth laissa sa tête reposer contre l'appuie-tête de la banquette et ferma de nouveau les yeux.

— J'espère que le pire est derrière nous, murmura-t-elle.

Après avoir été soumise à l'implacable interrogatoire de Ryan Paxton, elle aurait voulu rentrer chez elle, s'enfermer dans son bureau, allumer son ordinateur et s'immerger dans un monde imaginaire, celui-là même que l'avocat avait qualifié de « fantasque » — ce qui, dans sa bouche, devait être péjoratif.

— Même si Ryan Paxton est habitué à gagner, dit Maude d'un ton rassurant, vos deux témoignages sont assez solides pour changer la donne.

Le serveur, venu prendre les commandes, l'empêcha d'en dire plus. Après avoir ramassé leurs menus, il s'éclipsa, et Elizabeth put poser la question qui lui brûlait les lèvres.

— Qu'a-t-il voulu dire à propos des médias ? Ce fouineur de reporter du *Houston Chronicle* était là ?

— Je ne l'ai pas vu dans la salle, répondit Gina. Et j'ai bien regardé.

Maude fendit un petit pain en deux et expliqua, tout en le beurrant généreusement :

— Les représentants de la presse accrédités auprès de la cour ne s'intéressent pas aux affaires familiales, à moins qu'elles n'impliquent des personnalités connues du grand public. Ce qui n'est pas le cas d'Austin, même s'il s'imagine le contraire. En faisant cette allusion, je pense que Ryan cherchait juste à vous déstabiliser. Et croyez-moi, sur ce point il en a été pour ses frais. Votre sincérité était éclatante ; on ne pouvait pas la mettre en doute.

Avec un sourire chaleureux, elle ajouta :

— En ce qui me concerne, je trouve votre amitié belle et réconfortante…

Une jeune femme s'approcha alors de leur table, un sourire timide aux lèvres.

— Pardonnez-moi de vous déranger…

— Oui ? fit Maude en la dévisageant d'un air intrigué.

Mais ce n'était pas elle que l'inconnue dévisageait. C'était Elizabeth.

— Je sais que c'est un peu… sans-gêne de ma part, reprit-elle. Mais je me suis dit que je devais absolument saisir cette opportunité.

Son joli visage s'éclaira d'un sourire — éclatant, cette fois — avant qu'elle ne conclue :

— Bonjour, Elizabeth. Je suis Lindsay.

Elizabeth resta figée sur place, incapable de dire un mot. Après le fiasco de son audition, elle s'était imaginé que rien de pire ne pourrait lui arriver ce jour-là. Apparemment, elle s'était trompée…

— Lindsay…, répéta-t-elle platement.

Gina poussa un petit cri, les yeux agrandis par la surprise, et porta la main à sa bouche.

— Oh, mon Dieu ! Vous êtes…

— Lindsay Blackstone, oui. Et comme je viens d'assister à l'audience, je sais qui vous êtes, toutes les deux. Enchantée de faire votre connaissance.

Se tournant de nouveau vers Elizabeth, elle lui lança un regard implorant.

— S'il vous plaît, ne soyez pas fâchée ! plaida-t-elle avec force. Je voulais juste me présenter à vous.

Elle tendit la main, et ajouta en usant de nouveau de son irrésistible sourire :

— Il est un peu trop tôt pour nous embrasser, n'est-ce pas ?

Machinalement, Elizabeth serra la main qu'elle lui tendait. Qu'aurait-elle pu faire d'autre ?

— Je vous présente mon amie Gina d'Angelo, dit-elle à contrecœur. Ainsi que son avocate, Maude Kennedy. Gina, Maude, je vous présente Lindsay...

Comme elle semblait incapable d'en dire plus, la nouvelle venue le fit à sa place.

— Je suis la sœur d'Elizabeth.

Un silence ébahi s'installa entre les trois amies, jusqu'à ce qu'Elizabeth eût le courage de le briser d'une voix morose :

— Lindsay a pris contact avec moi par e-mail, dernièrement.

— A la réflexion, dit Maude en les étudiant attentivement, il suffit de vous voir ensemble pour deviner votre lien de parenté...

Gina, qui dévisageait Lindsay avec fascination, déclara rêveusement :

— Quand tu m'as parlé de cet e-mail, jamais je n'aurais fait le lien avec *la* Lindsay Blackstone de la télévision. Vous êtes réellement sœurs, toutes les deux ?

— Il semble que oui, répondit froidement Elizabeth.

— Dois-je comprendre que ma popularité n'est pas parvenue jusqu'à vous ? minauda Lindsay. Voilà qui me blesse profondément...

— Désolée.

Elizabeth avait vaguement entendu parler du talk-show qui avait rendu Lindsay célèbre, mais elle n'avait jamais poussé la curiosité jusqu'à le regarder. Elle n'avait pas l'habitude d'allumer la télévision le matin car c'était le moment de la journée pendant lequel elle travaillait le mieux. Elle avait dû voir passer dans la presse une ou deux photos de l'animatrice vedette, mais jamais elle n'aurait établi de lien entre elle et cette parfaite représentante d'un monde de strass et de paillettes qui lui paraissait si lointain.

Le charme de la présentatrice était à présent en pleine action.

— Aucune importance, dit-elle avec un sourire faussement modeste. Me voilà redescendue sur terre, de toute façon... Comme le dit l'adage : plus dure sera la chute !

— J'étais l'une de vos fans ! déclara Gina.

— Merci.

— La ressemblance entre vous est stupéfiante, reprit Maude en laissant glisser son regard de l'une à l'autre. Même si bon nombre de détails vous différencient, bien entendu.

Effectivement, songea Elizabeth, difficile de comparer ses cheveux auburn et ses yeux verts à la crinière blonde et au pétillant regard bleu de sa… *sœur.*

— En ce qui me concerne, expliqua Lindsay sans cesser de sourire, je n'ai constaté cette ressemblance que tout récemment. Selon mes parents adoptifs, c'est à un stupide malentendu judiciaire que nous devons d'avoir été séparées. Quand ça s'est produit, nous étions encore toutes petites, Megan et moi… Megan est mon autre sœur — *notre* sœur. Figurez-vous que jamais personne ne s'est avisé de nous révéler l'existence d'Elizabeth… L'histoire est remontée au grand jour quand elle a obtenu le Newbery. Imaginez notre joie, notre stupéfaction… mais aussi notre tristesse et notre colère. Nous avons eu une explication musclée avec nos parents. Ils ont dû nous rendre des comptes, croyez-moi…

Elizabeth secoua la tête et protesta gentiment :

— Lindsay… je ne pense pas que les circonstances se prêtent à une conversation aussi personnelle.

Mais, malgré ses réticences, elle ne pouvait qu'être ébranlée par le fait que ses sœurs aient tout ignoré d'elle jusqu'à la parution de l'article. Ce fait était-il mentionné dans son courriel ? Ou l'avait-elle laissé passer en survolant rapidement le message avant de l'effacer ?

Les yeux ronds, Lindsay fit une grimace comique.

— Vous avez raison, affirma-t-elle d'un air contrit. Comme je vous le disais, il m'arrive d'être un peu sans-gêne. Megan dit toujours que je parle d'abord et que je réfléchis après. Mais comment aurais-je pu laisser passer cette occasion, alors qu'il est si difficile de vous joindre ?

Une nouvelle fois, elle gratifia Elizabeth de son sourire le plus enjôleur.

— Est-ce qu'on pourrait se voir plus longuement ? S'il vous plaît… C'est tellement important pour Megan et moi.

L'arrivée du serveur dispensa Elizabeth de répondre.

Sans se laisser décourager par cette interruption, Lindsay fit un pas de côté et attendit quelques instants avant de lui tendre sa carte.

— Je vous laisse déjeuner tranquillement, conclut-elle. Mais s'il vous plaît, appelez-moi dès que possible. Ou prenez contact avec Megan, si vous préférez : j'ai noté ses coordonnées au dos de ma carte. Comme je vous l'ai écrit, elle est interne. Pour le moment, elle travaille aux urgences. Ça va durer six semaines, et ensuite…

Elle s'interrompit brusquement et secoua la tête d'un air désolé avant de conclure :

— Je suis incorrigible. Je vous laisse, à présent. N'oubliez pas de nous appeler, l'une ou l'autre. C'est d'accord ? Nous sommes de la même famille, après tout… Qu'y a-t-il de plus naturel ?

Sans cesser de sourire, elle tourna les talons et s'éloigna rapidement.

— Ainsi, murmura Gina, voilà à quoi ressemble une célébrité…

Toutes trois indifférentes au contenu de leur assiette, elles regardèrent Lindsay se fondre avec aisance dans la salle de restaurant bondée, saluant au passage l'un ou l'autre des convives. Un homme élégant se leva à la hâte, l'interpella et l'invita à le rejoindre à une table déjà bien encombrée. Avec un charmant sourire, la jeune femme s'exécuta et entama avec lui une conversation joyeuse et animée.

— Je me demande, reprit Gina sur le même ton rêveur, quelle impression ça fait d'être reconnue par tout le monde…

— Pas tout à fait tout le monde, rectifia Maude avec un regard appuyé en direction d'Elizabeth. Pour ma part, je ne l'avais jamais vue. J'ai donc eu la chance, moi aussi, de rencontrer une célébrité ?

Ce fut Gina, et non Elizabeth, qui lui répondit :

— Exactement. Tout le monde la connaît, à Houston. Elle présentait son propre talk-show, sur WBYH, jusqu'à il y a…

Elle se tourna vers son amie pour la prendre à témoin.

— … un an, c'est ça, Liz ?

— Je n'en sais fichtre rien.

— Mais au fait, pourquoi cette émission a-t-elle disparu de l'antenne ?

Gina haussa les épaules et marmonna :

— Audience insuffisante, je suppose.

Tout en observant l'effervescence que suscitait la présence de Lindsay quelques mètres plus loin, Gina poursuivit :

— Maintenant que je l'ai rencontrée, je m'étonne qu'elle n'ait pas déjà retrouvé le chemin des plateaux. Elle est très charismatique, vous ne trouvez pas ? Et elle ne manque pas de culot ! Il en fallait pour nous aborder comme elle l'a fait alors que son mail était resté sans réponse…

Elle lança un regard songeur à son amie et s'exclama :

— Tu n'as vraiment pas fait le lien entre la Lindsay qui t'avait envoyé cet e-mail et la présentatrice vedette de la télé ?

L'admiration béate qui transparaissait dans les paroles de Gina comme sur son visage commençait à agacer Elizabeth. Haussant les épaules, elle fit mine d'étudier attentivement le contenu de son assiette et marmonna :

— Je n'ai jamais été fan de personne.

Mais en dépit de l'indifférence qu'elle affichait, elle devait reconnaître qu'il était difficile de résister au charme et au tempérament explosif de Lindsay. Et puis, elle était suffisamment honnête avec elle-même pour reconnaître que sa réaction première de rejet paraissait beaucoup moins noble à la lumière de ce qu'elle venait d'apprendre.

Puisque ses sœurs n'avaient jamais été au courant de son existence, elle ne pouvait plus leur reprocher de n'avoir pas tenté de prendre contact avec elle.

N'empêche qu'elle allait devoir faire un effort pour aller vers Lindsay et Megan… Enfin, plus tard, car le moment était particulièrement mal choisi.

— Pouvons-nous manger, à présent ? lança Maude d'un ton faussement agacé.

Les trois amies se mirent à rire et attaquèrent leur déjeuner avec des appétits variés.

4

— Bien joué ! s'exclama Austin en frappant la table du plat de la main. Je crois que, cette fois, l'affaire est dans le sac…

Avec un sourire triomphant, il regarda Ryan rassembler dans son attaché-case notes, documents, stylos et trombones éparpillés devant lui.

— Je savais que vous ne feriez qu'une bouchée de Gina, reprit-il, mais la façon dont vous avez mouché cette garce qui partage sa vie était proche du génie… A vous voir faire, ça paraissait presque facile.

Il frotta longuement ses mains l'une contre l'autre avant de conclure :

— On les a eues en beauté, pas vrai ?

D'un air morose, Ryan referma son attaché-case. Afin de rester concentré, il préférait demeurer seul durant la pause-déjeuner, mais Austin s'accrochait à ses basques comme un jeune chien envahissant. Il avait fait de son mieux pour le préparer avant sa déposition, qui interviendrait dans l'après-midi, mais en le voyant réagir ainsi, il commençait à craindre que tous ses efforts ne se trouvent ruinés.

— Soyez patient, mon vieux. C'est toujours une erreur de vendre la peau de l'ours avant de l'avoir tué.

Quelque chose dans l'attitude plus que réservée de son avocat finit par avoir raison de l'euphorie d'Austin, et son sourire béat se figea sur ses lèvres.

— Attendez ! protesta-t-il impatiemment. Ce n'est pas d'un ours que je vous demande d'avoir la peau, mais d'un couple de gouines résolues à me mettre sur la paille. Alors, je vous répète ma question : pensez-vous oui ou non que je vais m'en tirer sans avoir à signer un gros chèque, ce qui me contrarierait *énormément* ?

Ryan se cantonna dans un silence prudent. Par la force des choses, il s'était montré assez brutal avec Gina et son amie, ce dont il n'était pas particulièrement fier. Elizabeth Walker, notamment, avait fait un témoignage puissant, qui l'avait obligé à recourir à des tactiques énergiques pour arriver à ses fins. Il comprenait son acharnement à défendre la réputation de son amie. N'est-ce pas à cela que sert un témoin de moralité ? En lui donnant du fil à retordre, la jeune femme avait parfaitement rempli sa mission. Certes, il avait réussi à l'abaisser et à jeter le doute sur ses motivations, mais ce faisant, il s'était abaissé lui aussi. Le coup était d'autant plus rude que, à ses yeux, les deux femmes n'avaient rien d'un couple de lesbiennes. Qui plus est, les explications fournies par Elizabeth Walker à propos de l'accident du réveillon de l'an 2000 étaient frappées au coin du bon sens.

Le point le plus délicat concernait le comportement prétendument violent d'Austin. Tout ce que Ryan avait fait valoir était vrai. Il n'existait aucune trace du passage de Gina dans un service d'urgence ; elle n'avait jamais fait appel à la police et n'avait mis personne dans la confidence, à l'exception de son amie Elizabeth. Dans ces conditions, c'était leur parole à toutes les deux contre celle d'un homme qu'il côtoyait depuis des années, même si leurs relations étaient purement professionnelles et plutôt distantes… En tout cas, il était étonnant que le couple eût échappé aux ragots. Si Austin battait sa femme régulièrement, la chose aurait fini par se savoir, quand même…

Ce qui laissait la question fondamentale sans réponse : le témoignage des deux femmes était-il forgé de toutes pièces pour nuire à son client, comme Austin le clamait depuis le début ? Quelle que fût la réponse, il allait falloir déployer une énergie hors du commun et faire preuve d'un réel talent pour détruire cette argumentation.

Frappé par une évidence, Ryan se figea après avoir saisi la poignée de son attaché-case. Toutes ces tergiversations ne visaient sans doute qu'à le soulager du trouble qui s'était emparé de lui au cours de l'interrogatoire serré qu'il avait mené. S'il s'était acharné ainsi contre le témoin de la partie adverse, ce n'était peut-être pas uniquement dans l'intérêt de son client. Le fait qu'Elizabeth Walker eût été la fille de l'homme qui avait conduit son père au suicide n'y était-il pas pour quelque chose ?

Non. Ryan refusait cette hypothèse. C'eût été une attitude définitivement contraire à toute déontologie, et il ne s'estimait pas aussi mesquin.

— Hé, Paxton ? Vous êtes là ?

— Mmm ? Désolé, Austin. Je remuais quelques idées pour ma plaidoirie.

Sur ce pieux mensonge, Ryan remonta l'allée en direction de la sortie, escorté par son client.

— Voilà ce que je vous propose, dit-il en consultant sa montre. On se retrouve ici dans… disons une heure et demie. Je vous conseille de profiter de la pause pour prendre un solide déjeuner. Il vous faut des forces pour cet après-midi.

— Vous n'avez pas répondu à ma question ! s'indigna Austin.

— Je n'ai pas entendu de question.

— Va-t-elle oui ou non réussir à me soutirer le fric qu'elle me réclame ? répéta-t-il, au comble de l'exaspération. Bon sang, Ryan ! A votre avis, quelle autre question je pourrais bien vous poser en ce moment ?

— Vous pourriez me demander si vous avez des chances d'obtenir la garde de votre fille, par exemple. N'est-ce pas une autre de vos préoccupations ?

— Ça va ensemble. Vous me l'avez dit vous-même !

Ils descendaient le perron du tribunal et, loin de se calmer, Austin Leggett était de plus en plus agité. Au bas des marches, il finit par retenir Ryan par le bras pour le forcer à lui faire face.

— Quel est le problème ? demanda-t-il en cherchant à capter son regard. Auriez-vous des doutes sur ce dossier ? Seriez-vous tenté de croire ces deux garces ? Parce que, si c'est le cas, j'ai besoin de le savoir. Je peux toujours faire appel à un autre avocat, vous savez…

Pour Ryan, qui se serait bien passé de cette pénible affaire, ce fut le mot de trop.

— Ecoutez-moi bien, Leggett… Si vous n'aimez pas la façon dont je traite votre dossier, il y a chez LJ&B trente-cinq à quarante confrères qui ne demanderaient pas mieux que de prendre ma place. Ce n'est pas moi qui vous retiens. Je n'ai pas demandé à m'occuper de vous. C'est votre père qui me l'a imposé, en me faisant bien comprendre qu'un refus de ma part aurait équivalu à un suicide. Et maintenant que je suis plongé jusqu'au cou dans votre vie privée, je commence à comprendre ses inquiétudes : ce qu'il souhaite par-dessus tout, c'est épargner à la firme les répercussions d'un possible scandale. Et la question est : pourquoi y aurait-il scandale ?

— Qu'est-ce que j'en sais ? C'est à lui qu'il faut le demander.

— Y aurait-il dans les allégations de Gina et Elizabeth un soupçon de vérité ? insista Ryan. Votre père aurait-il appris par des ragots de bureau une vérité dérangeante ? A moins qu'il ne possède d'autres sources plus fiables ?

Austin haussa les épaules et détourna le regard.

— Je ne vois pas de quoi vous voulez parler.

— Je veux simplement souligner que vous faites partie de la même famille. Toutes les familles ont leurs secrets.

Tout en suivant distraitement des yeux le trafic automobile, chargé à cette heure du déjeuner, Austin répliqua d'une voix sourde et chargée de colère :

— Mon père ne connaît rien de mes secrets. Et, de toute façon, il n'y a aucun secret. Gina est une menteuse. Liz aussi.

— Tout le monde ment, résuma Ryan d'un ton dubitatif. Sauf vous, bien entendu !

Austin se retourna vers lui et le fixa droit dans les yeux avant d'affirmer crânement :

— Exactement ! Sauf moi.

Ryan soutint son regard un moment, puis il se remit à marcher le long du trottoir.

— Si vous gardez ce cap cet après-midi, lors de votre déposition, vous serez sur la bonne voie, déclara-t-il. Enfin, en ce qui concerne le montant du chèque. Pour la garde de votre fille, c'est autre chose : ça, c'est loin d'être gagné.

— Vous vous en faites trop ! lança Austin presque gaiement, tant il se sentait rassuré par ce qu'il venait d'entendre.

— Je sais. C'est mon job de m'en faire trop.

Laissant son client poursuivre son chemin, Ryan ouvrit la portière de sa voiture et lança l'attaché-case sur le siège passager. Ce qui l'inquiétait le plus, songea-t-il en se glissant derrière le volant, ce n'était pas tant le compte en banque d'Austin Leggett que le sort de Jesse. En dépit des arguments qui plaidaient en faveur de son père, il éprouvait une forte réticence à lui faire obtenir la garde.

Il avait déjà connu de semblables intuitions, lors d'affaires précédentes, et en fin de compte, il avait toujours eu la preuve que ses soupçons étaient fondés. Cette fois, il espérait ne pas se tromper. Le sort d'une gamine innocente en dépendait.

— Jesse ! On est là…

Gina se laissa tomber sur le canapé avec un soupir de soulagement.

— Seigneur ! gémit-elle. Je me sens comme un prisonnier le jour de sa sortie… Je ne sais pas comment tu fais pour rester si calme, Liz. Cette journée a failli me rendre folle… Louis ! Jesse !

Elle retira le peigne qui tenait ses cheveux, et en libéra le flot sombre en secouant la tête. Puis elle se débarrassa des élégants souliers noirs empruntés à Elizabeth pour l'audience. Tout en se massant longuement les doigts de pied, elle lança un coup d'œil circulaire et s'inquiéta :

— Mais où ont-ils bien pu passer ?

— Je vais voir s'ils ne sont pas dans mon bureau, dit Lizzie.

Jesse aurait-elle transgressé la règle établie de ne jamais allumer l'ordinateur toute seule, même pour s'adonner à l'un de ses jeux préférés ?

— Elle n'est pas là ! cria-t-elle. Ils sont sûrement dans le jardin.

Gina traversa le salon pour ouvrir les portes du patio.

— Si Louis était d'accord, confia-t-elle à Elizabeth qui la rejoignait, elle passerait ses journées dehors. Ma fille est un vrai garçon manqué !

Savourant la fraîcheur du plancher sous la plante de ses pieds, elle poussa un nouveau soupir et ajouta :

— J'ai l'impression que mes orteils sortent de prison, eux aussi…

Elle se tourna vers le jardin où retentissaient les aboiements enthousiastes d'Archie, et mit sa main en porte-voix pour crier :

— Louis ! Jesse ! Où êtes-vous ?

— Par ici…

La voix de Louis provenait du belvédère. Elles le virent se lever de la balancelle et leur sourire de loin, mais Jesse n'était nulle part en vue.

— Alors ? cria-t-il. Bonnes nouvelles ?

— Il faut attendre demain, répondit Elizabeth. Le juge a voulu se donner le temps de la réflexion.

— Oh, flûte ! s'exclama Gina. Je vais ruiner ce collant si je sors comme ça.

D'un geste déterminé, elle passa les mains sous sa jupe — également empruntée à son amie — et ôta le collant en un tournemain. Puis elle posa ses pieds nus sur les dalles fraîches du patio.

— Où est ma petite puce ? lança-t-elle à la cantonade, de cette voix chantante et malicieuse qui faisait les délices de Jesse.

Avec un cri de joie, la petite fille émergea soudain d'un petit monticule de feuilles soigneusement ratissées.

— Me voilà, maman !

Riant de plaisir, elle s'élança vers sa mère, les bras grands ouverts. Gina éclata de rire. Pour se mêler à la fête, Archie gambadait autour d'elles avec force aboiements enthousiastes.

Gina prit le petit visage de Jesse entre ses mains et se pencha pour lui déposer un baiser sur le bout du nez.

— Je ne t'ai pas trop manqué, ma puce ?

— T'as été partie longtemps !

— Ça m'a paru long à moi aussi… Mais je suis rentrée aussi vite que j'ai pu.

Elle prit le temps d'enlever quelques feuilles accrochées aux cheveux de Jesse, et ajouta en se tournant vers le jeune garçon timide aux cheveux filasse qui s'accrochait au collier d'Archie :

— Bonjour, Cody.

Puis, s'adressant à Louis qui les avait rejoints, elle demanda :

— Elle a été sage ?

Le vieil homme, qui brossait son pantalon du plat de la main, répondit avec un clin d'œil à Jesse :

— Elle est toujours sage.

Gina fit mine de froncer les sourcils d'un air méfiant.

— Pourquoi ce clin d'œil ?

Avec une grimace comique, Jesse baissa les yeux sur ses baskets. A côté d'elle, Cody enfouit son visage dans la fourrure du chien.

— Maman, dit-elle, pas la peine d'aller voir dans la cuisine de papy Louis.

— Et pourquoi ça, jeune fille ? Que suis-je censée découvrir — ou plutôt ne pas découvrir — dans la cuisine de papy Louis ?

— Ils ont voulu fabriquer de la pâte à modeler, expliqua le vieil homme. Malheureusement, je n'avais pas pleinement conscience de ce qu'impliquait un tel projet… En un rien de temps, il y a eu de la farine partout, et comme Archie piétinait là-dedans, je me suis dit qu'il allait en répandre dans toute la maison. Le temps que je fasse sortir le chien, Cody avait décidé qu'il savait quelle quantité d'eau il fallait verser — mais il a dû légèrement la surestimer. Alors, pendant que j'avais le dos tourné…

Il secoua tristement la tête en concluant :

— C'est le mixeur, en fait, qui a fait le plus de dégâts…

Intriguée, Gina tendit la main et cueillit un filament gluant et blanchâtre dans la barbe de Louis.

— Ooops ! fit Jesse en pouffant de rire. Je croyais qu'on t'avait bien nettoyé, papy Louis…

— As-tu également nettoyé la cuisine, jeune demoiselle ? demanda sévèrement Gina.

— Papy Louis a dit qu'il valait mieux qu'on aille jouer dehors tant qu'il faisait beau. Alors, c'est ce qu'on a fait.

— Tout nettoyer, c'était un trop gros travail pour eux, expliqua Louis. Et je ne pouvais tout de même pas les laisser dehors, livrés à eux-mêmes. Tu n'aurais pas voulu que je les laisse seuls, n'est-ce pas ?

— Non, bien sûr.

Gina leva les yeux au ciel et croisa les bras.

— Je te suis très reconnaissante de t'être occupé d'eux, reprit-elle. Mais tu devrais être un peu plus ferme — spécialement avec Jesse. Elle est tout à fait capable d'aller tirer la queue d'un tigre si tu la laisses faire. Alors, la prochaine fois…

— La prochaine fois, je ne les laisse pas entrer dans la cuisine ! conclut Louis à sa place, manifestement soulagé de s'en tirer à si bon compte.

— Enfin, on n'a plus qu'à tout nettoyer, maintenant.

Gina tendit une main à sa fille, l'autre à Cody, et quand Louis fit mine de les suivre, elle se récria :

— Il n'est pas question que tu mettes la main à la pâte. Enfin, si l'on peut dire ! Ils ont su salir, ils sauront nettoyer… avec mon aide, bien sûr. Va donc t'installer à l'ombre. Lizzie te racontera les détails de l'audience.

Elizabeth, amusée par l'incident, glissa son bras sous celui de son ami pour l'entraîner vers la gloriette.

— Excellente idée ! approuva-t-elle.

— Ce sont de bonnes nouvelles ? demanda Louis, l'air un peu inquiet.

— Dis-lui, Liz ! lança Gina.

Sans plus attendre, elle entraîna les deux enfants, suivis de l'indispensable Archie, vers l'épaisse haie de lauriers-roses derrière laquelle s'élevait la grande maison de Louis…

Au lieu de s'installer confortablement pour se détendre, Louis s'assit avec raideur sur le bord d'un coussin et regarda Elizabeth tirer vers elle une chaise de jardin.

— Je suis surpris que les débats soient déjà clos, dit-il. Je m'attendais à ce que l'audience se poursuive demain. Austin aurait-il fait preuve de dignité en renonçant à demander la garde de Jesse et en acceptant les conditions de Gina sans discuter ?

— Austin et la dignité, ça fait deux, répondit Elizabeth en grimaçant. Gina et moi, on a témoigné ce matin. Son tour est venu après le déjeuner. Le juge Hetherington...

— Ce brave vieux Larry...

— Tu le connais ? demanda Elizabeth d'un air surpris.

— Je l'ai vu à l'œuvre sur quelques cas épineux. Mais c'était il y a des années. J'espère qu'il s'est adouci avec l'âge...

Elizabeth était toujours étonnée de constater que son voisin était au courant de tout, alors qu'il ne quittait sa maison que pour lui rendre visite. Il avait une opinion sur chaque chose : la politique, les problèmes sociaux, les faits divers... Finalement, il n'y avait rien d'étonnant à ce qu'il connaisse le juge Hetherington, qui officiait à Houston depuis plus de trente ans. Que faisait Louis Chritian avant d'emménager près de chez elle, ça, c'était un mystère. Il demeurait toujours extrêmement vague sur son passé, et comme Liz n'était pas du genre à s'immiscer dans la vie des gens, ça ne la dérangeait en rien. A ses yeux, c'était le présent qui comptait, et il ne faisait aucun doute pour elle que Louis était bien plus proche de Jesse que ses grands-parents paternels. Curtiss Leggett était un homme froid et distant. Quant à son ex-femme, qui vivait à Phoenix, en Arizona, elle n'avait jamais exprimé le moindre désir de passer du temps avec sa petite-fille. A lui seul, Louis compensait ce manque avec un stock inépuisable d'histoires issues de sa propre enfance. Jesse les adorait, et Elizabeth elle-même n'y était pas insensible. Il lui était même arrivé de s'en inspirer pour écrire ses livres.

— Je l'espère aussi, répondit-elle avec un temps de retard.

Tout en arrachant une fleur fanée à un camélia, elle se promit de planter quelques pétunias, et si possible des belles-de-jour... Le lantanier, lui, refleurirait spontanément. Grâce au climat qui régnait à Houston, son jardin demeurait fleuri et coloré tout au long de l'année…

— Dis-moi tout, Liz. Qu'est-ce qui s'est passé, aujourd'hui ?

— Comme il fallait s'y attendre, Ryan Paxton ne nous a pas ménagées, Gina et moi. Et quand son tour est venu, Austin a menti outrageusement. Personne ne peut savoir ce qui se passe exactement entre un homme et une femme. Il en a profité pour dépeindre Gina comme une mère indigne. En montrant qu'il n'était motivé que par le souci de ne rien débourser, Maude a fait du bon boulot. Mais ce qui me tracasse, c'est l'acharnement dont il a fait preuve pour démontrer que Gina est instable.

Le front soucieux, elle jeta un coup d'œil à la maison voisine, derrière la haie de lauriers-roses, et conclut :

— A mon avis, elle aura de la chance si elle s'en tire avec la garde partagée. Quant à la pension alimentaire, j'ai bien peur qu'elle lui passe sous le nez.

— Elle demande pourtant une somme plus que raisonnable ! Hetherington devrait la lui accorder.

— Et s'il la prend vraiment pour une femme instable et immature ? Et s'il accorde la garde de Jesse à Austin ?

— Instable, elle l'est, c'est évident, mais…

— Quoi ? s'exclama Liz en le dévisageant avec des yeux ronds. Qu'est-ce que tu as dit ?

Louis secoua la tête d'un air désolé avant de répondre :

— Je comprends que tu aies du mal à le reconnaître. Mais depuis que vous vous connaissez, tu es l'ange gardien et la conscience de Gina. Tu l'as vue faire les plus mauvais choix sans jamais écouter tes conseils. Et quand elle se laissait aller à l'irresponsabilité, tu t'es toujours arrangée pour payer les pots cassés à sa place… Quand vas-tu te décider à lui demander de grandir un peu ?

En l'écoutant prononcer ce réquisitoire, Elizabeth s'était levée.

— Alors, toi aussi, tu te permets de nous juger ? lança-t-elle.

Il marmonna entre ses dents quelque chose qu'elle ne put comprendre, puis ajouta à haute voix :

— Je suis peut-être un peu dur, mais je ne dis que la vérité.

— Certaines personnes ont plus de mal que d'autres à surmonter des traumatismes qu'elles ont subis dans l'enfance.

— Exact. Et Gina peut remercier le ciel que tu ne sois pas l'une d'elles. Quant à Jesse... c'est une chance qu'elle puisse trouver en toi une image maternelle positive.

Alerté par les aboiements d'Archie, Louis tourna les yeux et aperçut entre les arbres les deux enfants qui jouaient avec insouciance. Gina avait dû les renvoyer de la cuisine.

— A mon avis, reprit-il, ce qu'il faut redouter par-dessus tout, c'est qu'Austin change d'avis et tente de renouer avec Gina. Elle ne saurait pas lui résister.

La même inquiétude taraudait Elizabeth depuis des semaines. Mais, par crainte de se montrer déloyale envers Gina, elle refusait de le reconnaître et d'en discuter avec Louis. Pour être tout à fait honnête, elle devait reconnaître que le bien-être de Jesse la préoccupait plus encore que le sort de sa mère. Après tout, Gina était une personne adulte, libre de ses choix, ce qu'elle ne manquait jamais de lui rappeler chaque fois qu'il était question d'Austin.

— Tu ne m'as pas dit ce que tu en pensais, reprit Louis en fixant sur elle un regard perçant.

Elizabeth ferma les paupières et se massa le front.

— Contrairement à toi, je ne pense pas qu'Austin arriverait à ses fins, cette fois-ci. Je crois qu'il s'est enfin lassé d'elle, ce qui constituait le seul espoir pour que leur lamentable histoire arrive à son terme.

— Il ne reste donc plus que le sort de Jesse pour nous causer du souci.

— Oui. Ce qui représente une lourde hypothèque.

En prononçant ces mots, Elizabeth n'avait pu cacher son angoisse.

— Je ne m'en ferais pas trop pour ça si j'étais toi, lui dit Louis d'une voix radoucie. Franchement, Liz... Tu imagines un type comme Austin en train d'élever un enfant ? Ça réclame de l'énergie, du temps, de la disponibilité, de l'amour, de la tendresse... or, c'est exactement ce qui lui manque.

— Je sais qu'il se fiche pas mal du bien-être de Jesse. La preuve : il voulait la faire comparaître au tribunal ! Il se moque des ravages qu'un tel témoignage pourrait provoquer sur une enfant de cinq ans. Il n'a aucune pudeur, aucune considération pour autrui... Enfin, Gina a refusé catégoriquement, il faut lui reconnaître ça. N'empêche que rien n'arrêtera ce type. Et il a décidé de séparer Jesse de sa mère sans se soucier des ravages que ça causerait pour chacune d'elles.

Louis hocha la tête et lui sourit avec sympathie.

— Sans parler des ravages qui en résulteraient pour toi... Tu t'es beaucoup trop engagée dans cette affaire, Liz, alors que tu ne peux y jouer aucun rôle aux yeux de la loi... Ce dont tu aurais besoin, c'est de te marier, d'avoir des enfants à toi. Tu serais une mère formidable, mais tu t'investis tellement dans les problèmes de Jesse et de Gina que tu n'as même plus le temps de penser à toi.

Elizabeth détourna le regard et vit une libellule se poser sur le dossier d'une chaise. Contrairement à ce que Louis s'imaginait, elle avait bien failli réaliser ce rêve, une fois...

— Je ne suis pas encore condamnée à rester vieille fille, répliqua-t-elle, plus sèchement qu'elle ne l'aurait souhaité. Je n'ai que trente ans. Je peux encore rencontrer l'homme de ma vie et fonder un foyer avec lui. Mais mon urgence, pour l'instant, c'est d'assurer le bonheur de Jesse. Et celui de Gina, bien sûr.

D'un air dubitatif, Louis hocha la tête et conclut :

— En attendant, réjouissons-nous que cette lamentable liaison ait pris fin. Même si sa conclusion arrive des années trop tard, et même si ce salaud s'en sort à bon compte, il ne faut pas faire la fine bouche.

Elizabeth suivit des yeux la libellule qui s'envolait dans un battement d'ailes frénétique, et alla s'asseoir sur la chaise qu'elle venait de libérer.

— Tout ça est vraiment frustrant, dit-elle. Plus j'en apprends au sujet des femmes battues, plus je constate que Gina est conforme en tout point au portrait-robot que les spécialistes en ont dressé. Je me rappelle la première fois que j'ai remarqué des traces violacées sur ses bras. J'ai insisté pour qu'elle aille porter plainte et pour qu'elle fasse ses bagages sur-le-champ… Tu sais ce qu'elle m'a répondu ?

Assis sur la balancelle, les yeux fixés sur elle, Louis attendit en silence qu'elle réponde à sa propre question.

Incapable de rester en place alors que la colère et l'indignation bouillonnaient en elle, Elizabeth se leva et se mit à marcher de long en large.

— Elle m'a répondu qu'elle l'avait provoqué, que c'était sa faute. Je n'arrivais pas à y croire. Elle avait été battue, humiliée… En y regardant de plus près, j'ai vu qu'elle avait dissimulé sous son maquillage un bleu qu'elle avait à la joue. Ce qui signifie qu'à cette époque-là, au tout début de leur relation, il la frappait déjà en plein visage !

Les yeux d'Elizabeth brillaient de larmes à peine contenues.

— Ce n'était que le début d'une interminable descente aux enfers, conclut-elle d'une voix blanche. Et, au cours de toutes ces années, Gina s'est comportée comme un véritable cas d'école… Hélas, je me demande si tu n'es pas dans le vrai quand tu dis qu'il suffirait à Austin d'un sourire et d'une parole pour la faire revenir.

— Espérons qu'il s'en dispensera ! conclut Louis en se levant avec un gémissement de douleur.

Quelques semaines plus tôt, il s'était fait mal aux reins en bêchant son potager. Elizabeth avait pourtant proposé de l'aider, mais il avait refusé. Elle s'était donc promis de lui offrir un motoculteur au printemps prochain.

— De toute façon, ajouta-t-il en se redressant, s'il obtient la garde de Jesse, il sera bien encombré et il n'aura qu'une envie : la rendre à sa mère.

— Tu as sans doute raison, admit Liz avec un sourire crispé. N'empêche que, entre-temps, la gamine aura été sacrément déstabilisée.

*
* *

Le lendemain, quelques minutes avant 10 heures, ils entraient tous dans la salle du tribunal. Le juge prit le temps de s'installer avec un air solennel, puis il balaya la salle du regard afin de localiser Austin et Gina. Après leur avoir adressé un bref signe de tête, ce fut à eux qu'il s'adressa.

— Je ne vous le cacherai pas, lança-t-il sans préambule, ce dossier me pose problème. Quand les faits sont aussi flous, je ne peux me fier qu'aux témoins des deux parties. Madame d'Angelo, je crois que vous aimez votre fille et que vous désirez sincèrement lui offrir l'équilibre dont elle a besoin. Je crois également, monsieur Leggett, que vous manifestez un réel intérêt pour Jesse, même si l'attention que vous accordez à vos responsabilités parentales diffère de celle de votre… ex-partenaire.

Le juge Hetherington marqua une pause et parcourut des yeux les notes étalées devant lui avant de reprendre :

— La difficulté à trancher réside essentiellement dans les accusations portées par chacun d'entre vous à l'encontre de l'autre. En tout et pour tout, la cour ne dispose que de la parole des deux parties en présence. Je crois en la sincérité de Mme Walker lorsqu'elle témoigne en votre faveur, madame d'Angelo, mais elle n'était pas présente lorsque vous-même et M. Leggett vous disputiez dans le secret de votre foyer. En conséquence, son témoignage ne repose que sur des impressions. Je peux dire la même chose en ce qui concerne… (il tourna plusieurs pages d'un bloc-notes avant de trouver le nom qu'il cherchait) Louis Christian.

Relevant les yeux, il lança à Paxton un regard sévère.

— Maître, reprit-il, j'aurais apprécié que vous produisiez un témoin de moralité pour votre client. J'ai bien pris note de la déposition écrite par Marilyn Leggett Bingham, mais…

— Il s'agit de ma mère, Votre Honneur ! intervint Austin. La grand-mère de Jesse.

Il avait commencé à repousser sa chaise pour se lever, mais il dut y renoncer car son avocat le retint durement par la manche.

— Monsieur Leggett ! s'écria le juge avec un regard noir. Vous avez eu tout le temps d'apporter les éclaircissements utiles hier, quand la cour était en session.

— Désolé…, marmonna Austin en se laissant retomber sur son siège.

Une nouvelle fois, Lawrence Hetherington s'absorba dans l'étude de ses notes.

— La déposition de Mme Bingham est très favorable à son fils, reconnut-il enfin. Mais peut-on attendre autre chose d'une mère ? De plus, je remarque qu'elle réside bien loin de Houston et qu'elle n'a pas eu de contacts avec sa petite-fille depuis plus de un an. Dans ce contexte, il m'est difficile de prendre son témoignage en considération…

Elizabeth retenait son souffle. Devant elle, Gina s'agitait sur sa chaise et paraissait anxieuse. Elle avait toutes les raisons de l'être, songea Liz avec amertume. Leurs efforts n'avaient manifestement pas suffi à convaincre le juge Hetherington qu'elles disaient la vérité à propos d'Austin. Allait-il s'en tirer blanc comme neige, au mépris de toute justice ?

— Je suis favorablement impressionné par la modestie des demandes financières de Mme d'Angelo, poursuivit le juge, ainsi que par sa volonté affichée de constituer grâce à cette somme un capital destiné aux études de sa fille. Je lui accorde donc la pension alimentaire demandée. En outre, j'y adjoins la somme mensuelle de deux mille dollars, de manière à ce qu'elle puisse subvenir à ses besoins et à ceux de sa fille, compte tenu du fait qu'elle ne pourra pas bénéficier éternellement de l'hospitalité de son amie Elizabeth Walker. Lorsqu'elle aura trouvé un emploi, il sera procédé à un nouvel examen de sa situation financière.

Gina poussa un petit cri de surprise, bien vite étouffé par un regard réprobateur du magistrat, qui reprit la consultation de ses notes.

— D'un autre côté, ajouta-t-il au bout d'un instant, je ne puis que reconnaître la générosité de M. Leggett à l'égard de Mme d'Angelo et de leur fille, durant tout le temps qu'a duré leur relation. Sans certificat médical ni constat de police pour accréditer les accusations de violence portées contre lui, je suis à ce jour dépourvu de moyens légaux pour trancher à ce sujet. En conséquence…

Comme pour prolonger le suspense, il referma son bloc-notes et rassembla ses affaires en une pile bien nette devant lui, avant de s'emparer de son marteau, qu'il éleva au-dessus de son bureau.

— … j'accorde une garde partagée de l'enfant mineure Jesse Elizabeth Leggett à ses parents, Gina d'Angelo et Austin Leggett. Je laisse à leur initiative la mise en place du partage des responsabilités de son éducation, et souhaite qu'ils s'y emploient dans un esprit de concorde, dans l'intérêt supérieur de leur fille. La garde partagée n'est pas sans poser quelques problèmes, mais le fait de vivre dans la même ville facilite les choses. Puisque Jesse fréquente déjà une garderie, je suggère fortement qu'elle vive durant la semaine chez sa mère, étant entendu que son père conservera un droit de visite à sa convenance. En ce qui concerne les week-ends et les vacances, vous devrez vous mettre d'accord sur un partage équitable, mais je ne saurais trop insister pour que le père de l'enfant exerce son droit de garde chaque week-end si tel est son désir. Dans le cas où les deux parties ne parviendraient pas à s'entendre, la cour nommera une tierce personne pour décider à leur place.

Le visage de marbre, Lawrence Hetherington se pencha au-dessus de son bureau et pointa son marteau en direction d'Austin et de Gina.

— Je vous recommande fortement de parvenir à un accord amiable sans trop tarder, lança-t-il d'une voix ferme. D'ici un mois, j'attends de vos avocats un document écrit résumant les dispositions prises à l'égard de l'enfant. Je n'ai pas besoin de souligner la difficulté qu'il peut y avoir à scinder la vie d'une petite fille en deux parts égales. Mais, si vous vous souciez de l'équilibre de Jesse, comme vous l'avez affirmé à la barre de ce tribunal, je ne doute pas que vous agirez dans son intérêt. A présent, l'audience est levée.

Le marteau du juge s'abattit lourdement sur le bureau, et tout fut terminé.

5

— Pourrions-nous discuter un instant, madame Walker ?

Alors qu'elle patientait devant le comptoir où elle venait de commander un cappuccino, Elizabeth eut la surprise d'entendre la voix de Ryan Paxton. En se retournant vivement, elle se retrouva presque nez à nez avec lui…

Ses yeux étaient d'un gris clair, presque argenté. Il avait déboutonné le col de sa chemise et desserré sa cravate, mais cela ne dénaturait en rien l'élégance de son costume, aussi chic et luxueux que celui qu'il portait la veille. Il avait pris un air nonchalant et décontracté, mais Liz était certaine qu'il s'agissait d'une attitude trompeuse, compte tenu de la manière dont il les avait traitées, elle et Gina, lors de ses interrogatoires.

De près, il lui parut encore plus intimidant, et elle faillit reculer d'un pas. Mais elle resta ferme sur ses positions et soutint son regard.

— Je ne vois pas de quoi nous pourrions parler, maître Paxton.

— Vous avez entendu comme moi l'avertissement que le juge a donné à Austin et Gina. Je pense que nous sommes vous et moi les mieux placés pour les aider à respecter les règles édictées par Hetherington…

— D'après ce que j'ai compris, le juge compte plutôt sur vous et sur Maude Kennedy.

Elizabeth se retourna pour voir où en était son cappuccino. Après un ultime sifflement du percolateur, le serveur le lui tendit.

Soulagée, la jeune femme s'en saisit et s'éloigna. Mais Paxton la suivit et la prit par le bras pour l'entraîner vers une table libre.

— Si vous le permettez, dit-il, j'aimerais quand même que nous en discutions tous les deux.

Tout en regrettant d'être entrée dans ce café, Elizabeth céda, et s'installa sur la chaise qu'il venait de lui avancer.

Elle se demandait toujours pour quelle raison, à la sortie de l'audience, Paxton avait laissé son client seul avec Gina et son avocate, dans ce même café, tandis qu'ils mettaient au point les bases d'un accord. Elle espérait néanmoins que Maude avait su tirer parti de son absence…

Après s'être assis en face d'elle, il attaqua bille en tête :

— Je suppose que vous devez être satisfaite du jugement prononcé par le juge…

— Qu'est-ce qui vous fait dire ça ?

— C'est évident, non ? Gina garde l'enfant ; elle obtient tout l'argent qu'elle réclamait, plus deux mille dollars de bonus. Quant à vous, vous voilà tirée d'affaire. Elle va pouvoir louer un appartement, et vous retrouverez la tranquillité de votre chère *vie privée*.

— Vous vous entraînez à être odieux, maître Paxton ? Ou est-ce un talent naturel chez vous ?

— Vous voulez dire que ça ne vous dérangerait pas que Gina reste chez vous ?

— Exactement. Gina et Jesse sont les bienvenues chez moi aussi longtemps qu'elles le souhaiteront.

Ryan déposa son attaché-case sur la chaise voisine de la sienne et renversa la tête en arrière. Après avoir observé le plafond en poussant un profond soupir, il reporta son regard sur Liz et déclara avec une grimace de dépit :

— Je crois qu'elle est déjà tombée à l'eau.

— Je vous demande pardon ?

— Ma mission de paix… Je voulais juste obtenir votre aide pour calmer le jeu avant que cette stupide histoire ne dégénère en quelque chose que nous aurions tous intérêt à éviter.

— *Quelque chose* ? Quoi par exemple ? Que Gina se fasse de

nouveau agresser par ce sadique que vous osez représenter ? Ou, pire encore, qu'il finisse par s'en prendre à Jesse ? Comment réagiriez-vous, maître Paxton ? Que ressentiriez-vous s'il perdait patience en la voyant renverser son verre de lait, oublier un jouet sur une marche d'escalier ou briser un objet auquel il tient ? Ce sont des choses qui arrivent tous les jours avec les enfants, vous savez ? Comment ferez-vous pour vous supporter après que cette petite fille se sera retrouvée aux urgences avec un bras cassé, une commotion cérébrale ou pire encore ?

— Arrêtez de dramatiser ! protesta-t-il en secouant la tête. Vous n'avez pu produire aucune preuve pour étayer vos accusations à l'encontre d'Austin. Et vous ne me ferez jamais croire qu'il serait capable de s'en prendre à sa fille.

— Je ne vous ferai jamais croire autre chose que ce dont vous voulez vous persuader, rétorqua amèrement Elizabeth. Je dois avouer que tant de loyauté de votre part m'étonne, étant donné que je n'ai pas observé la moindre trace de complicité masculine entre vous et votre client. Mais j'oublie la solidarité confraternelle... Il vous est impossible d'admettre qu'un homme si semblable à vous, un confrère, un représentant bien éduqué et respecté du cercle privilégié dans lequel vous évoluez, puisse être également une brute insensible, vindicative et violente... N'est-ce pas ?

— Pour y croire, il me faudrait des éléments de preuve plus substantiels que la parole de deux...

— ... lesbiennes ?

De nouveau, elle le vit secouer la tête d'un air consterné.

— Je n'en crois pas un mot, reconnut-il.

— Dans ce cas, pourquoi l'avoir insinué devant le juge ?

— Je suis avocat. Mon devoir est d'utiliser tous les moyens dont je dispose au bénéfice de mon client.

A bout de patience, Elizabeth se leva si brusquement qu'elle fit vaciller son gobelet de café et en renversa un peu sur la table.

— Maître Paxton, je n'ai jamais eu beaucoup d'estime pour les représentants de votre profession, et ce n'est pas vous qui allez me faire changer d'avis.

La main tendue par-dessus la table, Ryan essaya de la retenir.

— Attendez une minute, madame Walker !

Le regard noir qu'elle lui lança suffit à lui faire lâcher prise.

— Ecoutez, je suis désolé, reprit-il. Je ne voulais pas compliquer les choses, bien au contraire ! Croyez-le ou non, dans cette affaire j'essaie juste de faire… le bien, en quelque sorte.

— Faire le bien ? s'exclama Elizabeth, interloquée. Et de quelle façon ?

— J'ai besoin de votre aide pour calmer le jeu entre Austin et Gina, expliqua-t-il. Dans l'intérêt de leur fille. Je ne pense pas qu'ils y parviendront seuls.

— Je peux vous garantir que Gina est plus que décidée à faire le nécessaire pour assurer le bonheur de Jesse. Elle, au moins, elle aime son enfant plus que tout au monde.

— Vous sous-entendez que ce n'est pas le cas d'Austin ?

— Libre à vous d'interpréter mes paroles.

Avec de grands gestes, Elizabeth épongea les dégâts sur la table avec un mouchoir en papier, et jeta le cappuccino à peine entamé dans la poubelle.

— A présent, dit-elle, si vous voulez bien m'excuser…

Sans attendre de réponse, elle tourna les talons et sortit de l'établissement. Il la rattrapa sur le trottoir, dans la lumière aveuglante de midi.

— Vous ne voulez même pas essayer ? insista-t-il.

Elizabeth plaça une main en visière pour se protéger du soleil, et soutint son regard.

— Excusez-moi, mais, même si je décidais de croire en votre bonne foi, je vois mal comment vous pourriez arranger les choses. Vous avez fait tout ce que vous pouviez pour qu'Austin obtienne la garde de Jesse et, fort heureusement, le juge ne vous a pas suivi. Il n'en reste pas moins que, grâce à vos efforts, Austin conserve la possibilité de nuire à sa fille et à Gina. Je ne peux pas vous en féliciter, maître Paxton !

— Ryan.

— Pardon ?

— Je m'appelle Ryan. Laissez tomber « maître Paxton ».

Elizabeth laissa échapper un soupir exaspéré, et se mit à fouiller dans son sac à la recherche de ses clés.

— Alors écoutez-moi bien, *Ryan* ! Gina et Austin sont les seules personnes concernées par ce... cet arrangement que représente la garde alternée. Ni vous ni moi n'y pouvons rien changer... A ce propos, je ne m'explique pas comment vous avez pu laisser votre client seul avec Gina et son avocate, juste après l'audience — je les ai vus tous les trois dans ce café que nous venons de quitter... Quoi qu'il en soit, Maude Kennedy est une femme intelligente, qui garde la tête froide. Austin lui-même sera forcé de la respecter.

— J'en doute fort. Voyez-vous, j'étais avec eux, contrairement à ce que vous supposez. Mais ils m'ont prié de débarrasser le plancher au bout de quelques minutes. Et Me Kennedy a subi exactement le même traitement que moi.

Oubliant ses clés, Elizabeth releva vivement la tête pour le dévisager.

— Vous plaisantez ?

— Malheureusement, non. Quand nous nous sommes retrouvés tous les quatre, Gina et Austin...

Il se tut brusquement en voyant une femme au volant d'un cabriolet BMW s'arrêter au carrefour dans un crissement de pneus. Elle sortit de sa voiture comme une furie, et l'interpella par-dessus le toit du véhicule.

— Où diable étais-tu passé ? cria-t-elle en relevant ses lunettes de soleil sur ses cheveux. A quoi ça te sert d'avoir un portable si tu ne réponds pas quand on t'appelle ?

Elle entreprit de contourner le cabriolet pour les rejoindre, tout en poursuivant :

— Ça fait des heures que j'essaie de te joindre ! Bon sang, tu ne changeras jamais... Tu es... tu es...

— Je vous prie de m'excuser un instant, murmura Ryan à l'oreille d'Elizabeth. S'il vous plaît, ne partez pas : j'ai d'autres choses à vous dire.

Il rejoignit la furie qui ne cessait de l'interpeller, et tenta de l'entraîner par le bras. Mais elle ne l'entendait pas de cette oreille, et elle se libéra d'une secousse.

— Cette fois-ci, c'est décidé, Ryan. J'en ai plus qu'assez ! Prends-la avec toi ! Je suis fatiguée de lui faire la guerre sans arrêt. On verra si tu feras mieux que moi quand tu l'auras sur le dos vingt-quatre heures sur vingt-quatre…

— Bon sang, Diane, calme-toi ! Tout le monde t'écoute…

— Ah oui ? Tout le monde sauf toi…

D'un geste sec, elle fit retomber ses lunettes sur son nez et se détourna, les lèvres tremblantes, le souffle court.

— J'essaie de te joindre depuis ce matin ! reprit-elle d'une voix un peu plus contrôlée.

— J'avais une audience, expliqua Ryan patiemment. Voilà pourquoi mon portable était éteint. Bon, si tu m'expliquais tranquillement ce qui se passe ?

— A ton avis ? Ta fille a encore fait des siennes, bien sûr !

Ryan fixa les yeux sur ses chaussures, et compta jusqu'à dix afin de se calmer avant de reprendre :

— De quoi s'agit-il *exactement*, Diane ?

Curieusement, ces mots semblèrent apaiser la jeune femme. Elle secoua tristement la tête, et répondit :

— Cette fois, elle a franchi la ligne rouge, Ryan… Elle a volé une voiture. Tu t'imagines ?

— Quoi ?

— Attends… Le pire, c'est qu'elle a eu un accident.

Sur le visage de Ryan, la stupéfaction céda aussitôt la place à une vive inquiétude.

— Où est-elle ? demanda-t-il en scrutant l'intérieur de la voiture. Elle est blessée ?

— Elle n'a rien. Je l'ai déposée chez toi en lui disant que je partais à ta recherche.

Rattrapée par son émotion, elle pressa sur ses lèvres une main tremblante avant de conclure dans un souffle :

— Elle est dans de sales draps, tu sais !

— La police est intervenue ?

— Je n'ai encore prévenu personne.

D'un geste nerveux, elle releva une nouvelle fois ses lunettes pour le fixer droit dans les yeux.

— Après l'accident, elle s'est enfuie. Elle a renversé un cycliste sur Hermann Park. Et après, elle a... (Diane écarta les mains devant elle en signe d'incompréhension)... elle a tout simplement pris la fuite.

— Bon Dieu !

Ryan dut prendre appui sur la voiture garée au bord du trottoir. Mais lorsqu'il aperçut Elizabeth qui les observait, à quelques pas, il entraîna son ex-femme un peu plus loin en lui disant tout bas :

— Retourne près d'elle et attends-moi. Je termine ce que j'ai à faire ici. Je serai de retour dans moins d'une heure. Ne parle à personne de ce que tu viens de me dire. Je m'occuperai de tout quand je serai rentré.

— J'ai appelé les hôpitaux, avoua-t-elle, les traits tirés. Je voulais avoir des nouvelles de... de la victime. Je n'y suis pas arrivée. Mais je... je n'ai pas appelé la police pour savoir si... si...

Ryan lui serra affectueusement l'épaule.

— Je m'en occupe, promit-il. Essaie de ne pas trop t'en faire, Di.

Un muscle se contracta au niveau de sa mâchoire, et il ajouta :

— Dis à Jennifer...

Comme pris de remords, il se tut et hésita un long moment avant de conclure :

— Dis-lui de ne pas bouger et de se tenir tranquille. On parlera de tout ça quand je serai rentré.

Le visage blême, Diane soutint son regard dans un silence pesant.

— Je n'arrive pas à croire qu'elle ait fait ça, murmura-t-elle enfin.

Comme sonné, Ryan secoua la tête et se passa une main lasse sur le visage.

— Je suis d'accord avec toi : elle a passé les bornes. Je ne sais pas quoi te dire...

— Tu devrais la prendre avec toi, suggéra Diane avec détermination. Elle a besoin de son père, Ryan. Moi, je suis au bout du rouleau.

— Ça va aller…, la rassura-t-il avec un pâle sourire. On va trouver un moyen de régler le problème. Tu devrais aller la retrouver, maintenant. Il n'est peut-être pas prudent de la laisser livrée à elle-même dans ces circonstances.

Diane hocha longuement la tête, puis, avant de regagner son véhicule, elle lança un regard gêné en direction d'Elizabeth et s'excusa :

— Je suis désolée d'avoir fait cet esclandre devant ton amie, dit-elle. A moins que ce ne soit une cliente ?

— Ni l'une ni l'autre. Rentre, et sois prudente au volant.

Il la regarda monter dans sa voiture et disparaître au carrefour. Puis il rejoignit Elizabeth.

— Désolé de vous avoir infligé ça, marmonna-t-il d'un air sombre.

Avec un sourire de sympathie, elle haussa brièvement les épaules.

— On dirait que vous avez des soucis, vous aussi.

Il chercha son regard et lui dit sur le ton de la prière :

— J'aimerais que cela reste strictement confidentiel. Comme vous l'avez sans doute compris, ma fille s'est mise dans une situation délicate, et…

— Naturellement. Je n'ai rien vu ni rien entendu.

— Merci.

Pour lui prouver que le sujet était clos, elle revint à leur conversation précédente.

— Vous disiez que Gina avait demandé à Maude de la laisser seule avec Austin ? Je n'arrive pas à le croire.

— Voyez vous-même.

D'un signe de tête, il lui désigna le parking situé en face du café qu'ils venaient de quitter. La Porsche d'Austin venait de s'y garer, et Gina en descendit. Même à cette distance, Elizabeth put constater à quel point elle semblait excitée.

Il sortit à son tour, puis contourna la voiture pour la rejoindre. Et lorsqu'il se pencha pour lui glisser quelque chose à l'oreille, elle hocha la tête, l'air presque détendu. D'un geste plein d'autorité, il la prit par le coude pour l'aider à traverser la chaussée.

— Ça alors ! murmura Ryan en les regardant approcher. On dirait qu'ils ont fait la paix.

— Grâce à vous, répondit Elizabeth à mi-voix. Quand ils se sont retrouvés seuls, Austin n'a eu aucun mal à la convaincre qu'ils n'avaient besoin de personne pour les aider à régler leurs problèmes. A présent, il a le champ libre : il n'aura aucun mal à obtenir d'elle tout ce qu'il veut. Et croyez-moi, ce ne sera pas à l'avantage de Gina…

— Pour quelle raison est-ce que vous le méprisez autant ? demanda Ryan avec un regard curieux.

— Parce qu'il est particulièrement méprisable.

Ils se turent jusqu'à ce que le couple les eût rejoints.

Le sourire de Gina était un peu trop éclatant quand elle s'adressa à son amie.

— Lizzie… Je suis heureuse de ne pas t'avoir manquée. Hello, Ryan ! Alors, comme ça, vous avez fait connaissance, tous les deux ?

— Me Paxton était sur le point de partir, expliqua Elizabeth.

Puis elle salua d'un signe de tête le *partenaire* de son amie.

— Austin…

En la crucifiant de ses yeux pâles, il répondit sur le même ton :

— Liz…

— Austin et moi, on va déjeuner ! expliqua Gina avec empressement. On pense pouvoir se mettre d'accord sans l'aide de nos avocats.

Elle eut un rire bref et embarrassé, et sourit à Ryan.

— Cela dit sans vouloir vous offenser, cher maître.

De nouveau, elle se tourna vers Liz et précisa :

— Tu n'auras pas besoin de m'attendre pour me raccompagner, comme c'était prévu.

— Je ne pense pas que tout cela soit très raisonnable, déclara Elizabeth, sans chercher à masquer sa réprobation. Vous avez besoin de vos avocats pour trouver un accord réellement équitable.

Elizabeth s'était certes attendue à ce qu'Austin tente une manœuvre pour contourner l'ordonnance du juge, mais elle n'arrivait pas à comprendre pourquoi Gina lui cédait si facilement, après la manière dont il les avait traitées.

— Si tu pars avec lui maintenant, conclut-elle d'une voix déterminée, tu te prives de tous les atouts dont tu aurais pu bénéficier au cours d'une négociation sérieuse. Tu le connais mieux que moi. Tu sais comment il est…

— Oh, Lizzie…

— Cette chère Lizzie…, l'interrompit Austin d'une voix sarcastique. Toujours prête à cracher son venin. Mais les décisions de Gina ne te regardent en rien. Et si elle a besoin d'un avis, c'est à Maude Kennedy qu'elle doit s'adresser, pas à toi. Alors, fous-lui la paix, une fois pour toutes !

L'ignorant délibérément, Elizabeth ne s'adressa qu'à son amie.

— Maude sait que tu comptes te passer d'elle pour négocier cet accord ? Et si elle est au courant, est-ce qu'elle approuve une telle folie ?

— Elle… elle était un peu réticente, mais…

— Allez, viens, Gee ! grommela Austin. On étouffe, ici. Allons prendre un peu l'air.

Il lui entoura la taille d'un bras possessif, puis engloba Elizabeth et Ryan d'un même regard de défi.

— On a du pain sur la planche, reprit-il. Ce juge a si bien emberlificoté les choses qu'il va nous falloir du temps pour y voir clair et aboutir à un plan raisonnable. Mais on y arrivera sans l'aide de personne, pas vrai, chérie ?

Sans attendre de réponse, il se tourna vers Ryan.

— A votre place, lui dit-il, j'éviterais de plaider au civil : c'est pas votre truc, croyez-moi… Fort heureusement, Gina est prête à se montrer raisonnable. Je vous ferai savoir, à vous et à cette chasseuse d'hommes qui la représente, ce que nous aurons décidé.

D'une brusque poussée dans le dos pour la faire avancer, il

déséquilibra Gina, qui parvint à retrouver *in extremis* son équilibre et se laissa entraîner sans broncher.

— On dirait qu'ils sont pressés, dit Ryan en les regardant grimper dans la Porsche.

— Bien sûr ! Il ne veut pas lui laisser le temps de changer d'avis.

Ils se mirent eux-mêmes en route d'un pas décidé.

— Vous avez entendu ? lança Ryan d'une voix amusée. Je me suis fait remonter les bretelles en beauté.

— Oui. Si j'étais vous, je ne m'attendrais pas à recevoir une caisse de vin ni même un bouquet de fleurs en remerciement de mes services.

Elle lui avait répondu sur le même ton léger, mais elle avait le cœur lourd et la gorge serrée en regardant le bolide d'Austin se fondre dans le trafic. Une nouvelle fois, il était parvenu à faire de Gina ce qu'il voulait. Un sourire, quelques mots bien choisis, et son amie s'était livrée à lui pieds et poings liés, exactement comme elle l'avait craint.

— Ce dont j'ai peur, à présent, c'est de trouver sur mon répondeur un message de Gina m'annonçant qu'elle reprend la vie commune avec lui.

Elle avait parlé d'une voix lointaine, presque pour elle-même, sans avoir l'air de se rappeler que c'était l'avocat d'Austin qui se trouvait à son côté.

— Cela me semble fort peu probable, répondit-il.

— Pourquoi ? Ça s'est déjà produit.

— Mais cette fois-ci, ça risque d'être difficile. A moins d'envisager un ménage à trois.

Elizabeth lui lança un regard intrigué.

— Vous voulez dire qu'il a déjà une autre femme dans sa vie ?

— Il n'a pas voulu l'admettre devant moi, mais c'est plus que probable si je me fie aux bruits de couloir.

— N'est-ce pas contraire à votre éthique de me faire cette confidence ? Après tout, cet homme est votre client.

— Si j'en juge par sa petite sortie, il ne l'est déjà plus.

Elizabeth n'eut pas le cœur de s'en amuser.

— Quoi qu'il en soit, reprit-elle, il est sur la défensive, et ce n'est jamais bon signe en ce qui le concerne. Vous avez vu sa réaction quand j'ai tenté de raisonner Gina ? Il a du mal à se contrôler, et Dieu seul sait dans quel état je vais la retrouver, ce soir.

— Ce soir ? s'étonna Ryan. Ils ont dit qu'ils allaient juste déjeuner.

— C'est bien ce qu'ils vont faire. Et pendant le repas, il va la convaincre de passer l'après-midi avec lui. Et si ça ne suffit pas, il l'emmènera dîner aux chandelles dans un grand restaurant, histoire de lui rappeler tout ce dont elle se priverait en renonçant à lui.

Tout en discutant, ils étaient parvenus à l'endroit où Liz avait garé sa voiture. Elle ouvrit son sac pour y pêcher ses clés, et déverrouilla les portières. Mais, sans lui laisser le temps de s'installer au volant, Ryan demanda :

— Puis-je vous poser une question personnelle ?

— Allez-y. Mais je ne vous promets pas d'y répondre.

— Ça concerne votre amitié avec Gina. Il suffit d'un regard pour constater que vous êtes très différentes l'une de l'autre. D'après ce que j'ai appris en étudiant le dossier, elle a fait pas mal de choix malheureux. Vous qui avez connu la même enfance qu'elle, savez-vous pourquoi sa vie est un tel chantier alors que la vôtre est presque à l'opposé ?

— *Presque ?*

— Eh bien… personne n'est parfait. Et vous ne vous en tirerez pas en répondant à ma question par une autre. A moins que vous ne vous apprêtiez à m'agonir d'injures, je maintiens mon appréciation. Et ma question.

— Je ne vais pas vous agonir d'injures, maître Paxton, pas plus que je ne répondrai à votre question. Ma vie privée est exactement ce qu'elle est : *privée.*

Elle parvint à monter en voiture, mais il l'empêcha de claquer sa portière en la retenant. Les doigts serrés autour du volant, Elizabeth regarda droit devant elle et lança sèchement, agacée par son insistance :

— Quoi encore ?

— Vous ne pensez pas que, en cultivant le mystère, vous ne faites qu'exciter la curiosité de vos fans ? Lâchez-leur quelques miettes et ils vous laisseront tranquille. Quant à Me Paxton, je vous le répète : oubliez-le et appelez-moi Ryan.

Devenir à tu et à toi avec l'avocat d'Austin Leggett était bien la dernière chose dont elle pouvait avoir envie. D'un geste déterminé, Elizabeth mit le contact.

— Vous connaissez mal les journalistes, dit-elle. Ils n'ont que faire de miettes. Alors, merci de votre sollicitude, mais je n'ai pas besoin de conseils. Quant à mes *fans*, comme vous dites, ils se fichent pas mal de savoir comment je vis puisque ce sont des enfants et que seules mes histoires les intéressent.

— Mais comment communiquez-vous avec eux ? Par e-mails ? Par courrier ? Lors de signatures ?

— Ils m'envoient des lettres.

Elle aurait pu en rester là, mais il avait malheureusement touché un point sensible, et elle se crut obligée d'ajouter :

— Et je réponds à chacune d'elles.

Ces lettres venaient d'enfants innocents qui s'exprimaient avec leur cœur. Elle comprenait ce besoin de communiquer. Elle savait ce que représente le fait de prendre la plume pour qui espère être compris. Elle savait aussi ce que c'est que d'attendre avec impatience une réponse qui ne vient jamais.

— Ainsi, vos lecteurs vous écrivent, dit-il avec un demi-sourire. Vous devez recevoir des lettres touchantes et drôles.

Elizabeth songea à la petite fille de huit ans dont la missive attendait encore une réponse sur son bureau. Sa petite sœur avait besoin d'une transplantation cardiaque, et elle avait écrit à son auteur favori pour lui demander d'expliquer à ses parents qu'elle était prête à lui donner la moitié de son cœur.

— Touchantes, elles le sont toutes, répondit-elle d'une voix blanche. Mais drôles, pas toujours.

En appui sur une jambe, une main posée sur la portière, il persistait à la retenir. Elle ne lui laissa pas le loisir de commenter plus longuement sa carrière ou ses défauts réels ou supposés.

Fermement, elle agrippa la poignée et tira, le forçant à se reculer. Dans un claquement sec, la portière se referma, et elle manœuvra aussitôt pour quitter sa place de stationnement.

— Adieu, maître Paxton ! murmura-t-elle en regardant sa silhouette disparaître peu à peu dans son rétroviseur.

Ryan s'attarda quelques secondes au bord du trottoir, à regarder la voiture d'Elizabeth Walker s'éloigner. Cette conversation hors de l'enceinte du tribunal avait satisfait sa curiosité. Une curiosité dont il n'aurait su dire exactement de quoi elle était faite. Lorsqu'il pensait à cette femme, il n'était pas tout à fait clair avec lui-même, il devait bien se l'avouer… En tout cas, il n'était pas loin de penser la même chose qu'elle dans l'affaire qui les avait momentanément réunis. Livré à lui-même, Austin ne se gênerait pas pour manœuvrer Gina et pour s'en tirer sans avoir à lui verser la moindre pension, en dépit de ce que la cour venait de décider.

Pour soulager sa conscience, Ryan avait bien l'intention de dire à Curtiss Leggett ce qu'il pensait de son abruti de fils. Il n'était peut-être pas aussi malfaisant que les deux femmes le prétendaient, mais il n'était pas un boy-scout non plus…

Dans le café, il avait observé Elizabeth quelques minutes avant d'oser l'approcher. Il ne pouvait nier qu'elle était agréable à regarder, aussi séduisante au naturel que sur sa photo de presse. De fait, il avait eu toutes les peines du monde à ne pas laisser ses pensées s'égarer lorsqu'il avait dû la cuisiner au tribunal. Et il admirait sa loyauté autant que sa beauté. Pour protéger son amie Gina, elle se montrait aussi déterminée qu'une tigresse défendant ses petits. Quant à sa filleule, Jesse, elle lui était manifestement aussi chère que si elle l'avait nourrie elle-même au sein. Ces seins magnifiques que ne parvenait pas à dissimuler la sévère veste de tailleur qu'elle portait ce jour-là, et dont il n'avait pu s'empêcher d'imaginer le poids et la douceur au creux de sa paume, tandis qu'il lui parlait.

Mais il n'était pas question de se laisser distraire par des fantaisies érotiques. Il avait des raisons beaucoup plus sérieuses de chercher à mieux connaître Elizabeth Walker.

Son père était mort dans un incendie, un jour ou deux après le suicide de John Paxton. C'était de notoriété publique, mais il était difficile d'en apprendre plus à propos du juge Matthew Walker. Peut-être sa fille détenait-elle des informations fiables ? Elle n'avait que cinq ans lorsqu'il était mort, mais il était possible qu'elle eût récupéré des papiers, des dossiers, des notes sur les affaires qu'il traitait au moment de sa disparition… Mais, bien sûr, elle avait pu les détruire. Ou les égarer, à force d'être ballottée de famille d'accueil en famille d'accueil…

En songeant à l'enfance qu'elle avait eue, Ryan éprouva un élan de sympathie pour elle. Mais il le réprima aussitôt. Certes, la vie n'avait pas été douce avec cette jeune femme, mais elle s'en était tirée — et plutôt bien. Sa réussite professionnelle et son équilibre personnel faisaient aussi partie de ce qu'il admirait chez elle…

Non, décida-t-il en tournant les talons pour regagner son propre véhicule, il ne devait pas s'apitoyer sur son sort car, de toute évidence, elle n'avait ni besoin ni envie de la pitié d'autrui.

6

— Auriez-vous une minute à m'accorder, Curtiss ?

Curtiss Leggett détacha les yeux du somptueux spectacle qu'offrait le coucher de soleil sur les toits de Houston et, d'un geste de la main, il invita Ryan à entrer. Puis il attendit que la porte du bureau soit refermée pour demander :

— Ça s'est passé comment ?

— Hetherington a accordé la garde partagée, répondit Ryan.

Leggett émit un grognement indistinct.

— Pas de pension alimentaire ?

— Les exigences de Gina étaient modestes. Hetherington les a doublées. Austin s'en tire avec quatre mille dollars à débourser chaque mois, à moins qu'ils ne trouvent tous les deux un autre accord.

Les sourcils froncés, Ryan s'étonna :

— Vous n'étiez pas au courant ? Je pensais que votre fils vous appellerait aussitôt après l'audience.

Leggett émit un rire bref et dépourvu d'humour.

— Il sait ce que je pense de ses égarements. Vous ne croyez pas qu'il aurait pu choisir une femme de son milieu ? Celle-ci n'est qu'une traînée de bas étage, et je pèse mes mots. Ça fait des années que je lui ordonne de s'en débarrasser.

Avec un soupir dégoûté, il conclut :

— Je n'ai jamais compris ce qu'il lui trouvait.

— Que faites-vous de Jesse ?

Leggett tourna la tête pour éviter le regard de Ryan, et répondit sèchement :

— Deuxième erreur ! Il aurait dû la faire avorter, c'est évident. Décidément, son comportement constitue un mystère pour moi.

D'un air dégoûté, il secoua longuement la tête et ajouta :

— Toute l'affaire m'a été odieuse dès le départ. Je suis heureux d'en voir la fin. Bien sûr, je parlerai à Hetherington pour qu'il réduise le montant ridiculement élevé de cette pension qu'elle réclame à mon fils. Elle ne s'attend tout de même pas à être traitée comme une ex-épouse ? Il aurait fallu qu'elle arrive à se faire passer la bague au doigt pour ça. Heureusement, Austin n'a pas commis cette erreur-là !

Ryan se sentait bouillir à petit feu. Il n'éprouvait aucune tendresse particulière pour Gina, et sa loyauté professionnelle allait à son ex-compagnon, mais elle lui avait donné l'impression d'être une femme honnête et digne. Elle avait fait dans sa vie quelques choix malheureux, certes, mais qui pouvait se vanter de n'en faire jamais ? Ce qui lui paraissait évident, en tout cas, c'est qu'elle n'avait rien d'une *traînée de bas étage* et qu'elle ne méritait pas le traitement que les Leggett père et fils s'apprêtaient à lui faire subir.

Bien qu'il fût extrêmement tenté de dire à ce vieux fat ce qu'il pouvait faire de ses jugements à l'emporte-pièce, Ryan se tut et, croisant les mains derrière son dos, il se mit à faire les cent pas dans la pièce. Il aurait voulu être déjà chez lui en train de régler ses propres problèmes — plus exactement ceux de sa fille —, et il lui tardait d'en avoir terminé avec ce rapport.

— Un autre élément a émergé durant l'audience, reprit-il d'une voix tendue. Je sais que vous vous inquiétiez pour la réputation de la firme au cas où le comportement d'Austin serait susceptible de provoquer un scandale.

Afin de laisser à son interlocuteur le temps d'enregistrer le fait que Gina n'était pas la seule à blâmer, Ryan marqua une pause avant de lâcher :

— Hélas, ce risque est bien réel.

Leggett, qui tendait la main vers un humidificateur de cigares sophistiqué, suspendit son geste.

— Réel ? répéta-t-il en dardant sur lui un regard acéré. Soyez plus précis.

— Gina et son témoin de moralité, Elizabeth Walker, ont porté contre Austin de sérieuses accusations. Etes-vous au courant de possibles abus dans leur relation ?

— Des abus ? Pas sexuels, tout de même ? Et pas envers la petite fille, n'est-ce pas ?

Il avait craché ses questions en rafale, comme des balles.

— Non, bien sûr.

Ryan se sentit troublé en regardant son patron soulever le couvercle de l'humidificateur et prendre tout son temps pour choisir un cigare. Comment Leggett avait-il pu envisager de telles hypothèses ? Se doutait-il de ce qui allait suivre ?

— Elles prétendent qu'il avait pour habitude de la battre, reprit-il en scrutant ses réactions. Elles le décrivent comme un homme gouverné par la violence.

— Ridicule !

Sans lui accorder le moindre regard, Leggett s'absorbait dans la préparation de son cigare. Avec les gestes précis d'un habitué, il coupa l'extrémité, humidifia l'embout en le faisant rouler plusieurs fois entre ses lèvres, puis ramassa sur son bureau un briquet d'argent. Le cigare serré entre ses dents, il fit jaillir la flamme et tira énergiquement dessus, jusqu'à ce qu'un épais nuage de fumée lui baigne la tête et les épaules. Alors seulement, luttant en clignant des paupières contre l'âcreté de la fumée, il leva les yeux sur Ryan et lui demanda posément :

— Quelles preuves fournissent-elles de leurs allégations ?

Ryan crut avoir mal entendu. Quel genre de question était-ce là ? Sa réaction pouvait laisser supposer qu'il ne doutait pas de la culpabilité de son fils et qu'il soupesait simplement les chances qu'il avait de s'en tirer.

— Aucune preuve, répondit Ryan sombrement. C'est la raison pour laquelle le juge a accordé la garde partagée. S'il y avait eu un rapport de police ou des services d'urgence, voire un témoin direct pour attester de ces violences, les choses auraient pu mal tourner pour Austin. Seule Elizabeth Walker a pu jurer qu'elle avait vu Gina avec des bleus sur le corps, et cela à plusieurs reprises. A l'en croire, Gina se réfugiait chez elle après ces... débordements.

— Mensonges !

— Peut-être.

Ryan, qui commençait à avoir de sérieux doutes quant au caractère de son client, n'en était plus à rejeter en bloc ces accusations.

— Quoi qu'il en soit, poursuivit-il, s'il y a une once de vérité dans ces propos, Austin ferait mieux de se montrer très prudent avec Gina et sa fille, dorénavant. L'audience était publique. Il y avait quelques étudiants dans la salle, ainsi que les habituels aficionados des prétoires. Mais ce n'est pas le plus grave. Celle qui m'inquiète le plus, c'est Lindsay Blackstone, l'une des gloires de WBYH-TV. Elle était présente et elle a tout entendu. Or, je viens d'apprendre qu'elle a effectué, l'année dernière, un reportage sur les violences conjugales. J'espère qu'elle n'était pas en repérage pour la suite de son enquête. Avec les journalistes, il faut être très prudent.

— Bon sang ! s'exclama Leggett en se levant d'un bond. Pourquoi n'avez-vous pas demandé le huis clos ?

— Je l'aurais fait si j'avais pu me douter que l'affaire prendrait une telle ampleur !

Ryan n'avait pas pu s'empêcher d'élever la voix. Devait-il rappeler à Leggett qu'il avait été contraint d'aller au feu les mains liées dans le dos ? A qui la faute s'il n'avait pas eu toutes les cartes en main ? La confiance devait être totale entre un client et son avocat, et il était de plus en plus manifeste qu'Austin ne lui avait pas tout dit.

En tirant furieusement sur son cigare, Leggett demanda d'un air dubitatif :

— Selon vous, la situation pourrait déraper ?

— Pas si Austin se tient à carreau et s'il s'abstient de toute violence.

Ryan était depuis longtemps sorti du bureau de son patron et il avait presque regagné sa voiture quand la portée de sa remarque finale lui apparut clairement. L'idée que son fils pût frapper une femme ne surprenait manifestement pas Curtiss Leggett. En elle-même, une telle réaction était déjà révoltante, mais ce qui l'était plus encore, c'était son absence de regret ou de sympathie pour la victime.

Toute cette affaire lui laissait un goût de plus en plus amer. Une fois encore, Ryan ne put que déplorer d'y avoir été impliqué contre son gré.

7

Austin leva son verre de vin devant lui et porta un toast en souriant à Gina.

— A la paix et à l'harmonie ! dit-il d'une voix basse et sexy. A une meilleure compréhension entre nous. Et à une histoire qui ne peut pas être balayée d'un revers de main par des connards d'avocats.

Gina eut un petit rire nerveux et précisa un peu sèchement :

— A l'exception de celui qui se trouve en face de moi, bien entendu ?

Le sourire d'Austin se figea. Il entrechoqua leurs deux verres et lui fit un clin d'œil.

— Si tu veux…

Gina goûta le vin, qui était un grand cru, et le trouva exquis. En d'autres temps, elle aurait été subjuguée par le luxe qui l'entourait. Anthony était l'une des tables les plus chères et les plus prisées de Houston — l'endroit où il fallait se faire voir et être vu. Mais étant donné qu'ils avaient passé les deux jours précédents à se déchirer à la barre d'un tribunal, elle ne pouvait ignorer les véritables raisons pour lesquelles Austin l'avait invitée ici. Elle aurait dû le quitter tout de suite après le déjeuner, mais il avait insisté pour qu'ils aillent au musée visiter une exposition, puis il l'avait entraînée pour la *happy hour* dans un bar qu'il affectionnait. Et maintenant qu'il était parvenu à la persuader de dîner avec lui, il était bien tard pour faire machine arrière.

Quand ils eurent le menu, Austin reposa son verre et se frotta les mains.

— Voyons un peu quelles merveilles on nous propose ce soir, dit-il en jetant un coup d'œil à la carte. Je me suis laissé dire que leur pièce montée de tomates était à tomber. Essayons ça… Qu'est-ce que tu en dis ?

Sans grand enthousiasme, Gina commanda la même chose que lui. En attendant les plats, elle l'écouta discourir avec aisance de tout sauf de l'unique sujet qu'ils étaient censés traiter.

— Alors ? s'enquit-il dès qu'ils furent servis. Comment se passent tes recherches d'emploi ?

— J'ai décroché deux ou trois entretiens, répondit-elle en jouant machinalement du bout de sa fourchette avec une feuille de salade. J'ai failli être embauchée la semaine dernière dans un cabinet juridique, mais mon interlocuteur a tiqué sur les circonstances de mon départ de LJ&B.

— Je ne vois pas où est le problème ! Tu n'as qu'à lui dire de me passer un coup de fil et ça s'arrangera.

De nouveau, il leva son verre à sa santé.

— Je bois à ta réussite, baby…

— C'est trop tard. Ils ont embauché quelqu'un d'autre.

— Tant pis pour eux, mon cœur. N'y pense plus. Et, la prochaine fois, n'hésite pas à faire appel à moi.

Par-dessus la table, il tendit la main pour lui caresser la joue. Gina n'eut pas la force de se dérober à sa caresse. En dépit de sa méfiance, elle se sentait troublée. L'émotion qu'il faisait naître en elle venait d'un besoin viscéral que lui seul savait réveiller.

Luttant pour résister à la tentation, elle consulta sa montre et murmura :

— Il faudrait vraiment que je rentre… Liz va se demander ce qui m'est arrivé.

Le seul fait de prononcer le nom de son amie suffit à briser le charme et à détruire la bonne humeur d'Austin. En hâte, il retira sa main et lança d'une voix hargneuse :

— Liz sait que tu es avec moi. Oublie-la un peu !

Sans s'apercevoir qu'il était vide, il porta son verre à ses lèvres et le reposa avec un bruit sec pour le remplir. Mais la bouteille était déjà vide. Agacé, il chercha le serveur du regard, et lui fit signe d'en apporter une autre.

— Austin, je ne m'inquiète pas seulement pour Liz, reprit Gina, mais également pour Jesse.

— Elle dort, à cette heure-ci, bon Dieu ! En tout cas, je l'espère.

— Mais oui, Liz l'a certainement mise au lit. Mais c'est tout de même moi qui suis responsable d'elle. Je n'avais pas prévu de dîner avec toi ce soir. Et Liz avait peut-être d'autres projets.

— Liz n'a jamais de projets ! C'est une bonne sœur.

— En tout cas, elle est ma meilleure amie. Honnêtement, je ne sais pas ce que je serais devenue sans elle.

— Sans elle, corrigea-t-il d'un ton amer, on n'en serait pas là aujourd'hui. Sans oublier l'influence néfaste de ce bon vieux Louis…

Alors que le serveur apportait à Austin une bouteille de vin, Gina jeta un nouveau coup d'œil à sa montre.

— Je dois vraiment y aller. Toi, tu n'as qu'à rester et profiter de ton repas. Je vais prendre un taxi.

Austin proféra une obscénité brève et retentissante, et se leva d'un bond. Pendant que le serveur, redoutant les ennuis, reculait de quelques pas pour se faire aussi discret que possible, il tira son portefeuille de son veston et déposa quelques billets sur la table. Gina avait senti venir l'orage, elle aussi. Elle n'en connaissait que trop les signes annonciateurs. Attrapant son sac, elle se leva promptement pour le suivre hors du restaurant. Sur le chemin du retour, son irritation ne ferait que grandir. Il se montrerait tendu, il bouillonnerait intérieurement… Mais ce soir, Dieu merci, elle n'allait pas rentrer avec lui.

Alors qu'ils quittaient l'établissement, elle lui jeta un coup d'œil à la dérobée, et se sentit envahie par le remords. A plusieurs reprises, au cours de cette journée, alors qu'il déployait tout son charme pour la reconquérir, elle avait été sur le point d'oublier qui il était vraiment. Quelques instants plus tôt, il lui avait suffi d'une vague caresse sur la joue pour ébranler sérieusement ses défenses. Puis elle avait prononcé le nom de Liz et cela avait fait resurgir ses vieux démons. Plus aucune trace de bonne humeur sur le visage d'Austin. Une véritable douche froide...

Réprimant un soupir, elle se tint tranquillement à son côté pendant que le voiturier allait chercher la Porsche. A n'en pas douter, le trajet du retour serait une autre épreuve. Austin était un véritable danger public quand il ne se maîtrisait plus. Elle n'aurait su dire combien de soirées s'étaient terminées ainsi au cours de leur relation. Il suffisait généralement d'un mot, d'un geste mal interprété pour mettre le feu aux poudres. A présent qu'elle ne risquait plus d'en faire les frais, elle avait envie de rire devant l'attitude infantile de son ancien compagnon.

Ils avaient à peine pris place dans le petit bolide qu'il démarra sur les chapeaux de roue, dans un crissement de pneus. Finalement, songea la jeune femme, Austin était un enfant gâté. Et encore, certains enfants auraient fait preuve de plus de bon sens. Jesse elle-même se montrait émotionnellement plus stable que son père.

— Qu'est-ce qui te faire rire ? lança-t-il soudain.

— Rien.

Gina s'éclaircit la gorge et évita de le regarder. Il aurait été dangereux de lui montrer qu'elle s'amusait à ses dépens.

— Hou ! la menteuse..., lança-t-il d'un air taquin.

Inquiète, elle lui jeta un coup d'œil et vit avec stupeur qu'il souriait à son tour. Que lui arrivait-il ? Austin n'avait jamais fait preuve d'un très grand sens de l'humour, et surtout pas dans ce genre de circonstance.

— D'accord, reprit-il sans cesser de sourire. Je me suis conduit comme un idiot au restaurant. Excuse-moi...

Sous l'effet de la surprise, Gina laissa échapper un petit cri.

— Tu as bien entendu, lui dit-il. Je me suis excusé. J'estime que tu ne peux pas abuser de la bonne volonté de quelqu'un qui te loge gratuitement et qui accepte en plus de jouer les baby-sitters.

Gina n'en croyait pas ses oreilles. Une manifestation de gratitude à l'égard d'Elizabeth, à présent ? Wow ! Où s'arrêterait-il ?

— Tu comprends, reprit-il, j'étais déçu de devoir renoncer à notre petite soirée... et à ta compagnie.

Pour faire bonne mesure, il tourna la tête vers elle et lui adressa un sourire charmeur.

— Anthony est un endroit très spécial, où les hommes n'invitent que celles qui tiennent une place spéciale dans leur cœur.

Cette fois, Gina ne put retenir un petit rire moqueur.

— N'en fais pas trop, Austin. Il y a bien longtemps que tu ne ressens plus rien de spécial pour moi.

— Ce que je ressens pour toi a toujours été exceptionnel, baby. On a déjà fait une sacrée route ensemble. On a tellement de bons souvenirs, tous les deux.

— Et d'autres qui le sont moins, ajouta-t-elle froidement.

— Certes. Mais je suis prêt à reconnaître mes erreurs. Je détesterais que notre histoire se termine d'une façon moche et qu'on le regrette plus tard. Je suis sûr qu'il est possible de tirer quelque chose de positif de tout ça.

— C'est déjà fait. Nous avons Jesse.

— Tout à fait exact ! Et c'est là-dessus qu'il faut se concentrer. On doit penser à elle avant tout. Aux effets que notre comportement peut avoir sur elle. Imagine ce qui peut se passer dans sa petite tête si Liz et Louis n'arrêtent pas de casser du sucre sur mon dos et que toi, de ton côté, tu me harcèles pour obtenir de l'argent ! Cette gamine a besoin de sentir que ses parents s'estiment et se respectent.

— Je ne te harcèle pas, Austin. Je n'ai fait que réclamer pour Jesse une pension alimentaire modeste, dont la moitié doit servir à financer ses études. Tu peux bloquer une partie de l'argent sur un compte, si tu veux. D'ailleurs, je te rappelle que c'est le juge qui a doublé le montant de la pension… Quant à Liz et Louis, ils ne parlent pas de toi en présence de Jesse. Jamais ils ne feraient ça. Ils savent à quel point ça pourrait lui nuire.

— Ce qui veut dire qu'ils font comme si je n'existais pas… C'est presque pire.

Gina laissa échapper un long soupir de lassitude.

— Tu te rends compte que tu dis tout et son contraire ? Au nom du ciel, que te faudrait-il pour être satisfait ?

— C'est facile, répondit-il en actionnant son clignotant pour quitter l'autoroute. Juste toi et moi pour nous occuper de nos affaires, sans personne d'autre.

Ils arrivaient dans le quartier résidentiel de Memorial où vivait Elizabeth. Ses arbres et ses pelouses lui donnaient l'aspect d'un grand parc, écrin de verdure pour de luxueuses demeures qui se dissimulaient aux regards derrière des haies. Houston en elle-même était une ville desséchée et brûlante, hérissée de gratte-ciel. Dans ce désert urbain, Memorial était une oasis de fraîcheur, de calme et de beauté. Même si son succès lui procurait de confortables revenus, Liz n'aurait pu se permettre d'y vivre sans l'héritage qui lui venait de son père.

Mais au lieu d'emprunter la rue qui aurait dû les mener chez elle, Austin dirigea la Porsche sur le parking désert d'un riche complexe immobilier. A cette heure tardive, il n'y avait personne en vue. Comme pour renforcer leur isolement, il alla garer le véhicule dans un coin reculé, contre une haie de lauriers-roses. Sans un mot d'explication, il coupa le contact, actionna la commande électrique pour abaisser les vitres, passa un bras derrière le siège de Gina, puis se tourna vers elle.

— On est bien, non ? Pas un chat pour troubler notre tranquillité. Si ça n'était pas si loin de mon bureau et de mon club de gym, je viendrais bien vivre à Memorial, moi aussi.

L'espace d'un instant, Gina se remémora avec amertume les rêves chimériques qu'elle avait entretenus durant leur relation. Lorsqu'elle était tombée enceinte, elle avait nourri l'espoir d'épouser Austin, d'acheter une grande maison à Memorial ou dans le quartier de l'université, et d'y mener le genre d'existence qui les avait fait fantasmer, Elizabeth et elle, au cours de leurs années d'errance… Liz, elle, avait réussi, et sa maison était plus belle que tout ce qu'elles avaient pu imaginer dans leur enfance. Gina, pour sa part, en était encore à rêver d'une autre vie…

Elle laissa son regard se perdre dans l'épaisseur de la haie. La nuit empêchait d'y voir, mais elle savait que, en plein jour, le rose pâle des fleurs de laurier la rendait éclatante. Sans raison particulière — ou peut-être pour ne pas se laisser troubler par la présence encombrante d'Austin —, elle songea qu'elle préférait grandement les haies fleuries aux simples clôtures de bois ou de pierre. Ça semblait être le cas de tout le monde dans ce quartier où flottait, la nuit, une profusion de senteurs végétales. Celle du jasmin en fleur lui parvenait d'ailleurs par la vitre ouverte.

— Il faut qu'on parle, chérie.

Gina tressaillit. Son cœur se mit à battre plus fort quand Austin posa la main sur son épaule.

— J'étais sérieux, tout à l'heure. Pas besoin d'avocats pour savoir ce qui est bon pour Jesse.

Profonde, grave, sa voix était presque une caresse et faisait à Gina plus d'effet qu'un baiser. En même temps, il avait entrepris de la caresser lentement, de façon extrêmement sensuelle, presque hypnotique.

— C'est notre histoire, reprit-il, et c'est nous qui avons le pouvoir de prendre des décisions.

Le mot « pouvoir » fit sortir Gina de sa torpeur. Dans la bouche d'Austin, il ne pouvait être qu'à sens unique. Elle le savait ; il avait le chic depuis toujours pour la manipuler et obtenir d'elle ce qu'il voulait. Pensant que c'était le prix à payer pour que ses rêves se réalisent, elle avait tout supporté, jusque-là…

Depuis qu'il avait posé la main sur elle, elle gardait les yeux fermés. Fort heureusement, il faisait noir et il ne pouvait pas voir l'expression de son visage. Pourtant, elle aurait juré qu'il était parfaitement conscient de l'effet qu'il lui faisait.

— Maude va te dire que nous avons besoin de coucher sur du papier ce que nous voulons faire de nos vies, dit-il d'une voix toujours aussi envoûtante. Tu vas l'appeler dès demain. N'est-ce pas, baby ? Et tu lui expliqueras que tu n'as plus besoin d'elle.

Incapable de se retenir plus longtemps, Gina laissa échapper un soupir de plaisir. Tout près de son oreille, Austin se mit à rire — de ce rire rauque et sexy qui lui avait toujours donné le frisson.

— Ça veut dire que tu es d'accord, baby ?

Ses doigts s'immiscèrent dans son décolleté, et il commença à lui caresser les seins.

— Ça ne me suffit pas, murmura-t-il. J'ai besoin que tu me le promettes.

— Promis…, dit-elle dans un souffle.

— Bravo, baby ! Là, je te retrouve.

Comme pour la récompenser, il se mit à lui titiller l'oreille avec sa langue d'une façon éminemment érotique. Gina frissonna et gémit sous la morsure d'un plaisir trop puissant pour être nié. Ça faisait si longtemps… Elle brûlait de sentir sa bouche s'attarder sur ses seins, entre ses jambes… Elle fondait déjà d'un désir brûlant pour lui.

Comme s'il avait pu lire en elle, il passa la main sous sa jupe et vint la plaquer fermement contre son sexe. Il savait exactement ce qu'il fallait faire pour lui plaire…

— Tu aimes ça, Gee-Gee ? Ton homme t'a manqué, pas vrai ?

Aussi excité qu'elle, à présent, il lui soufflait à l'oreille ses roucoulades. Sous sa robe, ses doigts se faisaient plus précis, plus savants.

— On ne fait pas la paire, tous les deux, poupée ? C'est plutôt bien, quand on se laisse aller à ce qui nous plaît, non ? Allez, ma chatte… Fais-moi plaisir en te faisant plaisir aussi. Laisse-toi venir. Voilà… comme ça… c'est bien…

Son pouce venait de trouver le point ultrasensible, celui sur lequel il se focalisait quand il avait décidé de la faire jouir sans tarder. Une fois de plus, sous ses caresses habiles, Gina se sentit partir. Née au plus intime de son ventre, une jouissance cataclysmique répandit son onde de choc dans son corps et la consuma tout entière. Avec un petit cri qui trahissait sa joie autant que son angoisse, elle se livra sans retenue à la force de son orgasme.

Elle était encore sous l'emprise du plaisir quand Austin s'écarta brusquement d'elle et quitta la voiture. Tout aussi brutalement, il alla ouvrir la portière côté passager, et la tira à l'extérieur sans ménagement. Légèrement pantelante, elle se laissa plaquer contre la Porsche. L'esprit embrumé et les jambes en coton, elle ne résista pas plus quand il la débarrassa d'un seul mouvement de sa jupe et de sa culotte, qui glissèrent en tas sur le sol. Puis, tout en poussant un juron, il glissa les mains sous ses fesses, la souleva et la guida jusqu'à son sexe dressé. Dans la pénombre, Gina entrevit son visage dur et figé dans un rictus de triomphe. Il n'y avait aucun amour dans l'acte qu'il s'apprêtait à accomplir, comprit-elle tandis que refluaient dans son esprit les brumes de l'orgasme. Ses mains rudes, ses gestes implacables, son attitude vindicative le lui disaient avec éloquence... Mais il était trop tard. Avec un grognement bestial venu du fond de sa gorge, d'un solide coup de reins, il s'enfouit en elle jusqu'à la garde.

Comme chaque fois qu'il était excité, il se montra brutal et égoïste dans la recherche de son plaisir. Tout entier dominé par la colère et le ressentiment, il adopta un rythme endiablé, frénétique. De toute évidence, songea Gina, ce n'était pas tant la satisfaction d'un besoin sexuel qu'il recherchait que l'accomplissement d'une vengeance. En se ruant en elle comme un sauvage au risque de lui faire mal, il la punissait pour toutes ses transgressions. A sa manière, il la châtiait pour avoir eu l'audace de le défier au restaurant, pour avoir osé porter leurs différends personnels sur le terrain judiciaire, pour n'avoir pas eu peur de révéler à la barre ses attaques violentes, et pour l'avoir humilié en réclamant la garde de leur fille. Avec un cri de dégoût pour sa propre faiblesse, Gina plaqua ses mains contre la poitrine d'Austin et tenta de le repousser. Peine perdue. Elle comprit vite qu'elle devrait se résoudre à subir ses assauts, jusqu'à ce qu'il jouisse en elle pour sa plus grande honte et son plus grand malheur.

Quelques minutes plus tard, après qu'il lui eut jeté ses vêtements dans les bras et se fut rhabillé lui-même, ils se retrouvèrent côte à côte dans la Porsche.

— Tu n'oublieras pas ta promesse, hein ? lança-t-il sans la regarder.

Gina garda les yeux obstinément fixés sur le pare-brise. Elle se sentait si meurtrie et si misérable que, dans un premier temps, elle ne put lui répondre. Elle savait qu'il eût été dangereux de lui tenir tête, étant donné l'état dans lequel il se trouvait. Dans les affres du désespoir, elle trouva cependant la force de demander tout bas :

— Quelle promesse ?

Un silence menaçant retomba dans l'habitacle. Puis, avec un grognement de rage, il tendit le bras vers elle et l'obligea à lui faire face en lui agrippant durement le menton.

— Comment ça, quelle promesse ? Ce qui vient de se passer ne te suffit pas ?

Gina pouvait à peine respirer, et son cœur battait à tout rompre, mais la peur et le désespoir formaient dans son esprit un cocktail détonant. Elle ne voulait plus le laisser penser qu'au prix d'un rapide orgasme il pouvait faire d'elle ce que bon lui semblait. D'un geste sec, étonnée de sa propre audace, elle tira sur son bras et se libéra de son emprise.

— Qu'est-ce que tu t'imagines ? lança-t-elle avec colère. Que je n'ai pas compris où tu voulais en venir ? Que je ne me suis pas aperçue que ce que nous venons de vivre n'était qu'un dégoûtant simulacre de sexe ? Une autre façon pour toi de me manipuler ? Tu dois vraiment me prendre pour une idiote !

Austin se renfonça dans son siège, les poings serrés sur le volant et le souffle précipité par la fureur qui bouillonnait en lui.

— Tu ne faisais pas ta mijaurée, tout à l'heure, maugréa-t-il sans desserrer les dents. Tu n'étais pas si dégoûtée quand tu jouissais à si grands cris que tu as failli réveiller tout le voisinage…

— Je n'ai pas crié.

Une obscénité jaillit des lèvres d'Austin. Ramassé en une boule de muscles sur son siège, il s'agrippait au volant, sans doute pour se retenir de la frapper.

— Bientôt, dit-il, tu vas prétendre que tu n'as pas joui !

— Je ne prétends rien de tel. Dois-je te remercier pour ça ? Alors, merci. Si je suis dégoûtée, c'est de m'être mise moi-même dans cette situation. Je voyais parfaitement où tu voulais en venir quand tu as commencé à me caresser, tout à l'heure, mais, encore une fois, je n'ai pas eu la force de te résister. C'était pure faiblesse de ma part. C'était même de la folie pure. Mais, contrairement à ce que tu t'imagines, un orgasme à la sauvette ne suffit pas à me rendre docile. Il faudrait que je sois complètement stupide pour renoncer à un jugement qui nous est favorable, à Jesse et à moi. Alors oui, je vais appeler Maude dès demain, mais ce sera pour lui demander d'organiser un rendez-vous avec ton avocat.

— Si c'est à cet incapable de Ryan que tu fais référence, lâcha-t-il d'une voix dédaigneuse, sache que je l'ai viré pas plus tard que tout à l'heure.

— Dans ce cas, répliqua Gina, nous attendrons que le juge désigne un tiers pour régler le problème.

Alors seulement, Austin tourna le visage vers elle. Son regard était chargé d'une telle haine qu'elle eut du mal à le soutenir.

— Tu ne t'en tireras pas à si bon compte, Gina.

Il avait prononcé ces mots d'une voix posée et menaçante qui la fit frissonner. Il attendit un instant — une éternité pour elle —, puis remit le contact et manœuvra pour quitter le parking.

Elle s'attendait à une course effrayante, mais il conduisit avec une grande prudence. C'était si peu dans ses habitudes qu'elle trouva cela presque inquiétant. Les bras croisés sur son ventre, les dents serrées, elle vit avec soulagement la voiture s'engager enfin dans la rue de Liz. Sans attendre qu'elle fût immobilisée au bord du trottoir, elle se rua dehors et courut jusqu'au porche. Là, avant de glisser sa clé dans la serrure, elle se retourna et vit qu'Austin l'observait, les deux bras croisés sur le toit du bolide. Elle songea alors que si les regards avaient pu tuer, elle serait déjà morte.

Tremblant de tous ses membres, elle entra dans la maison et ferma la porte à double tour.

Assis dans la bibliothèque de sa splendide demeure de River Oaks, Curtiss Leggett attendait la visite de son fils. Pour lui signifier qu'il voulait lui parler dès que possible, il avait laissé d'innombrables messages sur son portable, à son domicile personnel et sur le *biper* qu'il était censé garder en permanence sur lui.

En l'attendant, il faisait tourner dans un verre ballon en baccarat un brandy hors de prix, et songeait avec dégoût à quel point sa vie aurait pu être différente sans les femmes qui semblaient s'être ingéniées à le contrarier et à lui compliquer l'existence :

son ex-épouse, ses nombreuses maîtresses, sa fille, à présent mariée à un artiste itinérant dans un coin perdu de la Californie. Sa mère, même — et il se fichait pas mal que son âme reste en paix ! Quel tyran domestique elle avait été… D'occasionnelles démonstrations de virilité de la part de son père auraient suffi à la remettre à sa place, mais celui-ci, pour fuir les problèmes, s'était absorbé dans son travail universitaire, restant totalement indifférent à ce qui se passait autour de lui — y compris à son fils. Plus tard, Curtiss s'était appliqué à ne pas reproduire les erreurs de son père dans sa propre vie…

En entendant le bruit d'une clé dans la serrure, il se redressa mais ne prit pas la peine de se lever. Quelques menaces lancées du fond de son fauteuil suffiraient largement à soumettre Ryan à sa volonté. Dire que, à trente-six ans, il avait encore besoin que son père intervienne pour lui sauver la mise… Curtiss ne niait pas que son fils était une grande déception pour lui. Il se reconnaissait bien plus en sa fille, Julia. Pétrie d'orgueil, elle était sans doute aussi brillante et déterminée que lui. Mais Austin était loin d'avoir leur force. Cette force qu'il retrouvait chez Ryan Paxton : un homme selon ses vœux. Texan jusqu'au bout des ongles. Dur comme l'acier. Vif comme un fouet. Et, pourtant, son père était un faible qui avait fini par se suicider…

Curtiss soupira et porta le verre à ses lèvres. Le mélange des gènes, conclut-il pour lui-même, donnait parfois de bien curieux résultats…

Il entendit la porte s'ouvrir, puis se refermer, et cria de manière à se faire entendre du hall :

— Par ici !

Puis, en quelques gorgées, il fit un sort au reste de brandy.

Le sourire prudent, les yeux fureteurs, son fils le rejoignit dans la bibliothèque.

— Comment vas-tu, père ? lança-t-il depuis le seuil. Désolé, je n'ai pas pu venir plus tôt : j'avais un rendez-vous impossible à déplacer.

Il vit Curtiss reposer son verre sur un guéridon, et marcha jusqu'au bar pour se servir.

— Une seconde ! lança sèchement son père. Tu n'auras peut-être plus envie de boire quand tu auras entendu ce que j'ai à te dire.

Austin reposa en douceur le verre qu'il avait saisi, et se tourna lentement vers son père.

— Il y a un problème ? demanda-t-il en haussant les sourcils d'un air interrogateur.

Renonçant à sa décision de ne pas bouger de son siège, Curtiss se dressa d'un bond, sous l'effet de la colère.

— Un problème ! s'écria-t-il. Tu oses me demander s'il y a un problème… Je n'aimerais pas avoir à conclure que tu es aussi stupide que tu en as l'air, Austin, mais ce qui s'est passé aujourd'hui va peut-être m'y contraindre.

S'approchant de son fils, il ne s'arrêta que lorsqu'il fut nez à nez avec lui, et le toisa d'un air méprisant.

— L'éclaircie aura été de courte durée ! reprit-il. Tu t'étais enfin débarrassé de la traînée avec qui tu vivais depuis des années, mais tu n'as pas su la faire taire devant le juge Hetherington ! J'ai entendu dire qu'elle t'avait accusé de la battre ! Ai-je été bien renseigné, Austin ?

— Elle ment, répondit-il sans se troubler.

— Ryan Paxton n'est pas de cet avis.

— Tu as vu Ryan ? Il t'a tout raconté ?

De rage, Austin abattit son poing sur le bar.

— Bon Dieu ! Si ce n'est pas une entorse à l'éthique de notre métier, je ne sais pas ce que c'est… Il est venu comme un fidèle petit toutou te rapporter tout ce qui s'était passé à l'audience ?

— Laisse-moi te dire que tu es mal placé pour donner des leçons d'éthique. Quant à Ryan, s'il est venu me faire son rapport, c'est parce que je le lui ai demandé.

— Quoi qu'il en soit, conclut Austin avec une grimace de dégoût, il n'a rien d'un ténor du barreau, comme tu te l'imagines. Je m'en serais beaucoup mieux tiré si je m'étais défendu moi-même…

Curtiss Leggett se détourna de son fils avec dégoût. Immobile devant l'âtre, il contempla pour se calmer les cendres refroidies.

Puis ses yeux revinrent vers Austin, et il le dévisagea longuement.

— Je veux toute la vérité ! lança-t-il enfin. Je te préviens, ne t'avise pas de me mentir. T'est-il arrivé de battre cette garce, oui ou non ?

— Mais bon sang, qu'est-ce que…

— Réponds !

C'était un rugissement de rage. Austin en tira les conclusions qui s'imposaient, et ravala toute tentative de protestation.

— T'est-il arrivé de la battre, oui ou non ? répéta son père.

Austin s'éclaircit la gorge et balaya la pièce des yeux plutôt que d'avoir à affronter son regard scrutateur.

— Comme n'importe quel couple, on a eu quelques disputes, maugréa-t-il.

— Au cours desquelles tu t'es exprimé avec tes poings ?

— Est-ce que ça te choquerait, mon cher papa ? demanda-t-il d'une voix railleuse.

Enhardi par l'absence de réaction de son père, Austin conclut :

— Non, je ne vois pas pourquoi tu pourrais l'être.

Les yeux rivés sur lui, Curtiss fronça les sourcils.

— Fais attention à ce que tu dis, fils…

— Pourquoi ? répliqua Austin avec un regard de défi. Ça t'embête qu'on parle un peu de tes travers plutôt que des miens ? Ça changerait, pourtant !

Délibérément provocateur, Austin prit un verre et y versa du brandy. Puis, sans quitter son père du regard, il en avala le contenu d'une seule gorgée.

— Un homme qui mate une femme récalcitrante à coups de poing, reprit-il d'un ton amer, c'était loin de te scandaliser, autrefois, si mes souvenirs sont bons ? En tout cas, moi, ça ne me choquait pas… J'imaginais que toutes les mères de mes amis se baladaient chez elles avec des lunettes de soleil du matin au soir. Comme la mienne. On peut dire qu'il m'a fallu du temps pour comprendre !

Sans prendre la peine de se justifier, Curtiss soutint son regard sans ciller. Cela faisait des années que Marilyn avait débarrassé le plancher, et il ne regrettait rien : ni l'échec de leur mariage ni sa propre conduite.

— Ce qui me choque, lâcha-t-il d'une voix tranchante, ce n'est pas ce qui a pu se passer entre vous, mais le fait que tu l'aies laissée déballer votre linge sale en public. A présent, il n'y a plus qu'à espérer que Ryan Paxton puisse te tirer de là. Il…

— Il ne faut plus compter sur lui, l'interrompit Austin. Je l'ai viré pas plus tard qu'aujourd'hui.

— Quoi ?

— Par sa faute, j'en suis de ma poche pour quatre bâtons par mois ! s'écria-t-il, lâchant la bride à sa colère. Je suis sûr de pouvoir m'en tirer à moins que ça en traitant directement avec Gina, sans avocats pour faire monter les enchères. Tu verras…

Pendant une longue minute, Curtiss se contenta de fixer son fils sans un mot, trop anéanti pour réagir.

— Austin…, dit-il enfin d'une voix lasse. Je ne répéterai pas ce que je vais te dire, alors écoute-moi bien. Tu vas tout de suite appeler Ryan Paxton — mieux encore, tu vas aller le trouver dès ce soir. Quand tu l'auras en face de toi, mets ta fierté dans ta poche, présente-lui tes excuses, fais ce que tu voudras, mais arrange-toi pour qu'il accepte de reprendre ton dossier. Lui seul peut t'aider à nettoyer le chantier pitoyable que tu as fait de ta vie. Mais ne laisse pas le soleil se lever demain matin sans être en mesure de me confirmer qu'il te représente de nouveau.

Le ton de sa voix se fit plus urgent et plus menaçant lorsqu'il conclut :

— Est-ce que je me suis bien fait comprendre ?

Un instant, Austin parut sur le point de le défier, mais cette velléité lui passa bien vite.

— Oui, père.

Sans rien ajouter, il tourna les talons et quitta la pièce d'un pas raide et mal assuré.

*
* *

Aussitôt qu'elle entendit claquer la portière d'une voiture, Elizabeth mit son livre de côté et se leva de son fauteuil pour se précipiter hors du bureau. Elle avait été à cran toute la journée, et son inquiétude n'avait fait que grandir à mesure que s'écoulaient les heures. Gina avait été d'une imprudence folle en acceptant de rester seule avec Austin. Avait-elle oublié à quel point cet homme pouvait être dangereux quand on lui résistait ? Dès qu'il avait su qu'elle le traînait en justice, il avait exprimé clairement son mécontentement. Et la décision finale n'avait pu qu'attiser sa fureur, lui qui devait s'imaginer avec son arrogance coutumière que le juge lui donnerait forcément raison.

Entre les lames du store, Elizabeth vit le petit bolide disparaître dans un rugissement de moteur au coin de la rue. Un soulagement intense s'empara d'elle à l'idée que Gina était enfin de retour, saine et sauve. Mais son inquiétude refit surface quand elle aperçut le visage de son amie dans l'entrée faiblement éclairée. Les yeux clos, Gina s'adossait à la porte, comme si elle craignait de tomber.

— Qu'est-ce qui s'est passé ? lui demanda Elizabeth en actionnant l'interrupteur.

Gina tourna lentement la tête vers elle, et elle découvrit des marques sombres sur son cou. Dès le lendemain, elles auraient sûrement viré au pourpre.

— Mon Dieu ! Tu l'as laissé te faire ça ?

Pâle et tremblante, Gina se tourna vers le miroir accroché au mur pour examiner les traces que les doigts d'Austin avaient laissées sur son cou.

— Rassure-toi, Liz ! dit-elle vivement. Il ne m'a pas frappée. J'ai juste refusé de me plier à ses désirs, alors…

— Alors il t'a brutalisée pour se venger, histoire de bien te rappeler qui est le patron ?

Emplie d'une colère sourde, Elizabeth examina les dégâts une nouvelle fois, et se détourna pour masquer son dépit.

— Il ne t'a peut-être pas tabassée, cette fois, reprit-elle d'une voix sourde, mais il s'est quand même arrangé pour laisser sa marque sur toi. Cet homme n'est qu'un animal, Gee ! Il faut une sacrée dose de violence pour en arriver à ce résultat.

— Je n'aurais pas dû discuter avec lui. C'était bête de ma part, mais j'en avais tellement marre…

— Il aurait mieux valu que tu en aies marre avant d'accepter de passer la journée avec lui. A quoi pensais-tu donc ?

— En fait, ça ne s'est pas trop mal passé, au début. Quand il m'a fait ces marques, il essayait juste de… de me convaincre. Honnêtement, je ne pense pas qu'il ait eu conscience de sa force.

— Gina, Gina, Gina…, protesta Elizabeth avec un sourire désolé. Comment peux-tu dire une chose pareille ? Comment peux-tu encore chercher à l'excuser ? Crois-moi, Austin connaît parfaitement sa force. Il l'utilise assez souvent. Et il n'a pas besoin de te couvrir de bleus pour faire valoir son point de vue.

— Tu as raison, bien sûr. Mais je pensais qu'en acceptant de discuter seule avec lui, sans rien lâcher sur le fond, il finirait par me laisser tranquille. La situation s'est gâtée quand je lui ait dit que j'avais bien l'intention de m'en tenir à la décision du juge.

Elle réunit ses cheveux entre ses mains, puis les fit passer par-dessus son épaule et ajouta, la tête penchée sur le côté :

— Est-ce qu'on ne pourrait pas reparler de tout ça demain ? Je suis épuisée…

Sur son cou, qu'elle venait ainsi de dégager, Elizabeth remarqua une autre marque qui ne ressemblait pas à un bleu, mais bien plus à un suçon.

— Qu'est-ce que c'est que ça ?

Aussitôt, Gina recouvrit de sa main la trace suspecte.

— Ça ? Rien ! Rien du tout…

En reculant d'un pas, Liz vit la tenue débraillée de son amie. Les pans de son chemiser déboutonné dépassaient de sa jupe qui tirebouchonnait sur ses hanches, et ses cheveux étaient en désordre.

— Ah non, Gina ! protesta-t-elle, les yeux ronds. Ne me dis pas que vous avez…

Gina agita une main devant elle, et se dirigea vers l'escalier.

— Je n'ai pas besoin que tu me fasses la leçon, Liz ! lança-t-elle par-dessus son épaule. Je sais que je me suis conduite comme une idiote. En fait, j'ai probablement mérité ce qui m'est arrivé.

Le pied sur la première marche, elle lui fit face pour ajouter d'une voix chargée d'amertume :

— Toi qui es à mille lieues de ce genre de comportement, tu ne peux pas comprendre. Même dans les situations les plus délicates, tu trouves toujours le moyen de faire le bon choix. Tu gardes le contrôle de tes émotions, alors que moi ce sont mes émotions qui me contrôlent. Je sais que je suis faible et en dessous de tout avec Austin. Je n'y peux rien. C'est comme une maladie... Sérieusement, je ne trouve pas d'autre mot pour décrire ce qui se passe quand il... quand on est ensemble.

Il était douloureux pour Liz d'entendre sa meilleure amie parler d'elle comme d'une femme dénuée d'émotions. C'était tellement faux qu'elle aurait voulu attraper Gina par les épaules pour lui crier bien en face qu'elle avait un jour aimé avec une telle passion que rien d'autre ne comptait pour elle. Gina avait-elle oublié cette sombre année de son existence ? Que n'aurait-elle donné, elle-même, pour pouvoir enfouir à jamais ce triste souvenir au fond de sa mémoire...

— Je suis un être humain, Gee..., dit-elle d'une voix peinée. Et j'ai été amoureuse, moi aussi — ou du moins, j'ai cru l'être. Mais ce n'est pas d'amour qu'il est question entre Austin et toi. Je ne sais pas exactement ce dont il s'agit, mais l'amour, ce n'est pas ça.

— Oh, Liz..., gémit Gina d'un air désolé. Je me suis mal fait comprendre. Naturellement, tu es un être humain ! Ce que je voulais dire, c'est que tu es capable de maîtriser tes émotions quand il le faut, alors que moi, je n'y arrive pas. Ce soir, quand Austin a posé la main sur moi, je savais parfaitement ce qu'il cherchait à faire. Je suis sûre qu'il ne m'aime plus... en admettant qu'il m'ait jamais aimée. Mais c'était tellement... délicieux, et ça faisait si longtemps... Je savais que j'allais le regretter, mais je m'en fichais pas mal à ce moment-là. A vrai dire, je n'y ai même pas pensé. Je ne pensais à rien d'autre qu'au plaisir que je ressentais. Au lieu de m'enfuir à toutes jambes, comme tu l'aurais fait, comme toute femme équilibrée l'aurait fait, je me suis laissé submerger, sans réfléchir à toutes les conséquences.

— *Toutes* les conséquences ? répéta Elizabeth, dubitative. Et si tu attendais un enfant, à la suite de ce furtif moment de plaisir ?

Rougissante, Gina détourna le regard et murmura :

— Ça ne risque pas de se produire.

— Tu en es sûre ? Vous avez pris vos précautions ?

— Tu sais quels troubles gynécologiques j'ai connus. La naissance de Jesse est un petit miracle. Le médecin m'a prévenue que je ne pourrais plus avoir d'enfant. Et puis, de toute façon, ce n'est pas une période à risque dans mon cycle.

— J'espère que tu es sûre de toi.

Elizabeth passa une main nerveuse dans ses cheveux et soupira bruyamment avant d'ajouter :

— Je sais bien que ta relation avec Austin ne me regarde en rien, Gee. Seulement, je détesterais qu'il...

— Je sais, je sais. Tu as peur qu'il profite de ma faiblesse pour tirer avantage de la situation...

Renonçant à monter l'escalier, Gina se précipita vers son amie et la prit dans ses bras pour la serrer contre elle.

Quand elles se séparèrent, ses yeux brillaient de larmes, mais elle s'arrangea pour sourire.

— Tu n'as pas besoin de me dire quelle idiote je fais..., reprit-elle. Austin n'est qu'un salaud égoïste, et je savais très bien ce qu'il cherchait à faire en m'invitant à dîner. Je suis partie avant d'avoir pu goûter à l'entrée, et je ne saurai probablement jamais quel goût a leur pièce montée de tomates...

Elle étouffa un petit rire mutin et conclut :

— Mais je peux te dire que le pinot noir était excellent.

Malgré le souci qu'elle se faisait pour elle, Elizabeth ne put s'empêcher de sourire de son incorrigible insouciance.

— Je pourrais appeler Ryan Paxton pour lui demander de passer, suggéra-t-elle. Il lui suffirait d'observer les marques sur ton menton pour comprendre que nous avons dit la vérité à propos d'Austin.

Mais, tout en faisant cette suggestion, elle savait qu'elle avait peu de chances de joindre l'avocat, tant il devait être absorbé par ses propres problèmes.

— Surtout pas ! s'exclama Gina. J'ai trop besoin d'une lettre de références de la firme.

— Tu peux trouver du travail sans cette recommandation. Et tant pis si ça doit prendre six mois ! Tu peux rester ici aussi longtemps que tu voudras.

— Je ne peux pas m'imposer comme ça…

— Tu ne t'imposes pas. On forme une famille. Tu es une sœur pour moi depuis l'enfance, et Jesse est ma filleule. Comment peux-tu imaginer un instant que votre présence me gêne ?

— Au fait, comment ça s'est passé avec Jesse ? Elle a accepté d'aller au lit à une heure raisonnable ? Je sais comme elle rechigne à se coucher quand je ne suis pas là…

— Tout s'est bien passé, répondit Elizabeth d'une voix rassurante. On a joué aux Lego. Elle adore les jeux de construction. Je lui ai expliqué que tu étais retenue par un travail de dernière minute.

— Tu as bien fait. C'est le genre de choses qu'elle peut comprendre…

Gina hésita un instant avant de demander :

— Elle a parlé de son père ?

— Non. Pas un mot.

Les sourcils froncés, Gina hocha la tête.

— Le pire, dans le jugement d'aujourd'hui, c'est la garde partagée et le droit de visite. J'ai peur qu'elle refuse de le suivre quand il viendra la chercher.

— On peut le craindre, en effet.

Elizabeth n'était pas loin de penser que Jesse faisait preuve de plus de bon sens que sa mère en se méfiant résolument d'Austin.

— Louis prétend qu'il ne voudra pas s'encombrer d'une enfant de cinq ans, ajouta Gina. Qu'est-ce que tu en penses ?

— Je n'en sais rien, Gee. Ce qui est sûr, c'est que Jesse ne devrait pas être obligée de rester seule avec son père si elle a peur de lui.

Un profond désespoir se peignit sur le visage de Gina.

— Qu'est-ce que je dois faire, Liz ? gémit-elle.

— Je ne sais pas, avoua Elizabeth. Mais si jamais la situation s'envenime, il faudra faire appel à l'avocat d'Austin. Il a un enfant, lui aussi. Il pourra peut-être faire pression sur son client pour le convaincre de laisser un peu de temps à Jesse.

— Oui, bonne idée ! lança Gina.

Quelque peu rassérénée par cette perspective, elle grimpa l'escalier et s'arrêta en haut des marches pour lancer à son amie, avec un grand sourire :

— Merci pour le baby-sitting, Lizzie. Honnêtement, je ne sais pas ce que je ferais sans toi.

Elizabeth lui rendit son sourire tout en balayant ses remerciements d'un geste de la main.

— Pas de problème. Bonne nuit, Gee.

— Bonne nuit.

Gina se dirigea vers la chambre de Jesse, et Liz la suivit du regard jusqu'à ce qu'elle disparaisse à ses yeux. Puis, d'un pas lourd, elle alla récupérer son livre dans le bureau, éteignit la lumière et enclencha le système d'alarme. Pour plus de sécurité, même si ce n'était pas son habitude, elle assujettit les deux chaînettes de sûreté. Même si Gina écartait le risque qu'Austin pût s'en prendre à quelqu'un d'autre, Liz préférait redoubler de vigilance tant que cette histoire ne serait pas réglée, d'une manière ou d'une autre.

Quelques minutes plus tard, elle se mit au lit et ouvrit son livre pour reprendre sa lecture où elle l'avait laissée. Mais, au lieu de se laisser emporter par l'histoire, elle repensa à l'opinion que Gina venait d'exprimer à son sujet, et se sentit de nouveau gagnée par la colère. Gina avait-elle oublié l'été où tout avait basculé ?

Renonçant à sa lecture, Liz referma son livre et laissa remonter les souvenirs.

*
* *

Il s'appelait Evan Reynolds. Rétrospectivement, il était facile de comprendre comment et pourquoi elle s'était éprise de lui. Lorsqu'ils s'étaient rencontrés, Elizabeth était en dernière année à l'université du Texas, et elle ne pensait qu'à intégrer une école de droit après son diplôme. Elle s'était d'autant plus consacrée à ses études que son passage d'une famille d'accueil à une autre avait transformé sa timidité naturelle en une réelle tendance à la réclusion. Incapable de s'adapter aux exigences sociales liées à la vie d'un campus, elle s'était immergée corps et âme dans la réalisation de son but.

Elle avait toujours rêvé d'embrasser la profession exaltante qui avait été celle de son père. Comme pour mettre ses pas dans les siens, pour qu'il soit fier d'elle là où il était.

La poursuite de ce but lui interdisait toute distraction. Aussi, lorsqu'elle avait rencontré Evan au cours d'un exceptionnel week-end dans la famille d'un ami de fac, elle était mûre pour tomber amoureuse.

Evan possédait un charme discret, une apparence lisse et une élégance raffinée. Elle le trouva beau et terriblement sexy. Il était de dix-sept ans son aîné… et il était juge.

Il était également marié, mais Elizabeth ne l'apprit qu'après s'être engagée dans une vertigineuse et torride aventure avec lui. Elle admira d'emblée son intelligence, son assurance, son métier. Et elle l'aima, de toute son âme. Jusqu'au jour où elle se retrouva enceinte et où il lui conseilla de se débarrasser du bébé en lui expliquant pourquoi.

Liz passa un été éprouvant à tenter de prendre une décision. L'idée d'avorter lui était odieuse. D'un autre côté, elle était bien placée pour savoir ce qu'il en coûte de grandir sans père. Epouser un autre homme pour régulariser sa situation ? Hors de question. A supposer même que le candidat idéal se fût présenté, elle n'était plus disposée à accorder sa confiance à un homme. Finalement, la mort dans l'âme, elle décida de garder l'enfant et de le confier à l'adoption. C'était la décision la plus difficile et la plus douloureuse qu'elle avait eu à prendre de toute son existence... Aujourd'hui encore — dix ans plus tard —, il lui arrivait d'avoir envie de crier de douleur en croisant un petit garçon dans la rue. Elle n'avait révélé son secret qu'à Iris Graham et à Gina — qui avait elle aussi de gros problèmes, à l'époque. Iris, l'assistante sociale en charge de leurs dossiers, était leur seul repère depuis l'enfance. A posteriori, Elizabeth imaginait fort bien les tourments par lesquels Iris avait dû passer en voyant ses protégées, celles qu'elle appelait *ses filles*, se mettre dans des situations inextricables. Car Gina, de son côté, avait déjà l'habitude de s'abandonner entre les bras des types les plus vaniteux et les plus égoïstes que la terre pût porter.

Cette grossesse malencontreuse avait changé tous les plans de Liz, et même sa vie entière. La trahison d'Evan lui avait fait très mal, mais le pire, c'était l'humiliation de s'être laissé si facilement duper. Adolescente timide et introvertie, elle avait souffert des signes distinctifs qui la mettaient à part des autres filles : ses cheveux roux, d'abord, et son statut de pupille de l'Etat. Et voilà que sa première histoire d'amour, qui se terminait en fiasco, venait saper le peu d'estime qu'elle avait encore pour elle-même.

Renonçant à son rêve de faire du droit, elle était retournée à Houston et, pendant sa grossesse, elle avait trouvé un job dans une librairie indépendante du Village. Elle avait accouché normalement et, après une heure trop brève passée avec le magnifique petit garçon brun aux yeux noirs qu'elle avait mis au monde, elle s'était résignée à le confier au couple qu'elle avait elle-même choisi avec l'aide d'Iris Graham. Les parents adoptifs habitaient à Denver, dans le Colorado.

A la librairie, on lui avait confié le rayon de littérature enfantine. Elle aimait le contact avec les enfants. Elle aimait leur raconter des histoires. Rapidement, il lui était venu des idées de livres qu'elle aurait aimé lire, mais que personne n'avait encore écrits. Alors, elle s'était mise à l'ouvrage. Peut-être avait-elle été influencée par le souvenir des rares fois où sa mère lui avait raconté des histoires avant de la mettre au lit. Liz n'avait que quatre ans quand elle était morte en couches, et les souvenirs étaient flous mais encore bien présents dans sa mémoire. Peut-être aussi s'était-elle rappelé le refuge que la lecture avait constitué pour elle dans les foyers plus ou moins chaleureux où elle s'était retrouvée dès son plus jeune âge. A moins qu'elle n'eût cherché à atténuer au fil de la plume la douleur d'avoir dû abandonner son propre enfant. Quoi qu'il en soit, à sa grande surprise, elle avait très vite rencontré dans ses entreprises littéraires un succès qui allait au-delà de toutes ses espérances. Et c'était ce même succès qui avait mis un terme à sa chère tranquillité puisque le prix Newbery avait attiré sur elle l'attention de ses sœurs, alors qu'elle aurait volontiers laissé sombrer dans l'oubli ce triste chapitre de son histoire.

Elizabeth éteignit sa lampe de chevet, tout en songeant qu'elle allait bientôt devoir faire face à Ryan Paxton, qui n'avait certainement pas renoncé à lui faire jouer le rôle de médiateur… Au fait, devait-elle l'appeler pour l'informer de ce qui s'était passé ce soir ?

Sans doute, car il était préférable qu'il fût au courant dans le cas où des problèmes surviendraient par la suite. Ce qui était plus que probable. Elizabeth le savait, elle le sentait.

8

Austin Leggett était loin d'occuper les pensées de Ryan quand il rentra chez lui, ce soir-là. En guise de problèmes, il avait bien assez de ceux que lui causait sa fille... En remarquant la voiture de Diane garée en face de chez lui, il comprit que son ex-femme avait suivi ses conseils, et il en fut soulagé. Ils avaient besoin d'être unis pour faire face aux dernières frasques de Jennifer.

En entrant chez lui, il ramassa les lettres que la femme de ménage avait déposées sur le guéridon de l'entrée. En temps ordinaire, il se serait servi un scotch et serait allé le déguster dans son fauteuil préféré, tout en ouvrant son courrier. Ensuite, il serait sans doute allé se préparer un petit dîner. Il adorait cuisiner et surtout tester de nouvelles recettes suivant son inspiration du moment. La plupart du temps, il aimait également le résultat de ses expérimentations. Le plus drôle, c'est qu'il n'avait jamais mis les pieds dans une cuisine avant son divorce, sauf pour inspecter le contenu du réfrigérateur.

Mais ce soir, il n'était même pas d'humeur à cuisiner.

— On est là !

C'était la voix de Diane, mais il n'avait pas besoin qu'elle lui précise où elle se trouvait : il avait déjà repéré d'où venait la fumée de cigarette qui peu à peu envahissait les lieux.

Abandonnant sa veste dans le hall, il se rendit dans le salon, et découvrit son ex-femme occupée à faire les cent pas sur le tapis de prix qu'un décorateur avait tout spécialement choisi pour accompagner le sofa en cuir et le fauteuil club qui meublaient la pièce. Un coussin pressé contre son ventre, Jen était blottie dans un coin, pâle et effrayée.

— 'Jour, p'pa…, dit-elle d'une petite voix tremblante.

Avec prudence et inquiétude, elle le dévisageait à la dérobée. A quoi s'attendait-elle donc ? A ce qu'il se précipite sur elle pour la frapper ? Réprimant un soupir, Ryan la rejoignit.

— Comment ça va, Jen ?

— Pas terrible…

Ryan desserra son nœud de cravate et déboutonna le col de sa chemise. Puis, en un geste qui leur était familier, il ébouriffa les cheveux de sa fille. Il vit alors ses yeux s'emplir de larmes.

— On dirait que, cette fois-ci, tu n'y es pas allée de main morte, mon bébé…

— C'est vrai, dit-elle, toute penaude.

— Tu veux bien m'expliquer ce qui s'est passé ?

— Oui, ça pourrait *éventuellement* être utile ! intervint Diane en exhalant un panache de fumée vengeur. Explique-nous donc comment une gamine de quinze ans peut voler une voiture, renverser un cycliste et prendre la fuite, *mon bébé*…

Tournant la tête vers elle, Ryan répliqua sèchement :

— Je t'ai déjà demandé de ne pas fumer ici, Diane !

En quelques enjambées, il gagna la porte-fenêtre et l'ouvrit toute grande.

— Alors, Jen ? reprit-il en pivotant sur ses talons. Qu'as-tu à me dire ?

Les lèvres tremblantes, l'adolescente répondit :

— Je ne l'ai pas vu venir, tout simplement ! On rigolait bien, tu vois. Et puis, je crois que la musique était un peu forte…

Diane soupira et crut bon d'expliquer :

— Je leur demande *toujours* de baisser le volume. Elles n'entendraient pas un train arriver ! Alors tu penses, un vélo !

— Qui ça, « on » ? demanda Ryan sans tenir compte de l'interruption de son ex-épouse.

— Jody Reinhart, Melissa Maness et moi.

— En fait, précisa Diane, la voiture appartient aux parents de Melissa.

Ryan était déjà au courant. Il avait passé les trois heures précédentes à réunir des informations sur le sujet. James Maness aurait pu exploser de fureur, mais il s'était montré tout à fait compréhensif. Sa femme et lui avaient déjà eu avec leur fille une franche explication, et ils en avaient conclu que le vol — ou plus exactement *l'emprunt* — de la voiture avait résulté d'une décision collective. Naturellement, le délit de fuite ne pouvait être imputé qu'à Jennifer, étant donné que c'était elle qui conduisait. Quant aux parents de la troisième participante à cette équipée sauvage, Ryan n'était pas parvenu à les joindre.

— S'il n'y avait pas eu cet accident, murmura Jen, on n'en serait pas là. Melissa disait que ses parents ne s'apercevraient même pas qu'on avait pris leur voiture.

Ryan fronça les sourcils et s'impatienta :

— Ce qui signifie ?

— Quoi ? fit-elle, abasourdie.

— En quoi est-il important de savoir si les parents de ton amie auraient remarqué ou non la disparition de leur véhicule ? T'avaient-ils donné la permission de partir avec ? Comment pouvais-tu savoir qu'ils n'en auraient pas besoin pendant que tu l'*empruntais* ? Allons, Jen… Tu disposes des affaires des autres sans même leur demander leur avis, à présent ? Et peux-tu me dire où tu es allée pêcher cette idée stupide de faire toute la route jusqu'à Houston ?

Cette fois, elle ne put se retenir de fondre en larmes.

— Je savais que je faisais une bêtise, p'pa…

— Tu trouves que c'est une excuse ? Et pour le cycliste, qu'est-ce que tu as trouvé comme défense ? Dire que tu t'es enfuie sans même chercher à savoir s'il était blessé… Ça aussi, tu devais savoir que c'était une bêtise, non ?

Entre deux sanglots, elle parvint à répondre d'une voix presque inaudible :

— Il n'était pas blessé gravement. On l'a bien vu.

— Ça, c'est la meilleure ! cria Ryan, refusant de se laisser attendrir. Puis-je te demander sur quoi repose ce brillant diagnostic ? Sur tes études médicales ? Tu es capable de juger de l'état d'un blessé sur un simple regard dans un rétroviseur, maintenant ? Ou sur le jugement de tes deux passagères, aussi irresponsables que toi ?

— Il s'est redressé tout de suite après, murmura-t-elle. Enfin… il ne s'est pas relevé, mais il s'est assis par terre. Il nous regardait. Je veux dire… il n'était pas inconscient ni rien du tout. Et c'est vrai, j'ai vu tout ça dans le rétroviseur !

Ryan posa sur sa fille un regard noir et lança d'une voix vibrante de colère :

— Je n'ai jamais été aussi déçu que par ta conduite d'aujourd'hui, Jen ! Je suis déçu et choqué que ma fille puisse *emprunter* la voiture d'un ami sans sa permission — alors qu'elle n'a même pas le permis de conduire ! —, tout ça pour aller faire un rodéo à Hermann Park, puis qu'elle renverse un cycliste au passage et qu'elle prenne la fuite sans même chercher à savoir s'il est mort ou vif !

Pour bien enfoncer le clou, il se tourna vers elle et ponctua ses paroles d'un autre regard sévère.

— L'idée de lui porter secours ne t'a même pas traversé l'esprit ? Tu n'as pas eu ne serait-ce qu'un soupçon d'inquiétude pour lui ?

Jennifer baissa les yeux et marmonna piteusement :

— Ça s'est passé tellement vite…

— Trop vite pour que tu puisses appeler les secours sur ton portable ?

— On avait peur que la police repère l'origine de l'appel.

Diane, qui se tenait jusqu'alors en retrait, fondit sur sa fille et se mit à vitupérer contre elle en effectuant de grands gestes.

— Non mais tu te rends compte de la situation, Jennifer ? Ce qu'on aimerait, figure-toi, c'est que tu prennes tes responsabilités dans cette affaire et que tu reconnaisses tes torts, au lieu de murmurer quelques pâles excuses du bout des lèvres ! Je vais être franche avec toi. Je ne sais vraiment pas que faire pour te punir…

Elle sortit son briquet de sa poche, et rejoignit d'un bond la table basse où elle avait posé son paquet de cigarettes.

— Il n'en est pas question, Diane..., intervint Ryan, à qui la fumée donnait systématiquement la migraine. Si tu veux cloper, c'est sur le patio.

— Avec plaisir !

La tête haute, elle traversa la pièce pour sortir avec un air de dignité outragée.

— Elle me déteste, dit Jennifer avec tristesse.

— Bien sûr que non, elle ne te déteste pas !

A court d'arguments, Ryan secoua la tête. Il se sentait désemparé. Comment ses amis qui élevaient plusieurs enfants faisaient-ils pour ne pas devenir fous alors que lui, qui n'en avait qu'un, avait tant de mal à s'en sortir ?

— Ta mère est simplement désappointée, reprit-il. Tous les deux, nous sommes effarés du nombre de mauvais choix que tu as pu faire en une seule journée.

Il s'accroupit devant elle, et attendit d'avoir capté son regard pour poursuivre :

— Ecoute, Jen... Tu sais que tu peux tout me dire. Je n'ai pas toujours été un ange de vertu, moi non plus, et je sais comment ça se passe quand on est en bande avec des amis. Une chose en entraîne une autre, et il arrive un moment où personne ne contrôle plus rien. Quelqu'un veut épater la galerie, montrer qu'il n'est plus un gamin... Est-ce que vous n'auriez pas fumé un peu d'herbe, par hasard ?

— Non ! s'écria-t-elle, l'air sincèrement choquée par cette suggestion. Je te jure que je n'ai jamais touché à la drogue, p'pa... Comment tu peux penser un truc pareil ?

Ryan prit le temps de la dévisager longuement.

— Je cherche à expliquer ton comportement. Si tu avais fumé un joint, ton discernement aurait pu être altéré. Ce serait pour moi un début d'explication, parce que j'ai du mal à admettre que ma fille se soit conduite aussi mal et qu'elle affiche un tel cynisme. Mais, comme tu m'affirmes que ce n'est pas le cas, j'avoue que j'ai du mal à te trouver des excuses.

— Et voilà ! s'écria Jennifer en bondissant du sofa. Maintenant, toi aussi tu me détestes !

Les bras serrés autour d'elle, elle s'écarta de lui et éclata en sanglots, tout en gémissant d'une voix hachée :

— Per... sonne... ne me... comprend ! Moi, je... voulais pas... voler cette voiture ! Mais une fois... que c'était fait... j'ai voulu venir... te voir à Houston. M'man et moi, on était fâchées... Elle est toujours... sur mon dos, p'pa... Et après — seulement après —, on s'est retrouvées à Hermann Park sans... sans savoir comment. Et ce type a déboulé de nulle part ! C'était... c'était un *accident* !

En la voyant pleurer ainsi, Ryan se sentit fondre de tendresse. De petits cheveux fins bouclaient sur sa nuque. Il se rappelait son propre émerveillement, le jour de sa naissance... Il éprouvait soudain un besoin impérieux d'aller la prendre dans ses bras, de lui redire qu'ils l'aimaient très fort, Diane et lui. Mais sa raison l'en empêcha. Pour que la leçon porte, elle avait besoin de souffrir encore un peu des conséquences de ses actes. Il attendit donc que le plus gros de sa crise de larmes fût passé pour abattre sa carte maîtresse.

— Fort heureusement pour toi, Rick pense lui aussi que c'est un accident.

Aussitôt, elle tourna vers lui un visage ruisselant de pleurs.

— Qui ça ?

— Rick. Le garçon que tu as failli tuer.

— Tu lui as parlé ?

Clignant des paupières, elle s'essuya les yeux du revers des deux mains.

— Oui, répondit Ryan en se dirigeant vers la porte-fenêtre. Je lui ai parlé.

D'un geste de la main, il fit signe à son ex-femme de les rejoindre. Diane tira une dernière bouffée gourmande de sa cigarette et écrasa son mégot dans le pot d'une plante avant de traverser le patio.

— Ce qui va suivre te concerne aussi, Diane, expliqua-t-il en refermant derrière elle.

Dans la poche de sa chemise, il pêcha une carte de visite sur laquelle il avait pris quelques notes, et fit part à ses deux interlocutrices attentives du résultat de ses investigations. Ça n'avait pas été facile, mais il avait fini par retrouver la trace d'un couple d'étudiants qui faisaient leur jogging dans l'allée voisine au moment de l'accident. Le cycliste était un de leurs voisins, et ils lui avaient porté secours quand Jennifer s'était enfuie. Ils n'avaient fait aucune difficulté pour donner à Ryan les coordonnées de Rick.

Le garçon avait seize ans. Il n'était pas sérieusement blessé, mais il souffrait quand même de quelques contusions. Au moment des faits, il roulait sur la piste cyclable, mais il avait fait une embardée pour éviter un nid-de-poule quand Jennifer était passée près de lui au volant de la berline des Maness. Ce qui, bien sûr, n'excusait en rien le fait qu'elle ne se fût pas arrêtée.

— Il s'est montré on ne peut plus correct et compréhensif, conclut Ryan. Tu lui dois de plates excuses, et tu devras lui rembourser sur tes propres deniers sa bicyclette, qui est hors d'usage.

— O.K..., maugréa Jennifer, de mauvaise grâce mais manifestement soulagée.

Diane alla s'asseoir sur l'accoudoir du sofa, croisa les jambes et entoura son genou de ses mains avant d'ajouter :

— M. Maness est venu récupérer sa voiture, il y a environ deux heures. Il en a profité pour ramener chez elles Melissa et Jody.

— Il me l'a dit au téléphone, reprit Ryan. Lui aussi s'est montré diablement compréhensif. Il aurait pu faire toute une histoire.

— Jusqu'à porter plainte ?

— Exactement.

Les joues de Jennifer avaient repris un peu de couleur. Elle n'était plus aussi effrayée, mais continuait à dévisager ses parents l'un après l'autre. Manifestement, elle attendait la suite des événements avec circonspection.

Comme pour lui donner raison, Ryan se dirigea vers le bar et lâcha d'une voix décidée :

— A présent...

Il se servit un verre, admira la riche couleur d'ambre du scotch et but une longue gorgée avant de poursuivre :

— … Voilà ce que je propose : Jen, tu vas venir vivre avec moi.

Voyant son visage s'illuminer, il fronça les sourcils.

— Avant que tu ne te mettes à danser la gigue, prévint-il sévèrement, laisse-moi te dire que ce ne sera pas une partie de plaisir. J'ai croisé beaucoup d'enfants de couples divorcés, et je sais ce qu'ils s'imaginent la plupart du temps : ils pensent que la vie serait plus facile chez l'autre parent, celui chez qui ils n'habitent pas. Mais ils se trompent en général. Sache que si je décide de te prendre en charge, ce n'est pas parce que j'estime que ta mère a échoué, mais parce que tu t'es très mal conduite avec elle. Et si tu espères pouvoir faire ce que tu veux quand tu habiteras ici, laisse-moi te dire que tu te trompes sur toute la ligne. C'est vu ?

Jennifer acquiesça d'un bref hochement de tête. Bien qu'elle fît de son mieux pour garder un visage de marbre, il était clair qu'elle jubilait intérieurement.

— Et pour l'école ? demanda-t-elle.

— Je vais t'inscrire dès demain, et je veux que tu te colles au boulot tout de suite, de manière à me prouver que tu es décidée à repartir du bon pied.

— Mes notes étaient bonnes, à Dallas !

— Eh bien, il faudra qu'elles soient encore meilleures ici.

Elle jeta un rapide coup d'œil à sa mère et marmonna en baissant les yeux :

— Quand est-ce que je… déménage ?

Ce fut Diane qui lui répondit, en saisissant son sac et en se levant bien vite du sofa, comme si elle craignait que Ryan ne finisse par changer d'avis.

— Puisque tu es ici, pourquoi ne pas y rester ? Je te ferai porter toutes tes affaires demain.

Puis, se tournant vers son ex-mari, elle ajouta avec un sourire crispé :

— Bonne chance !

Du coin de l'œil, Ryan remarqua que le visage de sa fille s'était empourpré. Cela faisait un an qu'elle le harcelait pour venir vivre avec lui, mais le fait de voir à quel point sa mère était pressée de se débarrasser d'elle devait quand même lui faire un peu de peine.

Soudain, Ryan se demanda si leur incapacité à s'entendre ne venait pas du fait qu'elles se ressemblaient beaucoup, toutes les deux. Il n'y avait jamais pensé, jusque-là. Mais il ne connaissait pas grand-chose aux rapports mère-fille. En fait, songea-t-il amèrement, en savait-il beaucoup plus sur le lien père-fille ? Depuis le divorce — alors que Jen n'était qu'une petite fille de neuf ans —, il n'avait été pour elle qu'un papa en pointillés. Plus d'une fois, au cours de l'après-midi, il s'était demandé s'il savait réellement ce qu'il faisait en acceptant de prendre totalement en charge cette ado de quinze ans.

— Tu veux dormir ici, cette nuit ? demanda-t-il à Diane, qui s'apprêtait à sortir.

Il n'avait qu'une chambre d'amis, qui était à présent celle de Jen, mais elle aurait pu la partager avec sa mère pour une nuit.

— Non, répondit Diane. Je dois rentrer.

— Son nouveau petit ami l'attend ! lança Jen amèrement, sans doute pour lui rendre la monnaie de sa pièce.

Pour toute réponse, Diane leva les yeux au plafond.

— Enfile ta veste, Jen ! ordonna Ryan, préférant couper court avant d'avoir à arbitrer une nouvelle prise de bec.

— Pourquoi ça ? demanda la gamine.

Sous l'effet de la surprise, elle cessa de se tamponner les yeux avec son mouchoir en papier. Ruiné par ses larmes, son mascara lui donnait l'allure d'un petit raton laveur…

— Ça s'est rafraîchi, dehors…, répondit-il en se dirigeant vers le hall pour y récupérer sa propre veste. Nous avons rendez-vous avec Rick Sanchez. Ou plus exactement, *tu* as rendez-vous avec lui.

— Papaaa ! protesta Jennifer sur le ton du désespoir, comme s'il venait de lui proposer de marcher pieds nus sur des charbons ardents.

— Ça s'appelle assumer ses actes, jeune fille ! poursuivit-il en lui jetant un regard noir. Enfile ta veste. C'est la dernière fois que je te le demande gentiment.

— Mais il est tellement *tard* ! gémit-elle en s'exécutant de mauvaise grâce.

— Il n'est jamais trop tard pour bien faire.

Ryan avait l'impression de pontifier, et il n'aimait pas ça, mais il faisait de son mieux pour exercer son autorité paternelle, et tant pis s'il paraissait pompeux.

— De toute façon, ajouta-t-il, Rick nous attend.

Le cabriolet BMW de Diane disparaissait déjà au bout de la rue. Elle n'aurait pas filé plus vite si elle avait eu le diable aux trousses…

Comme Ryan n'avait pas pris la peine de rentrer sa voiture, ils durent marcher jusqu'à l'endroit où il l'avait garée. Boudeuse, Jennifer se traînait derrière lui, mais il ne ralentit pas l'allure pour autant.

A peine s'était-elle assise à l'avant qu'une voiture vint se garer derrière eux dans un vrombissement de moteur.

Ryan plissa les yeux pour examiner le conducteur qui sortait vivement de son véhicule. Il était tard, et il était illusoire de se sentir en sécurité dans quelque quartier de Houston que ce fût. Par sécurité, il actionna le verrouillage des portières avant de se retourner pour faire face à l'inconnu qui marchait vers lui. Aussitôt, il reconnut Austin, mais il ne fut pas soulagé pour autant.

— Hey, Ryan ! Ravi de voir que vous êtes encore debout.

Austin l'entraîna un peu à l'écart, de manière à ne pas être entendu par l'adolescente.

— Que faites-vous ici ? lui demanda Ryan, le premier instant de surprise passé. Je m'apprêtais à partir avec…

— Oui, je sais… Désolé de venir vous relancer jusque chez vous, mais ça ne pouvait pas attendre et ce ne sera pas long.

Avec une mine de conspirateur, il jeta un regard de chaque côté de la rue avant de préciser, un ton plus bas :

— C'est à propos de Gina.

Songeant à l'inquiétude qu'Elizabeth Walker s'était faite pour son amie en la voyant partir avec lui, cet après-midi-là, Ryan se sentit lui-même gagné par une sourde appréhension.

— Qu'est-ce qui se passe ?

Austin se balança d'une jambe sur l'autre, se gratta longuement la tête, et prit l'expression de celui qui porte le poids du monde sur ses épaules.

— Elle ne veut pas coopérer, expliqua-t-il enfin. J'étais pourtant persuadé que si je passais un peu de temps seul avec elle aujourd'hui, ou plus exactement ce soir, elle finirait par entendre raison. Vous savez à quel point il est important de la soustraire à l'influence pernicieuse de cette avocate féministe et de son amie Liz, mais…

— Ho là ! Ho là ! s'exclama Ryan en levant une main devant lui pour interrompre le discours de son ex-client. Je n'ai plus rien à voir avec tout ça. Vous m'avez viré, vous ne vous souvenez pas ?

— Allons, cher ami…, protesta Leggett avec une grimace qui se voulait de connivence. Ne me dites pas que vous m'avez pris au sérieux ! Vous savez bien que je ne pensais pas un mot de ce que je vous ai dit cet après-midi. J'étais un peu énervé à cause de ce bon sang de juge ! Qui aurait pu croire qu'il doublerait les demandes de la partie adverse ? Mais c'est du passé, maintenant. Et il va falloir mettre un plan au point pour empêcher ces garces de me plumer. Quatre bâtons par mois, bon sang ! Faites le compte sur un an, et on ne parle déjà plus d'argent de poche…

Dans le feu de son discours, Austin s'était mis à marcher en rond sur le trottoir. Pour souligner ses paroles, il faisait de grands gestes et levait les bras vers les réverbères, vers la lune, vers le ciel, comme pour les prendre à témoin de son infortune.

Puis, aussi brutalement qu'il avait commencé, il mit un terme à son manège et vint se planter face à Ryan.

— Ecoutez, vieux…, conclut-il en lui posant la main sur l'épaule. En vérité, j'ai besoin de votre aide. Je dois même reconnaître que je ne pourrais pas m'en passer.

— Désolé pour vous, dit Ryan, mais j'ai décidé d'arrêter les frais. Je ne veux plus être mêlé à cette histoire. Ce dossier devient indéfendable. L'audience n'a pas tourné à votre avantage, aujourd'hui. Vous l'avez constaté par vous-même : Maude a assuré à sa cliente une défense en béton. Quant à Mme Walker, son témoignage avait des accents de sincérité indiscutables. En fait, je pense que le juge a cru tout ce qu'elle a dit.

— Même s'il n'existe aucune preuve que j'aie pu être… (gêné, il détourna le regard un instant) vous savez… *rude* avec Gina ?

— Le mot que vous cherchiez est « violent ».

— Si vous voulez… En tout cas, Gina a fait un esclandre en plein restaurant, et elle est partie au milieu du repas, alors que j'essayais juste de trouver un terrain d'entente avec elle ! Chez Anthony, rien que ça ! Imaginez le gâchis. Ensuite, sur le chemin du retour, elle m'a carrément annoncé qu'elle avait l'intention de s'en tenir aux décisions du juge… A moins que vous arriviez à l'en dissuader…

— Comme je vous l'ai dit, Austin, cette affaire ne me regarde plus.

— Hé ! Je me suis excusé, non ? J'ai besoin de vous pour me tirer de ce guêpier, Ryan. Je ne vous en ai pas parlé plus tôt, mais je suis un peu juste, en ce moment… J'ai pas mal perdu en Bourse, et je n'ai pas quatre mille dollars à gaspiller, tous les mois.

— Vous pourrez présenter cet argument à Hetherington par l'intermédiaire de votre nouvel avocat, répondit Ryan en agitant son trousseau de clés. Vous n'avez pas besoin de moi pour ça.

— Ecoutez…

Austin leva la tête vers les étoiles, inspira profondément comme pour se donner du courage, et chercha le regard de Ryan avant de poursuivre :

— Pour être franc, je n'ai pas envie que cette affaire dure plus longtemps. Mon vieux est déjà suffisamment remonté contre moi… Il serait fou de rage si la situation s'éternisait : ça ferait une mauvaise publicité à la firme. Je ne vous demande pas grand-chose — juste un service. Gina considère que tout ce que dit Liz est gravé dans le marbre. Il m'a semblé que vous étiez plutôt en bons termes avec elle… Vous pourriez peut-être la convaincre de faire pression sur Gina pour aboutir à un accord plus… raisonnable.

Après un rapide coup d'œil en direction de la voiture d'où Jennifer les observait avec un mélange de crainte et de curiosité, il ajouta :

— Vous devriez me comprendre mieux que personne : vous êtes divorcé, vous avez une fille ; vous savez ce que ça coûte.

Ryan ne tenta même pas de cacher le mépris que lui inspiraient ces paroles.

— Je n'ai jamais considéré que ma fille représentait une dépense inutile, si c'est ce que vous voulez dire. Je pourvois à ses besoins parce que je suis son père et que je l'aime. En fait, ce soir…

Ryan s'interrompit. La situation de Jesse n'avait rien à voir avec celle de Jen et, de toute façon, ce crétin d'Austin était la dernière personne à laquelle il eût envie de se confier. Cela dit, il n'avait pas tout à fait tort en imaginant qu'Elizabeth Walker pourrait jouer un rôle de médiatrice. Même s'il lui en coûtait de remettre les pieds dans ce cloaque, il décida de se forcer un peu pour le bien de Jesse.

Austin, qui avait dû percevoir son hésitation, lui demanda avec espoir :

— Alors ? Qu'est-ce que vous en dites ?

A contrecœur, Ryan hocha la tête.

— Je parlerai à Liz.

Aussitôt qu'il eut regagné sa voiture, Jennifer lui demanda en regardant la Porsche démarrer dans un crissement de pneus :

— C'était qui ce type ? On aurait dit un fou échappé de l'asile… Tu l'as vu remuer les bras comme un possédé ?

— C'est un client… ou plus exactement un ex-client.

— C'est quoi, son problème ?

— Sa fille.

— Hein ? Tu me fais marcher !

Ryan la rassura d'un sourire et précisa en lui tapotant le genou :

— De toute façon, ça ne te regarde pas, Jen. Il me semble que tu as un problème bien plus urgent à régler. Et nous allons de ce pas nous en occuper. Les Sanchez habitent à dix minutes d'ici, et Rick est un garçon très sympathique. Tu vas devoir lui faire des excuses convaincantes pour qu'il te pardonne de l'avoir abandonné dans un fossé après l'avoir éjecté de son vélo.

— Papaaaa ! Pas la peine d'en rajouter. En plus, il n'y avait pas de fossé.

— Fossé ou pas, murmura Ryan en mettant le contact, je suis curieux de voir comment tu vas t'en tirer.

Le trajet jusque chez les Sanchez fut bien trop bref au goût de Jennifer. Elle estimait que son père en faisait vraiment trop en l'obligeant à aller s'excuser le soir même, alors qu'il aurait été tellement simple de le faire le lendemain par téléphone... Elle allait sans doute avoir droit à une scène déplaisante. A la place de ce garçon, elle n'aurait pas été très contente. Et s'il se montrait vraiment méchant avec elle ? Non, c'était peu probable, étant donné qu'il n'avait même pas prévenu les flics... Heureusement, sinon elle se serait vraiment retrouvée dans de sales draps. Enfin, sa situation n'était quand même pas reluisante. Pour sa mère, elle n'était déjà plus qu'un meuble encombrant dont il fallait se débarrasser. Quant à son père, il l'accueillait chez lui parce qu'il n'avait pas le choix. Si elle avait eu des grands-parents pour la recueillir, il y avait fort à parier qu'elle serait déjà chez eux ! En vérité, personne ne voulait d'elle ; personne ne se souciait de son bonheur. Ses parents avaient chacun leur vie, dans laquelle elle n'avait aucune place.

Déprimée par ces sombres pensées, Jen tourna la tête pour jeter un coup d'œil aux maisons environnantes, entourées de grands jardins obscurs qu'éclairait à peine une fine lune argentée. Pourquoi les gens se mariaient-ils, et surtout pourquoi faisaient-ils des enfants si c'était pour divorcer quelques années plus tard et ne plus savoir que faire de leur progéniture ? Les gens qui adoptaient des animaux de compagnie et les fourguaient à la fourrière dès qu'ils avaient cessé d'être amusants ne se comportaient pas autrement...

La voix de son père, qui ralentissait pour amorcer un virage, la tira de ses pensées.

— Je pense qu'on y est.

Le quartier était sympa, et les maisons plutôt coquettes et rassurantes devaient abriter des familles unies où les enfants grandissaient tranquillement jusqu'à l'âge de partir pour l'université…

Tandis que son père roulait à faible allure pour trouver la maison qu'il cherchait, Jen aperçut des bicyclettes et d'autres équipements sportifs dans des garages aux portes ouvertes. Quelques ados jouaient au basket dans les allées. Aucun enfant en bas âge n'était en vue. Ils devaient dormir à cette heure. Mais en pleine journée, songea la jeune fille avec une étrange mélancolie, les jeunes frères et sœurs des basketteurs devaient égayer de leurs jeux et de leurs cris la rue et les jardins. Elle n'avait jamais eu la chance de vivre dans un tel contexte et, à ses yeux, c'était l'une des injustices dont sa vie était remplie.

— C'est là !

Ryan se gara au bord du trottoir, mais, avant de couper le moteur, il se tourna vers sa fille pour lui demander :

— As-tu réfléchi à ce que tu vas dire ?

Jen haussa les épaules et répondit sans le regarder :

— « Je suis désolée. » Qu'est-ce que je pourrais dire d'autre ?

— Tu pourrais prendre de ses nouvelles, t'inquiéter de ses blessures.

— D'accord, j'y penserai.

— Tu pourrais aussi préciser que tu as l'intention de lui rembourser son vélo.

Nouveau haussement d'épaules boudeur.

— Si tu y tiens.

— Et tu pourrais surtout, reprit son père un ton plus haut, quitter cette attitude hostile et déplaisante qui n'a pas lieu d'être. Tu dois une fière chandelle à ce garçon, Jennifer. Et si tu gaspilles cette occasion de t'amender, j'aime autant te dire que tu vas très vite regretter de ne plus vivre avec ta mère…

Au bord de la révolte, Jen croisa les bras et laissa échapper un énorme soupir.

— Je ne vois vraiment pas pourquoi tu en fais tout un plat, p'pa. Je te signale que je n'étais pas forcée de raconter ce qui s'était passé... J'aurais pu rentrer directement à Dallas avec Jody et Melissa, et personne n'aurait jamais rien su.

— Excepté les Maness, à qui tu avais « emprunté » leur voiture.

— Et alors ? On aurait été punies pendant une semaine ou deux, et basta.

L'absence de réaction de son père la surprit. Elle lui jeta un coup d'œil en coin, et s'aperçut qu'il la dévisageait en silence, comme si elle n'était qu'un misérable ver de terre. Sous ce regard pesant, elle se sentit plus misérable encore.

— Sors de cette voiture ! ordonna-t-il d'une voix sans appel en ouvrant lui-même sa portière. Remonte cette allée, sonne à cette porte, et donne-moi des raisons de ne pas tout à fait désespérer de toi.

Jen s'exécuta de mauvaise grâce et pressa le bouton de la sonnette d'un doigt tremblant. C'était pire que la fois où elle avait été arrêtée par des agents de sécurité à la sortie d'un grand magasin, en compagnie de Deanna Rivers, qui avait *par inadvertance* glissé un DVD dans son sac. C'était pire que la nuit où elle était rentrée à 2 heures du matin — soit avec trois heures de retard —, après avoir éclusé quelques bières chez Jody...

Un garçon, qui devait être Rick Sanchez, vint lui ouvrir la porte. Il était beaucoup plus grand que dans son souvenir, au moment où elle l'avait aperçu dans son rétroviseur, assis sur la chaussée. Ses cheveux épais étaient d'un noir de jais, et il avait de magnifiques yeux gris. Même avec cet horrible bleu qui lui enlaidissait la joue, il était vraiment sexy. Cette constatation provoqua en elle un petit frisson, qui n'avait plus rien à voir avec l'appréhension. Il lui tardait de raconter tout ça à Jody et Melissa pour les faire baver d'envie...

— Je me disais que vous aviez peut-être renoncé à venir ce soir, monsieur Paxton.

Super ! songea Jennifer en redescendant brutalement sur terre. Il s'adressait directement à son père, comme si elle avait été invisible...

Ryan et lui échangèrent une solide poignée de main.

— Ravi de te revoir, Rick. Je te présente ma fille, Jennifer.

— 'Jour...

Jen aurait voulu disparaître sous terre. Cette petite voix de souris anémique, c'était vraiment la sienne ?

— Bonsoir, dit Rick en posant enfin les yeux sur elle. Entrez. Mes parents regardent la télé dans le salon, mais ils peuvent nous rejoindre si vous le désirez, monsieur Paxton.

— A toi de voir, Rick.

— O.K. Alors, on fera sans eux.

— Et s'il te plaît, appelle-moi Ryan.

— Oui, monsieur.

— Et, tant que tu y es, laisse aussi tomber le « monsieur ».

— D'accord.

En découvrant son sourire, qui le rendait encore plus séduisant, Jennifer se dit que, après tout, l'épreuve ne serait peut-être pas si terrible qu'elle se l'était imaginé. Elle le suivit le long d'un couloir, et c'est alors qu'elle remarqua qu'il boitait. Il avait aussi le poignet et deux doigts de la main droite bandés, et elle se demanda avec un pincement au cœur s'ils étaient cassés.

La pièce accueillante dans laquelle ils débouchèrent tenait à la fois du living-room et de la salle à manger. Pour distraire son attention des blessures que, par sa maladresse, elle avait infligées à Rick, Jen s'intéressa au contenu d'un vaisselier. Le service en porcelaine qui s'y trouvait exposé était décoré d'un beau motif fleuri, délicat et féminin, à mille lieues des horreurs géométriques noir et argent que sa propre mère avait choisies. La maîtresse de maison devait également collectionner les bibelots de verre teinté, car il y en avait toute une étagère, comme chez la mère de Melissa.

Il y avait aussi des photos encadrées sur lesquelles on pouvait voir Rick à différents âges, ainsi qu'une jeune fille qui lui ressemblait étonnamment — sa sœur, sans aucun doute. Un garçon et une fille, un père et une mère, une jolie maison, une famille parfaite…

Rick les invita à s'asseoir sur le canapé, tandis qu'il s'installait sur une chaise, face à eux, et allongeait sa jambe sur une table basse.

— Ma fille a quelque chose à te dire, déclara Ryan sans préambule.

Jen n'eut pas besoin du regard menaçant qui ponctuait cette entrée en matière pour se sentir mal. L'estomac noué, elle se força à regarder Rick. Et lorsqu'il fixa sur elle ses yeux gris si troublants, elle se sentit rougir et se lança sans réfléchir, pour éviter de se ridiculiser plus longtemps.

— Je suis désolée de t'avoir renversé avec cette voiture, dit-elle d'une voix tendue. Je ne m'étais pas rendu compte que je roulais si près de ton vélo jusqu'à… jusqu'à ce qu'il soit trop tard. Evidemment, je… je ne l'ai pas fait exprès.

— Je sais, dit-il d'un ton rassurant. J'ai tout de suite compris que c'était un accident.

— Je… j'étais…

Jen déglutit péniblement avant de pouvoir poursuivre :

— Je veux dire… je vois bien que tu es blessé. Mais sur le coup, je ne l'ai pas cru parce que tu t'es assis sur le sol tout de suite après. Tu n'es pas resté inconscient et tu… tu n'avais pas l'air de saigner, ou rien de ce genre. N'empêche que c'était une erreur de me sauver sans te porter secours. J'aurais dû m'arrêter, et je suis affreusement désolée de ne pas l'avoir fait.

— Je ne me suis pas relevé tout de suite parce que j'étais sonné… Comment tu t'appelles, déjà ?

Jen se sentit rougir de plus belle et murmura en détournant les yeux :

— Jennifer.

— Jennifer…, répéta-t-il, satisfait. Je savais qu'il n'y avait pas trop de bobos, mais ce n'était pas très marrant d'avoir été heurté par une bagnole — et pas par une petite, en plus…

Secouant la tête, il se mit à rire comme si cette histoire n'était déjà plus pour lui qu'un mauvais souvenir.

Jen posa les yeux sur sa main bandée et fit la grimace.

— Tes doigts sont cassés ? Je suis vraiment désolée...

— Non, rassure-toi ! répondit-il en levant le bras devant lui. Juste foulés. Dans quelques semaines, il n'y paraîtra plus.

Il se redressa sur sa chaise, et prit un coussin sur le canapé pour le glisser dans son dos. Puis il embraya comme si le sujet était clos :

— A quel lycée tu vas ?

— Je n'habite pas ici mais à Dallas.

Après un bref regard en direction de son père, Jen se mordit la lèvre et corrigea :

— Enfin, je vais être scolarisée ici, maintenant, puisque j'emménage chez mon père.

— Vous allez l'inscrire à Kincaid ? demanda Rick, comme s'il était naturel à ses yeux que Ryan choisisse pour sa fille le meilleur établissement de la région.

— Impossible, répondit Ryan avec assurance. A Kincaid, ils n'accueillent pas de nouveaux élèves en cours d'année. En plus, il y a une liste d'attente longue comme le bras. Je vais tenter ma chance à Saint-André, mais je sais que, eux non plus, ils ne sont pas chauds pour les inscriptions de dernière minute... Est-ce que tu es inscrit à Kincaid, toi ?

— Oh, non ! s'exclama Rick en secouant la tête avec un sourire triste. C'est beaucoup trop cher pour mes parents. Je suis à Memorial. C'est public, mais c'est le meilleur lycée du coin, si vous voulez mon avis.

Jennifer, qui n'avait pas quitté son père des yeux depuis qu'il avait fait allusion à ses recherches, laissa libre cours à sa curiosité.

— Tu t'es déjà renseigné ? Quand ?

Cela signifiait-il que la décision était prise depuis longtemps ?

Sans lui répondre, Ryan poursuivit comme si de rien n'était sa conversation avec Rick.

— Je pense que Jen te rejoindra bientôt à Memorial, dit-il. De toute façon, c'est le lycée dont dépend mon secteur.

Hochant la tête, Rick reporta son attention sur Jennifer.

— Dans ce cas, on se reverra là-bas, lui dit-il. Si tu veux, je te ferai les honneurs du bahut.

Cette fois, Jen eut l'impression que son cœur faisait un looping dans sa poitrine.

— Même si j'ai failli te tuer ?

Rick eut un grand sourire. D'un revers de sa main valide, il balaya l'argument.

— Arrête… Les accidents, ça arrive.

— C'est quand même fair-play de ta part, dit Ryan.

Puis il ajouta avec un regard insistant à l'intention de sa fille :

— N'est-ce pas, Jen ?

Incapable de répondre, elle baissa les yeux et hocha la tête, certaine d'être aussi rouge qu'une pivoine…

— Merci, murmura-t-elle péniblement.

— Il me semble, reprit Ryan, que Jen a quelque chose à ajouter.

Surprise, elle le dévisagea sans comprendre.

— La bicyclette de Rick, précisa-t-il. Tu avais l'intention de lui proposer quelque chose à ce sujet.

— Oh, oui ! s'exclama-t-elle avec soulagement. Le vélo…

Jen redressa les épaules et accrocha à ses lèvres un sourire embarrassé pour déclarer d'une voix hésitante :

— Il faudrait… Je voudrais te rembourser ton vélo. Mon père m'a dit qu'il était complètement foutu. Combien l'as-tu payé ?

— Mille deux cents dollars.

Le sourire de Jen se figea sur ses lèvres. Prise de court, elle ne sut comment réagir. Un simple vélo pouvait-il coûter ce prix-là ? Elle n'avait pas beaucoup d'expérience en la matière, mais ça paraissait vraiment excessif…

Frappée par une soudaine évidence, elle se détendit et lança :

— Tu plaisantes, bien sûr ?

Amusé par sa réaction, Rick expliqua :

— Ce n'est pas un vélo ordinaire. Je m'entraîne pour un cross-country qui doit avoir lieu cet été dans le Colorado. J'avais fait adapter ma bécane tout spécialement pour le terrain qu'on va rencontrer.

— Oh, je vois...

Mal à l'aise, Jen toussota, et se tourna vers son père pour qu'il lui vienne en aide. Jamais elle ne serait en mesure de rassembler une telle somme, même en se privant toute une année de CD, de maquillage et de portable !

— Tu accepterais que je te rembourse en plusieurs fois ? demanda-t-elle timidement.

— Bien sûr ! Qu'est-ce que tu proposes ?

Le visage de Rick était impassible, mais il avait les yeux si brillants qu'elle se demanda, l'espace d'un instant, s'il ne s'amusait pas à ses dépens.

A cet instant, Ryan se leva, la dispensant de toute réponse.

— Laisse-nous le temps d'en discuter tous les deux, dit-il à Rick. Jen va avoir beaucoup de temps libre à Houston, jusqu'à ce qu'elle se soit fait de nouveaux amis. Ça lui laissera la possibilité de faire quelques petits boulots.

— Pour réunir douze cents dollars, il va falloir beaucoup bosser, p'pa !

Les voyant tous les deux s'amuser de sa réaction, Jen regretta de s'être indignée. Solidarité masculine oblige : ils étaient manifestement de mèche pour la mettre en boîte.

— Tout à fait d'accord ! s'exclama son père. Cela signifie que plus tôt tu t'y mettras, plus vite Rick pourra acheter son nouveau vélo. Pas vrai, Rick ?

— Exact..., approuva l'intéressé en se levant à son tour avec une grimace de douleur. Mais, de toute façon, je ne pourrai pas reprendre l'entraînement avant un bon bout de temps. Minimum trois semaines, d'après le médecin.

Cette fois, ce fut un regard de complet désespoir que Jen adressa à son père.

— Tu auras ton chèque dans trois semaines, annonça Ryan. Et merci de t'être montré si sportif sur ce coup-là, mon garçon.

— C'est normal.

— Jen ?

De nouveau, son père fixait sur elle un regard noir.

— Mmm ? fit-elle. Oh, oui ! Merci. Merci beaucoup.

Sentant que ses joues s'empourpraient de plus belle, elle s'engouffra dans le couloir et se précipita vers la sortie. Elle avait déjà quitté la maison quand Ryan arriva sur le pas de la porte, accompagné de Rick. De peur qu'il ne la mette de nouveau dans l'embarras par l'une de ses remarques sournoises, elle se garda bien de se retourner.

Jen était presque en larmes quand Ryan la rejoignit et démarra. Dans le rétroviseur, la silhouette de Rick debout sur le perron ne fut bientôt plus qu'une ombre indistincte. Enfin, quand il eut totalement disparu à leurs yeux, l'adolescente laissa exploser sa colère et sa frustration.

— C'est de la folie, p'pa ! Comment veux-tu que je gagne une somme pareille en trois semaines ? Même en patientant un an, Rick n'aura pas son vélo ! M'man me donnait cinquante dollars par semaine comme argent de poche. Et encore, avec ça je devais manger à midi !

Sans quitter la route des yeux, Ryan réprima le sourire qui lui montait aux lèvres.

— Ne t'en fais pas pour ça, dit-il d'une voix égale. On trouvera bien une solution.

9

— Je te répète qu'elle ne veut pas nous parler !

Assise en lotus dans la salle de séjour de sa sœur, les épaules relâchées, les yeux clos, Lindsay ajouta :

— C'est même pire que ça : elle ne veut tout simplement pas entendre parler de nous…

Megan se leva et gagna le coin-cuisine pour surveiller la cuisson des crevettes et des légumes chinois qui mijotaient dans un wok.

— Arrête ! lança-t-elle par-dessus son épaule. Tu n'es pas supposée parler en faisant du yoga.

Lindsay ouvrit un œil et s'indigna :

— On dirait que tu t'en fiches ! Tu n'es pas un tout petit peu curieuse de rencontrer ta sœur ?

Dénouant ses membres, elle s'étira et se laissa retomber en arrière sur un gros coussin noir.

— Si tu savais comme elle est belle, Meggie…, reprit-elle d'un ton rêveur. Mais tellement… tellement froide !

— Comme un glaçon ?

— Pire que ça : un iceberg ! C'est le mot qui la décrit le mieux.

Megan ouvrit le réfrigérateur à la recherche d'un citron, et protesta :

— Tu exagères sans doute un tout petit peu, non ? C'est l'effet qu'elle te fait, mais j'imagine qu'elle n'est pas comme ça avec les gens qui partagent sa vie.

— C'est vrai qu'elle s'est montrée plutôt farouche et passionnée pour défendre son amie Gina d'Angelo.

— Normal. Elles ont toute une histoire en commun.

— Sans compter que, avec le témoignage de ce faux-jeton d'Austin Leggett, il y avait de quoi s'énerver. Il ne s'est pas gêné pour dire à la barre quelques petites saloperies sur Gina. Ce qu'il s'est bien gardé d'expliquer, c'est pourquoi il est resté si longtemps avec elle s'il la trouvait tellement détestable. En plus, personne ne l'obligeait à lui faire un enfant !

— A ton avis, c'est vrai qu'il la battait régulièrement ?

Avant de répondre, Lindsay choisit soigneusement une carotte naine dans un bol posé à côté d'elle.

— Ça me paraît plausible. Surtout avec le témoignage d'Elizabeth, qui était particulièrement efficace.

— Elle a mis le paquet. Remarque, ça se comprend, étant donné le lien qui les unit, dit Megan en secouant le wok. La petite fille était là ?

— Non. Il y avait juste Elizabeth, Gina et son avocate, Maude Kennedy. Crois-moi, ces trois-là formaient une sacrée équipe ! Ryan Paxton avait beau jouer de son charme et de son habileté, il ne faisait pas le poids face à elles.

Juste avant de croquer dans sa carotte, Lindsay se figea et ajouta d'un air ébahi :

— Figure-toi que, au restaurant, Liz ne m'a pas reconnue…

— Voilà qui a dû froisser ton ego de star…

— Pas vraiment, non…, marmonna-t-elle en grimaçant. Enfin… un tout petit peu, peut-être. Des trois, Gina était la seule à avoir vu mon show.

D'une pichenette, elle expédia la carotte au fond de sa bouche et la mâcha consciencieusement avant de reprendre ses récriminations.

— Mais bon sang ! Qu'est-ce qui cloche, avec elle ? Je lui ai envoyé des mails ; je l'ai appelée vingt fois, mais je tombe toujours sur son répondeur… Je ne vois qu'une explication : elle ne veut rien avoir à faire avec nous.

— Avec toi, tu veux dire ! Ce n'est pas moi qui la harcèle.

Sur une planche à découper de bois creusée par l'usage, Megan trancha le citron et poursuivit :

— Elle a fait sa vie sans nous. Sa famille, c'est Gina d'Angelo et sa fille.

Lindsay tendit le bras vers une bouteille d'eau et but au goulot longuement. Puis elle reprit :

— Ça ne devrait pas l'empêcher de nous faire une place dans sa vie ! En quoi ça la gênerait ? On ne va pas lui empoisonner l'existence comme des fans de base. Et puis on est *parentes*, non ? Tout le monde est sensible à ce genre de choses. Pourquoi pas elle ?

— Nous sommes peut-être *parentes*, comme tu le dis si bien, mais nous sommes quand même des étrangères.

— Nous sommes sœurs, Meg.

— D'un point de vue biologique uniquement. En tout cas, c'est comme ça qu'elle voit les choses.

Megan s'approcha de la plaque chauffante et souleva délicatement un couvercle pour vérifier la cuisson du riz.

— Tu ferais mieux de la laisser tranquille, reprit-elle sur un ton déterminé. Si elle décide un jour de nous joindre, elle sait où nous trouver. Surtout toi.

— Si tu veux dire par là que je suis plus visible parce que je passe à la télé, répliqua Lindsay en faisant la moue, tu te trompes d'époque. D'ailleurs, cette situation est en train de me rendre folle... Jouer les bouche-trous et pantoufler dans un placard doré, ce n'est pas exactement ma conception du succès.

Devant la mine entendue de sa sœur, elle prit la mouche et s'emporta :

— Je sais, je sais... Il est vain et superficiel de vouloir être sans cesse dans la lumière, mais que veux-tu, je n'y peux rien : je ne me sens vraiment bien que quand j'ai une caméra braquée sur moi.

Avec un soupir à fendre l'âme, elle haussa les épaules et conclut :

— Je n'ai plus qu'à attendre une bonne occasion, et essayer de convaincre Jack Bigelow de me donner une nouvelle chance.

J'ai fait quelques travaux d'approche et je sens qu'il n'est pas hostile, mais j'ai intérêt à trouver *le* scoop qu'il ne pourra tout simplement pas refuser.

Sans se départir de son sourire, Megan vida le contenu du wok dans un large plat.

— Pour en revenir à Elizabeth, dit-elle, je ne comprends pas ton obsession.

— Ce n'est pas une obsession, Meggie ! C'est un besoin naturel. Maintenant qu'on l'a retrouvée, il me semble normal de la fréquenter.

Lindsay redressa avec grâce son long corps de liane, qui paraissait encore plus mince dans le collant noir qu'elle portait. Une fois debout, elle ôta l'élastique qui maintenait ses cheveux en place, et ceux-ci retombèrent sur ses épaules en une lourde masse de boucles blondes. Pour se plier au goût du jour, elle s'efforçait de les discipliner chaque fois qu'elle devait paraître en public… Captant son reflet dans un miroir pendu au mur, elle se figea pour l'étudier un instant. Ses traits d'une beauté classique étaient rehaussés par ses beaux yeux en amande et le dessin de sa bouche charnue, atouts qui n'étaient pas passés inaperçus parmi les producteurs de WBYH-TV, qui avaient décidé de lui confier un show.

Rejoignant sa sœur, qui s'activait à préparer leurs assiettes sur le comptoir du coin-repas, Lindsay grimpa souplement sur un haut tabouret.

— Je sais où est la solution, dit-elle en reprenant le fil de leur conversation. Il faudrait pouvoir proposer à Liz quelque chose qui lui fasse vraiment envie. Comme ça, elle ne pourrait plus nous ignorer.

— Laisse tomber, Lin…

Megan goûta le plat qu'elle avait amoureusement mijoté, et ferma les yeux, comme en extase.

— Mmm ! Que c'est bon… Je n'ai pas mangé de vraie nourriture de toute la semaine.

A ces mots, Lindsay fronça les sourcils.

— Je te l'ai déjà dit… Un jour ou l'autre, tu vas finir par payer tes négligences.

Elle était intraitable pour tout ce qui concernait la forme et la santé. Elle s'entraînait quotidiennement dans un gymnase et se nourrissait le plus sainement possible.

— Où en est ton taux de cholestérol ? demanda-t-elle.

— 176, répondit Megan en attaquant goulûment le contenu de son assiette.

Lindsay pointa sa fourchette vers sa sœur et lui livra son verdict.

— Tu as de la chance, tu es encore dans la norme. Mais un de ces jours…

— A mon avis, si je dois mourir, ce ne sera pas d'une attaque cardiaque, mais plutôt à cause du surmenage. Plus que six mois d'internat et je pourrai lever le pied. Alors, lâche-moi, par pitié !

Quelque peu vexée, Lindsay avala une crevette et bougonna :

— C'est toi le médecin. Ce serait plutôt à toi de donner des conseils en matière de santé.

Connaissant sa sœur, Megan tenta une diversion.

— Tu disais, à propos d'Elizabeth ?

— Rien, répondit Lindsay d'un ton rêveur. Je pensais…

— Vraiment ? Ça t'arrive ?

— Je pensais, répéta Lin sans s'offusquer, que nous avons toutes les trois le même père. C'est peut-être de ce côté-là qu'il faut creuser…

Comme pour dramatiser son propos, Lindsay repoussa son assiette à peine entamée et enchaîna :

— Que savons-nous au juste du juge Matthew Walker ?

— Pas mal de choses, non ?

— Nous n'en savons que ce que nous ont dit nos parents adoptifs après la parution de l'article du *Houston Chronicle*, corrigea Lindsay. Résumons ! Matthew Walker était un juge en vue, et notre mère est morte en me mettant au monde. Ils se sont connus à l'université du Texas et mariés peu de temps après. Leurs parents étaient morts depuis longtemps, ce qui explique pourquoi personne n'a pu nous recueillir quand nous nous sommes retrouvées orphelines. Nous savons enfin que le juge est mort dans l'incendie qui aurait pu nous coûter la vie à nous aussi si nous n'avions pas été secourues à temps.

— C'est bien ce que je disais. On en sait beaucoup.

— Mais ce ne sont que des faits ! D'ailleurs, qui nous dit qu'ils sont objectifs et vérifiables ?

Oubliant définitivement son dîner, Lindsay s'accouda au comptoir et reprit son argumentation avec flamme :

— Tu ne t'es jamais demandé si cet incendie était véritablement un accident ? Et si…

— Oh ! Pour l'amour du ciel, Lindsay !

Megan prit son assiette vide et alla la ranger dans le lave-vaisselle, qu'elle referma ensuite violemment. Puis, saisissant une éponge, elle se mit à nettoyer le plan de travail tout en poursuivant :

— Apparemment, Elizabeth n'est pas la seule de la famille à avoir hérité d'une imagination débordante ! Où es-tu allée pêcher une idée aussi abracadabrante ? Le juge Walker était un fumeur invétéré. Il s'est endormi à son bureau avec un cigare allumé à la main. Ce sont des choses qui arrivent tous les jours. Il faut être paranoïaque — ou journaliste ! — pour aller chercher plus loin l'origine de l'incendie.

— Comment peux-tu croire aveuglément à cette version des faits ? Tu as lu un rapport d'autopsie ?

— Bien sûr que non ! s'emporta Megan en roulant des yeux effarés. Mais je présume que s'il y avait eu la moindre suspicion au moment des faits, la presse n'aurait pas manqué de soulever le problème, étant donné la position de notre père. Et même nos parents adoptifs… ils nous en auraient parlé quand on les a contraints de s'expliquer sur leur silence. Ils se sentaient tellement coupables… Tu t'en souviens ?

Lindsay, qui avait fini par manger, alla à son tour fourrer son assiette dans le lave-vaisselle.

— Je pense qu'ils n'étaient pas au courant, dit-elle. Ce n'est pas le genre de choses que l'on fait savoir à de futurs parents adoptifs…

— Quel genre de choses, Lin ? Tu penses que le juge a été assassiné ? C'est ça que tu es en train de me dire ?

Entourant ses cheveux de ses mains, Lindsay les fit passer par-dessus ses épaules et répondit :

— Pas nécessairement. La version officielle peut très bien être la bonne. A la fin d'une journée chargée, il se relaxait dans son bureau avec un bon cigare, et il s'est mis à dodeliner de la tête pendant que la cendre tombait sur le tapis.

Le front plissé par la concentration, elle se tut un instant avant de poursuivre :

— A moins que ce ne soit autre chose qui ait pris feu. Une corbeille à papier, par exemple. Ce genre de truc s'enflamme plutôt facilement. Mais dans ce cas, même s'il était très fatigué, il se serait réveillé. D'autant plus qu'on n'a retrouvé aucune trace d'alcool ou de drogue dans son sang, à l'autopsie. Donc, il n'a pas pu…

— Attends un peu ! lança Megan en se figeant sur place. Tu veux dire que tu as eu accès au dossier de police et que tu as pu consulter le rapport d'autopsie ?

— Non. Mais j'ai fouiné à droite à gauche, et j'ai fini par retrouver l'un des officiers de police chargés de l'enquête. Il est à la retraite, mais il se souvient de tout. Il m'a dit qu'il y avait eu pas mal de questionnements sur les origines de l'incendie, à l'époque. Il m'a aussi confié que, à son avis, l'enquête avait été bâclée.

— Quel âge a ton informateur, aujourd'hui ? Je te rappelle que ça s'est passé il y a vingt-cinq ans, Lin !

Lindsay balaya l'argument d'un haussement d'épaules.

— D'accord, il est vieux, mais pas gâteux pour autant. Et il est tout à fait normal qu'il se souvienne de cette affaire. Le juge Walker était une figure bien connue à Houston. Sa mort a eu un fort retentissement.

Elle marqua une nouvelle pause avant de conclure :

— Quant au dossier de police et au rapport d'autopsie, tu as tout à fait raison de m'y faire penser. Il faut absolument que j'y aie accès. J'ai rencontré un type, l'autre soir, qui pourrait m'aider sur ce coup-là. Il s'appelle Jake Farrell ; il travaille au bureau du procureur.

Megan poussa un long soupir, et finit par capituler.

— O.K., dit-elle. Je reconnais que tu es en droit de t'interroger sur la mort de notre père. Mais je ne vois absolument pas quel rapport ça peut bien avoir avec Elizabeth et tes efforts pour te rapprocher d'elle.

Le ton de sa voix se fit ironique quand elle ajouta :

— J'imagine d'ici sa joie quand tu lui diras que le père dont elle se souvient probablement — contrairement à nous, entre parenthèses — n'est peut-être pas mort accidentellement, mais qu'on l'aurait assassiné. Pour une raison inconnue, qui plus est… Sans oublier que tu n'as pas la moindre preuve de ce que tu avances.

Selon un procédé qui lui était cher, Lindsay choisit de ne retenir que ce qui l'arrangeait.

— La seule chose qui importe, déclara-t-elle, c'est qu'elle ait pu conserver des souvenirs de notre père, comme tu viens si judicieusement de le souligner. J'ai besoin d'avoir une conversation sérieuse avec elle au sujet du juge Walker. Elle se rappelle peut-être un élément crucial. Elle peut…

— Lindsay…, protesta Megan d'une voix lasse. Elle avait cinq ans !

— Et alors ? A cet âge, les souvenirs s'impriment déjà. En ce qui me concerne, je me rappelle très bien mon premier jour à la garderie. Maman me tenait par la main en cherchant la bonne salle. Je me souviens même de la couleur de la porte. Elle était orange, et il y avait un poster de clown punaisé dessus !

— Tu auras beau ergoter sans fin, répliqua sa sœur avec un sourire amusé, ça n'y changera rien. La meilleure façon d'établir une relation suivie avec Elizabeth, c'est de laisser les choses se faire naturellement. Elle a beau être jalouse de sa vie privée, elle se laisserait peut-être amadouer par une petite carte affectueuse le jour de son anniversaire. Tu pourrais aussi assister à une séance de signatures, au moment de la sortie de son prochain livre. Par le plus grand des hasards, vous pourriez vous rencontrer en faisant vos courses dans un grand magasin. Tôt ou tard…

— Mais ça va prendre des années ! l'interrompit Lindsay.

Megan considéra sa sœur un long moment, d'un air réprobateur, avant de conclure :

— Elizabeth n'est pas obligée de t'aimer ni d'avoir envie de te fréquenter. Tu dois accepter ça et cesser de faire une fixation sur elle.

— Tu as peut-être raison, dit Lin en bondissant de son tabouret pour arpenter la pièce à grands pas, mais il faut quand même que j'aie cette conversation avec elle au sujet du juge Walker.

— Attends un peu ! s'exclama Megan, soudain frappée par une évidence. Je crois que je commence à comprendre les raisons de ton entêtement. Ton but essentiel n'est pas tant de renouer le contact avec Elizabeth que de lui soutirer des infos inédites sur le juge ! C'est bien ça, hein ?

Lindsay haussa les épaules d'un air boudeur.

— Et alors ? Où est le mal ?

— Et ce qui te pousse à chercher la petite bête, poursuivit sévèrement Megan, c'est que Jack Bigelow pourrait voir dans cette affaire un scoop qui te vaudrait ses bonnes grâces, voire un retour au *prime time*…

— Ne fais pas ton effarouchée ! lança Lindsay en se laissant tomber à la renverse sur le grand coussin noir. A t'entendre, je ne serais qu'une affreuse opportuniste ! Les choses ne sont pas si simples et tu le sais bien. Rien n'est jamais tout blanc ni tout noir, et les meilleures actions peuvent résulter des motivations les plus complexes…

Megan hocha la tête d'un air dubitatif, mais ne pipa mot. Lindsay se redressa et adopta une nouvelle posture de yoga avant de conclure :

— Reconnais tout de même qu'on peut se poser des questions sur ce mystérieux incendie. Etant donné le nombre de dossiers sensibles qu'il traitait à l'époque, sa disparition aussi soudaine qu'imprévisible a dû arranger beaucoup de monde. Et s'il avait été sur le point de boucler un dossier plus compromettant que les autres ? Et s'il y avait là un mystère qui ne demanderait qu'à être résolu ? Et s'il s'agissait d'un meurtre, et non d'un coup du sort, comme on l'a toujours cru…

— Et si les cochons volaient ? l'interrompit sa sœur avec un sourire narquois. Au point où tu en es, tu pourrais aussi te poser la question…

10

En entendant la sonnerie du téléphone, Elizabeth laissa échapper un juron, ce qui lui arrivait très rarement. Résignée à en rester là pour la journée, elle sauvegarda son travail en cours et entreprit d'éteindre son ordinateur. Pour travailler en paix, elle avait débranché le poste téléphonique qui se trouvait sur son bureau, mais ça ne l'empêchait pas d'entendre celui qui se trouvait dans le hall ni les messages laissés sur le répondeur, comme c'était le cas à cet instant.

— Bonjour, Elizabeth. C'est encore moi, Lindsay. Sois gentille de lire tes mails aujourd'hui. J'aimerais qu'on trouve une date pour déjeuner ensemble. Je veux te parler d'un sujet important. J'ai été amenée à découvrir quelques faits réellement intéressants au sujet de l'incendie qui a causé la mort du juge Walker. Voyons, si…

Elle marqua une pause avant de conclure vivement :

— Si tu peux, appelle-moi. D'avance merci, et à bientôt !

Elizabeth demeura pensive un long moment. Au cours des semaines écoulées, elle s'était fixé pour ligne de conduite d'ignorer les appels de Lindsay, mais cela ne semblait pas suffire à la décourager. Sans doute allait-elle devoir lui envoyer un e-mail cinglant si elle tenait à maintenir une distance entre ses sœurs et elle… Mais le voulait-elle vraiment ? Pour être tout à fait honnête, elle devait reconnaître qu'elle était tentée d'ouvrir le dialogue. Peut-être pourraient-elles commencer par un déjeuner qui lui permettrait de faire la connaissance de Megan ?

Le temps était sans doute venu pour elle d'admettre la curiosité qu'elle nourrissait à l'égard de ses sœurs. Dans son enfance, alors qu'elle vivait difficilement le fait d'avoir été séparée d'elles, Elizabeth avait souvent rêvé à d'improbables retrouvailles dans un supermarché, à la poste ou dans une bibliothèque. Elle ne manquait pas d'imagination à l'époque pour se représenter les moindres détails de ces rencontres fantasmées. Et, maintenant que ce rêve devenait réalisable, elle avait un peu peur de découvrir ce qui se cachait derrière ses espoirs d'enfant.

Tout en se massant le front pour tenter de combattre sa migraine naissante, Elizabeth enfonça une touche pour écouter les autres messages.

— Gina. Austin à l'appareil. (Le ton était irrité, presque menaçant.) Il faut qu'on parle, alors décroche ! (Longue pause, suivie d'une explosion de colère.) Bon sang, Gina ! C'est la troisième fois que je t'appelle. Où est le problème ? Est-ce que Liz s'amuse à filtrer tes appels ? (De nouveau, un long silence, ponctué par une obscénité.) Tu prétends que tu veux reprendre le contrôle de ta vie, mais si c'est ta copine qui décide de tout, c'est à hurler de rire !

Trois ou quatre secondes d'un silence tendu défilèrent sur la bande, avant qu'Austin ne se décide à conclure d'une voix blanche :

— Tu seras bien obligée de me parler à un moment ou à un autre, Gina. Je reste à mon bureau toute la journée. Appelle-moi !

L'espace d'un instant, Elizabeth fut tentée d'effacer tous les messages, mais elle se retint en songeant que, ainsi, elle ne ferait qu'accréditer les accusations d'Austin.

— Tu peux y aller ! lança la voix lasse de Gina derrière elle. Efface-le. Je l'ai déjà écouté.

Elizabeth se retourna et découvrit son amie, qui s'essuyait les mains à un torchon, debout sur le seuil de la cuisine. Dernièrement, elle s'était mis en tête d'assumer les tâches ménagères, faute de pouvoir payer un loyer à Liz.

— J'aurais dû l'effacer moi-même, reprit-elle. Je refuse de lui parler, mais tu sais comment il est : il a décidé de me pourrir la vie et, pour ça, on peut lui faire confiance.

D'un geste rageur, Elizabeth enfonça la touche d'effacement.

— Cette fois, tu n'as pas à capituler, dit-elle. Ni à supporter ce harcèlement. Téléphone à Maude pour lui demander d'y mettre un terme. C'est le boulot des avocats.

— Tu as sans doute raison, dit Gina d'une voix morne. Il faudrait que je le fasse.

— Tu es satisfaite de la décision du juge ?

— Naturellement ! J'ai obtenu deux fois plus que ce que je demandais. C'est juste que…

Laissant sa phrase en suspens, elle jeta un coup d'œil à sa fille, qui jouait dans le jardin avec Cody, sous la surveillance de Louis, installé comme à son habitude sur le belvédère. Les enfants usaient de trésors de patience et d'énergie pour apprendre à Archie à jouer au Frisbee. Loin de se plier à leurs injonctions, le chien se contentait d'aller de l'un à l'autre en remuant la queue et en aboyant joyeusement pour couvrir les cris et les rires de ses complices de jeu.

— Dois-je comprendre que c'est le sort de Jesse qui te fait hésiter ? demanda Elizabeth.

— Bien sûr, avoua Gina. Je n'aime pas l'idée de la laisser régulièrement à Austin. Surtout qu'il se contrefiche de sa fille. Tout ce qui l'intéresse, c'est de débourser le moins d'argent possible. Si j'accepte de signer l'accord proposé par le juge, je serai tirée d'affaire sur le plan financier, mais j'aurai toutes les raisons de m'inquiéter pour Jesse. Comment veux-tu que je fasse confiance à Austin pour prendre soin d'elle quand il en aura la garde ?

Comme Elizabeth partageait ses craintes, elle ne trouva rien à lui dire pour la rassurer. Rétrospectivement, elle regrettait de ne pas avoir appelé Ryan Paxton, le jour de l'audience, pour qu'il puisse constater de visu les effets d'une « discussion » entre Austin et son ex-compagne. Après ça, il lui aurait été difficile de continuer à défendre son client… Mais il était trop tard, à présent.

Le voyant rouge clignotait toujours : il y avait encore un message. Redoutant ce qu'elle allait entendre, Elizabeth poussa un soupir et enfonça la touche pour l'écouter.

— Elizabeth, Ryan Paxton à l'appareil. Voilà plus d'une semaine que j'essaie de vous joindre, mais je n'ai pas laissé de message. J'aurais préféré vous parler de vive voix... Vous rappelez-vous notre discussion, au café, le jour de l'audience ? Je pense toujours que nous pourrions faire alliance pour éviter à Austin et Gina un conflit dont personne ne sortirait vainqueur et dont Jesse serait la première victime. Je sais que vous avez les plus grands doutes à ce sujet, mais pour le bien-être de votre filleule, je vous demande une nouvelle fois d'y songer.

Elizabeth, dont le pouls s'était accéléré dès qu'elle avait reconnu la voix sur le répondeur, effaça le message sans attendre la fin.

— Ce qu'il voudrait, au fond, bougonna-t-elle en jouant machinalement avec le bloc-notes posé près du téléphone, c'est regagner les bonnes grâces de son client en lui évitant d'avoir à payer une pension.

D'un geste décidé, elle ouvrit un tiroir pour y ranger le bloc-notes, et conclut :

— N'empêche que, tôt ou tard, ce problème devra être réglé, Gina. Austin peut débarquer ici pour revendiquer son droit de visite quand il le voudra, et tu ne pourras pas t'y opposer.

Sans laisser à sa mère le temps de répondre, Jesse jaillit à cet instant dans le hall, Archie galopant sur ses talons. Après une heure passée dans le jardin, elle était crottée de la tête aux pieds. L'une de ses baskets roses était dénouée et le lacet, gorgé de terre et d'eau, laissait des traces boueuses sur le carrelage immaculé.

— Tante Lizzie ! s'écria-t-elle, tout excitée. Quelqu'un est en train d'arriver à la porte d'entrée.

Les deux bras serrés autour du cou du chien, la petite fille fit de son mieux pour échapper à ses vigoureux coups de langue et poursuivit :

— C'est un monsieur très bien habillé, et il est avec une fille qui ressemble à Britney Spears ! Tu crois que c'est elle ?

Tandis que retentissait le carillon de la porte d'entrée, Elizabeth caressa la joue de sa filleule avec un sourire attendri.

— Désolée de te décevoir, ma puce, mais ça m'étonnerait fort que ce soit Britney Spears...

Le sourire de Jesse se transforma en une mimique soucieuse.

— C'est pas quelqu'un qui voudrait qu'on parte, hein ? demanda-t-elle dans un souffle. Ils ne veulent pas nous prendre notre place chez toi ?

— Bien sûr que non, Jesse ! Tu resteras ici aussi longtemps que tu le voudras.

Elles se dirigèrent ensemble vers la porte, et Elizabeth posa une main protectrice sur l'épaule de sa filleule. Ça la bouleversait de sentir l'angoisse de cette enfant. Si Austin avait vu à quel point sa fille était anxieuse, peut-être aurait-il cessé de les harceler, elle et Gina ?

Sans lâcher l'épaule de la fillette, Elizabeth vérifia dans le judas qui venait lui rendre visite. Son cœur cogna dans sa poitrine lorsqu'elle reconnut Ryan Paxton. Après un moment d'hésitation, elle inspira profondément et saisit la poignée.

— Bonjour, Liz ! lança-t-il dès que la porte fut ouverte. Comment allez-vous ?

Comme elle ne lui répondait pas, il haussa les épaules et ajouta avec un sourire de gamin farceur :

— Hé ! Vous n'allez tout de même pas me claquer la porte au nez ?

Le regard d'Elizabeth glissa sur le visage de l'adolescente renfrognée qui se tenait à côté de lui. Il en profita pour faire les présentations, d'un ton toujours aussi aimable.

— Voici ma fille, Jennifer. Nous passions par là, et je me suis dit que j'aurais peut-être une chance de vous trouver chez vous.

Il baissa les yeux vers le petit visage curieux pressé contre la jambe d'Elizabeth, et ajouta avec un sourire charmeur :

— Bonjour, toi... Je parie que tu t'appelles Jesse.

Jesse hocha longuement la tête et trouva le courage de s'avancer sur le perron pour examiner leur visiteuse de plus près.

— Est-ce que tu connais Britney Spears ? lui demanda-t-elle, pleine d'espoir.

Jennifer leva les yeux au ciel et marmonna :

— Non, pas du tout.

— Jennifer ! intervint Ryan d'un ton menaçant. Sois polie et dis bonjour à Jesse.

— Bonjour.

Satisfait, il en revint à Elizabeth.

— Si vous aviez un instant à me consacrer, lui dit-il, nous pourrions discuter de… la situation.

— Maître Paxton…

— Appelez-moi Ryan.

Elizabeth croisa les bras et soupira avant de reprendre :

— Ryan, je ne pense pas que…

— Hello, Ryan ! lança gaiement Gina.

— Hello, Gina ! répondit l'avocat avec un nouveau sourire à la candeur juvénile. Comment allez-vous ?

— Ça va, merci.

— Je me demandais si j'arriverais à me faire offrir une tasse de café… Ou autre chose.

Gina lui sourit d'un air entendu.

— Vous avez de la chance : j'étais justement sur le point d'en faire.

Elle se pencha pour prendre la main de Jesse et ajouta :

— Il me reste même quelques cookies aux pépites de chocolat qui ne demandent qu'à être mangés.

Puis elle se tourna vers Jen.

— Jennifer, même si tu n'es pas intime avec Britney Spears, je suis sûre que tu possèdes une foule d'informations à son sujet. Et je peux t'affirmer que Jesse te serait éternellement reconnaissante si tu voulais en partager quelques-unes avec elle.

Manifestement aussi peu tentée par les biscuits que par la perspective d'une conversation avec une gamine de cinq ans, Jennifer ne bougea pas d'un pouce.

— Jennifer adore les cookies, intervint Ryan d'une voix qui ne laissait aucune place à la réplique. Et Britney Spears. J'en ai pour un quart d'heure, Jen.

L'intéressée soupira d'un air buté mais s'exécuta sans piper mot. Tout juste lança-t-elle à son père un dernier regard noir avant de le contourner pour suivre Gina et sa fille, qui traversaient le hall en direction de la cuisine.

Depuis le perron, Ryan la suivit des yeux avec un sourire mi-attendri, mi-victorieux.

— Je suis bon pour une dispute sur le trajet du retour, expliqua-t-il à Liz d'un air fataliste. Depuis l'accident, nous sommes à couteaux tirés, ma fille et moi.

— Le cycliste était grièvement blessé ?

— Non, heureusement ! Il est jeune et en pleine santé. Encore une semaine, et il sera comme neuf...

Après avoir contemplé un instant ses chaussures, il leva les yeux sur Liz et se lança :

— Ecoutez... Je sais que je pousse le bouchon un peu loin en débarquant chez vous à l'improviste. Vous avez fait tout ce que vous pouviez pour me signifier que vous ne vouliez pas me parler. Mais je suis réellement convaincu que nous devons faire quelque chose pour cette petite fille.

D'un geste, Elizabeth l'invita à entrer.

— Suivez-moi, dit-elle en le précédant dans le hall. Nous serons plus tranquilles dans mon bureau pour discuter.

Quand elle eut refermé la porte derrière lui, Ryan observa les lieux avec intérêt. S'approchant de la bibliothèque surchargée, où les romans populaires voisinaient sans complexe avec les grands classiques, il lut quelques titres. Puis, les bras croisés derrière le dos, il alla examiner un mur décoré de diplômes et de photos encadrés, au milieu desquels la médaille du prix Newbery occupait la place d'honneur.

— Très impressionnant ! dit-il. Une seule chose m'étonne.

Elizabeth alla s'asseoir derrière son bureau.

— Qu'est-ce qui vous étonne ? fit-elle distraitement.

— Que vous ne soyez pas plus fière de votre succès.

Tout en choisissant une chaise, il l'interrogea du regard.

— Je peux ?

— Naturellement.

— Nous en avons déjà discuté, reprit-il, mais j'avoue que votre discrétion reste un mystère pour moi.

Elizabeth s'agita nerveusement dans son fauteuil, bien trop consciente de sa présence éminemment masculine dans son univers de femmes.

— Vous vouliez me parler de Gina, pas de moi, lui rappela-t-elle en se forçant à soutenir son regard. D'ailleurs, je me demande bien en quoi notre intervention pourrait servir les intérêts de Jesse… Mais avant que vous ne répondiez à cette question, je voudrais vous raconter ce qui s'est passé après l'audience, quand Gina est partie seule en voiture avec Austin. Elle n'est rentrée qu'en pleine nuit, et…

La main tendue devant elle, paume ouverte, elle prévint toute intervention de sa part et enchaîna :

— Vous allez me dire qu'elle l'a suivi de son plein gré, et je ne prétendrai pas le contraire. Toujours est-il que, quand elle est rentrée, elle paraissait effrayée. Il l'avait harcelée pour qu'elle se passe de son avocate et qu'elle renonce aux avantages que le juge lui avait accordés. Vous savez comme moi ce qui en résulterait et dans quelle position avantageuse se trouverait aujourd'hui Austin si elle avait accepté. En tout cas, quand elle lui a répondu qu'elle resterait ferme sur ses positions, il s'en est pris à elle violemment. Elle portait des traces violacées sur les bras et le cou. C'est tout ce que j'ai pu voir, mais il y avait peut-être d'autres marques ailleurs.

Ryan, dont le visage s'était peu à peu renfrogné, demanda d'une voix sourde :

— Vous voulez dire qu'il l'a frappée ?

— En fait, je n'en sais rien. Gina ne m'a pas dit grand-chose. J'ai voulu vous appeler tout de suite et vous demander de passer, mais Gina s'y est opposée. Elle avait peur des retombées. Vous comprenez, elle a besoin d'une lettre de recommandation pour retrouver du travail… Je n'ai pas insisté, parce que je savais que vous étiez vous-même préoccupé ce soir-là par la situation de votre fille. En plus, j'étais persuadée qu'Austin vous avait retiré sa confiance.

Frappée par une brusque évidence, elle ajouta :

— Au fait… ce n'est pas le cas ? Il a changé d'avis ?

— Vous avez tout compris.

D'un bond, Ryan se leva. Puis il se passa une main nerveuse dans les cheveux et arpenta la pièce comme un fauve en cage.

— Quel gâchis ! murmura-t-il finalement.

— Ce qui signifie que vous me croyez ?

Il s'arrêta devant un panneau de liège où elle avait épinglé plusieurs lettres d'enfants illustrées de dessins naïfs.

— Disons que je n'ai aucune raison de ne pas vous croire.

Elizabeth fut surprise de se sentir aussi soulagée par sa réponse. Sans trop savoir pourquoi, il lui semblait important d'être parvenue à convaincre cet homme de sa bonne foi.

— Alors ? reprit-elle, pleine d'espoir. Quelle est votre stratégie ? Austin n'est pas du genre à se résigner et à signer bien sagement un chèque tous les mois. Et le fait que sa fille puisse en souffrir ne représente pas un argument suffisant pour lui.

— De toute façon, précisa Ryan, il sait que ça ne risque pas de se produire. Quoi qu'il arrive, vous serez là pour prendre soin de Jesse.

Elizabeth ouvrit la bouche pour contrer cet argument, puis la referma en s'apercevant qu'il était juste. Quoi qu'il pût lui en coûter, jamais elle ne laisserait Gina et Jesse dans le besoin.

Ryan cessa un instant de marcher pour se pencher sur une table basse couverte de photos encadrées. Il en piocha une et demanda :

— Qui est-ce ?

— Jesse.

— Je l'ai reconnue… Mais qui est ce vieux monsieur qui la tient dans ses bras ? Il me paraît vaguement familier.

— Louis Christian, répondit Liz. Vous avez lu sa déposition. Il était le deuxième témoin de moralité cité à comparaître par Maude Kennedy.

Ryan fit claquer ses doigts.

— J'y suis, maintenant ! s'exclama-t-il. Voilà pourquoi j'avais l'impression de le connaître. C'est un ami proche ?

— Nous sommes voisins, expliqua la jeune femme. Aux yeux de Jesse, il fait un grand-père formidable, et elle l'adore. Les parents d'Austin… n'ont jamais été très disponibles pour leur petite-fille.

Ryan laissa échapper un rire caustique.

— Curtiss Leggett n'est pas du genre à jouer les papis gâteaux, n'est-ce pas ?

— Aucune idée. Je ne l'ai jamais rencontré.

Ryan remit le cadre en place et se tourna d'un bloc vers Elizabeth pour lui demander, comme si la question était tout à fait naturelle :

— Je suppose que vous n'avez pas gardé beaucoup de souvenirs de vos parents ?

— En effet.

— Quel âge aviez-vous quand ils sont morts ? Quatre ans ? Cinq ans ?

— Cinq. En fait, ma mère est morte en couches un an avant l'incendie de notre maison qui a coûté la vie à mon père.

Elizabeth entrelaça fermement ses doigts et les posa sur le bureau pour les empêcher de trembler. Alors que, d'habitude, elle évitait toujours scrupuleusement d'évoquer cette période de sa vie, voilà qu'elle se confiait à un quasi inconnu… Il fallait reconnaître que ces temps-ci, les gens semblaient s'être donné le mot pour faire resurgir ces souvenirs soigneusement enfouis. D'abord le reporter du *Houston Chronicle*, ensuite Lindsay, et à présent Ryan Paxton… Plusieurs décennies s'étaient écoulées sans que personne fasse allusion à cette époque devant elle, même accidentellement. Pourquoi se réveillaient-ils maintenant, alors qu'un peu plus d'attention et de considération dans ses jeunes années aurait peut-être suffi à changer le cours de sa vie ? Et pourquoi fallait-il que ce soit cet homme, entre tous les autres, qui lui pose cette question ?

— Mais nous étions en train de parler de Gina, reprit-elle sèchement, pour couper court.

— C'est vrai, dit-il en lui adressant un sourire d'excuse. Mais moi aussi j'ai perdu mes parents quand j'étais enfant, et il est plutôt rare que je rencontre quelqu'un qui soit dans le même cas.

Se retournant vers le mur chargé de souvenirs, il se pencha

pour déchiffrer un brevet décerné au père d'Elizabeth par le maire de Houston, et enchaîna :

— En fait, vous et moi, nous avons bien plus de choses en commun que le seul fait d'avoir été orphelins très jeunes. Mon père était juge, lui aussi.

— Ici, à Houston ?

— Oui. Ici même.

— Que s'est-il passé pour que vous perdiez vos deux parents ? Un accident ?

— Pas du tout. En fait, mon père s'est suicidé.

— Oh ! murmura-t-elle. Je suis désolée.

Il avait le dos tourné, ce qui empêchait Elizabeth de voir son visage, mais elle aurait juré qu'il était en colère quand il précisa d'une voix blanche :

— Et comme par hasard, c'était peu de temps avant que le juge Walker ne périsse dans les flammes.

Elizabeth nota cette coïncidence mais ne s'y attarda pas.

— Il y a vingt-cinq ans de cela, murmura-t-elle avec sympathie, tout en songeant au traumatisme que le jeune garçon qu'il était avait dû subir.

— Oui, dit-il d'une voix étrangement déformée. Deux juges de la même juridiction, morts à peu près en même temps.

Quelque chose dans son attitude intriguait Elizabeth, mais elle ne parvenait pas à déterminer ce que c'était.

— Ils ont dû se connaître ! lança-t-elle innocemment.

— Cela me paraît plus que probable.

Elle le vit redresser les épaules et remettre d'aplomb le cadre, qui avait légèrement glissé. Il le fit avec respect, d'une petite touche à peine perceptible, mais quelque chose dans son attitude, dans son silence, continuait d'intriguer Liz.

— Et votre mère ? demanda-t-elle, essayant toujours de déterminer les raisons de cette étrange tension qu'elle sentait circuler entre eux.

— Morte d'un cancer du pancréas, six mois après mon père.

— Mon Dieu !

— Je dois reconnaître, murmura-t-il, que tout ça a été plutôt dur à encaisser.

Elizabeth ne pouvait que comprendre la douleur, la colère et le chagrin qu'il avait dû éprouver. Elle aurait préféré ne ressentir aucune sympathie pour Ryan Paxton, mais ça lui semblait impossible à présent.

Préférant orienter la conversation vers des sujets moins sensibles, elle lui expliqua d'une voix douce :

— Quelques-unes des lettres les plus touchantes que je reçois me sont envoyées par des enfants qui ont perdu un de leurs parents. C'est toujours incompréhensible pour eux. La plupart du temps, le deuil résulte d'un accident de la route ou d'une maladie incurable. Parfois, la violence est en cause. Mais dans tous les cas, le résultat est le même : ils en veulent terriblement au parent qui les a quittés.

Ryan pivota sur ses talons pour lui faire face. Un sourire triste flottait sur ses lèvres.

— Moi, je n'ai jamais blâmé mon père mais plutôt l'homme qui l'a poussé à se suicider, dit-il en la dévisageant.

Elle était maintenant certaine que quelque chose lui avait échappé, mais quoi ? Bien sûr, perdre ses parents dès le plus jeune âge était une expérience particulièrement traumatisante — elle était bien placée pour le savoir. Mais le temps qui s'était écoulé aurait dû adoucir sa peine. Ryan Paxton éprouvait-il, comme elle, des réticences à aborder des sujets aussi intimes et aussi douloureux ? Sans doute pas puisque c'était lui qui avait engagé la conversation sur ce terrain…

Après être allé se planter devant la bibliothèque, il inclina la tête pour lire les titres, et reprit d'une voix normale le fil de leur conversation :

— Gardez-vous des souvenirs précis de votre père ?

— De mon père ? répéta Elizabeth, surprise par le coq-à-l'âne. Non, pas vraiment. Je retrouve parfois de vagues impressions plutôt que des souvenirs.

— Par exemple ?

La gorge serrée, Elizabeth ferma les yeux et se laissa submerger par un flot d'images de cauchemar. La fumée. Les flammes. Le chaos. L'éclat rouge et bleu des gyrophares. Le bruit assourdissant des sirènes. Les adultes entourant la petite fille éperdue qu'elle était. Puis le défilé des assistantes sociales, plus ou moins adroites, plus ou moins concernées, jusqu'à ce qu'Iris se prenne d'affection pour elle... Il y avait eu aussi les lettres qu'elle écrivait à son père et auxquelles nul ne répondait. L'enfant qu'elle était ne pouvait se résoudre à admettre que son papa était mort ; elle ne pouvait même pas y croire. Et ce qui avait rendu la situation encore plus difficile à supporter, c'est qu'il n'était rien resté de sa vie après l'incendie, rien qu'elle ait pu emporter avec elle dans ses pérégrinations d'une famille d'accueil à une autre... Elle se rappelait qu'une femme l'avait emmenée dans un grand magasin pour lui acheter quelques vêtements, mais rien pour ses sœurs. Elle s'en était inquiétée, mais elle avait dû attendre longtemps avant qu'on ose lui avouer qu'elle ne les reverrait pas. Elle avait dû se résoudre à l'idée d'avoir tout perdu, jusqu'à ce que Millie Wainwright prenne contact avec elle, longtemps après. Millie avait été la dernière secrétaire de son père, et elle voulait rendre à sa famille les effets récupérés après sa mort dans le bureau qu'il occupait au tribunal. Le brevet du maire qu'elle avait fait encadrer en faisait partie, ainsi que toute une documentation juridique annotée, son diplôme d'université, et divers clichés le représentant aux côtés de personnalités du monde politique et économique de l'époque. Elizabeth n'avait été que trop heureuse de tout récupérer. Tout. Jusqu'à la plus petite note.

— Je vous l'ai dit, répondit-elle enfin en rouvrant les yeux. Rien de très précis.

Décidée à changer de sujet, elle reprit :

— Pour en revenir à Gina, j'ai longuement réfléchi à la situation et je suis arrivée à une conclusion : il n'existe pas de meilleure solution que de laisser les avocats se débrouiller entre eux.

— Vous vous trompez, affirma Ryan en remettant à sa place le livre qu'il était en train de feuilleter. Nous avons une autre option. Austin se trouverait dans une situation plus que délicate si le conseil d'administration de la firme apprenait ses démêlés judiciaires et leurs possibles répercussions. Pour l'instant, on sait chez LJ&B que le fils du patron est en train de se séparer de Gina et qu'ils échangent les habituelles passes d'armes. Si le bruit se mettait à courir qu'une forte suspicion de violences conjugales pèse sur lui, la situation pourrait rapidement lui échapper.

Le cœur battant, Elizabeth se leva.

— Vous voulez dire que vous seriez prêt à utiliser une telle arme pour le forcer à s'engager dans une négociation sérieuse ?

Les mains glissées dans les poches arrière de son jean, Ryan se tourna vers elle et lui sourit.

— S'il le faut, oui. Mais je ne pense pas que ce sera nécessaire. Il suffira d'en évoquer la possibilité pour qu'Austin fasse machine arrière.

— Vous en êtes sûr ?

Tout en se dirigeant vers la porte, Ryan lâcha un rire sans joie et répondit :

— Certain. Faites-moi confiance.

Jesse se hissa difficilement sur la balancelle, tenant à bout de bras un sachet en plastique empli de cookies pour le mettre hors de portée du chien qui ne la quittait pas. Jennifer était assise, les bras croisés, plus maussade et renfermée que jamais. Quand elle fut enfin installée à côté d'elle, Jesse piocha un biscuit et le lui tendit. Devant son regard plein d'espoir et de candeur, Jen n'eut pas le cœur de le refuser. Elle l'accepta de mauvaise grâce, et fut récompensée par un sourire de ravissement. Puis la fillette se tourna vers Archie et lui donna un gâteau à lui aussi.

— Ma maman sait faire de très bon cookies, tu ne trouves pas ? lança-t-elle avec enthousiasme.

— Ouais…, maugréa Jen en mâchonnant distraitement. C'est sûr.

— Est-ce que la tienne te fait aussi des cookies ?

— Ma mère ne cuisine jamais.

Jennifer tourna la tête vers la maison, mais son père n'était nulle part en vue. Elle était donc condamnée à jouer les baby-sitters jusqu'à ce qu'il eût donné le signal du départ. Elle n'avait pas la moindre idée de la raison pour laquelle ils étaient ici. A en juger d'après l'expression de la maîtresse de maison quand elle leur avait ouvert la porte, il était clair qu'ils n'étaient pas les bienvenus. Il était même étonnant qu'elle ne leur eût pas tout simplement claqué la porte au nez.

— Mais alors, reprit Jesse, le front soucieux, comment vous faites pour manger ?

— La plupart du temps, on va au restaurant.

— Oh ! fit la fillette en hochant la tête d'un air entendu. Vous allez au McDo. Moi aussi, j'adore les Happy Meals, mais m'man et tante Lizzie disent que c'est seulement pour les jours de fête.

— Elles ont raison, déclara Jen, un peu radoucie. Comme ça, tu garderas la ligne et tu resteras en bonne santé.

Jesse acquiesça en mordant à belles dents dans son cookie.

— Je suis en bonne santé. Je suis même en *très* bonne santé. Tout le monde le dit. J'ai seulement eu un petit rhume il y a longtemps, et il a guéri très vite.

Sur cette considération rassurante, le silence retomba entre elles. Jesse ne parut pas s'en formaliser, mais Jen commença à se tortiller sur son siège. Elle jeta un coup d'œil à sa montre et faillit se précipiter à l'intérieur pour aller chercher son père. Melissa avait promis de l'appeler après les cours, et, si elle ne rentrait pas rapidement, elle risquait de manquer l'appel. Mais ça, son père s'en fichait. Il l'avait privée de téléphone portable pour la punir de son escapade en voiture, et restait sourd à toutes ses plaintes. Pourtant, elle était bien obligée de rester en contact avec ses amis à Dallas puisqu'elle ne connaissait personne à Memorial. Enfin… personne à part Rick, corrigea-t-elle mentalement. Au bahut, aujourd'hui, il lui avait dit bonjour dans le hall. Il se serait même arrêté pour lui parler si l'un de ses copains ne l'avait pas entraîné par le bras. A part lui, il n'y avait rien de bien pour elle à Houston. La vie avec son père se révélait bien moins drôle qu'elle l'avait cru. Surtout qu'il avait décidé de se passer de femme de ménage et qu'il lui avait confié le travail, en compensation de la somme qu'il lui avançait pour remplacer le vélo de Rick. Il l'obligeait même à nettoyer la salle de bains et les toilettes ! Beurk ! Au train où allaient les choses, il lui faudrait probablement dix ans avant d'avoir remboursé sa dette.

Résignée à faire la conversation plutôt que de broyer du noir, Jen se tourna vers sa jeune admiratrice et lui demanda :

— Tu vis ici tout le temps ?

— Oui. Pour toujours, répondit la fillette en tirant précautionneusement du sachet un nouveau cookie destiné à Archie.

— Tu veux dire… avec ta maman et ta tante Lizzie ?

Nouveaux hochements de tête enthousiastes de Jesse.

— Et ton père ?

Les doigts de la fillette s'immobilisèrent d'un coup sur le sachet. Ses jambes, qu'elle balançait en rythme dans le vide depuis qu'elle était assise, firent de même. Le visage crispé, elle réfléchit longuement avant de répondre :

— Je crois qu'il n'y a pas de place pour nous chez lui.

— Pourquoi ? Tes parents ont divorcé et il a gardé la maison ?

— C'est quoi « divorcé » ?

— Euh… Laisse tomber.

Jennifer se mordit la lèvre et regretta d'avoir rompu le silence. Elle n'avait pas voulu faire de la peine à Jesse, mais elle avait gaffé, comme d'habitude. Quoique… Il ne s'agissait peut-être pas d'un divorce… Elle n'en savait rien, et ça ne la regardait pas. Pourtant, elle ne put s'empêcher d'insister :

— Tu devras quand même aller vivre de temps en temps chez ton père, pas vrai ?

— Non ! Je ne veux pas !

— Tu ne veux pas rendre visite à ton père ?

— Non ! Il crie et il jette des choses contre le mur. Je suis obligée de me cacher sous mon lit quand il fait ça. Et après, ma maman pleure.

— Sans blague…

Les sourcils froncés, Jesse la dévisagea d'un air incrédule.

— Tu trouves ça drôle, toi ?

— Drôle ? répéta Jen sans comprendre. Oh, je vois ! Tu n'as pas saisi. « Sans blague », c'est une expression.

— C'est quoi une… spression ?

— Une expression, c'est… Comment te dire ? Une façon brève et frappante de dire les choses.

Manifestement déroutée par cette tentative d'explication, Jesse préféra changer de sujet.

— Je crois que j'ai besoin d'un nouveau papa, maintenant.

— Tu as raison…, murmura Jen, sans avoir à se forcer. Mais, tu sais, tu ne peux pas choisir un père comme tu vas chercher un nouveau jouet chez Toys "R" Us.

— Ah bon ? Pourquoi ?

— Parce que… eh bien, tout simplement parce que les pères sont des êtres humains, pas des objets.

Très concentrée, Jesse réfléchit sérieusement avant de conclure :

— Alors, peut-être que je pourrais partager ton papa ? Est-ce que ça marcherait ?

Jen se retint d'en rire. Elle avait elle-même eu bien du mal à se faire accepter par son père et, sans ce lamentable épisode de la voiture volée, elle n'y serait sans doute pas parvenue. Mais comment aurait-elle pu ne pas sympathiser avec Jesse ? Elle savait combien il était douloureux à cet âge de voir ses parents divorcer, et plus affreux encore de ne plus avoir de place dans la vie de son père. Ce qu'elle n'avait pas eu à connaître, c'était l'angoisse d'avoir à se cacher sous son lit parce que le père en question était pris d'une crise de démence…

— Tu veux que je te dise ? répondit-elle en se penchant pour nouer le lacet boueux de Jesse. Si ta maman est d'accord, tu pourras venir nous voir de temps en temps, mon père et moi.

— T'es sûre ?

Jennifer haussa les épaules.

— Bien sûr ! Pourquoi pas ?

Le sourire de Jesse était presque trop grand pour son petit visage.

— Tu veux un autre cookie ? proposa-t-elle à sa nouvelle amie.

Quelques minutes plus tard, Jennifer boucla sa ceinture pendant que son père s'installait au volant. Tant bien que mal, elle parvint à garder le silence pendant quelques minutes. Ses parents la prenaient pour une gamine, et elle savait qu'elle n'arriverait à rien si elle s'empressait de répéter ce que Jesse lui avait confié. Il allait falloir jouer finement, et c'est ce qu'elle s'efforça de faire en lâchant, l'air de rien :

— Tu savais qu'Elizabeth Walker écrivait des livres pour enfants ?

— Oui, répondit-il sans quitter la route des yeux. Je l'ai appris récemment. J'ai même lu son dernier livre et j'ai été impressionné. Il lui a valu un prix littéraire prestigieux. Tu étais au courant ?

Jen l'observa du coin de l'œil. Elle ignorait qu'il était amateur de littérature enfantine… A moins qu'il n'ait lu ce bouquin que pour pouvoir se rapprocher de son auteur.

— Oui, je le savais. Jesse me l'a dit, et elle en a profité pour me raconter toute l'histoire à sa façon.

— Elle est adorable, tu ne trouves pas ?

Jennifer hocha pensivement la tête. Après tout, c'était peut-être la mère de la gamine qui l'intéressait…

Tout sourires, Ryan tourna brièvement la tête vers elle.

— Alors ? Comment étaient ces cookies ?

— Bons. C'est la mère de Jesse qui les a faits.

— Gina, précisa-t-il.

— C'est une cliente ?

— Non.

— Elizabeth non plus, sinon elle nous aurait accueillis autrement. C'est seulement quand la mère de Jesse est arrivée qu'elle s'est radoucie.

Parce qu'il savait que ce geste l'agaçait, il lui tira doucement les cheveux.

— On ne te la fait pas, à toi, hein ?

Vivement, elle se mit hors de sa portée et résuma :

— Ainsi, tu ne représentes ni l'une ni l'autre.

— Aucune des deux n'est une cliente, confirma-t-il.

— Alors, qu'est-ce qu'on est venus faire dans cette baraque ?

Il parut se rendre compte que ses questions n'étaient pas innocentes, et la dévisagea avec intérêt avant de tourner dans Westheimer Street.

— Y a-t-il une raison à cet interrogatoire ? demanda-t-il avec un sourire caustique.

— Je me demandais juste si tu t'intéressais à l'une de ces femmes... si tu avais envie de sortir avec elle...

— Non, Jen. C'était une visite purement professionnelle.

Les sourcils froncés, Jennifer reporta son attention sur la route.

— Alors, je ne comprends pas, murmura-t-elle. Aucune des deux n'est une cliente, mais tu...

Du plat de la main, elle se frappa le front et s'exclama :

— Que je suis bête ! C'est une histoire de divorce qui tourne mal, et on t'a demandé de défendre les intérêts de Jesse...

— Encore tout faux ! A quoi tu t'amuses, Jen ? Au jeu de la vérité ?

Elle répliqua d'une voix tendue :

— Tu as tort de ne pas vouloir me répondre parce que si c'est un truc professionnel, ça t'intéressera sûrement d'entendre ce que Jesse m'a confié.

Son père la dévisagea un instant avant de lui expliquer :

— C'est le père de Jesse qui est mon client. Tu l'as rencontré, l'autre soir, juste avant qu'on aille chez Rick.

Jennifer en resta bouche bée.

— Le type qui avait l'air d'un fou ?

— Oui, c'est ça.

Ils étaient encore loin de chez eux, mais Jennifer vit son père engager la voiture dans un parking de supermarché et se garer au premier emplacement venu. Après avoir coupé le contact, il passa son bras derrière son siège et se tourna vers elle.

— A présent, dit-il d'une voix déterminée, si tu me disais ce que Jesse t'a confié et ce qui te chagrine à ce point ?

— Tu ne vas pas aimer…, prévint-elle.

— Essaye quand même.

— Elle m'a expliqué qu'elle et sa mère avaient dû quitter leur maison parce qu'il n'y avait pas de place pour elles chez son père. Elle m'a dit aussi qu'il pouvait se montrer violent, se mettre à crier et lancer des choses contre les murs. Elle se cache sous son lit quand ça arrive, mais ce qui lui fait le plus de peine, c'est que son père fait pleurer sa mère.

— Bon sang, il ne manquait plus que ça ! lâcha Ryan en se passant une main lasse sur le visage.

— Pourquoi tu as accepté de représenter un type pareil, p'pa ?

— C'est le fils du patron de la firme où je travaille, et c'est un confrère. Dans un cabinet juridique, il est d'usage de défendre un collègue qui vous le demande.

— Si tu veux mon avis, répliqua Jennifer en fronçant le nez avec dégoût, c'est un ramassis de conneries.

Ryan grimaça à son tour et lui sourit tristement.

— Pour une fois, je suis obligé de reconnaître que je suis d'accord avec toi.

11

Assise sur le lit, Elizabeth regardait Gina se tortiller pour parvenir à enfiler son jean supermoulant.

— Je voudrais que tu renonces à cette soirée ! la supplia-t-elle pour la énième fois. Tu n'as pas pu oublier ce qui s'est passé la dernière fois que vous êtes sortis ensemble…

— Tout va bien se passer, Lizzie…, coupa Gina en rentrant le ventre pour boutonner son pantalon. Cette fois, je ne serai pas seule avec lui dans sa voiture. Je te l'ai dit, je le suivrai dans la mienne. Nous avons rendez-vous ici, et nous irons ensuite dans un endroit public, probablement au McDo, *avec Jesse* !

— Justement, ça ne me rassure pas du tout, déclara Liz. Est-ce qu'il faut vraiment que tu embarques Jesse dans cette histoire ?

— Tu oublies qu'il a un droit de visite ! Si je l'empêche de voir sa fille, je risque de le braquer contre moi.

— Il est *déjà* braqué ! Il se sent acculé, Gee. Et les gens désespérés ont tendance à faire n'importe quoi.

— Tu m'en diras tant…

Gina avait parlé tout bas, de sorte qu'Elizabeth n'était pas sûre d'avoir bien entendu.

— Pardon ?

— Oh, rien…

Se redressant vivement, elle lança autour d'elle quelques regards affolés.

— Qu'est-ce que j'ai bien pu faire de ce chemisier ? Je l'avais il y a une minute à peine !

— Tu étais dans la salle de bains quand je suis arrivée. Va voir s'il n'y est pas resté.

— Ah, oui ! Tu as raison…

Et elle se rua dans le cabinet de toilette attenant.

Liz avait du mal à comprendre pourquoi elle mettait un tel soin à se préparer si sa seule motivation était d'accompagner Austin et sa fille pour leur permettre de passer un moment ensemble, comme elle le prétendait. Certes, Gina était incapable de sortir sans s'être longuement pomponnée, mais, en la découvrant aussi sexy, Austin allait forcément penser que c'était à son intention… ce qui, hélas, était probablement vrai… Elle se montrait distante, ce soir, voire agressive, elle qui, d'habitude, se confiait si aisément à son amie. Ça faisait des années qu'elles partageaient tous leurs secrets, grands et petits. Peut-être était-elle tout simplement nerveuse à l'idée d'un nouveau tête-à-tête avec Austin — ce qui pouvait se comprendre étant donné l'issue de leur précédente rencontre…

— Comme si je n'étais pas déjà suffisamment en retard ! se lamenta Gina en sortant de la salle de bains, son chemisier dans une main et une brosse dans l'autre. En plus, il faut que je brosse des poils de chien !

— Tu sais bien que Jesse et Cody aiment jouer à cache-cache dans ton armoire, lui expliqua Elizabeth en la regardant faire. Et tu sais aussi qu'ils ne peuvent rien faire sans Archie.

— Tu m'en diras tant…

Elizabeth n'était pas certaine d'apprécier l'apparition de cette expression récurrente dans la bouche de son amie, mais elle se garda de tout commentaire.

Son brossage achevé, Gina enfila en hâte son chemisier, lui aussi très moulant. Debout devant un miroir, elle bomba le torse et l'ajusta soigneusement sur sa poitrine et ses hanches.

— Tu pourrais arranger ce col pour moi ? demanda-t-elle à Liz d'un air suppliant.

Elizabeth se leva et s'exécuta en quelques gestes. Puis elle laissa ses mains s'attarder sur les épaules de Gina et chercha son regard dans le miroir qui leur faisait face.

— Tu trembles, Gee… Qu'est-ce qu'il y a ? Si ce n'est pas ce rendez-vous avec Austin qui t'inquiète, c'est quoi ?

— Tu me connais ! répondit-elle avec un rire bref et forcé. Si je n'ai aucune raison de m'inquiéter, je m'en invente.

Elle se pencha pour passer sur ses lèvres un rouge brillant, donna un peu plus de gonflant à sa chevelure, et inspecta d'un œil critique le résultat de ses efforts.

— Comment tu me trouves ?

— Bien, comme d'habitude.

— Seulement « bien » ? lança-t-elle en fronçant les sourcils d'un air déçu.

— Je te trouve très chic, classe et éblouissante.

Cette fois, Gina rit de bon cœur.

— Ça va, ça va…, dit-elle en se retournant pour faire face à Liz. N'en rajoute pas !

Elizabeth recula d'un pas pour mieux l'admirer, et lança avec une gaieté forcée :

— Je reconnais ce jean ! Un Neiman's, n'est-ce pas ?

Le sourire de Gina se figea sur ses lèvres. Un peu gênée, elle se pencha pour lisser le tissu qui épousait étroitement le galbe de ses cuisses.

— C'est Austin qui me l'a offert, dit-elle. De même que le chemisier. Pour mon anniversaire, l'année dernière.

— Avec un mois de retard, si je me rappelle bien… N'est-ce pas cette nuit-là qu'il t'a mise à la porte ?

— Si. Et tu as dû, une fois de plus, venir nous chercher, compléta Gina d'un air penaud.

Puis elle se détourna pour se regarder de nouveau dans le miroir, et haussa les épaules.

— C'était à cause d'un problème de baby-sitting. J'avais eu un boulot monstre au bureau, et je n'avais pas pu trouver quelqu'un à temps pour garder Jesse. Quand j'y suis enfin parvenue, notre réservation au restaurant avait été annulée. Tu sais comme ils sont impitoyables, dans certains restos de Houston… Austin ne l'a pas supporté.

— Quel homme ! lâcha Elizabeth d'un ton caustique.

Nouveau haussement d'épaules.

— Il a perdu patience, Lizzie. Ça arrive.

Elizabeth lui avait trop souvent reproché son indulgence envers Austin pour s'y risquer une nouvelle fois en sachant que ce serait vain. Elle se contenta donc d'un regard, et elles restèrent les yeux dans les yeux dans le miroir, unies et complices comme autrefois, l'espace d'un instant. Mais l'inquiétude d'Elizabeth était toujours là.

— N'y va pas, je t'en prie ! plaida-t-elle avec force.

— Tu ne comprends pas, répondit Gina avec un sourire qu'Elizabeth trouva infiniment triste. Je *dois* y aller. Je ne peux pas faire autrement.

— Si tu le dis… Mais es-tu absolument certaine de vouloir imposer ça à Jesse ?

Gina était une adulte libre de ses choix. Exposer une petite fille sans défense au tempérament imprévisible d'un homme colérique était déjà moins défendable. A l'idée de l'angoisse dans laquelle cette expérience risquait de plonger sa filleule, Elizabeth sentait la colère monter en elle. A ses yeux, l'attitude de Gina était… immorale. Elle ne trouvait pas d'autre mot.

— Je te l'ai dit, murmura Gina d'un air absent. Je n'ai pas le choix.

Puis elle sortit de sa torpeur, et se mit à fouiller dans sa boîte à bijoux, dont elle tira une montre sertie de diamants.

— Et moi, insista Elizabeth, je n'ai pas d'autre choix que de te demander d'y renoncer. Pour le bien de Jesse.

— Nous serons dans un endroit public, répéta Gina avec lassitude, tout en passant la montre à son poignet. Je ne vois pas ce qui pourrait nous arriver.

Puis, secouant la tête comme pour chasser ses derniers doutes, elle alla chercher un petit sac à main griffé d'une marque prestigieuse — autre présent de réconciliation d'Austin.

— Voilà, dit-elle. Je suis prête.

— N'oublie pas ton portable ! lui recommanda Elizabeth.

— Il est déjà dans mon sac, répondit-elle en le tapotant du plat de la main. Où est Jesse ?

— Dans le patio, du moins je l'espère. Après l'avoir aidée à s'habiller, je lui ai fait promettre de ne pas se salir pendant que tu finissais de te préparer.

— J'espère que ce n'était pas il y a une heure…

— Non. Pas plus d'un quart d'heure.

Elizabeth suivit son amie hors de la chambre, et ne put s'empêcher d'effectuer une dernière tentative, même si ça ne servait à rien.

— Laisse-moi au moins passer un coup de fil à Ryan pour savoir s'il a eu le temps de parler à Austin, comme il avait proposé de le faire.

Gina soupira bruyamment et lança d'une voix agacée :

— Laisse tomber, Liz…

— Tu joues avec le danger, Gina ! J'estime que j'ai le droit de… de…

— De me harceler ?

Elle laissa échapper un rire avant d'ajouter :

— Tu n'es pas si bien placée que ça pour me faire la leçon, Liz. Est-ce que tu as toujours fait les bons choix dans ta vie ? Est-ce que tu as chaque fois résisté à la voix de tes démons intérieurs ?

A bout de patience, Elizabeth la saisit par le coude au bas de l'escalier pour la forcer à lui faire face.

— Mais enfin de quoi est-ce que tu parles ? dit-elle avec impatience. Ce n'est pas de moi qu'il s'agit actuellement. Tu as enfin la chance de pouvoir refaire ta vie, et flirter avec Austin est le meilleur moyen de la laisser passer. C'est ce que j'essaie de te faire comprendre depuis une heure. Si Ryan a pu lui parler, peut-être que…

Elizabeth s'était empourprée violemment, et ses yeux brillaient de rage. La colère l'empêcha de conclure.

— Est-ce qu'il t'arrive de m'écouter ? lui demanda Gina. Ma décision est prise, et tu ne pourras rien y changer. Quoi que Ryan ait pu lui dire, Austin cherchera à me piéger tôt ou tard. La meilleure chose que j'aie à faire, c'est de jouer avec lui comme il joue avec moi. Renoncer *in extremis* à ce rendez-vous serait le meilleur moyen de le braquer contre moi, je te le répète. Et ça, je veux l'éviter à tout prix.

Se libérant d'un geste sec de l'emprise de son amie, elle marcha jusqu'à la porte-fenêtre, l'ouvrit, et cria :

— Jesse ! Où es-tu ?

— Ici, m'man !

Le fidèle Archie sur ses talons, Jesse apparut au coin de la maison. Miraculeusement, ses lacets n'étaient pas défaits. Son chemisier était encore propre, mais son jean était maculé de traces vertes aux genoux. Mis à part ce détail, elle était présentable.

Gina s'accroupit devant elle, brossa le pantalon du plat de la main, et débarrassa ses cheveux de quelques débris végétaux.

— Tu es prête à partir, ma puce ?

— Où est-ce qu'on va, m'man ?

— C'est une surprise ! Ton papa vient nous chercher avec sa voiture, et nous allons le suivre avec la nôtre pour aller manger quelque part tous les trois. Tu es contente ?

— Non !

Effrayée, Jesse courut se réfugier auprès d'Elizabeth.

— Je reste ici ! lança-t-elle d'une voix plaintive. Avec tante Lizzie.

— Tu n'as pas envie de voir ton papa ? insista Gina, dont le visage s'était décomposé.

— Non !

Elizabeth posa une main protectrice sur la tête de l'enfant et chercha le regard de son amie pour proposer :

— Je serais heureuse de…

— Non, Liz !

Gina se redressa et rejoignit sa fille pour l'entraîner fermement par le bras.

— Ton papa sera là d'une seconde à l'autre, expliqua-t-elle d'une voix tendue. Tu ne veux pas le faire attendre, n'est-ce pas ?

— Je veux pas aller avec lui ! cria Jesse en effectuant de vaines tentatives pour échapper à sa mère. Je le déteste !

Après les avoir rejointes dans le hall, Elizabeth s'apprêtait à intervenir une nouvelle fois quand un crissement de pneus se fit entendre dans la rue, aussitôt suivi d'un coup de Klaxon retentissant. Elle s'était toujours sentie exaspérée par la manière dont Austin signalait sa présence à Gina, plutôt que de venir sonner à la porte. A ses yeux, c'était un signe évident de manque de respect.

— Le voilà ! souffla Gina en prenant sa fille dans ses bras et en allant ouvrir la porte.

Mais Jesse ne paraissait pas décidée à se laisser faire. Elle moulinait des bras et des jambes, gémissait et donnait du fil à retordre à Gina, qui se pressait autant qu'elle le pouvait de rejoindre la voiture.

Le cœur lourd, ne sachant que faire, Elizabeth les suivit. Contrairement à ce qu'elle lui avait affirmé, Gina entreprit de monter dans la voiture d'Austin avec Jesse, mais la petite continuait à se débattre comme un beau diable.

Naturellement, Austin resta derrière son volant et attendit que Gina eût réglé le problème.

Comme Jesse ne voulait rien entendre malgré les menaces de sa mère, Elizabeth fit un pas en avant. Ce fut à cet instant précis qu'Austin décida d'intervenir. Il sortit de la voiture en trombe, la contourna et stoppa Elizabeth d'un regard meurtrier. En deux pas, il eut rejoint sa fille qu'il fit taire en la secouant par le bras et en lui assenant quelques paroles cinglantes.

Tétanisée, Jesse se laissa faire. Austin l'entraîna vers la voiture de Gina et, en quelques gestes brusques, il la boucla sur le siège arrière avant de claquer la portière si violemment que le véhicule tangua. Ensuite, il donna à Gina un ordre silencieux d'un bref coup de menton, puis regagna sa Porsche. Le visage aussi sombre et tourmenté qu'un ciel d'orage, il la regarda se glisser derrière le volant et mettre le contact.

Debout au milieu du trottoir, totalement impuissante, Elizabeth observa la scène. Ce fut au tout dernier moment, juste avant de tourner au bout de la rue, que Gina lui adressa un petit signe d'adieu, du bout des doigts. L'instant d'après, elle avait disparu.

*
* *

— Echec !

Elizabeth jeta un vague regard à l'échiquier sur lequel Louis venait de mettre sa reine en difficulté. Avec un soupir, elle recula sa chaise et se leva. Elle n'était pas d'humeur à finir la partie. Jouer aux échecs nécessitait un effort d'attention qu'elle était incapable de fournir. Archie, sensible à son désarroi, se leva et la suivit jusqu'à la fenêtre.

— Désolée, lui dit-elle avec un sourire contrit. Je crois que je suis incapable de me concentrer, ce soir.

— C'est bien ce que j'avais cru comprendre.

Avec un soin maniaque, Louis se mit à ranger les pièces dans leur coffret tapissé de velours. Il adorait ce jeu, et il avait été ravi de découvrir qu'Elizabeth partageait cette passion.

— J'avais cru entendre une voiture, dit-elle.

Comme elle l'avait déjà fait de nombreuses fois au cours de la soirée, elle souleva une lame du store pour observer la rue déserte et plongée dans le noir.

— Tu t'inquiètes ? lui demanda Louis.

— Elles devraient être rentrées, à l'heure qu'il est, dit-elle en caressant distraitement le corps soyeux d'Archie. Il leur est arrivé quelque chose de terrible, Louis. Je le sens.

Un cavalier noir entre les doigts, Louis s'immobilisa.

— Mais non, tu ne sais rien, Lizzie. Et tu ne dois pas laisser ton imagination te jouer des tours. Elle t'est très utile pour écrire tes livres, mais dans un moment comme celui-ci, tu as tout intérêt à la faire taire.

— Ça n'a rien à voir avec l'imagination, répliqua-t-elle sans quitter son poste d'observation. C'est un pressentiment. Un mauvais pressentiment… J'ai déjà ressenti ça, autrefois.

— Ah ?

— C'était la nuit de l'incendie.

Louis laissa s'écouler un temps anormalement long avant de répéter :

— L'incendie ?

Elle se retourna pour lui faire face, et lui adressa un sourire triste, tout en précisant :

— L'incendie qui s'est déclaré lorsque j'avais cinq ans, dans la maison où je vivais avec mon père et mes sœurs.

Il ne lui répondit pas immédiatement, et, lorsqu'il le fit, Elizabeth ne remarqua pas la tension perceptible dans le son de sa voix, tant elle était absorbée par ses souvenirs.

— Nous n'en avons jamais discuté, Lizzie…

— Non. Je n'ai jamais trouvé utile de discuter de ce qui ne peut pas être modifié. Ma vie a radicalement changé, cette nuit-là. J'ai dû l'accepter et aller de l'avant. En fait, je me suis plutôt bien débrouillée pour refouler ce souvenir. Jusqu'à cet article dans le *Chronicle,* qui a tout ressuscité.

Avec un petit sourire triste, elle ajouta :

— Pourtant, mon passé ne regarde que moi, et j'aurais préféré qu'il demeure secret.

Louis observa un instant le cavalier noir qu'il ne s'était pas encore résolu à ranger dans son écrin.

— Je ne pense pas que ce reporter ait eu de mauvaises intentions en mettant en lumière ce triste épisode de ton existence, dit-il enfin. Tu es un écrivain célèbre, à présent. Il est normal que la presse s'intéresse à toi.

Un sourire crispé salua cette réplique.

— Quoi qu'il en soit, reprit-elle, j'ai bien retenu la leçon. Dorénavant, je ne donnerai plus d'interview.

Parfois — comme en cet instant —, Louis profitait de sa barbe fournie pour sourire en catimini.

— Jusqu'au prochain prix…

— Un seul article a suffi pour que mes sœurs me tombent dessus ! Comment ai-je pu être assez inconsciente pour accepter de parler à ce journaliste ?

— Il me semble que nous avons déjà eu cette conversation, dit Louis. Et j'avoue que j'ai du mal à t'entendre parler de tes sœurs de cette façon…

Elizabeth poussa un long soupir. Louis l'encourageait depuis le début à renouer une relation avec Megan et Lindsay ; il insistait sur le fait que les liens familiaux étaient importants, et réfutait les arguments qu'elle lui opposait, comme le fait qu'elles n'aient aucun passé ni aucun souvenir communs, ce qui faisait d'elles des étrangères... Pour lui, il était normal que des sœurs se fréquentent, quelle qu'ait pu être leur histoire...

Elle le regarda ranger le cavalier noir dans sa niche, puis ôter ses lunettes et les polir consciencieusement contre sa chemise en flanelle.

— Tu vas encore me chapitrer sur l'importance des liens familiaux ? fit-elle avec un sourire attendri.

— Pas ce soir, Lizzie.

Il remit ses lunettes sur son nez et la regarda attentivement.

— De toute façon, reprit-il, Lindsay est la seule à te relancer, n'est-ce pas ?

Elizabeth fit la grimace et répondit :

— Et pour cause ! Elle veut me tirer les vers du nez : elle cherche à savoir si je garde des souvenirs de la nuit où mon père est mort.

La main de Louis resta en suspens au-dessus de la reine blanche.

— Qu'est-ce qui te fait penser ça ?

— C'est elle qui me l'a dit ! Elle a effectué des recherches sur la nuit de l'incendie et elle aurait « découvert quelques faits intéressants » — je la cite — qu'elle voudrait partager avec moi. Tout ce que j'ai à faire, c'est lui ouvrir toutes grandes les portes de ma vie et de ma mémoire... Si tu veux mon avis, c'est un scoop qu'elle cherche, et rien d'autre.

Avec un soupir de lassitude, elle se détourna pour reprendre son poste d'observation derrière le store.

La rue était toujours déserte et silencieuse.

— Je ne sais pas comment la convaincre que je ne sais rien, reprit-elle d'un ton bougon. Cela dit, même si je savais quelque chose, je ne lui en parlerais pas. Je refuse d'évoquer cette époque tellement douloureuse... Elle pourrait le comprendre, quand même !

— C'est différent pour elle : elle n'a pas du tout vécu la même chose que toi.

Liz relâcha la lame du store, qui claqua dans un bruit sec.

— C'est si difficile de se mettre à ma place ?

Elle n'attendit pas la réponse de Louis, et alla chercher sur une petite table la photo de mariage de ses parents. Le cliché avait été léché par les flammes, noirci par la fumée et détrempé par les lances à incendie. Les dégâts étaient irréparables, mais elle avait confié le document à un expert, qui s'était chargé de le sauvegarder en l'état.

— Pour être franche, reprit-elle, perdue dans ses pensées, je n'ai jamais cru au refoulement des souvenirs. Je veux parler de ces expériences traumatisantes que certaines personnes prétendent avoir enfouies dans les profondeurs de leur inconscient, jusqu'à ce qu'un événement ou une expérience les fasse resurgir au grand jour…

Louis, qui l'avait écoutée attentivement, hocha la tête et répliqua :

— Quand la réalité devient insupportable, certains sont moins armés que d'autres pour l'affronter, Lizzie…

Elizabeth haussa les épaules et remit soigneusement le cadre à sa place.

— Puisque tu le dis.

— Si je te comprends bien, reprit-il, tu conserves des souvenirs de cette nuit-là ?

Avec un rire amer, elle revint s'asseoir à la table de jeu, et se tapota la tempe du bout de l'index.

— Bien enfermés là-dedans, répondit-elle. Dans ma boîte noire personnelle. Hélas, mes vieux fantômes choisissent toujours les moments les plus inadéquats pour sortir de leur cachette.

Louis, qui continuait à ranger les pièces d'échecs dans leur écrin, n'avait plus la main si sûre quand il demanda :

— Comme en ce moment ?

Elizabeth fronça le nez et répondit :

— Je peux presque sentir la fumée.

Une tour noire atterrit sur le tapis. Après s'être baissé pour la ramasser, Louis protesta :

— Tu n'avais même pas six ans ! Tu dois te rappeler ce que

l'on t'a raconté. Inconsciemment, ton imagination aura brodé sur ce canevas.

— Peut-être, mais les émotions, elles, semblent réelles.

Incapable de rester en place, elle se leva et marcha une nouvelle fois jusqu'à la fenêtre. Toujours aucune trace de Gina…

— Je me rappelle que, ce soir-là, mon père m'a lu une histoire, poursuivit-elle d'une voix rêveuse. Ce qui ne lui arrivait que rarement. Il était très occupé, et il passait beaucoup de temps dans son bureau, une grande pièce impressionnante, aux murs tapissés de livres. Cette nuit-là, j'ai trouvé le courage d'aller l'y rejoindre avec mon livre. Ma mère me manquait atrocement. Elle avait eu le temps de m'apprendre à lire, mais j'avais besoin de ce moment privilégié avec lui. Tu comprends ?

Sans attendre de réponse, elle se passa une main lasse sur le front, et reprit :

— Je me rappelle qu'il était assis à son bureau. Il m'a prise sur ses genoux pour me lire l'histoire. Je ne me rappelle plus laquelle c'était. J'aimerais m'en souvenir. Mais, comme tout le reste, le livre a été la proie des flammes.

— Si je comprends bien, tu l'as échappé belle, intervint Louis. Heureusement que tu n'es pas restée dans ce bureau…

— Non, c'est tout le contraire, dit-elle en se détournant brusquement de la fenêtre. Si j'étais restée là, au lieu de retourner dans ma chambre, il n'aurait sûrement pas allumé son cigare… Comme tu le sais, l'enquête a conclu que c'était la cause de l'incendie. Mon père a dû s'assoupir et laisser tomber son cigare sur les documents qu'il était en train de consulter.

D'un geste sec, Louis referma le couvercle de l'échiquier.

— Tu n'es tout de même pas en train de culpabiliser, un quart de siècle plus tard… N'est-ce pas, Lizzie ?

— Non, bien sûr. Mais quand j'étais enfant, je revivais souvent cette soirée dans ma tête.

— Les psys qui t'ont suivie n'ont pas été très efficaces. Leur premier devoir était de veiller à ce que tu ne développes pas un tel sentiment de culpabilité.

Archie, sensible à la tension qui régnait entre eux, allait de l'un à l'autre en gémissant sourdement.

— Ils ont fait ce qu'ils ont pu, répliqua Elizabeth. Mais je suppose que j'étais trop enfermée dans mon petit enfer personnel pour qu'ils puissent me venir en aide. Et puis, je ne présentais aucun trouble apparent. Je ne semblais pas poser de problème particulier…

Du bout des doigts, elle caressa le museau d'Archie pour l'apaiser, et reprit :

— En fait, Iris Graham, l'assistante sociale en charge de mon dossier, s'est montrée beaucoup plus efficace que les psychologues. Au fil des années, elle a développé un intérêt tout particulier, presque maternel, pour mon cas et pour celui de Gina. C'est elle qui m'a suggéré un jour d'écrire des lettres à mon père.

— Pour quelle raison, puisqu'il était mort ?

Louis avait de nouveau ôté ses lunettes et il se frottait les yeux.

— Je ne l'ai jamais vraiment su, dit-elle d'un air songeur, le regard perdu dans le vague. Elle a dû penser que ce serait une bonne thérapie. Toujours est-il que j'ai suivi son conseil. Consciencieusement, j'ai écrit des lettres auxquelles mon père ne répondait évidemment jamais.

Elizabeth marqua une pause, se remémorant le soin qu'elle avait mis à raconter au juge disparu le moindre détail de son existence d'orpheline.

Bientôt, un petit rire amer vint mettre un terme à son silence pensif.

— En fait, conclut-elle, je pense aujourd'hui que ce n'était pas une très bonne thérapie… Tu comprends, continuer à lui écrire entretenait mon espoir inconscient de le revoir un jour, en dépit des évidences… J'avais dix ou onze ans quand j'ai finalement renoncé à ce rituel.

— Il ne faut pas en vouloir à Iris, intervint Louis. De sa part, ça ne pouvait être qu'une maladresse. Je suis sûr qu'elle ne voulait que ton bien en te suggérant d'écrire ces lettres.

— Sans doute.

Archie lui léchait les doigts, comme pour la consoler. Elizabeth s'accroupit près de lui et le serra contre elle.

— Il n'empêche que, à treize ans, j'en voulais à la terre entière, expliqua-t-elle d'une voix sourde. Je n'en voulais pas seulement à Iris, mais aussi et surtout à mon père. La nuit, recroquevillée dans mon lit, j'aurais pu hurler contre lui tellement je lui en voulais. Ce qui explique les problèmes que je rencontrais dans les familles qui m'accueillaient à cette époque. J'étais une petite boule d'angoisse et de fureur. Je haïssais mes sœurs, qui avaient eu plus de chance que moi. Je haïssais mon père d'être mort en m'abandonnant seule sur terre. Je les haïssais tous les trois parce que j'étais pupille de l'Etat et que je n'aurais jamais de nouveaux parents.

Comme si elle émergeait d'un rêve éveillé, Elizabeth leva les yeux et vit que ceux de Louis étaient voilés par les larmes. Troublée, elle se força à rire, comme si ce rire grinçant avait pu chasser la douleur immense que ses paroles avaient révélée.

— Ça te paraît monstrueux ? demanda-t-elle en se relevant. Je sais que ce n'est pas raisonnable, mais j'ai réellement haï mon père pendant très longtemps. Il m'arrive, d'ailleurs, de lui en vouloir encore.

— Il est probablement au fond de l'enfer en train de s'en vouloir aussi...

Elizabeth secoua négativement la tête et laissa fuser un rire, plus naturel cette fois.

— J'espère que non ! lança-t-elle.

Louis se mit péniblement sur ses pieds, rangea sa chaise sous la table de jeu et déclara d'une voix mal assurée :

— Je... je crois que j'ai besoin d'aller faire un tour aux toilettes.

Elizabeth le regarda marcher à petits pas mesurés vers le hall. Alors, seulement, elle comprit quel fardeau elle venait de déposer sur ses épaules.

— Je suis désolée, lui dit-elle. Je n'aurais pas dû t'embêter avec tout ça.

— Je reviens tout de suite ! lança-t-il sans lui répondre. Si tu en profitais pour vérifier que tu n'as pas reçu de messages sur ton portable ? Gina a peut-être essayé de te joindre…

Alors qu'il disparaissait dans le hall, sa voix se perdit dans un murmure. Un instant plus tard, Elizabeth entendit la porte des toilettes se refermer et le verrou claquer derrière lui. Abasourdie par ce qui venait de se passer, elle se laissa retomber lourdement sur sa chaise. En parlant à Louis de son père, de la nuit de l'incendie, de son désarroi d'orpheline, en agitant sous ses yeux des fantômes grimaçants qu'elle ne se permettait même pas d'évoquer pour elle-même, elle avait enfreint une règle. Le pire était qu'elle ne comprenait pas ce qui l'avait poussée à le faire, alors qu'elle ne s'y était jamais risquée devant quiconque…

Comme Louis le lui avait suggéré, elle alla chercher son téléphone cellulaire et l'alluma. Sachant qu'elle avait prévu de ne pas bouger, Gina n'avait aucune raison de l'appeler à ce numéro, mais il ne fallait rien négliger, en effet. Après avoir navigué à travers une série de menus déroulants, elle constata que sa boîte vocale était vide.

Louis était revenu quand elle rangea l'appareil. Il était blême, et la fatigue creusait des cernes sur son visage mangé par la barbe.

— Tu devrais rentrer te coucher, lui dit-elle. Il est si tard… Si ça peut te rassurer, je t'appellerai quand Gina sera rentrée.

— Pas question ! lança-t-il fermement. Je reste avec toi.

Elizabeth, qui connaissait cette expression résolue et ce ton sans réplique, ne prit pas la peine d'insister.

— Je devrais peut-être essayer de la joindre sur son portable ? suggéra-t-elle.

— Tu es sûre qu'elle l'a pris ?

— Certaine.

Elizabeth s'empara du téléphone sans fil qui était resté à portée de main durant leur partie d'échecs. Elle n'obtint que le répondeur et, sans prendre la peine d'ajouter un message à ceux qu'elle avait déjà laissés, elle raccrocha.

— Tu crois que je devrais appeler Ryan Paxton ? demanda-t-elle à Louis, qui la regardait gravement.

Il enjamba Archie, à présent confortablement affalé sur le sol, et alla s'asseoir sur le canapé.

— Pour quoi faire ?

— Il doit avoir le numéro de portable d'Austin.

Mais accepterait-il seulement de le lui communiquer ?

Un bref coup d'œil à sa montre ne fit qu'exacerber l'angoisse qui, peu à peu, montait en elle et menaçait de la submerger.

Pourquoi Gina avait-elle éteint son portable ? Qui plus est, le lendemain était un jour d'école, et Jesse aurait dû être au lit depuis déjà bien longtemps.

— Pourquoi pas ? répondit Louis avec un temps de retard. Tu peux toujours essayer.

— Essayer quoi ? fit-elle d'une voix blanche.

— Paxton, répondit-il de manière laconique.

Louis appuya la tête contre le dossier du canapé, et ferma les yeux. Dernièrement, il avait pris un sacré coup de vieux. Elizabeth s'en était inquiétée et lui avait demandé de faire un bilan de santé. Il n'avait pas refusé ; il s'était contenté de changer de sujet. Elle se promit de l'entraîner dès que possible chez un médecin, que ça lui plaise ou non.

— Louis, insista-t-elle, rentre chez toi, maintenant.

— Je n'irai nulle part tant que Gina ne sera pas rentrée, déclara-t-il d'un air buté. Tu as raison : Paxton doit avoir le numéro d'Austin. Alors, puisque tu en as envie, appelle-le.

Elizabeth en resta muette de stupeur. Avait-elle réellement donné à Louis l'impression d'avoir *envie* d'appeler Ryan Paxton ? Certes, elle avait souvent pensé à lui, depuis qu'il était passé chez elle. Mais c'était toujours plus ou moins à propos de Gina…

— Ce n'est pas que j'aie spécialement envie de lui parler, rétorqua-t-elle, mais on ne peut pas rester indéfiniment comme ça, à attendre, les bras croisés.

Archie se dressa sur ses pattes et s'étira longuement. Liz jeta un nouveau coup d'œil à sa montre et poursuivit :

— Gina sait que nous sommes inquiets pour elle. Surtout quand elle est avec Austin.

— Tu m'as convaincu, Lizzie. Appelle-le.

— Il est tard, dit-elle en saisissant le combiné avec hésitation. Il pourrait me raccrocher au nez.

Louis se leva et alla ouvrir la porte-fenêtre à Archie pour qu'il aille se dégourdir les pattes.

— Tu as son numéro ? demanda-t-il d'un air surpris.

— Il m'a appelée, dernièrement. Il voulait que je l'aide à faire baisser la tension qui règne entre Austin et Gina.

Ignorant la surprise qui se peignait sur les traits de Louis, Elizabeth pianota sur le clavier téléphonique pour consulter la liste de ses derniers appels. Comme Ryan avait laissé plusieurs messages qu'elle avait ignorés, elle n'eut aucun mal à repérer le numéro qui s'était chaque fois inscrit dans la mémoire de l'appareil. Sans plus tergiverser, elle demanda le rappel automatique, et compta anxieusement les sonneries.

— Je me demande bien pourquoi il t'a demandé ça, murmura Louis en se grattant la barbe.

En dépit du scepticisme qu'elle nourrissait encore envers l'avocat d'Austin, ce soir, Elizabeth était décidée à croire en sa bonne foi.

— Pour le bien de Jesse, dit-elle. Du moins, c'est ce qu'il prétend.

Dans un effort futile pour étouffer le bruit strident de la sonnerie, Ryan enfouit sa tête dans l'oreiller. Puis il tendit la main et tenta d'éteindre l'alarme de son réveil, ce qui eut pour effet de précipiter ce dernier sur le sol sans interrompre le vacarme pour autant. Il se rappela alors qu'il avait regardé le journal télévisé, et crut s'être endormi devant le poste allumé. Jurant tout bas, il s'assit dans son lit, se frotta les yeux et constata que ce n'était ni le réveil ni la télévision qui l'avait tiré de son sommeil, mais le téléphone.

Qui pouvait bien l'appeler à cette heure-ci ? A moins que ce ne fût pour Jennifer. Ces gamins ne dormaient donc jamais ?

Furieux, il décrocha et aboya :

— Paxton ! Qui est à l'appareil ?

— Allô ! Ryan ? répondit une voix féminine. C'est moi, Elizabeth Walker.

Tout à fait réveillé, à présent, Ryan s'assit au bord du lit.

— Allô ! Ryan ?

— Je suis là.

Il eut du mal à reconnaître sa propre voix, aussi fluide et élégante que celle d'un crapaud. Après s'être aussi discrètement que possible éclairci la gorge, il fit une nouvelle tentative.

— Oui, Elizabeth ? Que se passe-t-il ?

— Je suis désolée de vous déranger si tard, mais…

— Aucun problème. J'étais… euh…

Dans les bras de Morphée ? Au pays des rêves ? Clignant des paupières comme un hibou, à la recherche d'une idée qui ne se décidait pas à venir, il préféra éluder.

— Quelque chose ne va pas ?

Il la sentit hésiter un court instant, puis elle se lança :

— Auriez-vous le numéro de portable d'Austin Leggett ?

Il ne s'attendait pas à grand-chose, bien sûr, mais il était quand même déçu.

— Austin ? répéta-t-il. Pourquoi ?

— Parce que Gina est sortie avec lui, ce soir. Elle devrait être rentrée depuis des heures. Je suis inquiète. Je n'arrête pas d'appeler Gina sur son portable, mais je tombe toujours sur sa boîte vocale. Ce n'est pas normal qu'elle ne me rappelle pas.

Ryan prit une profonde inspiration et décida, après une courte hésitation, que toute vérité était bonne à dire.

— Si elle ne vous rappelle pas, c'est qu'elle a autre chose à faire…

Il ne fallut qu'un instant à Elizabeth pour comprendre ce qu'il voulait dire.

— Je ne pense pas qu'il s'agisse de cela, dit-elle.

— Vraiment ? Comment pouvez-vous en être sûre ?

Avec un claquement de langue agacé, elle répondit :

— Ecoutez… Je n'ai pas le temps de vous l'expliquer. Pourriez-vous simplement me donner le numéro d'Austin ? S'il vous plaît…

— Vous savez que je ne peux pas faire une chose pareille. Ce serait une violation des droits de mon client.

Pour s'éclaircir les idées, Ryan se leva, se passa une main dans les cheveux.

— Je crois que vous vous inquiétez pour rien, dit-il d'un ton plus conciliant. S'ils sont en train de régler leurs problèmes, ça risque de prendre du temps. A mon avis, vous feriez mieux de retourner au lit et...

— Comment pourrais-je retourner au lit puisque je ne me suis pas encore couchée ? répliqua-t-elle d'un ton indigné.

Dans un effort pour se reprendre, elle marqua une pause et poursuivit :

— Je sais que je vous demande beaucoup, Ryan, mais je vous supplie de me faire confiance. Cette situation est pour le moins inquiétante.

— Gina a peut-être éteint son portable. Imaginez qu'ils se soient réconciliés sur l'oreiller...

— Mais non : Jesse est avec eux !

Ryan, qui avait gagné la salle de bains, se vit tressaillir dans le miroir.

— Jesse est avec eux ? répéta-t-il, sidéré.

— Oui ! Et c'est surtout pour ça que je m'inquiète...

Sa voix se brisa sur une note de désespoir. Elle dut faire une nouvelle pause pour se reprendre et conclure d'un ton soigneusement maîtrisé :

— Il y a longtemps qu'elles devraient être de retour. Et en cas de retard important, Gina m'aurait appelée.

— D'accord.

Ryan regagna sa chambre et marcha jusqu'à la penderie. Dans le tiroir où il avait vidé le contenu de ses poches avant de se coucher, il saisit son portable, le mit sous tension et ouvrit le répertoire pour y trouver le numéro d'Austin.

— Ryan ? fit Elizabeth. Vous êtes là ?

— Restez en ligne, répondit-il en plaquant le portable contre son autre oreille. J'essaie de joindre Austin. J'ai un ou deux numéros de secours en plus de celui de son bureau.

Après cinq sonneries, le répondeur se mit en marche au domicile d'Austin. Ryan y déposa un bref message demandant à son client de le rappeler dès qu'il en prendrait connaissance, sans tenir compte de l'heure. Sur le portable, il n'eut pas plus de succès, et laissa un autre message, plus ferme encore.

— Je n'arrive pas à le joindre, dit-il enfin à Liz. Savez-vous quels étaient leurs projets pour ce soir ?

— Dîner quelque part. Mais je ne sais pas où.

— Vous êtes sûre que Gina vous aurait prévenue en cas de retard ?

— Oui !

De nouveau, elle fit un effort pour se calmer et reprit un ton plus bas :

— Oui. Surtout avec Jesse.

Ryan contempla ses pieds nus. Il était sensible à la détresse de cette femme, et il aurait aimé pouvoir la rassurer, mais la situation était telle que ça paraissait impossible. L'inquiétude était sur le point de le gagner lui aussi. Où pouvaient-ils bien être à une heure si tardive ? Et quel petit plan minable Austin avait-il encore manigancé ? Si ce salaud ne s'était pas contenté d'offrir à Gina et à sa fille une pizza et une séance de ciné, il se chargerait personnellement de le lui faire regretter, se promit-il.

Mais pourquoi Gina avait-elle accepté de sortir avec lui — en compagnie de sa fille ! — après ce qui s'était passé entre eux lors de leur dernière rencontre ? C'était à croire que cette femme cherchait les ennuis !

Comme si elle avait pu suivre le cours de ses pensées, Elizabeth lui expliqua :

— J'ai essayé de la retenir, ce soir, mais elle n'a rien voulu entendre. Elle prétendait qu'il allait se braquer si elle refusait de le voir.

— A quelle heure sont-ils partis ?

— Aux environs de 19 h 30.

Un bruit venu de la porte de sa chambre attira l'attention de Ryan. Debout sur le seuil de la pièce, Jennifer écoutait. Perdue dans un T-shirt deux fois trop grand pour elle, elle avait le visage gonflé, chiffonné de sommeil, et paraissait étonnamment jeune et vulnérable.

— Je ne sais pas quoi vous dire, Liz…, reprit-il d'une voix embarrassée. Sinon vous conseiller d'attendre en essayant de garder votre calme. Ils vont probablement arriver d'une minute à l'autre.

— Oui, vous avez sans doute raison, reconnut-elle au terme d'un long moment de silence. Désolée de vous avoir dérangé.

Sans lui laisser le temps de répondre, elle raccrocha.

— J'ai entendu la sonnerie, expliqua Jen en le regardant reposer le combiné sur la table de chevet. Je me suis dit que c'était peut-être m'man…

— Non. C'était… une amie.

— Une amie ? C'est pas ce que tu m'avais dit ! lança Jen en écartant une mèche blonde qui lui chatouillait les lèvres.

— Qu'est-ce que tu racontes ?

— P'pa…, protesta-t-elle en levant les yeux au plafond. Je t'ai entendu l'appeler « Liz ». Il s'agit d'Elizabeth Walker, bien sûr. J'étais avec toi le jour où tu t'es pointé chez elle à l'improviste. Tu te rappelles ?

Ryan traversa la pièce pour la rejoindre.

— O.K., admit-il. Elle n'est pas exactement une amie — et elle n'est pas non plus une cliente —, mais cet appel était tout de même professionnel.

— Qu'est-ce que ça veut dire ?

— Elle avait besoin d'une information, Jen. Tu n'as pas besoin d'en savoir plus.

— Tu vas me dire que ça ne me regarde pas, c'est ça ? Comme si j'étais encore une gamine… Finalement, tu ne me traites pas mieux que m'man. Quand est-ce que je serai assez vieille pour que vous me fassiez confiance ? A quarante-cinq ans ?

— Tu serais en droit de t'indigner si je te cachais une information qui te concerne, rétorqua Ryan plus sèchement qu'il ne l'aurait voulu. Mais tu n'as rien à voir dans cette affaire. Point final !

— Oh ! là, là ! lança-t-elle en secouant la main devant elle. Me Paxton n'est pas à prendre avec des pincettes…

Puis, comme frappée par une illumination, elle écarquilla les yeux et ajouta avec un sourire inquisiteur :

— J'y suis ! Elle en pince pour toi, pas vrai ? C'est pour ça qu'elle t'appelle en pleine nuit ! Quelle idiote je suis... J'aurais dû le deviner tout de suite en observant votre petit manège, l'autre jour.

Estimant avoir fait preuve de suffisamment de patience avec elle, Ryan lui saisit le coude et l'entraîna *manu militari* vers sa chambre.

— Tu *hallucines* ! déclara-t-il en adoptant exprès son langage d'adolescente. C'est à peine si elle accepte de me parler.

— Justement ! C'est une ruse typiquement féminine.

Seigneur Dieu ! songea Ryan, épouvanté. Quel âge sa fille avait-elle donc ? Quinze ans ? Presque trente ?

Renonçant à se lancer dans la joute oratoire à laquelle elle aspirait manifestement, il soupira et désigna du regard sa porte ouverte.

— Retourne te coucher, Jen. Demain est un jour d'école et le réveil risque d'être rude.

Sans rien ajouter, elle le regarda rebrousser chemin vers sa chambre. Mais avant qu'il n'y entre, elle ne put s'empêcher de lui décocher une dernière flèche :

— De toute façon, j'vais l'dire à m'man !

L'appel arriva peu de temps après qu'Elizabeth eut parlé à Ryan.

Elle s'était enveloppée dans un plaid afghan qu'elle affectionnait, plus pour se réconforter que pour se tenir chaud, et s'était installée dans l'un des deux sofas du salon, laissant l'autre à Louis.

Elle commençait à se détendre un tout petit peu quand la sonnerie du téléphone vint fracasser le silence nocturne.

Le cœur battant à grands coups, elle décrocha précipitamment. Un vertige s'empara d'elle lorsqu'elle constata que l'appel émanait du Hermann Hospital.

— Allô ! s'écria-t-elle.

— Elizabeth Walker ?

— Oui.

Dressée sur ses jambes, saisie de nausée, Liz pressa une main contre son ventre.

— Megan Blackstone à l'appareil. Je suis interne au Hermann Hospital.

Elizabeth avait déjà entendu ce nom, mais elle était trop à cran pour s'en soucier.

— Gina ! lança-t-elle d'une voix blanche. C'est à cause de Gina que vous m'appelez ?

— Hélas, oui, répondit Megan d'un ton précautionneux. Je dois vous annoncer qu'elle a eu un accident.

— Un accident ?

Elizabeth avait répété ce mot mécaniquement, incapable de lui trouver le moindre sens.

— Oui, reprit Megan. Un accident de voiture. Vous est-il possible de venir aux urgences de l'hôpital ? Disposez-vous d'un moyen de transport ?

— Jesse ! s'écria Elizabeth sans lui répondre. Comment va Jesse ?

— Une petite fille de cinq ou six ans ?

— Cinq ans, oui. La fille de Gina.

— Elle est sous le choc, mais elle ne semble souffrir d'aucun traumatisme. Juste quelques bleus et écorchures.

Au bout du fil, Megan prit une longue inspiration, comme pour se donner du courage.

— Elizabeth ? reprit-elle d'une voix douce. Est-ce que quelqu'un peut vous conduire jusqu'à l'hôpital ?

— Je... oui. J'arrive !

Passant la langue sur ses lèvres sèches pour les humecter, elle demanda, non sans une certaine appréhension :

— Est-ce que... est-ce que c'est grave ?

— Impossible de vous donner un pronostic pour l'instant, répondit Megan d'une voix pleine de compassion. Mais si j'étais vous... je ne tarderais pas trop.

12

Il y avait du monde aux urgences quand Elizabeth s'y présenta. Incertaine de la marche à suivre, elle passa en revue les visages inconnus, avant de se diriger vers un comptoir du service des admissions derrière lequel se tenait une hôtesse.

— Je m'appelle Elizabeth Walker, lui dit-elle. J'ai reçu un appel de… Megan Blackstone, pour me dire que… mon amie Gina d'Angelo venait d'être hospitalisée… ainsi que Jesse, sa fille. Elles ont eu un accident. J'aimerais les voir. S'il vous plaît.

— Gina… comment m'avez-vous dit ?

— D'Angelo… Gina d'Angelo. Et sa fille Jesse… Jesse Leggett. J'ai reçu un appel de…

— Megan Blackstone, l'interrompit la jeune femme. Vous l'avez déjà dit.

Sur sa blouse était épinglé un badge qui donnait son prénom : Lashanda. Elizabeth la regarda passer un ongle long impeccablement laqué de rouge du haut en bas d'une liste.

— Mme d'Angelo est en réanimation, dit-elle quand elle eut trouvé la ligne qu'elle cherchait. Chambre 6. Si vous voulez bien vous asseoir, quelqu'un va…

— S'il vous plaît…, insista Elizabeth. La personne que j'ai eue au téléphone m'a dit que c'était urgent. Pourriez-vous faire prévenir Megan que…

— Je suis désolée, l'interrompit l'infirmière, mais vous allez devoir attendre qu'un membre de l'équipe vienne vous chercher.

— Mme Blackstone est membre de l'équipe. C'est elle qui m'a appelée et qui…

— Elizabeth ?

Elizabeth se retourna pour faire face à la jeune femme qui venait de l'appeler par son prénom, et sut immédiatement qu'elle se trouvait en présence de sa sœur. Elle était grande, brune, et sa beauté était moins tapageuse que celle de Lindsay. Ses yeux étaient d'un gris lumineux, et son visage ressemblait tant aux portraits de leur mère qu'Elizabeth en resta muette de stupeur.

— Je suis désolée que nous fassions connaissance dans ces circonstances, reprit-elle en tendant vers Liz une main franche et amicale. Je suis Megan Blackstone.

En lui serrant la main, Elizabeth la dévisagea pour tenter de deviner à son expression la nature des nouvelles qu'elle avait à lui donner.

— J'étais de garde aux urgences ce soir, quand on les a amenées, expliqua-t-elle. En lisant le nom de votre amie, j'ai tout de suite fait le lien et je vous ai appelée dès que j'ai pu.

Megan portait une blouse blanche, une coiffe et des chaussons en papier couleur prune qui tendaient à prouver qu'elle sortait tout juste d'une chambre stérile.

— Je vous en remercie, murmura Elizabeth. Comment va Gina ?

Pour se préparer au pire, elle croisa les bras sur sa poitrine. Mais, avant que Megan ait pu lui fournir la réponse qu'elle attendait anxieusement, une voix qu'elle commençait à bien connaître se fit entendre à côté d'elle, tandis qu'un bras solide et rassurant lui entourait les épaules.

— Dieu merci, je vous ai trouvée ! dit Ryan Paxton. C'est Austin qui m'a prévenu.

Aussitôt qu'elle sentit son bras peser sur elle, Elizabeth éprouva une irrésistible envie de s'abandonner à cette étreinte. Ryan était grand, fort, vivant, réel… Si elle devait entendre de terribles nouvelles, elle aurait grand besoin de son aide. Mais était-il raisonnable de chercher secours auprès d'un homme dont la loyauté en tant qu'avocat était acquise à Austin ?

En effectuant un pas de côté, elle se libéra et vint se placer face à Megan. Après avoir pris une profonde inspiration, elle plongea son regard dans ses yeux gris, et dit :

— S'il vous plaît… Je vous promets de ne pas craquer. Gina a-t-elle été… tuée ?

— Gina est vivante, répondit Megan en soutenant son regard.

De soulagement, Elizabeth sentit ses jambes la trahir, mais se reprit bien vite et ajouta :

— Et Jesse ?

— Suivez-moi…, suggéra Megan en se dirigeant vers un petit salon. Nous pourrons parler plus tranquillement.

Quand ils eurent tous trois pris place dans des fauteuils disposés autour d'une table basse, Elizabeth se pencha en avant, les coudes posés sur les genoux, et insista :

— Comment va Jesse ?

— Bien, apparemment. Mais elle a subi elle aussi le choc de la collision et, en ce moment, on est en train de lui faire un scanner. Mais ce n'est que par mesure de précaution. Les médecins sont confiants.

— Ce qui n'est pas le cas pour Gina ?

Le visage grave, Megan chercha quelques instants ses mots avant de reprendre :

— On ne connaît pas encore l'étendue de ses blessures. Il y a un important enfoncement de la boîte crânienne, et son bras gauche est cassé. Nous avons décelé également une hémorragie interne, probablement due à un poumon perforé. Mais ce n'est qu'une hypothèse qui reste à vérifier. Pour ce qui est de la fracture du crâne… il va falloir opérer.

Liz commençait à mesurer l'étendue du drame.

— Vous voulez dire… Elle n'est donc pas consciente ?

— Non. Elle était déjà inconsciente à l'arrivée des secours, et elle reste insensible à toute sollicitation.

Megan se pencha par-dessus la table et posa la main sur le genou de sa sœur en un geste de compassion pour conclure :

— Ça se présente assez mal, Elizabeth… Gina est dans un état critique.

Saisie d'effroi, Elizabeth porta la main à sa bouche pour ne pas crier. Elle sentit le bras de Ryan se poser de nouveau sur ses épaules. Et, de nouveau, elle eut envie de chercher refuge dans sa force et sa chaleur, juste le temps d'encaisser les terribles nouvelles que Megan venait de lui assener. Mais, elle le savait, il n'y avait aucun refuge pour elle ni aucun moyen d'échapper à l'évidence que Gina était peut-être en train de mourir.

Par un gros effort de volonté, elle se redressa et parvint à demander, en dépit du nœud d'angoisse qui lui bloquait la gorge :

— A votre avis... elle survivra ?

— Dieu seul le sait, répondit Megan avec un pâle sourire. Etant donné l'étendue de ses blessures, il m'est impossible de vous donner la moindre certitude, positive ou négative. J'ai vu des patients dans un état plus grave qu'elle survivre — très rarement, pour tout vous dire...

Elizabeth dut fermer les yeux quelques instants pour se ressaisir. Quand elle les rouvrit, sa tristesse commençait à laisser la place à la colère, et ce fut d'une voix tranchante qu'elle demanda :

— Quelqu'un sait ce qui s'est passé ?

— Austin était là, répondit Ryan. Il a tout vu.

Naturellement, Austin était là ! Ça n'était pas fait pour la surprendre.

— Vous dites qu'il vous a appelé ?

— Oui. Un quart d'heure à peine après que vous aviez raccroché. J'ai essayé de vous joindre, mais apparemment vous étiez déjà partie pour l'hôpital.

— Que vous a-t-il dit ?

— Ils ont quitté le restaurant chacun dans leur voiture. Austin suivait Gina pour s'assurer qu'elle rentrait à bon port avec leur fille.

Dans des circonstances moins dramatiques, l'idée d'un Austin Leggett chevaleresque et attentionné aurait pu faire sourire Elizabeth. A cet instant, elle avait plutôt envie de crier son indignation, mais elle parvint à s'abstenir de tout commentaire.

— L'accident s'est produit sur Memorial Drive, poursuivit Ryan. Vous connaissez les lieux, n'est-ce pas ?

La voyant acquiescer d'un signe de tête, il reprit :

— La route est sinueuse et plutôt étroite en plusieurs endroits. Selon Austin, Gina roulait trop vite. Elle a perdu le contrôle de son véhicule dans un virage ; elle a quitté la route et percuté un arbre. Naturellement, il s'est porté à leur secours, mais comme il ne parvenait pas à les extraire de l'épave, il est allé chercher de l'aide. La route était déserte à cette heure-là.

— Et où est-il en ce moment ?

— Dans les locaux de la police, répondit Ryan. On l'interroge pour établir les circonstances du drame.

Même si le ressentiment qu'elle nourrissait envers Austin n'avait fait que croître, Elizabeth parvint à le chasser de ses pensées. Pour l'heure, seules Gina et Jesse comptaient.

— Est-ce qu'on en saura bientôt davantage ? demanda-t-elle en se tournant vers Megan.

— En ce qui concerne Jesse, certainement. Dès les résultats du scanner. Pour ce qui est de Gina… j'aimerais pouvoir vous donner une réponse, mais la nature et l'étendue de ses blessures sont telles que c'est impossible. La fracture du crâne est en elle-même un risque important. Elle va être opérée très bientôt. Mais, avant toute chose, il faut trouver l'origine de l'hémorragie interne et la stopper au plus vite. On y verra plus clair ensuite.

— Je voudrais la voir.

— Je le comprends. Croyez-le, je le comprends…

De nouveau, Megan se pencha pour lui toucher le genou.

— Mais il est encore trop tôt, ajouta-t-elle. Gina est actuellement entre les mains d'une équipe de réanimation expérimentée dont le seul but est de la maintenir en vie. Je sais à quel point vous êtes anxieuse de la voir, mais, dans ces instants critiques pour elle, rien ne doit venir entraver nos efforts pour la sauver.

— Et Jesse ? demanda Elizabeth en scrutant le visage de Megan. Vous êtes certaine que tout va bien pour elle ?

— Après un tel accident, il ne faut jamais jurer de rien. Mais je l'ai auscultée moi-même avant qu'elle ne parte pour le scanner.

A part quelques bleus et écorchures, il n'y avait rien à signaler. Elle est d'un tempérament timide et réservé ?

— Timide ? répéta Elizabeth, alarmée. Non, pas vraiment. Pourquoi vous me demandez ça ?

— Parce que nous n'avons pas réussi à communiquer avec elle, répondit Megan en baissant les yeux. On lui a demandé à plusieurs reprises si elle avait mal quelque part, mais elle ne répond pas.

Elle se força à relever les yeux et, quand Elizabeth parvint à capter son regard, elle y lut une inquiétude qui contredisait ses paroles rassurantes.

— Ça peut se produire quand un enfant est en état de choc, reprit-elle. Ce qui est certainement le cas de Jesse. Quoi qu'il en soit, aussitôt que le résultat du scanner nous aura confirmé qu'il n'y a pas de lésion, je vous l'amènerai. Votre présence fera sans doute beaucoup plus que tous nos soins. Ensuite, vous pourrez la ramener chez vous si vous le désirez.

— Vous avez quelqu'un pour la garder ? intervint Ryan.

Elizabeth le dévisagea sans comprendre. Depuis qu'elle parlait avec Megan, il s'était fait tellement discret qu'elle avait presque oublié sa présence.

— Est-ce que quelqu'un pourra s'occuper d'elle pendant que vous resterez ici ? répéta-t-il patiemment. Je suppose que vous préférez ne pas quitter l'hôpital tant que Gina ne sera pas sortie du bloc opératoire ?

— Oh, oui ! Oui, bien sûr…

Elizabeth posa la main sur son front et s'efforça de réfléchir.

— Louis, dit-elle enfin. C'est lui qui m'a amenée ici. Il m'a déposée devant l'entrée… Pour l'instant, je ne sais pas où il est passé. En tout cas, il pourra rester à la maison avec Jesse. A part Gina et moi, c'est avec lui qu'elle est le plus en confiance.

— Je suis là, Lizzie.

Chacun se tourna vers la porte et vit Louis faire son entrée. Le visage creusé par la fatigue et l'inquiétude, il regarda Elizabeth se lever de son fauteuil et lui ouvrir les bras.

— Ça s'annonce comment ? lui demanda-t-il, indifférent à toute autre présence quand elle se fut réfugiée contre lui.

— Je suis convaincue qu'il a voulu la tuer !

Elizabeth ne put en dire plus. Le barrage qu'elle avait mis en place depuis son arrivée à l'hôpital pour contenir sa peine et sa douleur céda d'un coup. Enfin, avec Louis, elle avait quelqu'un à qui se confier sans crainte. Laissant libre cours aux larmes qui, depuis trop longtemps, lui brûlaient les yeux, elle enfouit son visage contre son épaule et hoqueta péniblement :

— Je lui avais dit de ne pas y aller ! Elle savait pourtant qu'il est dangereux ! Pourquoi elle ne m'a pas écoutée ?

Tout en lui caressant tendrement les cheveux, Louis posa les yeux sur Megan.

— Gina est morte ? demanda-t-il dans un souffle.

— Non, répondit la jeune femme. Elle se trouve dans un état critique.

Cette information ne parut pas rassurer Louis, qui gardait un visage grave.

— Et Jesse ?

— Elle passe un scanner, murmura Elizabeth en essuyant ses larmes d'un revers de main. Mais, apparemment, ça va. Dieu merci !

Saisissant une boîte de mouchoirs en papier sur la table basse, Ryan s'approcha de Liz.

— Retourne t'asseoir, Lizzie, conseilla Louis quand elle eut pioché quelques mouchoirs.

Avec prévenance, il l'accompagna jusqu'à un sofa, et prit place à côté d'elle.

— Donne-moi quelques détails, à présent. D'abord, est-ce que Gina va s'en sortir ?

Du regard, Elizabeth lui désigna Megan et murmura :

— Le Dr Blackstone dit qu'il lui est impossible de se prononcer pour l'instant.

— Vous confirmez, docteur Blackstone ? demanda-t-il avec un regard anxieux.

— Oui, répondit Megan. Gina est dans un état critique, mais

Jesse semble indemne. Comme Elizabeth vous l'a expliqué, nous effectuons un scanner par sécurité. A présent…

Avec détermination, elle se leva et alla ouvrir la porte avant de conclure :

— Je vous ai donné toutes les informations dont je dispose à l'heure actuelle. Maintenant, je dois retourner au chevet de ma patiente.

Louis acquiesça d'un signe de tête.

Sur le point de sortir, Megan se ravisa et ajouta à l'intention d'Elizabeth :

— Je regrette sincèrement que nous nous soyons rencontrées dans des circonstances aussi dramatiques.

Elizabeth hocha la tête et supplia d'une voix tremblante :

— Je vous en prie, ne laissez pas Gina mourir !

— Je ferai de mon mieux, dit Megan tristement. C'est la seule promesse que je puisse vous faire. Mais il y a une chapelle ouverte en permanence à cet étage. Au cas où vous auriez besoin de quelqu'un qui possède infiniment plus de pouvoir qu'un simple médecin.

— Merci…

La gorge serrée, sur le point de céder à une nouvelle crise de larmes, Elizabeth ne put en dire plus.

— Blackstone…, murmura Louis en regardant la porte se refermer derrière Megan. Alors, tu as quand même fini par faire la connaissance de ta sœur !

Elizabeth appuya sa tête contre le mur et ferma les yeux, vaincue par tant d'émotions.

— Il semble bien…, murmura-t-elle vaguement.

— C'est drôle, tout de même, de voir comment le destin peut arranger les choses quand il s'en mêle.

Bien qu'elle fût surprise d'entendre Louis insister de cette façon, Elizabeth lui répondit d'un ton neutre :

— Oui, très drôle…

Il se tourna vers elle et conclut avec un regard étrange :

— C'est assez réconfortant, tu ne trouves pas, de savoir que c'est ta sœur qui s'occupe de Gina et de Jesse ?

Trop accablée pour se lancer dans une nouvelle polémique, Elizabeth ferma de nouveau les yeux.

— Ne recommence pas, Louis…, murmura-t-elle d'un ton las. S'il te plaît.

Même sans prendre en compte les circonstances présentes, le lieu où elle se trouvait suffisait à lui donner la nausée. Depuis toujours, Elizabeth détestait les hôpitaux.

La première fois qu'elle y était allée, c'était pour la naissance de la première de ses sœurs. Elle se rappelait que son père l'avait conduite à la nurserie et l'avait soulevée dans ses bras afin qu'elle puisse regarder à travers une large vitre les nouveau-nés alignés dans leurs berceaux. Avec un sentiment de malaise, elle avait remarqué qu'ils se ressemblaient tous étrangement. Si son père lui avait désigné Megan — ce qu'il avait sans doute fait —, elle n'en gardait aucun souvenir.

Un an plus tard, elle était retournée dans le même hôpital attendre la naissance d'un nouveau bébé. Mais cette fois, il n'y avait pas eu de visite à la nurserie. Elle ne se rappelait pas non plus dans quelles circonstances on lui avait fait quitter les lieux, ni même si on lui avait annoncé que sa mère était morte. Tout ce qu'elle gardait à la mémoire, c'était l'angoisse qui s'était emparée d'elle lorsqu'elle s'était retrouvée seule à la maison, en compagnie d'une étrangère qui lui demandait de l'appeler « Nana ».

L'année suivante, un incendie réduisait son foyer en cendres, lui enlevant son père et ses sœurs.

A vingt-cinq ans d'intervalle, cette visite à l'hôpital la replongeait dans la détresse et le désespoir, et un funeste pressentiment l'habitait.

13

— Cette attente est insupportable ! gémit Elizabeth. Jesse devrait en avoir terminé avec son scanner, non ?

D'un regard impatient, elle consulta l'horloge accrochée au mur de la salle d'attente. Une heure venait de s'écouler sans qu'on leur donne la moindre nouvelle.

— Dans un hôpital, dit Louis en lui tendant une boîte de soda ouverte, on jurerait que le temps s'arrête. Tiens, bois ça… Et essaie de ne pas trop t'inquiéter. Megan nous aurait déjà prévenus si quelque chose clochait.

Dès l'instant où le vieil homme avait fait son entrée dans la pièce, Ryan avait été frappé par la profonde sollicitude qu'il témoignait à Elizabeth. De toute évidence, il l'aimait profondément. Sa présence en pleine nuit dans cet hôpital en témoignait. Mais son affection ne suffisait pas à réconforter la jeune femme, qui ne parvenait même pas à sourire de temps à autre pour le rassurer.

En refusant d'un geste de la main la boisson qu'il lui offrait, Liz fronça les sourcils et recommença à faire les cent pas en bougonnant :

— Comme s'il était possible de ne pas s'inquiéter tant que Gina ne sera pas tirée d'affaire…

Peut-être parce qu'elle avait pleuré, Elizabeth avait une voix étonnamment sexy, plus voilée qu'à l'accoutumée. Elle ne cessait, dans son désarroi, de se passer les mains dans les cheveux. Si bien que, en guise de coiffure, un splendide amas de boucles auburn lui encadrait le visage — visage qui en lui-même ne pouvait susciter que l'admiration, songea-t-il. Surtout lorsqu'il ne portait pas la moindre trace de maquillage.

Jusque-là, Ryan ne l'avait jamais vue autrement que tirée à quatre épingles. Mais ce soir, elle était vêtue d'un jean usé jusqu'à la trame et d'un T-shirt élimé. Ce qui, à ses yeux, était mille fois plus séduisant.

Déstabilisé par la tournure que prenaient ses pensées, il se leva, enfouit ses mains dans ses poches et alla s'adosser près de la porte ouverte. Jennifer se croyait fine mouche en subodorant qu'Elizabeth Walker avait un faible pour lui, mais elle n'aurait pas pu se tromper davantage. En fait, c'était lui qui se retrouvait sous le charme…

— De toute façon, reprit Louis en la regardant aller et venir comme un lion en cage, tu vas devoir prendre sur toi et faire bonne figure. Pour le bien de Jesse.

— Exact ! approuva Ryan, enfin décidé à sortir de son silence. Et essayez aussi de ne pas accuser son père devant elle ! Surtout que nous ne savons pas encore exactement ce qui s'est passé.

Les joues en feu, Elizabeth se figea au milieu de la pièce et le fusilla du regard.

— Je ne doute pas qu'Austin trouvera une jolie petite histoire pour se disculper ! lança-t-elle. Il doit déjà être en train de la mettre au point. Mais vous n'arriverez jamais à me faire croire à sa version de l'accident.

Ryan soutint son regard sans ciller.

— Avant de décider de ne pas y croire, dit-il, vous devriez peut-être entendre ladite histoire ?

Louis, qui s'était levé en écoutant leur échange, rejoignit Ryan et le dévisagea curieusement.

— Je ne pense pas vous avoir déjà rencontré. Monsieur…

— Ryan Paxton.

— L'avocat d'Austin…, précisa Elizabeth pendant qu'ils se serraient la main.

— Il faut bien qu'il en ait un, commenta Louis. Chacun y a droit. Même les brutes épaisses qui cognent leur femme.

— Vous semblez extrêmement bien renseigné sur M. Leggett !

fit Ryan en posant sur lui un regard scrutateur. Mais avez-vous des preuves de ce que vous avancez ?

— Aucune qui puisse tenir le coup devant un tribunal, reconnut Louis en allant se rasseoir sur le sofa. Sinon, je serais allé en témoigner devant le juge Hetherington. Mais figurez-vous que j'observe Gina depuis cinq ans. Et je peux vous garantir qu'elle présente toutes les caractéristiques d'une femme battue, si vous voyez ce que je veux dire.

— Pas vraiment…, répondit Ryan. Je ne serais pas sûr de reconnaître une épouse maltraitée au premier coup d'œil.

— Gina n'est pas la femme d'Austin, intervint Liz d'un ton amer. Il n'a jamais eu l'intention de l'épouser.

— Elle le savait ?

— Je pense que Gina était en plein déni de la réalité dès qu'il s'agissait d'Austin.

— Au point d'accepter d'être régulièrement battue ? Quel avantage pouvait-elle trouver à cette relation ? Pourquoi n'a-t-elle pas pris la porte la première fois qu'il a levé la main sur elle ?

— Bonnes questions ! lança Louis en se levant pour aller observer le couloir. Pourquoi ne les poseriez-vous pas à votre client ? Le voilà qui sort de l'ascenseur. Et il se dirige droit vers nous…

Un instant plus tard, Austin franchit le seuil de la salle d'attente. La mine grave, comme il se devait, il lança un bref regard aux trois personnes présentes, et dit à Ryan d'un air sombre :

— On m'a prévenu à l'accueil que je vous trouverais ici. Vous leur avez raconté ce qui s'est passé ?

— Oui. Du moins ce que j'en sais, c'est-à-dire pas grand-chose.

Ryan laissa un silence tendu retomber dans la pièce avant d'ajouter :

— Vous avez eu le temps de prendre des nouvelles ou vous arrivez tout droit de l'hôtel de police ?

— Des nouvelles ? répéta Austin d'une voix qui sonnait faux. De Gina ? Non, je n'en ai pas eu. Vous savez comment ils sont, dans ces hôpitaux, et spécialement aux urgences. Ils vous laisseraient pourrir sur pied plutôt que de vous informer…

En un geste un peu trop théâtral, il passa une main tremblante dans ses cheveux, et marmonna :

— Bon Dieu ! C'est un vrai cauchemar…

D'une voix étrangement calme, sans le quitter un instant des yeux, Elizabeth expliqua :

— Gina est dans un état critique. Il n'est pas sûr qu'elle s'en tire.

— Seigneur !

Austin s'assit lourdement sur le sofa. Les coudes posés sur les genoux, il cacha son visage entre ses mains.

— Etait-elle… sous le coup d'une émotion violente quand vous avez quitté le restaurant ? reprit Elizabeth avec la même détermination.

Redressant vivement la tête, Ryan la fusilla du regard.

— Une émotion violente ? Bien sûr que non ! Qu'est-ce qui te fait croire une chose pareille ?

— Ryan nous a indiqué que Gina roulait vite, expliqua-t-elle, imperturbable. Or, elle connaît parfaitement Memorial Drive. Elle sait que c'est une route difficile et parfois mal éclairée, la nuit. Je suis persuadée qu'elle n'aurait pas roulé imprudemment sans une bonne raison. Qu'est-ce que tu lui as fait pour qu'elle oublie toute prudence ?

— Mais rien du tout ! s'exclama Austin. Elle est montée dans cette foutue bagnole et elle est rentrée dans un arbre parce qu'elle conduit comme une folle quand elle a quelques verres dans le nez ! Voilà la vérité…

Elizabeth pâlit.

— Serais-tu en train de prétendre qu'elle était soûle ?

— Ce que je dis, répondit-il en évitant son regard, c'est qu'elle avait bu quelques verres.

— Impossible ! Elle n'aurait pas fait ça alors que Jesse était avec elle. Il a dû se passer autre chose.

— Peut-être, mais je ne suis pas au courant. On a dîné, on

a discuté un peu sur le parking, et puis chacun a grimpé dans sa voiture.

Avec un air de dignité outragée, Austin prit Ryan à témoin et conclut :

— Bon sang ! Je suis même allé jusqu'à les suivre pour m'assurer qu'elles rentraient bien…

— Tu as donc laissé Gina prendre le volant en sachant qu'elle avait bu ? lança Elizabeth d'une voix sarcastique.

Le visage rouge de colère, Austin la fixa droit dans les yeux.

— Il était difficile de savoir si elle était ivre au point de ne pas pouvoir conduire.

— Bien sûr… Au fait, il ne te vient même pas à l'idée de prendre des nouvelles de Jesse ? Mais peut-être que tu t'en fiches, après tout ?

Le visage figé, il laissa son regard courir de l'un à l'autre avant de bredouiller d'un air hébété :

— Elle va bien, n'est-ce pas ? Je veux dire… Quand les secours l'ont sortie de la voiture, elle n'avait pas l'air blessée. Une ou deux écorchures, un peu secouée, c'est tout… Elle ne pleurait même pas.

— Elle était peut-être sous le choc, répliqua Liz, les dents serrées. Cela peut se comprendre, non ?

— Où est-elle ? demanda-t-il en balayant la pièce du regard, comme si sa présence avait pu lui échapper.

Ce fut Ryan qui répondit en se dirigeant vers la porte :

— Ils sont en train de lui faire passer un scanner. Par mesure de précaution. Dites-moi, Austin : si nous allions discuter ailleurs des dispositions à prendre pour Jesse au cas où…

Elizabeth, qui s'était rassise, se dressa d'un bond.

— Quelles dispositions ? lança-t-elle. Qu'est-ce que vous voulez dire par là ?

— Il veut dire que Jesse rentre à la maison avec moi, répondit Austin avec morgue, en se levant pour emboîter le pas à Ryan. C'est sa place.

— Ne le laissez pas faire ça ! lança-t-elle à Ryan. Si vous aviez vu dans quel état elle était, tout à l'heure, à l'idée de passer la soirée avec son père… Elle est déjà traumatisée par l'accident… Elle a besoin d'être entourée d'amour et d'attention…

— Ce dont elle a surtout besoin, s'emporta Austin, c'est d'être avec son père !

Décidée à l'ignorer, Elizabeth s'accrocha au bras de Ryan et plaida d'une voix suppliante :

— Quand ils sont partis au restaurant, Jesse pleurait ; elle suppliait Gina de ne pas l'obliger à passer la soirée avec son père. Je vous en prie, ne commettez pas l'erreur de la lui confier…

— Je n'ai pas à supporter les délires de cette folle ! cria Austin, le visage contracté par la fureur. Ryan, faites le boulot pour lequel je vous paye… Aucun d'entre vous n'a donc la moindre idée de ce que j'ai vécu, ce soir ? En tout cas, que ça te plaise ou non, Liz, je ramène ma fille chez moi. Parce que j'en ai le droit et parce que c'est la meilleure solution pour elle !

Le regard rivé à celui de Ryan, Elizabeth porta la main à sa gorge, comme si elle éprouvait soudain des difficultés à respirer.

— Je vous en prie ! répéta-t-elle d'une voix blanche. Jesse a catégoriquement refusé de monter dans sa voiture, ce soir. Finalement, ils ont dû la forcer à monter dans celle de Gina. Elle ne voulait pas les suivre ! Comment interprétez-vous ça ?

Louis, qui s'était jusqu'alors tenu en retrait, silencieux et attentif à ce qui se disait, intervint pour plaider à son tour la cause de Jesse.

— Lizzie dit la vérité, Ryan. Je peux en attester. J'ignore pour quelle raison, mais Jesse refusait de voir son père ou même de parler de lui, ces derniers temps. Il est plus raisonnable de la laisser à la garde de Lizzie, au moins pour qu'elle puisse surmonter le choc qu'elle a subi cette nuit.

— Allez, venez ! s'impatienta Austin en faisant mine de quitter la pièce. On perd notre temps ici.

Mais Ryan le retint par le bras, et s'adressa directement à Elizabeth :

— Quand je parlais de dispositions à prendre pour Jesse, il s'agissait bien sûr de faire en sorte qu'elle puisse rester avec vous, Liz. Je…

— Bon Dieu ! Mais qu'est-ce que vous racontez ? hurla Austin. Vous pouvez me dire quels intérêts vous représentez ici ? Qui est votre client ?

Le regard par lequel Ryan lui répondit aurait stoppé un train lancé à pleine vitesse… Il était à bout de patience, et Austin dut le comprendre car il se contenta de quitter la pièce d'un air dégoûté.

Avant de sortir, Ryan prit le temps de glisser à Elizabeth :

— Laissez-moi juste quelques minutes pour le convaincre, O.K. ?

Sans enthousiasme, elle hocha la tête et le regarda rejoindre son client, qui l'attendait dans le couloir.

Ni l'un ni l'autre ne virent Lindsay sortir en trombe de l'ascenseur. Perdue et essoufflée, elle marqua soudain une pause, tandis que les portes se refermaient dans son dos. Puis elle aperçut Elizabeth debout devant la salle d'attente.

Avec un soupir de soulagement, elle rajusta la bandoulière de son sac d'un air décidé, et marcha droit sur sa sœur.

— C'est Megan qui m'a prévenue, lui expliqua-t-elle. Excuse-moi… un instant. Je dois reprendre mon souffle. J'ai couru tout le long du chemin depuis le parking.

Poussant de côté un vieil exemplaire du magazine *Time*, elle prit place sur le sofa à côté d'Elizabeth, et poursuivit :

— Elle m'a dit que Gina avait eu un accident. Je suis venue aussi vite que j'ai pu. Comment va-t-elle ?

Ses yeux bleus débordant de compassion et de tendresse, elle s'empara de la main d'Elizabeth et la porta à sa joue.

— Je suis tellement triste pour toi ! conclut-elle. Tu as eu des nouvelles ?

Si l'accident s'était produit quelques semaines plus tôt, Elizabeth l'aurait vertement rabrouée. Mais, à cette minute, elle se sentait tellement bouleversée qu'il lui aurait été difficile d'ignorer la sympathie et l'intérêt que lui manifestait sa sœur. Plus tard, peut-être, lorsqu'elle aurait recouvré un peu d'énergie, elle s'efforcerait de marquer de nouveau son territoire.

— Pas encore, répondit-elle. On attend toujours.

— Ça doit être pénible.

— Oui.

A présent, Lindsay lui caressait le bras. Elizabeth savait qu'elle aurait dû se soustraire à sa sollicitude, mais elle n'en avait ni le courage ni l'envie.

— Megan pourrait peut-être nous renseigner, suggéra Lindsay d'un ton décidé. Elle est venue te voir ?

— Oui. Mais ça fait déjà un petit moment. Je crois qu'elle est avec Gina… au bloc opératoire. Pour l'instant, on attend que quelqu'un nous donne des nouvelles de Jesse.

— Jesse ? répéta Lindsay en fronçant les sourcils. Megan m'a affirmé qu'elle n'avait rien… Il y a eu du changement, depuis ?

— Comment savoir ?

— J'ai bien peur que personne ne se soucie de nous ! déclara Louis d'un air fataliste.

Comme si elle s'apercevait seulement de sa présence, Lindsay tourna la tête vers lui et lui sourit. Ce n'était pas son habituel sourire de star, nota Elizabeth, mais une expression nettement plus chaleureuse.

— Hello ! lança-t-elle presque gaiement en tendant vers lui une main soigneusement manucurée. Lindsay Blackstone. Je suis la sœur d'Elizabeth.

Louis se leva et la regarda attentivement, comme il l'avait fait avec Megan.

— Heureux de faire votre connaissance, dit-il en serrant longuement la main qu'elle lui offrait. Louis Christian. Je suis le voisin d'Elizabeth.

— Je suis heureuse que vous ayez pu être à ses côtés, dit Lindsay. Cet endroit est si terrible…

— J'ai l'impression qu'on est ici depuis des jours ! approuva Louis. Ici, les minutes s'écoulent à une allure de gastéropode.

Lindsay étouffa un petit rire sous sa main.

— Celle-là, dit-elle, je ne l'ai jamais entendue.

— Attends-toi à d'autres surprises, lui dit Elizabeth avec une grimace qui était censée ressembler à un sourire. Louis en a des milliers en stock.

Pointant vers elle un doigt accusateur, Louis fit mine de lui en vouloir.

— Je vais finir par te demander de me reverser une partie de tes droits d'auteur ! lança-t-il.

— Dois-je comprendre, lui demanda Lindsay, que les lecteurs de Liz vous doivent ces expressions si drôles qui émaillent *Le Secret de Sophia* ?

— Et moi, répondit Louis avec un sourire, dois-je comprendre que vous avez eu la curiosité de lire les livres de Lizzie ?

— Je les dévore l'un après l'autre ! Je viens de terminer *Le Cadeau de Noël de Sophia*, précisa-t-elle à l'intention d'Elizabeth. Merveilleux ! Je l'ai trouvé drôle, intelligent et sensible.

— Merci.

Le front ridé de plis soucieux, les yeux de nouveau rivés à la porte, Elizabeth l'avait remerciée du bout des lèvres.

Avec l'air décidé de quelqu'un qui a l'habitude d'obtenir ce qu'elle veut, Lindsay se leva.

— Je ferais mieux d'aller voir s'il est possible d'avoir des nouvelles de Jesse, dit-elle. Vous voulez bien surveiller mon sac ? J'en ai pour une minute.

En la regardant remonter le couloir à grandes enjambées, Louis émit un petit sifflement admiratif.

— Quelle femme ! murmura-t-il. Si elle revient en tenant Jesse par la main alors que nous poireautons ici depuis des heures, je n'aurai plus qu'à mourir de honte…

— Elle est journaliste, lui rappela Elizabeth d'une voix neutre. Elle est supposée savoir dénicher l'information.

L'inquiétude qu'elle se faisait pour Gina et Jesse, après avoir été brièvement éclipsée par les arrivées successives d'Austin et de Lindsay, revenait la tarauder.

Renonçant à tenter de la rassurer, Louis gagna la porte pour observer les allées et venues.

— Oh, oh ! s'exclama-t-il un instant plus tard. Tous aux abris : Austin est de retour !

Surmontant sa lassitude, Elizabeth parvint à se lever.

— Il est seul ?

— Son avocat est toujours là, répondit Louis. C'est plutôt bon signe.

On pouvait toujours l'espérer, songea Liz. Mais rien n'était moins sûr. La force de persuasion de Ryan Paxton avait beau être grande, elle avait le sentiment qu'Austin ne se laisserait pas si facilement détourner de son but. Résignée à faire front, elle fourra dans la poche de son jean le mouchoir roulé en boule qu'elle tenait à la main, et s'efforça de remettre un semblant d'ordre dans ses cheveux. Sachant qu'Austin chercherait à profiter de la moindre de ses faiblesses, elle devait se maîtriser coûte que coûte.

Ce fut Ryan qui prit la parole lorsqu'ils les eurent rejoints.

— Des nouvelles de Gina ou de Jesse ?

— Aucune, répondit Liz.

D'un œil critique, il la dévisagea longuement.

— Vous avez l'air épuisée. Venez, nous allons boire un café. Il y a un distributeur au fond du couloir.

— C'est inutile : je me sens très bien, répliqua-t-elle en s'efforçant d'afficher un visage serein.

Ryan ne parut pas s'en satisfaire et lâcha d'une voix ferme, en la fixant droit dans les yeux :

— J'insiste.

— Pourquoi ? demanda-t-elle d'un ton acerbe. Vous avez une mauvaise nouvelle à m'annoncer ?

Austin, qu'elle avait défié du regard en formulant sa question, haussa les épaules.

— Vous êtes coincée ici depuis des heures, reprit Ryan en la prenant par le bras. Allez… Soyez raisonnable et suivez-moi. Si vous n'avez pas envie de café, vous pourrez au moins vous dégourdir les jambes.

Sa main était ferme, chaude, réconfortante. Troublée, Liz constata qu'elle n'éprouvait aucune réticence à son contact. Elle était prête à le suivre, mais elle fit quand même une ultime tentative pour lui résister.

— Et si Jesse revient pendant ce temps-là ?

— Le distributeur est tout près des ascenseurs. On la verra arriver.

— Rassure-toi ! intervint Austin d'une voix grinçante. Je promets de ne pas la kidnapper.

Louis, qui trompait le temps en tournant les pages d'un vieux magazine, leva les yeux. Sans tenir compte de cette dernière remarque, il s'efforça à son tour de convaincre Elizabeth.

— Vas-y sans crainte, Liz... Et s'il te plaît, rapporte-moi quelque chose de frais, de préférence sans aspartame. Si Jesse arrive, je serai là pour l'accueillir et je t'appellerai.

Hochant la tête en guise de reddition, Elizabeth se laissa entraîner par Ryan. Elle devait bien reconnaître qu'elle avait envie de marcher un peu. Elle avait la tête en coton et ses yeux piquaient comme s'ils avaient trempé dans un bain d'acide... Alors qu'ils dépassaient les ascenseurs, elle se cambra et passa les mains dans son dos pour se masser les reins.

Juste un peu plus loin, il y avait un coin détente, équipé de plusieurs distributeurs de boissons et de friandises. Ryan la guida vers le plus proche, et lui demanda :

— Qu'est-ce que vous voulez ?

— Coca sans sucre, répondit-elle de manière laconique. Et pour Louis, comme vous l'avez compris, ce sera *avec*...

— Un adepte de la vieille école ! dit-il avec un sourire amusé.

Avec une grimace, Elizabeth ferma les yeux et se passa la main sur sa nuque raide, tandis qu'il glissait des pièces de monnaie dans l'appareil.

— Louis carbure au sucre, maugréa-t-elle. On le taquine souvent à ce sujet — surtout Gina. Elle lui dit toujours...

La gorge soudain serrée, elle ne put terminer sa phrase.

— Laissez-moi faire..., grommela Ryan en déposant les cannettes de soda sur le distributeur.

Sans lui laisser le temps de réagir, il se plaça derrière elle, posa les mains sur ses épaules, et trouva sans difficulté sous ses pouces ses muscles endoloris. Surprise par le bien-être instantané que lui procurait ce massage, Elizabeth tenta mollement de protester.

— Je...

— Ne parlez pas ! lui ordonna-t-il d'une voix sans appel.

Et essayez de ne plus penser pendant une minute ou deux. Contentez-vous de vous relaxer…

Il n'était pas difficile de lui obéir. Avec une habileté diabolique, ses mains larges et chaudes lui procuraient des sensations délicieuses, dénouant l'un après l'autre ses muscles qui, depuis des heures, n'avaient trouvé aucun repos.

Bientôt, elle fut tellement détendue qu'elle sentit ses jambes flancher. S'il y avait eu un divan à proximité, elle s'y serait allongée volontiers pour s'abandonner tout entière aux mains de Ryan.

— Vous aimez ?

Sa voix, tout près de son oreille, était teintée d'une nuance d'ironie. Cela suffit à briser le charme. Il était en effet impossible d'expliquer autrement que par le résultat d'un sortilège qu'elle ait pu se laisser aller ainsi, sans tenir compte de l'endroit ni des circonstances, l'espace d'une minute… ou peut-être plus.

Redressant la tête, elle fit un pas de côté pour échapper aux mains de Ryan. Puis elle s'empara de sa cannette de Coca et la décapsula soigneusement pour ne pas avoir à le regarder.

— Vous avez dû suivre des cours…, dit-elle d'un ton qui se voulait dégagé. C'était extrêmement… euh… plaisant.

— C'est encore meilleur quand on est nu.

Croyant avoir mal entendu, Elizabeth redressa vivement la tête.

— Pardon ?

— Pour bénéficier de tous les bienfaits d'un bon massage, répéta-t-il tranquillement, il faut être nu.

Sans la quitter des yeux, il but une longue gorgée. Incapable de détourner le regard, elle vit sa pomme d'Adam aller et venir le long de son cou si fort, si bronzé, si…

Précipitamment, elle ramassa sur le distributeur le soda destiné à Louis, et lança d'une voix tremblante :

— On ferait mieux d'y retourner !

— Attendez !

Pour l'empêcher de passer, il se plaça devant elle.

— Je suis désolé, reprit-il avec un pâle sourire d'excuse. Je ne devrais pas vous taquiner comme ça, surtout dans de telles circonstances. Si j'ai voulu vous éloigner d'Austin, c'est pour vous annoncer ce que je suis parvenu à lui faire accepter.

Ces mots suffirent à bannir de l'esprit d'Elizabeth tout autre sujet de préoccupation.

— Je vous écoute, dit-elle, serrant fort entre ses mains les boîtes de soda glacées.

— Il est d'accord pour laisser Louis ramener Jesse chez vous cette nuit.

— J'en suis bouleversée de reconnaissance ! lança-t-elle avec une grimace de dégoût.

— Cela dit, reprit Ryan en hochant la tête, ne fanfaronnez pas : il pourrait très bien exiger d'avoir la garde de sa fille, le temps que Gina récupère.

— Si elle récupère !

— Oui. Bien sûr.

— Et si Gina ne *récupère* pas, reprit-elle d'un ton acerbe, vous allez me dire qu'il vous semble naturel que la garde de Jesse revienne à son père.

— Pas nécessairement, Liz. Ecoutez...

Avec le plus parfait naturel, il glissa une main dans son dos et l'entraîna vers la salle d'attente.

— Je commence à me faire une idée plus précise de la personnalité de mon client, enchaîna-t-il d'une voix convaincante. Mais vous, vous devez voir la réalité en face. Que ça vous plaise ou non, il est le père de Jesse, et si Gina n'est plus en mesure de s'occuper d'elle, il est naturel qu'il s'en charge.

— Mais ce n'est pas du tout ce qu'il veut ! Il n'en a rien à faire ! s'emporta-t-elle. C'est donc si difficile à comprendre pour vous ? S'il prétend le contraire, c'est uniquement pour éviter d'avoir à payer la pension alimentaire à laquelle le juge l'a condamné.

— Vous ne croyez pas qu'Austin aime sa fille ?

Elle soutint son regard un long moment avant de répliquer sèchement :

— Vous voulez une réponse franche ? Non.

— Je ne le connais pas assez pour argumenter sur ce point,

reconnut Ryan en secouant la tête. Mais, si vous voulez bien m'écouter, j'ai une suggestion à vous faire.

Pour laisser passer une infirmière qui poussait devant elle un chariot surchargé de médicaments, ils se rangèrent sur le côté.

— Vous vous souvenez sans doute de ma fille, Jennifer..., reprit-il. Vous êtes également au courant de l'accident qu'elle a provoqué. Elle doit rembourser au garçon qu'elle a renversé en voiture un vélo de grand prix, et j'ai pensé que le meilleur moyen pour elle d'assumer les conséquences de ses actes était d'être obligée de travailler pour réunir la somme nécessaire.

— C'est une bonne idée. Mais pourquoi est-ce que vous me racontez tout ça, Ryan ?

— J'y viens. Tant que Gina sera en soins intensifs, vous allez passer beaucoup de temps ici. Heureusement pour vous, Louis est là pour s'occuper de Jesse, mais ce n'est pas lui faire injure que de dire qu'il est âgé. Un enfant de cet âge déborde d'énergie. Je pourrais demander à Jen de venir le seconder. Elle est disponible tout le week-end, et pendant la semaine, elle pourrait venir après ses cours.

Aux yeux d'Elizabeth, l'offre était presque trop belle pour être vraie... Quant à Jesse, elle comparait déjà Jennifer à Britney Spears, alors elle serait certainement ravie de l'avoir pour baby-sitter.

— Qu'est-ce qui vous fait croire que votre fille sera d'accord ?

— Elle n'a pas le choix. Je lui ai avancé l'argent de la bicyclette. Par conséquent, je suis en mesure d'imposer mes conditions.

— Je connais très peu votre fille, dit Liz, mais je doute qu'elle se plie de bonne grâce à ce genre d'argument.

— Rassurez-vous. Je sais m'y prendre avec elle.

Elizabeth en doutait quelque peu, mais elle se garda bien de le dire.

— Et Austin ? demanda-t-elle. Comment allez-vous faire pour le convaincre ? Il risque de ne pas se laisser manipuler aussi facilement que votre fille.

— A chaque jour suffit sa peine, répondit Ryan. Il a déjà consenti à lâcher du lest pour un jour ou deux. Avec un peu de diplomatie il sera sans doute possible de prolonger cette période. Sans compter que lui aussi devrait trouver quelqu'un pour garder Jesse au pied levé. Et, comme vous le savez, les baby-sitters de confiance ne courent pas les rues… Ce qui nous donne un peu de temps.

Elizabeth ne manqua pas de noter ce « nous » qui semblait sceller leur alliance. Comme pour confirmer cette impression, Ryan ajouta :

— Et rassurez-vous, je n'ai pas l'intention de lui proposer les services de Jen…

— Heureuse de l'apprendre.

Quand ils atteignirent la salle d'attente, Louis se tenait sur le seuil, les yeux fixés sur l'ascenseur dont les portes venaient de s'ouvrir dans un tintement métallique.

— Vous arrivez juste à temps ! lança-t-il. Voilà Jesse !

Le cœur battant, Elizabeth fit volte-face pour voir la fillette émerger de l'ascenseur entre Lindsay et une infirmière en blouse verte. Le pas incertain, elle s'avança en faisant grincer la semelle de ses baskets roses sur le sol ciré. Son petit visage était encore sillonné de larmes, et elle était si pâle que ses taches de rousseur ressortaient comme un semis de poivre rouge sur son nez. Visiblement affolée, elle dévisageait l'un après l'autre les adultes qui l'entouraient. Pour seules traces de l'accident, elle portait un bleu impressionnant sur la joue et un bandage au genou.

Emue de la découvrir si vulnérable, Elizabeth eut envie de se précipiter vers elle pour la prendre dans ses bras, mais Austin la devança.

— Jesse ! appela-t-il d'une voix forte en se précipitant vers elle à grandes enjambées. Viens voir papa…

Dès qu'elle le vit, Jesse poussa un hurlement strident qui explosa comme une bombe dans le silence feutré de l'hôpital. Tous les regards se tournèrent vers elle. Paniquée, elle fit demi-tour et se réfugia dans la cabine d'ascenseur avant que Lindsay et l'infirmière aient pu réagir.

Pestant tout bas, Ryan s'élança derrière Austin et l'attrapa à bras-le-corps juste avant qu'il ne l'ait rejointe. Heureusement, un infirmier qui se trouvait dans l'ascenseur eut la présence d'esprit de maintenir les portes ouvertes.

Elizabeth, qui s'était hâtée de rejoindre Jesse, la trouva plaquée contre la paroi du fond, tremblante et les yeux clos. Prudemment, elle fit un pas en avant et s'accroupit pour tendre les bras vers elle.

— Jesse... Jesse..., murmura-t-elle d'une voix rassurante. Il ne faut pas avoir peur. Ouvre les yeux, ma chérie. Tout va bien. C'est moi, tante Lizzie...

Il fallut un long moment à Jesse pour parvenir à surmonter la panique qui la tétanisait. Puis, lentement, elle se risqua à ouvrir un œil, puis le deuxième. Enfin, elle poussa un autre cri, de soulagement cette fois, et bondit pour se réfugier dans les bras tendus vers elle.

14

Contraint et forcé, Austin avait laissé Jesse partir avec Louis. Comment aurait-il pu faire autrement, alors que tout le monde avait pu assister à la réaction de la petite fille quand il avait voulu l'emmener ? Au moins était-elle en sécurité dans l'immédiat…

Tremblante et silencieuse, elle s'était accrochée à sa marraine comme à une bouée dans une mer démontée. Puis elle s'était quelque peu détendue après le départ de son père, que Ryan avait emmené *manu militari*. Mais, depuis, elle demeurait anormalement silencieuse. Aux yeux d'Elizabeth, son comportement était plus éloquent que toutes les explications qu'elle aurait pu leur donner concernant la soirée de l'accident et ce qui s'était passé entre ses parents.

On ne leur communiquait toujours aucune nouvelle de Gina, et Lindsay menaçait d'exploser.

— Je ne sais pas comment tu fais pour rester tranquillement assise, dit-elle en observant Elizabeth. Voilà dix minutes que tu n'as pas fait un geste… C'est incroyable !

Sans se laisser décourager par le mutisme de Liz, elle enchaîna :

— Je me demande si notre mère était plutôt réservée ou extravertie.

Un long silence retomba dans la pièce avant qu'Elizabeth ne se décide à répondre d'une voix neutre :

— Elle ressemblait à Megan.

Encouragée par cette première bribe d'information, Lindsay s'exclama :

— C'est vrai ? Megan est plutôt calme et secrète… Quelquefois, j'ai même envie de la prendre par les épaules et de la secouer pour lui arracher trois mots !

— Il lui arrive probablement d'avoir envie de te faire la même chose, dit Elizabeth. Mais pour te faire taire…

Loin de se formaliser, Lindsay se mit à rire.

— Hé ! Il y aurait donc un certain sens de l'humour derrière ce masque d'impassibilité ? Megan est comme ça, elle aussi. Elle me laisse m'agiter, vitupérer, me démener, et au moment le plus inattendu — paf ! — elle me rive mon clou en une seule phrase.

Appuyée contre le chambranle de la porte, les bras croisés derrière le dos, elle redevint soudain grave et demanda :

— Je pense souvent à notre mère, pas toi ?

Elizabeth n'hésita pas plus d'une seconde.

— Souvent, non. Mais il m'arrive d'y penser, bien sûr… Je n'avais que quatre ans quand tu es née, et Megan avait tout juste un an. C'est seulement par rapport à de vieilles photos que j'ai pu constater leur ressemblance, tout à l'heure.

— Des vieilles photos de nos parents ? Ça t'embêterait de me les prêter, un de ces jours ? J'aimerais bien y jeter un coup d'œil pour voir si je ressens… un lien de parenté. Tu comprends ?

— Ça fait bien longtemps que je ne les ai pas regardées, murmura Elizabeth sans vraiment lui répondre.

Elle avait entreposé le tout dans une vieille boîte, avec le papier à lettres et les enveloppes qui lui restaient de l'époque où elle avait écrit toutes ces lettres à son père. Elle songeait à cette étrange correspondance plus souvent qu'aux photos — trop souvent à son goût. Pas une de ces missives ne lui avait été retournée. C'était à se demander ce que la poste avait pu en faire… Elles n'avaient pas pu être remises à un mort, mais cela n'avait pas empêché Iris Graham de l'encourager à les écrire. A l'âge de dix ou onze ans, en prenant conscience de la vanité et même de la cruauté de ce rituel, elle avait refermé une dernière fois la boîte et n'y avait pratiquement plus touché. Et elle n'avait pas besoin de réfléchir bien longtemps pour comprendre que, aujourd'hui, il était juste de partager ce maigre héritage avec ses sœurs.

— J'imagine, reprit Lindsay en la tirant de ses pensées, que tu as dû vivre des moments terribles quand le juge est mort.

Elizabeth se raidit et tendit le bras pour saisir le soda que Ryan était allé lui chercher au distributeur avant de partir avec Austin. Elle en but quelques gorgées puis répondit à sa sœur, les yeux dans les yeux :

— C'est un sujet trop macabre pour qu'on l'aborde ici, dans ces circonstances.

Le visage de Lindsay se décomposa.

— Oh ! gémit-elle. Je suis tellement désolée... Bien sûr, je comprends. Ce que je peux être cruche, des fois ! Je suis tellement absorbée par ce qui m'intéresse que je néglige souvent les sentiments des autres. Et, pour être franche, tout ce qui concerne nos parents — et tout ce qui *te* concerne — me fascine. Tu me trouves peut-être indiscrète, mais ce n'est pas ça. C'est juste que...

Avant de conclure, elle agita les mains devant elle, vivante image de la confusion et du regret.

— ... je me laisse parfois entraîner par ma curiosité. La déformation professionnelle, sans doute...

D'un sourire rassurant, Elizabeth tenta de la tranquilliser.

— Ce n'est rien, dit-elle. Je t'assure.

Comme un ressort qui se détend, Lindsay jaillit de sa chaise.

— Laisse-moi me faire pardonner en allant à la pêche aux informations..., proposa-t-elle, une lueur combative au fond des yeux. J'aurai des nouvelles de Gina, même si je dois tirer Megan par son stéthoscope !

— Tu ne peux pas faire ça et tu le sais bien, rétorqua Liz en tapotant du plat de la main le sofa à côté d'elle. Viens t'asseoir.

Non sans une certaine réticence, Lindsay s'exécuta et suggéra :

— Alors, parlons de Jesse !

Un bref sourire fleurit sur les lèvres d'Elizabeth.

— D'accord.

Ravie de disposer d'un nouveau terrain d'investigations, Lindsay s'y engagea tête baissée.

— Tu l'aimes comme ta fille, hein ?

— C'est vrai. Et ça s'explique facilement. Au cours des séances de préparation à l'accouchement, c'est moi qui ai servi de partenaire à Gina. Et, le moment venu, je lui ai tenu la main durant toute la phase des contractions ; et je suis restée à son côté pour la soutenir. Depuis, j'ai vu Jesse pratiquement tous les jours.

— Raconte-moi comment elle est...

— C'est un ange... et parfois un petit démon. Elle est intelligente, vive comme une anguille. Elle dépense tellement d'énergie que je suis parfois fatiguée rien qu'à la regarder... Elle parle comme une mitraillette et pose cinq questions à la minute.

— Elle parle comme une mitraillette..., répéta Lindsay d'un air songeur. Alors, à ton avis, pourquoi est-elle restée muette, ce soir ?

Elizabeth n'avait cessé de se poser cette question depuis le départ de la fillette, et le fait d'entendre Lindsay la formuler à haute voix la plongea dans un réel état de stress. En quelques pas, elle gagna la porte et resta sur le seuil à surveiller le couloir désert. Combien de temps cette terrible attente durerait-elle encore ?

— Je ne sais pas, avoua-t-elle avec un temps de retard. Tu as entendu l'infirmière. Choc post-traumatique. Peur intense. Mutisme passager. Que sais-je encore ? Sa vie n'a pas été de tout repos, ces derniers temps. Pour couronner le tout, la voilà impliquée dans un accident au cours duquel sa mère est grièvement blessée, sous ses yeux. Pour un adulte apte à comprendre et à relativiser une situation, ce serait déjà dur à accepter, alors pour une enfant de cet âge, qui plus est aussi sensible que l'est Jesse...

— Elle va récupérer très vite. Quelques jours et il n'y paraîtra plus. Tu ne crois pas ?

— Je n'en sais rien, mais je l'espère. J'y verrai plus clair quand je serai près d'elle. Mais je ne peux pas laisser Gina seule ici. Pas maintenant. Elle pourrait...

Sa voix se brisa sur une note de tristesse. Soudain, il lui apparut qu'elle se livrait beaucoup plus à Lindsay qu'elle n'en avait eu l'intention. Après avoir pris une profonde inspiration, elle se tourna vers elle et lui dit :

— On peut dire que tu sais écouter…

Lindsay sourit et lui fit un clin d'œil.

— Une seconde nature… C'est pour ça que je suis une excellente intervieweuse.

Elizabeth lui adressa un regard soupçonneux.

— Tu ne serais pas en train de…

Le sourire de Lindsay se figea sur ses lèvres. Elle se dressa d'un bond, et reprit sa déambulation à travers la pièce.

— Qu'est-ce que tu vas imaginer ? répliqua-t-elle. Tu sais, il nous arrive aussi, à nous journalistes, de lever le pied ! Si je désire t'interviewer, je viendrai officiellement te demander l'autorisation de le faire. Ce soir, si j'ai entamé une discussion, c'était juste pour te changer les idées, t'aider à passer le temps. Quoi de plus normal pour moi que de chercher à te soutenir dans cette épreuve, puisque tu es ma sœur ? La raison pour laquelle tu es sortie de ta réserve ce soir n'a rien à voir avec mon habileté professionnelle. Toi aussi, tu as le droit d'être traumatisée par ce qui vient de se passer, Liz ! Avec Jesse, Gina est la personne qui t'est le plus chère au monde, et c'est sa vie qui est en jeu.

A bout de nerfs, Elizabeth inspira profondément et ferma les yeux pour ne pas se mettre à pleurer.

— Pardonne-moi…, murmura-t-elle. Cette attente va finir par me rendre folle ! Mais qu'est-ce qui peut bien prendre autant de temps ?

En un geste de défoulement gratuit, elle broya la boîte de soda vide dans sa main et alla la jeter dans la corbeille. Si elles n'avaient pas des nouvelles bientôt, elle allait craquer, elle le sentait.

— Parle-moi de Gina ! proposa Lindsay pour empêcher le silence de s'installer. J'étais à l'audience, tu te rappelles ? Je t'ai entendue témoigner de la violence d'Austin. Ce que je ne comprends pas, c'est pourquoi un type comme lui cherche à obtenir la garde de sa fille. Il est loin de donner l'image d'un père modèle…

Elizabeth salua cette réplique d'un rire amer.

— Il se fiche de Jesse comme de sa première chemise ! Il veut juste éviter d'avoir à payer une pension alimentaire.

— Il y a une autre chose qui m'étonne, reprit Lindsay en s'assurant d'un coup d'œil que personne ne les écoutait. Pourquoi est-ce qu'il n'existe aucune trace des mauvais traitements qu'il faisait subir à Gina ? Elle n'a jamais eu besoin de soins médicaux ? Du point de vue de monsieur Tout-le-monde, ça tendrait à prouver qu'elle affabule.

Elle tendit la main devant elle pour stopper la protestation instantanée d'Elizabeth, et poursuivit :

— Ne t'emballe pas… Je suis sûre qu'elle dit la vérité, mais j'essaie de te faire comprendre pourquoi il est si difficile d'en convaincre les autres.

— Je le sais parfaitement. Tout ce que je peux répondre à ça, c'est que Gina n'avait pas son pareil pour cacher ce qui se passait dans son couple. En fait, conclut Liz en se laissant glisser lentement sur le sofa, je pense qu'elle avait honte.

— Classique ! La plupart des femmes battues réagissent comme ça. Quand elles ne s'en estiment pas elles-mêmes responsables…

Surprise, Elizabeth considéra sa sœur d'un œil inquisiteur.

— Tu es bien renseignée, dis-moi…

— Pas par expérience personnelle, rassure-toi… L'année dernière, j'ai fait une série d'émissions sur le sujet. J'ai été stupéfaite des réactions qui me sont parvenues ensuite. Des dizaines de femmes se sont confiées à moi après le show. Des lettres anonymes, la plupart du temps, dans lesquelles elles m'expliquaient les trésors d'imagination qu'elles étaient obligées de déployer pour cacher à leur famille, à leurs amis, à la police l'enfer qu'elles vivaient quotidiennement.

— Je ne pense pas qu'Austin se montrait violent avec Gina tous les jours, précisa Elizabeth. Mais quand ça se produisait…

Des bruits de pas venaient de leur parvenir depuis le couloir. Lindsay se leva pour aller voir, tout en concluant :

— Quand ça se produisait, c'était l'horreur, c'est ça ?

Avec une grimace éloquente, Elizabeth hocha la tête.

— Voilà Megan ! annonça Lindsay. Enfin...

Les traits tirés, manifestement épuisée, la jeune femme enleva sa coiffe et passa la main dans ses longs cheveux noirs. Un masque chirurgical pendait encore à son cou, et elle était toujours chaussée de ses bottillons en papier.

— Désolée de vous avoir fait attendre aussi longtemps, dit-elle en grimaçant un sourire à l'intention d'Elizabeth.

Puis elle se tourna vers Lindsay.

— Je suis contente que tu sois là, Lin. Je...

— Comment va Gina ?

Elizabeth, redoutant ce qu'elle allait entendre, se leva lentement.

— Elle sort du bloc opératoire. Elle vient de regagner l'unité de soins intensifs, répondit Megan. Grâce au talent de Dave Hamilton, elle a survécu à l'opération. Impossible de trouver meilleur chirurgien du cerveau... Mais son état reste critique. On a pu stopper l'hémorragie interne, mais l'œdème intracrânien a fait de gros dégâts, comme c'était à craindre. On a dû la placer sous assistance respiratoire. Elle est toujours dans un profond coma et elle ne répond à aucune sollicitation.

Elle s'approcha d'Elizabeth, et ajouta en posant la main sur son bras :

— Je dois vous prévenir que la femme que vous allez retrouver n'a rien à voir avec celle que vous connaissez. Sa tête disparaît sous les bandages, des sondes lui sortent de la bouche, et son visage est couvert d'ecchymoses et de coupures. Nous avons dû aussi lui sceller les paupières au ruban adhésif pour maintenir ses globes oculaires humides. On ne cligne pas des yeux quand on se trouve dans le coma, ce qui provoque un dessèchement accéléré. J'aurais aimé pouvoir vous annoncer des nouvelles plus positives, mais je ne vous cache pas que la situation est très, très sérieuse. Le Dr Hamilton sera bientôt sorti du bloc, et il pourra répondre à toutes les questions que vous voudrez lui poser.

— Elle va s'en sortir ! assura Elizabeth avec une farouche détermination. Elle ne peut pas... elle ne peut pas mourir !

Les yeux de Megan s'embuèrent. Après avoir hésité un court

instant, elle prit doucement Elizabeth par le bras et l'entraîna jusqu'au sofa. Quand elle reprit la parole, elle le fit avec un soin extrême, soupesant chaque mot avant de le prononcer.

— Elle ne mourra pas dans l'immédiat, parce que nous disposons dans cet hôpital des meilleurs équipements connus pour la maintenir en vie. Mais dans l'état actuel des choses, sans assistance, elle ne pourrait pas respirer.

— Non !

Incapable d'accepter cette sentence, Elizabeth avait laissé sans s'en rendre compte ce cri de protestation lui échapper. Impossible d'imaginer Gina si vive, si insouciante, maintenue artificiellement en vie par des machines…

— Je suis désolée, Elizabeth, reprit Megan. Nous avons fait tout notre possible. Les dégâts étaient tout simplement… trop importants.

Lindsay, qui était venue s'asseoir sur l'accoudoir du sofa, caressait doucement les épaules d'Elizabeth.

— Liz a besoin de la voir, dit-elle. C'est possible ?

— Oui. En soins intensifs, deux visiteurs sont admis, mais seulement toutes les deux heures et pour dix minutes.

Elizabeth s'était déjà levée. Elle avait la tête vide, et, sans l'aide de ses sœurs, elle n'aurait sans doute pas pu parcourir le court chemin qui la séparait de Gina.

— Si ça ne vous dérange pas, murmura-t-elle, je crois que je vais avoir besoin de…

— Ne t'inquiète pas, on t'accompagne, l'interrompit Lindsay, tandis que Megan pianotait sur le digicode donnant accès à l'unité de soins intensifs. Tu sais que tu peux compter sur nous.

Terriblement anxieuse à l'idée de retrouver son amie dans l'état que Megan venait de lui décrire, Elizabeth franchit les portes battantes pour tomber presque nez à nez avec Austin Leggett.

Le visage empreint d'une expression de circonstance, il se trouvait en grande conversation avec un chirurgien qui lui expliquait dans quelle situation se trouvait Gina et à quoi il fallait s'attendre au cours des heures qui allaient suivre. Vivante incarnation de l'homme affligé par un coup du sort, Austin l'écouta avec attention, et posa quelques questions auxquelles le médecin répondit consciencieusement.

Quand il se tut, Megan poussa Elizabeth devant elle et fit les présentations.

— Docteur Hamilton, je vous présente l'amie de Gina d'Angelo, dont je vous ai parlé. Je lui ai fait un compte rendu général de l'intervention, mais elle aura sans doute d'autres questions à vous poser.

Austin tourna la tête et croisa le regard d'Elizabeth. Cela ne dura qu'un instant, mais son masque d'affliction lui échappa et laissa percevoir une franche hostilité.

— Liz…, susurra-t-il d'une voix doucereuse. J'ignorais que tu étais encore dans les parages.

S'il en avait eu le pouvoir, nul doute qu'il se serait arrangé pour la faire jeter dehors.

— Je ne pouvais pas laisser Gina, répondit-elle à mi-voix.

— Mais ça ne te dérangeait pas d'abandonner Jesse ?

Frappée par la bêtise bien plus que par l'insolence de cette remarque, Elizabeth choisit de l'ignorer et tourna les talons. Les questions qu'elle avait à poser au chirurgien pourraient attendre.

Conduite par Megan, elle se dirigea vers le lit de son amie. Une infirmière achevait de poser des électrodes. Le goutte-à-goutte était déjà en place, et d'autres équipements plus mystérieux transmettaient des données à un moniteur situé à la tête du lit, diffusant dans la semi-obscurité leurs bips et leurs signaux lumineux.

Devant ce tableau inquiétant, Elizabeth se sentit oppressée, et elle eut un mouvement de recul. Elle dut faire appel à toute sa volonté pour le surmonter et s'approcher du lit. Alors, seulement, la gravité de l'état de santé de Gina lui apparut pleinement. Elle n'aurait pas dû en être choquée, car Megan avait réussi à lui dresser un tableau objectif de la situation, mais si on ne lui avait pas dit qu'elle se trouvait en présence de son amie, elle ne l'aurait tout simplement pas reconnue. Elle se sentit accablée par un tel sentiment de perte qu'elle ne put que gémir tout bas :

— Oh, Gina…

Elle ne se rappela la présence de Megan que lorsqu'elle l'entendit préciser :

— Elle ne souffre pas.

Cela ne constituait en rien une consolation pour Liz. Bien au contraire. Il fallait être en vie pour souffrir. Seuls les morts ne souffrent pas.

Entre les plis du drap, elle partit à la recherche de la main de celle qui était bien plus qu'une amie pour elle. De ses doigts, elle fit un cocon protecteur pour ceux de Gina, inertes et froids.

— Qu'est-ce que je peux faire pour elle ?

— Vous pouvez lui parler, répondit Megan. Certains disent qu'une stimulation sensorielle, telle qu'une voix familière, peut être bénéfique… dans des cas comme celui-ci.

— Vous y croyez ?

— Je ne sais pas, Elizabeth. J'ai vu tellement de choses, depuis le début de mon internat… Ce que je crois, c'est qu'il arrive parfois des miracles.

— Etes-vous en train de me dire que seul un miracle peut la sauver ?

— Vous ne me ferez pas dire ça, même si Gina est très mal en point, répondit-elle avec un sourire triste.

Elizabeth porta la main de son amie à sa joue et murmura :

— Gina est une battante. Elle ne se laissera pas aller.

Depuis le couloir, le Dr Hamilton appela Megan, et elle sortit le rejoindre.

En reposant doucement la main de Gina sur le drap, Elizabeth remarqua des marques suspectes qui lui entouraient le poignet. Fronçant les sourcils, elle se pencha pour les examiner.

— Nous voilà dans une drôle de situation, pas vrai ?

Au son de cette voix, Elizabeth sursauta et se redressa pour découvrir Austin, qui l'observait d'un air ironique, de l'autre côté du lit.

— Pardon ?

— Tu n'as pas encore compris ? demanda-t-il en feignant l'étonnement. Elle est en état de mort cérébrale, Liz…

— De quoi est-ce que tu parles ? Les médecins ne m'ont rien dit de tel.

— Sans doute parce qu'ils s'imaginent que tu es incapable de supporter la vérité… Il faudra que je leur signale à quel point tu es coriace !

Du regard, il indiqua le moniteur sur lequel tressautaient quelques lignes incompréhensibles, et poursuivit :

— Une machine respire à sa place. Une autre pallie les défaillances de son cœur. Une sonde la nourrit. Sois réaliste, Liz. Elle est aussi vivante qu'un légume. Ce qui revient à dire qu'elle est morte.

Pour combattre la rage qui menaçait de la faire sortir de ses gonds, Elizabeth prit une profonde inspiration. Il n'y avait donc pas la moindre décence dans cette caricature d'homme ? En tout cas, elle n'était pas assez naïve pour ignorer où il voulait en venir, et elle ne le laisserait pas faire.

— L'accident s'est produit il y a moins de six heures, dit-elle. Il est trop tôt pour la condamner comme tu le fais.

Les bras croisés, Austin secoua la tête d'un air suffisant.

— Ce n'est pas l'avis des médecins. Ils n'attendent qu'un ordre pour débrancher les machines, et je suis prêt à le leur donner.

Les yeux agrandis par l'horreur, Elizabeth le dévisagea un court instant.

— Tu es fou…, parvint-elle enfin à murmurer. C'est inhumain ! Tu ne lui donnes aucune chance. Jamais je ne te laisserai faire une chose pareille.

— Tu t'imagines que j'ai besoin de ton approbation ? lança-t-il avec un rire grinçant. Franchement, à quoi bon la maintenir artificiellement en vie puisqu'on sait qu'elle ne se réveillera jamais ? Reviens sur terre, Liz ! La partie est finie.

Sans lui lâcher la main, Elizabeth jeta un regard à Gina, dont la tête était emmaillotée de bandages. Mais elle ne put supporter bien longtemps cette vision, et ses yeux revinrent se fixer sur les marques suspectes qu'elle avait découvertes, quelques instants plus tôt, sur les poignets de son amie.

— C'est toi qui lui as fait ça !

Dans sa bouche, ce n'était pas une question.

— Fait quoi ? s'étonna Austin, les sourcils froncés.

— Ça ! Ces marques autour de son poignet.

— Bon sang ! protesta-t-il en levant les yeux au plafond. Tu ne vas pas remettre ça ? Elle a eu un accident de voiture ! C'est normal qu'elle ait des coupures et des bleus sur tout le corps ! Son bras est cassé…

— Son *autre* bras. Celui-ci ne porte pas la moindre trace, à l'exception de ces bleus qui ressemblent étrangement à des empreintes de doigts.

— Tu délires…

— Ce bras n'a pas été blessé dans l'accident, insista Elizabeth d'une voix tranchante. Dans ce cas, qui lui a fait ces marques autour du poignet ?

Sans cesser de dévisager Austin, elle souleva le bras inerte de Gina pour le lui montrer.

— Elles ressemblent furieusement à celles que j'ai déjà vues, reprit-elle sur le même ton. Chaque fois que tu la maltraitais… Tu veux savoir ce que je pense ? Je pense que c'est la marque de tes doigts qui s'est imprimée dans sa chair !

Mal à l'aise, il détourna un instant le regard. Mais il se reprit rapidement, et lança d'une voix sifflante :

— Et moi, tu veux savoir ce que je pense ? Je pense que tu es folle à lier ! Tu ferais mieux de surveiller tes paroles, sinon tu risques de te retrouver dans un sacré pétrin.

— Pas autant que toi si tu parviens à convaincre les médecins de laisser mourir Gina ! lui promit-elle sans se laisser impressionner le moins du monde. Tu n'as aucun droit en ce qui concerne Gina. Vous n'étiez pas mariés et votre union ne reposait sur aucune base légale.

Austin eut un rire qui ressemblait à un rictus.

— Et toi ? rétorqua-t-il. Qu'est-ce que tu es pour elle ? Sa sœur ? Son mentor ? Son amante ?

Satisfait de sa sortie, il fit un pas en arrière.

— C'est donc l'impasse pour le moment, admit-il. Mais je suis sûr qu'un juge reconnaîtrait mes droits. Elle a vécu avec moi pendant huit ans, et elle est la mère de ma fille.

— Prends garde, Austin ! Si tu en fais trop dans ce registre, l'hôpital risque de t'adresser sa facture. Les soins intensifs coûtent très cher, tu sais…

Le regard qu'il lui adressa aurait impressionné n'importe quelle autre femme, mais Elizabeth parvint à le soutenir sans difficulté.

— Sans compter, ajouta-t-elle, que ton attitude actuelle cadre mal avec le traitement que tu as infligé à Gina, au tribunal. Il suffirait de lire le procès-verbal de l'audience pour s'en rendre compte.

Austin ne répondit rien, mais sa brusque pâleur laissait supposer que le coup avait porté.

— Dans ces conditions, conclut Liz, tu me sembles bien mal placé pour t'arroger des droits de vie ou de mort sur Gina. On pourrait même finir par trouver ça suspect…

— Tu es une garce de première, Liz.

— Les insultes sont le dernier recours des impuissants.

Elizabeth le vit serrer les poings, mais elle se contenta d'en sourire, déterminée à ne rien lui montrer de sa rage et de sa frustration. Elle en était convaincue, à présent : au cours de la soirée, il s'était passé entre Gina et lui quelque chose qui devait expliquer cet accident. S'il pouvait en être tenu pour responsable — et elle comptait bien démontrer qu'il l'était —, il ne s'en tirerait pas comme à son habitude : il devrait assumer les conséquences. Même s'il lui fallait pour cela mettre provisoirement de côté toute autre activité, elle le démasquerait et ferait en sorte qu'il paye pour ce qu'il avait fait. Mais une menace prématurée n'aurait servi qu'à le mettre sur ses gardes. Pour porter des accusations, mieux valait attendre d'avoir fait quelques vérifications.

Une infirmière, qu'Elizabeth n'avait pas vue entrer, murmura en lui touchant le bras :

— Désolée, madame… Les visites sont terminées.

Indifférente aux tensions qui dressaient l'un contre l'autre les deux visiteurs silencieux, la jeune femme alla vérifier l'écoulement de la perfusion et les différents appareils.

Avec un dernier regard féroce, Austin tourna les talons et sortit.

Quand Elizabeth rejoignit Lindsay, elle était en train de le regarder quitter l'unité de soins intensifs à grandes enjambées.

— Eh bien ! s'exclama-t-elle. Ça a dû chauffer, entre vous deux. Quand il est sorti, on aurait dit qu'il était sur le point de tuer quelqu'un.

— En tout cas, marmonna Elizabeth, il ne tuera pas Gina.

Sur ces mots, elle remonta le couloir en direction de la sortie, forçant sa sœur à courir derrière elle.

— Qu'est-ce que tu as dit ? lui demanda Lindsay.

— Rien.

— Je vous ai observés à travers la vitre. Vous aviez une conversation plutôt intense.

— C'est le moins qu'on puisse dire.

Incapable de refréner plus longtemps son indignation, Elizabeth poussa un soupir de dégoût et poursuivit :

— Cet homme est vraiment un salaud ! Une caricature d'être humain ! Je ne supporte pas l'idée que Jesse puisse vivre avec lui.

— Je te comprends.

— Je suis sûre qu'il a une part de responsabilité dans l'accident, même s'il ne conduisait pas la voiture. J'ai découvert sur le poignet de Gina des bleus qui ressemblent à des traces de doigts.

— Et l'accident ? Tu ne penses pas que ces marques auraient pu être causées par l'accident ?

— Non.

— Tu as sûrement raison.

Au lieu de retourner dans la salle d'attente, elles firent une halte de l'autre côté des portes closes de l'unité de soins intensifs. Au terme d'un silence pensif, Lindsay murmura :

— Voilà qui est intéressant…

— Ce n'est pas le terme que j'emploierais ! s'emporta Elizabeth.

C'est cruel, inhumain et vil, mais ça n'a rien d'étonnant de la part d'Austin.

— Qu'est-ce que tu comptes faire ?

— Tout ce que je pourrai pour qu'il ne l'emporte pas au paradis.

— Même si Gina ne s'en sort pas ?

Lindsay avait prononcé ces derniers mots d'une voix trop douce pour ne pas intriguer Elizabeth, qui la dévisagea longuement.

— Saurais-tu quelque chose que j'ignore ?

— Je pense que tu devrais parler à Megan, répondit Lindsay. Ainsi qu'au Dr Hamilton.

Elizabeth en avait bien l'intention, aussitôt qu'elle aurait réussi à se calmer.

— Alors, Austin a raison…, murmura-t-elle d'un air abattu. Gina va mourir.

— Rien n'est jamais certain.

— En tout cas, reprit Elizabeth, je ne vais pas lâcher Austin. Pendant huit ans, il a fait ce qu'il a voulu de Gina, en toute impunité. Et moi, je n'ai pu que le regarder faire, en gardant ma colère, en réconfortant Gina, en essayant de protéger Jesse. Maintenant, c'est terminé. Même si c'est la dernière chose que je ferai sur cette terre, je jure de le faire payer !

15

Il pleuvait des cordes quand Elizabeth sortit d'un sommeil sans rêves. L'espace de quelques secondes, un peu désorientée, elle demeura allongée, les yeux clos, essayant de comprendre ce qui clochait. Un vent fort mugissait à l'extérieur. Une forte averse de pluie mêlée de grêlons percutait une baie vitrée. Prise de frissons, elle remonta jusqu'à ses épaules la couverture qui la recouvrait. Il n'en fallut pas plus pour réveiller la douleur qui lui vrillait la nuque. Alors seulement, elle se rappela où elle se trouvait et ce qui était arrivé.

Clignant désespérément des paupières, elle s'assit et jeta un coup d'œil à sa montre. Elle avait fini par s'endormir aux alentours de 6 heures du matin. Elle se rappelait vaguement que, à un moment donné, quelqu'un avait baissé la lumière dans la salle d'attente, pour ne pas gêner le repos sommaire des visiteurs qui attendaient, comme elle, des nouvelles d'un de leurs proches en réanimation. Avant de la quitter à regret, vers 3 heures du matin, Lindsay lui avait fait promettre de tenter de dormir un peu. Elle avait ajouté qu'elle reviendrait dans la matinée, et les protestations d'Elizabeth n'avaient pas suffi à l'en dissuader.

— Je sais, je sais, Liz : tu n'as besoin de rien ni de personne, et tu es parfaitement capable de gérer ton stress toute seule. Hélas pour toi, je suis têtue et tu vas devoir me supporter encore demain.

Vaincue à défaut d'être convaincue, Elizabeth avait hoché

la tête et l'avait remerciée d'un sourire. Comment résister à quelqu'un comme elle ?

Les idées un peu plus claires, elle se leva et marcha d'un pas hésitant jusqu'à la fenêtre. En regardant les longues traînées de pluie sur la vitre, elle se demanda s'il avait plu la veille, à l'heure où Gina avait eu son accident. Etait-ce à cause de la pluie qu'elle avait perdu le contrôle de son véhicule ? Austin n'en avait pas parlé, mais il ne fallait pas compter sur lui pour communiquer la moindre information utile...

Ne sachant que faire, Elizabeth considéra un instant la porte fermée de la salle d'attente. Pouvait-elle se présenter au service de réanimation même si l'heure des visites était passée ? Elle songea aussi qu'elle devait prendre des nouvelles de Jesse, mais il était encore trop tôt. Elle passerait un coup de fil à Louis un peu plus tard dans la matinée.

Tout en massant sa nuque endolorie, elle se dit que Ryan avait dû la trouver ingrate, la veille, lorsqu'il avait suggéré que sa fille pourrait faire du baby-sitting pour elle. A bien y réfléchir, Jennifer pouvait lui rendre de grands services tant que Gina était hospitalisée. Mais si la situation devait perdurer, elle devrait trouver d'autres arrangements.

— Alors ? Des nouvelles ?

Perdue dans ses pensées, elle n'avait pas vu Lindsay entrer. Affublée d'un ciré jaune dégouttant de pluie, elle portait à la main un sac provenant d'une grande chaîne de restauration rapide.

— Si c'est du café, lui dit Liz, je te couche sur mon testament...

Lindsay posa son sac, son manteau et le sachet du petit déjeuner sur le sofa où Elizabeth avait dormi. Elle en tira un gobelet fermé, qu'elle lui tendit en précisant :

— Si tu veux de la crème et du sucre, il y en a.

Secouant la tête pour lui signifier que c'était inutile, Elizabeth décapsula le gobelet et but avidement une gorgée du liquide brûlant.

— Où est Megan ? s'enquit Lindsay en la regardant faire avec satisfaction.

— La dernière fois que je l'ai vue, c'était aux alentours de 2 heures du matin. Je suppose qu'elle est rentrée chez elle.

— Impossible : elle est de garde ! Elle est peut-être en train de récupérer un peu, mais elle n'a pas pu quitter l'hôpital. Je suppose qu'elle a dû venir ici et renoncer à te déranger en voyant que tu dormais. Je vais aller voir.

— Attends un peu ! s'écria Elizabeth en avalant en hâte quelques gorgées de café supplémentaires. Je t'accompagne.

Megan, occupée à l'autre extrémité de l'unité de soins intensifs, les aperçut dès leur arrivée et leur fit un petit signe.

— Il y a du nouveau ? demanda Lindsay.

— Pas vraiment, non.

Après avoir brièvement fait le point de la situation avec elles, Megan entraîna Elizabeth jusqu'à un coin tranquille — une réserve — où nul ne pouvait les entendre.

— Il y a quelque chose que je dois vous demander, Liz..., commença-t-elle sans préambule, en la fixant droit dans les yeux. Nous avons effectué une série de tests de routine, comme nous le faisons toujours pour les patients aussi gravement atteints que Gina. Les résultats nous sont parvenus tout à l'heure. Saviez-vous qu'elle est enceinte ?

— Bien sûr que non ! répondit Elizabeth, incrédule. Vous en êtes sûre ?

— Oui. De quatre semaines, précisément.

Les yeux écarquillés par la surprise et l'horreur, Elizabeth porta la main à sa bouche et s'exclama dans un souffle :

— Oh ! mon Dieu...

Sensible à sa détresse, Megan lui prit la main et insista gentiment :

— D'après ce que vous m'aviez expliqué, j'étais restée sur l'impression qu'elle n'avait pas eu d'autre homme dans sa vie que le père de Jesse. Mais, étant donné ce que nous avons découvert, je suis obligée de vous demander s'il y aurait quelqu'un d'autre que nous pourrions prévenir... de cette situation.

Incapable de parler, les larmes aux yeux, Elizabeth ne put que secouer négativement la tête. Pourquoi avait-il fallu qu'un seul petit moment d'oubli…

— Elizabeth ? s'inquiéta Megan, qui la dévisageait avec anxiété. Ça va aller ? Vous voulez vous asseoir ?

Clignant des paupières, Elizabeth lui adressa un pâle sourire pour la rassurer.

— Je… ça va, merci…, balbutia-t-elle. Et pour répondre à votre question… Hélas non, il n'y avait pas d'autre homme qu'Austin dans sa vie.

Son ton se fit amer et elle baissa les yeux pour expliquer :

— Tout de suite après l'audience du tribunal, il a réussi à l'emmener passer l'après-midi et la soirée avec lui, prétendument pour parvenir à un accord sur la garde de Jesse. Elle est rentrée tard à la maison. Elle portait des bleus sur le cou et les bras…

Elizabeth poussa un long soupir et poursuivit d'une voix morne :

— Elle a fini par m'avouer qu'elle avait eu un rapport sexuel avec lui. Elle était désespérée de s'être laissé manipuler comme ça. Elle savait qu'il n'avait agi que dans un seul but : la convaincre de renoncer à sa pension alimentaire. Il…

Liz se tut brusquement et regarda Megan droit dans les yeux, en secouant la tête d'un air désolé.

— Je sais ce que vous pensez, reprit-elle. Mais il ne s'agit pas de cela. Gina n'est pas… une traînée. Il faut prendre en compte la spécificité de sa relation avec Austin. Elle était prisonnière de ce qu'elle ressentait pour lui. C'était un amour compulsif, maladif… un amour destructeur.

— Inutile de chercher à excuser Gina, assura Megan en serrant affectueusement le bras de sa sœur. Je connais ce syndrome. Aux urgences, j'ai eu maintes fois l'occasion d'en observer les résultats…

— Je m'en doute.

Elizabeth tourna la tête et se sentit envahie par la tristesse. Là-bas, très loin d'elle, dans son box vitré plongé dans la pénombre, son amie reposait dans un lit, bien plus proche de la mort que de la vie. Une machine émettait un bip à chacun de ses battements de cœur. Sur le moniteur, son existence se résumait à quelques lignes et à quelques chiffres verdâtres.

— L'avez-vous annoncé à Austin ? demanda-t-elle d'une voix blanche.

— Non.

— Inutile de le faire. A mon avis, il doit être au courant. Je n'arrivais pas à comprendre ce qui la poussait à passer la soirée avec lui. Maintenant, je comprends. Elle voulait lui annoncer qu'elle était enceinte.

Ryan sortait à peine de la douche quand il entendit la sonnette de la porte d'entrée. Vêtu d'un peignoir-éponge, il alla ouvrir, s'attendant à voir un livreur. Qui d'autre aurait pu venir le déranger un samedi matin à 8 heures ? Mais en reconnaissant à travers le judas le visage renfrogné d'Austin, il fronça les sourcils et entrouvrit la porte avec un certain agacement.

— Ryan, il faut qu'on parle !

En voyant son peignoir et ses cheveux mouillés, Austin ajouta avec un rire gêné :

— Désolé de vous déranger si tôt, mais c'est urgent.

Décidé à ne pas lui faciliter la tâche, Ryan se cantonna dans un silence hostile. Mais Austin ne se laissa pas décourager pour si peu.

— Vous n'auriez pas un peu de café, par hasard ?

Avec un grognement indistinct, Ryan capitula et s'effaça sur le seuil pour le laisser entrer. Lui faisant signe de le suivre, il le précéda dans la cuisine, où la cafetière achevait tout juste son travail.

Il n'avait pas encore pris son petit déjeuner, mais il préféra servir une tasse de café à Austin sans s'attabler avec lui.

— Vous le prenez noir, bien sûr…

— Ni sucre ni lait, répondit Austin avec un sans-gêne à

toute épreuve, mais un petit remontant me ferait le plus grand bien.

Le regard noir que lui lança Ryan ne parut pas le gêner.

— Qu'est-ce qui vous prend, mon vieux ? Le soleil est à peine levé !

Mais, plutôt que de discuter plus longtemps, il ouvrit un placard et en tira une bouteille de Jim Beam.

Tout en versant une large rasade de whisky dans le café de son visiteur, il l'étudia un peu plus attentivement, et lui livra son verdict sans prendre de gants.

— Vous avez l'air d'une loque.

— Normal. C'est un peu comme ça que je me sens.

Renversant la tête en arrière, Austin vida la moitié de sa tasse, la reposa sur la table bruyamment et commença à se masser la nuque en laissant échapper un bruit rauque, mi-soupir, mi-grognement.

Adossé à un mur, Ryan croisa les bras.

— Ça concerne Gina ? demanda-t-il, saisi par une brusque appréhension, redoutant surtout les effets qu'une mauvaise nouvelle pourrait avoir sur Liz.

— Non, non, il ne s'agit pas de ça..., répondit Austin en s'essuyant les lèvres d'un revers de main. Enfin si, d'une certaine façon.

Emportant sa tasse avec lui, il se leva, marcha jusqu'à la fenêtre, et fit mine de s'absorber dans la contemplation du jardin.

— En fait, reprit-il, c'est au sujet de Jesse. Je voudrais l'envoyer chez ma mère, en Arizona. Il vaudrait mieux pour elle qu'elle ne soit pas là quand Gina...

Il s'interrompit et vida d'un trait le contenu de sa tasse avant de conclure :

— Je voudrais lui épargner ça.

Ryan ne cacha pas sa stupéfaction.

— Mais enfin, Jesse ne va rien comprendre à ce qui lui arrive si elle se retrouve avec des gens qu'elle connaît à peine ! Ecoutez, Austin, je vous demande d'y réfléchir calmement. Elle était avec sa mère quand l'accident s'est produit. Elle a vu l'état dans lequel se trouvait Gina. Ensuite, elle s'est retrouvée à l'hôpital, et elle a bien compris que quelque chose n'allait pas puisqu'on ne la laissait pas voir sa maman. Les enfants ne sont pas bêtes, vous savez ? Vous vous leurrez si vous imaginez qu'elle ignore ce qui se passe. A votre place, je serais rassuré qu'elle puisse rester avec Liz et Louis : des gens qu'elle connaît bien et avec lesquels elle se sent en confiance. D'après ce que j'ai pu observer, vous pouvez compter sur eux pour l'aider à surmonter l'épreuve de la mort de sa mère — si cela devait arriver. Liz sait ce que c'est que de perdre un parent à l'âge de cinq ans. C'est exactement ce qui lui est arrivé.

— Liz ! répéta Austin avec dégoût. Vous êtes tous en train de chanter ses louanges ! Il n'y a donc personne pour comprendre ce qu'elle tente de faire ? Ce qu'elle veut, c'est garder Jesse. Et ça, il n'en est pas question !

— Liz est inquiète pour Jesse, expliqua patiemment Ryan. Comme nous le sommes tous. Cette petite fille va peut-être connaître le pire malheur qui puisse arriver à un enfant : elle risque de perdre sa mère. C'est à nous — et plus encore à vous, en tant que père — de faire en sorte qu'elle souffre le moins possible de cette situation.

— Assez ! lança Austin. Je ne suis pas ici pour vous convaincre d'adopter mon point de vue ni pour me laisser convaincre par le vôtre. Je suis venu vous *informer* que j'ai *décidé* de conduire Jesse en Arizona pour la confier à ma mère. J'attends de vous, qui êtes mon avocat, que vous fassiez le nécessaire pour que tout se passe le plus légalement du monde.

« Compte là-dessus, mon bonhomme… », songea Ryan, qui ne se serait pas privé, s'il s'était écouté, de dire à ce triste sire qu'il pouvait se chercher un autre avocat. Mais agir de la sorte n'aurait servi qu'à le mettre hors jeu et à laisser Liz et Jesse seules aux prises avec Austin.

Quel genre de père était-il donc pour vouloir ainsi aggraver la détresse de sa petite fille en la privant de tous ses repères au moment où elle en avait le plus besoin ?

En réfléchissant à la meilleure façon de jouer au plus fin avec lui, il prit le temps de siroter son café. Puis il décréta enfin :

— Austin, dans votre propre intérêt, je pense qu'il est urgent d'attendre. Avant de prendre la moindre décision, il faut avoir une idée de la manière dont va évoluer l'état de Gina. Songez également que le juge Hetherington estimera sans doute qu'il serait contraire aux intérêts de Jesse de la séparer de sa marraine dans les circonstances présentes. De plus, si vous tentez d'emmener la petite à Phoenix, il faut vous attendre à ce que Liz réclame une ordonnance restrictive. Et elle aura de fortes chances de l'obtenir rapidement, étant donné qu'Hetherington connaît déjà le dossier...

Debout sur le seuil de sa porte, Ryan regarda Austin regagner d'une démarche lourde sa Porsche garée un peu plus bas dans la rue. Pour se montrer aussi méchant, songea-t-il, son client devait être très malheureux. Mais, fort heureusement, il était parvenu à le convaincre de ne pas envoyer Jesse en Arizona. Pour le moment, du moins...

Pourtant, il éprouvait un sentiment de malaise à propos de la tournure que prenait cette affaire. Pourquoi tant de précipitation à expédier Jesse dans un autre Etat ? Et qu'adviendrait-il si Austin ne tenait pas compte de l'avis qu'il venait de lui donner, et s'il prenait un autre avocat pour arriver à ses fins ?

Ryan referma la porte et décida qu'il ne pouvait laisser faire ça.

A l'étage, il entendit Jen claquer les portes des placards. Puis, poussant à fond le volume de son baladeur, elle invita les Dixie Chicks à venir beugler leur dernier tube.

Exactement ce qu'il fallait à Ryan pour prendre conscience qu'il avait négligé sa fille, et qu'il avait du pain sur la planche pour redresser la situation... Jen et Jesse : deux missions qui lui revenaient et qui méritaient toute son attention. Il allait s'y consacrer corps et âme, et c'était exactement ce qu'il lui fallait, car, à bien y réfléchir, il n'avait pas fait grand-chose dont il pût être fier, au cours des dernières années.

Avant d'aller s'habiller, il prit son téléphone portable et partit à la recherche de l'info qui lui manquait en pianotant sur le minuscule clavier. Quand il fut en ligne, il demanda le numéro professionnel de Lindsay Blackstone. L'expérience lui avait appris que pour arriver à ses fins dans la vie, il y a toujours plus d'un chemin possible.

16

— Comment ça, je vais jouer les nounous ?

— Tu m'as bien entendu, Jen. Nous n'avons pas le choix. Le bœuf s'est embourbé dans le fossé.

Jennifer se débarrassa de ses écouteurs et dévisagea Ryan avec perplexité.

— Mais qu'est-ce que tu racontes ?

— C'est dans la Bible…

Elle était allongée à plat ventre sur son lit, et Ryan remarqua que les ongles de ses orteils étaient recouverts d'un affreux vernis couleur lie-de-vin. « Quelle drôle d'idée ! » songea-t-il en venant s'asseoir à côté d'elle sur le lit.

— Dans l'Antiquité, lui expliqua-t-il, un bœuf était aussi vital que peuvent l'être aujourd'hui une voiture ou un ordinateur. En ce temps-là, il y avait des règles très strictes sur ce qu'il était permis de faire ou non le dimanche. Un passage de la Bible raconte qu'un jour, un bœuf se retrouva embourbé dans un fossé et que des voix s'élevèrent pour affirmer qu'il fallait l'y laisser, puisque la loi interdisait de travailler le jour du sabbat. Ne rien faire aurait causé de longues souffrances à l'animal ; il aurait pu également en mourir. Finalement, il fut décidé de le secourir. La compassion et la logique avaient triomphé du dogme.

Le plus grand scepticisme se lisait sur le visage de l'adolescente. Poussant un profond soupir, elle enfonça une touche pour faire taire son baladeur, et se retourna vers son père.

— Je peux savoir pourquoi tu me racontes ça ?

Ce fut au tour de Ryan de soupirer. En s'efforçant de rester calme et patient, il fit une nouvelle tentative.

— Comme je te l'ai expliqué, Gina a eu un accident et elle est en réanimation. Liz ne quitte pas l'hôpital tellement elle est inquiète. A l'heure actuelle, c'est Louis qui s'occupe de Jesse.

Il marqua une pause et ajouta :

— Tu vois qui est Louis, n'est-ce pas ?

— Je crois, répondit Jen avec un haussement d'épaules.

— Tu te rappelles sans doute qu'il n'est plus tout jeune, et tu n'es pas sans savoir que pour s'occuper d'un enfant en bas âge, il faut beaucoup de patience et d'énergie. Bien sûr, Louis est prêt à rendre service parce que, comme je te le disais…

— … le bœuf s'est embourbé dans le fossé, conclut-elle en hochant la tête.

— Voilà ! s'exclama Ryan, tout sourires. Je vois que tu as saisi le truc… Bon, alors je me suis dit que tu pourrais seconder Louis, ce week-end. Et peut-être aussi un ou deux après-midi de la semaine prochaine. Tout dépendra de l'état de santé de Gina. L'accident s'est produit cette nuit, et les douze premières heures sont cruciales. Le pronostic n'est pas très bon et… Quoi qu'il en soit, j'ai pensé à toi pour t'occuper de Jesse.

— Je comprends, mais je ne peux pas.

— Tu ne peux pas…, répéta Ryan en haussant les sourcils d'un air surpris.

Jennifer plia les genoux, les entoura de ses bras et prit appui contre la tête de lit.

— Au cas où tu l'ignorerais, reprit-elle avec véhémence, j'ai une vie, p'pa ! Et tu n'as pas à en disposer à ta convenance. Passer le week-end à m'occuper d'une gamine, c'est vraiment la barbe ! Qu'est-ce que je serai censée faire ? Lui lire *Harry Potter* ? De toute façon, je vois mal comment je pourrais jouer les baby-sitters puisque je fais déjà la bonniche dans cette maison pour payer ce foutu vélo. Tu te rappelles ?

Résistant à son envie de la secouer pour lui remettre les idées en place, Ryan croisa les bras.

— Je suis prêt à réviser la sentence, maugréa-t-il. Au lieu de passer l'aspirateur et de faire la vaisselle, te voilà baby-sitter l'espace de quelques jours. Tu gagnes au change, non ?

— Désolée, mais je préfère le ménage.

Sans lui laisser le temps de réagir, elle reprit ses écouteurs et remit le baladeur en marche.

Ne sachant comment réagir, Ryan la regarda secouer la tête au rythme de la musique, comme si de rien n'était. Son comportement égoïste le décevait plus qu'il ne le mettait en colère. Cette gamine n'avait donc pas de cœur ? Etait-il possible qu'elle n'éprouve aucune sympathie pour une petite fille qui risquait fort de se retrouver bientôt orpheline ?

Le bruit de sa musique lui parvenait, abrutissant et dissonant à souhait, bien qu'il fût largement étouffé. Lui aurait-elle dit le nom du groupe que ça lui serait passé largement au-dessus de la tête. Il était si loin de son univers… C'était presque comme s'ils avaient vécu sur deux planètes différentes. Dans ces conditions, qu'est-ce qui avait bien pu lui faire croire qu'il s'en sortirait mieux que Diane ?

Indifférent au regard scandalisé qu'elle lui lança, Ryan tendit le bras et éteignit le baladeur. Après lui avoir ôté les écouteurs, il s'empara de l'appareil et le déposa calmement sur la table de chevet.

— O.K. ! dit-il. Puisque tu le prends comme ça, retour à la case départ. Je ne te demande pas d'être d'accord avec moi, mais seulement de m'écouter. D'abord, tu vas te lever et t'habiller. Ensuite, nous nous arrêterons au McDo pour prendre un petit déjeuner, et je te déposerai chez Liz. Là, tu me feras le plaisir de sourire et de te montrer gentille avec cette petite fille qui n'aura peut-être bientôt plus de maman. Si elle veut que tu lui lises *Harry Potter*, tu le feras avec bonne humeur. Si elle veut faire des cookies, tu joueras les parfaites petites cuisinières. Tu t'arrangeras pour lui changer les idées, et surtout, tu éviteras toute parole malheureuse qui pourrait lui faire de la peine. Me suis-je bien fait comprendre ?

Debout devant lui, Jennifer le dévisagea et lança d'un air de défi :

— Je sais à quel jeu tu joues ! Ça n'a rien à voir avec Jesse : c'est Elizabeth Walker qui t'intéresse. Si tu m'envoies chez elle jouer les nounous, c'est uniquement pour t'attirer ses faveurs.

— Si c'était mon but, je m'y prendrais autrement, figure-toi. Parce que tu me ferais plutôt une mauvaise publicité, si tu vois ce que je veux dire.

L'espace d'une demi-seconde, une douleur intense passa dans le regard de Jen.

— J'appelle m'man tout de suite ! lança-t-elle sèchement. Pour qu'elle vienne me chercher.

Pour toute réponse, Ryan prit le portable de sa fille sur la table de chevet, et le lui tendit. Dressés l'un contre l'autre, ils demeurèrent les yeux dans les yeux. Ceux de Jen brillaient de colère et de frustration. Le silence dura un moment, puis, avec un juron étouffé qu'il préféra ne pas entendre, elle tourna les talons, gagna la salle de bains et claqua bruyamment la porte derrière elle.

Ryan s'approcha à pas feutrés. De nouveau, les portes claquaient et les objets valsaient, mais pour une raison valable, cette fois.

Quand il entendit enfin le bruit de l'eau, il se décida à lancer d'une voix dégagée :

— Tu as vingt minutes, princesse…

Lindsay ignorait comment Ryan Paxton s'y était pris pour obtenir son numéro de portable. Elle crut d'abord qu'il cherchait à joindre Elizabeth, mais en fait, c'était bien à elle qu'il voulait parler. Dès qu'il lui eut exposé son plan, elle tomba d'accord avec lui pour ne pas en parler à Liz.

Tout en prenant des notes à toute allure, elle songea que l'avocat prenait des risques et qu'elle devrait trouver tôt ou tard un moyen de l'en remercier. Elizabeth n'était sans doute pas prête à lui accorder sa confiance, mais pour sa part, elle n'avait plus aucun doute à son sujet.

Après avoir raccroché, elle rangea le portable dans son sac et se leva en grognant et en s'étirant.

— Dieu du ciel, Liz ! se plaignit-elle. Je me demande comment tu fais pour rester des heures sans bouger. Qu'est-ce que tu dirais d'une petite promenade dans l'atrium ?

Elle alla jusqu'à la fenêtre pour étudier le ciel, et ajouta :

— Il a cessé de pleuvoir, et il reste une demi-heure avant la prochaine visite. Qu'est-ce que tu en penses ?

— Je ne sais pas…

De toute évidence, Elizabeth était encore sous le choc, après avoir appris la grossesse de Gina. Comme elle le supposait, il était fort probable que la jeune femme avait annoncé la nouvelle à Austin. Mais comment avait-il réagi ? Mystère. Saurait-on un jour ce qui s'était passé entre eux au cours des heures qui avaient précédé l'accident ? Comme par un fait exprès, Jesse, qui avait peut-être été témoin de la scène, restait muette.

— Il y a quelque chose dont je voudrais te parler, reprit Lindsay. Mais dans un endroit un peu plus discret qu'une salle d'attente…

Elizabeth poussa un soupir résigné et se leva.

— D'accord. Mais il faut dire à l'infirmière de garde où elle peut nous trouver au cas où…

— Naturellement, dit Lindsay en lui emboîtant le pas. C'est bien ce que je pensais faire.

Dix minutes plus tard, elles déambulaient dans l'atrium de l'hôpital, vaste espace paysagé composé de grands arbres et de buissons en fleurs.

— Le soleil paraît toujours plus brillant après une averse, fit remarquer Lindsay en chaussant ses lunettes teintées. Tu ne trouves pas ?

— Oui, c'est vrai. Et le monde paraît plus propre, plus net, après la pluie.

S'arrêtant au bord du chemin, Elizabeth se pencha pour ramasser une fleur de camélia d'un rose profond, tombée sur le sol.

— Mais quand je pense à la raison pour laquelle nous sommes ici, ajouta-t-elle d'un air songeur, j'avoue que je me mets à douter de tout.

— Liz…, murmura Lindsay en lui prenant la main. Je suis tellement triste pour toi, tu sais…

Les yeux brillants, Liz grimaça un sourire et acquiesça d'un hochement de tête.

— Puisque l'état de santé de Gina semble ne pas devoir s'améliorer, reprit Lindsay avec détermination, j'ai une suggestion à te faire. Une démarche à laquelle tu n'as peut-être pas pensé, étant donné les circonstances… Ça concerne Jesse.

— Depuis que je suis ici, répondit Liz, je n'ai rien fait d'autre que penser à elle.

— Oui, je sais… Mais c'est d'une démarche légale que je veux te parler.

Surprise, Elizabeth plongea son regard dans celui de sa sœur.

— Ah bon ? Laquelle ?

— Asseyons-nous.

Un petit ruisseau cascadait sur un arrangement de roches moussues dans un coin de l'atrium. Elles allèrent s'asseoir sur le banc de pierre qui lui faisait face, et Lindsay demanda :

— As-tu sur toi le numéro de Maude Kennedy ?

— Bien sûr ! En fait, je l'ai déjà appelée. Elle a promis de venir, mais elle ne pouvait pas se libérer avant 9 heures. J'ai besoin de son aide, au cas où Austin s'obstinerait à vouloir demander qu'on arrête les machines qui maintiennent Gina en vie.

— Elle ne devrait pas tarder, dit Lindsay en jetant un coup d'œil à sa montre. Tu vas peut-être penser que je me mêle de ce qui ne me regarde pas, Liz, mais je t'assure que je ne pense qu'au bien-être de Jesse. Si nous attendons, il risque d'être trop tard.

— De quoi parles-tu, Lindsay ?

— Je pense que tu devrais appeler Maude tout de suite et lui demander de réclamer une mesure d'éloignement pour empêcher Austin d'expédier Jesse en Arizona, chez sa mère.

A ces mots, Elizabeth fronça les sourcils.

— Comment sais-tu que sa mère vit en Arizona ?

— J'ai dû en entendre parler à l'audience.

Lindsay était parvenue à ne pas se troubler, et elle soutenait sans ciller le regard dubitatif de Liz, qui ne devait surtout pas savoir que c'était Ryan qui l'avait renseignée. Communiquer des informations aussi cruciales au camp adverse constituait une grave entorse à la déontologie de son métier.

— En tout cas, c'est plausible, dit Liz. Austin serait tout à fait capable de confier sa fille à des gens qu'elle n'a dû voir qu'une ou deux fois dans sa vie…

— Et pourquoi penses-tu qu'il ferait une chose pareille ? demanda Lindsay. Je le sais, moi — ou, du moins, je crois le savoir. Et je me demande si tu penses la même chose que moi.

— Parce que c'est un…

Elizabeth n'acheva pas sa phrase et tourna vivement la tête vers sa sœur, comme frappée par une illumination.

— Parce qu'il ne veut pas que Jesse puisse témoigner de ce qu'elle a vu la nuit dernière, c'est ça ?

— Avoue que c'est une hypothèse crédible. Et pour se prémunir d'un tel risque…

— Merci, Lin ! J'aurais dû y penser moi-même.

Avec un sourire reconnaissant, elle tendit la main vers elle, paume en l'air, et demanda :

— Tu peux me prêter ton portable ?

Avant même qu'elle le lui demande, Lindsay l'avait déjà sorti de son sac.

Le comportement de Jennifer ne s'améliora pas durant le trajet, mais au moins eut-elle l'intelligence de ne pas entrer en rébellion ouverte. Ryan espérait ne pas avoir commis d'erreur en l'obligeant à s'occuper de Jesse, mais il n'avait pas exagéré en affirmant qu'un homme de l'âge de Louis Christian ne pouvait pas s'en charger seul.

Il s'était écoulé moins de douze heures depuis l'accident, mais il avait l'impression que ça faisait une semaine.

Après la visite surprise d'Austin, il avait passé deux coups de fil au Hermann Hospital : le premier à Lindsay Blackstone, le second à Megan, sa sœur.

Comme il l'avait deviné après avoir fait sa connaissance aux urgences, Lindsay était une jeune femme brillante. Immédiatement, elle avait compris ce dont il retournait, sans qu'il eût besoin de lui mettre les points sur les i. Si quelqu'un était de taille à s'opposer aux projets d'Austin, c'était bien elle. Elle saurait convaincre Liz d'agir vite, étant donné l'urgence. Bien sûr, en tant qu'avocat d'Austin, Ryan risquait de payer cher son comportement actuel. Mais s'il devait être poursuivi pour violation du secret professionnel, il aviserait, le moment venu. Au moins, il avait la conscience tranquille : un luxe qu'il ne s'était pas offert très souvent, ces derniers temps… Mais pourquoi prenait-il tant de risques pour Elizabeth Walker ? Il n'osait pas répondre à cette question…

La conversation qu'il avait eue ensuite avec Megan avait suffi à assombrir sa journée. D'après elle, Gina se trouvait dans un état plus que critique, et il ne fallait plus espérer qu'elle reprenne conscience. Mais Megan ne l'avait pas encore annoncé à Elizabeth.

— Nous décidons souvent de laisser les proches en arriver d'eux-mêmes à la conclusion qui s'impose, avait-elle expliqué. Ils finissent par s'y résoudre, la plupart du temps. Et ce sera le cas pour Liz. Elle est trop intelligente pour s'enfermer longtemps dans le déni.

Ryan avait perçu dans sa voix l'écho d'un sourire triste quand elle avait conclu :

— Bien entendu, je ferai tout ce qui sera en mon pouvoir pour aider Liz à surmonter cette épreuve.

— Vous confirmez donc que c'est sans espoir ?

— Malheureusement, Gina est en état de mort cérébrale.

En arrivant devant chez Liz, Ryan se demanda si Louis était au courant. A côté de lui, Jennifer déboucla sa ceinture avec un claquement sec, et décréta :

— Je te préviens, il est hors de question que je fasse des cookies !

Manifestement, songea Ryan avec colère, sa fille ne percevait pas la situation de la même façon que lui. Avant qu'elle ait eu le temps d'ouvrir la portière, il tendit le bras et lui agrippa vivement le poignet.

— La mère de cette petite fille est en train de mourir, Jen. Si j'apprends que tu n'as pas fait tout ton possible pour lui rendre la vie plus douce, je te préviens que tu auras à en subir les conséquences…

D'un geste sec, elle libéra son bras et roula des yeux effarés, soulevant devant elle le sac qu'elle avait gardé entre ses jambes durant tout le trajet.

— Relax, p'pa ! J'ai là-dedans tout un attirail de vieilles Barbie avec lesquelles je jouais quand j'étais petite. J'ai lu un truc, là-dessus. C'est comme ça que les psys s'y prennent pour aider les enfants qui ont subi un traumatisme : ils leur font faire des sortes de jeux de rôles avec des poupées.

Réduit au silence, Ryan regarda sa fille remonter l'allée d'un pas nonchalant en direction de la porte d'entrée. Et dire qu'une minute auparavant, il la prenait pour un être égoïste et sans cœur… Décidément, il avait énormément de mal à comprendre les femmes, quel que fût leur âge !

Avec fierté et soulagement, Ryan secoua sa torpeur et rejoignit sa fille sur le perron, à temps pour voir Louis apparaître dans l'entrebâillement de la porte. Debout derrière lui, cachée derrière ses jambes, Jesse avait les yeux cernés et agrandis par l'inquiétude. Le vieil homme retenait d'une main ferme le collier du chien, qui saluait leur arrivée en aboyant furieusement. Ryan tenta de se rappeler son nom, mais il n'y parvint pas.

— Salut, Archie ! lança gaiement Jennifer en lui caressant la tête.

— Assez, Archie ! ordonna sèchement Louis.

Manifestation d'autorité qui s'avéra parfaitement inutile. Sans plus s'en soucier, Louis baissa les yeux sur Jesse et lui dit doucement :

— Regarde qui vient te rendre visite : Jennifer et son papa.

— Bonjour, Jesse…, dit Ryan, le cœur serré à l'idée de ce que cette enfant allait bientôt devoir affronter.

Jen s'accroupit pour se mettre au niveau de la fillette.

— Bonjour, toi ! lança-t-elle. Comme je ne savais pas quoi

faire ce week-end, je me suis dit qu'on pourrait passer un peu de temps ensemble, toutes les deux. Ça te dirait ?

Sans un geste, sans un mot, Jesse la regarda au fond des yeux.

— Je savais que ça te plairait ! enchaîna Jennifer en ouvrant déjà son sac. Devine un peu ce que j'ai là-dedans… Non, non… C'est pas une poupée Britney Spears : c'est encore mieux que ça !

D'un geste de prestidigitateur, elle fit jaillir du sac une Barbie étonnamment bien conservée pour son âge.

— Ta-dam ! s'exclama-t-elle. Barbie en personne, pour te servir…

En récompense de ses efforts, Jesse la gratifia d'un faible clignement de paupières.

— J'ai encore tout un tas de surprises dans ce sac, ajouta Jen en y fourrant la poupée sans ménagement. Mais j'ai besoin de place pour les étaler. Ta chambre, par exemple, ce serait impeccable.

Louis s'accroupit à son tour en souriant.

— Que dis-tu de ça, fillette ? Tu as envie de montrer ta chambre à Jennifer ?

Pour toute réponse, Jesse hocha imperceptiblement la tête.

— Super ! lança Jen en se redressant.

Elle lui tendit la main. Jesse y glissa la sienne sans hésiter, et toutes deux traversèrent le hall en direction de l'escalier, sans se retourner vers les deux hommes qui les observaient depuis le pas de la porte.

— Votre fille est adorable, dit Louis quand elles eurent disparu sur le palier.

— Oui, répondit Ryan. C'est exactement ce que j'étais en train de me dire.

— Les enfants réservent parfois des surprises.

— J'y pensais aussi…

Ryan, qui n'avait toujours pas été invité à entrer, se garda bien de prendre l'initiative de la conversation.

— Vous avez eu des nouvelles de l'hôpital, aujourd'hui ? demanda enfin Louis en se retournant pour le regarder droit dans les yeux.

— Oui, juste avant de venir ici. Et vous ?

— Liz a appelé, ce matin, mais elle est restée plutôt vague sur l'état de santé de Gina. Ça se présente plutôt mal, n'est-ce pas ?

Ryan ne savait que répondre. S'il annonçait brutalement la vérité au vieil homme, celui-ci risquait peut-être de faire une attaque ?

Sans doute conscient de son trouble, Louis demanda :

— Vous avez le temps de boire un café ?

— S'il est déjà fait, ce sera avec plaisir.

En lui faisant signe de le suivre, Louis se dirigea vers la cuisine. Il prit deux tasses dans un placard, et les remplit d'un liquide noir et fumant. Il suffisait de le regarder faire pour comprendre qu'il se sentait chez lui dans cette maison et qu'il devait y passer le plus clair de son temps.

— Du sucre ? Du lait ?

Ryan secoua négativement la tête.

— Je l'aime bien serré.

Du regard, il désigna la porte-fenêtre donnant sur le patio, et reprit :

— Si ça ne vous dérange pas, je préférerais qu'on s'installe dehors. Je ne voudrais surtout pas que Jesse nous entende.

Le jardin d'Elizabeth était vaste, planté de grands arbres qui dispensaient leur ombre rafraîchissante.

— Alors ? fit Louis lorsqu'ils furent assis chacun dans un transat. Parlez-moi de Gina.

— Les nouvelles sont mauvaises, répondit Ryan. D'après Megan, elle se trouve en état de mort cérébrale.

Louis détourna les yeux pour cacher ses larmes. Ses épaules s'étaient affaissées. Une tristesse intense se peignit sur ses traits. Ryan eut l'impression qu'il avait vieilli de plusieurs années en quelques secondes.

— Je pense à cette pauvre enfant, murmura-t-il d'une voix brisée. Elle n'a pas dit un mot depuis son retour. Ce sera terrible pour elle.

— Oui. Liz va être anéantie, elle aussi.

Louis se leva péniblement, gagna le bord du patio, et versa le fond de sa tasse dans une plate-bande.

— Attendez-vous à quelques problèmes, dit-il en se retournant.

— Que voulez-vous dire ?

— Si Gina est en état de mort cérébrale, il faudra prendre des décisions. Liz est têtue. Elle n'acceptera pas que l'on débranche les machines... Mais Austin n'aura pas autant de scrupules.

— Je ne peux pas discuter de ça, déclara Ryan. Officiellement, je reste l'avocat d'Austin.

« Malheureusement ! » ajouta-t-il pour lui-même.

— Il n'était pas marié à Gina, poursuivit Louis. Il n'est donc pas en position de décider quoi que ce soit pour elle.

— Je pourrais prouver le contraire à la barre d'un tribunal, répliqua Ryan avec un sourire désabusé. En arguant du nombre d'années pendant lesquelles ils ont vécu ensemble, et de l'enfant qu'ils ont en commun.

Se piquant au jeu, Louis rétorqua :

— Vous oubliez que l'avocat de la partie adverse pourrait souligner qu'il y a peu de temps, il la traînait plus bas que terre, à la barre d'un tribunal, afin de se débarrasser d'elle sans avoir à lui verser de pension alimentaire.

Même s'il ne pouvait qu'être d'accord, Ryan n'était pas en mesure de l'admettre. Mais la finesse d'analyse du vieil homme et la justesse de ses vues l'intriguaient. Dès le premier jour, le personnage de Louis lui avait semblé familier. L'instant n'était pas plus mal choisi qu'un autre pour tenter d'en savoir plus à son sujet.

— Vous étiez avocat, autrefois ?

Louis haussa les épaules.

— Pas besoin d'être avocat pour mettre en doute les droits d'Austin Leggett dans cette affaire.

— En tout cas, insista Ryan avec un sourire entendu, vous parlez comme un avocat.

— J'avoue que j'ai été de la partie. Autrefois.

— Vous exerciez vos talents dans cet Etat ?

— Oui et non.

Ryan renonça à en savoir plus. Mais, à défaut de le faire parler de lui, peut-être pourrait-il lui arracher quelques bribes d'informations concernant le juge Walker ?

— A propos d'Elizabeth..., reprit-il d'un ton dégagé, que savez-vous de son père ?

— Pourquoi me posez-vous cette question ? rétorqua Louis avec un regard soupçonneux.

— Je n'ai pas fait le rapprochement jusqu'à cet article dans le *Chronicle*, mais mon père était juge, lui aussi. Il est mort de manière bizarre, à peu près à la même époque que Matthew Walker. Ils étaient tous les deux en fonction durant le mandat du maire Arthur Ramsey.

— L'homme politique le plus corrompu que cette ville ait jamais connu..., grommela Louis en retournant s'asseoir.

— La corruption était monnaie courante, à l'époque. Pas seulement dans les milieux politiques. Le monde judiciaire avait sa part de fruits véreux...

— Mais votre père n'en faisait pas partie ?

Ryan haussa les sourcils d'un air surpris, et demanda :

— Vous le connaissiez ?

— Ce n'était pas un constat. C'était une question.

Ryan réprima un sourire amusé. Ce n'est pas à un vieux singe qu'on apprend à faire des grimaces, et il ne risquait pas d'embobiner un ex-confrère avec des trucs de prétoire.

— Non, répondit-il. Mon père n'en faisait pas partie. En fait, je regrette de ne pas avoir prêté plus d'attention à son travail, quand il était encore en vie, et plus spécialement aux dossiers sur lesquels il travaillait durant les quelques mois qui ont précédé sa mort. J'aurais peut-être pu sentir qu'il marchait au bord d'un précipice. Mais je n'étais qu'un sale gamin de quinze ans imbu de lui-même, comme on peut l'être à cet âge. Je n'aurais pas perdu mon précieux temps à m'intéresser à la carrière de mon père et à ses problèmes. Depuis, je l'ai sacrément regretté.

— Tout homme doit apprendre à vivre avec ses regrets.

— Bien dit...

Louis observait le manège des oiseaux autour de la mangeoire que Liz avait installée à leur intention. Un cardinal venait de s'y percher et picorait avec entrain des graines de tournesol…

— En fait, reprit-il, puisque vous me posez la question, je dois admettre que je connaissais John Paxton. C'était un homme admirable, d'une droiture exemplaire. Les avocats qui devaient défendre devant lui un prévenu manifestement coupable n'en menaient pas large. Sa mort a représenté une grande perte pour le monde judiciaire et pour cette ville en général.

En l'écoutant évoquer le souvenir de son père, Ryan sentit son pouls s'accélérer. Même s'il n'était pas disposé à parler de lui, Louis Christian pouvait remplir certains blancs dans la suite des événements qui avaient mené à la mort du juge Paxton.

Se redressant sur son siège, Ryan se pencha en avant, les coudes posés sur les genoux, sa tasse de café serrée entre ses mains.

— Ce scandale qui a ébranlé le système judiciaire durant le mandat du maire Ramsey… que pouvez-vous m'en dire ?

— Un tas de choses ! répondit Louis. Mais c'est aussi ce que tout le monde sait, grâce au scandale qui a été exposé sur la place publique. Dans cette affaire, des juges se sont vendus à des avocats qui souhaitaient un verdict favorable pour leurs clients. Dans certains cas, ça se chiffrait en millions… Leurs turpitudes servaient à blanchir toutes sortes de fraudes. Vous aviez besoin d'un acquittement ? Quelques contacts discrets suffisaient à vous mettre en rapport avec des juges tout prêts à vous rendre ce service, moyennant finance. Et quand je dis « des » juges, il n'y en avait pas qu'un ou deux, mais une bonne vingtaine !

— D'après ce que j'en sais, reprit Ryan sans cesser de dévisager Louis, l'enquête a mené à un compte rémunéré dans les îles Cayman. Mais on n'a jamais pu découvrir les bénéficiaires des nombreux virements effectués à partir de ce compte.

— C'est ce qui s'est dit. Dans les faits, ces virements rétribuaient grassement les services des juges marrons.

Louis se remit sur ses pieds, non sans efforts, mais le regard qu'il posait sur Ryan demeurait toujours aussi affûté.

— Ça fait bien longtemps que je n'ai plus parlé de ce scandale avec quelqu'un qui s'en souvienne, reprit-il. Pourtant, à l'époque, il a fait de gros dégâts : il a ruiné bien des vies.

— Comme celle de mon père. Mais j'ai eu beau passer des centaines d'heures à enquêter sur les dossiers qu'il traitait à l'époque, je n'ai rien découvert qui aurait pu laisser planer un doute sur son éventuelle implication dans ce scandale.

— Naturellement, approuva Louis d'un air surpris. Personne au monde n'aurait eu l'idée de soupçonner le juge Paxton de prévarication.

— Et pourtant, il s'est suicidé, ajouta Ryan à mi-voix. Je suppose que vous le savez ?

Louis hocha la tête gravement.

— Et je suis désolé pour vous que vous ayez dû grandir sans lui.

— Je ne crois pas à la thèse du suicide, reprit Ryan en guettant la réaction de Louis. Je crois qu'on l'a acculé à la mort.

— Acculé ? répéta Louis, les sourcils froncés. Que voulez-vous…

— C'est le père de Liz ! Le juge Matthew Walker. Il est la dernière personne à avoir parlé à mon père, dans son bureau, la nuit où il est mort. Ils travaillaient ensemble. Il était tard. L'endroit était désert quand Walker est parti. En fait, personne n'a pu témoigner de l'heure à laquelle il a quitté les lieux. Alors, qui peut dire ce qui s'est passé réellement entre eux ?

Ryan se leva souplement, et alla à son tour verser le fond de sa tasse dans la terre de la plate-bande.

— Je pense que Walker était mouillé jusqu'au cou dans ce scandale, conclut-il d'une voix amère, sans se retourner. Pour se protéger, il voulait obliger mon père à agir contre sa conscience. Je pense que Walker devait avoir sur lui un quelconque moyen de pression… une erreur de jeunesse, peut-être… un manquement qui devait l'impliquer personnellement. J'ai épluché ses notes, fouillé la maison de la cave au grenier, vidé son coffre à la banque, feuilleté ses agendas, lu sa correspondance, mais je n'ai rien trouvé. Pas l'ombre de quoi que ce soit qui aurait pu être retenu contre lui. N'empêche que ça devait représenter une menace importante pour sa famille, sa réputation ou sa carrière. Au point de lui faire choisir la mort.

— Et c'est le juge Walker que vous accusez de l'avoir poussé à faire ce choix ? demanda Louis dans son dos. C'est bien ce que vous êtes en train de me dire.

Ryan fit volte-face et répondit en le regardant fixement :

— Oui. C'est exactement de cela que je l'accuse.

17

Une demi-heure plus tard, Ryan buvait un nouveau café, aussi fort et amer que celui de Louis, mais à l'hôpital, cette fois. En avalant d'un trait le reste de son gobelet, il se dit que, de toute façon, il ne pourrait pas être plus énervé — il se retrouvait dans cet état chaque fois qu'il prenait le risque de penser à John Paxton.

En temps ordinaire, Ryan ne se permettait pas d'admettre le ressentiment qu'il éprouvait toujours à l'égard de son père pour avoir fui lâchement ses responsabilités, quelles qu'aient pu être les circonstances. Avant d'accomplir son terrible geste, avait-il éprouvé quelque remords de laisser derrière lui une épouse malade et un fils ? A quoi diable pouvait-il donc penser pour les abandonner ainsi, sans un mot d'explication, avec juste leurs yeux pour pleurer ?

Ryan était convaincu qu'aucune situation, si désespérée qu'elle pût paraître, ne justifiait d'en arriver à de telles extrémités. Lui, il ne pourrait pas faire ça à Jen. Ça lui serait tout bonnement impossible. Quelle menace insupportable le père de Liz avait-il bien pu faire planer sur la tête du juge Paxton, homme d'honneur selon Louis Christian, pour le pousser jusque-là ? Le plus rageant était qu'il ne pourrait jamais demander d'explications ni à l'un ni à l'autre…

Un bruit de pas lui fit lever la tête. Liz et Lindsay étaient de retour. En arrivant, il les avait vues passer les portes de l'unité de soins intensifs. Il les avait attendues en explorant les lieux sans découvrir la moindre trace d'Austin, ce qui n'était pas pour le rassurer. L'homme était plutôt coriace, et son attitude de la veille tout comme sa visite matinale montraient bien à quel point il était impatient de récupérer la maîtrise de la situation.

Avant de prendre congé de Louis, Ryan l'avait prévenu qu'Austin risquait de venir lui réclamer Jesse, et qu'il ne fallait sous aucun prétexte le laisser emmener la fillette.

— S'il débarque, avait-il conclu en donnant à Louis les numéros de son portable et de son biper, appelez-moi tout de suite et essayez de gagner du temps.

Il avait failli laisser ses clés au vieil homme pour qu'il puisse emmener Jesse et Jennifer chez lui, mais il y avait renoncé, estimant que la fillette avait surtout besoin de rester en territoire connu.

Ryan se leva pour accueillir les deux femmes qui entraient dans la salle d'attente. Liz paraissait épuisée.

— Comment va Gina ? lui demanda-t-il, même s'il savait à quoi s'en tenir.

— Aucun changement, répondit-elle.

Puis elle balaya la pièce du regard et demanda :

— Où est mon café ? Je croyais l'avoir laissé ici.

Il s'approcha d'elle et posa doucement la main sur sa joue.

— Je l'ai jeté, dit-il. Il était froid et tellement amer qu'il vous aurait fait des trous dans l'estomac... Venez donc en boire un avec moi à la cafétéria, et nous en profiterons pour manger quelque chose : je suis sûr que vous êtes affamée.

— Excellente idée ! déclara Lindsay en se laissant tomber sur l'un des deux sofas. Je vais rester là, au cas où il se passerait quelque chose. N'oublie pas ton portable, Liz. Je t'appellerai en cas de problème.

— Je pourrais tout aussi bien aller chercher une bricole à grignoter au distributeur...

Ce disant, elle avait fait un pas de côté pour se mettre hors de portée de Ryan. Pourtant, il ne manqua pas de noter avec une certaine satisfaction mêlée de soulagement que ses joues s'étaient empourprées. Ce qui tendait à prouver qu'il ne devait pas lui être aussi indifférent qu'elle voulait bien le laisser paraître...

— Laisse-toi faire, Liz ! insista Lindsay.

Manifestement, elle aussi avait remarqué l'embarras de sa

sœur. Alors que Liz, résignée, gagnait la sortie, Lindsay adressa à Ryan un sourire radieux, le pouce levé en l'air.

Devant les portes de l'ascenseur, Ryan expliqua à Liz :

— Je sors tout juste de chez vous. Jesse était calme, mais elle a semblé heureuse de voir arriver Jennifer.

Les portes tintèrent en s'ouvrant devant eux, et il la guida dans la cabine en posant la main dans le creux de son dos. Une dame âgée en fauteuil roulant, accompagnée de deux membres de sa famille, s'y trouvait déjà. Ryan attendit qu'ils soient descendus, un étage plus bas, pour ajouter :

— Louis a l'air de tenir le choc.

— Je lui ai téléphoné dans la matinée, précisa Liz avec un sourire affectueux. Je ne sais pas ce que je ferais sans lui.

Les portes se rouvrirent sur la cafétéria, déversant d'un coup sur eux un brouhaha assourdissant.

— Vous savez, ajouta Liz en promenant sur la foule un œil indécis, je n'ai pas très faim…

L'endroit était bondé. Pour l'empêcher de sortir de la cabine, Ryan retint Elizabeth par le coude.

— Il y a un petit restaurant à deux pas d'ici, expliqua-t-il. Ça vous ferait du bien de changer d'atmosphère. N'oubliez pas que Lindsay vous appellera en cas de besoin.

A sa grande surprise, elle ne fit aucune objection et le laissa appuyer sur le bouton du rez-de-chaussée. Ryan se garda bien d'en tirer des conclusions hâtives. La fatigue, le chagrin et l'angoisse avaient amoindri ses résistances, mais elle n'avait pas tout à fait baissé sa garde, comme elle ne tarda pas à le lui prouver.

— Où se trouve votre client ?

— Lequel ? J'en ai plusieurs.

— Vous savez très bien de qui je veux parler. Austin ne s'est pas montré depuis que nous nous sommes affrontés dans la chambre de Gina. Permettez-moi de trouver cela inquiétant.

Avec un sourire amer, elle ajouta :

— Il n'éprouve aucun amour pour elle, et ce n'est pas lui qui paiera le séjour en service de réanimation. Alors, pourquoi cet empressement à vouloir mettre un terme à son existence ?

Comme ils s'arrêtaient devant un passage pour piétons, Ryan lui prit le bras en un geste apaisant, et lui dit :

— Je ne prétends pas comprendre les motivations de mon client ni rien de ce qu'il entreprend. Vous ne me croirez peut-être pas, mais je le connais assez peu. J'ai accepté de le représenter uniquement à cause des sollicitations pressantes de son père, qui se trouve être l'un des fondateurs de la firme qui m'emploie.

Le feu étant passé au rouge, ils traversèrent.

— S'il n'y avait pas eu Jesse, conclut-il, j'aurais déjà laissé tomber l'affaire. Encore une fois, je sais que rien ne vous oblige à me croire, mais c'est à cause de votre filleule, pour tenter de l'aider, que je n'ai pas envoyé balader Leggett.

En entendant ces mots, Liz lui sourit tendrement.

— Je vous crois, dit-elle. Moi aussi, je fais des tas de choses en pensant à Jesse. Des choses dont je m'abstiendrais volontiers s'il ne s'agissait pas de la protéger.

— Par exemple ?

— Puisque vous êtes toujours l'avocat de son père, je pense en avoir assez dit.

Ils n'étaient plus très loin du restaurant, dont la terrasse comportait une douzaine de tables munies de parasols. Liz s'arrêta près de l'une d'elles, qui était en plein soleil. Ryan admira l'éclat de ses cheveux, d'une couleur chaude et riche. Ils n'étaient pas vraiment roux, mais d'un auburn sombre éclairé de lumineux reflets. Ils lui tombaient jusqu'aux épaules et ne demandaient qu'à frisotter dans l'atmosphère humide de Houston. Elle devait s'efforcer de les discipliner, en temps normal, mais après une nuit passée à l'hôpital, la cause était perdue d'avance. Il la préférait ainsi : naturelle, féminine et sans apprêt, dans son jean et son T-shirt défraîchis. Quant à ses yeux verts… difficile de ne pas se laisser prendre à leur piège.

— Liz… Quand tout ça sera terminé, accepterez-vous de dîner avec moi ? Est-ce que vous nous donnerez une chance de mieux nous connaître sans qu'Austin Leggett vienne se dresser entre nous ?

— Je ne… je ne sais pas, répondit-elle en détournant le regard.

— Est-ce que… il y a déjà un homme dans votre vie ?

— Non. C'est juste que…

Tout en secouant la tête, elle soupira et se força à soutenir son regard.

— … Je ne suis vraiment pas intéressée par… ça, conclut-elle à mi-voix.

Sachant qu'il prenait un risque, Ryan esquissa un sourire et la taquina.

— Ne me dites pas que les accusations d'Austin étaient fondées !

Elle ne comprit pas tout de suite à quoi il faisait allusion, et le regarda avec des yeux agrandis par la surprise.

— Vous voulez dire que… que Gina et moi…

Comme si cette idée l'amusait, elle laissa échapper un rire mutin.

— Croyez ce que vous voulez, reprit-elle, mais les sous-entendus d'Austin ne font que nourrir ses fantasmes personnels. Il est assez malade pour ça.

— Et surtout assez vulgaire.

— C'est vous qui l'avez dit, pas moi.

Du regard, elle désigna la porte ouverte de l'établissement et demanda :

— On va déjeuner, oui ou non ?

Ryan ne fut pas dupe de sa manœuvre de diversion, mais il trouva des raisons d'espérer. Elle n'avait pas dit qu'elle accepterait de sortir avec lui, mais elle ne l'avait pas non plus formellement exclu.

— Et si on s'installait en terrasse ? suggéra-t-il.

— Bonne idée.

Ils s'assirent, et elle sourit au serveur qui leur apportait deux menus et deux verres d'eau glacée. Cette fois, ce fut au piège de son sourire que Ryan se laissa prendre. Il lui fit oublier les circonstances tragiques qu'ils traversaient ensemble.

— Vous devriez le faire plus souvent…, murmura-t-il en suivant des yeux le serveur qui venait de noter leur commande.

— Faire quoi ? s'étonna-t-elle.

— Sourire.

Instantanément, elle recouvra son air sérieux.

— Il m'est difficile de trouver des raisons de le faire, dit-elle. J'ai beaucoup de mal à accepter que la vie d'une femme aussi vivante, aussi vibrante que Gina puisse s'arrêter comme ça, brutalement. Je veux garder espoir.

Elle baissa les yeux et se tut un instant avant d'ajouter :

— Je le dois à Gina. Et je le dois à Jesse.

— Il y a toujours de l'espoir, Liz.

Ryan aurait voulu lui prendre la main pour la porter à ses lèvres, mais il devait remettre ce désir à plus tard — ce désir ainsi que bien d'autres, nettement plus téméraires.

Les sourcils froncés, perdue dans ses pensées, Elizabeth déplia sa serviette.

— Je n'ai jamais compris la passion que Gina vouait à Austin, avoua-t-elle d'une voix songeuse. A tel point que j'en viens à me demander, avec le recul, si j'ai été une véritable amie pour elle.

Avant de poursuivre, elle chercha le regard de Ryan, comme si elle espérait y trouver de l'aide.

— Gina connaissait les défauts d'Austin sans avoir besoin de moi pour les lui rappeler en permanence. Si elle en avait été capable, elle aurait très vite mis fin à leur relation. Mais elle ne pouvait tout simplement pas envisager de refaire sa vie sans lui, et c'est quelque chose que je n'ai jamais pu accepter. Si je l'avais fait, si je m'étais rendue à l'évidence, j'aurais peut-être pu lui venir en aide plus efficacement.

Le serveur arriva pour disposer leurs assiettes devant eux, ce qui donna à Ryan l'occasion de méditer sa réponse.

— Vous avez été là chaque fois qu'elle a eu besoin de vous, dit-il. C'est à cela que servent les vrais amis. De plus, vous avez offert à Jesse votre présence stable et rassurante, dès sa naissance. Je ne vois pas ce que vous auriez pu faire d'autre.

Même s'il se rendait compte qu'il ne lui était pas d'un très grand réconfort, il ne trouva pas autre chose à lui dire jusqu'à ce qu'émerge un souvenir depuis longtemps enfoui au fond de sa mémoire.

— Ma mère avait une amie, commença-t-il en la regardant réduire en miettes un petit pain. Elles étaient restées proches durant leurs années d'études, mais, après leur mariage, elles s'étaient installées dans des quartiers opposés de Houston. Malgré la distance, elles arrivaient à se voir de temps en temps pour déjeuner ensemble et échanger des nouvelles. Jusqu'à ce que, un soir, ma mère reçoive un coup de fil lui annonçant que son amie était à l'hôpital. Elle avait fait une chute dans un escalier. Elle est morte sans sortir du coma... Je n'avais que huit ans, à l'époque, mais je me rappelle parfaitement la détresse et la colère de ma mère. Il me semblait bizarre qu'elle se mette dans une telle rage, alors qu'il s'agissait d'un accident. Le destin, en somme. Je l'ai accompagnée à l'enterrement. Et là, je me rappelle avoir surpris des murmures et des bribes de conversations qui mettaient en doute la thèse de l'accident. Les ragots allaient bon train. Le mari était un respectable homme d'affaires. Pouvait-on le soupçonner d'avoir poussé sa femme dans l'escalier ? Non, ça dépassait l'entendement. Ce genre de comportement, c'était dans les classes les plus déshéritées qu'on le rencontrait, pas dans les quartiers huppés...

En lui faisant ce récit, Ryan s'était laissé gagner par la tristesse. Il marqua une pause, mangea une crevette d'un air distrait, et reprit en soutenant le regard de Liz fixé sur lui :

— Ma mère s'en est voulu jusqu'à la fin de ses jours. Elle se sentait coupable, et même un peu responsable, de ce qui était arrivé. Je l'ai entendue un jour dire à mon père que, d'une manière ou d'une autre, elle aurait dû intervenir. Et lui, il l'a accusée de se laisser dominer par ses émotions. Comme tout le monde, il se fiait à l'image publique que donnait le mari.

Liz avala une gorgée d'eau et repoussa son assiette devant elle.

— C'est souvent le cas, conclut-elle tristement.

— Oui, trop souvent..., approuva Ryan. Moi-même, j'ai sous-estimé le risque que Leggett faisait courir à Gina. J'aurais été plus inspiré de le tenir éloigné d'elle. Mais j'étais tout simplement incapable d'imaginer qu'un homme qui appartenait au même milieu que moi pourrait se conduire comme un criminel de droit commun.

Cela n'était qu'une part de la vérité, mais il espérait que Liz ne découvrirait jamais l'autre : le manque total d'objectivité dont il avait fait preuve à partir du moment où il avait découvert qu'elle était la fille du juge Walker…

— Vous voyez, conclut-il d'une voix amère, j'ai autant de raisons que vous de me sentir coupable.

Elizabeth secoua négativement la tête.

— Personne n'aurait pu les empêcher de se revoir, dit-elle. Je crois même que c'est elle qui l'a appelé, la dernière fois. Elle voulait lui annoncer qu'elle était enceinte, mais elle avait peur de sa réaction. C'est pour ça qu'elle a emmené Jesse : elle pensait qu'il ne s'en prendrait pas à elle devant la petite…

— Attendez une minute ! l'interrompit Ryan. Gina était enceinte ?

Surprise, Elizabeth le regarda intensément.

— Vous n'étiez pas au courant ?

— Non. Bien sûr que non ! Mon *client* n'a pas jugé utile de me fournir cette information.

D'un air pensif, elle hocha la tête et murmura :

— Je me demande si nous n'avons pas tort de parler de ça tous les deux.

Ryan chercha le serveur des yeux et lui fit signe.

— Nous avons probablement tort, en effet, répondit-il. Vous voulez un café ? un dessert ?

— Non merci. Cette salade me pèse déjà sur l'estomac, et j'ai assez de caféine dans le corps pour me maintenir éveillée pendant des semaines.

Ryan demanda l'addition au serveur et attendit qu'il eût débarrassé la table pour demander à Liz :

— Cette grossesse… elle doit être assez récente, n'est-ce pas ?

— C'est arrivé le jour de l'audience au tribunal.

— Vous plaisantez ? lança Ryan en ouvrant de grands yeux.

— J'aimerais bien.

— Comment l'avez-vous appris ?

— Qu'elle était enceinte ? C'est Megan qui me l'a dit, ce matin.

— Non. Que c'est arrivé ce jour-là ?

Elizabeth lui adressa un sourire qui ressemblait plutôt à une grimace.

— Je le sais, c'est tout.

Elle s'interrompit le temps que le serveur pose l'addition sur la table, et reprit :

— Ce que j'ignore, par contre, c'est la manière dont Austin a réagi quand elle lui a fait part de la nouvelle. Encore qu'il soit possible de l'imaginer. Un deuxième enfant, c'était probablement la dernière chose qu'il souhaitait… Bien entendu, je n'ai aucune preuve de ce que j'avance.

Mais Ryan n'en avait pas besoin pour suivre le fil de ses déductions et pour les trouver diablement convaincantes. En sortant son portefeuille, il tenta de se représenter la réaction d'Austin à l'annonce de sa prochaine paternité. Ce qui lui vint à l'esprit était de nature à faire froid dans le dos…

— Ryan ?

Brusquement tiré de ses pensées, Ryan reporta son attention sur Elizabeth, dont les yeux verts le transperçaient de part en part.

— Oui.

— Il faut absolument l'empêcher de mettre la main sur Jesse.

Ils pénétraient dans le hall de l'hôpital, une demi-heure plus tard, quand le portable d'Elizabeth sonna. Les mains tremblantes, elle fourragea longuement dans son sac avant de dénicher l'appareil. Un coup d'œil à l'écran de contrôle lui apprit que c'était Lindsay qui l'appelait.

— Oui ? Que se passe-t-il, Lindsay ?

— Où es-tu ?

— Dans le hall. Près des cabines d'ascenseur.

Voyant un garde en uniforme se diriger vers elle, sans doute pour lui rappeler que l'usage des téléphones portables était interdit dans l'enceinte de l'hôpital, Elizabeth lui tourna résolument le dos et s'écria :

— Qu'est-ce qu'il y a, Lindsay ?

— C'est Gina. Je ne sais pas exactement ce qui se passe, mais il y a un attroupement d'infirmières et de médecins autour de son lit, et…

La voix de Lindsay se brisa dans un hoquet de surprise.

— Dépêche-toi, Liz…, conclut-elle précipitamment. Ils ont lancé un code bleu. Ça a l'air sérieux.

Le cœur de Gina s'arrêta de battre lors d'une convulsion due à une trop grande pression sanguine dans son cerveau. Megan expliqua à Elizabeth que son décès avait été constaté après dix-sept minutes d'efforts désespérés pour la ranimer. Elizabeth l'écoutait sans rien entendre, le visage blême, saisie par un froid glacial qui lui gelait l'âme et le cœur. Cette fois, quand Ryan s'approcha d'elle pour lui entourer les épaules de son bras, elle ne résista pas. Tournant la tête pour cacher son visage contre sa poitrine, elle céda à un indicible chagrin.

18

Les bras frileusement serrés contre elle, Elizabeth se tenait debout devant la fenêtre d'un salon privé mis à sa disposition par l'hôpital, et contemplait sans le voir le paysage qui s'offrait à ses yeux. Elle ne pleurait plus, mais elle avait le cœur empli d'une insupportable douleur. On lui avait donné quelques instants pour faire ses adieux à Gina. Depuis, elle ne pouvait se défaire de l'impression que quelque erreur atroce venait d'être commise. Elle se sentait dans le même état qu'autrefois, dans sa jeunesse, quand on lui annonçait qu'elle allait devoir intégrer une fois de plus un nouveau foyer d'adoption. En regardant la cime des grands arbres du parc onduler dans le vent, elle se rappela que, à chaque fois, elle s'était dit qu'elle n'y survivrait pas. Et pourtant, elle était toujours là.

Austin n'avait pas donné signe de vie, ce qui ne signifiait en rien qu'il ne constituait plus une menace. Ryan avait téléphoné à Louis pour lui annoncer la triste nouvelle, lui recommandant par la même occasion d'emmener les filles chez lui par mesure de précaution. A présent, au bout du couloir, le visage aussi sombre qu'un ciel du Texas avant l'orage, il faisait les cent pas en enchaînant coup de fil sur coup de fil sur son portable, au mépris du règlement de l'hôpital. Sans doute était-il à la recherche de son client. Lindsay patientait à ses côtés, anxieuse, ce qui ne faisait qu'ajouter à l'étrangeté de la situation.

Elizabeth avait le cœur en morceaux. Elle connaissait cette expression depuis toujours, mais elle commençait seulement à en mesurer la signification. La douleur était physique, aussi réelle que si une aiguille lui avait transpercé la poitrine.

Elle entendit quelqu'un frapper discrètement à la porte, puis toussoter sur le seuil, mais se garda bien de se retourner. Ce visiteur devrait attendre, quoi qu'il eût à lui annoncer.

— Madame Walker ? fit une voix d'homme derrière elle. Elizabeth Walker ?

Décidée à résister à cette intrusion, Elizabeth ferma les yeux.

— Désolé de vous déranger dans un moment pareil, mais je voudrais vous parler un instant. J'appartiens au Houston Police Department, section des homicides.

A ces mots, Liz ne put que faire volte-face. Elle vit alors que l'homme lui tendait un badge dans un porte-cartes en cuir. Exactement comme dans un film, songea-t-elle.

— Agent Shepherd Steele…

Elizabeth prit le temps de l'examiner un peu mieux. La trentaine. Grand. Apparence soignée. Cheveux noirs. Yeux marron, inquisiteurs, mais non dénués de bonté.

— Shepherd Steele…, répéta-t-elle d'un air songeur. Est-ce votre véritable nom ?

C'était le genre de nom qu'elle aurait pu inventer pour le personnage d'un de ses livres.

— Depuis ma naissance, confirma-t-il avec un sourire charmeur.

Un sourire qui devait faire son petit effet sur les femmes et endormir la méfiance des assassins, songea Elizabeth.

— J'ai besoin de vous poser quelques questions, reprit-il. Je serai bref, je vous le promets, mais c'est absolument nécessaire.

— Pourquoi ? A quel sujet ?

— Au sujet de votre amie, Mme d'Angelo.

— Gina ?

Il lui avait suffi de prononcer son nom pour que les larmes affluent à ses paupières. Portant la main à sa gorge, Elizabeth déglutit péniblement et se reprit pour demander :

— Quel genre de questions ?

Derrière eux, la porte se rouvrit brusquement. Le visage contracté par la fureur, Lindsay se rua dans la pièce et vint se placer à côté de Liz.

— Qu'est-ce qui se passe, ici ? lança-t-elle en fusillant le policier du regard.

— Enquête de police…, maugréa Steele en ressortant son badge de sa poche pour le lui montrer. Si vous vouliez bien nous laisser…

— C'est à vous de nous laisser ! s'insurgea Lindsay, les mains sur les hanches. Liz vient de vivre un drame. Elle est au chevet de son amie depuis hier, minuit, ce qui fait… quatorze heures d'enfer. En conséquence, je vous prie de débarrasser le plancher ! Si vous avez des questions à lui poser, son avocat vous appellera pour prendre rendez-vous.

Puis, comme frappée par une soudaine évidence, elle se tut et demanda, les sourcils froncés :

— De quoi s'agit-il, au fait ?

Posant la main sur son avant-bras, Elizabeth fit une tentative pour contenir sa fougue.

— Lindsay… Tout va bien. J'ai accepté de…

— Je n'ai pas retenu votre nom ! lança Steele à l'adresse de Lindsay, en employant le même ton dédaigneux que celui avec lequel elle s'était adressée à lui.

— C'est sans doute parce que je ne vous l'ai pas donné ! répliqua-t-elle, ses yeux bleus lançant des éclairs.

— Ecoutez, reprit-il en rangeant son insigne. J'ignore à quel titre vous vous souciez autant du bien-être de Mme Walker, mais quoi qu'il en soit, vous n'avez pas à vous immiscer dans une enquête de police. Voilà pourquoi je vous demande de quitter cette pièce.

En trois pas, Lindsay rejoignit la porte et l'ouvrit à la volée.

— Ryan ! lança-t-elle dans l'entrebâillement. Venez un peu par ici.

Elle se retourna sans avoir pu noter la réaction indignée de Ryan, qui n'avait certainement pas l'habitude qu'on l'interpelle de cette façon.

— Heureusement, notre avocat est ici ! déclara-t-elle. Il pourra répondre à toutes vos questions.

— Lindsay, je t'assure que tout va bien ! répéta Elizabeth, presque amusée par la situation.

Le policier ne désarmait pas plus que la journaliste. Ils s'affrontaient du regard comme deux boxeurs prêts à fondre l'un sur l'autre au coup de gong.

Ryan les rejoignit dans le petit salon et, dès qu'il aperçut Steele, il eut un grand sourire et l'apostropha joyeusement.

— Hé, Steele ! Qu'est-ce que vous faites ici ?

— Vous vous connaissez ? demanda Lindsay, ébahie, en les regardant échanger une vigoureuse poignée de main.

Tous deux l'ignorèrent.

— Comment ça va, Ryan ?

— Ça pourrait aller mieux.

Ryan lança à Liz un coup d'œil anxieux, et fit un pas de côté pour se rapprocher d'elle.

— Il y a un problème ? demanda-t-il à Shepherd Steele.

Celui-ci tapota le calepin qu'il avait sorti de sa poche, et expliqua :

— J'ai demandé à Mme Walker si ça ne l'ennuyait pas de répondre à quelques-unes de mes questions. Elle y a consenti et…

— Qu'est-ce que les Homicides ont à voir dans cette affaire ? l'interrompit Ryan, le front plissé par la perplexité. Vous pouvez m'expliquer ça ?

L'agent Steele grimaça un sourire d'excuse.

— Rassurez-vous, Ryan. Mme Walker n'a pas besoin de se faire assister par un avocat pour répondre à mes questions. Ce n'est qu'une enquête de routine.

— Routine ou pas, intervint Lindsay, qui rongeait son frein depuis trop longtemps, ça devra attendre !

Elle se tourna vers Ryan pour le prendre à témoin, et déclara avec véhémence :

— J'ai expliqué à l'agent Steele qu'Elizabeth était très éprouvée par la perte qu'elle vient de subir. Je lui ai dit également que vous étiez son avocat. S'il désire à ce point lui parler, vous pourrez accompagner Liz au poste de police dès qu'elle aura eu le temps de récupérer un peu.

Elizabeth secoua la tête d'un air désolé.

— Ryan ne peut pas être mon avocat, Lindsay. Il représente déjà Austin…

— Vous représentez Austin Leggett ? s'étonna le policier en fronçant les sourcils.

— Oui. En quoi cela importe-t-il ?

— Attendez-nous dehors ! ordonna-t-il soudain à Ryan. Quand j'en aurai terminé avec Mme Walker, j'aurai également quelques questions à vous poser.

Lindsay émit un grondement indigné.

— Vous êtes donc sourd, agent Steele ? Vous tombez en pleine tragédie ! C'est de la cruauté d'insister comme ça !

— Mme Walker est disposée à me parler, répliqua-t-il d'un ton ferme. N'est-ce pas ?

— C'est exact, répondit Elizabeth sèchement. Mais, depuis le temps que nous tergiversons, nous devrions déjà en avoir terminé.

— Vous avez tout à fait raison.

Avec un sourire condescendant, il indiqua la porte à Ryan et Lindsay.

— Si vous voulez bien nous excuser…

— Liz ? fit Ryan en interrogeant la jeune femme du regard.

— Si j'ai besoin d'aide, je ferai appel à Maude Kennedy, lui dit-elle.

Puis elle se tourna vers l'agent Steele pour lui demander :

— J'en ai le droit, n'est-ce pas ?

— Tout à fait.

— Dans ce cas, reprit-elle en prenant Ryan et Lindsay par le bras pour les raccompagner à la porte, plus vite nous commencerons, plus vite nous aurons terminé. Au cas où Austin se montrerait, l'un de vous deux pourrait-il avoir l'amabilité de me prévenir ? Merci.

Sans attendre de réponse, elle referma la porte derrière eux et s'y adossa pour faire face au policier, qui la regardait faire en souriant.

— Vous avez là une paire de bons amis qui ne demandent qu'à vous protéger, dit-il, tandis qu'ils prenaient place de part et d'autre d'une petite table. Cela dit, je ne vois pas pourquoi ils se donnent tant de mal, étant donné que vous y parvenez très bien toute seule…

Sa remarque laissa Elizabeth songeuse. Un mois plus tôt, elle ne connaissait ni Ryan ni Lindsay. Et pourtant, l'agent Steele avait raison. Ils se montraient avec elle aussi attentionnés que s'ils avaient été les meilleurs amis du monde. Voilà qui était nouveau pour elle. Et, à sa grande surprise, c'était loin de lui déplaire. Etre entourée de la sorte en ce jour de deuil lui réchauffait le cœur et comblait en partie le vide immense laissé par la disparition de Gina.

Mais la sollicitude dont elle faisait l'objet de la part de Ryan et Lindsay ne pouvait qu'être passagère. Elle s'attendait à les voir disparaître de son existence aussitôt qu'elle aurait surmonté le choc. S'ils passaient dans sa vie aussi vite que tous les autres l'avaient fait avant eux — à l'exception de Gina et Louis —, dans quelques mois ils auraient oublié jusqu'à son nom.

Sans transition, le policier la tira de ses pensées.

— Madame Walker… Avez-vous des raisons de penser que votre amie, Gina d'Angelo, ait pu être assassinée ?

— Assassinée ? répéta Liz en ouvrant de grands yeux. Qu'est-ce qui vous fait dire une chose pareille ?

Feuilletant rapidement son calepin posé à plat devant lui, il consulta quelques notes avant d'expliquer :

— Nous avons reçu un appel passé depuis le service des soins intensifs du Hermann Hospital. Le correspondant, qui n'a pas décliné son identité, a affirmé vous avoir entendue dire que vous ne croyiez pas à la version d'Austin Leggett concernant l'accident dont Gina d'Angelo et sa fille ont été victimes.

— Oh ! c'est donc ça…

— Oui, madame. C'est cela. Avez-vous tenu ces propos ?

— Je n'ai jamais prétendu qu'il l'avait *assassinée*, agent Steele.

Pour bien comprendre ce que j'ai voulu dire, il faudrait que vous connaissiez Austin Leggett. J'ai pour principe de mettre en doute tout ce que cet individu raconte. Il est expert dans l'art du faux-fuyant et de la dissimulation. Si les faits lui déplaisent ou ne le montrent pas à son avantage, il est parfaitement capable de les arranger de manière à ce qu'ils lui conviennent mieux.

— Voilà un jugement plutôt sévère.

— Sévère mais juste, car c'est la vérité.

— Quant à vous, vous ne faites pas dans le faux-fuyant ?

— Non.

Steele hocha la tête. Après avoir griffonné quelques notes, il releva les yeux et poursuivit :

— En quoi cet accident vous semble-t-il douteux ?

Elizabeth hésita entre lui dire la vérité et prétendre que sa réaction n'était due qu'à l'émotion du moment.

Face à son silence persistant, le policier lui lança un regard interrogateur.

— Je ne pensais pas que ma question vous embarrasserait…

— Elle ne m'embarrasse absolument pas ! s'empressa-t-elle de répondre. Je réfléchissais à la meilleure façon de vous exposer mon point de vue.

Après avoir marqué une dernière hésitation, elle prit le temps de bien choisir ses mots, et expliqua :

— J'ai remarqué sur l'un des poignets de Gina des traces qui ressemblent curieusement aux empreintes qu'auraient pu laisser les doigts d'un homme. Et aussi quelques écorchures. Je peux certifier qu'elles n'y étaient pas quand Gina est partie de chez moi, hier.

Elizabeth dévisagea le policier et le fixa droit dans les yeux avant de lui demander :

— A votre avis, faut-il en conclure que je suis parano ?

— Je l'ignore, madame Walker. Je suis flic. Pas psychologue.

— Je n'aurais probablement pas remarqué ces bleus, ou je n'en serais pas arrivée à de telles conclusions, si Austin n'avait pas pris l'habitude de rudoyer Gina, surtout quand elle faisait quelque chose qui lui déplaisait.

Impassible, Steele couvrait son calepin de notes illisibles.

— Et selon vous, c'est ce qui se serait produit, ce soir-là ?

Il suspendit la course de son stylo sur le papier et leva les yeux vers Elizabeth.

— A quel propos ? ajouta-t-il. Y a-t-il quelque chose qui aurait pu lui déplaire ?

Avant de répondre, Elizabeth fit une nouvelle pause.

— Je ne fais qu'émettre des suppositions, précisa-t-elle. Vous le comprenez bien…

— Ne vous en faites pas. C'est noté.

— Gina était enceinte. Elle ne me l'avait pas dit. Ce sont les analyses effectuées à l'hôpital qui l'ont révélé. Je pense que c'est la raison pour laquelle elle a souhaité rencontrer Austin. Pour le lui dire. Loin de le réjouir, cette nouvelle a dû le rendre fou de rage. Alors qu'il faisait tout son possible pour se débarrasser d'elle et de Jesse sans débourser le moindre dollar, un autre enfant ne pouvait que lui compliquer la tâche et alourdir la pension alimentaire. Celle que le juge Hetherington l'avait condamné à payer lui semblait déjà insupportable.

— De là à la tuer…

— Ce n'est pas ce que j'ai dit, agent Steele. J'ai juste signalé que, à mon avis, la nouvelle de cette grossesse a dû le rendre fou de colère.

— Fou au point de se montrer violent ?

— Ça, c'est à lui qu'il faudra le demander.

— Pour quelle raison avez-vous réclamé une mesure d'éloignement ?

— Vous voulez dire… que Maude Kennedy est déjà parvenue à l'obtenir ? demanda Liz avec un sourire ravi.

— Oui, répondit Steele en se frottant l'oreille avec le bout de son stylo. Au motif qu'il peut constituer une menace pour sa fille. Quel genre de menace, d'après vous ?

— Il veut l'expédier chez sa mère, en Arizona.

— Vous ne trouvez pas ça légitime de la part d'un père qui vient de perdre sa femme et qui…

— Gina n'était pas mariée à Austin Leggett, l'interrompit-elle.

— Mais il a quand même le droit de voir sa fille !

— Il ne la verrait pas davantage s'il l'expédiait à l'autre bout du pays. Et ce serait un drame de plus pour Jesse. D'abord parce qu'elle ne connaît pas sa grand-mère, qui n'a jamais manifesté le moindre intérêt pour elle. Ensuite parce qu'elle a besoin, pour faire face à son deuil, de demeurer dans un environnement familier, entourée de gens qu'elle connaît et qui l'aiment. Dès que je pourrai rentrer chez moi…

Sa voix l'avait trahie. Elizabeth dut marquer une pause et prendre sur elle pour poursuivre :

— Je vais devoir trouver les mots pour lui annoncer que sa maman… est partie pour toujours. En tant que marraine, je suis la personne qu'elle connaît le mieux et avec laquelle elle se sent le plus en confiance. Je peux dire la même chose de mon voisin, Louis Christian, qui fait office de grand-père pour elle depuis sa plus tendre enfance… Il y a aussi le problème de la garderie : changer d'établissement du jour au lendemain constituerait un autre déracinement. Or, il lui faut le plus de stabilité possible…

— Et vous estimez que vous êtes plus qualifiée que son père ou sa grand-mère pour lui offrir cette stabilité ?

Sur le point de lui répondre, Elizabeth se ravisa. Plissant les yeux, elle lui demanda d'un air soupçonneux :

— Pourquoi toutes ces questions à propos de Jesse ? Je pensais que vous enquêtiez sur la mort de Gina.

— Etant donné les circonstances, je dois considérer toute information concernant votre amie comme importante.

Il feuilleta rapidement ses notes, et reprit :

— Ils roulaient dans deux voitures séparées. Mme d'Angelo a perdu le contrôle de son véhicule et heurté un arbre. Austin Leggett a été le premier sur les lieux de l'accident. Vous pensez que, à ce moment-là, il aurait pu s'en prendre à elle et lui infliger d'autres blessures, plutôt que de chercher à lui venir en aide, comme il prétend l'avoir fait ?

Entendre une hypothèse aussi effrayante suffit à glacer le sang d'Elizabeth. Austin était-il vraiment capable d'une telle horreur ? Avait-il saisi l'opportunité de l'accident pour régler définitivement le problème que lui posait Gina ? C'eût été tout simplement monstrueux…

Les yeux perdus dans le vague, Elizabeth y réfléchit longuement avant de livrer sa réponse.

— Je ne peux pas me prononcer sur ce point, bien sûr. Ce que je sais, c'est que Jesse était forcément présente. Elle n'a pas perdu connaissance ; par conséquent, elle devait être consciente au moment des faits. Il n'aurait tout de même pas osé s'en prendre à Gina devant elle. Du moins…

Sa voix se brisa. Assaillie de nouveau par les larmes, elle préféra détourner le regard.

— Cette petite fille a cinq ans, c'est ça ?

— Oui.

L'agent Steele referma son calepin et le glissa dans sa poche.

— M'autorisez-vous à l'interroger ? demanda-t-il. Je serai très prudent.

Avant même qu'il ait achevé sa phrase, Elizabeth secouait négativement la tête.

— Non. Il n'en est pas question. Je ne lui ai même pas encore annoncé la mort de sa mère… Je ne sais pas comment elle va réagir. Ce matin au téléphone, Louis, le voisin qui s'occupe d'elle, m'a confirmé qu'elle n'avait pas dit un mot depuis leur départ de l'hôpital. Je n'ose même pas imaginer l'épreuve des funérailles…

Shepherd Steele se leva et hocha gravement la tête.

— Nous en resterons là pour aujourd'hui, dit-il. N'oubliez pas qu'il n'existe actuellement aucune preuve qu'Austin Leggett puisse être mêlé d'une manière ou d'une autre à cet accident. Jesse constitue notre meilleure chance de savoir ce qui s'est réellement passé. Mais tant qu'il ne m'est pas possible de l'interroger…

Elizabeth se leva à son tour et lui emboîta le pas jusqu'à la porte.

— Inutile d'insister, dit-elle d'une voix ferme. Il faudra trouver une autre source d'informations.

Le cœur en berne, Elizabeth rassembla ses affaires pour quitter l'hôpital. Etant donné qu'Austin était injoignable, il n'y avait pas eu de litige pour savoir qui devait organiser les funérailles, et elle avait naturellement joué le rôle de plus proche parent. Quand elle avait appelé Maude Kennedy, elle avait appris sans surprise que Gina n'avait laissé ni testament ni instructions particulières en cas de disparition prématurée. Si elle avait contracté une assurance vie, personne n'en savait rien. Ça lui ressemblait tellement, songea Liz, de négliger toute formalité déplaisante, même si l'avenir de Jesse pouvait en pâtir... C'était toujours de cette façon qu'elle avait fait face aux difficultés de l'existence : en les niant tout simplement.

— Gina, Gina, Gina..., murmura-t-elle en se penchant pour récupérer son sac. Tu étais pourtant bien placée pour savoir que dans la vie, le pire est toujours possible.

Elizabeth plia en deux l'épaisse liasse de formulaires qu'elle venait de signer, et la fourra dans son sac. Avec elle, elle aurait aimé pouvoir y enfouir la douleur, le regret — mais aussi la colère, elle devait bien l'admettre — qui l'assaillaient sans relâche.

— Que le diable m'emporte si cette histoire se répète avec Jesse ! lança-t-elle pour elle-même.

Depuis le seuil de la salle d'attente, quelqu'un lui demanda :

— De quelle histoire parlez-vous ?

Elle se redressa et regarda Ryan venir vers elle.

— Aucune importance, maugréa-t-elle. Je pensais à haute voix.

— J'ai parlé à Megan, reprit-il. Il n'y a rien d'autre que vous puissiez faire ici. Lindsay se propose de rester encore un peu pour se charger des éventuels détails qui auraient pu leur échapper. Elle m'a dit qu'elle passerait vous voir en fin de journée.

Elizabeth accepta la main qu'il lui tendait et, l'espace d'un instant, elle se laissa aller avec reconnaissance contre lui. Il était solide, rassurant, alors que, pour elle, le monde chancelait sur ses bases.

— Allons-y, dit-il tout près de son oreille. Il est plus que temps de partir d'ici.

Ils émergèrent de l'hôpital dans la lumière éblouissante de midi.

— Je n'ai pas de voiture, expliqua-t-elle en clignant des paupières. Louis a pris la mienne pour rentrer à la maison avec Jesse, la nuit dernière.

— Aucun problème. La mienne est garée juste à côté.

Après l'avoir aidée à prendre place sur le siège passager, Ryan se glissa derrière le volant et lui conseilla :

— Profitez du trajet pour vous relaxer, si possible. Vous aurez probablement fort à faire chez vous. Vos amis vont venir vous proposer leur aide, des voisins vont débarquer avec des plats préparés. Heureusement, vous n'aurez pas à subir la curiosité de la presse. A moins qu'un petit malin ait appris que Steele est venu vous poser des questions.

Il mit le contact et quitta le parking avant d'ajouter :

— Le pire, hélas, ce sera d'annoncer la nouvelle à Jesse.

— Oui…, répondit Liz sourdement, emplie d'angoisse à cette perspective. Quant au reste, inutile de s'en soucier.

Ryan ralentit, actionna son clignotant et tourna la tête pour s'insérer dans le trafic.

— Quel reste ? demanda-t-il.

— Les voisins. Les amis. Les curieux.

Pour lutter contre les prémices d'une migraine, Elizabeth ferma les yeux et se massa les tempes.

— Je ne connais aucun de mes voisins, dit-elle. Gina et Louis sont mes seuls…

Sa voix se brisa dans un sanglot étouffé.

— Louis, reprit-elle un moment plus tard. Louis est le seul ami qui me reste.

— Gina était très aimée chez LJ&B, objecta gentiment Ryan. Les amis qu'elle y a gardés se manifesteront certainement.

— Oh ! oui, bien sûr..., murmura Elizabeth, détournant le regard pour observer d'un œil vague le trafic intense à cette heure de pointe. Je... c'est tellement... c'est un tel choc... je ne sais plus très bien où j'en suis.

— Ça peut se comprendre.

— Savez-vous si Austin...

Ryan secoua négativement la tête.

— Il est passé chez moi ce matin très tôt, précisa-t-il sans la laisser achever sa phrase. Depuis, je n'ai plus de nouvelles de lui. J'ai appelé son père et deux ou trois de ses amis, mais personne ne l'a vu. Etant donné l'état critique dans lequel se trouvait Gina, on aurait pourtant pu s'attendre à ce qu'il reste en contact... Je ne pense même pas qu'il soit au courant de sa mort.

— Comment se fait-il que ça ne me surprenne pas ? lança Elizabeth sans quitter le trafic des yeux.

Elle ne se faisait pas d'illusions. Tôt ou tard, Austin serait de retour, porteur d'exigences qu'il lui faudrait combattre coûte que coûte. Mais pour l'heure, il était bon de ne pas avoir à le supporter. Si elle avait dû lui parler, ça se serait très certainement mal passé. C'était peut-être mesquin de sa part, mais elle éprouvait une certaine satisfaction à savoir que Shepherd Steele allait mettre le nez dans ses affaires. Si le policier l'interrogeait avec la pugnacité dont il avait fait preuve avec elle, Austin allait passer un mauvais moment, ce qui ne pouvait que la réjouir.

Ryan se concentra sur la conduite, lui fournissant l'occasion de se préparer à ce qui l'attendait. Elizabeth ferma les yeux, mais au lieu de trouver le répit auquel elle aspirait, elle ne fit qu'ouvrir les portes à la culpabilité et au remords, démons grimaçants qu'elle avait beaucoup de mal à maintenir à distance depuis qu'elle avait appris l'accident de Gina. Les doutes qu'elle avait nourris sur les compétences de son amie en tant que mère revenaient la hanter. N'étaient-ils pas motivés par la jalousie ? N'avait-elle pas songé à de nombreuses reprises que si Jesse avait été sa fille, elle se serait mieux occupée d'elle ? Elizabeth serra très fort les paupières pour empêcher ses larmes de couler. Quelle prétention ! Et quelle erreur… Jesse adorait Gina, et elle aurait été bien en peine de lui trouver le moindre défaut. Elle ne voyait que le sourire de sa mère — pareil à un rayon de soleil —, sa spontanéité merveilleuse, sa générosité sans bornes.

Honteuse d'elle-même, accablée de souffrance, Elizabeth couvrit son visage de ses mains pour pleurer. Une question angoissante tournait en boucle dans sa tête. *Mon Dieu, comment vais-je faire pour lui dire qu'elle ne verra plus jamais sa maman ?*

19

— La maison paraît déserte, dit Ryan en se garant dans l'allée. Louis a dû emmener les filles chez lui, comme je le lui avais conseillé. Je ne pense pas qu'Austin serait venu récupérer Jesse en votre absence, mais on n'est jamais trop prudent.

Il sortit du véhicule et le contourna pour aller ouvrir la portière côté passager.

— Merci, dit Elizabeth après qu'il l'eut aidée à descendre. Ce policier voulait parler à Jesse, mais j'ai refusé. A part Austin, elle est la seule à connaître la vérité sur cet accident. A mes yeux, ça fait une raison supplémentaire d'empêcher son père de mettre la main sur elle…

Ils se retournèrent d'un même mouvement en entendant un crissement de pneus.

— Quand on parle du diable…, marmonna Ryan, les dents serrées.

Sachant déjà à quoi elle devait s'attendre, Elizabeth regarda Austin sortir précipitamment de sa Porsche. Manifestement, il était de mauvaise humeur. Après avoir violemment claqué sa portière, il se précipita vers eux. Son visage était dissimulé derrière une paire de lunettes solaires dernier cri et une casquette de base-ball à la visière rabattue.

— On dirait un déguisement…, souffla Ryan à mi-voix.

— Pourquoi aurait-il besoin de se déguiser ?

— Bonne question.

De manière à venir se placer devant Elizabeth, Ryan fit un pas en avant et regarda son client traverser la pelouse à grandes enjambées pour les rejoindre. Son polo de golf et son pantalon étaient froissés, comme s'il avait dormi tout habillé.

— Ryan, j'ai besoin de vous parler ! lança-t-il en venant se camper devant lui.

Ce disant, il avait ôté ses lunettes et relevé sa casquette sur son front, en un geste un peu trop théâtral.

— Je vous écoute, répondit Ryan d'un ton égal.

— En privé ! précisa Austin avec un regard noir en direction d'Elizabeth. Mais d'abord, où est ma fille ? C'est la troisième fois que je viens sonner ici en quelques heures, et personne ne répond.

Elizabeth sortit de l'ombre.

— Tu te trouves sur ma propriété, Austin ! Ce qui signifie que tu violes la loi. Je sais que tu as personnellement été avisé, alors inutile de prétendre que tu n'étais pas au courant. Je t'ordonne de sortir de chez moi. Si tu ne le fais pas, j'appelle la police.

L'ignorant superbement, il ne s'adressa qu'à Ryan.

— Vous êtes au courant ? lui demanda-t-il sèchement. Elle a obtenu une mesure d'éloignement contre moi ! Et vous n'avez rien fait pour empêcher ça…

Par mesure de prudence, Ryan fit un pas de côté pour se placer de nouveau devant Elizabeth.

— Comme vous le disiez vous-même, répondit-il, nous devons en discuter en privé. Mais, si j'ai un conseil à vous donner, c'est de respecter cette mesure. Sinon, vous ne feriez qu'aggraver votre cas.

— Ils n'ont pas le droit de m'empêcher de voir ma gosse ! Vous auriez dû me défendre sur ce coup-là !

— Pour vous permettre de l'expédier en Arizona ?

Une lueur mauvaise flamba dans le regard d'Austin.

— De quel côté êtes-vous donc ?

— Du côté de Jesse, répondit tranquillement Ryan. Et j'aurais pu vous informer de ce qui se passait si j'avais su comment vous joindre. Je vous ai laissé plusieurs messages depuis ce matin. Pourquoi ne m'avez-vous pas rappelé ?

Mal à l'aise, Austin détourna le regard et maugréa :

— J'étais occupé.

— Ce qui signifie que vous avez pris connaissance de mes messages et que vous avez choisi de les ignorer ?

Austin haussa les épaules et fourra brusquement ses mains dans ses poches, comme s'il ne savait qu'en faire.

— Je vous ai dit que j'étais occupé ! Qu'est-ce qu'il y avait de si urgent, de toute façon ? C'est mon vieux qui vous a demandé de me pister ? Il ne peut donc pas me laisser une minute en paix, même le week-end ?

— Je cherchais à vous joindre pour vous annoncer que Gina est morte.

Austin accusa le choc avec un mouvement de recul.

— Seigneur ! murmura-t-il, abasourdi.

Sa colère était tombée d'un coup. Les yeux écarquillés, il dévisageait alternativement Elizabeth et Ryan, comme pour chercher sur leurs visages la confirmation de ce qu'il venait d'apprendre. Puis, comme ses yeux s'embuaient de larmes, il se détourna, sans doute pour échapper à leurs regards scrutateurs. Au moins, songea Elizabeth, la mort de Gina ne le laissait-elle pas totalement indifférent.

Au bout de la rue, des employés de la voirie étaient occupés à tailler les arbres bordant la chaussée. Sans les quitter des yeux, Austin finit par demander :

— Qu'est-ce qui s'est passé ?

— Tu veux savoir si j'ai demandé qu'on débranche les machines ? lança Elizabeth, incapable de contenir son amertume.

— C'est ce que tu as fait ?

L'espace d'un instant, leurs regards se rencontrèrent. Elle en conçut un tel dégoût qu'elle dut se détourner de lui pour ne pas l'agonir d'injures.

— Le cœur de Gina a lâché pendant une crise de convulsions, expliqua Ryan. C'est arrivé il y a quelques heures, et tout s'est passé trop vite pour que les médecins puissent faire quoi que ce soit. Ils nous ont laissés entendre qu'elle n'avait pas souffert, étant donné qu'elle était entrée dans le coma sitôt après l'accident.

— Et pour… l'enterrement… est-ce qu'il y a… des dispositions à prendre ?

— Liz s'est occupée de tout. Je pense que vous serez d'accord pour lui confier également le soin d'apprendre la nouvelle à Jesse.

— Je veux être présent quand elle le lui annoncera.

Ryan secoua la tête d'un air atterré, tout en dévisageant Austin avec autant d'horreur et d'incompréhension que s'il avait été un extraterrestre.

— A quoi jouez-vous, Austin ? Vous n'avez donc pas compris que vous lui faites peur ? Hier, à l'hôpital, elle est devenue hystérique en vous voyant. Vous voulez remettre ça, uniquement pour satisfaire votre ego et vous livrer à un petit jeu de pouvoir avec Liz ? Vous ne comprenez donc pas ce qui est en jeu ? Jesse va devoir accepter le fait que sa mère est morte ! Reprenez-vous, mon vieux… Laissez tomber vos rancœurs, pour une fois, et faites ce qui est le mieux pour Jesse.

Le visage de marbre, Austin observait de nouveau les hommes qui élaguaient les arbres.

— Vous n'avez pas à discuter mes ordres, lâcha-t-il d'un ton sans réplique. Maintenant, je veux voir ma fille.

— Ça ne pourra se faire qu'en présence d'un tiers. Vous avez lu l'ordonnance délivrée par le juge ?

— Peu importe. Quand est-ce que je pourrai la voir ?

Ryan soupira. Les limites de sa patience étaient atteintes. Il lui aurait volontiers envoyé au visage quelques arguments plus physiques et plus percutants pour lui remettre les idées en place, mais c'eût été une perte de temps et d'énergie, et il le savait parfaitement.

— Je ne connais pas la réponse à cette question, répondit-il. Quand Liz aura parlé à Jesse, nous en saurons un peu plus. Ce qui est certain, c'est que je ne ferai rien pour vous faciliter la tâche tant que votre fille ne sera pas prête à vous voir. Il faut vous contenter de ça, que ça vous plaise ou non.

Le visage rouge et contracté, Austin le fixa droit dans les yeux.

— Dans ces conditions, dit-il d'une voix grinçante, je vais devoir me chercher un nouvel avocat. Vous êtes viré, Paxton !

Ryan se contenta de hocher la tête d'un air impassible.

— Comme vous voudrez.

— Et cette fois-ci, je ne changerai pas d'avis ! ajouta Austin d'un air menaçant.

— Moi non plus. De toute façon, c'est beaucoup mieux comme ça. Dans cette affaire, nous ne sommes pas sur la même longueur d'onde.

Les poings serrés, Austin ne put que remâcher silencieusement sa frustration et sa rage. Le calme souverain affiché par Ryan était manifestement plus qu'il n'en pouvait supporter. Il se tourna donc vers Elizabeth pour reporter sur elle son courroux et son fiel.

— Je sais ce que tu cherches à faire, Liz ! Et tu ne t'en tireras pas comme ça, crois-moi. Si je dois…

— Assez ! cria Ryan en s'interposant de nouveau entre eux. Inutile d'en rajouter, Austin. Vous feriez mieux de partir pendant que j'arrive encore à me contrôler. Mais avant, laissez-moi vous donner un dernier conseil, à titre amical…

Ryan marqua une pause. L'éclat glacial qui brillait dans ses yeux ne laissait aucun doute sur sa détermination.

— Ne vous avisez plus de parler à Elizabeth sur ce ton, reprit-il. Cessez de la menacer, de manière voilée ou non. Et gardez-vous d'enfreindre la mesure d'éloignement qui a été prononcée à votre encontre. Si vous ne laissez pas Liz faire son deuil en paix, si vous revenez effrayer votre fille, je me chargerai personnellement de vous le faire payer. Et je vous garantis que personne, pas même Curtiss Leggett, ne pourra m'en empêcher…

Campé sur ses jambes, les mains agitées de tremblements, Austin resta un moment à le fixer d'un air de défi. Puis il tourna les talons pour regagner sa voiture, tout en jurant à mi-voix.

— Je peux vous parler une seconde, agent Steele ?

Shepherd Steele interrompit sa conversation avec Megan Blackstone, et lança un regard à Lindsay, qui venait de les accoster. Tout à l'heure, quand elle était venue défendre les intérêts d'Elizabeth Walker, il l'avait tout de suite reconnue. Il lui avait été difficile de masquer sa réaction de surprise lorsqu'il s'était retrouvé nez à nez avec celle qui, depuis deux ans, occupait la place d'honneur au panthéon de ses fantaisies érotiques. Il avait été plus que déçu lorsque son show avait disparu des écrans, et il ne parvenait toujours pas à comprendre comment la chaîne avait pu commettre une erreur aussi tragique.

Adressant à Megan un sourire de remerciement, il rangea son calepin dans sa poche et répondit à Lindsay :

— Autour d'une bière ?

Le joli visage de la journaliste se figea sous l'effet de la surprise.

— Je vous demande pardon ?

— J'ai terminé, ici. Mais si vous avez d'autres informations à me communiquer, je serai ravi de les entendre. Et, tant qu'à faire, autant joindre l'utile à l'agréable. Que diriez-vous du Black Labrador ?

— Le Black Labrador ? Mais c'est à Montrose ! Et, de toute façon, je n'ai pas l'intention de partager mes informations avec vous. Ce que j'ai à vous dire ne prendra pas longtemps — même pas le temps de boire une bière.

— Peut-être, répliqua Steele. Mais ma réponse pourrait être suffisamment longue pour en boire plusieurs…

Il lui prit le bras et l'entraîna vers les cabines d'ascenseur sans autre forme de procès.

— Ecoutez, agent Steele…

— Steele tout court. Naturellement, vous pourriez aussi m'appeler Shepherd. Mais jusqu'à présent, il n'y a que ma mère et mes cinq sœurs pour se permettre avec moi de telles privautés…

— Vous avez cinq sœurs ? s'exclama Lindsay, frappée de stupeur.

— Oui. Et chacune d'elles est aussi dangereuse qu'un crotale du Texas…

L'ascenseur venait de les déposer au rez-de-chaussée. A travers la foule clairsemée qui encombrait le hall, il l'entraîna vers la sortie et reprit :

— Alors ? Quel est votre job, maintenant, à WBYH ?

— Je suis productrice associée pour…

Elle se tut brusquement et le fusilla du regard, ce qui plongea Steele dans une exquise béatitude.

— Je ne vois pas en quoi mon travail pourrait faire avancer l'enquête ! lui fit-elle remarquer. Si c'est ça votre piste pour prouver qu'Austin Leggett est impliqué dans la mort de Gina d'Angelo…

— Hé ! Vous allez un peu vite en besogne ! On ne peut pas accuser Leggett aussi facilement…

Ils quittèrent l'hôpital dans la lumière déclinante de la fin de l'après-midi, alors que le soleil allongeait les ombres sur le sol.

— Ma voiture est à deux pas, lui dit-il.

Il se risqua une nouvelle fois à la prendre par le bras et, comme elle se laissait faire sans protester, il se dit qu'elle ne voulait sans doute pas perdre l'occasion d'en apprendre un peu plus. Après tout, elle était journaliste dans l'âme et lui représentait une formidable source d'informations. Il n'était pas assez naïf pour s'imaginer qu'elle l'appréciait pour ses beaux yeux…

— Il y a quelques semaines, j'ai lu dans le *Chronicle* l'article consacré à Mme Walker, dit-il. Jamais je n'aurais imaginé que vous puissiez être l'une de ses sœurs. Je trouve extraordinaire que les membres d'une même famille vivent tout près les uns des autres sans le savoir.

— C'est pourtant ce qui nous est arrivé, répondit distraitement Lindsay.

Elle sourit à un automobiliste qui la saluait, et lui lança avec un petit signe de la main :

— Hello, Barclay !

— C'est l'un de vos amis ? lui demanda Steele en lançant à l'inconnu un regard glacial.

— Une connaissance.

D'un geste de la main, il lui indiqua un véhicule garé un peu plus loin, en stationnement interdit.

— Vous laissez toujours votre voiture n'importe où ? demanda-t-elle pendant qu'il lui ouvrait la portière.

— Juste quand je ne peux pas faire autrement.

Il était assez tôt quand ils arrivèrent au Black Labrador, et il n'y avait pas encore trop de monde. Les haut-parleurs diffusaient une musique de jazz assez douce, mais, pour leur assurer une totale tranquillité, Steele guida Lindsay jusqu'à une table au fond de la salle. Il était préparé à la voir inverser les rôles et lui poser une foule de questions, mais c'était un inconvénient bien léger, comparé au plaisir qu'il aurait à passer une demi-heure en sa compagnie — peut-être même plus s'il était chanceux...

— Je suis convaincue qu'Austin Leggett est plus impliqué dans la mort de Gina qu'il ne veut bien le dire, commença-t-elle dès qu'ils furent servis.

Steele saisit son verre à long col, le leva vers elle, et prit le temps de savourer sa première gorgée de bière avant de lui répondre :

— Dans ce cas, vous êtes deux.

— Deux ? répéta-t-elle, intriguée. Vous voulez dire que quelqu'un d'autre le croit coupable ?

— Oui. Elizabeth Walker.

— Et ça ne vous suffit pas ? Qu'est-ce qu'il vous faut de plus pour commencer à enquêter sérieusement ?

— Il ne me faut rien de plus, et je suis en train d'enquêter. Sérieusement.

— Ah oui ? Et vous avancez ?

Steele s'adossa à son siège et admira un instant la jeune femme qui lui faisait face.

— J'ai parlé à Mme Walker, répondit-il enfin. J'ai également posé quelques questions au personnel médical, et maintenant, je suis assis devant vous, impatient d'apprendre ce que vous avez à me dire. A partir de là, tous les espoirs sont permis.

Il s'offrait le luxe de la taquiner, et, d'après les émotions qui passaient sur son visage comme des nuages dans un ciel d'orage, elle s'en rendait parfaitement compte. De toute évidence, elle avait très envie de l'envoyer promener, mais une fois de plus, son instinct de journaliste prit le dessus.

— Parfait, dit-elle. Dans ce cas, écoutez bien.

Avant de commencer, elle vida la moitié de son verre. Puis elle s'accouda à la table et se pencha vers lui. Rien que pour le plaisir de se sentir troublé par son parfum, il l'imita, luttant contre l'envie de rire devant ses airs de conspiratrice.

— De mon côté, dit-elle à mi-voix, j'ai commencé à poser quelques questions sur Austin Leggett. Gina n'est pas la seule femme à avoir souffert de son comportement de macho. Il s'est montré violent avec d'autres.

— Qui vous a dit ça ?

— Oh ! Des gens de son cabinet juridique..., répondit-elle avec un geste vague de la main. Gina a travaillé également chez Leggett, Jones & Brunson. Elle y a gardé des amis, et certains ont téléphoné à l'hôpital pour avoir de ses nouvelles. J'ai pris les appels... Voilà, c'est aussi simple que ça.

Steele hocha la tête avec respect.

— Je suis impressionné, dit-il. Vous avez des noms à me donner ?

— Non. Je ne tiens pas à les effrayer.

— Je vous demande pardon ?

— Vous êtes flic. Si ces femmes réagissent comme la plupart des victimes de violences conjugales, elles refuseront de vous parler. Elles ont honte. Elles ont peur. Elles sont souvent dans le déni le plus complet de ce qui leur est arrivé.

— Vous vous basez sur quoi pour en être aussi sûre ? Une maîtrise de psychologie ? Quelques recherches sur Internet ? Votre intime conviction ? Votre expérience personnelle ?

Il s'imaginait mal Lindsay Blackstone victime des violences d'un homme, mais, dans sa courte carrière, il avait déjà eu l'occasion de voir des choses encore plus étranges.

— Mon expérience personnelle ? répéta-t-elle avec stupéfaction. Ai-je l'air d'une femme soumise, monsieur Steele ?

— Certes non. Mais je sens que le sujet vous passionne, et vous semblez le connaître assez bien.

— C'est le cas de Gina qui me passionne. Et ce que je connais du sujet, je l'ai appris en travaillant sur une série d'émissions, l'année dernière.

De nouveau, elle eut un geste impatient de la main.

— Assez parlé de moi ! lança-t-elle d'un air agacé. Ce qui importe, c'est Austin Leggett et les secrets que doit receler son passé. J'espère pouvoir convaincre ses anciennes *victimes* de se confier à moi. De cette manière, même s'il s'avère impossible de prouver son implication dans la mort de Gina, il ne s'en sortira pas blanc comme neige. Ce sera déjà ça !

Après avoir siroté longuement sa bière, Steele objecta d'un air sceptique :

— Vous pensez vraiment que ces femmes se confieront plus volontiers à vous qui êtes journaliste qu'à moi qui suis flic ?

— Oui, je le pense, répondit-elle sans hésiter.

Avisant leurs verres presque vides, il suggéra :

— Une autre bière ?

Elle ouvrit la bouche pour répondre, puis se ravisa. Comme pour mettre un terme à un débat intérieur, elle conclut en le fixant droit dans les yeux :

— Je peux faire parler ces femmes, mais seul un flic assermenté serait en mesure d'exploiter les informations.

En l'examinant d'un air songeur, elle poursuivit :

— Vous, vous pourriez avoir accès aux rapports de police et aux dossiers médicaux… Qu'en pensez-vous, Steele ?

Il adorait l'entendre prononcer son nom. En le faisant plus souvent, elle aurait pu lui faire promettre ce qu'elle voulait.

— Je pense tout simplement que ça peut coûter cher de se risquer à ce genre de sport sans mandat, répondit-il. Flic assermenté ou pas.

Par-dessus la table, elle lui adressa son sourire le plus télégénique, celui qui lui avait valu les faveurs de milliers de téléspectateurs. Seulement, cette fois, Steele était le seul à en bénéficier…

— Je refuse de croire, susurra-t-elle, que vous n'avez pas déjà surmonté des obstacles bien pires que celui-ci.

Avec une mâle assurance, il lui rendit son sourire.

— Il est vrai qu'il m'est arrivé dernièrement de mettre fin aux exploits d'une clocharde qui pillait les parcmètres.

— Mes informateurs au Houston Police Department sont plus éloquents sur vos mérites. Selon eux, c'est à vous seul que l'on doit l'arrestation de John Stephens, l'an dernier.

A cette évocation, Steele se renfrogna. Stephens était un prédateur sexuel particulièrement vicieux dont les victimes étaient de jeunes étudiantes. Il avait passé d'innombrables nuits et la majeure partie de ses deux premières années de service à monter contre lui le dossier d'accusation qui avait permis de l'arrêter. Hélas, on avait retrouvé les cadavres de six jeunes femmes avant d'en arriver là. Après l'arrestation, c'était le supérieur de Steele qui avait récolté tous les lauriers, lors d'une conférence de presse. Comment diable Lindsay avait-elle fait pour apprendre la vérité ?

Comme si elle avait pu lire ses pensées sur son visage, elle conclut, les yeux brillants de convoitise :

— Si vous m'aidez à faire plonger Austin Leggett, je vous promets de veiller personnellement à ce que tout le monde sache que c'est vous qui avez résolu cette affaire.

Steele n'en croyait pas un mot. Il aurait parié son badge qu'elle ne cherchait rien d'autre qu'un tremplin pour relancer sa carrière. Seulement, s'il acceptait, il aurait l'occasion de la côtoyer autant qu'il le voudrait, et cela suffit à balayer ses dernières réticences.

Avec un clin d'œil, il leva son verre à sa santé.

— Marché conclu.

Manifestement ravie, elle imita son geste et trinqua avec lui.

— Pour fêter ça, dit-elle, je prendrais bien une autre bière…

20

A bout de forces, Jesse avait fini par sombrer dans un sommeil de plomb. Penchée sur le lit, Elizabeth remonta la couverture jusqu'à son menton. Ses boucles noires, encore humides de ses pleurs, collaient à ses tempes et à ses joues. Elizabeth l'embrassa doucement.

L'épreuve s'était révélée aussi pénible qu'elle l'avait craint. Les yeux écarquillés, emplis de terreur, Jesse l'avait écoutée sans rien dire. Puis elle s'était jetée dans ses bras, son petit corps tétanisé serré tout contre elle, secoué de sanglots, comme si le monde venait de s'écrouler autour d'elle — ce qui, d'une certaine manière, était le cas. En larmes elle aussi, Liz avait fait de son mieux pour tenter de l'apaiser. Inlassablement, elle l'avait incitée à parler, à lui poser des questions pour soulager le chagrin qui l'accablait, mais à aucun moment Jesse n'était sortie du silence impressionnant dans lequel elle se murait depuis l'accident. Plus inquiétant encore était son regard : il semblait hanté par une terreur sourde qui ne la laissait jamais en paix.

Elle sursautait au moindre bruit, se précipitait à la fenêtre pour observer la rue dès qu'elle le pouvait. Le carillon de la porte d'entrée la terrifiait, et un bruit de moteur suffisait à la jeter dans les jambes d'Elizabeth, pâle et tremblante.

Liz lui avait répété maintes fois qu'elle se trouvait en sécurité, que sa maison était dorénavant la sienne, et que sa mère était un ange qui veillerait sur elle pour toujours. Mais aucune de ces paroles ne semblait avoir d'effet, et comme pour s'assurer que sa marraine ne l'abandonnerait pas, la fillette ne la quittait plus des yeux.

Au moment de quitter la pièce, Liz se retourna et demeura un long moment à observer la petite silhouette de l'enfant, pour s'assurer qu'elle était profondément endormie. Quand elle en fut certaine, elle descendit le couloir à pas de loup.

Jesse avait commencé par résister quand il avait été question de se coucher. Elle avait fait comprendre à Liz qu'il était hors de question pour elle de dormir seule dans sa chambre. En définitive, épuisée par le chagrin et les larmes, elle s'était glissée dans le lit d'Elizabeth, après qu'elle lui eut lu encore et encore son histoire favorite et qu'elle lui eut promis de dormir près d'elle.

Chancelante de fatigue, Liz regagna le rez-de-chaussée pour vérifier que les fenêtres étaient closes et que tous les verrous étaient tirés. En dépit de la mesure d'éloignement, elle ne faisait aucune confiance à Austin. S'il se montrait fidèle à lui-même, il ne laisserait pas l'ordonnance d'un juge contrer ses plans. Et, apparemment, il éprouvait un besoin irrationnel de traumatiser sa fille. Liz avait donc décidé de se montrer aussi déterminée que lui. Car c'était l'avenir de Jesse qui était en jeu.

A travers la porte vitrée de la cuisine, elle contempla la nuit. Et, dans ce moment de calme après la tempête, la réalité finit par la rattraper. Gina était morte. Et elle lui avait laissé Jesse. Durant ces deux derniers jours, depuis l'appel de Megan, elle n'avait cessé de lutter contre les satisfactions égoïstes que cette situation provoquait en elle. Gina était comme sa sœur. Elles avaient été plus proches l'une de l'autre que Liz ne le serait jamais de Lindsay ou de Megan. Sans l'ombre d'un doute, elle l'avait aimée sincèrement, de tout son cœur. Pourtant, ça ne l'avait pas empêchée de constater ses faiblesses en tant que mère. Elle s'était constamment efforcée de compenser ces manques et de protéger la fillette du climat de violence dans lequel elle grandissait. Mais fallait-il payer ce prix pour que son vœu se réalise ?

L'écrasante culpabilité qui l'assaillait en cet instant lui arracha un gémissement sourd.

— Ça va aller ?

Surprise d'entendre la voix de Ryan tout près d'elle, Elizabeth retint son souffle et essuya précipitamment les larmes qui avaient coulé sur ses joues.

Sans se retourner, de peur de ce qu'il aurait pu lire sur son visage, elle répondit :

— Je vérifiais que les verrous étaient bien tirés.

— J'ai fait le tour de la maison, assura-t-il. Tout est en ordre.

Derrière elle, elle sentait sa présence imposante, et cela ne faisait qu'augmenter sa nervosité. Elle le devinait si proche qu'il n'aurait eu qu'à tendre les bras pour la serrer contre lui… Elle se retourna vivement pour lui faire face.

— J'ignorais que vous étiez encore là, dit-elle d'une voix essoufflée.

Son regard, intense et attentif, restait braqué sur elle.

— Vous pensez vraiment que j'aurais pu partir en vous laissant seule ici ? Vous me connaissez mal.

— Louis est allé se coucher ?

— Il est dans le bureau en train de regarder le dernier journal télévisé.

— Il aurait dû rentrer…

Ce fut alors qu'elle remarqua le désordre qui régnait dans sa cuisine. Des plats de formes et de tailles diverses, recouverts de torchons ou de Cellophane, avaient été posés pêle-mêle sur chaque surface disponible. Entre autres, elle distingua une salade de fruits, un cake, un plateau couvert de cookies, des salades en pagaille, des quiches, des pizzas… Quelqu'un avait même poussé la prévenance jusqu'à apporter napperons, assiettes et gobelets en papier.

— D'où viennent toutes ces victuailles ? s'étonna-t-elle.

— Vos voisins. Des collègues de Gina. Des amis. Votre agent. Votre éditeur.

— Comment ont-ils su ?

Un léger sourire apparut sur les lèvres de Ryan.

— Je suppose que Lindsay et Louis ont averti les gens qui vous sont proches.

Un court instant, il la quitta des yeux pour passer les provisions en revue.

— J'espère que vous avez un grand réfrigérateur, dit-il. En ce qui concerne les cookies, j'ai cru comprendre qu'ils sont l'œuvre de Jennifer et Jesse.

Hochant la tête, il contempla les biscuits d'un œil songeur, et conclut :

— Et moi qui pensais que ma fille ne savait même pas faire cuire un œuf... Elle m'a dit qu'elle s'était arrangée pour que Jesse soit constamment occupée.

Elizabeth, qui partageait son étonnement, hocha la tête avec lui. Qui aurait pu prédire que cette adolescente maussade se comporterait aussi gentiment ? Ou que Lindsay se montrerait tellement prévenante ? Ou que Megan serait aussi disponible pour elle ? Tout cela était pour le moins inattendu.

— Jennifer est rentrée ? demanda-t-elle enfin. Il est si tard...

— Elle a reçu un coup de fil de Rick Sanchez, il y a deux heures de cela. Quand il a appris ce qui se passait, il a proposé de venir la chercher et de la raccompagner chez nous.

— Rick Sanchez ? répéta Elizabeth d'un air étonné. N'est-ce pas ce garçon qu'elle a renversé en voiture ?

— Lui-même. On dirait que le hasard a bien fait les choses, ce jour-là.

Appuyé négligemment contre le comptoir, il paraissait détendu, mais elle sentait son regard scrutateur en permanence. Devinait-il le trouble qu'il suscitait en elle ? Son visage la trahissait-il à ce point ?

— Au lycée, reprit-il, Rick a pris Jen sous son aile. Du coup, elle s'est acclimatée à sa nouvelle vie beaucoup plus vite que prévu... En fait, je dois à ce garçon bien plus qu'un vélo neuf.

— Ils sont seuls chez vous ?

— Je pense que oui, répondit Ryan avec un demi-sourire. Et je prie pour ne pas avoir surestimé la force de caractère de Rick.

Elizabeth se surprit à sourire elle aussi de la situation.

— Bonne chance...

— J'ai posé clairement les limites, mais je ne me fais pas d'illusions sur leur capacité à résister éternellement à la tentation. Rick a reçu une bonne éducation, et il est conscient de ce qui se passe ici. Je pense qu'ils seront sages au moins jusqu'à mon retour.

Il dévisagea Liz d'un air préoccupé, et reprit :

— Je ne voulais pas partir avant que Lindsay arrive. Je ne vous l'ai pas encore dit, mais elle aussi veut rester ici cette nuit.

Dépassée par les événements, Elizabeth ne savait pas contre quoi elle devait protester. Contre le fait que Lindsay ait jugé bon de passer ? Contre son envie de rester toute la nuit ? Contre l'entêtement de Louis, qui refusait de rentrer chez lui ? Le rôle qu'avait joué Ryan, ces dernières heures, n'était pas à négliger non plus. Et c'était lui qui la dérangeait le plus dans ses certitudes... La mort de Gina bouleversait sa vie de fond en comble. Or, sans doute à cause de sa jeunesse mouvementée, elle ne s'habituait que difficilement aux changements.

— Lindsay va passer ? demanda-t-elle pour se donner une contenance, tandis qu'il s'approchait d'elle. Et elle compte rester ?

— Elle pense que vous avez besoin de l'affection d'une sœur, répondit-il. Et il me semble qu'elle a raison. Mais vous savez quoi ?

Sans attendre de réponse, il encadra de ses mains le visage d'Elizabeth et conclut :

— Je pense que vous avez également besoin que je vous prenne dans mes bras.

Elle comprit qu'il avait très envie de l'embrasser, mais elle ne trouva aucun argument pour s'y opposer. Captivée par son regard, comme hypnotisée, elle était incapable du moindre geste pour lui échapper.

— Ryan..., commença-t-elle faiblement.

— Oui, je sais. Vous avez l'habitude d'être seule. Et, en plus, vous avez un million de choses à faire pour Gina... Mais croyez-moi, Liz, vous avez aussi besoin que je vous prenne dans mes bras.

Sa voix était basse, sensuelle, aussi douce qu'une caresse.

— A moins, reprit-il en feignant l'incertitude, que vous ne préfériez un baiser ?

Elle sentait que, après ce baiser, la nature de leur relation changerait du tout au tout, et cette perspective suffisait à l'étourdir…

Ce fut à peine l'esquisse d'un baiser… du moins au début. Les lèvres de Ryan se posèrent sur les siennes de façon très douce. Presque imperceptiblement. Il n'y avait entre eux aucun autre contact — juste leurs lèvres à peine jointes. Puis elle prit conscience qu'il se pressait contre elle, de manière à la maintenir prisonnière. La situation n'était en rien menaçante, et le corps de Ryan contre le sien, si chaud, si ferme, était une révélation pour elle. Ça faisait si longtemps… Elle était à ce point bouleversée par le flot d'émotions qui déferlait en elle qu'elle s'abandonna contre lui, en toute confiance. Il y avait une telle évidence, un tel bonheur, à se retrouver ainsi dans les bras de cet homme que l'idée ne lui serait pas venue de lui résister.

Et soudain, leur baiser se fit sauvage. Ryan explorait sa bouche sans retenue, mais sans impatience non plus, comme s'il rêvait de ce moment depuis trop longtemps pour risquer de le gâcher par trop de précipitation. Et elle, elle était tout entière immergée dans le plaisir qu'il lui offrait.

Elle se rappela confusément qu'elle avait déjà approché une telle félicité, il y avait bien longtemps…

Un bruit persistant vint mettre un terme à leur baiser. Elizabeth mit quelques secondes à l'identifier — un carillon, des pas, des voix dans le hall. Confuse, elle porta la main à ses lèvres, comme pour effacer la trace de ce moment d'abandon. Les yeux agrandis par la surprise, les jambes en coton, elle dévisagea Ryan. Alors, il tendit la main vers elle.

— Nous n'aurions pas dû…, dit-elle en le repoussant doucement. Gina…

— Gina ne souhaitait que votre bonheur, j'en suis certain.

Il avait prononcé ces mots d'une voix tremblante, qui la surprit. Etait-il aussi troublé qu'elle ? Quoi qu'il en soit, il s'écarta comme elle le lui demandait, et elle quitta la pièce d'une démarche raide.

Dans le hall d'entrée, ils découvrirent Lindsay en grande

conversation avec Louis et le policier qui était venu enquêter à l'hôpital.

— Bonsoir ! lança Lindsay. Vous vous souvenez de Shepherd Steele, n'est-ce pas ? Houston Police Department, section des homicides…

Elizabeth acquiesça d'un hochement de tête, tout en se demandant avec anxiété s'il était possible de lire son agitation sur son visage.

Ryan, quant à lui, s'avança d'un pas pour serrer la main du policier.

— Quelle surprise de vous trouver là, Steele ! Vous faites des heures supplémentaires ?

— Il n'est plus en service, précisa Lindsay. Nous sommes allés boire un verre dans un bar pour discuter… de choses et d'autres. Et Shepherd a eu la gentillesse de proposer de me raccompagner.

— Sa voiture est restée à l'hôpital, expliqua Steele. J'irai la chercher demain matin.

— Pourtant, je n'ai cessé de lui répéter que j'étais parfaitement capable de conduire ! Combien de bières avons-nous bues ?

— Moi je n'en ai bu que deux, répondit Steele. Vous, en revanche…

— C'est votre faute ! répliqua-t-elle avec un petit rire nerveux. Je suis sûre que vous m'avez poussée à boire pour avoir l'occasion de me ramener chez moi et savoir où j'habite.

Les yeux brillants de malice, elle conclut en le menaçant du doigt :

— Vous en êtes pour vos frais ! Mon adresse, tout comme mon numéro de téléphone, doivent demeurer top secret…

— 281-555-7628, dit-il d'une voix neutre.

Plus amusée que contrariée, Lindsay s'écria :

— Comment avez-vous fait ? Oh ! je sais… Vous êtes allé chercher l'information à la source, en toute illégalité. Je vous pardonne, puisque ça va nous permettre de vérifier nos hypothèses concernant les anciennes relations d'Austin.

Avec un sourire complice, Steele adressa un clin d'œil à Ryan.

— Elle fera une excellente journaliste d'investigation, dit-il. Quand elle aura appris à maîtriser sa consommation d'alcool, bien entendu.

— De quoi est-ce que tu parles, Lindsay ? intervint Liz en fronçant les sourcils.

— Je parle de coincer Austin.

Posant la main sur le bras de Ryan, elle ajouta à son intention :

— Je ne vous révélerai pas le plan que nous allons mettre en œuvre, cher maître… Je sais qu'Austin vous a viré, mais son père est toujours votre patron, et ça vous met dans une situation délicate.

— Merci de cette attention, répondit sèchement Ryan, mais j'ai la conscience tranquille, et ma position à LJ&B dépend plus de la qualité de mon travail que du bon vouloir de Curtiss ou d'Austin Leggett.

— Si nous réussissons, reprit vivement Lindsay, Austin Leggett ne sera plus rien chez LJ&B. N'est-ce pas, Shepherd ?

La main sur la porte, déjà prêt à partir, Steele lança un regard dubitatif en direction d'Elizabeth. Manifestement, il était loin de partager l'enthousiasme de Lindsay.

— Rien n'est joué, répondit-il prudemment. Il est toujours très difficile d'épingler les auteurs de violences conjugales. Les victimes se rétractent. Les familles se taisent. Il arrive même que des flics ferment les yeux. Parfois, il faut un drame pour réveiller tout ce petit monde.

— J'en suis bien consciente, dit Elizabeth en hochant la tête. Mais il serait grand temps qu'Austin ait à répondre de ses actes.

— Attendez une petite minute ! lança Lindsay en voyant que Steele s'apprêtait à partir. J'ai comme l'impression que ce sujet vous touche personnellement…

Les yeux de Steele, amusés et bienveillants jusqu'à cet instant, s'assombrirent brusquement.

— Ma sœur aînée était mariée à l'un de ces salauds, répondit-il d'une voix basse et chargée de colère. Tous les signes étaient là, mais personne n'a su les voir. Jusqu'à ce qu'il finisse par la tuer. Il y a un an de cela.

Quand Ryan rentra chez lui, sa fille était dans sa chambre, affalée sur son lit et plongée dans une intense conversation téléphonique avec sa mère. Il resta un instant sur le seuil, et l'écouta raconter le rôle qu'elle avait joué auprès de Jesse. Il fut soulagé de ne percevoir aucune tension entre elle et Diane. Décidément, songea-t-il avec un sourire attendri, sa petite fille semblait bien décidée à grandir, ces jours-ci.

Quand il se montra enfin, elle interrompit sa conversation et lui lança :

— P'pa... Est-ce qu'on pourrait aller à Dallas, un de ces week-ends, pour chercher Mocha ? On emmènerait Jesse avec nous ! Liz serait sûrement d'accord...

Elle parut y réfléchir un instant, puis ajouta en prenant soin de poser la main sur le combiné :

— A condition que ce soit toi qui le lui demandes !

Ryan vint s'asseoir sur le lit à côté de sa fille. Il s'attendait à ce qu'elle réclame son chien, et il avait déjà préparé ses arguments.

— Mocha n'est plus toute jeune, tu sais ? J'ai peur qu'elle ait du mal à s'habituer à la ville. Il faudra la sortir régulièrement, et ce ne sera pas facile...

— On pourrait demander à Louis de la prendre chez lui pendant que je serai au bahut. Ça ferait de la compagnie à Archie.

— On verra.

Jennifer poussa un soupir à fendre l'âme et conclut à l'intention de sa mère :

— T'as entendu, m'man ? C'est non. Mais j'ai pas dit mon dernier mot. J'te rappelle bientôt.

En guise d'adieu, elle imita le bruit d'un baiser, et raccrocha en précisant :

— C'était m'man.

— C'est ce que j'avais cru comprendre, répliqua Ryan avec un sourire. Comment va-t-elle ?

Tout en bourrant ses oreillers de coups de poing pour s'y adosser confortablement, Jen fit la grimace.

— Elle sort toujours avec ce chauve dont je t'ai parlé. Il s'appelle Gerald. Tu imagines ? Geraaaald ! On ne peut pas rêver plus snob, comme prénom. En fait, je crois que c'est ce qui plaît à m'man. Le fait qu'il soit snob. C'est-à-dire à des années-lumière de toi.

— Ah bon ? Tu ne me vois pas comme un snob ? Ni comme un vieux croûton ?

Jen secoua la tête d'un air apitoyé, et le regarda droit dans les yeux avant de décréter d'une voix sans appel :

— T'es une vraie bombe sexuelle, p'pa !

— J'ai peur que tu exagères un peu, mais...

— M'man a vraiment fait l'erreur de sa vie en te laissant tomber.

— Jen !

— C'est vrai, non ? Dire qu'elle s'est amourachée de ce Sam, qui était un vrai plouc !

Finalement, Ryan ne put résister à l'envie de rire.

— Une bombe, un plouc et un snob. Quel palmarès !

— Tu l'as dit ! Mais pour en revenir à Gerald, le pire c'est qu'il est vraiment trop vieux... Figure-toi qu'il a quarante-cinq ans — elle vient de me l'avouer au téléphone !

— Wow ! Si vieux que ça ?

Face à son ironie sous-jacente, Jen haussa les épaules et conclut d'un air boudeur :

— Tu peux rigoler... N'empêche qu'il est nettement plus vieux que toi. Franchement, je ne vois pas ce qu'elle peut lui trouver. Ça me dépasse complètement !

Ryan, lui, avait la réponse. Gerald Winthrop était très riche et totalement fou de Diane. De plus, il ne s'attendait pas à ce qu'elle lui donne une descendance, ce qui l'arrangeait prodigieusement... Mais pas question d'expliquer tout ça à Jen, bien entendu.

— D'après ce que j'en sais, dit-il, c'est un chic type, et je pense qu'ils ont beaucoup de choses en commun.

— En tout cas, conclut l'adolescente avec une nouvelle grimace, j'espère qu'ils ne s'attendent pas à ce que je retourne vivre avec eux quand ils seront mariés.

Ryan l'espérait, lui aussi. Il était heureux d'avoir sa fille avec lui. Il appréciait d'autant plus sa présence qu'il ne restait que quelques années avant qu'elle parte à l'université puis qu'elle aille vivre sa propre vie. Dans l'intervalle, il avait envie de passer le plus de temps possible avec elle… tant qu'il n'était encore à ses yeux ni vieux, ni plouc, ni snob.

— Alors ? reprit-il, décidé à changer de sujet. Comment as-tu trouvé Jesse ?

— Elle est adorable ! Mais la pauvre, elle a de gros problèmes, p'pa…

Jennifer se redressa et remit en forme ses oreillers avant de poursuivre gravement :

— Elle n'a pas dit un mot depuis l'accident. Tu ne trouves pas ça bizarre ? Moi, si. Tu te rappelles, la première fois qu'on est allés chez Liz et qu'elle m'a offert des cookies dans le jardin ? Elle n'arrêtait pas une seconde… Un vrai moulin à paroles. J'en avais presque mal à la tête. Mais maintenant…

Troublée, elle tourna les yeux vers la fenêtre et conclut à mi-voix :

— Plus rien. Muette comme une carpe.

— Liz s'inquiète, elle aussi, dit Ryan. Mais c'est sans doute la conséquence du choc qu'elle a subi. Ça ne va pas durer, à mon avis.

Jen plia les jambes et les encercla de ses bras. Puis elle chercha le regard de Ryan avant de reprendre :

— Tu sais ce que je crois, p'pa ? Je crois qu'elle a peur.

— Qu'est-ce qui te fait dire ça ?

— Eh bien… Il suffit de parler de son salaud de père devant elle, même indirectement, pour qu'elle devienne folle de terreur.

— Surveille ton langage, Jen !

N'empêche qu'il se demandait secrètement où sa fille était allée puiser une telle maturité, et s'il devait s'en réjouir ou s'en inquiéter.

— Ne joue pas les père-la-pudeur, p'pa ! « Salaud », c'est le terme qui convient le mieux pour décrire ce type. Tu te rappelles ce que Jesse m'a raconté ? Qu'elle devait se cacher sous son lit pour ne pas l'entendre hurler contre Gina, lancer des objets contre les murs et Dieu sait quoi d'autre ? Quand elle m'en a parlé, elle n'a pas manifesté la moindre affection pour lui. Il se fichait pas mal d'elle, à ce moment-là, et voilà que maintenant, il veut absolument la voir. Ça ne te dit rien, peut-être ?

Devant l'incompréhension manifeste de son père, elle leva les yeux au plafond et précisa :

— En plus d'être un salaud, c'est un menteur, p'pa ! Je veux dire... Il veut la voir, bien sûr, mais pas parce qu'il l'aime. Il veut la voir parce qu'elle sait quelque chose à propos de cet accident et qu'il veut l'empêcher d'en parler.

— C'est une accusation grave que tu portes là, Jen... Ce sont les fruits de tes brillantes déductions, ou tu as des preuves de ce que tu avances ?

— Je déteste quand tu parles comme un avocat...

Comptant sur ses doigts les éléments de son argumentation, elle reprit avec véhémence :

— Un : Austin fait des pieds et des mains pour rencontrer Jesse alors qu'il l'ignore depuis toujours. Etrange, non ? Deux : depuis l'accident, Jesse n'a pas décroché un mot, et elle a l'air terrorisée. Elle sursaute et elle court se cacher dans les toilettes dès qu'elle entend une voiture. Louis et moi, il nous a fallu des trésors de patience et d'imagination pour la convaincre de sortir de là. De plus en plus étrange... Et trois : elle me fait un dessin à faire se dresser les cheveux sur la tête. Alors là, je dis : ce n'est plus étrange, c'est carrément inquiétant !

— Un dessin ? s'étonna Ryan. Quel genre de dessin ?

— Eh bien... c'était plutôt sommaire — tu te doutes bien qu'à cinq ans elle ne peut pas rivaliser avec Michel-Ange. En tout cas, ça représentait deux voitures sur une route, en pleine nuit. Je lui ai demandé à qui étaient ces voitures, et elle m'a répondu que c'étaient celles de son père et de sa mère.

— Comment a-t-elle pu te le dire puisqu'elle ne parle pas ?

— Je lui posais des questions du genre : « Qui est dans cette voiture ? Ton papa ? Ta maman ? Est-ce que ça s'est passé la nuit de l'accident ? » et elle me répondait en faisant « oui » ou « non » avec la tête. Mais ce qui rendait ce dessin vraiment effrayant, c'est qu'elle avait gribouillé au crayon noir sur la totalité du papier, comme pour éliminer toute trace de blanc. Il suffit d'y jeter un coup d'œil pour sentir la peur et le danger te sauter à la gorge... Pas besoin d'avoir fait des études de psychologie pour comprendre ce que ça signifie.

Impressionné par ce récit, Ryan se passa les mains sur le visage. En demandant à sa fille de garder Jesse, il n'imaginait pas qu'elle serait confrontée à la perspective effrayante d'un père terrorisant son enfant.

— Où est ce dessin ? demanda-t-il d'une voix lasse. Tu l'as gardé ?

Pour toute réponse, Jennifer se leva et alla chercher son sac dans l'armoire. Après y avoir fourragé un long moment, elle finit par en tirer une feuille de papier couverte de griffonnages. Ryan n'était pas psychologue, lui non plus, mais il comprit au premier regard que sa fille n'avait rien exagéré. Cette représentation que Jesse avait faite de son dernier voyage en voiture avec sa mère inspirait la terreur et provoquait la nausée.

En observant attentivement le dessin pour en saisir tous les détails, Ryan songea que Jen en était arrivée à la même conclusion qu'Elizabeth et Lindsay, ce qui était loin d'être rassurant. Une avalanche de questions dérangeantes le submergea aussitôt. Si Jesse avait réellement été témoin d'une scène de nature à compromettre son père, Ryan pouvait très bien nourrir contre elle des projets insensés... Et Jennifer n'était-elle pas en danger, elle aussi, lorsqu'elle se trouvait avec la fillette ? Et Liz ? Si, comme il fallait s'y attendre, elle résistait à Austin, le jour où il viendrait récupérer sa fille, il serait capable de s'en prendre à elle...

Préférant remettre à plus tard d'aussi sombres sujets de préoccupation, Ryan tendit le dessin devant lui et demanda à Jen :

— Je peux le garder ?

— Bien sûr ! répondit-elle en retournant s'installer sur son lit. Pourquoi tu crois que je l'ai rapporté ?

— Merci. Et maintenant, si tu me disais comment s'est passée ta soirée avec Rick ?

Les funérailles de Gina se déroulèrent deux jours plus tard. Ryan guettait l'arrivée d'Austin Leggett, et il le repéra aussitôt qu'il eut franchi les portes de la chapelle funéraire. Liz avait été tentée d'utiliser la mesure d'éloignement pour l'empêcher d'assister à la cérémonie, mais Ryan avait réussi à l'en dissuader en lui promettant de faire en sorte qu'il ne puisse s'approcher de Jesse. La décence commandait qu'il fût présent à l'enterrement de celle avec qui il avait partagé huit ans de sa vie. Parmi l'assistance, nombreux étaient les employés de LJ&B venus rendre un dernier hommage à leur collègue disparue. La firme elle-même avait fait livrer une énorme gerbe de roses qui avait été déposée bien en vue près du registre de condoléances afin que nul ne pût l'ignorer…

Dès qu'il aperçut Leggett, Ryan se mit à la recherche de Liz. Il la vit non loin de là, en train de discuter avec l'une des anciennes collègues de Gina. Il allait la rejoindre lorsqu'il vit ses yeux s'écarquiller : elle venait de repérer Austin, qui s'approchait de l'endroit où Jesse était assise en compagnie de Jen. Précipitamment, elle mit fin à sa conversation.

— Ne vous inquiétez pas, dit-il après avoir franchi les quelques pas qui les séparaient encore. Je l'ai repéré et je ne le perdrai pas de vue.

La mine sombre, sans quitter Austin des yeux, Liz hocha la tête et demanda :

— Vous croyez qu'il oserait faire une tentative pour parler à Jesse ?

— Il peut essayer, maugréa Ryan. Mais je l'en empêcherai.

En suivant les déplacements d'Austin à travers la pièce, Ryan comprit qu'Elizabeth ne s'alarmait pas en vain.

Plus les jours passaient, plus son ex-client ressemblait à un homme aux abois, prêt à n'importe quelle folie.

— Regardez, Ryan…, chuchota Elizabeth. Il se dirige vers les filles !

Apparemment, Austin déambulait au hasard parmi la foule, mais la distance qui le séparait de Jennifer et Jesse diminuait de seconde en seconde. Pour le moment, elles étaient toutes les deux trop occupées pour prêter attention à ce qui se passait autour d'elles. Jen avait donné à la fillette l'une de ses Barbie préférées, et Jesse s'appliquait à la rhabiller.

Austin prenait garde à ne rien manifester de ses véritables intentions. Il jouait à la perfection le rôle de l'homme affligé, et chacun s'efforçait de le réconforter avec quelques mots de condoléances.

N'y tenant plus, Liz prit les devants et longea le mur latéral pour rejoindre Jesse. Ryan, pour sa part, fendit la foule pour intercepter Austin pendant qu'il en était encore temps. Mais, juste avant qu'il n'y parvienne, Jesse leva les yeux et aperçut son père.

Le cri de terreur qu'elle poussa aussitôt figea l'assemblée de stupeur. L'atmosphère feutrée et recueillie vola en éclats, et tous les regards convergèrent dans sa direction. Elle s'était dressée d'un bond, envoyant valser poupée et accessoires, et cherchait désespérément sa marraine des yeux.

— Ici, Jesse ! cria Liz, qui ne se trouvait plus qu'à deux pas.

Elle ouvrit les bras, et quand la fillette s'y fut précipitée, elle courut avec elle en direction des bureaux attenants dans le salon funéraire. En son for intérieur, Ryan la félicita d'avoir si rapidement mis au point un plan de repli. Lui-même se reprochait déjà de n'avoir pas su éviter ce choc à la fillette.

Pour empêcher Austin de les suivre comme il en manifestait l'intention, Ryan l'agrippa fermement par le bras et entreprit de l'entraîner *manu militari* vers la sortie. Derrière eux, le directeur du salon funéraire intervint pour ramener le calme dans l'assemblée, priant les assistants de regagner leur siège afin que la cérémonie puisse commencer. Après un moment de flottement, chacun se laissa convaincre et le bruit des conversations chuchotées reprit comme si de rien n'était. Dans ce genre d'endroit, songea Ryan dans un accès d'humour grinçant, les manifestations d'hystérie étaient sans doute monnaie courante et ne devaient surprendre personne.

Une fois dehors, il lâcha le bras d'Austin et déclara en le fusillant du regard :

— Inutile de signer le registre : je le ferai pour vous, et je ne manquerai pas de dire à Curtiss que vous êtes passé.

Avant de lui répondre, Austin tira sur les manches de sa veste et serra son nœud de cravate en une tentative dérisoire pour recouvrer un peu de dignité.

— Qu'est-ce que vous foutez ici, Paxton ?

— J'assiste aux funérailles d'une femme qui était une excellente employée de LJ&B. En tant qu'associé, cela me paraît être la moindre des choses.

La bouche d'Austin se tordit en un rictus de mépris.

— Ne me racontez pas de conneries ! s'emporta-t-il. Vous vous moquez pas mal de Gina. Si vous êtes ici, c'est parce que vous jouez les gardes du corps pour cette garce de Liz !

— Liz se passe très bien de garde du corps. Je crains malheureusement que ce ne soit pas le cas de Jesse...

Austin marqua un temps d'hésitation et détourna le regard avant de répondre d'une voix tendue :

— Je ne sais pas ce qui est arrivé à ma petite fille. Sa réaction est certainement le résultat d'une entreprise de calomnie. Je suis persuadé que cette garce est en train de la monter contre moi, et vous pouvez lui dire que je ne me laisserai pas faire !

— Vous êtes fou ! Liz ne s'abaisserait jamais à faire une chose pareille. Tout ce qu'elle fait, c'est dans l'intérêt de Jesse. Vous devriez lui en être reconnaissant.

— D'après vous, empêcher un enfant de voir son père, c'est une bonne chose ?

— Quand l'enfant réagit comme l'a fait votre fille, ça me paraît évident. Et c'est la deuxième fois que ça se produit. A votre avis, pourquoi se met-elle à hurler de terreur quand elle vous voit ?

— Comment voulez-vous que je le sache ? Je suppose qu'elle est encore sous le choc. Si j'avais la possibilité de lui parler, je pourrais probablement la calmer. Le problème, ajouta-t-il avec amertume, c'est que tout le monde se ligue pour m'en empêcher.

— Elle se calmerait peut-être, dit Ryan d'un air dubitatif, mais c'est loin d'être certain… Ecoutez, je ne suis plus votre avocat, mais je vais tout de même vous donner un bon conseil : tenez-vous à l'écart de Jesse pour l'instant. Dans votre intérêt comme dans le sien, respectez la mesure d'éloignement qui vous a été signifiée, et laissez les choses se calmer un peu.

— C'est ça ! lança-t-il avec un sourire méprisant. Pour que cette garce de Liz s'accapare tranquillement ma fille ! Vous pensez que je suis assez bête pour la laisser faire ? Je vois très bien ce qui se passe, vous savez ? Vous ne quittez plus Liz d'une semelle, et votre fille a quasiment emménagé chez elle ! Vous êtes tous les deux en train de me prendre ma gamine, comme s'il s'agissait d'un animal de compagnie dont je n'ai plus envie ! Qu'est-ce qui vous prend, Ryan ? C'est du délire, mon vieux !

— Ce serait du délire si je vous croyais sincère, répondit tranquillement Ryan. Mais ce n'est pas le cas. Il y a trop de points d'interrogation concernant cet accident, et trop de mauvais souvenirs prêts à refaire surface. Si j'étais vous, je prendrais un nouvel avocat. Et pas plus tard que tout de suite…

S'approchant de lui jusqu'à pouvoir le toucher, Austin se campa sur ses jambes et le toisa d'un air soupçonneux.

— C'est vous qui m'avez mis ce flic des Homicides sur le dos, Paxton ?

— Si c'est de Steele que vous voulez parler, j'ai entendu dire qu'il enquêtait à la suite d'une dénonciation anonyme venue du Hermann Hospital. Mais, si vous êtes aussi innocent que vous le prétendez, vous n'avez pas à vous en faire pour ça.

— Exact. Et je n'ai donc pas besoin d'avocat.

— Comme vous voudrez, grommela Ryan en lui tournant le dos.

21

En pénétrant dans sa cuisine, Elizabeth eut la surprise d'y découvrir Jennifer, occupée à emplir un grand pichet de thé. Jesse était à son côté et suivait tous ses gestes avec la plus grande attention.

— Qu'est-ce que vous faites là, toutes les deux ?

— On prépare du thé glacé qu'on va emporter dans le patio, expliqua la jeune fille en ajoutant dans le pichet des zestes de citron. Vous ne saviez pas que Megan était arrivée ?

Puis, s'adressant à Jesse, elle ajouta gentiment :

— Tu veux bien aller chercher sur la table cette chose rose qui fait office de sucre ?

Hochant gravement la tête, la fillette s'exécuta pendant que Jen précisait :

— L'agent Steele s'est déjà chargé des glaçons.

— Il est là, lui aussi ?

— Oui. Il a amené Megan et Lindsay.

Elizabeth s'était enfermée toute la matinée dans son bureau pour travailler, et elle était loin de s'imaginer que la maison se remplissait pendant qu'elle mettait en forme l'idée d'un nouveau livre. Elle se croyait seule avec Jesse et Louis… Louis ! Il méritait sans conteste sa reconnaissance éternelle. Depuis une semaine, il habitait pratiquement chez elle : il s'était improvisé cuisinier et baby-sitter…

D'un œil critique, Jennifer examina son œuvre.

— Bien ! Est-ce que tout y est ?

Jesse trottina jusqu'à la table, saisit une coupelle emplie de feuilles de menthe, et la posa sur le plateau.

— Bien joué ! déclara la jeune fille en lui souriant. Toi aussi, tu aimes ajouter de la menthe dans ton thé glacé ?

Pour toute réponse, Jesse hocha solennellement la tête.

Intriguée par ces préparatifs, Elizabeth alla regarder par la fenêtre. Dans le patio, Lindsay, Megan et Shepherd étaient confortablement installés sur des chaises longues, tandis qu'un peu plus loin, Ryan et Louis semblaient en grande conversation.

— Vous organisez une garden-party ?

— Si on veut, répondit Jennifer. Lindsay a téléphoné en fin de matinée. Elle voulait passer avec l'agent Steele pour vous dire quelque chose. En fin de compte, ils sont venus avec Megan. Naturellement, Jesse n'a pas voulu qu'on vous dérange. Elle monte la garde quand vous êtes dans votre bureau. Elle doit savoir que vous n'aimez pas être interrompue quand vous écrivez... Toujours est-il que même sans prononcer un mot, elle arrive très bien à se faire comprendre. Pas vrai, ma puce ?... Bon, je continue mes explications. A un moment, mon père est venu me chercher, comme prévu. Mais au lieu de me ramener à la maison, il a décidé de s'incruster !

Elizabeth sentit que quelqu'un tirait sur son T-shirt, et baissa les yeux pour découvrir le visage implorant de Jesse levé vers elle.

— Qu'est-ce qu'il y a, ma douce ?

Jesse lança un regard en direction du groupe réuni dans le patio, puis elle reporta son attention sur Elizabeth. Sept jours s'étaient écoulés depuis les funérailles de sa mère, et elle n'avait toujours pas prononcé un mot.

— Elle voudrait que vous restiez avec nous, expliqua Jennifer. Elle a peur que vous retourniez travailler.

Les yeux suppliants, Jesse hocha vigoureusement la tête pour confirmer. Depuis qu'elle s'occupait d'elle, Jen avait appris à décrypter ses messages, et elle ne se trompait jamais dans ses interprétations.

Quelques jours plus tôt, Liz avait demandé conseil à un

pédopsychiatre, qui lui avait suggéré d'attendre un peu avant de lui amener Jesse en consultation.

— Laissez-lui le temps de se remettre..., avait-il décrété après qu'elle lui eut expliqué la situation. Soyez patiente et aimante. C'est le meilleur remède qui soit. Elle va sans doute sortir spontanément de son mutisme. Songez qu'elle n'a pas seulement perdu sa mère, mais qu'elle a également assisté à l'accident ! Et le fait que ses parents aient été en opposition à ce moment-là ne fait que compliquer la situation. Cela fait beaucoup de bouleversements pour une enfant de cet âge. Franchement, j'aurais été étonné qu'elle ne manifeste pas de troubles du comportement. Dans une certaine mesure, cela aurait été beaucoup plus inquiétant.

— Vous pouvez faire une pause, Liz ? demanda Jennifer en s'emparant de son plateau.

Manifestement, Jesse était partagée entre le désir de suivre sa nouvelle idole et l'envie de rester près de sa marraine.

— Je vais même faire mieux que cela ! répondit Elizabeth en gagnant la porte-fenêtre. J'ai bien assez travaillé : je vais prendre le reste de la journée. De toute façon, c'est samedi et je suis censée me reposer... Ça te convient, ma chérie ?

Avec un sourire satisfait, Jesse acquiesça d'un signe de tête, puis vint placer sa main dans celle de sa marraine, et elles emboîtèrent le pas à Jennifer.

Dans un bel ensemble, tout le groupe leva la tête quand elles firent leur apparition.

— Hé ! Mais c'est Liz..., s'exclama Lindsay. Chouette, des rafraîchissements !

En toute hâte, elle se pencha pour rassembler sur la table basse quelques paperasses qui s'y trouvaient éparpillées, afin que Jennifer pût y poser le plateau. Steele se leva pour offrir son siège, Megan fit de même, et la confusion la plus totale régna dans le patio.

Liz se demanda pourquoi son arrivée semblait les surprendre à ce point. Après tout, elle était chez elle, et il n'y avait rien d'extraordinaire à ce qu'elle décide de se joindre à ses visiteurs !

— Le thé glacé a été préparé par les filles ! annonça-t-elle, plus sèchement qu'elle ne l'aurait voulu.

Lindsay se frotta les mains avec gourmandise.

— J'adore le thé glacé ! Avec de la menthe et du citron ? Encore mieux… Tu peux venir t'installer chez moi quand tu veux, Jen.

Comme Jesse la tirait par la manche, Lindsay tourna la tête vers elle.

— Qu'est-ce que tu dis, ma beauté ? Toi aussi, tu as aidé à préparer le thé glacé ?

Jesse marcha jusqu'au pied de menthe qui se trouvait en lisière du patio, et pointa fièrement le doigt contre sa poitrine.

— C'est toi qui t'occupes de la menthe ? traduisit Lindsay. Bravo !

Jesse rougit de plaisir et s'accroupit pour accueillir Archie qui déboulait, la langue pendante et la queue battant l'air frénétiquement. Puis, soudain, l'animal dressa la tête et se mit à aboyer joyeusement en direction de Cody, qui venait de faire son apparition à la porte du jardin. Le visage illuminé d'un sourire radieux, Jesse se lança derrière le chien pour accueillir leur ami.

— Je me demande si elle va parler à son petit copain, dit Lindsay en les regardant s'éloigner.

Jennifer, qui avait saisi le pichet de thé glacé et s'apprêtait à faire le service, suivit son regard et secoua négativement la tête.

— Non, mais ça ne va pas les empêcher de s'amuser comme des fous. Je pense que Jesse ne demanderait pas mieux que de parler, mais c'est la peur qui l'en empêche. Reste à découvrir ce qui peut la terroriser à ce point-là.

— Vous pensez pouvoir y arriver ? demanda Steele.

Jen se pencha pour emplir les verres et marmonna :

— Je ne sais pas, mais je fais tout ce que je peux pour ça.

— Tu dois nous prendre pour une bande de pique-assiettes sans scrupule, dit Megan à sa sœur, avec un sourire d'excuse. Dire qu'on t'a interrompue dans ton travail… Tu es fâchée ?

— Pas du tout, répondit poliment Elizabeth. Mais vous devez

avoir mieux à faire de votre temps libre, tous les trois. Vous êtes tellement occupés durant la semaine.

— Qu'est-ce qui pourrait être plus agréable que cet éden ? répliqua Megan en désignant le jardin d'un ample geste de la main. Ta maison est vraiment magnifique.

Conquise par sa gentillesse, Elizabeth lui sourit.

— Merci, dit-elle. Je l'aime beaucoup, moi aussi.

— C'est l'endroit idéal pour que Jesse puisse récupérer et grandir en paix.

Le sourire d'Elizabeth se figea sur ses lèvres.

— Oui, murmura-t-elle. A condition de pouvoir ramener son père à la raison.

— A moins qu'il ne soit tout simplement disqualifié en tant que père, suggéra Megan. C'est ce à quoi Lindsay travaille sans relâche, et j'ai cru comprendre que tu étais aussi déterminée qu'elle…

— Il m'est impossible de confier Jesse à Austin ! lança Elizabeth avec conviction. Jamais je ne m'y résoudrai.

— C'est la raison pour laquelle nous nous retrouvons tous chez toi aujourd'hui, expliqua Megan. Lindsay a mis la main sur quelques détails croustillants et, à force de persuasion, elle a réussi à m'embarquer dans cette affaire. Comme d'habitude…

Intriguée, Elizabeth dévisagea Lindsay et demanda :

— Des détails concernant Austin ?

— Lui-même ! s'exclama la jeune femme en se penchant pour saisir son téléphone portable sur la table basse. Comme je m'en doutais, son passé est édifiant…

Elizabeth prit place sur le siège que Steele avait libéré à son intention, et regarda sa sœur pianoter sur le minuscule clavier de son portable, un modèle dernier cri qui devait également faire office d'appareil photo et d'assistant électronique. Elle n'était pas surprise outre mesure d'apprendre que Lindsay avait mis en œuvre son projet d'enquêter sur le passé d'Austin. Depuis qu'elle la connaissait, elle avait eu l'occasion de constater à quel point elle pouvait se montrer pugnace et déterminée…

En attendant qu'elle en eût terminé avec ses préparatifs, Elizabeth ne put résister à l'envie de jeter un coup d'œil du côté de Ryan, qui discutait toujours avec Louis et ne semblait nullement pressé de les rejoindre.

Comme s'il avait pu sentir son regard peser sur lui, il tourna la tête et leurs yeux se rencontrèrent. Un sourire lent et séducteur, riche de l'intimité qu'ils avaient partagée, fleurit sur ses lèvres. Sentant immédiatement son cœur s'emballer, Liz se détourna et prit le verre que Jen lui tendait.

Lindsay, à qui cet échange de regards n'avait pas échappé, expliqua à sa sœur, tout en continuant ses manœuvres :

— Ryan préfère ne pas être mêlé à nos recherches. Bien sûr, il n'aurait pas demandé mieux que de nous aider, mais sa position est vraiment trop délicate.

Elle leva brièvement les yeux et ponctua son propos d'un sourire éclatant avant de conclure :

— Son cœur a changé de camp, mais je suppose que cet argument ne serait pas de nature à impressionner Austin.

— En effet, admit Elizabeth.

Pour masquer le trouble qui l'agitait, elle porta le verre à ses lèvres et but longuement. Depuis la nuit où Ryan l'avait embrassée, elle avait essayé autant que faire se pouvait de ne plus se retrouver seule avec lui. Mais, en dépit de tous ses efforts, il lui avait été impossible de l'éviter totalement… et surtout de l'oublier. Elle se surprenait à penser à lui aux moments les plus improbables : devant son ordinateur, alors qu'elle cherchait un mot, une phrase ; parfois même en plein milieu de la nuit. De son côté, il avait respecté sa volonté et gardait ses distances. Lorsqu'il amenait sa fille après les cours, pour qu'elle s'occupe de Jesse, il n'entrait même pas dans la maison. Et aujourd'hui, s'il s'était joint aux autres, c'était probablement sur l'invitation de Louis.

— O.K., j'y suis ! s'exclama Lindsay en consultant les notes qu'elle avait stockées dans son portable. Numéro un : Kristin Jordan. J'ai obtenu son nom par une collègue de Gina chez LJ&B.

Relevant les yeux, elle dévisagea Liz et lui demanda :

— Gina avait parlé d'elle devant toi ?

— Il me semble, oui. Mais c'est assez vague. C'est quelqu'un qu'elle a connu autrefois ?

— Dans un passé assez récent, reprit Lindsay en faisant la grimace. Selon mes sources, Austin fricotait avec elle alors que Gina et lui vivaient encore ensemble… Quoi qu'il en soit, Kristin n'a pas voulu me confier grand-chose. Elle n'a rien de positif à dire au sujet du fils Leggett, mais elle affirme qu'il ne s'est jamais montré violent avec elle. En conséquence, nous allons passer au témoin suivant.

Elle enfonça une touche sur son clavier avant de reprendre :

— Olivia Barton.

— Olivia ? répéta Elizabeth en fronçant les sourcils. Mais c'est… enfin, *c'était* la coiffeuse de Gina.

— Pas seulement de Gina : d'Austin également. J'avais remarqué sa coupe sophistiquée, à l'hôpital, et je m'étais dit que nos maquilleuses n'auraient pas fait mieux, à WBYH-TV. Olivia se débrouille donc très bien avec une paire de ciseaux, mais ses talents ne s'arrêtent pas là…

Elizabeth écarquilla les yeux sous l'effet de la surprise.

— Tu veux dire que… qu'elle a eu une aventure avec lui ?

— Une aventure assez sérieuse, même. Et contrairement à Kristin, Olivia s'est montrée très diserte sur le sujet. Elle a paru sincèrement désolée d'apprendre la mort de Gina. Elle prétend qu'elle s'est toujours sentie coupable, étant donné qu'elle l'aimait bien… mais pas assez coupable pour mettre un terme à sa liaison avec Austin. Le cher homme s'en est chargé lui-même en la prenant pour un punching-ball. Ça s'est passé à l'hôtel San Luis, à Galveston.

Sous le coup d'une subite inspiration, Lindsay interrompit son récit et expliqua en aparté :

— Il faisait souvent ça. Quand il avait jeté son dévolu sur une femme, il entreprenait une campagne de séduction qui se devait d'être coûteuse. Ils allaient passer la nuit dans un palace, dînaient dans les meilleurs restaurants, partaient en week-end — par exemple, il a un jour emmené Olivia à Las Vegas.

Lindsay secoua la tête et en revint à la consultation de ses notes pour reprendre le fil de son compte rendu.

— Toujours est-il que cette nuit-là, à Galveston, ils se sont fait servir leur repas dans leur chambre. De l'aveu même d'Olivia, ils avaient tous les deux un peu trop forcé sur le vin, et ils se sont disputés — je vous le donne en mille... à cause de Gina. Sans avoir rien vu venir, Olivia s'est retrouvée affalée sur le tapis, rouée de coups par son prince charmant. Elle pense même qu'elle est tombée dans les pommes pendant quelques secondes. Malheureusement, elle n'a ni porté plainte ni appelé la police. Elle s'est contentée de faire appel à l'un de ses amis infirmiers, qui l'a examinée et a écarté tout risque de séquelles. L'affaire en est restée là, et Olivia s'est juré de se tenir à l'écart d'Austin — ce qu'elle a fait, depuis.

— Je pourrais interroger l'infirmier, suggéra Steele en levant le nez des notes illisibles dont il recouvrait son calepin.

Lindsay tendit vers lui son portable pour qu'il inscrive le nom du témoin, et plaisanta :

— Tu aurais bien besoin d'une petite merveille comme celle-ci, non ?

— Je l'aurai le jour où le budget de la police sera aussi confortable que celui de WBYH-TV ! répliqua le policier d'un ton pince-sans-rire. Tu as autre chose ?

— Patricia Ellis ! répondit-elle en reprenant sa navigation sur le minuscule écran. Patricia est notre meilleure prise, mesdames et messieurs... Avec Erica, ça va sans dire.

— Qui est Erica ? demanda Steele.

— Je vais y venir.

— Dans ce cas, pourquoi l'avoir mentionnée ?

— Parce que... Oh ! Laisse tomber. Où j'en étais ?

— A Patricia Ellis, répondit Steele en lui montrant son calepin recouvert de pattes de mouche.

— Elizabeth et moi sommes tout ouïe, intervint Megan avec un sourire complice. Quand vous aurez fini de vous asticoter, tous les deux...

Après un dernier regard venimeux à l'intention de Steele, Lindsay en revint au sujet du jour.

— Austin a connu Patricia bien avant de rencontrer Gina. En fait, ils se sont brièvement fiancés, alors qu'il venait d'obtenir son diplôme de droit. Ils étaient plongés jusqu'au cou dans les préparatifs de mariage quand la belle a tout annulé. Ensuite, elle a disparu de la circulation pendant plusieurs semaines. La version officielle servie par la famille dit qu'elle serait allée récupérer de sa déception amoureuse dans une maison de repos. Mais, selon la demoiselle d'honneur que j'ai eu la chance de retrouver, elle a passé un mois à l'hôpital avec une mâchoire brisée.

Elizabeth se redressa dans son transat, les mains serrées autour de son verre, les coudes posés sur les genoux.

— S'il te plaît..., implora-t-elle. Dis-nous qu'elle a porté plainte !

— Elle l'a fait, confirma Lindsay. Mais ça m'étonnerait qu'on puisse mettre la main sur le dossier. S'il existait encore, Maude Kennedy l'aurait déjà trouvé.

— Tu penses que le père d'Austin aurait fait en sorte qu'il soit détruit ? demanda Liz d'un air incrédule.

— Détruit, c'est peu probable, intervint Steele. Mais il a pu convaincre un juge de l'égarer.

Lançant un regard songeur à Ryan, toujours en grande discussion avec Louis, Lindsay pensa tout haut :

— C'est peut-être là que Ryan pourrait nous être utile. Si Curtiss Leggett était convaincu que nous sommes sur le point de mettre la main sur ce dossier, je me demande quelle serait sa réaction...

Sur le terrain des hypothèses, Steele la suivit sans peine.

— Je pourrais peut-être toucher deux mots de cette affaire à Ryan, l'air de rien, dans le cadre de mon enquête. S'il se sent obligé de révéler au père d'Austin que les frasques de son fils risquent de refaire surface, il en résulterait peut-être quelques résultats intéressants.

— Oh, agent Steele ! protesta Lindsay avec un sourire de pur ravissement. C'est tellement machiavélique… J'adore ! Il faut absolument que je rentre ça dans ma base de données.

Sans lui laisser le temps de réagir, elle s'empara de son stylo et griffonna une note sur un napperon.

— Avec un stylo ? s'écria-t-il d'un air stupéfait. Voyons, ma chère, c'est tellement ringard, un stylo !

Et, avec un sourire ironique, il tendit le bras pour récupérer son bien.

— Je n'en reviens pas…, commenta Elizabeth en secouant la tête avec admiration. Comment as-tu fait pour dénicher tout ça en si peu de temps ?

— Attends, ce n'est pas tout !

— Laisse-moi deviner, intervint Megan. Reste cette Erica à laquelle tu as fait allusion, tout à l'heure.

— Gagné ! Erica Johns était la reine du bal, le jour où Austin a quitté le lycée. Il était même son cavalier, et en guise de remerciement, il l'a envoyée aux urgences, où elle a dû passer la nuit. Selon la rumeur, il l'aurait également violée. Quant à l'hôpital, ça ne peut être que le Hermann…

— Un autre dossier égaré ? demanda Elizabeth d'un air dégoûté.

— Sans doute. Mais les archives d'un hôpital sont moins sûres que celles d'un tribunal ou d'un poste de police…

Avec un sourire enjôleur pour sa sœur, Lindsay conclut :

— Tu vois ce qu'il te reste à faire dans tes moments perdus, Meggie ? Etant donné qu'Austin a trente-six ans aujourd'hui, ça doit faire seize ou dix-sept ans qu'il a quitté le lycée. Tu penses pouvoir accéder à des archives aussi vieilles ?

— Je n'en suis pas sûre. Mais je peux essayer.

Megan saisit la feuille que Steele venait d'arracher de son calepin et sur laquelle il avait noté le nom d'Erica Johns et la date de son hospitalisation. Son visage, d'ordinaire si posé et tranquille, était aussi animé que ceux de Lindsay et de Steele à l'idée de coincer Austin Leggett.

Elizabeth les dévisagea l'un après l'autre et fut surprise de ressentir à leur égard une réelle affection. Sa méfiance l'avait quittée. Les défenses qu'elle avait soigneusement mises en place durant des années s'étaient évanouies. Comme par enchantement ? se demanda-t-elle. Sans doute pas. Peut-être était-il temps pour elle d'admettre la nécessité de ces changements qu'elle fuyait depuis toujours.

— Elle finit par se laisser approcher au bout d'un certain temps, vous savez…

Ryan détourna les yeux de Liz, qu'il était en train d'admirer, pour soutenir le regard inquisiteur de Louis.

— De qui parlez-vous ?

Le vieil homme émit un petit rire caustique, et répondit :

— Nous savons tous les deux de qui je parle. Liz n'est pas une femme dont le cœur se laisse gagner facilement. Elle a une personnalité très complexe.

Avant de conclure, il marqua une pause et fixa Ryan droit dans les yeux.

— Même sans l'histoire compliquée qui vous sépare, elle ne sera pas facile à apprivoiser.

— Quelle histoire ? s'étonna Ryan. Je ne l'avais jamais rencontrée avant cette audience au tribunal…

— L'histoire qui lie votre père au sien, mon garçon. Vous accusez Matthew Walker d'avoir poussé John Paxton au suicide. En plus d'être une accusation sérieuse, ça risque d'être un secret encombrant le jour où vous laisserez libre cours aux sentiments que vous ressentez pour elle.

Poussé dans ses retranchements, Ryan détourna le regard et maugréa :

— Je n'ai pas la moindre idée de ce dont vous voulez parler.

— Je suis persuadé que vous en avez plus qu'une petite idée, répliqua Louis en hochant la tête d'un air entendu. Et c'est bien ce qui vous rend si maussade. Vous n'êtes pas sûr de pouvoir vous détacher de Liz, une fois que vous… l'aurez amenée là où vous le souhaitez. N'est-ce pas ainsi que vous avez procédé avec les femmes qui sont passées dans votre vie depuis que vous avez divorcé de la mère de Jen ?

Sans comprendre ce qui le poussait à de telles confidences, Ryan s'entendit répondre :

— Diane m'a trompé. La séparation était inévitable. Bon sang ! Elle était remariée six semaines après que notre divorce avait été prononcé…

— Votre fierté en a pris un sacré coup, pas vrai ?

— Ça ne vous paraît pas naturel ?

Tous deux s'absorbèrent dans un silence songeur, et quand leurs yeux se croisèrent de nouveau, ils ne purent s'empêcher de rire.

— Vous avez sans doute raison, admit finalement Ryan. Mon orgueil masculin a dû jouer un grand rôle dans ma volonté de réclamer le divorce à tout prix, mais je ne l'aurais admis pour rien au monde, à l'époque.

— Rassurez-vous, dit Louis, je trouve ça tout à fait compréhensible.

Ryan hocha vaguement la tête et tourna les yeux vers sa fille, qui jouait les parfaites maîtresses de maison pour les convives réunis dans le patio.

— Je pense que Diane éprouvait des regrets, reprit-il à mi-voix. Elle ne me l'a jamais dit, mais elle aurait sans doute préféré que je réagisse autrement et qu'on reste mariés. J'ai compris récemment quels dommages irréversibles un divorce peut créer. Les enfants pris entre deux feux, le sens de la discipline malmené, chaos et misère pour tous… C'est Jennifer qui a le plus souffert de la situation.

— Vivre et apprendre de la vie. C'est ce que je retiens de ces longues années qui pèsent aujourd'hui sur mes épaules.

Il n'y avait aucune malice dans les paroles de Louis. Juste une manifestation de sympathie.

— Il est trop tard pour revenir en arrière, conclut Ryan dans un soupir. Même si je le voulais. Le deuxième mariage de Diane a capoté après deux ans à peine, et la voilà prête à recommencer avec un autre type.

Il se pencha en avant, les coudes posés sur les genoux, et poursuivit avec un sourire amusé :

— Jen dit qu'il est chauve et si vieux qu'elle ne comprend pas ce que sa mère lui trouve. Vous vous rendez compte ? Il a quarante-cinq ans…

— Et vous ? Trente-cinq ? Trente-six ?

— Vous me rajeunissez. J'ai trente-sept ans.

Louis poussa un petit sifflement et fit mine de s'effrayer.

— Tant que ça ? Plus que huit ans avant d'être vieux… Les enfants sont vraiment impitoyables.

Souriant tous les deux, ils regardèrent Jennifer quitter le patio et rejoindre Jesse et Cody pour leur offrir des briquettes de jus de fruits.

— Pour Jesse, reprit Louis, Jen est un véritable don du ciel. Au lieu de faire toute une affaire du fait qu'elle ne parle pas, elle agit exactement comme si de rien n'était. Une sacrée perle, votre Jennifer…

— Entièrement d'accord. Mais je ne peux pas m'en attribuer les mérites.

En voyant Elizabeth s'occuper si bien de Jesse depuis la mort de Gina, Ryan avait douloureusement pris conscience de ses propres manques dans ce domaine. Il se reprochait d'avoir laissé Diane partir pour Dallas après le divorce. Il s'en voulait de n'être pas resté un père présent. Même s'il était impossible de rattraper le temps perdu, il était fermement décidé à profiter au maximum des quelques années qu'il leur restait avant que Jen ne parte pour l'université. Et, comme pour se racheter, il était plus que jamais déterminé à agir pour préserver le bonheur, la sécurité et l'avenir de Jesse.

— Rassurez-vous, conclut Louis sans quitter des yeux le petit groupe qui discutait avec animation. Vous n'êtes pas le premier père défaillant. Si je peux vous donner un conseil, passez le plus de temps possible avec votre fille pendant qu'il en est encore temps.

— Vous parlez d'expérience ?

— D'expérience ? répéta Louis en tournant vivement la tête

vers lui. Que voulez-vous savoir ? Si j'ai été père moi aussi ? La réponse est non. Je ne l'ai pas été au vrai sens du terme.

Ce qui ne constituait pas une réponse à proprement parler, songea Ryan. Le vieil homme était peut-être à la retraite, mais il n'avait rien perdu de ses réflexes de juriste…

— Désolé, marmonna-t-il. Je ne voulais pas me montrer indiscret.

— Indiscret ! s'exclama Louis en éclatant de rire. Bon sang, Ryan… Cette conversation est probablement la plus indiscrète que deux hommes puissent avoir. Etant donné que vous n'avez pas été avare de confidences, je ne vois pas pourquoi je refuserais de me confier un peu, moi aussi.

Ryan se garda bien de le démentir. Il avait été curieux d'en apprendre davantage sur Louis dès l'instant où il avait fait sa connaissance. Pour ce qu'il en savait, le passé de cet homme pouvait l'aider à éclaircir les circonstances de la mort de son père. Depuis qu'il lui avait fait quelques confidences, il guettait le moment adéquat pour l'inciter à lui en dire plus. Ce moment était-il enfin arrivé ? Plutôt que de commettre un impair, il garda le silence et attendit.

Il n'y avait plus aucune trace d'humour dans la voix de Louis quand il reprit la parole.

— Il est vrai que j'ai été père, autrefois, mais un bien mauvais père, je le crains… Oh ! je n'ai pas divorcé et je ne me suis pas rendu coupable des agissements que nous reprochons à Austin, mais j'ai failli à mes devoirs de bien d'autres manières, pour des résultats tout aussi catastrophiques.

Ryan nota que les mains du vieil homme tremblaient alors qu'il prenait appui sur ses genoux pour se redresser. Alarmé, il voulut se lever pour l'aider, mais Louis l'en dissuada d'un geste agacé. Il gagna à petits pas la rambarde du belvédère, puis s'y accouda et reprit sa confession d'une voix lasse.

— Cela fait un moment que je réfléchis pour savoir ce que je dois vous dire ou ne pas vous dire, Ryan. Et je ne parle pas ici de moi-même ni de mon incompétence en tant que père. Le fait est que je vous dois beaucoup. Vous avez été assez généreux pour convaincre Jennifer de venir s'occuper de Jesse, et je sais aussi à quel point votre aide est précieuse pour Liz.

Son regard s'était porté sur le coin du jardin où les deux enfants s'amusaient à lancer leur Frisbee pour qu'Archie le rattrape, sous la surveillance de Jen.

— Mais ce n'est pas de cela que je veux vous parler…

— Je m'en doute. C'est de Matthew Walker, n'est-ce pas ?

— Qu'est-ce qui vous fait dire ça ? s'étonna le vieil homme.

Ryan haussa les épaules.

— Ça coule de source. Vous avez connu mon père, et nous savons tous les deux qu'il était très proche du juge Walker. J'en ai tout naturellement déduit que vous le connaissiez aussi.

Louis regagna son siège et s'y assit prudemment en faisant craquer ses articulations usées.

— Vous avez deviné juste, reconnut-il dans un souffle. Je connaissais le juge Walker, et ça me fait de la peine que vous l'accusiez d'être responsable de la mort de votre père. Je vais vous dire certaines choses, et j'espère que vous ne tenterez pas de me tirer les vers du nez pour en savoir davantage. Naturellement, vous devrez me croire sur parole. Je n'ai aucun moyen de prouver ce que j'avance, bien entendu.

— Et moi, je n'ai aucune raison de croire que vous puissiez me mentir.

— Il m'est arrivé de mentir, et j'aurai sans doute à le payer en allant griller en enfer, mais ce que j'ai à vous dire est la stricte vérité. Matthew Walker n'est en aucune façon responsable de la mort de John Paxton. Votre père ne s'est pas suicidé, mon garçon. Il a été assassiné.

Ryan contemplait ses mains jointes entre ses genoux. En quelques mots, Louis venait de confirmer une hypothèse qu'il gardait secrète depuis des années. Alors qu'un flot d'émotions se bousculaient en lui — soulagement, incrédulité, colère —, il releva la tête pour dévisager Louis.

— Ne me dites rien, laissez-moi deviner…, murmura-t-il. Vous n'avez aucune intention de me dire pour quelle raison vous êtes sûr de ce que vous avancez.

Louis secoua la tête d'un air désolé.

— Ce sur quoi vous devez vous concentrer aujourd'hui, c'est votre vie. Et elle sera certainement moins lourde à porter quand vous saurez que votre père n'a jamais eu l'intention de vous laisser tomber, vous et votre mère. Je connaissais également Elaine Paxton. C'était une femme courageuse, exemplaire, que tout homme aurait été fier d'avoir pour épouse. La maladie qui s'est abattue sur elle est l'une de ces injustices auxquelles la vie nous habitue. John n'aurait jamais eu la lâcheté de la laisser dans cet état. Sans parler d'abandonner son fils.

— Vous en êtes certain ?

— Qu'il a été assassiné ? Si ça peut vous rassurer, je suis prêt à vous le jurer.

Sans avoir besoin d'autre assurance, Ryan le croyait. A présent qu'un coin du voile commençait à être levé, il aurait aimé en apprendre davantage, mais il savait que le moment n'était pas venu et que Louis ne lui dirait rien de plus.

— Vous vouliez me parler d'autre chose ? demanda-t-il à tout hasard.

Louis parut hésiter un court instant, puis il hocha la tête.

— Je voulais juste vous donner un conseil, même si je n'ai aucun droit de le faire. Quand il m'arrive d'avoir une opinion sur un sujet, j'ai du mal à la garder pour moi… Il s'agit de Liz.

Ryan fronça les sourcils, mais s'abstint de tout commentaire.

— Vous ne nierez pas, reprit-il, que vous nourrissez des sentiments très profonds à son égard…

— Mêlez-vous de ce qui vous regarde, s'il vous plaît !

— Celle-là, répliqua Louis en riant, je suppose que je l'ai bien cherchée… Il n'empêche qu'Elizabeth déteste les surprises. Vous devriez lui expliquer le lien qui unit votre père au sien avant que vos relations… ne changent de nature.

— Oui, monsieur le donneur de leçons !

Souriant malgré lui, Ryan se dressa d'un bond et lui tourna le dos. Louis ne faisait que remuer le couteau dans la plaie en soulignant l'attirance qui le poussait vers Liz.

— Une dernière chose ! lança le vieil homme dans son dos,

tandis qu'il s'apprêtait à descendre les marches du belvédère. Je conserve quelques vieux dossiers qui devraient vous intéresser. Il s'agit de ceux sur lesquels John Paxton travaillait quand il a été tué. Si vous voulez, passez ce soir à la maison : je vous les montrerai.

D'un coup de talon, il relança la balancelle et conclut :

— Du moins, si vous n'êtes pas décidé à vous concentrer sur votre propre vie, comme je me suis permis de vous le conseiller.

— Je passerai ! lança Ryan par-dessus son épaule.

Tout en s'éloignant pour rejoindre les autres, il regretta de n'avoir pas connu Louis Christian à l'époque où il fréquentait encore les prétoires. A n'en pas douter, il aurait fait un adversaire des plus coriaces…

22

L'écriture avait toujours été pour Elizabeth une source de plaisir et de dépaysement. Dans son enfance, elle avait dû apprendre à survivre, et ce défi permanent avait développé son imagination déjà riche. L'instabilité de sa jeunesse lui inspirait des intrigues au sein desquelles l'exclusion devenait la source d'une très grande force.

Lorsqu'elle était enfin sortie des méandres de l'administration, Elizabeth avait été surprise et ravie de constater qu'il lui était possible de vivre dans le monde des adultes sans pour autant renoncer à la fantaisie de ses rêves d'autrefois. Des éditeurs l'avaient payée pour laisser libre cours à ses humeurs vagabondes, mais les dollars qu'ils lui versaient n'étaient rien comparés aux satisfactions qu'elle y trouvait.

Malheureusement, ce remède miracle fonctionnait de moins en moins bien, ces derniers temps. Sans doute à cause du souci qu'elle se faisait pour Jesse…

Depuis plus d'une heure, la fillette jouait dans le salon avec Cody, et le calme qui régnait dans la maison était quelque peu déconcertant. Le petit garçon n'avait jamais été très bavard, et le soudain mutisme de Jesse n'avait rien arrangé, bien entendu. Quand Liz les rejoignit, ils jouaient tous deux dans un silence irréel. En les regardant faire, elle constata qu'ils n'étaient en rien gênés par cette situation. Elle l'avait déjà maintes fois remarqué : entre eux, les enfants ne communiquent pas seulement avec des mots. Ce dont les adultes, songea-t-elle amèrement, auraient bien fait de s'inspirer…

Non, décida-t-elle, Jesse ne pouvait pas être la cause de ses soucis. Vivre avec elle était un bonheur permanent, même si ce constat allait de pair avec un sentiment de perte et de culpabilité lié à la disparition de Gina… Quant à la résistance qu'elle opposait à ses sœurs, elle faiblissait de jour en jour car leur sincérité ne faisait plus de doute.

Alors qu'Elizabeth regardait les enfants jouer, le carillon de la porte d'entrée se fit entendre. Instantanément, Jesse sursauta. Soulagée de découvrir sa marraine tout près d'elle, elle courut se réfugier dans ses jambes et guetta d'un œil craintif la porte d'entrée, au bout du couloir.

Elizabeth s'accroupit près d'elle et plongea ses yeux dans les siens.

— Tout va bien, lui dit-elle. Tu vas rester ici avec Cody pendant que j'irai voir qui a sonné. Tu n'as pas à avoir peur, ma puce. Personne ne viendra ici pour te faire du mal.

Epouvantée à la perspective de rester seule, Jesse secoua violemment la tête de gauche à droite.

— Personne ! répéta fermement Elizabeth. Tu vois, je vais fermer la porte du salon derrière moi pour que vous soyez bien à l'abri, tous les deux. Tu n'as pas à t'inquiéter.

A contrecœur, Jesse lui lâcha la main et rejoignit Cody sur le sofa, d'où il observait la scène avec appréhension. Le petit garçon ne comprenait manifestement pas la peur de son amie, mais, au fil des jours, il en était arrivé à la partager. Il prit la fillette par la main, et l'entraîna derrière le sofa, où tous deux resteraient accroupis tant que l'alerte ne serait pas passée.

Le cœur serré, Elizabeth ferma la porte du salon, comme elle l'avait annoncé, et alla ouvrir la porte d'entrée. Ryan se tenait sur le perron, appuyé d'une main au chambranle.

— Bonsoir, dit-il avec un sourire mutin. J'étais dans le coin.

Elizabeth feignit la surprise.

— Encore ?

Ryan étendit ses mains devant lui en un geste de feinte innocence.

— Je n'y suis pour rien ! affirma-t-il. Ça doit être ma voiture : elle prend systématiquement le chemin de votre maison.

Avec la soudaineté et la force d'un éclair dans un ciel d'orage, Elizabeth comprit ce qui la tourmentait depuis quelques jours. Le fait qu'elle n'y eût pas pensé plus tôt relevait de ce qu'un psychologue aurait appelé un *déni caractérisé*…

— Votre voiture…, répéta-t-elle sans chercher à cacher son amusement. L'explication vaut-elle aussi pour votre fille ?

— Non, je ne crois pas. A mon avis, Jen a tout simplement découvert à quel point il peut être gratifiant de faire quelque chose qui ait un sens.

— Jennifer est un ange, affirma Elizabeth. Vous êtes un père comblé.

— Oui, je le reconnais.

Comme à regret, il cessa de la dévorer des yeux, et tourna le regard en direction de la maison voisine.

— Louis m'a invité à passer chez lui, ce soir, mais je voulais d'abord vous parler.

Il croisa les bras derrière son dos et observa le bout de ses chaussures, perdant brusquement sa mâle assurance.

Devant son air gêné, Elizabeth demeura perplexe. Que pouvait-il avoir de si grave à lui dire ?

— Vous voulez bien que j'entre un moment ? lui demanda-t-il.

— Bien sûr.

Elle recula pour lui céder le passage.

Avec ses larges épaules, Ryan semblait occuper tout l'espace de la petite entrée. Comme chaque fois qu'elle se trouvait avec lui dans un endroit confiné, elle se sentit toute petite. Il était bien le seul homme sur terre à susciter chez elle une telle sensation.

— Jesse est en train de jouer dans le salon avec Cody, expliqua-t-elle pour se donner une contenance. Votre coup de sonnette l'a effrayée… je vais aller la tranquilliser.

Ryan se rembrunit et hocha la tête d'un air pensif.

— Avez-vous une idée de ce qui la met dans cet état ?

— Ça me paraît évident. Elle redoute que son père vienne la chercher.

— Jen pense la même chose que vous.

Ryan baissa les yeux et observa le tapis un instant avant d'ajouter :

— J'aimerais pouvoir vous certifier que ça n'arrivera pas, mais, ces derniers temps, le comportement d'Austin a défié toute logique. Malgré la mesure d'éloignement, il serait bien capable de venir sonner à votre porte pour exiger de parler à sa fille.

— S'il ne s'agissait que de lui parler… Non, je pense plutôt qu'il veut la reprendre.

— Il y a un mot pour ça : kidnapping. Un acte sévèrement puni par la loi. Même pour ceux qui enlèvent leur propre enfant.

— Comme vous le disiez vous-même, le comportement d'Austin ne semble plus répondre à aucune logique, et je doute qu'il se laisse intimider par la loi.

— Il n'a pas fait de tentative pour s'approcher d'elle, récemment ?

— Pas que je sache.

— Continuez à être prudente. O.K. ?

Ryan la regarda gagner la porte du salon et l'entrouvrir pour rassurer les enfants. Jesse, fidèle à son habitude, ne fit pas de commentaire, mais la question que posa Cody en dit long sur leur état d'esprit.

— C'est pas le papa méchant de Jesse qui est venu, hein ?

— Non, répondit Liz d'une voix rassurante. C'est Ryan, le père de Jennifer, et c'est un ami.

Après s'être assurée qu'ils ne manquaient de rien, elle les laissa dans le salon et rejoignit Ryan, occupé à admirer les couvertures des livres pour enfants que Liz avait encadrées.

— Très impressionnant ! commenta-t-il en la regardant approcher. Mais toute votre œuvre n'est pas là, il me semble…

— Non, il ne s'agit que de mes premiers livres. J'avais un ego plus impressionnant, à mes débuts…

Ryan s'amusa de sa remarque, puis il y eut entre eux un moment de flottement qui les mit mal à l'aise l'un comme l'autre.

— Vous n'auriez pas une bière ? demanda-t-il soudain pour rompre le silence.

— Désolée, mais je ne peux vous proposer qu'un verre de vin.

— Ce sera parfait. Je vous remercie.

Ils gagnèrent la cuisine, et elle se réjouit d'avoir commandé récemment du très bon vin.

— Rouge ou blanc ? demanda-t-elle en laissant courir sa main le long d'un présentoir à bouteilles.

— Comme vous voudrez.

Elle opta pour un *Frog's Leap,* et fouilla dans un tiroir pour y puiser le tire-bouchon. Quand elle l'eut trouvé, il le lui prit gentiment des mains.

— Laissez-moi faire.

Avec l'aisance née de l'habitude, il déboucha la bouteille et la reposa sur le plan de travail en suggérant :

— On pourrait peut-être la laisser respirer un peu ?

— Ce serait un crime de ne pas le faire.

— Oui, répondit-il. Surtout en si charmante compagnie.

Avant qu'elle ait pu comprendre ce qui lui arrivait, Elizabeth comprit qu'elle était en train de rougir du compliment. Son invité surprise n'était là que depuis quelques minutes, mais elle commençait déjà à se demander si elle n'avait pas eu tort de le laisser entrer…

En voyant Elizabeth rougir de sa remarque, Ryan regretta de l'avoir lancée sans réfléchir. Il n'était pas là pour flirter, même si ce n'était pas l'envie qui lui manquait. Et, s'il n'y prenait garde, il allait finir par la braquer contre lui.

Un silence inconfortable s'installa entre eux avant qu'elle ne s'avise d'aller chercher deux verres à pied au fond d'un vaisselier ancien.

— Cet après-midi, expliqua-t-il pour briser la glace, j'ai eu une longue discussion avec Louis. Il a eu une vie des plus intéressantes…

— Je le suppose, dit-elle. Il ne m'a pas fait beaucoup de confidences. Il est plutôt avare de détails concernant son passé.

En posant les verres près de la bouteille, elle eut un petit rire charmant et reprit :

— Je ne sais pas pourquoi, mais je ne peux pas m'empêcher de lui prêter une existence des plus romanesques.

— Normal, dit Ryan en saisissant la bouteille pour en examiner l'étiquette. Simple déformation professionnelle.

— Normal ou pas, le passé de Louis ne recèle sans doute aucun mystère. Mais je crois que je serais cruellement déçue si j'apprenais qu'il a eu une vie banale.

— Aucun risque de ce côté-là. Il a exercé une profession liée au monde judiciaire.

— Ah oui ?

En emplissant leurs verres avec les égards que méritait le vin qu'elle avait choisi, Ryan remarqua qu'elle paraissait intéressée par ce qu'il venait de lui révéler, mais pas vraiment surprise. En tout cas, si elle en savait plus que lui à propos de son voisin, elle le cachait bien.

Il lui tendit son verre et, après qu'il eut levé le sien à sa santé, ils dégustèrent le grand cru avec le sérieux qui convenait.

— Mmmm… Il est parfait.

— C'est vrai, dit-elle en faisant tourner le contenu de son verre pour en humer la fragrance. Normalement, on ne le trouve que dans les restaurants, mais il y a sur West Gray une petite boutique qui regorge de grands vins introuvables ailleurs. Non pas que je m'y connaisse beaucoup — c'était Gina la spécialiste. C'est elle qui m'a…

Sa phrase resta en suspens, comme si l'évocation de son amie s'était révélée trop douloureuse.

— Elle avait bon goût, commenta gentiment Ryan. Et pas seulement en matière de vin.

Elizabeth, visiblement sur le point de se mettre à pleurer, détourna le regard. Pour faire diversion, Ryan marcha jusqu'à la porte-fenêtre donnant sur le patio, et proposa :

— Pouvons-nous avoir cette conversation à l'extérieur ? Je ne veux pas que Jesse et Cody risquent de nous entendre.

Pour un début avril, la nuit était douce. L'odeur du jasmin

en fleur embaumait la petite brise nocturne qui soufflait sur le jardin. Il y avait une chaise longue dans le patio. Elizabeth alla s'y pelotonner. Il avait déjà remarqué que son corps trahissait son état d'esprit bien mieux que ses paroles… En cet instant, sa posture révélait un besoin de se protéger, et il se demanda fugitivement si c'était sa présence qui l'inquiétait ou bien ce qu'il avait à lui dire.

— Je ne me lasserai jamais de vous le répéter…, dit-il en préambule, pour la mettre à l'aise : votre maison est superbe, mais ce que vous avez fait de votre jardin est tout simplement stupéfiant.

D'un sourire, elle le remercia du compliment.

— J'aime jardiner. Ça me détend. Mais je ne mérite pas tous vos éloges. Le plan d'ensemble comme le plus gros de la réalisation sont l'œuvre d'un professionnel.

Ils demeurèrent un moment silencieux, profitant de la quiétude ambiante. Masqué par l'écran de verdure, le bruit de la ville était réduit à un murmure. Dans le ciel qui s'obscurcissait de minute en minute, un fin croissant de lune s'élevait. Tandis qu'Elizabeth l'observait avec un regard émerveillé, Ryan admirait son visage sans pouvoir s'en rassasier.

Il aurait aimé n'avoir rien d'autre à faire que profiter pleinement de cet instant de calme en sa compagnie. Pris par les événements dramatiques qu'ils traversaient depuis qu'ils se connaissaient, ils n'avaient pas eu vraiment le temps de faire connaissance. Et, quand il lui aurait révélé la raison de sa visite de ce soir, peut-être déciderait-elle de couper les ponts avec lui…

Pour se donner du courage, il but une longue gorgée de vin et reposa soigneusement le verre sur la rambarde contre laquelle il avait pris appui. Croisant les bras, il se lança et entra tout de go dans le vif du sujet.

— Louis connaissait mon père. Vous étiez au courant ?

— Quoi ? fit-elle en tournant brusquement la tête vers lui, manifestement ébahie. Non, je l'ignorais. C'est de cela que vous vouliez discuter ?

— En partie. Mon père et lui ont travaillé sur les mêmes dossiers. Il ne me l'a pas dit clairement, mais je l'ai compris.

Après un instant d'hésitation, Ryan alla s'asseoir sur le repose-pieds de la chaise longue et conclut :

— Je suppose que ça vous étonne ?

— Pas vraiment, répondit-elle sans hésiter. Louis ne m'a jamais dit qu'il avait travaillé à Houston, mais il connaît parfaitement les milieux politiques et économiques de cette ville... Cela dit, je dois avouer que, jusqu'ici, je n'y ai pas prêté grande attention.

Lentement, elle porta son verre à ses lèvres et but une gorgée avant de poursuivre :

— Naturellement, je peux comprendre l'intérêt que cela vous inspire. Moi aussi, à une époque, j'étais très friande d'informations concernant mes parents. Mon père, surtout.

Cela signifiait-il qu'elle ne l'était plus ? Ryan se demanda pourquoi. Il aurait pu lui révéler que la meilleure source d'informations concernant le juge Walker ne se trouvait qu'à deux pas de chez elle, car, manifestement, elle ignorait que Louis et son père s'étaient connus. Mais ce n'était pas à lui d'en parler, et surtout pas ce soir, même s'il était impatient d'en apprendre davantage sur le mystérieux voisin de Liz.

— J'ai toujours eu toutes les peines du monde à réunir des informations sur la carrière de mon père, reprit-il en guettant sa réaction. Et voilà que, aujourd'hui, Louis me révèle qu'il est assis sur une pile de dossiers dans lesquels je pourrais, selon lui, trouver des réponses aux questions qui me hantent depuis toujours. Pouvez-vous me dire comment ça se fait ?

Elizabeth posa une main sur sa poitrine.

— Moi ? s'étonna-t-elle. C'est à moi que vous demandez ça ?

— Je présume que vous connaissez Louis Christian mieux que personne.

Un rire bref s'envola de ses lèvres.

— Plus je vous écoute, plus je me dis que vous en savez bien plus que moi sur ce mystérieux personnage !

— Et vous n'avez jamais eu envie de le questionner ?

— Non.

Ryan étudia son profil et éprouva une sensation fugace la concernant. Quelque chose qui lui échappa aussitôt, comme cela s'était déjà produit plusieurs fois.

— Je trouve assez surprenant qu'une femme aussi jalouse de sa vie privée puisse se lier d'amitié avec un homme dont le passé est un tel mystère.

Avec un claquement de langue agacé, Elizabeth tourna la tête vers lui et soutint son regard.

— Pourquoi me posez-vous toutes ces questions ? lui demanda-t-elle. Vous voyez bien que je nage en plein brouillard… Encore plus que vous.

— Eh bien… ce que j'ai à vous dire est en rapport avec tout ça. D'une certaine façon.

Il vit son visage se figer sur une expression de méfiance extrême. Allait-elle se lever pour lui demander de partir ? Non, elle se contenta de boire une gorgée de vin.

— On ne peut pas dire que le brouillard se dissipe, constata-t-elle.

Résolu à entrer dans le vif du sujet, Ryan déclara à voix haute et claire :

— Mon père connaissait le juge Matthew Walker.

— C'est Louis qui vous l'a appris ?

— Non. J'ai toujours su qu'ils se connaissaient.

La stupéfaction qui se peignit sur les traits de la jeune femme ne pouvait être feinte.

— Mon père et le vôtre se connaissaient… Ils étaient amis ?

— Peut-être. Peut-être pas. Je n'en sais rien. Pendant des années, je me suis imaginé qu'ils étaient ennemis.

— Qu'est-ce qui vous a fait croire ça ?

Ryan leva la tête pour contempler le ciel, et laissa fuser un rire caustique.

— Ma propre imagination, sans doute.

— Pourquoi ne pas m'en avoir parlé avant ?

Mal à l'aise, Ryan se dressa d'un bond et alla s'appuyer des deux mains sur la balustrade.

— Je me le demande moi-même…, dit-il en s'absorbant dans

la contemplation du jardin enténébré. Et je m'en veux de ne pas l'avoir fait.

Tournant la tête vers elle, il la vit poser son verre sur le dallage du patio et plier ses jambes pour les ramener contre sa poitrine. Autre posture défensive…

— Je croyais avoir une bonne raison pour ne pas le faire, poursuivit-il avec détermination. Je croyais que le juge Walker était responsable du suicide de mon père.

— Vous le croyiez…, répéta-t-elle, au terme d'un silence qu'il trouva interminable. Dois-je comprendre que vous ne le croyez plus ?

— Exactement. Laissez-moi vous expliquer pourquoi. Je vous demande d'écouter sans m'interrompre ce que vous pouvez considérer comme une confession.

Il avait fait l'effort de soutenir son regard pour prononcer ces mots, mais il ne put s'empêcher de détourner les yeux avant de poursuivre :

— J'ai laissé mon objectivité au vestiaire, le jour où j'ai plaidé la cause d'Austin dans le conflit qui l'opposait à Gina. Je venais juste d'apprendre que nos pères s'étaient côtoyés. Et comme, depuis l'âge de seize ans, j'avais passé mon temps à haïr Matthew Walker, j'étais prêt à tout pour nuire à sa fille.

Un coup d'œil lui suffit pour constater qu'elle ne le regardait plus, mais gardait les yeux fixés sur la maison de Louis, que l'on devinait derrière la haie.

— Je dois avouer qu'après coup… eh bien, je ne me suis pas senti très fier de moi. Je m'en veux encore terriblement. Depuis ce jour, je cherche un moyen de vous le dire.

Ne supportant plus de ne pas voir le visage d'Elizabeth, Ryan se redressa et contourna la chaise longue. Une sourde appréhension grandissait en lui à l'idée de ce qui était en jeu. Il devait se rendre à l'évidence : Liz était pour lui bien plus qu'une femme intelligente dont les charmes ne le laissaient pas insensible. Certes, il sentait bien qu'elle était consciente de l'attirance qui les poussait l'un vers l'autre. Mais, même sans prendre en compte ce qu'il venait de lui avouer, elle avait de bonnes raisons de ne pas y céder.

Louis avait vu juste en lui expliquant qu'elle avait une personnalité complexe, qu'elle n'aimait pas être surprise. Ce qui pouvait se comprendre… Toute son enfance n'avait été qu'une série de mauvaises surprises et de coups du sort. Ce soir, à cause de la pénible confession qu'il avait dû lui faire, quelque chose de précieux et de vital, pour elle comme pour lui, était peut-être sur le point de leur échapper.

— Pourquoi me dire tout ça ce soir ? finit-elle par lui demander, toujours sans le regarder.

N'ayant plus rien à perdre, Ryan décida de prendre les choses sur le ton de la plaisanterie.

— Vous me promettez de ne pas rire ?

Elizabeth haussa les épaules.

— Je ne vois pas ce qu'il y a de drôle.

— Ah oui ? Alors, écoutez un peu ça : je crois que je suis en train de tomber amoureux de vous.

Cette fois, sa réaction fut immédiate. Elle jaillit de son siège et se tint debout, très droite, les bras croisés devant elle. Aussitôt, il eut envie de la prendre dans ses bras. Elle paraissait si vulnérable… Il aurait voulu la rassurer.

Il s'approcha doucement et se tint juste derrière elle.

— Est-ce si terrible que ça ? murmura-t-il près de son oreille.

— C'est impossible…, répondit-elle d'une voix sourde. Vous me connaissez à peine.

— Je vous connais mieux que vous ne l'imaginez. Songez que j'ai partagé quelques-unes des heures les plus sombres de votre vie. Or, c'est dans l'épreuve que les gens se révèlent le mieux. Et je n'ai pas besoin d'entendre Jennifer chanter vos louanges à la maison pour me faire une idée précise à votre sujet. Je vous ai vue à l'œuvre avec Jesse. Je vous ai vue vous ouvrir progressivement à l'affection de vos sœurs. Je sais qui vous êtes. Vous êtes généreuse, douce, intelligente, sensible, créative…

— Oh ! arrêtez de…

— J'oubliais quelque chose…, l'interrompit-il. Vous êtes également très belle.

Il la prit doucement par les épaules et l'incita à se tourner vers lui.

— Et je jure, conclut-il avec un demi-sourire, que ce n'est pas la première chose qui m'a attiré chez vous.

Elizabeth le dévisagea d'un œil critique et demanda :

— Est-ce que vous avez bu ?

Ryan éclata de rire avant de répondre :

— Oui, un excellent vin choisi par une connaisseuse. Mais juste un verre…

Redevenant sérieux, il secoua lentement la tête et conclut :

— Ce ne sont pas les brumes de l'alcool qui m'aveuglent, Liz. Je voudrais que nous passions du temps ensemble. Pour apprendre à nous connaître. Je ne vous cache pas que, depuis mon divorce, j'ai connu plusieurs femmes. Elles n'ont fait que passer dans ma vie et aucune ne me manque. Je suis persuadé qu'avec vous, les choses seraient totalement différentes.

Elizabeth le regardait attentivement, comme pour trouver sur son visage, dans son regard, la confirmation de ce qu'il disait.

— Je ne sais que vous répondre, avoua-t-elle enfin.

— Alors, dites simplement que vous êtes décidée à nous laisser une chance.

Ses lèvres esquissèrent un sourire, et Ryan sentit qu'elle se détendait.

— Je vous promets d'y réfléchir, murmura-t-elle au bout d'un moment.

Avec un sourire satisfait, il la força à dénouer ses bras afin de l'attirer tout contre lui.

— Me promettez-vous également de réfléchir à ceci ?

Il prit son visage en coupe entre ses mains et approcha ses lèvres des siennes. Le baiser qu'il lui donna fut délibérément lent et approfondi ; il voulait ainsi lui prouver autrement que par des mots la sincérité de sa déclaration. Il savoura tant qu'il le put la douceur de cet instant, puis s'écarta à regret pour lui dire dans un murmure :

— Quant à moi, je vous promets de faire de mon mieux pour

me montrer patient. Mais je préfère vous prévenir : la patience n'est pas ma plus grande qualité.

Elizabeth salua cette déclaration par un rire moqueur.

— Vous ne m'avez pas dit que vous aviez un rendez-vous, ce soir ?

Le sourire de Ryan se figea. Obnubilé par l'urgence de sa mission auprès de Liz, il avait totalement oublié Louis…

Il rompit leur étreinte dans un soupir, et lui prit la main pour lui dire, les yeux dans les yeux :

— Vous avez raison. Je vais devoir vous laisser. Mais pas avant que vous ne m'ayez promis que nous dînerons un soir en tête à tête. A moins que vous ne préfériez aller au cinéma. Ou pourquoi pas les deux… Jennifer sera très heureuse de venir s'occuper de Jesse.

— On verra.

Ryan renonça à insister. Pour ce soir, il devrait se contenter de cette maigre victoire.

— Quand vous rentrerez, n'oubliez pas de fermer derrière vous ! lança-t-il avant de s'éloigner.

Debout au bord de la terrasse, Elizabeth regarda Ryan se fondre en longues enjambées dans l'obscurité qui recouvrait la pelouse. Arrivé au bout du jardin, il se glissa en souplesse dans le passage que les enfants avaient aménagé dans la haie de lauriers-roses qui séparait sa propriété de celle de Louis. Lorsqu'il eut disparu, elle porta une main tremblante à ses lèvres, sur lesquelles s'attardait le goût des siennes. Tout ce qu'il y avait de sensé et de responsable en elle se rebellait contre la perspective d'une aventure sentimentale avec lui, alors que sa vie était déjà un tel chantier.

La bataille qu'elle allait devoir mener pour obtenir la garde de Jesse devait demeurer au centre de ses préoccupations. De plus, elle avait déjà fort à faire avec Megan et Lindsay. Sans parler du bouleversement que représentait la disparition de Gina. Décidément, conclut-elle, les événements se succédaient beaucoup trop vite à son goût. Et le problème « Ryan Paxton » représentait une complication supplémentaire dont elle pouvait se passer.

« Je crois que je suis en train de tomber amoureux de vous… », lui avait-il affirmé. Quelle femme aurait pu rester sourde à une telle déclaration, surtout venant d'un homme tel que Ryan ?

Alors qu'elle refermait la porte-fenêtre de la cuisine, elle entendit le téléphone sonner et se précipita dans le salon pour décrocher. Toute sonnerie était source d'anxiété pour Jesse, et la petite fille s'accrocha à ses jambes en la regardant décrocher avec de grands yeux effrayés.

— C'est ta maman, Cody ! Il est temps de rentrer à la maison. Ton papa sera là d'une minute à l'autre. En attendant, si je vous aidais à ranger tous ces jouets ?

Tout en procédant au rangement avec son ami, Jesse ne quitta pas Elizabeth d'une semelle. Et lorsque le coup de sonnette attendu se fit entendre, elle sursauta violemment et revint se réfugier dans ses jambes.

— Tout va bien, ma puce… Je suis sûre que c'est le père de Cody.

Jesse hocha la tête et se colla littéralement à sa marraine pour rejoindre le hall d'entrée. Après avoir jeté un coup d'œil dans le judas par mesure de précaution, Elizabeth ouvrit à Ben Knight et discuta quelques instants avec lui pendant que les enfants procédaient à leurs adieux silencieux.

Après le départ de Cody et de son père, Liz referma la porte, tira les verrous, mit la chaîne de sécurité et actionna le système de surveillance.

— Et voilà ! lança-t-elle à Jesse, qui la regardait faire. Nous sommes seules toutes les deux, en parfaite sécurité. Prête pour le bain ?

Jesse fit oui de la tête, mais ses yeux étaient pleins de larmes et sa lèvre supérieure tremblait.

— Qu'est-ce qu'il y a, ma douce ? murmura Elizabeth en s'agenouillant près d'elle. Tout va bien… Il est plus que temps de prendre le bain, de dîner et d'aller au lit.

La fillette acquiesça silencieusement et se laissa entraîner vers la salle de bains, mais son attitude ne cessait d'inquiéter Liz. En apparence, elle était la même petite fille qu'avant la mort de sa mère. Comme d'habitude, son T-shirt était maculé de boue, son jean neuf avait déjà un trou au genou et le lacet d'une de ses baskets était dénoué. Pourtant, rien ne serait plus jamais comme avant.

Je crois que je suis en train de tomber amoureux de vous. En ouvrant les robinets de la baignoire, Liz se surprit à maudire Ryan Paxton.

Une heure plus tard, Elizabeth se résigna à éteindre sa lampe de chevet, même si le sommeil ne semblait pas décidé à venir. A son côté, la fillette était enfin détendue. Quels qu'aient pu être les démons qui la hantaient durant le jour, ils semblaient la laisser en paix aussitôt qu'elle dormait.

Prête à livrer une longue lutte contre l'insomnie, Elizabeth se cala contre ses oreillers et ferma les yeux pour tenter d'imiter sa filleule. Elle dut finalement s'assoupir, car un bruit la tira brutalement du sommeil. A l'extérieur, non loin de chez elle, un chien aboyait furieusement. Saisie par une brusque appréhension, elle se figea dans son lit, tous les sens aux aguets. Ça ne pouvait être qu'Archie, songea-t-elle. Mais pourquoi faisait-il un tel raffut en pleine nuit ? Ça ne lui ressemblait guère, et, à l'entendre, quelque chose devait lui déplaire.

Après s'être assurée que Jesse n'avait pas été réveillée, Elizabeth repoussa sa couette et s'assit au bord du lit. Avec la vague idée d'aller jeter un coup d'œil par la fenêtre pour observer les environs, elle se leva et foula le tapis sur la pointe des pieds.

Alors qu'elle passait devant la porte ouverte de sa chambre, elle capta du coin de l'œil une ombre mouvante et se figea sur place, le cœur battant à tout rompre. Sans doute possible, quelqu'un avait pénétré chez elle. Et ce qu'elle avait vu, c'était la silhouette d'un homme s'apprêtant à monter l'escalier…

Une peur panique s'empara d'elle, la cueillit comme un coup de poing à l'estomac. L'esprit en déroute, elle demeura un long moment figée sur place, ne sachant que faire. Elle ne possédait pas d'arme. Et elle ne pouvait réveiller Jesse pour s'enfuir avec elle sans attirer l'attention de l'intrus.

Tournant les talons, elle regagna son lit et prit sur la table de nuit le téléphone sans fil qui s'y trouvait. Tremblante comme une feuille, elle alla s'enfermer dans le dressing en faisant le moins de bruit possible. L'homme s'était engagé dans l'escalier alors que la chambre principale se trouvait au rez-de-chaussée. L'ignorait-il, ou avait-il un autre but ?

Elle s'apprêtait à appeler la police, mais elle se ravisa et composa fébrilement le numéro de Louis. Il habitait à deux pas : il arriverait plus vite sur les lieux. Une sonnerie se fit entendre. Puis deux. Puis trois.

A l'extérieur, Archie n'aboyait plus. Avec consternation, Liz songea que son ami devait être sorti pour calmer le chien. Elle allait raccrocher pour composer le 911 quand une voix familière lui répondit enfin.

— Allô !

Elizabeth crut que ses jambes allaient se dérober.

— Ryan ! chuchota-t-elle. Quelqu'un a pénétré chez moi ! Appelez la police et dites-lui de se presser…

— Où êtes-vous ? demanda-t-il, le souffle court.

— Dans la penderie de ma chambre, au rez-de-chaussée. Jesse dort dans mon lit. J'ai vu l'homme monter au premier.

— La porte de votre chambre n'est pas fermée ?

— Non, je…

— Bon sang ! Allez vite la fermer à clé ! Et ne l'ouvrez sous aucun prétexte… J'arrive !

— Mais je…

Il ne la laissa pas en dire davantage. Un bruit sec, à l'autre bout du fil, lui fit comprendre qu'il avait raccroché. Elizabeth ne perdit pas une seconde. En trois pas, elle atteignit la porte de sa chambre, et la referma aussi doucement qu'elle le put.

Le bruit de la serrure ne produisit qu'un faible déclic, mais, dans le silence qui régnait, elle eut l'impression qu'il avait résonné comme un coup de tonnerre, et elle fut certaine qu'il n'avait pu échapper à son visiteur nocturne.

Adossée contre la porte, son pouls battant sourdement à ses oreilles, elle étouffa un petit gémissement sous sa main en entendant un bruit de cavalcade précipitée dans l'escalier. Prise de tremblements, elle ferma les yeux et tenta de se reprendre. Elle devait immédiatement mettre un plan au point pour protéger Jesse, au cas où l'inconnu chercherait à s'introduire de force dans la pièce.

De nouveau, des bruits de pas se firent entendre derrière la porte. Plus rapides. Plus proches. Mais, contrairement à ses craintes, ce ne fut pas la voix d'un inconnu qui retentit, assourdie par le panneau de bois.

— Liz ! lança Ryan. Liz, répondez-moi !

Elle faillit en défaillir de soulagement. Aussitôt que le tremblement qui agitait ses doigts se fut quelque peu apaisé, elle déverrouilla la porte et lui ouvrit. Sans la moindre hésitation, elle se jeta dans ses bras avec reconnaissance.

Durant une longue minute, elle s'accrocha à lui comme un naufragé à une bouée, tandis que, dans sa poitrine, son cœur cognait à coups redoublés et que ses jambes refusaient de la porter.

— Ne réveillez pas Jesse…, lui murmura-t-elle à l'oreille.

— Com… comment ? répondit-il d'une voix hésitante.

Alors seulement, Elizabeth prit conscience que Ryan se trouvait dans un état d'agitation comparable au sien, tendu comme une corde, incapable de reprendre son souffle. Sans doute avait-il couru de toute la force de ses jambes pour arriver aussi vite.

— Si possible, expliqua-t-elle à mi-voix, je préfère éviter de réveiller Jesse. Il n'en faudrait pas plus pour la convaincre qu'elle n'est pas en sécurité ici.

— Oui, vous avez raison…, répondit-il en jetant un coup d'œil à la petite forme étendue sous la couette. De toute façon, elle ne craint plus rien, à présent. Cette crapule a dû m'entendre arriver. Je l'ai vu s'enfuir par le patio sans pouvoir le rattraper. Sortons et fermons la porte.

Elizabeth hocha la tête, infiniment soulagée d'apprendre qu'il n'y avait plus de danger.

— Attendez un instant...

D'un pas hésitant, elle alla chercher sur le lit son kimono de soie. Au passage, elle se pencha sur Jesse et vérifia que la fillette était toujours profondément endormie.

Rassurée, elle rejoignit Ryan en s'efforçant de nouer la ceinture de son peignoir. Voyant que ses doigts tremblants l'en empêchaient, il lui écarta doucement les mains et acheva le travail pour elle. Les siens, nota-t-elle au passage, étaient à peine plus habiles. Même s'ils en étaient quittes pour une bonne frayeur, celle-ci était de taille, et ils ne l'oublieraient pas de sitôt...

Ryan referma la porte avec un luxe de précautions, puis passa un bras autour de la taille de Liz et l'entraîna vers la cuisine.

— Dieu merci, vous êtes arrivé très vite ! lui dit-elle d'une voix tremblante. Je ne sais pas ce que j'aurais pu faire s'il avait réussi à s'introduire dans ma chambre.

Sur le seuil de la cuisine, il actionna l'interrupteur. Clignant des paupières pour résister à la lumière trop vive, Elizabeth eut la surprise de lui découvrir un visage ravagé par la colère. Alors, suivant la direction empruntée par son regard, elle vit que la porte-fenêtre donnant sur le patio était grande ouverte.

— Oh, mon Dieu ! s'exclama-t-elle. C'est vous qui avez ouvert ?

— Je suis passé par là, confirma-t-il d'une voix égale. Mais votre visiteur aussi.

— Mais... comment est-ce possible ? Je pensais avoir tout fermé derrière moi... En tout cas, je suis certaine d'avoir enclenché le système de surveillance. Pourquoi n'a-t-il pas fonctionné ?

— Bonne question.

Archie apparut à cet instant dans l'encadrement de la porte, la langue pendante. Après avoir marqué un temps d'arrêt en les découvrant, il se précipita dans la pièce pour leur faire fête. Louis le suivait de près, et brandissait un boîtier électronique dont s'échappait une poignée de fils arrachés.

— On dirait que ton système d'alarme a été saboté à la source, dit-il à Liz.

Ryan, qui examinait la porte de plus près, hocha la tête d'un air soucieux et ajouta :

— Il n'y a aucune trace d'effraction. Vous êtes certaine d'avoir refermé derrière vous après mon départ ?

Mortifiée, Elizabeth se rendit compte qu'elle n'en gardait aucun souvenir. Elle se rappelait avoir été troublée par son baiser et par tout ce qu'il lui avait dit. Puis la mère de Cody avait appelé et elle s'était précipitée dans le salon pour éviter que la sonnerie n'effraie Jesse. Avait-elle refermé à clé, avant de quitter la cuisine ?

— Je n'en suis pas absolument sûre, avoua-t-elle piteusement.

Et, en regardant Ryan, elle vit qu'il devinait ce qui l'avait troublée au point d'en oublier la plus élémentaire précaution. Heureusement, il ne fit aucun commentaire à ce sujet.

Louis, qui avait observé leur échange d'un œil intéressé, entra dans la pièce et referma la porte-fenêtre.

— Jesse ? demanda-t-il laconiquement.

— Elle dort dans mon lit, répondit Elizabeth, soulagée de pouvoir au moins être sûre de cela. Dieu merci, elle ne s'est rendu compte de rien.

— Tu as eu le temps de voir qui c'était ?

— Non. Je n'ai distingué qu'une ombre qui s'apprêtait à monter l'escalier.

Rattrapée par l'horreur de ce souvenir, elle tressaillit légèrement.

— C'est Archie qui m'a réveillée, poursuivit-elle. Je m'étais levée parce qu'il aboyait de manière inhabituelle. Je voulais regarder par la fenêtre pour voir s'il n'y avait rien d'anormal chez toi, et c'est à ce moment-là que…

Secouée d'un nouveau frisson, elle renonça à conclure et préféra aller caresser le chien. Satisfait du travail accompli, celui-ci s'allongea aux pieds de son maître, la tête posée sur ses pattes croisées.

— L'un de vous deux a-t-il eu le temps de le voir ? reprit-elle.

— Pas moi, maugréa Louis. A la seconde où j'ai libéré Archie, il a filé comme une flèche. Hélas, il y a belle lurette que je ne peux plus courir, et je suis arrivé après la bataille. Quant à Ryan, il était trop occupé à voler à ton secours. Le type en a profité pour se sauver.

— De toute façon, dit Liz en se laissant glisser sur une chaise, inutile d'établir un portrait-robot. Je sais qui c'était. S'il est monté directement au premier, c'est parce qu'il croyait trouver Jesse dans la chambre qu'elle partageait avec sa mère. Heureusement, Jessie refuse de dormir seule, en ce moment.

— Austin..., marmonna Louis d'un air dégoûté. Ça vous semble improbable, Ryan ?

Posté devant la porte-fenêtre comme s'il montait la garde, Ryan plongea les mains au fond de ses poches et soupira.

— C'était probablement Austin, dit-il. Il est assez stupide pour tenter de kidnapper sa propre fille...

— Je vous l'avais dit, renchérit Elizabeth amèrement. Une mesure d'éloignement ne suffira jamais à le tenir à l'écart. Les conséquences seraient bien trop graves pour lui s'il se retrouvait impliqué dans la mort de Gina.

Avant de conclure, Liz fixa Ryan droit dans les yeux.

— Il sait que le témoignage de Jesse peut lui être fatal. Voilà pourquoi il prend autant de risques pour s'approcher d'elle. A mon avis, c'est la seule explication plausible.

Aucun des deux hommes ne put la contredire sur ce point. A cet instant, une horloge dans le salon commença à égrener les douze coups de minuit.

— Il est tard, dit la jeune femme. Merci à vous deux d'avoir réagi aussi vite. D'autant que tu devrais être au lit depuis déjà deux heures, Louis...

Il jeta un coup d'œil à Ryan, qui paraissait toujours sur le point de tuer quelqu'un.

— Je parie, dit-elle à son intention, qu'il vous a embarqué dans une interminable partie d'échecs.

— D'échecs ? répéta Ryan en adressant au vieil homme un regard insondable. Non. Pas ce soir. Mais je suis sûr que vous êtes imbattable à ce jeu, Louis.

— Lizzie est encore meilleure que moi, répondit-il en se dirigeant vers la porte. Allez viens, Archie ! Il est temps de rentrer à la maison, mon garçon…

— Je passerai chez vous récupérer ces dossiers dans un instant ! lui lança Ryan. Avant de partir, je veux faire le tour du propriétaire pour m'assurer qu'Austin ne s'est pas ménagé une entrée pour plus tard. Ça m'étonnerait qu'il revienne cette nuit, mais on ne sait jamais…

— Je ne pense pas qu'il ait eu le temps de faire autre chose que monter l'escalier, lui dit Elizabeth en le voyant descendre quelques minutes plus tard.

Ryan avait déjà passé au peigne fin tout le rez-de-chaussée, ouvrant et refermant portes et fenêtres, vérifiant loquets et verrous. Il avait même poussé la précaution jusqu'à inspecter le garage.

— Ce qui vient de se passer prouve que l'on n'est jamais trop prudent, répliqua-t-il, plus maussade que jamais. Je me sens responsable. Je resterais ici cette nuit, si c'était possible, mais je ne peux pas laisser Jen seule à la maison.

Le sourire qui apparut sur ses lèvres était aussi éblouissant qu'inattendu.

— Il ne lui en faudrait pas plus pour tirer des conclusions hâtives, poursuivit-il en examinant le défunt système de sécurité. Le fait que je vienne si souvent chez vous lui suffit à échafauder les hypothèses les plus hardies.

Elizabeth réprima un sourire amusé et fit mine de s'indigner :

— Mon Dieu, quelle audace !

Ryan tourna brusquement la tête vers elle et lui adressa un regard glacial.

— Vous trouvez ça drôle ?

— Oui.

Si peu de temps après avoir éprouvé une telle frayeur, elle fut surprise de pouvoir le taquiner ainsi. Le besoin de se détendre qu'elle éprouvait à présent était à la mesure de la terreur qui l'avait assaillie. Et curieusement, le fait de constater que Ryan avait été aussi secoué qu'elle n'était pas non plus pour lui déplaire…

— Pourquoi vous sentir responsable ? reprit-elle en faisant un effort pour recouvrer son sérieux.

Ryan prit le temps de remettre en place le couvercle du boîtier de contrôle de l'alarme avant de répondre :

— J'aurais dû attendre que vous ayez refermé derrière moi avant de vous quitter, tout à l'heure.

— C'est ridicule ! déclara-t-elle sèchement. Ce qui est arrivé est entièrement ma faute. Je vis seule depuis l'âge de dix-huit ans : je suis donc habituée à assurer ma propre sécurité. En fait, j'ai été…

Refusant de lui révéler les raisons de son trouble, elle laissa sa phrase en suspens. Mais avant qu'elle ait eu le temps de se détourner, il lui saisit le menton et l'obligea à le regarder.

— Vous avez été quoi ? insista-t-il d'une voix rauque. Tête en l'air ? Sens dessus dessous ? Bouleversée par un simple baiser ?

Il eut un rire bref avant d'ajouter, les yeux fixés sur ses lèvres :

— Rassurez-vous, c'est la seule excuse que je puisse invoquer, moi aussi… Je suis parti très vite, avant de céder à l'envie de finir ce que nous avions commencé.

— Ryan…

— Mmmm…, murmura-t-il en lui posant un doigt sur les lèvres. J'adore quand vous prononcez mon nom de cette façon…

Sa bouche fondit sur la sienne, comme un rapace sur sa proie. Pas avec la douceur patiente dont il avait su faire preuve un moment plus tôt, mais avec une urgence et une exigence qui la plongèrent aussitôt dans un tourbillon de sensations pures.

En nouant les bras autour de son cou, elle attisa l'incendie qui s'était déclaré en lui.

Sous la sienne, la bouche de Liz était douce, chaude, et elle répondait avec fougue à son audace. Emporté par la violence de son désir, il la serra plus fort entre ses bras, glissa une jambe entre ses cuisses, approfondit le baiser.

Il avait l'impression que des fleuves de lave coulaient dans ses veines. Il mourait d'envie d'explorer ce corps qu'il imaginait magnifique. D'un geste vif, il dénoua la ceinture du kimono, qui glissa comme un voile sur le sol, ne laissant entre eux que la mince barrière d'une chemise de nuit.

Même s'il avait bien autre chose en tête en débarquant dans sa chambre, tout à l'heure, il n'avait pas manqué de noter combien elle était désirable dans cette tenue.

D'un geste prompt, il fit glisser les fines bretelles sur ses épaules, libérant ses seins dont les pointes étaient déjà dressées. Et, lorsqu'il mit fin au baiser pour goûter l'une d'elles, Liz se cabra contre lui avec un gémissement sourd.

La saveur qu'il découvrit sur ses lèvres était presque aussi affolante que l'odeur de son corps, qui lui tournait la tête et l'emplissait d'un besoin primaire de conquête et de possession. Le lit… Il était trop tard pour faire machine arrière. Il avait follement envie de la porter jusqu'à sa chambre, afin de mettre un terme à cette douce torture qui…

Sa chambre ! Sa chambre était occupée par Jesse, qui dormait à poings fermés… Et s'il tentait de l'entraîner dans l'une des chambres du premier — ce contre quoi elle risquait de se rebeller —, la fillette pouvait se réveiller et se lancer, affolée, à la recherche de sa marraine dans toute la maison.

Avec un grognement de dépit, il revint s'ancrer à la bouche de Liz, aussi désespéré qu'un homme affamé à qui l'on interdit l'accès à un banquet. D'elle-même, sa main s'aventura sous la chemise de nuit, jusqu'à pouvoir caresser le ventre plat et ferme de la jeune femme, qui l'avait tant fait rêver.

Sa peau était satinée, chaude, émouvante, affolante… Incapables de résister à la tentation, ses doigts s'aventurèrent plus bas, jusqu'à trouver le sillon gorgé du désir qu'il lui inspirait.

Elizabeth se cambra en poussant un petit cri plaintif qui le combla de joie. *Voilà, comme ça… Ouvre-toi, mon cœur, ouvre-toi à moi…* Il résista à l'envie de lui susurrer à l'oreille cette prière enivrante, sachant que s'il brisait par des paroles le charme qui la retenait captive, elle mettrait un terme à cette folie.

Mais, s'il ne pouvait l'avoir toute à lui cette nuit, se promit-il, il allait faire en sorte de lui laisser un souvenir qu'elle pourrait chérir.

Pantelante, elle s'accrochait à lui, livrée à la douceur de ses doigts qui caressaient sans répit le plus intime de son être. Manifestement, elle était trop dépassée par les événements pour tenter de se soustraire à la délicieuse torture qu'il lui imposait. Et en même temps, il la sentait se raidir pour retarder l'arrivée du plaisir.

— Laissez-vous aller…, murmura-t-il enfin contre son oreille. Acceptez ce moment de plaisir. Laissez-moi vous l'offrir.

Elle n'attendait sans doute que ce signal. Toujours est-il qu'il la sentit se crisper tout contre lui et s'abandonner dans un râle étouffé à la marée qui la submergeait. Ryan frissonna avec elle, la tint d'une main serrée tout contre lui tandis que, de l'autre, il l'aidait à atteindre le summum de son plaisir. Et, lorsqu'elle s'abandonna mollement après l'orgasme, il la soutint pour qu'elle puisse recouvrer ses esprits en toute quiétude.

— Oh, mon Dieu ! murmura-t-elle enfin, après ce qui lui sembla durer une éternité.

Tenaillé par son désir inassouvi, le visage enfoui dans la chevelure de Liz, Ryan parvint à en sourire.

— C'était si bon que ça ? lui demanda-t-il d'une voix mâle et sensuelle.

— Je n'ai jamais…

— Moi non plus, l'interrompit-il en hâte. Moi non plus…

Il pouvait à peine parler tant sa frustration était grande. Il avait vécu un moment d'une intensité extraordinaire quand elle avait joui entre ses bras. D'une certaine manière, conclut-il pour lui-même, c'était le plus beau cadeau qu'elle pouvait lui faire…

Soudain, les épaules de Liz parurent secouées de soubresauts. Il crut qu'elle pleurait, avant de comprendre qu'elle était prise d'une crise de fou rire.

— Qu'est-ce qu'il y a de si drôle ? demanda-t-il en lui caressant les cheveux.

Il dut attendre qu'elle ait recouvré son sérieux pour avoir une réponse :

— Vous vous y prenez toujours comme ça pour arriver à vos fins avec les femmes ? En les rendant esclaves de leur plaisir ?

— Non, répondit-il avec un large sourire. Généralement, cette phase-là vient après…

Prenant appui des deux mains contre sa poitrine, elle se recula pour le fixer droit dans les yeux, le visage empreint d'une gravité inhabituelle.

— Ce qui vient de se passer ne signifie rien, dit-elle en rajustant les bretelles de sa chemise de nuit. Nous étions tous deux sous le coup d'une émotion violente. Il ne faut rien en conclure. Rien brusquer.

Pendant qu'elle parlait, Ryan s'était baissé pour ramasser le kimono abandonné sur le sol. Il le lui tendit, et elle l'enfila rapidement, sans un mot, avant de passer une main dans ses cheveux malmenés par leur étreinte.

— Vous ne deviez pas repasser chez Louis ? dit-elle enfin, comme si de rien n'était.

Ryan la dévisagea un instant sans rien dire. De toute évidence, elle éprouvait quelque difficulté à assumer ce qui venait de se passer entre eux — ce qu'elle avait permis et ce à quoi elle avait participé —, mais il ne pouvait pas lui en faire grief.

— O.K., répondit-il. Mais cette fois, je ne partirai pas tant que je n'aurai pas entendu les verrous claquer derrière moi.

Et, pour la seconde fois au cours de la nuit, il lui tourna le dos et traversa son patio pour rejoindre la maison de Louis. En cet instant, il se sentait plus frustré et plus malheureux qu'il ne l'avait jamais été.

23

Le combiné téléphonique coincé entre l'épaule et l'oreille, Lindsay prenait des notes sur son ordinateur portable quand Elizabeth pénétra dans son bureau de WBYH-TV. En la découvrant sur le seuil, elle lui sourit et lui indiqua une chaise pour l'inviter à s'asseoir. Puis, entre deux galopades de ses doigts sur le clavier, elle posa quelques questions laconiques à son correspondant à propos d'un accident sur l'I-610, et raccrocha.

— Donne-moi une minute, Liz…

Elle jaillit de son siège, et bondit dans le couloir en appelant un dénommé Harry. Moins d'une minute plus tard, elle était de retour et s'installait à son bureau avec un grand sourire.

— Alors ! lança-t-elle en croisant les doigts devant elle. De quoi s'agit-il ? Je dois avouer que je suis sur des charbons ardents depuis ton coup de fil…

Elizabeth lui rendit son sourire et alla droit au but.

— Voilà : je sais que j'abuse de ton temps, mais je me suis dit que si tu me donnais tes informations sur cette femme qu'Austin a failli épouser, je pourrais faire avancer les choses de mon côté.

— Abuser de mon temps ? répéta Lindsay en ouvrant de grands yeux étonnés. Tu plaisantes ? Je consacre chaque minute de liberté à chercher un moyen de coincer Austin Leggett. J'estime que c'est un devoir pour moi de délivrer Jesse de sa malveillance.

Sans transition, elle prit sur une pile en équilibre instable une chemise cartonnée, et l'ouvrit devant elle.

— Voyons un peu… Il s'agit de Patricia Ellis. Seulement, elle ne s'appelle plus comme ça : elle a épousé James Bartlett Parks.

J.B., comme on le surnomme dans la profession, est un architecte très connu. Ils vivent quelque part dans les Woodlands. Ce n'est pas la porte à côté, mais si on ne traîne pas, on devrait pouvoir éviter l'heure de pointe. Au pire, on y sera dans une heure.

Ce disant, elle s'était levée pour enfiler sa veste et glisser son sac sur son épaule. Prise de court, Elizabeth considéra sur le bureau l'énorme pile de documentations et de dossiers laissant à penser qu'elle avait un mois de travail en retard.

— Attends un peu ! Tu vas t'absenter comme ça, en plein milieu de la journée, pour un motif personnel ? Ce n'est pas vraiment nécessaire, tu sais… Ce dont j'ai besoin, c'est juste le nom et l'adresse de cette femme. Ensuite, je peux me débrouiller seule.

Figée au milieu de la pièce, Lindsay la dévisagea d'un air abasourdi.

— Tu es sérieuse ? Tu t'imagines que je vais te laisser faire toute seule le boulot intéressant ? De toute façon, on ne sera pas trop de deux pour convaincre Patricia de… De quoi, au fait ?

Elle marqua une pause pour étudier la question, et reprit :

— On pourrait lui demander une copie de la plainte qu'elle a déposée, en admettant qu'elle l'ait conservée. Mais le plus utile, ce serait qu'elle demande une audience au juge.

Prenant Elizabeth par le bras, elle l'entraîna hors de son bureau et remonta le couloir en direction des ascenseurs, tout en continuant à défendre son point de vue.

— Hetherington n'est qu'un vieux schnoque, mais il faut reconnaître qu'il s'est montré plutôt avisé dans le jugement qu'il a prononcé en faveur de Gina. Je suis prête à parier que si Patricia Ellis Parks lui explique qu'Austin Leggett lui a brisé la mâchoire deux semaines avant leur mariage, ce salaud pourra faire une croix sur la garde de Jesse.

— Oui, reconnut Elizabeth. Ça pourrait être décisif, en effet.

— Il n'en faudrait pas plus pour résoudre tous nos problèmes…

Elizabeth sourit de ce « nos » tellement généreux, et suivit sa sœur dans la cabine d'ascenseur.

— Disons la moitié de nos problèmes..., corrigea-t-elle gentiment. Ce qui n'est déjà pas si mal ! Si cette femme accepte de témoigner devant le juge, je suppose que ça m'aidera à obtenir la garde de Jesse. Mais l'objectif final, c'est d'empêcher Austin de terroriser sa fille. De le mettre hors d'état de nuire, en quelque sorte. Et le seul moyen d'y parvenir, c'est de prouver qu'il est impliqué dans l'accident de Gina.

— Pas de problème ! répliqua Lindsay avec entrain. Steele s'en occupe.

— Mais comment va-t-il s'y prendre ?

Elles avaient quitté les bureaux de la télévision et pénétraient dans le parking. Lindsay chercha des yeux sa voiture de service.

— Steele m'a dit qu'il avait plusieurs pistes, répondit-elle. Et je crois que Ryan est en train de tirer quelques ficelles en coulisse.

En entendant ce nom, Elizabeth se sentit profondément troublée.

— Au fait ! enchaîna gaiement Lindsay. Si tu me racontais ce qui s'est passé cette nuit ?

— Cette nuit ? répéta-t-elle en lui lançant un regard inquiet.

Lindsay tira de sa poche son trousseau de clés et désactiva l'alarme d'une berline portant les couleurs de la chaîne.

— Cette charmante visite nocturne, précisa Lindsay. Il semblerait qu'Austin Leggett ait décidé de mettre un terme à sa vie confortable et privilégiée pour aller séjourner dans un hôtel bien moins luxueux que ceux qu'il fréquente habituellement...

— Oh, ça !

Installée derrière le volant, Lindsay tourna la tête vers sa sœur et la dévisagea d'un air intrigué.

— Pourquoi ? s'étonna-t-elle. Il s'est passé autre chose d'intéressant, cette nuit ?

— Non !

Elizabeth avait réagi trop vivement pour tromper la vigilance de Lindsay. Elle se sentit rougir et, en désespoir de cause, elle agita vaguement la main devant elle.

— Allons-y ! Je te raconterai en route.

Pendant que Lindsay manœuvrait pour sortir du parking et se faufiler habilement dans le trafic, Elizabeth lui fit un rapide résumé des événements de la nuit précédente. Et quand elle mentionna le rôle qu'avait joué Ryan, sa sœur ne manqua pas de l'interrompre.

— Ryan était chez Louis ? Tu ne m'as pas dit ça quand tu m'as appelée, ce matin.

Accrochée à la poignée de la portière, Elizabeth attendit que sa sœur ait négocié la bretelle d'accès et se soit engagée sur l'autoroute pour reprendre la parole.

— Ryan venait juste d'apprendre que Louis connaissait son père, expliqua-t-elle. Il pense qu'il travaillait autrefois avec le juge Paxton. Il a toujours été obsédé par les circonstances de son suicide et par les dossiers sur lesquels il travaillait à l'époque, et il est convaincu que Louis pourrait l'aider à faire la lumière sur sa disparition.

Lindsay avait entrepris de doubler, pied au plancher, un impressionnant semi-remorque.

— Wow ! s'exclama-t-elle, crispée sur le volant. Comme c'est intéressant… C'était à quelle époque ?

— Juste avant la mort de notre père. En fait, d'après ce que Louis a raconté à Ryan, le juge Paxton et le juge Walker étaient collègues et se connaissaient.

— Ça alors ! Qu'est-ce que tu en dis ?

Perdue dans ses pensées, Lindsay ne s'attendait pas vraiment à une réponse, et Elizabeth s'en dispensa. Avec soulagement, elle constata que leur discussion avait au moins eu le mérite de faire baisser la vitesse du véhicule.

— Comme je te l'ai dit, reprit Lindsay un moment plus tard, j'ai moi-même effectué quelques recherches sur les circonstances de la mort du juge Matthew Walker. Et j'ai été frappée de constater à quel point il est difficile de consulter certaines archives théoriquement accessibles à tous… Tu es au courant de ce scandale des îles Cayman qui a abouti, toujours à cette époque, à la ruine d'une brochette de juges et d'avocats véreux ?

— Plus ou moins.

En fait, Elizabeth avait une connaissance approfondie de ce sujet. En tant qu'étudiante, alors qu'elle ambitionnait encore de devenir juriste, elle en avait analysé tous les détails. Mais son histoire d'amour désastreuse avec Evan Reynolds, suivie de sa grossesse, avait mis fin à son désir d'embrasser la profession de son père.

— C'est à croire, poursuivit Lindsay sans lâcher son idée, que quelque chose ou quelqu'un veille pour empêcher toute résurgence de cette affaire ou du rôle que le juge Walker a pu y jouer. Chaque fois que j'ai été sur le point de dénicher quelque chose d'intéressant, la piste s'est mystérieusement perdue dans le néant…

— J'étais loin d'imaginer que tu t'intéressais autant à Matthew Walker !

— Tu ne trouves pas ça naturel ? Après tout, il est mon père biologique. En plus, c'était une figure incontournable du Houston politique de l'époque. Souviens-toi aussi que j'ignorais tout de notre lien familial avant cet article dans le journal…

— C'est vrai, reconnut Elizabeth à mi-voix. J'ai tendance à l'oublier.

Lindsay était sur le point d'ajouter quelque chose, mais elle se ravisa. Ce ne fut que quelques kilomètres plus loin qu'elle se décida enfin à ajouter :

— Et, pour que tu n'aies pas une opinion fausse de moi, j'ai quelque chose à t'avouer. En fait, mon intérêt pour cette affaire n'est pas exclusivement filial et désintéressé… S'il s'avérait que tout n'a pas été dit sur la mort du juge et sur le scandale des îles Cayman, ça ferait un excellent sujet pour une édition spéciale sur les antennes de WBYH-TV.

Elizabeth, qui n'était pas vraiment étonnée par ce qu'elle venait d'entendre, eut un petit sourire amusé.

— Je vois, dit-elle sans quitter la route des yeux. Tu espères décrocher un nouveau talk-show à une heure de grande écoute ?

— Je l'avoue. Ça suffit à faire de moi une insupportable arriviste ?

— Tu es ambitieuse, répondit Liz en haussant les épaules. Il n'y a pas à en avoir honte. A partir du moment où tu n'écrases pas les autres pour arriver à tes fins…

Elle tourna la tête vers sa sœur, et conclut avec un sourire :

— Et ça, à mon avis, tu en es parfaitement incapable.

— Je te remercie.

Lindsay adressa un petit signe de la main à un groupe de personnes âgées qui circulaient dans un bus et qui l'avaient reconnue. Puis elle doubla leur véhicule et se rabattit brusquement pour ne pas rater la sortie des Woodlands.

— A présent, lança-t-elle, voyons si je n'ai pas fait fausse route !

— Tu ne connais pas l'adresse exacte ?

— Pardon ? Oh ! Pour arriver chez Patricia ? Ne t'inquiète pas, je vais trouver. Non, je voulais parler du lien qui existait entre le père de Ryan et le nôtre… Tu me dis que Louis les connaissait tous les deux ? Qu'il a peut-être même travaillé avec eux ? Comment se fait-il qu'il ne te l'ait jamais dit ?

— Il devait sentir que je ne tenais pas particulièrement à évoquer le sujet.

Plus que du silence de son voisin, Elizabeth était surprise de ne plus éprouver aucune réticence à se replonger dans ce lointain passé. Les défenses qu'elle avait mis des années à édifier s'écroulaient autour d'elle à une vitesse effrayante. La discussion qu'elle était en train d'avoir avec sa sœur en était le plus parfait exemple. Quelques semaines plus tôt, non seulement elle n'aurait pas voyagé avec elle, mais elle ne lui aurait jamais permis d'aborder de telles questions…

— Quoi qu'il en soit, reprit Lindsay, tu ne m'empêcheras pas de trouver ça curieux. Et je compte bien lui en parler la prochaine fois que je le verrai. Je veux savoir ce qu'il sait de la vie et des œuvres du juge Matthew Walker. Moi qui n'ai rencontré qu'obstruction et fausses pistes au cours de mon enquête, j'ai bien l'intention d'exploiter celle-ci au maximum. Après tout, j'ai le droit de savoir puisque cet homme était mon père. S'il faut en arriver là pour que Louis accepte de me parler, je n'hésiterai pas à le menacer d'aller en justice…

Elizabeth ne put s'empêcher de sourire de sa fougue et de sa détermination. Par bien des côtés, elles lui rappelaient celles qui l'avaient animée lorsqu'elle était encore une étudiante assoiffée d'en apprendre le plus possible sur un scandale déjà ancien et oublié, à l'époque.

— Ce qui est encore plus curieux, souligna-t-elle, c'est qu'il ne soit pas possible de faire le lien entre Louis et ce scandale des îles Cayman à propos duquel il semble si bien renseigné… D'après ce que m'a dit Ryan, Louis a eu pour collègues John Paxton et Matthew Walker. Il pense aussi qu'ils ont travaillé sur les mêmes dossiers. Seulement, je ne me rappelle pas avoir lu un jour le nom de Louis Christian dans les centaines de pages d'archives que j'ai consultées quand je m'intéressais à la question…

— Tu as raison, c'est vraiment bizarre ! déclara Lindsay en s'engageant sur la route d'accès d'un quartier résidentiel. Il faudra aussi que je l'interroge là-dessus…

Patricia Ellis Parks aurait pu être la sœur jumelle de Gina. La ressemblance était tellement frappante que Liz et Lindsay marquèrent un temps d'arrêt en la découvrant sur le seuil de son élégante demeure. Cheveux noirs de jais, yeux bleus cristallins, petite au point de paraître fragile… Ce spectacle ravivait dans le cœur d'Elizabeth une douleur toujours prête à se réveiller. Lindsay fut plus prompte qu'elle à récupérer du choc de cette rencontre.

— Madame Parks ? dit-elle, la main tendue, avec son sourire le plus engageant. Lindsay Blackstone. Je vous ai téléphoné il y a quelques jours. Je vous présente Elizabeth Walker, qui écrit des livres pour enfants dont vous avez peut-être entendu parler.

Patricia Parks avait des manières trop parfaites pour ne pas accepter la main tendue ou ne pas saluer Liz poliment.

— Comment avez-vous eu mon adresse ? demanda-t-elle.

Quoique courtoise, elle paraissait sur ses gardes et peu encline à les laisser entrer chez elle.

Lindsay déploya tout son charme pour éluder une question embarrassante.

— Eh bien… après notre conversation téléphonique, ça n'a pas été bien compliqué. J'espère que nous n'abusons pas trop de votre gentillesse en débarquant comme ça, à l'improviste. Mais il y a urgence, et nous aimerions vous parler… ou, plus exactement, nous en avons grand besoin.

— Est-ce à propos d'Austin ?

— Oui. Nous nous doutons bien que vous préféreriez ne plus jamais entendre parler de lui, mais les hommes comme Austin Leggett ne se contentent pas d'une seule victime. Ils brisent les vies de toutes les femmes qui ont le malheur de croiser leur route. Pour le bien de Jesse, nous espérons que vous accepterez de nous parler, et d'écouter ce que nous avons à vous dire.

— Jesse ? répéta Patricia Parks en haussant les sourcils d'un air interrogateur.

— Jesse est ma filleule, expliqua Elizabeth. Elle a cinq ans, et Gina d'Angelo, ma meilleure amie, est… enfin *était* sa mère. Gina est morte la semaine dernière dans un accident de voiture, après avoir passé la soirée avec Austin — le père de Jesse. Et nous avons des raisons de penser qu'il n'est pas étranger à cet accident.

Patricia demeura immobile et silencieuse sur le pas de sa porte, visiblement indécise. Elizabeth imaginait sans peine le conflit qui devait faire rage en elle. Contrairement à Gina, cette femme avait été assez sensée pour balayer Austin de son existence au premier coup de poing. Mais s'ils avaient eu un enfant tous les deux avant qu'il ne lui révèle sa véritable nature, cela aurait-il été aussi facile pour elle ? Quant au triste sort qu'aurait connu un enfant né de leur liaison, il n'y avait qu'à scruter son visage pour comprendre qu'elle l'imaginait aisément.

Elle s'effaça soudain sur le seuil pour les inviter à entrer.

*
* *

Malgré la courte nuit qu'il venait de passer, Ryan fut à son bureau avant l'arrivée de son assistante, le lendemain matin. Jean Johnson était une lève-tôt, souvent au travail une heure avant ses collègues. Cinquante-cinq ans, célibataire, elle était efficace et consciencieuse jusqu'à l'obsession pour tout ce qui concernait son travail. En constatant que son patron était déjà là, elle le considéra longuement et lui demanda après l'avoir salué s'il avait besoin de ses services. Il la chargea juste de le prévenir dès qu'Austin serait là, et elle regagna son bureau. Jean aurait été choquée si elle avait eu ne fût-ce qu'un aperçu du chaos qui régnait dans son esprit… En tout cas, heureusement qu'il n'avait pas à se rendre au tribunal, ce jour-là. Car la rage n'est jamais propice à la concentration.

Quand son assistante l'eut laissé seul, Ryan fit pivoter son fauteuil pour observer sans le voir vraiment le panorama que lui offraient les grandes baies vitrées. Avant sa confrontation avec Austin, il avait besoin de mettre ses idées en ordre. Contrairement à Jean, le fils du patron arrivait toujours le dernier. Donc, il n'y avait pas urgence.

Ryan avait passé une bonne partie de la nuit à réfléchir et à échafauder différentes hypothèses. Ce qui devenait évident, c'est que la mesure légale d'éloignement qui frappait Austin ne suffirait plus à garantir la sécurité de Jesse. Heureusement, le dossier cartonné qui se trouvait actuellement sur le bureau serait très probablement en mesure de le calmer.

Ryan devait une fière chandelle à Shepherd Steele pour l'avoir aidé à fourbir ses armes. A présent, c'était à lui de faire en sorte que le message soit délivré à Austin de manière suffisamment claire et dissuasive pour le tenir à l'écart de sa fille… et de Liz. Ryan tremblait encore de colère et d'indignation en repensant à cette intrusion nocturne qui avait tellement effrayé la jeune femme. Cela faisait déjà un petit moment que son cœur battait pour elle. Et il lui avait dit la vérité en affirmant qu'il était en train de tomber amoureux. Seulement, il n'avait pas évalué pleinement la force de cet amour avant les événements de la nuit précédente. Il était aussi secoué de ce qui était arrivé à Liz que s'il s'était agi de Jennifer.

— Ryan ?

Il fit rapidement pivoter son siège pour découvrir Jean sur le seuil. Le fait qu'il ne l'ait pas entendue frapper à la porte en disait long sur son état d'esprit.

— Il est arrivé ? demanda-t-il.

— Oui. Ryan... Que se passe-t-il ?

Elle le regarda ramasser le dossier cartonné sur son bureau et aller enfiler sa veste pendue au portemanteau.

— Juste un petit problème avec Austin, répondit-il. Prenez mes appels. Je ne devrais pas en avoir pour longtemps.

Le bureau d'Austin était de l'autre côté du couloir. Comme le sien, c'était une vaste pièce d'angle offrant une vue dégagée sur le quartier. Assis dans son luxueux fauteuil, son occupant paraissait tout aussi sombre et absorbé dans ses pensées qu'il l'avait été lui-même, quelques instants plus tôt.

Sans prendre la peine de s'annoncer, Ryan entra résolument dans la pièce, referma la porte derrière lui, et se dirigea vers le bureau de son ex-client d'un air furieux. Austin fit rouler son fauteuil pour se reculer légèrement, mais il ne se leva pas.

— Hé, Paxton ! lança-t-il d'un ton jovial. Comment ça va, ce matin ?

Apparemment, il paraissait décidé à jouer les imbéciles. Ce qui n'était pas pour adoucir l'humeur de Ryan...

— Leggett...

Un grognement d'ours furieux n'aurait pas paru moins menaçant.

— Bon sang ! lança Austin d'un air faussement amusé. Vous êtes furax, on dirait... Qu'est-ce qui vous arrive ?

— Où étiez-vous la nuit dernière, à minuit ?

— A minuit ? Qu'est-ce que ça peut bien vous faire ?

— Cela peut me faire que la violation de domicile est une infraction punie par la loi, de même que le kidnapping ! Cela peut me faire que vous n'allez pas tarder à vous retrouver dans le pétrin si vous n'arrivez pas à me convaincre sur-le-champ que vous étiez bien dans votre lit à cette heure-là !

Debout, à présent, Austin avait renoncé à feindre la bonne humeur.

— Espèce de salaud ! De quel droit osez-vous débouler dans mon bureau pour m'accuser de…

Il n'eut pas le loisir d'en dire davantage. D'un bond, Ryan avait contourné la table de travail, et agrippé Austin par le col de sa chemise. Sans ménagement, il l'attira à lui de manière à ce qu'ils se retrouvent quasiment nez à nez.

— Vous allez m'écouter, maintenant ! ordonna-t-il d'une voix sans réplique. Je sais que vous vous êtes rendu cette nuit chez Elizabeth Walker, que vous avez neutralisé l'alarme de sa maison, que vous avez pénétré chez elle, en violation de la mesure d'éloignement qui vous a été signifiée, dans l'espoir de mettre la main sur l'innocente enfant qui a le malheur de vous avoir pour père, et cela avec l'intention de l'expédier Dieu sait où !

Un long moment, il le fusilla du regard avant de le projeter violemment sur son siège, qui recula d'un mètre sous la violence du choc.

— J'ai toujours eu des doutes à votre sujet, reprit-il en arpentant la pièce à grands pas. Mais kidnapper sa propre fille… C'est vraiment trop bas, même pour vous. Qu'auriez-vous fait quand elle se serait réveillée et qu'elle vous aurait découvert à côté d'elle ? Espèce de salaud ! Elle tremble de peur dès qu'elle entend prononcer votre nom… Mais vous aviez peut-être prévu un moyen pour la faire taire ?

— J'appelle la sécurité ! lança Austin en tendant la main vers son téléphone.

— C'est bien ce que je pensais…, maugréa Ryan avec un air dégoûté. Vous n'avez même pas le cran d'assumer vos erreurs !

Il allongea la main vers la table de travail et ouvrit la chemise qu'il y avait déposée.

— Avant d'appeler les vigiles, ajouta-t-il sèchement, jetez un coup d'œil à ceci. Ensuite, nous pourrions peut-être passer un coup de fil à votre cher papa ? Non ! J'ai une meilleure idée.

Nous pourrions peut-être lui rendre une petite visite dans son bureau, tous les deux, pour voir ce qu'il pense de vos exploits nocturnes.

Austin parcourut rapidement le document, et demanda :

— Où avez-vous eu ça ?

— C'est fou ce qu'une Porsche peut coûter cher ! lança Ryan sans lui répondre. Mille quatre cent quarante dollars pour défroisser et repeindre une aile emboutie. Au fait, ces travaux ont été réalisés le lendemain de l'accident de Gina… Ce fameux jour où j'ai désespérément tenté de vous joindre sans obtenir autre chose que votre boîte vocale. Je comprends pourquoi, maintenant. Vous étiez à Beaumont, trop occupé à faire effacer sur votre véhicule toute trace laissée par la voiture de Gina…

D'un geste sec, Austin referma la chemise et la repoussa devant lui.

— C'est un foutu mensonge ! s'écria-t-il. Ce qui est arrivé à ma voiture n'a rien à voir avec Gina. Il y avait des travaux juste à la sortie de l'hôpital, la nuit de l'accident. Je suis rentré dans une borne de déviation mise en place par les ouvriers. J'étais bouleversé ; je l'ai aperçue trop tard. Vous pouvez comprendre ça ? Bon sang ! Gina était à moitié morte et Jesse avait failli être gravement blessée.

Se redressant sur son siège, il resserra le nœud de sa cravate avec un air de dignité outragée, et conclut :

— J'étais dans tous mes états. Voilà la vérité…

Un peu calmé, à présent qu'il était parvenu à décharger une partie de sa hargne sur Austin, Ryan revint se planter devant son bureau.

— Voilà une bien touchante histoire, mon vieux… Mais si elle est vraie, pourquoi tenez-vous tant à mettre la main sur votre fille ? Auriez-vous peur qu'elle ne vienne contredire votre version des faits ?

Le visage de marbre mais les yeux flamboyant de colère, Austin le dévisagea un instant avant de répondre :

— Il me semble normal de vouloir récupérer la garde de ma fille sans avoir besoin de « mettre la main » sur elle, comme vous dites. Je nie tout ce dont vous m'accusez. Et si vous persistez, je n'hésiterai pas à demander à la justice de faire cesser ce harcèlement. Quant à mon vieux, si vous croyez pouvoir me traîner devant lui comme un gamin surpris en train de fumer en cachette, vous vous mettez le doigt dans l'œil...

— Vous pouvez faire le malin, Austin. Mais je vous préviens : vous jouez un jeu très dangereux. Curtiss ne pourra plus vous couvrir le jour où une preuve sérieuse sera retenue contre vous. Si vous persistez dans vos projets, votre chance pourrait tourner. Le kidnapping est un délit sévèrement puni par la loi.

— Bla, bla, bla...

D'abord incertain quant à la conduite à tenir, Ryan le dévisagea encore un instant, puis il décida que tout avait été dit. Leggett ne méritait plus que son mépris. Sans ajouter un mot, il fit volte-face et quitta la pièce. Une autre épreuve l'attendait. Plus délicate, sans aucun doute, et moins valorisante.

De retour dans son bureau, il décrocha son téléphone, composa un numéro, et fit pivoter son siège pour se perdre de nouveau dans la contemplation du spectacle que lui offrait la ville. Il n'eut pas à attendre longtemps. A la quatrième sonnerie, Louis Christian décrocha.

24

Cela faisait plusieurs mois qu'Elizabeth ne s'était pas habillée pour sortir avec un homme, et elle se sentait émue au-delà du raisonnable. Elle avait d'abord voulu refuser l'invitation de Ryan, mais il n'avait cessé de revenir à la charge, contrant chacun de ses refus par une foule d'arguments irréfutables. Après l'avoir vu à l'œuvre à la barre d'un tribunal, elle aurait pourtant dû savoir qu'il ne fallait attendre de sa part d'autre tactique que celle du rouleau compresseur. Quand elle avait fini par s'inquiéter de devoir laisser Jesse pour la soirée, il s'était arrangé pour convaincre Shepherd Steele d'emmener Lindsay, Jennifer et Jesse au cinéma.

Debout devant son miroir, Elizabeth étudia l'effet produit par la tenue qu'elle avait finalement choisie. Pantalon de soie blanc et noir, chemisier vert pin, sandales noires et bijoux d'argent. Le vert faisait-il paraître ses cheveux trop rouges ? Le pantalon était-il trop chic ? « Tenue décontractée, lui avait conseillé Ryan. Là où nous allons, vous préférerez vous sentir à l'aise. »

Ils se rendirent dans un restaurant de Kemah, petite ville de la baie de Galveston prisée des amateurs de voile, dont les restaurants avec vue sur mer représentaient l'unique attraction. Les ruelles de la station balnéaire regorgeaient également de boutiques d'artisanat et de souvenirs pour touristes. Ryan les évita et gagna directement le front de mer.

Au-dessus de l'océan, le soleil disparaissait à l'horizon, embrasant le ciel d'une incroyable palette de couleurs qui allaient de l'orange le plus pâle au pourpre le plus vif.

Il choisit pour se garer un parking qui offrait un point de vue intéressant sur ce spectacle grandiose, et contourna la voiture pour aller ouvrir sa portière à Elizabeth. Il y avait une petite dénivellation qui ne lui aurait posé aucun problème, mais il fit comme si ce n'était pas le cas, et la prit dans ses bras pour l'aider à descendre.

— Pour faire bonne mesure, plaisanta-t-il, je déposerais volontiers un baiser sur vos lèvres, mais vous vous mettriez probablement à hurler.

— Sans l'ombre d'un doute, répondit-elle en passant les mains dans ses cheveux que la brise menaçait de faire voler en tous sens. Pourquoi ne m'avez-vous pas dit que nous allions à Kemah ? reprit-elle d'un ton plus vindicatif. J'aurais attaché mes cheveux. Avant que nous ayons pu passer les portes de ce restaurant, ils ne ressembleront plus à rien…

Des deux mains appuyées contre sa poitrine, elle tenta de se dégager de l'étreinte dans laquelle il la maintenait, mais ce fut en pure perte.

— C'est exactement la raison pour laquelle je ne vous ai rien dit.

Avant qu'elle ait pu deviner ses intentions, il resserra autour d'elle l'emprise de ses bras, enfouit son visage dans sa chevelure et inspira profondément.

— Magnifique…, murmura-t-il en se redressant. Avec ce coucher de soleil, vous n'êtes que couleur et lumière…

— Selon vous, mes cheveux ne seraient pas assez colorés à l'état naturel ? s'exclama-t-elle avec un rire mutin.

— Vos cheveux sont parfaits. J'en suis tombé amoureux dès que je les ai vus.

Ryan ne dénoua pas tout de suite ses bras, comme s'il était décidé à savourer jusqu'au bout l'intimité de cette étreinte, comme s'ils ne se trouvaient pas exposés à la vue de dizaines de personnes. Et quand il le fit, ce fut pour prendre la main d'Elizabeth, afin de l'entraîner vers l'entrée du restaurant.

Elle songea qu'ils devaient ressembler à tous les amoureux venus passer une soirée romantique en ce lieu enchanteur, et cette pensée la fit frissonner.

— J'ai vu Austin, aujourd'hui, annonça-t-il une minute plus tard, alors qu'ils attendaient à l'extérieur qu'une table se libère.

Il ne lui avait pas lâché la main, et il jouait avec ses doigts serrés entre les siens. Elizabeth n'avait pas le courage — ou peut-être pas l'envie — de l'en empêcher.

— Il refuse d'admettre qu'il est venu chez vous, la nuit dernière, mais je suppose que ça ne vous surprend pas.

— En effet, dit-elle d'un ton las.

— Quand je lui ai mis sous le nez la facture du garage, poursuivit Ryan, il a quand même dû reconnaître qu'il avait fait réparer sa voiture, quelques heures à peine après l'accident de Gina.

Elizabeth leva la tête pour observer le ballet gracieux d'un groupe de mouettes dans le ciel, puis elle reprit :

— Je n'en reviens pas que Steele ait pu dénicher si vite cette histoire de tôle froissée. Austin ne vous a pas demandé comment vous aviez fait pour vous procurer une pièce aussi compromettante ? D'ailleurs, comment se fait-il que Steele l'ait obtenue ?

— Austin n'a pas voulu reconnaître qu'elle était gênante pour lui. Et Steele n'a fait que son travail de policier — très bien, comme il le fait toujours. Jusqu'à un mile du lieu de l'accident, il a ratissé le voisinage pour savoir si quelqu'un avait vu quelque chose. Heureusement pour nous, c'était le cas. En promenant son chien, un homme a repéré deux voitures qui roulaient à vive allure : une Porsche et une Toyota. La première poursuivait la seconde. L'homme a voulu relever les plaques minéralogiques, mais les véhicules roulaient trop vite. Il a expliqué à Steele que, avant qu'elles ne sortent de son champ de vision, il avait eu le temps de voir la Porsche percuter la Toyota par l'arrière, de manière tout à fait intentionnelle, selon lui.

— Ce qui expliquerait pourquoi Gina a perdu le contrôle de son véhicule et a quitté la route.

— Tout juste. Mais le témoin a vu cette scène à un mile du lieu où Gina a percuté un arbre.

— Donc, il n'a pas été véritablement témoin de l'accident.

— Non. Mais en se basant sur ce témoignage, Steele a pu déterminer que la Porsche d'Austin avait subi des dégâts au niveau de la carrosserie. Le reste n'a été qu'un travail de patience. Il a appelé tous les garages jusqu'à Beaumont, et il a fini par tomber sur le bon.

Ryan secoua la tête d'un air dégoûté et conclut :

— Je n'arrive pas à concevoir qu'Austin se soit comporté d'une manière aussi sauvage… et aussi stupide. Bon sang ! Sa propre fille était dans la voiture…

Elizabeth imaginait sans peine la terreur que Gina avait dû éprouver dans les minutes qui avaient précédé l'accident. Austin était sans doute entré dans cette rage meurtrière après qu'elle lui eut avoué qu'elle était enceinte. Découvrant que sa réaction n'était pas celle qu'elle avait espérée, Gina avait préféré s'enfuir pour éviter une scène ou pour qu'il ne s'en prenne pas à elle devant Jesse. Mais elle n'avait sûrement pas imaginé qu'il irait jusqu'à la poursuivre en voiture.

— Je suppose qu'il a agi sous l'empire d'un accès de rage causé par un certain nombre de facteurs, expliqua Elizabeth, qui regardait les mouettes fondre sur le sillage d'un bateau rentrant au port. En le défiant en plein tribunal, Gina l'avait plongé dans l'embarras publiquement. De plus, elle le mettait à genoux financièrement en refusant de transiger sur les recommandations du juge Hetherington. Mais, en dépit de tout cela, Austin espérait encore la faire changer d'avis en recourant à ses bonnes vieilles méthodes. Et c'est alors qu'elle lui annonce une nouvelle grossesse ! Imaginez sa réaction, alors que tout ce qu'il voulait, c'était être débarrassé d'elle à moindres frais.

— Je ne l'imagine que trop bien, maugréa Ryan. Ce qui ne l'excuse en rien. Je vous l'ai dit : seul un malade peut réagir comme il l'a fait.

Elizabeth y réfléchit un instant et conclut à mi-voix :

— Je ne pense pas qu'il ait cherché à la tuer. Il a juste perdu le contrôle de ses émotions, comme ça lui était déjà arrivé assez souvent.

— Peut-être…, admit Ryan d'un air dubitatif. Mais cette fois, les conséquences ont été tragiques. Si tout s'est passé comme nous le supposons, Austin est directement responsable de la mort de Gina.

— Ce qui veut dire qu'il sera condamné pour homicide ?

— Oui. Si c'est prouvé.

— Ce qui représente un grand « si »...

Tout sourires, une hôtesse du restaurant les rejoignit sur la terrasse.

— Votre table est prête, annonça-t-elle à Ryan.

En lui rendant son sourire, il la remercia, se leva du muret sur lequel ils s'étaient assis pour patienter, et tendit le bras à Elizabeth afin qu'elle l'imite. Main dans la main, ils suivirent la jeune femme à l'intérieur.

— De votre côté, reprit Ryan quand ils furent installés, vous êtes allée voir la première fiancée d'Austin...

— Elle s'appelle à présent Patricia Parks, expliqua-t-elle en acceptant le menu que lui tendait un serveur. J'avais peur qu'elle nous claque la porte au nez, étant donné que Lindsay avait décidé de débarquer chez elle sans prévenir.

Ryan émit un petit rire et goûta le vin que le sommelier venait de verser dans son verre. Après avoir manifesté son approbation d'un hochement de tête, il sourit à Elizabeth et s'amusa :

— Votre sœur n'a vraiment peur de rien...

— Si elle n'était pas journaliste, elle serait tout simplement taxée de sans-gêne.

— Certes. N'empêche que c'est efficace.

— En effet. Mme Parks s'est révélée charmante, finalement. Surtout quand je lui ai parlé de Jesse.

— Est-il vrai qu'Austin lui a brisé la mâchoire quinze jours avant leur mariage ?

— Oui. Et, pour le bien de Jesse, elle est disposée à en témoigner devant le juge Hetherington.

Plongée dans les souvenirs de sa visite à Patricia Parks, Elizabeth but une gorgée de vin.

— Ce qui nous a surtout frappées, reprit-elle au bout d'un instant, c'est un curieux sentiment de déjà-vu. Leur relation telle qu'elle nous l'a décrite ressemblait beaucoup à celle qu'Austin entretenait avec Gina. Et les ressemblances ne s'arrêtent pas là… Apparemment, ses goûts le portent vers les petites brunes aux yeux bleus.

Ryan, qui étudiait le menu, releva la tête et demanda, le visage sombre :

— Vous voulez dire que la coiffeuse et la reine de la promo ressemblaient toutes les deux à Gina ?

— Oui.

— Patricia Parks vous a raconté ce qui s'était passé ?

Elizabeth referma le menu et le reposa sur son assiette.

— Ils étaient à la campagne, chez des amis d'Austin, expliqua-t-elle d'une voix songeuse. C'était lui qui avait insisté pour qu'ils y aillent, même si le moment ne pouvait être plus mal choisi étant donné la proximité de leur mariage. Patricia était réticente. Vous pouvez imaginer le travail qui l'attendait à la maison pour mettre au point les derniers détails de la noce. Mais il avait l'air de tellement y tenir qu'elle a fini par accepter de passer le vendredi et le samedi chez ces gens, puis de rentrer le dimanche matin. C'était une sorte de compromis. Ce n'est qu'au moment du départ, une fois dans la voiture, qu'elle a compris à quel point il était furieux d'avoir dû écourter son week-end. Une terrible dispute a éclaté, qui s'est conclue par une mâchoire brisée et un mariage annulé…

— Elle n'a pas eu de chance, dit Ryan avec une grimace, mais lui s'en est bien tiré. Elle aurait pu porter plainte pour coups et blessures.

— Elle *a* porté plainte, comme Lindsay l'a découvert en discutant avec l'amie de Patricia qui devait être témoin à son mariage. Mais grâce à ses relations, Curtiss Leggett s'est arrangé pour étouffer l'affaire. N'empêche que, aujourd'hui, le passé les rattrape : Patricia est prête à répéter tout ce que je viens de vous dire au juge Hetherington. Dieu merci.

Ryan la regarda porter son verre à ses lèvres, et conclut :

— Maintenant que je sais comment il traitait Gina, rien ne devrait m'étonner de la part d'Austin. Mais vous avouerez que pour briser à coups de poing la mâchoire de sa future épouse, à deux semaines de leur mariage, cet homme doit être un malade mental…

Elizabeth secoua doucement la tête.

— C'est de la rage, corrigea-t-elle. Pas de la folie. Cette même rage qui l'a poussé à poursuivre Gina à cent à l'heure. Les hommes qui se rendent coupables de violences conjugales sont généralement dominés par une rage qui les dépasse. Il serait judicieux de chercher à savoir pourquoi — ou plutôt contre qui — Austin est en colère. Mais j'avoue que je n'ai pas très envie de me pencher sur ses problèmes psychologiques. Je veux juste qu'il rende des comptes pour ce qu'il a fait à Gina, et aussi qu'il cesse de représenter une menace pour Jesse.

Ryan leva son verre à la santé de sa compagne, et lui sourit.

— Je bois à votre réussite.

Une heure et demie plus tard, rassasiés par un plateau de fruits de mer et une excellente bouteille de vin blanc, ils cheminaient côte à côte dans la quiétude du soir tombant. C'était Ryan qui avait suggéré une petite marche le long de la promenade de Kemah avant de regagner Houston.

— Assez parlé du côté obscur d'Austin Leggett ! avait-il décrété. Allons nous aérer le corps et l'esprit !

Et, dans le quart d'heure suivant, il s'était fait un devoir de lui décrire en détail les bateaux qui franchissaient la passe de Galveston Bay, avec un enthousiasme communicatif pour les vedettes rapides de pêche au gros.

— Je parie que vous en possédez un ! lança Elizabeth, tandis qu'il admirait un luxueux Bertram immatriculé à Miami.

— Gagné ! répondit-il gaiement en la guidant jusqu'à un banc de fer forgé qui faisait face au quai. Vous voyez celui-ci, juste derrière le Bertram ? Le mien est identique.

— Très joli…

Ça n'avait rien d'un yacht de luxe, songea-t-elle, mais un bateau de ce style et de cette qualité trahissait une passion pour la voile bien plus qu'un simple hobby — ce qui suffisait à expliquer le hâle naturel qu'elle lui avait toujours connu.

— Où est-il mouillé ? s'enquit-elle.

— A Galveston. Je vous y emmènerai bientôt pour faire une sortie en mer.

Confortablement assis sur le banc, les jambes croisées, Ryan tendit le bras le plus naturellement du monde pour le passer autour des épaules d'Elizabeth, et poursuivit :

— Il n'y a rien qui ressemble à une belle balade en mer… A trente milles au large, l'eau est si bleue et si transparente qu'elle en paraît irréelle. Des créatures aquatiques que l'on ne trouve dans aucun aquarium nagent dans les profondeurs. Quant au plaisir de la pêche… Vous n'avez pas vécu tant que vous n'avez pas vu atterrir une belle prise sur le pont ! Il n'y a rien au monde de comparable à ça.

— Quel genre de prise ?

— Ça peut être un marlin bleu ou un marlin noir — rien de plus petit, en tout cas. Ce n'est pas pour rien qu'on parle de *pêche au gros* !

Amusée par son enthousiasme, Elizabeth lui sourit.

— Je sais à présent ce que vous faites de votre temps libre, lui dit-elle.

Il lui rendit son sourire et ajouta :

— Vous savez par la même occasion ce que je fais de mes économies. Vous connaissez le proverbe : « Qui possède un bateau creuse un trou sans fond dans l'océan et tente de le remplir d'argent… » Pourtant, Dieu, que j'aime ça ! Je meurs d'envie de vous faire découvrir ce plaisir.

Alertée par un vague souvenir, Elizabeth plissa le front et laissa son regard se perdre à l'horizon.

— Je me trompe, demanda-t-elle, ou Austin possède-t-il lui aussi un bateau ? Je crois me rappeler que Gina a passé un week-end avec lui, quelque part au large de Mexico.

Ryan secoua négativement la tête et précisa :

— Il n'appartient pas à Austin, mais à Curtiss. Et ce n'est pas un bateau, mais un yacht. Un Bertram. Leggett Sr est un yachtman fanatique. A côté du sien, mon rafiot ressemble à une coquille de noix…

— Vous emmenez Jennifer dans vos courses au large ?

— Autrefois, c'est ce qui nous rapprochait le plus, tous les deux. Mais sa mère déteste naviguer. Elle souffre du mal de mer.

Avec un regard interrogateur, il tourna la tête vers Liz pour lui demander :

— Etes-vous déjà montée sur un bateau de croisière ? Avez-vous déjà navigué pour le plaisir ? C'est la même chose. Si vous avez aimé, vous vous sentirez comme chez vous sur le *Jennifer Jay*.

— Inutile de demander en l'honneur de qui vous l'avez baptisé ainsi…

A cet instant, l'attention d'Elizabeth fut attirée par un couple de promeneurs accompagnés de deux enfants, un très jeune garçon et son frère d'environ huit ans. Avec un coup au cœur, elle constata que l'aîné avait les cheveux et les yeux aussi sombres que la nuit. Une fois encore, à la vue de ce bel enfant qui aurait pu être le sien, une poignante mélancolie s'empara d'elle. Serait-elle un jour capable de surmonter la douleur d'être condamnée à ne jamais revoir l'enfant qu'elle avait mis au monde ? Un sentiment de malaise vint se mêler à sa tristesse. Si jamais sa relation avec Ryan devenait sérieuse et durable, que penserait-il lorsqu'elle lui aurait avoué ce qu'elle avait fait ?

— Qu'est-ce qui ne va pas ? demanda-t-il soudain d'une voix inquiète, la tirant de ses pensées.

Comprenant que l'expression de son visage avait dû la trahir, Elizabeth se sentit rougir et consulta précipitamment sa montre.

— Oh, ce n'est rien ! lança-t-elle. Vous ne pensez pas qu'on devrait rentrer ? Je ne peux pas m'empêcher de me faire du souci pour Jesse.

— Encore une petite minute…, dit-il en lui prenant la main pour la caresser doucement. Je vous assure que Jesse va bien. Elle ne peut pas être plus en sécurité. Avant de rentrer, je dois vous dire autre chose.

Alarmée, elle scruta son visage avec attention.

— Ça concerne Jesse ?

Ryan lui avait proposé de vérifier la teneur des documents qu'elle avait signés, sans rien en lire, à l'hôpital. Et, en tant qu'avocat, il était rompu aux subtilités de la loi qui allaient être déterminantes pour l'avenir de la petite fille.

— Non, pas du tout, répondit-il en secouant la tête. C'est au sujet de Louis.

A moitié soulagée, Elizabeth hocha vaguement la tête et attendit qu'il se décide à parler.

— Vous savez que je suis allé le voir chez lui, la nuit dernière, reprit-il enfin. C'est lui qui m'avait invité. Il m'avait promis de me laisser fouiller dans une pile de dossiers datant de la mort de mon père, et il a tenu parole, au-delà de toutes mes espérances. Il les a tirés d'un vieux coffre qui semblait ne pas avoir été ouvert depuis la guerre de Sécession. Quand j'ai compris en les feuilletant de quoi il s'agissait, je n'ai pas pu m'empêcher de lui demander si je pouvais les emporter. Il n'a pas émis d'objection, et m'a même conseillé de jeter un œil plus attentif à tel ou tel document. En rentrant chez moi, j'ai pu constater qu'il avait attiré mon attention sur les dossiers instruits par mon père à l'époque de sa mort, ainsi que sur un grand nombre de ceux qui avaient été confiés au juge Walker. Plus intéressant encore, la plupart d'entre eux concernaient le scandale des îles Cayman. Vous en avez entendu parler ?

La question fit sourire Elizabeth, qui reporta son regard vers la passe où un petit bateau de pêche rentrait au port, escorté par une nuée de mouettes.

— Justement, répondit-elle, j'en parlais avec Lindsay, ce matin. Nous trouvions curieux que Louis se mette brusquement à distiller des bribes d'informations. Et aussi que son nom n'apparaisse nulle part dans les documents d'époque que nous avons examinés, alors que la connaissance approfondie qu'il a de cette histoire est celle d'un professionnel qui aurait été mêlé au dossier.

— Bonnes questions ! déclara Ryan.

— En dernière année de fac, reprit-elle, je voulais entrer dans une école de droit. Par curiosité pour l'histoire de mon père, j'avais effectué quelques recherches sur ce scandale des îles Cayman. Or, dans la documentation que j'ai été amenée à consulter, je n'ai jamais rencontré le nom de Louis.

Manifestement perdu dans ses pensées, Ryan prit la main d'Elizabeth et la porta à sa joue.

— Je ne pense pas que Louis Christian ait joué un rôle quelconque dans cette affaire, murmura-t-il d'un air absent. En fait, je commence à croire que Louis Christian n'a jamais existé.

— Que voulez-vous dire ?

Ryan se tourna sur le banc de manière à lui faire face, et prit ses deux mains dans les siennes avant de répondre d'une voix hésitante :

— J'ai passé une bonne partie de la nuit à me demander si je devais vous en parler ou non. Je sais à quel point vous êtes proche de Louis. Je sais ce qu'il représente pour Jesse. Et le rôle qu'il tient dans votre vie et dans la sienne ne va faire que croître avec la disparition de Gina et la mise à l'écart d'Austin.

Elizabeth retira ses mains et secoua la tête d'un air agacé.

— Parlez-moi franchement, Ryan. Cessez de tourner autour du pot.

Il hocha brièvement la tête et marqua une courte pause avant de s'exécuter.

— Je pense que Louis vit sous une fausse identité.

— Quoi ? s'exclama Liz, incrédule.

— Je sais que ça peut paraître fou, mais, s'il vous plaît, écoutez-moi jusqu'au bout. Peut-être était-il l'un des juristes dont la carrière a été brisée par le scandale des îles Cayman ? Ou peut-être qu'il n'a rien à voir avec le monde judiciaire et qu'il est l'un de ces intermédiaires qui ont joué un si grand rôle dans la mise en place du système de corruption ? Il prétend qu'il a été juriste, mais est-ce qu'il dit la vérité ? Il pourrait tout aussi bien n'avoir été qu'un assesseur ou un clerc.

Avec un haussement d'épaules, Ryan conclut :

— A ce poste, il aurait eu accès à un tas d'informations compromettantes, et ça expliquerait qu'il soit en possession de tous ces dossiers qu'il m'a confiés.

— Alors, d'après vous, commenta-t-elle sèchement, Louis aurait mis la main sur une série de dossiers compromettants, avant de disparaître de la circulation sous une fausse identité pendant vingt-cinq ans ? Tout ça pour vous les remettre aujourd'hui, au risque de se trahir ? Mais dans quel but ?

— Encore une fois, dit-il sans la quitter des yeux, vous posez les bonnes questions.

— Non ! conclut-elle en secouant vivement la tête. Vous êtes sur une fausse piste. Louis a sans doute un passé mystérieux, je vous l'accorde, mais il ne peut pas être un criminel. Il est juste trop…

Elizabeth ne put terminer sa phrase. Elle avait beau refuser d'y croire, les hypothèses de Ryan étaient frappées au coin du bon sens. Et pour être honnête avec elle-même, elle devait reconnaître qu'elles venaient étayer un certain nombre d'impressions confuses, de pressentiments curieux, qu'il lui était arrivé de ressentir en présence de Louis, au fil des années. Elle n'avait pas voulu s'y arrêter, et, pour quelque raison mystérieuse, elle n'avait toujours pas envie de le faire.

— Une autre hypothèse, reprit prudemment Ryan, serait qu'il ait été l'informateur qui a permis que le scandale éclate. On n'a jamais su clairement comment les fédéraux avaient eu vent de l'histoire, mais il a bien fallu que quelqu'un les mette sur la voie.

— Tout ça date de vingt-cinq ans, Ryan !

— Certaines choses ne s'effacent pas simplement parce que le temps a passé.

Elizabeth marqua son scepticisme par un claquement de langue et s'emporta :

— Il faudrait des faits, et non de vagues hypothèses, pour m'en convaincre.

— Ce scandale des îles Cayman n'a rien d'anodin, Liz… Quelques crapules y étaient mêlées. Et si Louis est lié à cette affaire d'une manière ou d'une autre, je veux savoir comment et pourquoi. Il entre chez vous comme il veut. Et je ne serai pas tranquille tant qu'il n'aura pas répondu aux questions qui me sont venues après la lecture de ces dossiers.

— Mais enfin, pourquoi vous les aurait-il confiés s'ils étaient en mesure de le trahir ? En admettant qu'il ait quelque chose à se reprocher, ça n'a aucun sens…

— Vous avez raison. C'est la conclusion à laquelle je suis parvenu, moi aussi.

Comme si cela avait suffi à écarter une vérité gênante, Elizabeth secoua la tête et saisit sur le banc son petit sac à main. Au moment où elle se levait, Ryan posa sa main sur son genou pour l'en empêcher.

— Attendez ! lança-t-il vivement. J'ai encore une chose à vous dire. Lorsque Louis m'a remis ces vieux dossiers, il m'a prévenu qu'ils allaient susciter en moi un grand nombre de questions. Il s'est déclaré disposé à y répondre, mais il m'a demandé de commencer par vous faire part de ce que j'aurais découvert.

En proie à la confusion, Elizabeth le dévisagea un instant, puis lui demanda d'une voix faible :

— Mais… pour quelle raison ?

— Personne d'autre que Louis ne pourrait répondre à cette question, Liz…

Pour l'empêcher de percevoir les émotions qui se bousculaient en elle, elle tourna le regard vers l'horizon. Il faisait nuit, à présent. Un autre yacht luxueux passait devant eux, toutes lumières allumées, pour gagner le large.

Aussitôt qu'elle eut récupéré ses esprits, elle déclara d'une voix déterminée :

— Je voudrais rentrer, maintenant.

Ryan se leva et lui offrit sa main, mais elle ne la prit pas. Pour regagner la voiture, ils restèrent à distance respectueuse l'un de l'autre, chacun perdu dans ses propres pensées.

Le lendemain matin, Elizabeth conduisit Jesse au jardin d'enfants. Ensuite, après avoir recommandé aux puéricultrices de ne la laisser partir avec personne d'autre qu'elle, elle regagna sa maison et appela Louis. Elle avait passé la nuit à tenter d'y voir clair, mais au final, il lui avait bien fallu reconnaître que plus elle y réfléchissait, moins tout cela avait de sens pour elle. Ce qui paraissait évident, c'est que Ryan était parvenu à la sortir de son aveuglement volontaire.

Dès sa première rencontre avec Louis, elle avait ressenti à son égard une sympathie qui dépassait largement les rapports de bon voisinage. La prévenance et la gentillesse dont il avait fait preuve en lui apportant son journal ou en partageant avec elle ses légumes ne suffisaient pas non plus à expliquer le lien qui avait fini par se nouer entre eux. Quelque chose de plus puissant, de plus profond avait été à l'œuvre dès le début de leur relation, mais elle avait préféré l'ignorer. Elle n'avait pas voulu prêter attention à ces impressions diffuses, à ces images floues qui n'étaient pas des souvenirs et qui dansaient parfois à la limite de sa conscience. Au fur et à mesure que se fortifiait son amitié avec Louis, ces fragments épars qui ne parvenaient pas à former une image nette s'étaient estompés. Avait-elle simplement refusé de mettre au jour une évidence tapie dans son inconscient ? Mais laquelle ? Et pourquoi ?

D'un pas déterminé, elle marcha en direction de la maison de Louis, empruntant comme à l'accoutumée le passage aménagé dans la haie de lauriers-roses. Louis et Archie l'attendaient à l'ombre, sous une tonnelle. Le chien battit de la queue en la voyant se diriger vers eux, mais il dut percevoir la tension qui l'habitait car il s'aplatit sur le sol en poussant un petit gémissement. Pour le rassurer, Elizabeth lui tendit sa main, au dos de laquelle il passa un coup de langue reconnaissant.

— Pouvons-nous nous installer sur le belvédère ? demanda Louis d'une voix dépourvue de son habituelle bonhomie.

Sans un mot, Liz se dirigea vers la structure de bois ouvragée située à la limite de leurs deux propriétés. Louis l'avait appelée pour lui montrer les plans de cette construction quatre ans auparavant, insistant sur le fait que cet endroit particulier, entre deux grands chênes, était le lieu idéal où l'implanter. Il ne faisait aucun doute que l'emplacement choisi était situé sur le terrain d'Elizabeth, et Louis avait précisé que, bien entendu, elle avait parfaitement le droit de lui refuser son autorisation. Ce qu'elle n'avait pas fait. Pour la première fois depuis la trahison d'Evan Reynolds, elle avait ainsi accordé une confiance aveugle à un homme qu'elle connaissait peu. A présent, elle était contrainte de se demander pour quelle raison son voisin avait eu droit à ce traitement de faveur…

Louis s'installa comme d'habitude sur la balancelle. Elizabeth le regarda faire en songeant que sa nuit n'avait sans doute pas été meilleure que la sienne. Il lui avait promis, quelque temps auparavant, de réaliser un check-up, et elle se demanda s'il avait tenu parole. Elle avait même menacé de prendre le rendez-vous pour lui et de l'y emmener de force, mais les événements l'avaient empêchée de mettre sa menace à exécution. A bien y regarder, Louis ne lui avait jamais paru en aussi mauvaise forme. Il paraissait…

Surprise par la tournure que prenaient ses pensées, Elizabeth y mit brusquement un terme. Si Louis se révélait aussi méprisable que Ryan le subodorait, pourquoi aurait-elle dû s'en faire pour sa santé ? Après avoir ôté quelques feuilles sur le coussin de sa chaise préférée, elle s'y installa, résolue à attendre qu'il prît l'initiative de la conversation.

— En fait, commença-t-il en la scrutant attentivement derrière ses lunettes, je m'attendais à une visite ou à un coup de fil hier soir, aussitôt après ton retour, Lizzie…

Lizzie. Elle ne se rappelait plus quand il avait commencé à lui donner ce surnom affectueux. Et il était bien le seul au monde à pouvoir se permettre de l'appeler ainsi.

— J'étais trop contrariée, la nuit dernière, répondit-elle sans chercher à masquer sa mauvaise humeur. J'avais besoin de réfléchir à ce que Ryan venait de me révéler. Je me demande vraiment pourquoi tu ne m'as pas parlé de tout ça toi-même. Pourquoi ne pas m'avoir dit tout de suite que tu avais connu mon père ? Pourquoi avoir fait ces révélations à Ryan plutôt qu'à moi ?

Un sourire triste flotta un instant sur les lèvres de Louis.

— A l'époque, je croyais avoir de bonnes raisons de ne pas t'en parler.

— Et ces raisons ne s'appliquent pas à Ryan ? Tu as connu son père, à lui aussi, et tu n'as pas attendu très longtemps avant de le lui dire.

— J'y ai été contraint parce qu'il vivait depuis l'âge de seize ans avec une fausse idée qui lui pourrissait la vie. Je savais que ce dont il accusait Matthew Walker n'était pas fondé. Je sais comment John Paxton est mort, et je ne pouvais pas l'expliquer à Ryan sans lui révéler par la même occasion que j'avais connu son père.

— Je ne vois toujours pas en quoi cela peut être gênant pour toi de le reconnaître.

— Eh bien… C'est une histoire compliquée, dans laquelle il est difficile de tirer un fil sans dévider toute la pelote.

Pour une fois insensible à son langage imagé, Elizabeth lui adressa un regard noir. Plus que meurtrie, elle se sentait vexée qu'il ne l'ait pas jugée digne d'une réponse franche et sans détour.

— Louis ! reprit-elle sèchement en le fixant droit dans les yeux. As-tu, oui ou non, connu *mon* père ?

Archie s'était redressé pour poser la tête sur les genoux de son maître en geignant doucement. Avec une certaine difficulté, Louis le caressa d'une main tremblante afin de l'apaiser. Le voyant faire, Elizabeth se pencha en avant et le dévisagea avec inquiétude.

— Qu'est-ce qui se passe ? lui demanda-t-elle. Tu es sûr que tu te sens bien ?

Louis parvint à grimacer un sourire et agita vaguement la main devant lui.

— Ne t'inquiète pas, répondit-il d'une voix blanche. Trop de café… Et, pour être honnête, sans doute également trop de remords sur la conscience.

Cette remarque ne manqua pas d'intriguer Elizabeth, mais elle préféra ne pas insister. Soudain, l'urgence d'avoir avec lui cette discussion lui paraissait moins flagrante, alors que Louis se montrait à elle si démuni, si fragile, si âgé. Jusqu'ici, en dépit de ses cheveux blancs, elle n'avait jamais pensé à lui comme à un vieillard. Mais c'était flagrant, à présent.

— Tu es pourtant censé éviter la caféine ! lança-t-elle d'un ton de reproche. Va te reposer, on parlera plus tard… Tu as pris ce rendez-vous chez le médecin, comme je te l'ai demandé ?

Louis se redressa sur la balancelle, à la recherche d'une position plus confortable, et balaya sa question d'un claquement de langue agacé.

— Ce n'est pas de ma santé capricieuse qu'il faut parler…, s'impatienta-t-il. Nous avons besoin d'avoir cette discussion maintenant, et j'aimerais que tu ne m'interrompes pas avant que j'en aie terminé. Ça fait des mois que je cherche les mots pour te dire ce que j'ai à te dire, et des années que j'ai envie de le faire.

Il fit une tentative pour se remettre sur ses pieds en prenant lourdement appui sur l'assise du siège, puis il renonça et s'y laissa retomber avec un grognement de dépit.

— Je n'aurais jamais dû accepter de participer à cette tromperie. Il était inacceptable de placer votre avenir dans la balance et je le savais, mais j'ai choisi de l'ignorer, à ma grande honte. Je me donnais de très bonnes raisons de le faire, à l'époque… Mais tu sais, avec le temps, quand on s'aperçoit des conséquences de ses actes, on voit les choses sous un autre angle.

Il ponctua sa confession d'un hochement de tête attristé, et poursuivit :

— Il m'a fallu quelques années d'exil pour y voir clair, et quand j'ai finalement décidé que je ne pouvais plus supporter ce mensonge, naturellement, il était trop tard. Beaucoup trop tard… Ils n'arrêtaient pas de me répéter que c'était la seule solution possible, et comme j'étais plongé dans toute cette histoire jusqu'au cou, j'ai fini par les croire. Mais je jure devant Dieu que, à ce moment-là, j'avais alors la certitude d'agir pour le mieux !

— Louis…, s'inquiéta Elizabeth en le dévisageant avec anxiété, de quoi parles-tu ? Tout cela n'a aucun sens…

Aussi inquiet qu'elle, Archie se dressa sur son arrière-train et posa ses deux pattes sur le coussin de la balancelle en gémissant.

— Je parle de mon passé, ma petite Lizzie. Et dans mon passé

— Dieu me pardonne ! — ta vie qui m'est si précieuse plonge ses racines.

Pour la première fois, Elizabeth en vint à se demander s'il ne souffrait pas d'une forme de démence sénile. Pourtant, ils avaient disputé au cours de toutes ces années de bon voisinage des dizaines de parties d'échecs, au cours desquelles Louis avait fait preuve d'une acuité d'esprit remarquable... Non, il devait y avoir une autre explication, décida-t-elle. Et puisqu'il avait tant de mal à la lui fournir, elle allait devoir l'y aider.

— Ryan m'a reparlé de ce scandale des îles Cayman, qui a fait tant de dégâts dans les milieux politico-judiciaires de Houston, il y a vingt-cinq ans. Est-ce de cela que tu veux me parler ?

Comme pour s'éclaircir les idées, Louis passa une main tremblante sur son visage, hocha la tête et reconnut :

— Oui, c'est bien de cela qu'il s'agit. De cela et des vies brisées que ce scandale a laissées dans son sillage.

— Quel rôle mon père a-t-il joué dans cette affaire ? Tu le connaissais ? C'est ce que tu essaies de me dire ?

— Je le connaissais... bien, Lizzie.

La nuque posée sur le dossier, Louis semblait soudain éprouver des difficultés à respirer. Quoi qu'il ait à lui dire, il devait lui en coûter énormément. Son visage crispé avait pris une teinte cendreuse. Il était si mal en point qu'il paraissait prêt à s'évanouir.

Au comble de l'inquiétude, Elizabeth se leva d'un bond et alla lui prendre la main. Sous ses doigts, elle trouva les siens inertes et glacés.

— Louis ? le pressa-t-elle en cherchant son pouls. Qu'est-ce qu'il y a ? Tu ressens une douleur dans la poitrine ?

Il secoua négativement la tête, mais parut incapable de lui répondre de vive voix.

— Ne bouge pas d'ici ! lui ordonna-t-elle en se détournant pour quitter le belvédère. Je vais appeler le 911.

A ces mots, il eut un sursaut et s'écria :

— Attends ! Ma chérie... Il faut que je te dise... Il y a quelque chose qui...

Déjà, Elizabeth descendait les marches précipitamment.

— Ça peut attendre ! lança-t-elle par-dessus son épaule. Accroche-toi, et surtout reste tranquille ! Je serai de retour dès que j'aurai…

— Stop ! l'interrompit-il d'une voix étonnamment forte. J'ai besoin de te dire… que j'étais on ne peut mieux placé… pour connaître ton père.

— Je l'avais compris… Ne t'en fais pas pour ça, Louis. Je suis désolée de t'avoir fait de la peine.

— Mon Dieu ! lâcha-t-il dans un souffle, les yeux clos. Ce n'est pas toi qui m'as fait de la peine. C'est moi qui…

Le corps parcouru d'un long frisson, Elizabeth se retourna au pied des marches et lui lança un regard noyé de larmes. Depuis un moment déjà, quelque chose dans ses paroles sibyllines l'avait alertée. Et pourtant, elle se contenta de lui conseiller :

— Ne dis plus rien. Calme-toi. J'appelle tout de suite les secours.

— Lizzie… tu dois savoir… Je suis… Matthew Walker.

Dans l'heure qui suivit, Elizabeth connut les moments les plus pénibles et les plus confus de son existence, qui en comptait pourtant beaucoup. L'ambulance n'avait mis que dix minutes à arriver, mais, à son retour au belvédère, elle avait découvert Louis évanoui sur la balancelle, et l'attente lui avait paru interminable. Jamais elle n'avait eu aussi peur qu'en regardant les infirmiers s'activer autour de lui. Au terme de quelques minutes de soins intensifs, ils étaient fort heureusement parvenus à stabiliser son état. Ils l'avaient emmené sur une civière, et avaient refusé à Liz le droit de rester à son chevet durant le transport à l'hôpital. Impuissante et désemparée, elle avait dû se contenter de regarder le véhicule disparaître dans un déluge de sirènes hurlantes et de gyrophares.

Après avoir repris ses esprits, elle s'était ruée sur sa voiture, portable en main, pour se rendre à l'hôpital par ses propres moyens. C'était Ryan qu'elle avait appelé en premier, puis Lindsay et Megan. Confusément, elle s'était étonnée de constater à quel point il lui était facile et naturel de faire appel à eux au plus fort de la tourmente. En l'espace de quelques semaines, les défenses qu'elle avait érigées depuis l'enfance pour se protéger des autres s'étaient écroulées. Et si elle ne leur avait pas parlé de la confession que Louis lui avait faite avant de sombrer dans l'inconscience, ce n'était pas parce qu'elle hésitait à leur faire confiance, mais tout simplement parce qu'elle n'y croyait pas.

Il s'avéra que Louis n'avait pas fait de crise cardiaque. Aussitôt qu'elle le put, Megan vint rassurer Liz sur son état. Le malaise s'expliquait par un mauvais dosage d'un traitement contre l'hypertension que Louis prenait depuis quelque temps.

— Ça n'a rien d'inquiétant ni d'inhabituel, expliqua Megan. Ce médicament mal dosé a fait baisser sa tension à un niveau dangereusement bas. Je suspecte que ce problème d'hypertension n'a été décelé que récemment, et que le médecin qui s'occupe de Louis est en train de rechercher la bonne molécule et le bon dosage.

Toujours sous le choc, Elizabeth écouta ces explications avec incrédulité. A la peur qu'elle avait éprouvée se mêlait à présent le remords d'avoir peut-être causé ce malaise en se montrant intraitable avec Louis.

— Je ne savais même pas qu'il avait consulté un médecin, confia-t-elle à sa sœur en croisant frileusement les bras sur sa poitrine. Gina et moi, on le tannait depuis des mois pour qu'il le fasse, mais on était loin de se douter qu'il nous avait écoutées. Et quand Gina…

Sa voix se brisa et il lui fut impossible de conclure. Elle dut faire l'effort de se reprendre et demander :

— Pourquoi ne m'a-t-il rien dit ?

— Les hommes de cet âge ont tendance à cultiver le secret sur leur état de santé. Par orgueil, pour ne pas paraître faibles, ou tout simplement pour ne pas alarmer leurs proches. Louis n'est pas un vieillard, mais son organisme est usé.

Megan lui serra affectueusement le bras avant d'ajouter :

— Contente-toi d'être satisfaite qu'il ait suivi ton conseil. On parle de l'hypertension comme d'un tueur sournois qui approche en silence. Après une attaque, il est trop tard pour prendre une pilule — même mal dosée !

Un sourire fleurit sur ses lèvres avant qu'elle ne conclue :

— Naturellement, il ne faut pas que le remède se révèle plus néfaste que le mal. Perdre connaissance est une réaction extrême. Je suppose que le médecin de Louis voudra le garder quelques jours ici, le temps d'écarter tout risque et d'affiner le traitement qu'il reçoit.

— Vous tenez à peine sur vos jambes, Liz ! intervint Ryan, qui était accouru aussitôt après son coup de fil. Allons nous asseoir.

En douceur, il l'entraîna vers une salle d'attente, qui lui sembla étrangement familière. Celle dans laquelle elle avait passé tant d'heures après l'accident de Gina se trouvait à un autre étage, mais elle lui ressemblait beaucoup — beaucoup trop à son goût.

— Je ne peux pas, protesta-t-elle en se raidissant sur le seuil. Jesse est à la garderie. Je dois aller la chercher. J'ai laissé des consignes strictes pour que personne d'autre que moi ne puisse l'emmener.

— Il est trop tôt, dit Lindsay après avoir jeté un coup d'œil à sa montre. Mais quand il sera l'heure, je pourrai y aller. Si tu les appelles pour leur expliquer la situation, ils ne refuseront pas de me la confier. De toute façon, on a encore le temps !

Elizabeth jeta un coup d'œil à l'horloge de la salle d'attente, puis se passa une main lasse sur le front. Les événements lui avaient fait perdre la notion du temps, et il lui semblait qu'il s'était écoulé des heures depuis qu'elle avait déposé Jesse à la garderie.

— Tu as raison, dit-elle. Ils ne sortent qu'à 11 h 30. Merci, Lindsay…

— De rien, répondit la jeune femme avec un sourire réconfortant. C'est dans les difficultés que la famille prend tout son sens, non ?

Appuyée au chambranle de la porte, Megan croisa les bras et approuva d'un hochement de tête.

— Elle a raison. Depuis que je travaille ici, j'ai vu beaucoup de personnes âgées hospitalisées en urgence. Et le plus souvent, elles sont totalement seules. Il n'y a personne pour les encourager de quelques paroles ou simplement par une présence. Louis a bien de la chance d'avoir quelqu'un pour prendre soin de lui.

Elizabeth ferma les yeux. Les instants qui avaient précédé l'évanouissement de Louis lui revinrent à la mémoire avec une netteté stupéfiante. Ryan, à son côté, semblait étonnamment calme et réservé, comme plongé dans ses propres pensées. Elle lui lança un regard inquisiteur. Que savait-il exactement ? L'étude des dossiers lui avait-elle permis de découvrir la véritable identité de Louis ?

— Asseyons-nous, proposa-t-elle en se laissant glisser sur le sofa de la salle d'attente. J'ai quelque chose à vous dire.

Lindsay se percha sur l'accoudoir du fauteuil occupé par Megan, et demanda d'un air très intéressé :

— De quoi s'agit-il, Liz ? Tu as du nouveau ?

— Vous voulez que je vous laisse entre vous ? demanda Ryan.

— Inutile, répondit-elle. Vous savez certainement de quoi il s'agit.

— Allez-vous enfin me dire ce qui se passe ? s'impatienta Lindsay en les regardant l'un après l'autre.

Elizabeth prit son courage à deux mains. Pour ce qu'elle avait à leur annoncer, elle devait regarder ses sœurs bien en face.

— Je crois que je suis responsable de l'attaque de Louis, commença-t-elle dans un murmure.

— Liz…, protesta Megan en secouant doucement la tête, je t'assure que c'est un problème de médicaments mal dosés.

— Peut-être. Mais si nous n'avions pas eu cette conversation…, il n'aurait sans doute pas réagi de cette façon.

Pour empêcher ses mains de trembler, elle les serra l'une contre l'autre, et poursuivit :

— Il savait que j'étais en colère contre lui, et ça le chagrinait beaucoup…

— Liz…, l'interrompit Ryan en venant s'asseoir à côté d'elle pour prendre ses mains dans les siennes, vous n'avez aucune raison de vous en vouloir comme ça.

Des larmes plein les yeux, elle tourna la tête vers lui.

— Vous savez ce qu'il m'a avoué, n'est-ce pas ?

— Peut-être, répondit-il en haussant les épaules. Je pense que oui.

Elizabeth parvint à empêcher ses larmes de couler, mais sa voix trahit toute sa détresse lorsqu'elle reprit :

— Je n'arrive pas à y croire. Ça ne peut pas être vrai.

— Pour l'amour de Dieu, Liz ! s'emporta Lindsay. Vas-tu enfin nous dire de quoi il s'agit ? On décidera nous-mêmes si on veut y croire ou non !

Elizabeth hocha la tête en silence, puis elle déclara d'une voix blanche :

— Louis prétend qu'il est en réalité Matthew Walker.

— Bonté divine…, murmura Megan, tandis que sa sœur, pour une fois réduite au silence, méditait l'information.

Plus calme, maintenant que le pire était passé, Elizabeth se tourna de nouveau vers Ryan.

— Ça me semble incroyable, lui dit-elle. Comment a-t-il pu garder aussi longtemps le silence ? Je veux dire… Ça fait cinq ans qu'il a emménagé dans la maison voisine de la mienne ! Pourquoi avoir attendu aujourd'hui pour me dire ça ?

Les lèvres tremblantes, elle baissa la tête et conclut :

— Je vous le répète : j'ai trop de mal à y croire.

Ryan tendit le bras et lui saisit le menton pour l'inciter à le regarder.

— Et moi, dit-il, c'est vous que j'ai du mal à croire. Au fond de vous, vous savez que Louis vous a dit la vérité, n'est-ce pas ?

Soudain, les larmes furent plus fortes que sa volonté, et Elizabeth les sentit couler sur ses joues. Agacée, elle repoussa Ryan et secoua la tête avec entêtement.

— Et l'incendie ? lança Megan. Il n'aurait donc pas péri dans l'incendie de notre maison ?

Du plat de la main, Elizabeth essuya ses larmes d'un geste rageur.

— Je n'ai pas eu le temps de lui en parler, répondit-elle. Avant son malaise, il a juste eu la force de me dire… ce que je viens de vous répéter. Ensuite, je me suis ruée sur le téléphone pour appeler les secours. Quand je suis revenue, il avait déjà perdu connaissance. J'ai eu tellement peur qu'il ne soit…

— Oui, dit Megan d'une voix douce. Cela a dû être terrible pour toi.

Ryan avait passé le bras autour des épaules de Liz, et elle s'appuya contre lui sans chercher à se dérober.

— Je crois que j'ai vécu là les minutes les plus angoissantes de mon existence, reconnut-elle.

— En tout cas, cet aveu est tout simplement fantastique ! s'exclama Lindsay, qui avait recouvré sa voix et sa vivacité coutumière.

Prenant Megan à témoin, elle ajouta, vibrante d'excitation :

— Je t'avais bien dit qu'il y avait quelque chose de louche dans tout ça ! Duke a toujours eu des doutes sur cet incendie… Il a tout de suite senti qu'on essayait de lui cacher quelque chose, mais jamais il n'aurait pu imaginer que cette disparition était une mise en scène !

— Qui est Duke ? demanda Ryan.

Megan leva les yeux au ciel et répondit en soupirant :

— Un vieil inspecteur à la retraite. Lin l'a harcelé jusqu'à ce qu'il lui révèle ce dont il se souvenait à propos de la mort de Matthew Walker.

— Son nom est Duke Collins, précisa Lindsay. Il a participé à l'enquête de police qui a suivi la disparition de notre père. Je tiens à préciser que j'ai pris contact avec lui bien avant l'accident de Gina. Cette histoire m'intriguait énormément. Voilà un magistrat très influent qui révèle au grand jour un scandale de première ampleur. Les carrières d'une demi-douzaine de ses confrères et d'un nombre impressionnant d'avocats se trouvent brisées par sa faute. Et voilà que la maison de ce juge brûle mystérieusement dans un incendie dont il est l'unique victime. Ses trois enfants en bas âge en sortent miraculeusement indemnes, mais il ne reste rien de lui ni de ses secrets…

Elle se tourna vers son auditoire en haussant les sourcils, et enchaîna d'un air entendu :

— Vous allez dire que je vois des complots partout et que c'est une déformation professionnelle. N'empêche que nous avons là les ingrédients d'une parfaite manipulation.

— A supposer, corrigea Megan d'une voix posée, qu'il y ait bien quelque chose à cacher.

Abasourdie, Elizabeth dévisagea les autres à tour de rôle et leur demanda :

— Je suis donc la seule ici à douter de ce que Louis vient de m'apprendre ?

— S'il est réellement notre père, ça explique beaucoup de choses ! s'enthousiasma Lindsay en se levant pour faire les cent pas dans la pièce. Il t'est totalement dévoué, Liz ! Et, sachant que tu aimes Jesse comme ta propre fille, rien d'étonnant à ce qu'il soit tout naturellement devenu un grand-père pour elle... De plus, tu as toi-même constaté qu'il savait tout sur le passé de cette ville. Tu prononces devant lui le nom d'un juge oublié depuis bien longtemps et, comme par hasard, il le connaît...

— A présent, intervint Ryan d'un air sombre, nous savons pourquoi.

— Son apparence elle-même est un indice, renchérit Lindsay. La barbe et la moustache, c'était sans doute pour éviter d'être reconnu.

— Ce qui explique également, reprit Ryan à l'intention d'Elizabeth, l'impression de familiarité que j'ai ressentie en regardant ce portrait de lui plus jeune, que vous conservez dans votre bureau. Je m'étais dit que si ce visage ne m'était pas inconnu, c'était parce que vous lui ressembliez, mais je n'avais pas pris conscience que Louis lui ressemblait également.

— En d'autres termes, conclut Elizabeth d'une voix sèche, vous êtes tous convaincus que Louis Christian et Matthew Walker sont une seule et même personne.

Sans lui répondre, Lindsay haussa les épaules comme pour s'excuser. Megan détourna le regard. Ryan se cantonna dans un silence prudent.

— D'accord ! lança-t-elle en regardant par la porte ouverte une infirmière qui passait dans le couloir. Je ne suis pas prête à reconnaître que mon propre père m'a trahie durant tout ce temps, mais admettons que ce soit le cas.

Avec un regard inquisiteur en direction de Ryan elle conclut :

— Reste à savoir pourquoi il a fait une chose pareille.

— Si j'avais la réponse à cette question, répondit Ryan en soutenant tranquillement son regard, je ne vous la donnerais pas. C'est à Louis — ou plus exactement à Matthew — de le faire. Je pense que le fait d'ouvrir cette malle et de me confier ces dossiers concernant la mort de mon père était pour lui un premier pas, une manière détournée de vous inciter à l'interroger.

— Quels dossiers ? s'écria Lindsay, de nouveau sur le pied de guerre. Quelle malle ?

— C'est presque l'heure d'aller chercher Jesse, déclara Elizabeth en consultant sa montre. Ton offre tient toujours ? Tu veux bien t'en charger ?

— Je n'ai qu'une parole ! répliqua Lin d'un air vexé. Mais aussitôt que je l'aurai confiée à Jennifer, je reviendrai ici pour obtenir si possible quelques réponses de la bouche de Louis…

— Tu veux dire de Matthew Walker, corrigea Elizabeth d'un ton pince-sans-rire.

— Naturellement, acquiesça Lindsay avec son sourire le plus charmeur. C'est bien ce que je voulais dire.

— Jennifer n'est pas en classe aujourd'hui ? demanda Megan, toujours attentive aux aspects pratiques.

— Elle a quartier libre pour la journée, précisa Ryan. Une conférence pédagogique — ou quelque chose de ce genre-là. Elle a prévu de passer la journée avec Rick. Il sera ravi de pouvoir s'occuper de Jesse, lui aussi.

En remerciant mentalement Jennifer et son nouvel ami de leur disponibilité, Elizabeth prit son téléphone portable dans son sac, et déclara :

— J'appelle la garderie.

25

Assise dans l'un des fauteuils confortables du bar de la librairie, Jennifer surveillait Jesse qui examinait d'un air grave les rayonnages de littérature enfantine. Et, quand la fillette finit par brandir dans sa direction le livre qu'elle consultait depuis quelques instants, elle sourit en reconnaissant l'ouvrage qui avait valu à Liz le prix Newbery.

— Tu as déjà ce livre à la maison ! lança-t-elle de manière à se faire entendre de Jesse. Choisis-en un autre, ma puce.

Après avoir hoché docilement la tête, Jesse reprit ses recherches. Un instant plus tard, elle brandit au-dessus de sa tête un exemplaire de *Bob le bricoleur.*

— Tu l'as aussi, celui-là…

Les mains sur les hanches, Jesse lui lança un regard qui en disait long sur son mécontentement.

— D'accord, reprit Jennifer. Si tu arrives à me convaincre que nous devons acheter un livre que tu as déjà, je te l'offre. Vas-y, je t'écoute.

L'espace d'un instant, Jesse ouvrit la bouche et parut sur le point de parler. Jen retint son souffle.

— Dis-le, Jesse…, l'encouragea-t-elle. Explique-moi pour quelle raison tu désires un livre que tu possèdes déjà.

Mais la fillette s'était ressaisie. Tournant les talons, elle disparut dans l'allée voisine, tel un oiseau effarouché.

— Tu as vu ce que j'ai vu ? murmura Jennifer en prenant son voisin de table à témoin. Elle a failli parler !

Rick sirota une gorgée de milk-shake et hocha la tête.

— *Failli* seulement, Jen… Mais ce qui m'étonne le plus, c'est ta manière de communiquer avec elle sans qu'elle ait besoin de parler. Avec ses regards et ses drôles de mimiques, elle arrive à se faire comprendre de toi presque aussi bien qu'avec des mots.

Jen rougit légèrement, et se donna une contenance en rassemblant dans un napperon les miettes du cookie qu'elle venait de déguster.

— Ce n'est pas difficile quand on la connaît, répondit-elle. N'empêche qu'il faudrait vraiment qu'elle recouvre l'usage de la parole. Ça voudrait dire qu'elle a fini par surmonter son traumatisme.

— Tu veux dire… la mort de sa mère, et tout ça ?

Avec un soin maniaque, Jennifer replia plusieurs fois le napperon et répondit d'une voix lointaine :

— Pas seulement. Je suis convaincue que son silence a beaucoup plus à voir avec son dingo de père. Je crois qu'il la terrifie. Tu la verrais, chaque fois qu'on prononce son nom devant elle ! Elle se recroqueville complètement. Je suis sûre que si elle pouvait disparaître dans un trou de souris, elle le ferait. Attends une seconde…

Inquiète de ne plus voir Jesse, elle se leva et alla jeter un coup d'œil dans l'allée où elle l'avait vue disparaître. Un moment plus tard, elle fut de retour et sourit à Rick en se rasseyant.

— Tu dois me trouver parano, dit-elle d'un air gêné, mais, comme le dit Liz — et mon père est d'accord avec elle —, ce Leggett est capable de tout, et on n'est jamais trop prudent.

Rick lui rendit son sourire et ajouta :

— D'autant plus que tu te sens responsable quand c'est toi qui la gardes.

— Beaucoup plus, en tout cas, que le jour de notre première rencontre…, approuva Jennifer avec une grimace comique.

— Heureusement pour elle ! s'exclama-t-il. Tu étais une vraie catastrophe ambulante, quand je t'ai connue…

Il se mit à rire, se dérobant habilement quand elle voulut lui donner un coup de poing dans le bras.

Jennifer avait beaucoup de mal à rester de marbre quand elle se trouvait au côté de Rick Sanchez. Il n'était pas seulement « chouette » ou « sympa » avec elle, comme la plupart des copains qu'elle s'était faits à Houston : il était tout simplement adorable. Par exemple, il n'avait pas hésité une seconde à l'accompagner à la librairie avec Jesse quand elle lui avait annoncé qu'elle devait s'occuper de la gamine. Il aurait pu la planter là, aller en ville avec ses amis, ou s'entraîner pour ce cross-country qui comptait tant pour lui. Pas un des garçons qu'elle avait connus à Dallas n'aurait fait une chose pareille pour elle.

— En parlant de ton père, enchaîna Rick d'un air dégagé, comment ça va entre vous, maintenant ?

— Très bien ! Quelqu'un comme toi, qui as une famille unie, va sans doute trouver ça bizarre, mais je dois admettre que je l'avais mal jugé. En fait, je découvre que mon père est un chic type. Il n'y a qu'à voir le mal qu'il se donne pour essayer de réparer ses erreurs après avoir failli livrer Jesse à cette brute d'Austin Leggett…

— Moi, ça ne me surprend pas, Jen… J'avais compris que ton père était un type cool cinq minutes après l'avoir rencontré.

— Tu as le droit de te moquer de moi, reconnut-elle avec une moue dépitée. Je me suis sans doute laissé influencer par ma mère. Mais j'ai récupéré mes esprits, maintenant. Et tu sais quoi ?

Jennifer se tordit le cou pour tenter de nouveau d'apercevoir Jesse.

— Je crois que p'pa en pince pour Liz. Je pense même qu'ils pourraient avoir une relation sérieuse, tous les deux.

— Tu veux dire une aventure ?

Les sourcils froncés par l'inquiétude, elle scruta les allées de la librairie et répondit :

— Mieux que ça. Je ne pense pas que Liz soit habituée aux aventures passagères. A mon avis, si un homme s'attache à elle et que la réciproque est vraie, elle est le genre de femme qu'on peut épouser.

Rick repoussa sa chaise et se leva.

— Tu veux que je te dise ? lança-t-il avec un sourire espiègle. Je crois que tu as raison et que c'est ce qui pourrait leur arriver de mieux à tous les deux. Mais allons plutôt voir ce que fabrique ta protégée, avant que tu n'attrapes un torticolis.

Emmener Jesse choisir un livre dans une librairie était quelque chose que Jennifer n'avait encore jamais fait depuis qu'elle s'occupait d'elle. C'était Lindsay qui en avait fait la suggestion, afin que la fillette ne s'inquiète pas trop de savoir Louis à l'hôpital. A présent, Jen se sentait coupable d'avoir relâché sa surveillance dans un lieu public aussi fréquenté.

Pressant le pas, ils se rendirent dans l'allée où elle l'avait aperçue un moment plus tôt, assise par terre, en train de feuilleter un livre. Ils eurent la désagréable surprise de ne pas l'y trouver. Pas plus que dans l'allée d'à côté ni dans la suivante. Le magasin était aménagé de façon à ce que les parents, depuis le bar, puissent garder un œil sur leur progéniture tout en buvant un cappuccino. Du moins Jennifer l'avait-elle cru avant de découvrir, affolée, que certains recoins échappaient à toute surveillance.

— Rick ? lança-t-elle en scrutant les alentours. Est-ce que tu la vois ?

Lui aussi passait au crible les allées du magasin.

— Non, répondit-il d'une voix sourde. Pourtant, elle doit être là. Il n'y a qu'une porte, et on l'aurait vue si elle était sortie.

— Elle ne serait allée nulle part sans moi, renchérit Jen, qui se sentait gagnée par la panique. Monte vite à l'étage ! C'est le rayon de la musique et des livres enregistrés. Elle n'a aucune raison de s'y rendre sans moi, mais va quand même vérifier, s'il te plaît ! Pendant ce temps-là, je vais voir aux toilettes.

— Interroge d'abord les vigiles à l'entrée ! suggéra Rick en tournant les talons. Ils ont peut-être vu un homme accoster une petite fille…

Jennifer, à qui cette perspective donnait la nausée, tenta de se rassurer en murmurant :

— Dans ce cas, elle se serait mise à hurler comme une sirène…

En courant, elle gagna l'entrée du magasin. Essoufflée, elle expliqua de son mieux aux vigiles qu'une petite fille avait disparu, mais ils n'avaient rien remarqué de suspect. Ensuite, elle se rua dans les toilettes pour dames, vérifia toutes les cabines et les trouva vides. Après un court instant d'hésitation, elle fit de même dans les toilettes pour hommes, vides elles aussi.

Au bas de l'escalier, elle rejoignit Rick, qui lui avoua d'un ton morose :

— Personne ne l'a vue là-haut. Qu'est-ce qu'ils ont dit, à l'entrée ?

— Pas grand-chose, répondit-elle d'une voix blanche. Ils ont dû penser que je m'inquiétais pour rien. Rick, j'ai si peur…

L'air sombre, il se passa une main dans les cheveux et hocha la tête sans cesser de scruter les alentours.

— C'est à n'y rien comprendre, maugréa-t-il. Comment a-t-elle pu disparaître ainsi, alors qu'on était si près ? Je vais demander à voir le directeur. Essaie d'aller dans les réserves. Peut-être qu'elle essaie de te faire peur en jouant à cache-cache…

— Si c'est le cas, c'est réussi !

Jennifer pénétra sans difficulté dans une sombre pièce encombrée de cartons et d'étagères métalliques pleines de livres, alignées pour former des allées. Rapidement, elle s'assura que nul ne s'y trouvait, puis gagna le mur du fond dans lequel s'ouvrait une double porte battante surmontée d'un panneau lumineux de sortie de secours. Ne découvrant aucune autre issue, elle poussa les battants et déboucha de l'autre côté, dans une ruelle. A quelques mètres à peine, Austin Leggett bataillait ferme pour faire asseoir sa fille à l'avant d'une voiture, sur le siège passager.

— Hé ! hurla Jen en se précipitant vers eux.

Puis elle se figea en pleine course. Maintenant Jesse contre lui, Austin écrasait sa grosse main sur son petit visage terrifié pour l'empêcher de crier.

— Ferme-la, espèce de petite garce ! lança-t-il d'une voix sifflante. Et si tu ne veux pas que je lui fasse mal, viens par ici sans faire d'histoires.

Le cœur battant, les jambes en coton, Jennifer fit ce qu'il demandait, sans quitter des yeux Jesse qui se débattait sans relâche, tout en luttant pour respirer.

— Ne lui faites pas de mal, je vous en supplie ! dit Jen d'une voix raisonnable, en dépit du tumulte intérieur qui l'agitait. Vous pouvez me faire ce que vous voulez, mais laissez-la tranquille.

— Si elle fait le moindre bruit…

— Jesse ! lança Jennifer. Ne crie pas ! D'accord ? Il ne va rien te faire. Je suis là.

— Bon sang ! fulmina-t-il, furieux de devoir réviser ses plans. Pourquoi tu n'es pas restée où tu étais ? Il faut qu'on déguerpisse. Ils ne vont pas tarder à rappliquer comme des mouches sur une tartine de confiture…

Sans relâcher sa prise sur le visage de sa fille, Austin se mordit la lèvre, manifestement indécis quant à la conduite à tenir.

— O.K. ! grommela-t-il enfin. Grimpez toutes les deux dans la voiture. Je déciderai en route.

Sans ménagement, il balança Jesse sur le siège passager. Jennifer s'y précipita à sa suite, et la fillette se jeta dans ses bras, le visage caché dans son cou. Maugréant tout bas un flot d'insanités, Austin claqua leur portière et s'installa au volant. Ils avaient presque tourné au coin de la rue quand elle vit dans le rétroviseur l'issue de secours de la librairie s'ouvrir à la volée, et Rick jaillir sur le trottoir, trop tard pour les secourir.

Austin se fondit dans le trafic qui encombrait Kirby à cette heure de pointe, regrettant de ne pouvoir conduire plus vite sous peine d'attirer l'attention. Il était possible que la disparition de Jesse ait déjà été signalée, et il devait se montrer prudent. Les peines encourues pour kidnapping étaient sévères, et il avait tenu à prendre un maximum de précautions avant de mettre son plan à exécution.

Pour commencer, il avait laissé sa Porsche au garage. Cette foutue bagnole était bien trop voyante, et elle lui avait déjà attiré suffisamment d'ennuis. Il avait loué un cabriolet des plus anodins — le genre de voiture que conduisait la moitié des hommes de la ville. Et, pour empêcher que l'on s'inquiète de sa disparition, il avait appelé au bureau pour prévenir qu'il était malade, ajoutant qu'il n'était pas chez lui mais dans la maison de son père. Curtiss avait toujours à son service la gouvernante qui avait élevé Austin. Il avait appelé la vieille dame pour lui recommander de répondre au téléphone qu'il se trouvait bien là, et de l'avertir aussitôt. Pendant son enfance, Consuelo avait joué auprès de lui le rôle de mère. Il savait qu'elle lui obéirait sans poser de questions. Tout ce dont il avait besoin, c'était de trois jours.

Mais il avait fallu que la fille Paxton débarque comme un chien dans un jeu de quilles pour malmener ses plans. Il lui avait manqué une minute ou deux pour pouvoir enlever Jesse ni vu ni connu. Mais puisque l'adolescente avait eu à cœur de remplir au mieux son rôle de chien de garde, elle ne lui avait laissé d'autre choix que de l'emmener avec eux. Pour rien au monde il n'aurait laissé derrière lui un témoin aussi gênant. A présent, il allait devoir trouver un moyen de se débarrasser d'elle. Et vite. Cette nécessité n'était pas sans lui donner des sueurs froides. Ryan Paxton était du genre à rendre coup pour coup, vite et fort. Et quand il apprendrait que sa fille avait disparu…

Jesse était maintenant assise sur les genoux de Jennifer. Avec ses genoux joints sagement et ses petites baskets roses bringuebalant dans le vide, elle se tenait tranquille. On aurait pu les prendre pour n'importe quelle famille en goguette, du moins était-ce ce qu'il espérait. Le visage fermé, sa fille regardait par la vitre de la voiture, aussi distante et inaccessible que cette satanée Liz Walker, qui avait juré de lui mettre le grappin dessus. S'il n'y avait pas mis bon ordre, d'ici quelques mois, cette garce aurait fini par faire de la gamine un clone d'elle-même…

D'un brusque coup d'accélérateur, il laissa libre cours à la rage qui bouillonnait en lui, et s'engagea à vive allure sur la bretelle d'accès à la rocade sud-ouest.

— Où on va ? demanda Jennifer.

— La ferme !

Dès qu'il avait coincé Jesse, il lui avait fait comprendre qu'il n'ôterait sa main de sa bouche que si elle lui promettait de ne pas crier. Pour faire bonne mesure, il lui avait chuchoté à l'oreille que si elle s'avisait de donner l'alerte, il lui briserait le cou et s'en prendrait ensuite à la fille Paxton. La menace avait fait son petit effet. Pâle et les yeux écarquillés, Jesse lui avait donné la main pour quitter sagement la section des livres pour enfants et gagner les réserves, puis la sortie de secours, qu'il avait repérées un peu plus tôt. Cela dit, jamais il n'aurait pu mettre son plan à exécution si la nounou n'avait été à ce point fascinée par son petit ami...

— Je me demande comment vous pouvez traiter votre propre fille de cette façon...

— Je t'ai dit de la fermer !

Qu'est-ce qu'elle s'imaginait ? Qu'il haïssait Jesse ? Mais non, elle se trompait ! C'était aussi pour le bien de la gamine qu'il avait juré de la soustraire aux griffes de sa marraine. Bien sûr, c'était également sa propre sécurité qu'il sauvegardait en l'éloignant de Houston au plus vite. Jusqu'à présent, Jesse avait eu la bonne idée de rester muette, mais ça ne durerait pas éternellement. Après l'accident, quand il lui avait dit qu'elle avait intérêt à garder sa jolie petite bouche fermée si elle ne voulait pas qu'il se charge lui-même de la faire taire, il était loin de s'imaginer qu'elle prendrait ça au pied de la lettre. Au fond, c'était une mauvaise idée de l'empêcher de parler. Si elle avait dit tout de suite ce qu'elle avait vu après l'accident, le témoignage d'une gosse de cinq ans en état de choc n'aurait sans doute pas pesé lourd. Mais en se mettant à hurler chaque fois qu'il l'approchait, elle n'avait fait qu'attirer la suspicion sur lui.

S'il voulait garder une chance que son plan réussisse, comprit-il soudain, il devait faire en sorte que ces deux gamines se montrent plus coopératives.

— Allez, Jesse..., dit-il d'une voix enjôleuse. Arrête un peu de faire le bébé. Tu ne risques plus rien, maintenant. Tu es restée bien sage dans le magasin. Tu vois, j'ai tenu ma promesse... Je n'ai pas fait de mal à ton amie. A présent, on part tous les trois faire une petite balade en voiture. C'est pas chouette, ça ?

Sans lui répondre, Jesse continua le manège qui l'occupait depuis quelques instants : enrouler autour de son doigt un de ses lacets défaits, encore et encore. La main de Jennifer, posée sur son épaule, ne semblait pas suffire à l'apaiser.

— Tu peux parler, maintenant ! reprit-il un ton plus haut. C'est très bien de ne rien avoir dit après l'accident, mais ça suffit de faire la muette.

Pour toute réponse, Jesse leva la main pour défaire le chouchou qui maintenait sa queue-de-cheval. Instantanément, ses cheveux retombèrent sur son visage comme un voile noir.

Troublé, Austin tendit la main vers elle. Mais avant qu'il ait pu la toucher, elle sursauta et se serra autant qu'elle le put contre la portière, toujours sans le regarder.

— Hé ! protesta-t-il. Je ne vais pas te faire de mal. Les papas ne font pas de mal à leurs enfants.

Se détournant de lui autant qu'elle le pouvait, Jesse releva les jambes, les encercla de ses bras et enfouit son visage entre ses genoux.

Au fond de lui, Austin sentait monter un malaise. Il aurait beau faire, sa fille paraissait déterminée à ne plus le regarder. A bien y réfléchir, elle ne lui avait même pas accordé un seul regard depuis qu'il l'avait récupérée. Peut-être s'imaginait-elle qu'il lui suffirait de ne pas le voir pour se débarrasser de lui… Après tout, comment aurait-il pu en être autrement ? Il savait bien qu'il avait été pour elle un père lamentable. Mais il n'était pas prêt à endosser seul ses reproches. Gina n'avait pas été une très bonne mère, elle non plus. Elle avait tenté de convaincre du contraire le juge et toutes les âmes sensibles qu'elle avait pu trouver, mais il en savait long à son sujet, et il n'hésiterait pas à mettre tout ça sur la table si jamais les choses tournaient mal.

Mais les choses ne pouvaient pas tourner mal, se dit-il dans un sursaut d'optimisme. D'abord, il fallait quitter Houston au plus vite et conduire Jesse chez sa grand-mère. Ensuite, il serait toujours temps de décider ce qu'il devait faire de la fille Paxton.

Louis détestait être coincé dans un lit d'hôpital. Il en souffrait d'autant plus qu'il devait supporter les mauvaises blagues de l'infirmier quant aux répercussions de l'hypertension sur sa vie sexuelle…

Surmontant son agacement, il prit la pilule que ledit infirmier lui tendait, et se résigna à attendre qu'on l'autorise enfin à voir sa famille. A l'heure qu'il était, Lizzie avait sans doute partagé la nouvelle avec ses sœurs.

Il tourna la tête et s'abîma dans la contemplation de la fenêtre. Peut-être que personne ne viendrait le voir ? Peut-être que ses filles n'avaient rien à faire d'un père qui s'était débarrassé d'elles dans leur plus tendre enfance ? Ce n'était pas lui qui les en blâmerait. En fait, il était lui-même convaincu qu'il ne méritait pas trois filles aussi merveilleuses…

Ce fut Ryan qui pénétra dans sa chambre quand les visites furent enfin autorisées.

— Je crains que Liz n'ait besoin d'un peu de temps pour assimiler la nouvelle, déclara-t-il sans préambule. Quand elle a su que vous n'aviez rien de grave et que vous pourriez quitter l'hôpital d'ici vingt-quatre heures, elle a décidé de rentrer chez elle.

Tout en parlant, il était allé s'adosser à la fenêtre. Il était midi passé, et Louis ne le distinguait qu'en ombre chinoise sur l'arrière-plan brillamment éclairé, ce qui l'empêchait de déterminer dans quel état d'esprit il se trouvait.

— Qu'en est-il de Lindsay et de Megan ?

— Je pense qu'elles se sont senti obligées d'adopter le même comportement que leur sœur. Par solidarité.

— Je suppose qu'elles ont été choquées.

— Liz, énormément. Lindsay et Megan, beaucoup moins. Mais vous ne devez pas perdre de vue qu'elles ont eu une enfance très stable, ce qui rend l'impact émotionnel de cette nouvelle beaucoup moins fort pour elles. Enfin, voilà ma façon de voir les choses. C'est pour Liz que votre disparition a eu les conséquences les plus dramatiques.

Ryan se massa la nuque un instant et conclut :

— Je suis convaincu qu'elle s'en remettra, Louis. Mais ça risque de prendre du temps.

Pour masquer sa détresse, Louis enfouit un instant son visage entre ses mains. Ainsi, les quelques années de bonheur qu'il venait de vivre auprès de Lizzie prenaient fin. A présent qu'elle était au courant de sa trahison, elle avait parfaitement le droit de le rayer de son existence.

— Je n'aurais jamais dû me résoudre à disparaître ainsi..., murmura-t-il. Mais quand je me suis rendu compte qu'ils n'avaient pas tenu leur promesse, il était trop tard pour faire marche arrière.

— C'est à Elizabeth qu'il faudra expliquer ça, Louis. Ou plus exactement à vos trois filles. Elles savent qui vous êtes, à présent, mais toute cette histoire reste un mystère pour elles.

Louis laissa échapper un rire grinçant et désespéré.

— Elles ne risquent pas d'y voir beaucoup plus clair quand elles sauront que j'ai sacrifié leur enfance pour sauver ma pauvre carcasse criminelle...

Ryan accueillit cette déclaration par un long silence, qu'il brisa d'une voix bourrue.

— Je ne vous suis pas.

Louis chercha le regard de son visiteur pour déclarer posément :

— Il y a vingt-cinq ans de cela, j'ai demandé à bénéficier du programme spécial de protection des témoins.

Ryan ne manifesta aucune surprise, se contentant de hocher brièvement la tête.

— Vous vous doutez bien, reprit Louis en examinant l'aiguille plantée dans son bras, que c'est en rapport avec le scandale des îles Cayman. Si je n'ai pas dit à Lizzie qui j'étais, quand je l'ai retrouvée après toutes ces années, c'est parce que j'avais trop honte de moi. Je me sentais coupable. Pourtant, je jure devant Dieu que je n'avais pas conscience, à l'époque, que ma décision entraînerait de tels désastres !

— Soyons clairs, intervint Ryan : vous êtes en train de me dire que les fédéraux ont mis en scène votre disparition ?

— Exactement. En échange de mon témoignage. C'était ça ou la prison. Ils n'ont pas eu beaucoup de mal à me convaincre. En fait, je n'attendais aucune clémence de leur part. Je savais que je devais payer mes erreurs, et avec moi la brochette de juges véreux que comptait cette ville. Mais John Paxton — votre père — avait su rester propre et résister à l'attrait de tout cet argent qui coulait à flots. La nuit où il est mort, j'étais dans son bureau. Il m'a fait part de son intention d'aller trouver les fédéraux pour leur révéler toute l'affaire. Un dossier dont il était en charge lui avait été retiré sans explication pour m'être confié — il fait partie de ceux que je vous ai remis. Il m'a dit, cette nuit-là, qu'il comptait faire son devoir, sans se soucier du sort de ses confrères que le scandale allait éclabousser.

A ce moment, Ryan s'approcha du lit, les poings serrés.

— C'est vous qui l'avez tué ?

— Non, non, mon garçon… Calmez-vous. Je n'ai même pas cherché à le faire changer d'avis. Toute cette histoire avait fini par me rendre malade. Comme bon nombre d'autres juges, je m'étais laissé prendre au piège presque sans m'en rendre compte : j'avais commencé par accepter de petits arrangements, puis j'avais fini par me laisser graisser la patte allègrement. Je n'ai pas une excuse valable à présenter pour expliquer mon comportement. Certes, ma femme était morte en donnant le jour à notre petite dernière, Lindsay. Je me sentais déprimé et débordé par la tâche d'avoir à élever seul trois enfants. Mais je n'étais pas le premier homme dans le monde à qui cette mésaventure arrivait… Prenez votre père, par exemple. Sa femme était atteinte d'une maladie incurable. Les factures de l'hôpital s'amoncelaient sur son bureau — je les ai vues, il me les a montrées. Plus qu'aucun autre, il aurait pu se laisser tenter. Pourtant, il a su rester fidèle à son amour pour votre mère autant qu'à son honneur.

Louis tendit le bras vers sa table de chevet et, d'une main tremblante, il porta à ses lèvres le verre d'eau qui s'y trouvait.

— Même si j'étais dépassé par ce qui m'arrivait, reprit-il, ça ne justifiait pas que je compromette la réputation de ma corporation et que je trahisse mes vœux de servir la loi. Quand je considère aujourd'hui l'homme que j'étais alors, je ne vois qu'un triste spécimen d'humanité…

Ryan s'assit au bord du lit, les mains serrées entre ses genoux.

— Je ne vous le cacherai pas, dit-il en le fixant droit dans les yeux, Liz va avoir du mal à entendre tout ça.

— Je m'en doute, murmura Louis en hochant tristement la tête. Je me suis déjà préparé au pire.

— Vous qui étiez dans le bureau de mon père, le soir de sa mort, avez-vous pu découvrir qui l'a assassiné ?

— Pas tout de suite. J'ai été surpris et choqué d'apprendre le prétendu suicide de John. Mais, plus tard, lorsque j'ai entamé ma nouvelle vie, j'ai appris de la bouche d'un de mes contacts ce qui doit être la vérité. Selon toute probabilité, votre père a été abattu par le même tueur à gages qui m'aurait réglé mon compte si je n'avais pas été mis sous protection par le FBI. Ce tueur s'appelait Josef Reiner. Il a fini par se faire coincer en Floride dans le cadre d'une affaire de blanchiment d'argent sale. Il est mort du sida, alors qu'il était en prison, il y a cinq ou six ans de cela.

— Qu'est-ce qui vous a décidé à sortir de votre retraite protégée ?

— Ça faisait longtemps que j'y songeais. C'est au moment où Lizzie a envisagé de faire du droit que je me suis décidé.

— Elle m'a parlé de ce projet avorté, dit Ryan en hochant la tête. Pourquoi a-t-elle renoncé ?

— Ça, répondit Louis, c'est à elle de vous le dire. Lizzie a eu plus que son compte d'épreuves dans l'existence, dont un bon nombre par ma faute. Si elle arrive à me pardonner ce que j'ai fait — de même que Megan et Lindsay —, je jure d'être le meilleur des pères possible pendant les années qu'il me reste à vivre.

Sur cette bonne résolution, il se redressa dans son lit, rabattit le drap pour dégager ses jambes osseuses et s'assit au bord du matelas.

— Que faites-vous ? s'étonna Ryan en le voyant étudier avec attention son intraveineuse.

— Savez-vous comment on retire cette chose ?

Ryan se leva pour aller observer le dispositif de goutte-à-goutte.

— Tout me paraît en ordre, dit-il. Ça vous fait mal ? Si vous voulez, je peux appeler une infirmière pour qu'elle réinsère l'aiguille.

— Surtout pas ! s'emporta Louis. Je veux juste qu'on me retire cette satanée aiguille. Et, de toute façon, en guise d'infirmière, on m'envoie systématiquement un gamin qui se prend pour le nouveau comique de Broadway.

— Vous ne pouvez pas décider de la retirer ! protesta Ryan avec un demi-sourire. C'est grâce à elle que vous vous sentez mieux. Ils essaient de stabiliser votre tension. Vous voulez recommencer à tourner de l'œil ?

— Ma tension est déjà stabilisée. Et il n'y a aucun produit actif dans cette perfusion : juste de l'eau salée, parce qu'ils m'ont trouvé déshydraté à mon arrivée. Grâce à elle, je dois réclamer le bassin toutes les cinq minutes. Quant à la pilule qu'ils m'ont donnée, à présent qu'elle est avalée, il est trop tard pour en atténuer les effets…

— Liz ne sera pas contente, prévint Ryan.

— Lizzie ne veut même plus me parler, alors votre argument ne tient pas la route, jeune homme. Tout ce que j'ai à faire, c'est rentrer chez moi pour tenter de remédier au mal que je lui ai fait il y a vingt-cinq ans. Sans compter que cette pauvre petite Jesse a besoin de moi. Lizzie ne voudra sans doute pas le reconnaître, mais c'est la vérité.

D'un coup de menton énergique, il désigna à Ryan la porte du placard.

— Vous trouverez sûrement mon pantalon là-dedans. Donnez-le-moi, s'il vous plaît. J'ignore ce qu'ils ont fait de mon caleçon, mais je m'en passerai s'il le faut.

Réprimant un sourire, Ryan s'exécuta. En son temps, le juge Matthew Walker avait sans doute été une force avec laquelle il fallait compter. Quant au caractère bien trempé dont Liz avait hérité, inutile de demander qui le lui avait légué.

— Vous voyez, dit-il en tendant au vieil homme ses sous-vêtements, son pantalon et sa chemise, vous avez plus de chance que vous ne l'imaginiez.

Pendant que Louis s'habillait, après avoir ôté lui-même de

son avant-bras l'aiguille de la perfusion, le portable de Ryan se mit à sonner. Il avait oublié de l'éteindre comme le demandaient les consignes à l'entrée de l'hôpital, et il s'en félicita en voyant s'afficher sur l'écran le numéro de Rick Sanchez.

— Salut, Rick ! Qu'est-ce qu'il y a ?

— C'est à propos de Jesse et Jen, monsieur... Elles ne sont plus là.

Ryan sentit un frisson le parcourir.

— Plus là ? répéta-t-il, les doigts crispés sur le combiné. Qu'est-ce que tu veux dire ?

— On était à la librairie, sur Kirby, et soudain Jesse a disparu. Jen et moi, on s'est lancés à sa recherche, mais Jen a disparu, elle aussi. J'ai vu une voiture partir à toute allure. Monsieur... je crois que quelqu'un les a kidnappées.

26

Dès qu'elle aperçut Ryan, la réceptionniste de LJ&B sentit à quel point il était en colère.

— Monsieur Paxton, quelque chose ne va pas ?

— Austin est dans son bureau ? lança-t-il pour toute réponse.

Patti Gardner eut un mouvement de recul. Ce n'était pas dans les habitudes de Ryan Paxton de se montrer aussi cassant. Au sein de la firme, il était connu pour être un homme courtois et attentionné, même envers les employés situés au bas de l'échelle. Troublée, elle consulta le registre ouvert devant elle et répondit :

— Euh… non, monsieur. Il n'est pas venu, aujourd'hui. Il a appelé pour prévenir qu'il était malade.

— Avez-vous noté l'heure à laquelle il a appelé ?

Patti laissa glisser un doigt tremblant le long de la liste des appels.

— 10 heures et quart.

— Et Curtiss ? Il est dans son bureau ?

— Je crois. Dois-je prévenir Marta ?

Personne ne pénétrait dans le bureau de Curtiss Leggett sans avoir montré patte blanche à la fidèle assistante qui l'avait accompagné durant toute sa carrière, faisant office de secrétaire autant que de garde du corps.

— Oui, répondit-il vaguement. Merci, Patti.

La réceptionniste le regarda foncer — il n'y avait pas d'autre mot — en direction des bureaux des associés, puis elle composa en hâte le numéro du vieux dragon qui montait la garde devant l'antre du grand patron. Jamais elle n'avait vu Ryan Paxton aussi remonté. Dans l'enceinte d'un tribunal, il en allait tout autrement, bien sûr. Sa réputation de bulldozer n'était pas usurpée, et Patti songea avec un sourire satisfait que le boss n'avait qu'à bien se tenir…

Curtiss Leggett se leva en voyant Ryan s'encadrer dans la porte de son bureau.

— Je ne vous attendais pas, lui dit-il d'un air surpris. Que se passe-t-il ?

Après avoir examiné plus attentivement le visage de son collaborateur, il se renfrogna et ajouta :

— Austin a encore fait des siennes ?

Ryan alla se camper devant son bureau avant de répondre :

— J'irai droit au but, Curtiss. Il y a deux nuits de cela, votre fils a violé la mesure d'éloignement prise par le juge pour protéger sa fille. Il s'est introduit en pleine nuit dans la maison d'Elizabeth Walker, et si Jesse n'avait pas dormi dans une autre chambre que celle dans laquelle il pensait la trouver, il l'aurait sans doute enlevée. Mais ce n'était que partie remise… Il y a une heure, il a finalement réussi à kidnapper Jesse et ma fille Jennifer dans une librairie du centre-ville. Dites-moi que vous savez où se trouve cette sale petite ordure, afin que je puisse l'empêcher de nuire !

En écoutant cette tirade, Curtiss s'était empourpré, et ce fut en suffoquant d'indignation qu'il déclara :

— Je vous tiens en haute estime, mon garçon, mais je ne vous permets pas de…

Ryan abattit violemment son poing sur le bureau d'acajou.

— Et moi, s'écria-t-il, je ne vous permets pas de me faire perdre un temps précieux ! Ma fille m'est plus chère que quoi que ce soit d'autre sur cette planète. Si jamais il touche à un de ses cheveux, je me chargerai personnellement de l'envoyer dans le couloir de la mort !

— C'est absurde ! Austin peut commettre des erreurs de jugement de temps à autre, mais ce n'est pas un malfaiteur. Jamais il n'irait commettre un kidnapping… Qui a bien pu l'accuser d'un tel acte ? Vous avez un témoin ?

— Bon sang, Curtiss ! Il est plus qu'impliqué, et j'ai un témoin qui les a vus, lui et les filles, quitter précipitamment la ruelle située derrière la librairie, dans un cabriolet rouge. Rick a même relevé le numéro.

Secoué par cette nouvelle, Leggett se laissa glisser dans son fauteuil.

— Votre Rick doit se tromper…, murmura-t-il. Vous savez bien qu'Austin conduit une Porsche.

— Il a changé de voiture pour commettre son forfait. Nous savons que le cabriolet rouge est un véhicule de location… Le signalement de votre fils a déjà été diffusé. Et pour vous faire comprendre que l'affaire est sérieuse, sachez que Shepherd Steele est sur le coup, et qu'il suit cette affaire de près depuis l'accident de Gina.

Curtiss sursauta.

— Les Homicides ? murmura-t-il. Vous ne pensez tout de même pas que…

— Que quoi ? s'impatienta Ryan. Que la vie de Jesse est en danger ? Qu'Austin est une brute capable d'une extrême violence ? Qu'il n'hésitera pas à s'en prendre à ma fille s'il s'imagine qu'elle peut faire capoter son plan ? Naturellement que je le pense ! D'où l'importance de mettre la main sur lui au plus vite.

Repoussant une photo encadrée du maître des lieux à la barre de son yacht, Ryan s'appuya des deux mains sur le bureau et se pencha vers lui.

— Je vous en conjure ! l'exhorta-t-il d'une voix pressante. Pour une fois, essayez de voir plus loin que la mauvaise publicité qu'une telle affaire pourrait vous valoir, à vous et à la firme ! Pensez à cette fillette qui doit être morte de peur ! Elle est votre petite-fille, bon sang ! Et, si ça ne signifie rien pour vous, pensez à Jennifer. Je vous tiendrai pour responsable s'il lui arrive quelque chose.

La superbe de Curtiss Leggett avait fait long feu. Pâle et tremblant, il tâtonna sur son bureau, à la recherche d'un mouchoir en papier. Puis, quand il l'eut trouvé, il s'essuya le front.

— Croyez-le ou non, dit-il d'une voix tendue, je n'ai aucune idée de l'endroit où mon fils peut se trouver. Je suis tout à fait ignorant des détails de sa vie privée. Je n'étais même pas au courant qu'une mesure d'éloignement avait été prise contre lui.

Il observa un instant le mouchoir au creux de sa main, puis le jeta dans la corbeille, et chercha le regard de Ryan pour ajouter :

— Cela dit, vous ne me ferez pas croire qu'il pourrait s'en prendre à l'une ou l'autre de ces enfants.

— Sous le coup de la colère, répondit Ryan d'une voix tranchante, il est capable du pire. Il l'a prouvé depuis longtemps en se montrant violent et tyrannique avec toutes les femmes qui ont eu le malheur de croiser sa route. Il s'en prendra sans hésiter à Jesse ou à Jen si elles le poussent à bout ou s'il se sent acculé. Il faut à tout prix le retrouver avant qu'il ait commis l'irréparable.

— Ça n'a aucun sens. Pour quelle raison kidnapperait-il sa propre fille ?

— Si Jesse peut fournir une version de l'accident différente de la sienne, il veut sans doute la mettre à l'écart avant qu'elle se remette à parler.

— Qu'elle se remette à parler ? répéta Curtiss en fronçant les sourcils. Que voulez-vous dire ?

— Vous ne saviez pas non plus que Jesse était muette, depuis l'accident ?

— Je croyais qu'elle n'avait pas été blessée.

— Physiquement, elle ne l'a pas été. Elle souffre d'un traumatisme d'ordre psychologique.

Curtiss Leggett fit pivoter son fauteuil et se plongea dans le spectacle offert par les baies panoramiques de son bureau.

— Austin a l'habitude de se réfugier dans les jupes de sa mère quand il s'attire des ennuis, expliqua-t-il d'une voix chargée de mépris. Marilyn lui passe tout. Mais enfin, je doute qu'elle accepte de se charger d'une gamine de cinq ans, au cas où il voudrait la lui confier…

Ryan, qui avait envisagé cette hypothèse, sentit une boule se former au creux de son estomac en entendant son patron l'évoquer, lui aussi.

— Si son plan consiste à gagner l'Arizona pour confier Jesse à sa grand-mère, réfléchit-il tout haut, ça ne présage rien de bon pour Jennifer. Dans ce périple, elle représente certainement pour lui une complication dont il se serait bien passé.

Se redressant, Ryan se mit à arpenter le luxueux bureau, plongé dans ses pensées. Jusqu'ici, Jesse était la seule à représenter un danger pour Austin. A présent, il y avait aussi Jennifer... Il préférait ne pas songer aux conséquences de cette nouvelle donne.

— Je passerai un coup de fil à sa mère, promit Curtiss. C'est tout ce que je peux faire, et, avec la meilleure volonté du monde, je ne sais pas quoi vous dire d'autre...

Ryan s'arrêta devant une console surchargée de photos, la plupart prises sur le yacht de Leggett ou dans les environs de Galveston. Curieusement, Austin ne figurait sur aucune d'elles. A n'en pas douter, Curtiss accordait bien plus d'attention à son bateau et à ses amis de yachting qu'à sa famille...

Ryan, quant à lui, était malade rien qu'à imaginer la terreur de Jennifer. Sans oublier Jesse, que la présence de son père suffisait à plonger dans une peur panique, et qui devait être en plein cauchemar... Où diable avait-il pu les emmener ? Par où commencer les recherches ? Et Liz ? Dans quel état était-elle ?

Elizabeth n'avait jamais vu autant de monde chez elle. De là où elle se tenait, dans son bureau, elle apercevait huit visages familiers, ainsi qu'une demi-douzaine qui ne l'étaient pas. Certains des hommes présents portaient un uniforme, d'autres non. En proie à la nausée, elle pressa la main sur son ventre... Austin ne pouvait quand même pas croire qu'il réglerait tous ses problèmes en enlevant Jesse ! Il n'y avait aucune logique dans son geste. Même s'il libérait au plus vite les deux enfants sans leur avoir fait de mal, il devrait répondre légalement de ses actes...

Debout au milieu de la pièce, Ryan était en grande discussion avec Shepherd Steele. Le kidnapping ne faisait pas partie du domaine de compétence du policier, mais il avait refusé d'être exclu des recherches, prétextant que sa propre enquête prenait le pas sur tout le reste. Il leur avait présenté trois de ses collègues, deux hommes et une femme, comme les membres d'une unité d'élite spécialisée dans la recherche des enfants disparus. La jeune femme, Sheila Wyckoff, avait commencé par suggérer une fugue de la part de Jennifer. Mais Elizabeth et Ryan s'étaient élevés en faux contre cette hypothèse, avec le soutien indigné de Megan et de Lindsay.

— Je pense plutôt que Jen s'est interposée pour protéger Jesse ! avait répliqué cette dernière. Contentez-vous de chercher Austin Leggett. Aussitôt que vous lui aurez mis le grappin dessus, vous aurez retrouvé les filles.

S'il n'est pas trop tard, avait ajouté Elizabeth pour elle-même. Ce qu'elle redoutait le plus, c'était l'humeur imprévisible d'Austin. S'il paniquait et se laissait glisser dans un état de confusion mentale, Jen et Jesse seraient en grand danger.

Voyant Shepherd Steele faire signe à deux policiers en uniforme d'approcher afin qu'il leur donne quelques instructions, elle redoubla d'attention. Après un bref échange, les deux hommes tournèrent les talons et sortirent de la pièce. Liz était curieuse de savoir ce qu'ils s'étaient dit. Y avait-il du nouveau ? S'il y avait eu la moindre piste sur l'endroit où les filles pouvaient être retenues, Ryan et elle s'y seraient déjà rendus depuis longtemps... En tout cas, Jen représentait une sérieuse complication pour Austin. Lui qui avait du mal à supporter sa petite fille de cinq ans, comment réagirait-il confronté à l'indépendance frondeuse d'une adolescente ?

Elizabeth sentit soudain une douleur cuisante dans le creux de sa paume. Elle avait failli se couper à force de tenir serré contre sa poitrine le cadre qui avait contenu la photo de Jesse, laquelle était maintenant entre les mains des policiers. Ryan, pour sa part, avait sorti une photo de Jennifer de son portefeuille. Aussitôt qu'elles auraient été diffusées dans tout l'Etat, des centaines d'agents seraient sur le qui-vive pour retrouver les deux enfants.

Liz marcha jusqu'à la porte-fenêtre entrouverte, puis écarta le rideau et découvrit Louis, debout sur son patio, les yeux rivés sur sa maison et sur l'activité qui s'y déployait. Il paraissait tellement perdu et abandonné qu'elle dut se raidir pour résister au flot d'émotions qui lui serrait la gorge. En dépit de tous ses efforts, il lui était infiniment difficile de ne pas penser à lui.

Bon sang, Louis ! fulmina-t-elle dans le secret de son cœur. *Tu étais censé rester à l'hôpital, et non rentrer chez toi pour te faire un sang d'encre à propos des filles.*

Comme par enchantement, Lindsay apparut à son côté, lui tendant une tasse de thé fumante.

— Il s'inquiète aussi pour toi, dit-elle en suivant la direction de son regard.

Avec reconnaissance, Elizabeth referma ses deux mains sur la tasse brûlante.

— Est-ce que j'étais en train de penser tout haut ? s'étonna-t-elle.

— On dirait bien, puisqu'il n'y a personne d'autre dans cette pièce.

Le visage de Lindsay se rembrunit. Sur un ton dépourvu de toute gaieté, elle ajouta :

— Il souffre beaucoup, tu sais... Il aime ces deux enfants, et c'est sûrement terrible pour lui d'être tenu à l'écart, alors qu'une telle menace pèse sur elles.

— Tu n'as qu'à le tenir informé, répliqua Elizabeth sans chercher à masquer son amertume.

— Je ne peux pas reprendre contact avec lui tant que tu ne l'as pas fait toi-même. Megan est d'accord là-dessus.

Renonçant à feindre l'impassibilité, Elizabeth laissa libre cours à sa détresse, le visage ravagé par la douleur.

— Comment a-t-il pu nous faire une chose pareille, Lin ? Il n'a donc pas réfléchi aux conséquences de ses actes ? Il savait quand même ce qu'il faisait en abandonnant ses enfants ! Après vingt ans d'absence, le voilà qui réapparaît sur le pas de ma porte, avec un nouveau nom et un passé mystérieux. Comment sommes-nous censées l'accueillir ? En lui ouvrant grand les bras et en lui disant : « Bienvenue à la maison, papa ! » ?

Lindsay secoua la tête d'un air désolé.

— Ce n'était pas une mascarade, Liz. Tu as entendu comme moi ce que Ryan a dit. Il s'agissait de déjouer une vaste conspiration criminelle. Le rôle que Matthew Walker y avait joué mettait en péril sa propre sécurité autant que celle de sa famille.

Comme Liz ne lui répondait que par un grognement dégoûté, Lindsay soupira et enchaîna :

— Inutile de me dire que tout cela ne serait pas arrivé s'il n'avait pas commencé par trahir son serment et sa robe : je le sais aussi bien que toi. Mais tu devrais comprendre que s'il n'a pas pu t'avouer la vérité, c'est précisément parce qu'il avait honte de lui !

Le bras passé autour des épaules de sa sœur, Lindsay fit une dernière tentative pour la raisonner.

— Allons… Sois généreuse. Tu te punis autant que lui en te conduisant de cette façon. C'est si terrible que ça de lui donner une chance de s'expliquer ?

Elizabeth haussa les épaules. Comment pouvait-elle faire comprendre à sa sœur à quel point il lui était difficile de passer outre ? A cause de la duplicité de son père, elle avait passé la majeure partie de son enfance dans la solitude et la détresse. Et ce n'était même pas grâce à lui qu'elle avait retrouvé ce qui restait de sa famille. Elle le devait uniquement à l'obstination de Lindsay.

Repoussant derrière son oreille une mèche de cheveux qui avait glissé sur son visage, Elizabeth laissa son regard errer de l'autre côté de la pelouse, où son père se contentait d'attendre, les yeux fixés sur elle. Résolument, elle ignora ce que lui dictait son cœur, et tourna les talons.

A l'autre bout du salon, tandis que Ryan et Steele étaient toujours en train de discuter, un policier vint brusquement les interrompre. Tous se dirigèrent dans un bel ensemble vers la porte d'entrée, sauf Ryan, qui se tourna vers Liz, puis traversa la pièce et vint passer son bras autour de ses épaules en un geste d'anxiété partagée.

— Que se passe-t-il ? lui demanda-t-elle en regardant l'équipe sortir de la maison.

— Il y a un appel à toutes les patrouilles sur la radio de bord d'un des véhicules. Ils sont partis voir de quoi il s'agissait. Dieu merci, Rick a pu relever le numéro d'immatriculation de la voiture rouge. L'agence de location pourra confirmer que c'est bien Austin qui l'a louée. L'équipe de Sheila Wyckoff suit à la trace les derniers achats et retraits d'argent qu'il a effectués avec sa carte bleue. Son portable est aussi sous surveillance. Curtiss a promis de nous prévenir si jamais il prend contact avec lui.

Ryan ponctua son résumé en serrant affectueusement l'épaule d'Elizabeth.

— On va les retrouver, Liz.

— Avez-vous prévenu la mère de Jennifer ?

— Impossible de la joindre. Jen m'avait parlé d'un voyage qu'elle devait faire avec Gerald, l'homme avec qui elle sort, ces temps-ci. Impossible de me rappeler où. La Californie, peut-être ? L.A. ? De toute façon, si elle ne se décide pas à brancher son portable, je ne peux rien faire d'autre que lui laisser message sur message. Quant à Gerald, je ne sais rien de lui. Jennifer…

Il dut s'éclaircir la voix pour poursuivre :

— C'est Jen qui est au courant de tout ça.

Elizabeth hocha la tête avec sympathie. Elle savait qu'il se sentait aussi effrayé et impuissant qu'elle.

— Je suis désolée pour Jen, Ryan… Si elle ne s'était pas montrée aussi généreuse, elle n'aurait pas eu à subir cette épreuve.

— Vous savez, en s'occupant de Jesse, elle a beaucoup plus reçu qu'elle n'a donné. Elle serait la première à vous le dire.

Submergée par un trop-plein d'émotion, Elizabeth enfouit son visage contre la poitrine de Ryan, et s'entendit gémir :

— Qu'est-ce qu'on peut faire ? Je me sens tellement inutile en restant ici à me ronger les sangs.

— Steele nous demande autant que possible de garder notre calme. Les experts sont à pied d'œuvre — Sheila Wyckoff et son équipe, pas Steele, même s'il a son mot à dire. Il tient plus que jamais à coincer Austin pour son rôle dans l'accident de Gina.

— Sous quel chef d'inculpation ?

— Mise en danger de la vie d'autrui. Au minimum.

— Plus le kidnapping.

— Oui. Il est vraiment dans de sales draps, cette fois-ci. Mais, pour en revenir à Steele, il nous demande surtout de leur faire confiance et de les laisser faire leur travail.

Ryan se recula légèrement, et l'obligea à le regarder.

— De toute façon, reprit-il, nous n'avons pas le choix. Quand bien même nous voudrions faire des recherches de notre côté, par où pourrions-nous commencer ? Curtiss nous appellera s'il apprend quoi que ce soit. La mère d'Austin a fait la même promesse. Je ne pense pas qu'ils le couvriront, cette fois. Ils pourraient être accusés de complicité de kidnapping.

Résignée, Elizabeth hocha la tête et murmura :

— Vous avez raison. C'est juste... qu'il est si difficile de ne rien faire.

— Il y a bien quelque chose que vous pourriez faire et qui m'aiderait.

Il lui caressait doucement le bras dans un geste de réconfort.

— Quelque chose ? répéta-t-elle, intriguée. Quoi ?

— Ça ne nous aidera pas à retrouver les filles, reprit-il en replaçant une mèche de cheveux derrière l'oreille d'Elizabeth. Mais au moins, ça vous permettra de vous sentir mieux. Pour commencer, vous devriez demander à tous ces gens de quitter votre maison. Megan est de garde à l'hôpital demain à l'aube. Lindsay est prête à camper ici jusqu'à l'épuisement, mais elle aussi doit se rendre à son travail à la première heure. J'ai déjà renvoyé Rick chez lui. Quant à Steele et à ses collègues, ils n'ont plus rien à faire ici : ils ont tous les éléments nécessaires pour faire leur boulot.

— Vous aussi, vous allez partir ?

Elizabeth se mordit la lèvre. La question lui avait échappé. Elle venait soudain de prendre conscience que si Ryan rentrait chez lui, elle serait seule, et la perspective de traverser cette épreuve sans personne à ses côtés lui paraissait terrifiante.

Ryan eut un rire sourd qui paraissait presque joyeux, et se pencha pour déposer un baiser au creux de son cou.

— Non, Liz. Vous êtes condamnée à me supporter jusqu'à ce que l'on ait retrouvé nos enfants.

Elizabeth sentit ses joues s'empourprer, mais s'efforça de ne pas détourner le regard.

— Je ne vous ai pas encore dit ce qui pourrait vous faire réellement du bien, reprit-il en lui caressant les cheveux. Je pense que nous devrions tous les deux traverser cette pelouse et aller rendre visite à Louis pour alléger un peu l'atmosphère.

Elle fit une tentative pour se libérer et se détourner de lui, mais il la retenait fermement prisonnière.

— Pour tenir le coup, lui expliqua-t-il patiemment, il va falloir vous reposer un peu, cette nuit. Et j'ai bien peur que vous ne puissiez jamais en sachant que Louis est seul chez lui en train de se morfondre et de s'inquiéter pour les filles. Lui aussi, il aime Jesse, et il doit être dans tous ses états.

Le tableau qu'il venait de brosser était difficilement supportable. Liz n'avait en elle aucune cruauté, et l'idée de laisser souffrir Louis sans bouger le petit doigt lui semblait inconcevable, quoi qu'il ait pu faire. Plus que jamais, elle se sentait l'otage d'émotions et de besoins contradictoires. Le contrôle de sa vie, si indispensable à ses yeux, semblait lui avoir échappé. Si Ryan n'avait pas été là, tellement solide et rassurant en dépit de sa propre angoisse, qu'il savait si bien dissimuler, sans doute se serait-elle effondrée. Faire en sorte que sa maison retrouve son calme habituel était une excellente idée. Il avait également raison en lui conseillant de faire la paix avec Louis. Nourrir une rancune tenace représentait un gaspillage d'énergie qu'elle ne pouvait se permettre. Elle aurait besoin de toutes ses forces pour faire face à ce qui l'attendait si, par malheur, les policiers ne retrouvaient pas Austin et les filles aussi rapidement qu'ils l'espéraient.

Un moment encore, elle demeura silencieuse, à dévisager Ryan en s'émerveillant du rôle qu'il jouait dans sa vie. Il avait su surmonter ses réticences, et elle commençait à envisager quelques changements dans son existence. Plus elle pensait à

Ryan, plus il lui semblait naturel de s'ouvrir à lui et de se lancer dans l'aventure qu'il lui proposait. Il suffisait qu'il soit près d'elle pour qu'elle se sente choyée, aimée, chérie… Elle n'avait jamais éprouvé de telles sensations avec aucun homme.

— Je n'avais pas l'intention de dormir, cette nuit, lui dit-elle enfin. Je ne pourrais pas, de toute façon.

Cela le fit sourire.

— Dans ce cas, conclut-il, pourquoi ne pas avoir une petite conversation avec Louis ?

Moins d'une heure plus tard, Elizabeth empruntait au côté de Ryan le chemin bien connu qui conduisait de sa maison à celle de Louis.

— Je préfère vous prévenir, dit-elle en contournant un lantanier en fleur, je ne suis pas prête à accepter ce qu'il a fait, quelle que soit l'explication qu'il s'apprête à me donner. Si je suis votre conseil, c'est pour alléger l'atmosphère. De plus, contrairement à vous tous, je suis loin d'être convaincue que Louis est réellement l'homme qu'il prétend être.

— Votre père.

— Quant à sa décision de quitter l'hôpital précipitamment, reprit-elle sans tenir compte de l'interruption, je ne peux que la désapprouver. A quoi pensait-il donc ? Et vous, qu'est-ce qui vous a pris de l'aider à s'enfuir ?

Ryan lui saisit le coude pour contourner un petit bassin où nageaient des poissons rouges, aménagement que Louis avait fait réaliser, comme le belvédère, uniquement pour faire plaisir à Elizabeth et à Jesse.

— Il ne m'a pas laissé le choix, répondit-il sans chercher à cacher son amusement. Soit je le raccompagnais en voiture, soit il cherchait un taxi. Il est plus têtu qu'une mule, et rien n'aurait pu l'empêcher de quitter l'hôpital. Qu'aurais-je dû faire, selon vous ?

— Vous auriez dû vous montrer plus persuasif ! rétorqua-t-elle avec agacement. Louis est un homme malade. Moins de quatre heures plus tôt, il s'était évanoui…

— Si j'ai manqué de conviction, c'est parce que je le comprends, au fond, reconnut Ryan. Moi aussi, j'aurais envie de prendre mes jambes à mon cou si je me retrouvais coincé dans un hôpital.

Elizabeth n'eut pas l'opportunité de poursuivre le débat. Archie venait de surgir au détour d'un buisson, bondissant autour d'eux et aboyant joyeusement. Derrière lui, sur le patio, Louis entreprit avec difficulté de se lever. Il tenait contre lui un coffret de bois précieux.

En le voyant si faible, Elizabeth dut lutter contre l'envie ridicule de se précipiter vers lui pour le prendre dans ses bras. Elle parvint, cependant, à monter les marches du patio sans rien trahir de ses émotions.

Louis déposa la boîte de bois sur une table basse et scruta son visage anxieusement.

— Lizzie…, murmura-t-il. Tu vas bien ? Tu as eu des nouvelles des filles ?

— Non, aucune.

Il y avait très peu de lumière. Aussi longtemps qu'ils resteraient à l'extérieur, Elizabeth aurait du mal à juger de l'état de santé de Louis. Elle prit une longue inspiration avant de préciser :

— C'est Ryan qui m'a convaincue de passer te voir.

— Dans ce cas, déclara Louis avec un sourire complice à l'intention de son ami, j'ai un motif supplémentaire de lui être reconnaissant. C'est bien le fils de son père…

Il se pencha pour saisir la boîte de bois et la mettre sous son bras. Puis il demanda :

— Ça vous ennuie si on discute à l'intérieur ?

Sans attendre de réponse, il les entraîna vers la porte qui donnait accès au salon. Elizabeth avait largement participé à la décoration des lieux. Quand il avait emménagé, Louis n'avait fait aucune transformation. Mais lorsqu'ils étaient devenus amis, il lui avait demandé de l'aider à aménager son intérieur pour qu'il fût plus conforme à ses besoins. Le résultat ne manquait pas d'allure, tout en étant suffisamment spartiate pour pouvoir être entretenu par un célibataire. A l'époque, songea-t-elle non sans une certaine amertume, elle s'était elle-même convaincue qu'il était resté célibataire toute sa vie. Il n'avait rien fait pour la détromper, ce qui ne faisait qu'ajouter à sa duplicité.

— Je pense que nous serons mieux dans le bureau, dit-il en les précédant dans cette pièce où il passait le plus clair de son temps.

— A l'heure qu'il est, tu devrais déjà être au lit ! déclara Elizabeth. Tu as une mine affreuse.

— Je t'attendais.

— Comment pouvais-tu être sûr que j'allais venir ?

— Je ne l'étais pas, mais je t'aurais attendue jusqu'à ce que tu arrives, même si j'avais dû patienter jusqu'à demain.

Il posa la boîte qui lui était apparemment si précieuse sur une table basse, et attendit qu'ils se fussent tous deux assis sur le sofa pour s'installer dans un fauteuil confortable mais défoncé, au revêtement usé jusqu'à la corde. Elizabeth lui avait conseillé plus d'une fois de s'en séparer, et c'était la seule de ses suggestions qu'il avait rejetée.

— Tu prends les médicaments que les médecins t'ont prescrits à l'hôpital ? lui demanda-t-elle avec inquiétude.

Louis fourragea dans sa poche et en tira une boîte de minuscules pilules blanches.

— Echantillons médicaux non destinés à la vente, dit-il de manière laconique. C'est Megan qui me les a fournis.

— Tu sais combien tu dois en prendre et à quel moment tu dois le faire ?

Louis opina du chef, tout en réprimant un sourire.

— A présent, je suis les prescriptions médicales à la lettre. Et je me sens nettement mieux.

Il laissa retomber les médicaments dans sa poche, et ajouta avec une timidité qui ne lui ressemblait guère :

— Beaucoup mieux encore depuis que tu es là, Lizzie.

Elizabeth sentit sa gorge se serrer et ne sut que répondre. Elle dut lutter contre les larmes avant de pouvoir demander :

— Pourquoi as-tu fait ça, Louis ?

Il resta immobile et silencieux un long moment, les mains posées sur ses genoux. Puis il se pencha pour saisir la boîte devant lui.

— Avant qu'on parle de tout ça, répondit-il, il y a là-dedans quelque chose que j'aimerais que tu voies.

Sans l'ouvrir, il lui tendit le coffret d'une main tremblante. Elizabeth s'en saisit. Cet objet ne lui paraissait pas entièrement inconnu, mais elle n'arrivait pas à savoir ce qu'il lui rappelait. Puis, en un flash d'une netteté stupéfiante, la mémoire lui revint, et elle se mit à trembler. Son cœur était empli d'une émotion indéfinissable... Autrefois, son père possédait une boîte de bois tout à fait semblable. Matthew Walker était un golfeur émérite. Dans ce coffret de merisier qu'il conservait en permanence sur son bureau étaient rangées quelques balles. Elle se rappelait l'avoir vu plusieurs fois s'entraîner sur la moquette. Lorsqu'il avait terminé, il la laissait ranger les balles dans la boîte... Le souvenir en était si clair qu'il aurait pu dater de la veille.

Comme dans un rêve, elle caressa du bout des doigts la surface satinée du couvercle, et s'arrêta sur une petite imperfection. En se penchant, elle distingua nettement une trace de brûlure. Les dégâts occasionnés au vernis avaient été réparés, mais il restait une surcharge pour en témoigner... Sur la petite serrure en cuivre, ses doigts hésitèrent un instant avant de retrouver le mécanisme d'ouverture. Puis, retenant son souffle, elle souleva le couvercle, et lança à Louis un regard ébahi en découvrant ce que le coffret renfermait. Il y avait là toutes les lettres qu'Elizabeth avait envoyées au juge Matthew Walker, dans son enfance.

— Monsieur Leggett... Je crois que vous devriez réfléchir une minute à ce que vous êtes en train de faire.

Jennifer, debout sur le pont du yacht avec Jesse, regardait Austin, qui s'apprêtait à larguer les amarres. Depuis qu'ils avaient laissé la voiture sur le quai, elle aurait pu s'enfuir dix fois, mais pour rien au monde elle n'aurait laissé Jesse seule avec son père. Elle n'était pas certaine qu'il aurait osé lui faire du mal, mais il avait dans les yeux une lueur de folie qu'elle trouvait des plus inquiétantes. Il marmonnait beaucoup, sursautait au moindre bruit, et chaque minute qui passait semblait le rendre plus nerveux.

— Si vous nous emmenez sur ce grand bateau, reprit-elle dans une énième tentative pour le raisonner, ça ne va pas résoudre votre problème. Tôt ou tard, il faudra accoster quelque part pour faire le plein, et vous pouvez être sûr qu'il y aura du monde pour nous attendre sur le quai…

— Ferme-la et rends-toi utile !

Austin lui tendit l'amarre. Jennifer l'attrapa adroitement. Elle avait toujours adoré sortir en mer avec son père, si bien qu'elle était habituée à jouer les mousses. En un tournemain, elle actionna le taquet pour ranger le cordage, et regarda le père de Jesse monter maladroitement à bord. Il n'avait rien d'un yachtman, songea-t-elle avec mépris, et elle aurait parié que ce Bertram n'était pas à lui.

— A qui est ce yacht ? lui demanda-t-elle en balayant le pont du regard, à la recherche des gilets de sauvetage.

— A mon père.

— Mon père aussi en a un.

Suivant son idée, Jennifer souleva un panneau d'écoutille, derrière lequel auraient pu se trouver les équipements de survie. Elle n'allait sûrement pas laisser Jesse prendre la mer sans lui avoir passé un gilet de sauvetage. Pour ne rien arranger, il commençait à faire noir. Ce clown savait-il naviguer de nuit ? Vu la manière dont il se comportait, c'était plus que douteux.

— Mais le sien n'est pas aussi beau que celui-ci, reprit-elle pour ne pas céder à la panique. Je parie que vous avez dû passer de bons moments en mer, quand vous étiez petit, avec ce palace flottant…

Austin, qui avait gagné le poste de commande, actionna au hasard manettes et boutons.

— Je hais les bateaux ! grommela-t-il.

En le regardant faire, Jen constata avec inquiétude qu'il était loin de paraître sûr de lui, contrairement à son père lorsqu'il était aux commandes. Cela ressemblait de plus en plus à une folie de prendre la mer à la nuit tombée avec pour skipper un homme qui n'y connaissait visiblement rien et qui détestait naviguer. Ce bolide avait sans doute du répondant, et en un rien de temps ils pouvaient se retrouver au large, à des milles de la côte. Il fallait vraiment trouver un moyen de retarder le départ, conclut-elle.

— Où sont les gilets de sauvetage ? Avant d'appareiller, on doit tous en passer un… Je suppose qu'il n'y en a pas d'assez petit pour Jesse ?

— Tu ne fermes donc jamais ton clapet, la môme ?

Avec un grognement d'exaspération, il quitta son poste et se lança lui aussi à la recherche des équipements de survie, qui, comme Jen le craignait, s'avérèrent totalement inaptes à assurer la sécurité de Jesse.

Tout en serrant fermement la main de la fillette dans la sienne, elle lança à Austin un regard de défi et lui demanda :

— Et maintenant, qu'est-ce qu'on fait ? Vous ne pouvez tout de même pas emmener votre fille en mer sans lui avoir passé un gilet de sécurité…

— C'est à moi d'en décider ! cria-t-il en claquant violemment la porte de la cabine.

Quand il réapparut, il avait tout d'un homme harassé. D'un air égaré, il passa les mains dans ses cheveux et laissa son regard errer sur le pont, comme à la recherche d'une solution miracle. « Quel idiot ! » songea Jen. Mais un idiot pouvait causer leur perte autant qu'un psychopathe, et il fallait absolument trouver une solution.

— J'ai une idée ! lança-t-elle d'un ton enjoué. Ce n'est pas tout à fait honnête, mais à la guerre comme à la guerre, pas vrai ?

D'un geste vague de la main, elle désigna les quais voisins et expliqua :

— Je pourrais aller voir sur ces bateaux qui sont là s'il n'y aurait pas des gilets de sauvetage à emprunter. Comme dirait mon père, « le bœuf s'est embourbé dans le fossé », et la priorité, c'est d'assurer notre sécurité. Ce ne serait pas un crime, puisque nos vies sont en jeu !

— Pour l'amour de Dieu, est-ce que tu vas la fermer ? hurla-t-il en se tournant vers elle. Décidément, c'est vrai que les mômes représentent un emmerdement majeur dans la vie d'un homme ! Pas étonnant que Paxton t'ait refilée à son ex…

Jennifer eut du mal à encaisser ces paroles, mais elle s'arrangea pour ne pas le montrer. De toute façon, elle savait que son père l'aimait. Quand sa mère se remarierait avec Gerald-le-chauve, elle exprimerait sa volonté de rester avec lui, et il accepterait avec joie. Pour elle, ça ne faisait aucun doute.

— Vous n'avez pas répondu à ma question, monsieur Leggett !

Elle se doutait bien qu'il était imprudent de le titiller ainsi, mais elle devait tout faire pour qu'ils restent à quai.

— Vous n'avez pas peur d'être repéré par les gardes-côtes et arraisonné, ou de vous attirer des ennuis quand il faudra faire escale dans un port ?

— Mêle-toi de tes affaires ! répliqua-t-il avec hargne. Tu ferais mieux de te demander si je ne vais pas te jeter par-dessus bord dès qu'on sera en mer…

Jesse émit un petit gémissement plaintif. Jennifer referma ses bras autour d'elle et se pencha pour la rassurer.

— Il plaisantait, ma puce… Rappelle-toi que c'est ton papa et qu'il a promis de ne pas nous faire de mal.

Redressant la tête, elle lança à Austin un regard implorant.

— N'est-ce pas, monsieur Leggett ?

Absorbé par la tâche ardue que représentait pour lui le démarrage du moteur, il grogna vaguement :

— Ouais, ouais… Arrête de me casser les pieds et tout ira pour le mieux.

De nouveau, Jennifer se pencha pour murmurer des mots de réconfort à l'oreille de Jesse. Mais quand elle entendit dans les entrailles du navire les moteurs se mettre finalement à ronronner, faisant vibrer le pont sous leurs pieds, sa propre peur la rattrapa. Austin — pas si fou que ça — lui avait confisqué son portable, et elle n'avait aucun moyen d'appeler à l'aide, à moins de lui chiper le sien avant qu'ils ne se soient trop éloignés de la côte. Car, à une certaine distance au large, un téléphone cellulaire classique ne servait plus à rien. Mais ça, il devait l'ignorer…

Serrant la petite fille contre elle, Jennifer s'efforça de réfléchir vite et bien. Que pouvait-elle encore faire pour le retarder ? Il y avait une petite chance pour que quelqu'un finisse par remarquer la voiture de location sur le quai — en admettant que Rick ait eu le temps de la voir et de noter le numéro d'immatriculation. En arrivant à Galveston, Austin avait pris la précaution de salir les plaques minéralogiques avec de la boue… La police saurait-elle déjouer ce subterfuge ?

— Vous ne nous avez pas dit où nous allions, monsieur Leggett ! lança-t-elle en haussant le ton pour couvrir le bruit des moteurs.

Dans quelques minutes, il ferait tout à fait nuit. Austin, qui était en train d'étudier une carte, fit semblant de ne pas l'avoir entendue.

— Monsieur Leggett ? Monsieur Leggett !

Cette fois, il se tourna vivement vers elle et lui lança d'un air menaçant :

— C'est la dernière fois que je te préviens, petite garce ! Boucle-la ou tu vas le regretter !

— Oh, pardon ! Je voulais juste vous dire que Jessie a le mal de mer.

C'était faux, mais au point où elle en était, tout était bon pour l'empêcher de quitter le quai.

Et dire que son père lui reprochait de ne pas soigner son langage ! Il se serait étranglé de rage en entendant Austin-le-dingue lui parler comme il l'avait fait…

— On devrait peut-être attendre avant de prendre la mer, suggéra-t-elle encore. On risque de rencontrer du mauvais temps. Et comme on n'a pas de gilets de sauvetage…

— Toi ! hurla-t-il en pointant sur elle un index menaçant. Un mot de plus, et tu te retrouves dans la flotte… C'est compris ?

Au fond d'elle-même, Jennifer songeait que, de toute façon, ils allaient bientôt s'y retrouver *tous les trois*, dans la flotte, à cause de ce sombre crétin…

Jesse leva la tête vers elle, les yeux écarquillés, avide d'être rassurée. Elle lui sourit et se pencha pour lui murmurer à l'oreille :

— On va s'en sortir, ma puce... Jen va trouver un moyen de nous tirer de là, ne t'inquiète pas.

Jesse parut se contenter du message, mais, à son regard anxieux, Jennifer comprit qu'elle ne pourrait plus la tranquilliser très longtemps. Quant à elle, elle n'avait jamais été aussi effrayée et désemparée. Comme s'il ne suffisait pas d'être retenues prisonnières sur ce rafiot, livrées aux mains d'un fou, voilà que, à présent, il faisait tout à fait noir. L'inexpérience d'Austin était une menace tout aussi redoutable que sa folie. S'il était vrai que la panique forçait l'esprit à trouver en lui-même des ressources insoupçonnées, comme elle avait entendu un psychologue l'affirmer, alors elle n'allait pas tarder à avoir une idée géniale. Restait à espérer que ce ne soit pas trop tard...

27

Ryan et Elizabeth rentrèrent de chez Louis en silence. Au lieu d'apaiser ses tensions et de lui procurer un soulagement, la confession qu'elle venait d'entendre avait épuisé la jeune femme. Elle s'était crue capable d'écouter son père lui raconter les détails de son incroyable vie et en conclure qu'il était devenu un autre homme, tout simplement.

Mais les choses ne s'étaient pas passées de cette façon.

Arrivée devant sa porte, elle chercha un moment sa clé dans sa poche, et mit plus de temps encore à essayer de l'engager dans la serrure. La voyant s'énerver, Ryan lui prit gentiment la clé des mains.

— Je ne connais pas le code du système de sécurité, dit-il avant d'ouvrir. Vous pouvez vous en occuper ?

Elizabeth hocha la tête et alla pianoter sur le digicode.

Une fois dans la maison, son premier geste fut d'aller vérifier le répondeur. Elle fut déçue de n'y trouver aucun message. Il fallait attendre, encore et encore. Et se morfondre.

Le chamboulement émotionnel de ces dernières semaines avait fini par avoir raison d'elle. Elle avait été bouleversée d'entendre Louis confesser son passé criminel, sa peur d'avoir entaché l'avenir de ses enfants, sa décision de disparaître de leur existence après avoir livré son témoignage au FBI… Peu de temps après la mort de Gina et tout juste après la disparition de Jesse, c'était plus qu'Elizabeth ne pouvait en supporter.

Regrettant de ne pouvoir mettre un terme au tumulte de ses pensées comme on éteint un ordinateur, Elizabeth resta debout au centre de la pièce, indécise. Si elle avait pu faire le vide en elle, la perspective de la nuit qui l'attendait aurait-elle été moins pénible ? Elle ne songeait pas à dormir, non, mais elle aurait voulu pleurer toutes les larmes de son corps. Elle détestait cet état de faiblesse, mais elle savait qu'elle devait l'accepter comme le prix à payer pour tout ce douloureux passé qui venait de lui être rendu en bloc.

Comme une automate, elle ôta son sweat-shirt et ses chaussures, et se roula en boule sur le sofa, en essayant de faire la part des choses entre sa culpabilité et une dangereuse tendance à s'apitoyer sur elle-même. Elle avait presque fini par oublier Ryan quand il apparut sur le seuil avec deux petits verres de brandy. Sans hésiter, elle prit celui qu'il lui tendait, et but une gorgée en fermant les yeux pour mieux savourer la saveur âpre de l'alcool sur sa langue. Allait-il réussir à anesthésier cette douleur qui ne la quittait pas ?

— Où l'avez-vous trouvé ? s'étonna-t-elle. J'ignorais qu'il y avait du brandy dans cette maison.

— Je me suis dit que vous auriez besoin d'un remontant un peu plus costaud que ce vin hors de prix que vous stockez dans votre cuisine.

Ryan marcha jusqu'à une petite lampe, l'alluma, et alla éteindre le plafonnier. La lumière tamisée qui régnait dans la pièce créait une atmosphère intime, comme pour souligner qu'ils étaient à présent seuls avec leurs peurs et leurs regrets.

— J'ai demandé à l'un des adjoints de Steele de faire un saut au supermarché, reprit-il. Nous avons besoin de provisions pour traverser la nuit qui nous attend.

Tant de prévenance émut Elizabeth aux larmes. Sachant qu'elle ne pourrait le remercier de vive voix sans se remettre à pleurer, elle le fit d'un sourire tremblant. Il vint s'asseoir près d'elle, si près qu'elle pouvait sentir sa chaleur à travers leurs vêtements. Puis il posa son verre sur la table basse, et passa un bras derrière ses épaules.

— Alors ? dit-il à mi-voix. Vous avez envie d'en parler ?

Elizabeth secoua la tête et grommela :

— Qu'y aurait-il à ajouter ? Louis est mon père. C'était un juge corrompu. Il a accepté des pots-de-vin en échange de jugements de clémence en faveur de bandits fortunés. Il nous a abandonnées, moi et mes sœurs, alors que nous venions de perdre notre mère…

Ryan fit la grimace et se pencha pour saisir son verre.

— C'est un raccourci un peu abrupt, dit-il, mais c'est un bon résumé de ce que Louis vient de vous avouer.

Elizabeth prit un coussin qu'elle serra dans ses bras, et tourna la tête pour étudier le profil de Ryan, découpé en ombre chinoise sur la clarté diffuse de la lampe.

— Et votre propre père ne serait peut-être pas mort si Matthew Walker n'était pas allé se confier à lui, ajouta-t-elle. Vous ne lui en voulez pas pour ça ?

— Avez-vous oublié que j'ai passé ma vie à le haïr ?

— Vous haïssiez un être désincarné. A présent, vous avez le véritable responsable sous vos yeux, à portée de main…

Ryan s'abîma un instant dans un silence songeur, puis se tourna vers elle pour lui répondre :

— C'est mon père qui a scellé son propre sort en faisant connaître par avance sa décision d'aller tout raconter aux fédéraux. C'était une erreur de sa part de dévoiler ses intentions avant d'agir. C'est ça qui l'a tué. Matthew Walker n'a rien à voir avec la mort de John Paxton.

Elizabeth referma ses deux mains autour de son verre, et baissa la tête d'un air boudeur.

— Désolée, mais je ne comprends pas votre mansuétude. Peut-être parce que le sujet est beaucoup plus… sensible pour moi.

— Il l'est autant pour nous deux…

— Peut-être, reconnut-elle en lui jetant un regard empli de colère. Mais vous avez la consolation de savoir que votre père ne s'est pas déshonoré. Je ne peux pas en dire autant du mien.

— Il a fini par s'amender. Et, depuis qu'il vous a retrouvée, il essaie de réparer ses torts. Au cours de ces cinq dernières années, il a été pour vous un père aimant et attentionné. Vous ne pouvez pas lui rendre justice au moins pour ça ?

— Je ne sais pas..., répondit-elle avec lassitude en baissant les yeux. J'ai tant de souvenirs douloureux...

Ryan avala d'un trait le reste de son verre de brandy, et s'adossa au sofa. La nuque posée sur le dossier de cuir, les yeux tournés vers elle, il la dévisagea un instant avant de lui suggérer :

— Parlez-moi de ces lettres...

Elizabeth laissa échapper un long soupir. Elle se sentait fatiguée, et infiniment triste rien que d'y penser. Pourtant, elle s'obligea à lui répondre :

— C'était une fantaisie de petite fille. La tentative désespérée d'une enfant pour se convaincre qu'elle avait encore un père, une famille.

Ryan nota qu'elle parlait d'elle comme d'une autre personne, mais il fit comme si de rien n'était.

— Il me semble, dit-il au terme d'un silence pesant, que Louis est resté extrêmement attaché à cet ultime lien.

— Il s'est bien gardé de le manifester ! répliqua-t-elle avec un rire grinçant. J'ai mis tout mon cœur dans le courrier que je lui écrivais... Il aurait été si important pour moi de recevoir un petit signe en retour — juste un.

— S'il l'avait fait, cela aurait suffi à compromettre sa couverture.

Il la laissa méditer cet aspect de la question avant de reprendre :

— Quand avez-vous cessé de lui écrire ?

Elizabeth porta son verre à ses lèvres, mais le brandy avait désormais un goût amer.

— Quand j'ai pris conscience que je vivais dans le rêve, répondit-elle à mi-voix. Je me suis dit brusquement qu'il fallait être fou pour continuer à écrire à quelqu'un qui était mort depuis des années.

— L'assistante sociale qui s'occupait de vous — Iris, c'est ça ? — a dû se douter que votre père était toujours en vie. C'est elle qui lui a transmis vos lettres. Elle ne vous a jamais laissé le moindre espoir ? Elle n'a jamais fait le moindre sous-entendu devant vous ?

— Non, jamais.

En proie à un début de migraine, Elizabeth entreprit de se masser les tempes.

— Vous êtes épuisée…

Doucement, Ryan lui prit son verre des mains et le posa sur la table basse.

— Vous avez dû faire face à deux gros chocs coup sur coup, poursuivit-il. Vous croyez que vous pourriez vous relaxer un peu si je vous faisais couler un bon bain chaud ? Vous prendriez votre verre avec vous et…

Pour le faire taire, elle se pencha et posa l'index sur ses lèvres.

— Assez parlé des manquements de mon père et de mes malheurs d'orpheline ! décréta-t-elle. Nous avons d'autres sujets de préoccupation bien plus brûlants, et nous faisons l'un et l'autre tout notre possible pour éviter d'y penser.

Se rapprochant de lui, elle posa la main sur sa poitrine et plongea son regard au fond du sien.

— Dites-moi la vérité, Ryan… Au fond de votre cœur, pensez-vous vraiment que Jesse et Jennifer vont nous être rendues saines et sauves ?

— Liz…

— Soyez honnête ! l'interrompit-elle. Ne cherchez pas à m'épargner.

Il prit ses mains dans les siennes et les tint étroitement serrées contre lui.

— On ne peut pas se permettre de paniquer, dit-il. Austin est capable de réactions extrêmes et imprévisibles, mais à mon avis, il mesure quand même les conséquences de ses actes. Je le crois assez égoïste pour ne pas vouloir jeter aux orties sa petite vie dorée, ce qui ne manquerait pas de se produire s'il commettait l'erreur de s'en prendre aux filles.

Elizabeth soutint son regard, luttant contre les larmes qui lui brûlaient les yeux.

— Je… je ne peux pas m'empêcher de penser que tout est ma

faute, avoua-t-elle dans un souffle. C'est comme si je devais payer le prix de mon arrogance.

— Que voulez-vous dire ? s'étonna Ryan en écarquillant les yeux d'étonnement. Depuis qu'elle est née, vous êtes la seule présence stable et rassurante dans la vie de Jesse.

— Justement ! C'est en cela que je me suis montrée d'une arrogance folle. J'ai été tellement critique envers Gina, toujours prête à la reprendre et à lui faire la leçon sur ses devoirs de mère… Je ne pouvais pas m'empêcher de penser que si Jesse avait été ma fille, je me serais beaucoup mieux occupée d'elle.

— Et alors ? C'est probablement la vérité. Gina était une femme adorable, mais il faut reconnaître qu'elle a fait bon nombre de mauvais choix. Vous mentiriez en affirmant qu'elle était une mère idéale…

Elizabeth libéra ses mains et s'en couvrit le visage.

— Non ! s'écria-t-elle en secouant obstinément la tête. Je ne vous permets pas de dire ça ! Gina était une mère tendre, attentive et pleine de vie. Je l'ai aimée de tout mon cœur, mais c'était malhonnête de ma part de convoiter son enfant. Je me sens tellement coupable de l'avoir fait… Et puis, ce terrible accident est arrivé et elle est morte ! C'est comme si le sort m'avait donné Jesse en réponse à mes prières secrètes, avant de me l'arracher pour me punir… de mon orgueil… de ma présomption.

— Vous rendez-vous compte de ce que vous êtes en train de dire ? s'insurgea Ryan. Si c'était vrai, alors Jesse serait en train de payer pour un crime qu'elle n'a pas commis ?

Sa voix profonde, douce, raisonnable, agissait sur elle comme un calmant. Comme pour parfaire cette impression, il lui caressa les cheveux en un geste qui se voulait apaisant.

— Allons, dit-il. Reprenez-vous. Tout cela n'a aucun sens.

Elizabeth sentit ses bras se refermer autour d'elle et ne fit rien pour l'empêcher de l'attirer tout contre lui.

— Vous savez, reprit-il, j'ai moi-même été un bien piètre père pour Jen. Même avant que nous divorcions, Diane et moi, je n'étais pas du genre à m'investir dans l'éducation de ma fille. J'avais tant d'autres priorités… Je passais plus de temps sur mon bateau qu'avec elle. Elle le savait. Les enfants en sont réduits à commettre des actes désespérés quand leurs parents les négligent. Il ne faut pas s'étonner s'ils se mettent à voler des voitures et à commettre des délits de fuite…

Avec étonnement, Elizabeth constata qu'il lui était plus facile d'excuser les faiblesses de Ryan que les siennes.

— Vous êtes trop sévère avec vous-même, lui dit-elle. Cet incident n'était qu'une lubie d'adolescente.

— Si vous voulez. Mais se serait-elle laissée aller à cette *lubie* si j'avais été un père plus disponible ? Je vous parie qu'aujourd'hui, placée dans les mêmes circonstances, elle réagirait différemment.

Désormais indifférente au fait qu'il pût voir ses larmes couler, Elizabeth redressa la tête et chercha son regard.

— C'est si dur, murmura-t-elle, de penser que… nous pourrions les perdre.

— Nous n'allons pas les perdre ! affirma-t-il en l'enlaçant tendrement. Austin va peut-être finir par reprendre ses esprits. Ou alors sa voiture sera repérée. Steele et Wyckoff forment un duo remarquablement efficace.

Rassurée de se retrouver blottie contre sa poitrine, elle s'essuya les yeux et ajouta avec un petit rire complice :

— N'oubliez pas Lindsay…

Passant le doigt sous son menton, il l'obligea à lever le visage vers lui et demanda :

— Alors, je vous fais couler un bain ? Vous avez besoin de vous détendre.

— Je préfère rester près de vous.

S'il devait y avoir une mauvaise nouvelle, elle voulait être en compagnie de Ryan pour l'apprendre. Elle n'arrivait plus à contrôler ses émotions comme il excellait lui-même à le faire.

— La nuit risque d'être longue, objecta-t-il.

— Raison de plus…

— Dans ce cas, mettons-nous à l'aise.

Ryan tendit le bras derrière lui, attrapa un coussin et le déposa contre l'accoudoir du sofa. Puis, entraînant Liz avec lui, il s'allongea le plus confortablement possible. Trop épuisée pour résister davantage, elle ferma les yeux et, blottie contre lui, s'endormit presque instantanément.

Ryan s'était rarement senti aussi désemparé. Pourtant, il aurait dû se réjouir que Liz cède progressivement au sommeil. Elle était dans ses bras, exactement comme il en rêvait depuis l'instant où il l'avait aperçue pour la première fois dans la salle du tribunal. Ce jour-là, il ne l'aurait reconnu pour rien au monde. Mais, depuis, il avait compris que cette femme était destinée à devenir sienne, même si elle n'était pas prête à l'admettre, surtout en ces instants dramatiques où il lui fallait faire face à la disparition de Jesse et à la trahison de Louis. Il ne s'était jamais considéré comme un homme patient, mais, curieusement, il se sentait prêt à attendre son bon vouloir pendant des siècles…

Il craignait que son sommeil ne fût de courte durée. Une femme dotée d'une imagination aussi vive était incapable de maintenir ses démons longtemps enchaînés.

Elizabeth était terrifiée par l'idée de perdre Jesse, tout comme il l'était lui-même de perdre Jen, même s'il parvenait encore à donner le change.

L'intensité de sa fureur et de sa frustration était telle que son esprit ne connaissait pas un seul instant de repos. Où était sa fille ? Tel qu'il le connaissait, Austin ne supporterait pas très longtemps la présence encombrante de deux enfants. S'il avait renoncé à se rendre en Arizona pour confier Jesse à sa mère, où avait-il bien pu aller ? Quel plan stupide avait-il imaginé ?

Les yeux fixés au plafond, Ryan observa les taches de lumière qu'y dessinait la lune à travers les persiennes. Dès l'instant où il avait appris la disparition des deux enfants, il lui avait semblé qu'un élément fondamental lui échappait. Depuis, il ne cessait de fouiller dans sa mémoire, à la recherche d'un indice, d'un élément qui aurait pu les mettre sur la piste d'Austin.

Liz émit une plainte et frissonna longuement. Même dans son sommeil, il lui était impossible d'ignorer sa peur. En cela, elle était semblable à toutes les mères de par le monde, même si la filiation n'était que celle du cœur. Son enfant lui avait été dérobé, et elle vivait le pire cauchemar qu'un parent puisse connaître.

Tournant la tête, il déposa un long baiser sur sa tempe. Il se sentait animé par un farouche besoin de la protéger, tel que seule Jennifer lui en avait inspiré jusqu'à ce jour.

Austin Leggett allait devoir rendre des comptes, se promit-il. Et pas seulement à la justice…

— Monsieur Leggett ?

Sans prendre la peine de relever la tête, Austin lâcha entre ses dents serrées :

— Quoi encore ?

— Je crois que j'ai aperçu des éclairs à l'horizon. Vous avez consulté la météo ?

Jennifer savait pertinemment qu'il ne l'avait pas fait. contrairement à son père pour qui c'était une règle absolue. Mais rien d'étonnant à cela : ce type avait déjà reconnu qu'il détestait les bateaux, et il était de plus en plus évident qu'il n'avait pas la moindre idée de la procédure à suivre pour appareiller. En plus, elle était pratiquement certaine qu'il n'avait pas demandé à son père l'autorisation d'emprunter ce yacht. Dans ce cas, comment avait-il fait pour se procurer les clés ? M. Leggett Sr avait-il pour habitude de laisser à la disposition de tout un chacun un Bertram d'un demi-million de dollars ?

En silence, elle le regarda effectuer une nouvelle tentative pour manœuvrer le bateau hors de son mouillage. Il n'en était pas à son coup d'essai, et chaque fois il avait dû renoncer et inverser les moteurs pour tout reprendre de zéro. Par acquit de conscience, elle jeta un coup d'œil au quai obscur et déserté. A cette heure tardive, il ne fallait pas s'attendre à ce que quelqu'un les remarque, surtout qu'il devait y avoir un avis de tempête en cours, empêchant les bateaux de sortir. Il suffisait d'observer les eaux du golfe au-delà des digues du port pour constater qu'elles étaient agitées.

— Monsieur Leggett ? répéta-t-elle en haussant le ton. Vous ne m'avez pas répondu… Vous avez consulté la météo ?

Soudain, il se détourna du poste de pilotage, trébucha sur un cordage qu'il avait laissé traîner sur le pont et fonça droit sur elle sans lui laisser le temps d'esquiver. Il la prit par le col de son chemisier et la souleva du sol sans le moindre effort. Jennifer se sentit gagnée par la terreur, d'autant plus qu'il s'était mis à hurler :

— Qu'est-ce qu'il faut faire pour que tu la boucles ? Te cogner ?

Avec la violence d'un camion lancé à toute allure, sa grosse main atterrit sur sa joue, lui faisant voir trente-six chandelles. L'instant d'après, il la projeta contre le bastingage, qui lui meurtrit douloureusement les côtes. Sonnée, elle tenta de reprendre son souffle et entendit vaguement Jesse crier derrière elle. Austin, qui s'apprêtait à la frapper encore, était trop aveuglé par sa rage pour prêter attention à sa fille. Mais Jen crut défaillir en voyant la fillette se glisser entre les lisses du bastingage, s'arrêter au bord du vide, puis sauter sans la moindre hésitation.

— Jesse ! hurla-t-elle en se précipitant à l'endroit où la fillette avait disparu.

Au risque de tomber elle-même, elle se pencha le plus possible pour scruter l'eau noire et crasseuse, en contrebas. Paralysée par la peur, elle se demanda si Jesse savait nager, et si elle avait sauté parce qu'elle avait vu son père la frapper. Puis elle comprit que l'heure n'était plus à ce genre de questions. Retenant son souffle, elle fit mentalement une courte prière, enjamba à son tour le bastingage, et sauta par-dessus bord.

Elizabeth s'éveilla progressivement en entendant l'horloge du salon sonner l'heure. Il lui fallut quelques secondes encore pour reprendre contact avec la réalité… et aussitôt le souvenir de Jesse et Jennifer la replongea dans le désespoir.

Son oreiller, ferme et chaud, se révéla être le bras musclé de Ryan. Il était étendu de tout son long sur le sofa, et elle était blottie tout contre lui, la main sur sa poitrine, en un geste d'intimité qu'elle ne se serait jamais permis à l'état de veille.

Elle demeura un long moment sans oser bouger, de peur de le réveiller. Même s'il parvenait à le lui cacher, Ryan était à cran lui aussi, et il avait besoin de ce court répit. Pourtant, elle se sentait incapable d'affronter seule la réalité. Aussi préféra-t-elle partager encore un moment ce cocon chaud et rassurant qu'il avait su créer autour d'eux, et qui parvenait presque à conjurer le drame dans lequel ils étaient plongés.

Le torse de Ryan était large et rassurant. Sans réfléchir, elle laissa sa main l'explorer lentement, et se surprit à maudire le rempart que constituait sa chemise.

Tout entière absorbée par ses sensations, elle se laissa surprendre et sursauta quand la main de Ryan emprisonna fermement son poignet.

— Il va falloir arrêter ce petit jeu, murmura-t-il d'une voix basse et rauque, tout contre son oreille. A moins que vous ne soyez prête à en assumer les conséquences...

Elizabeth se figea et retint son souffle. Il lui aurait suffi de retirer sa main pour faire machine arrière et ne prendre aucun risque. Demeurer libre de tout engagement vis-à-vis des hommes était devenu son credo depuis la trahison d'Evan. Elle le savait, Ryan était le seul homme capable de la faire sortir de ce désert affectif. Et pourtant il ne l'emmènerait pas contre son gré où elle ne voulait pas aller, même si son impatience ne faisait aucun doute.

Elle hocha la tête imperceptiblement, et Ryan interpréta ce geste comme un encouragement. D'une main, il entreprit de déboutonner sa chemise. Lorsqu'elle fut largement ouverte, il prit la main de Liz dans la sienne et la posa à plat sur sa peau nue.

— Essayez comme cela..., suggéra-t-il dans un murmure.

Sa peau était douce et chaude, ses muscles aussi fermes que les battements de son cœur. Toute prudence oubliée, Elizabeth explora avec ravissement ce torse d'homme offert à ses caresses, s'attardant sur le renflement émouvant d'une aréole, qui durcit sous ses doigts. Incapable de résister à la tentation, elle baissa la tête et en titilla la pointe du bout de la langue.

Instantanément, Ryan se cambra, et émit un grognement à mi-chemin entre le plaisir et la douleur. Avec surprise, Elizabeth découvrit que son propre corps était en proie à un émoi tel qu'elle n'en avait jamais connu, qui la rendait faible et forte, timide et exigeante à la fois. Elle se coula contre son compagnon, et une décharge électrique la traversa lorsqu'elle sentit son érection, qu'il aurait été bien en peine de cacher. Ainsi, songea-t-elle avec un mélange d'émerveillement et d'excitation, elle était capable d'émouvoir un homme tel que lui… Il n'en fallut pas plus pour lui faire prendre conscience qu'elle le désirait à présent avec une urgence aussi grande que la sienne.

Glissant les bras autour de lui, elle se redressa et chercha son regard. Ses yeux, dans le noir, brillaient intensément.

— Vous êtes sûre ? lui demanda-t-il d'une voix blanche.

Timidement, elle hocha la tête et pressa sa joue contre sa poitrine.

— Certaine, murmura-t-elle. Faites-moi tout oublier.

Ryan hésita, comme si cette réponse n'était pas celle qu'il souhaitait entendre. Elizabeth comprit son embarras et précisa :

— Je n'en ai pas seulement besoin : j'en ai envie.

L'espace d'un instant, elle crut qu'il allait renoncer, et se sentit gagnée par la panique. Avait-elle pris un tel risque pour essuyer un échec cinglant ? Elle comprenait parfaitement le conflit qui torturait Ryan. Il la désirait plus que tout, mais il désirait d'elle plus que ce qu'elle était prête à lui donner pour l'instant, et il était tentant mais douloureux pour lui de rejeter le peu qu'elle avait à lui offrir.

— Liz…, dit-il enfin, je ne vais pas vous faire de mal.

— Je le sais.

Au moins Elizabeth était-elle sûre qu'il ne pourrait la blesser intentionnellement. Il ne menait pas de double vie ; il n'avait pas une femme et des enfants cachés quelque part. Elle était libre, adulte et consentante. Il était libre, adulte et consentant. Pourtant, elle était à deux doigts de le repousser et de courir se réfugier dans sa chambre.

Comme s'il avait pu lire en elle, il captura son visage entre ses mains et dit en la fixant droit dans les yeux :

— S'il le faut, je saurai me montrer patient. Si ce n'est pas pour ce soir, ce sera pour bientôt. Et si vous craignez de me voir partir aussitôt mon désir assouvi, je vous jure que vous vous trompez.

— Même si c'était le cas, je m'en remettrais !

Mais y parviendrait-elle vraiment ? Elle devait admettre que cette crainte diffuse était bien la responsable du sentiment de panique qui la submergeait. Au fil des semaines, elle avait laissé Ryan prendre une place de plus en plus grande dans son existence. S'il devait la quitter, lui aussi, saurait-elle ramasser les morceaux de sa fierté réduite en miettes et reprendre sa vie pour en faire quelque chose, n'importe quoi, comme elle avait déjà su le faire une fois ?

— Sommes-nous en train de nous disputer ? demanda-t-il avec un sourire goguenard, sans la quitter des yeux. Si c'est le cas, j'aime autant vous dire que le moment est mal choisi…

— C'est vous qui avez commencé !

Lentement, il approcha ses lèvres des siennes, sans tout à fait les toucher.

— Dans ce cas, murmura-t-elle, je décrète unilatéralement que notre dispute est terminée.

Ses caresses habiles, la douceur enivrante de ses baisers firent très vite oublier à Elizabeth ses dernières réticences. Elle n'avait pas encore recouvré ses esprits qu'il avait déjà déboutonné son corsage et dégrafé son soutien-gorge. Une chaleur intense irradia dans sa poitrine lorsque sa main emprisonna l'un de ses seins et que, du bout des lèvres, il en agaça le mamelon dressé.

— Je peux être beaucoup plus habile dans un lit…, dit-il, couvrant sa peau de baisers au fur et à mesure qu'il la déshabillait.

Dans un brouillard de sensations confuses, Elizabeth se leva et lui tendit la main pour l'entraîner vers sa chambre. Lorsqu'ils y parvinrent et qu'il la déposa en douceur sur le lit, ils avaient laissé derrière eux tous leurs vêtements en vrac sur le sol.

Elle n'eut pas le temps de l'admirer dans le plus simple appareil, car il se remit à la couvrir de caresses et de baisers qui lui firent rapidement perdre pied. Il se montrait si passionné et si incroyablement doué pour les jeux de l'amour qu'elle eut soudain peur de ne pas se montrer à la hauteur et de le décevoir. Elle avait aimé Evan d'un amour sincère, mais leurs ébats n'avaient jamais été enthousiasmants.

Alors que Ryan... Et ce qu'il était en train de lui faire... Ils n'en étaient encore qu'aux préliminaires, et entre ses bras elle se sentait déjà la plus féminine, la plus belle et la plus désirable des femmes. Il avait le don de lui faire sentir qu'elle était tout ce qu'il désirait, d'un désir si grand qu'il ne pourrait se satisfaire d'une seule nuit avec elle... Puis tout parut basculer, et elle perdit jusqu'à la faculté de penser. Elle connut l'extase une première fois grâce à sa main, puis une deuxième fois lorsqu'il s'unit à elle. Dans une symbiose parfaite, ils entamèrent la danse immémoriale des amants, d'autant plus enivrante qu'ils découvraient avec émerveillement à quel point leurs corps se complétaient. Et quand elle fut prête à connaître un nouvel orgasme, il enfouit son visage dans ses cheveux et les entraîna tous deux au fond d'un abîme de plaisir.

28

— L'autre soir, dit Ryan d'une voix dégagée, tu m'as dit que tu avais voulu être juriste. Pourquoi avoir renoncé ?

Allongée à côté de lui dans le lit, Elizabeth se dressa sur un coude pour lui faire face.

— Les circonstances, répondit-elle de manière laconique. Au moment où j'allais commencer mon droit, le destin s'en est mêlé. Quoi qu'il en soit, écrire des livres pour enfants m'apporte plus de satisfactions que pinailler sur des arguties juridiques à la barre d'un tribunal.

— Le destin s'en est mêlé ? s'étonna Ryan. Qu'est-ce que ça peut bien vouloir dire ?

Prenant son temps, elle traça du bout de l'index le contour de son épaule avant de répondre :

— Quelques semaines avant de m'inscrire aux cours, j'ai découvert que j'étais enceinte.

Cette confession achevée, elle leva les yeux pour soutenir son regard qui ne la quittait pas.

— Enceinte ? répéta-t-il d'une voix neutre.

— Oui, enceinte.

Après qu'ils eurent fait l'amour, elle avait relevé le drap sur sa superbe poitrine, et il avait pensé que c'était par modestie et pudeur. Dans leur hâte à rejoindre le lit, ils n'avaient pas pris la peine d'allumer une lampe. A présent, il se demandait s'il aurait pu discerner sur son corps des traces de cette grossesse qu'elle venait de lui avouer. Non pas que cela l'aurait gêné… Dans les jeux de l'amour, Elizabeth s'était révélée une amante idéale : sensuelle, généreuse et pleine d'initiatives.

— Une histoire d'amour qui a mal tourné ? demanda-t-il pour l'encourager à poursuivre.

— Pas vraiment une histoire d'amour, dit-elle en secouant négativement la tête. Même si, à l'époque, j'ai cru que c'en était une.

— Le bébé n'a pas survécu ?

— Qu'est-ce que tu veux savoir, exactement ? lança-t-elle d'un ton sec. Si je me suis fait avorter ?

Sans s'offusquer, Ryan demanda doucement :

— Je pose trop de questions ?

Un pâle sourire d'excuses sur les lèvres, elle tendit la main pour déposer une caresse sur sa joue.

— Tu es avocat, lui dit-elle. Tous les avocats posent des questions.

— Dans ce lit, je ne suis plus un avocat, Liz... Je ne tiens pas à t'extorquer des réponses que tu ne serais pas prête à me donner.

Haussant les épaules, elle se redressa et se cala confortablement contre les oreillers.

— Au cours de ma dernière année de fac, reprit-elle, je me suis amourachée d'un homme marié. Tu vas rire, il était juge...

A plat ventre et dressé sur ses coudes, Ryan lui adressa un sourire amusé.

— Je suppose qu'il était également plus âgé que toi.

— Beaucoup plus. Je sais ce que tu en déduis, et tu as probablement raison. J'étais sans doute à la recherche de l'image paternelle qui m'avait tant manqué, mais tout ce que je voyais, à cette époque-là, c'est qu'il était beau, intelligent, et qu'il en imposait. A tel point que je n'arrivais pas à comprendre pourquoi il avait jeté son dévolu sur moi.

— Peut-être parce que, à ta façon, tu en imposais, toi aussi ? suggéra Ryan. Peut-être parce que tu étais belle, jeune et aussi intelligente que lui ?

Sans répondre, Elizabeth enchaîna :

— J'ai appris qu'il était marié le jour où je lui ai annoncé que j'étais enceinte.

Les yeux brillant de larmes contenues, Elizabeth tourna la tête vers la fenêtre et poursuivit sa confession d'une voix voilée par l'émotion.

— Je n'oublierai jamais cette soirée. Quand on sortait ensemble, on n'allait jamais dans des endroits où il aurait pu être reconnu — et je ne m'en étonnais même pas, ce qui prouve à quel point j'étais naïve et sans méfiance. Ce soir-là, j'avais préparé un bon repas pour nous deux dans ma chambre d'étudiante. Comme il m'avait souvent répété qu'il m'aimait, je m'imaginais qu'il serait ravi d'apprendre la nouvelle…

Elle laissa échapper un rire bref et dépourvu de gaieté, et poursuivit :

— Non seulement il n'a pas apprécié, mais il est entré dans une rage folle : il m'a accusée de vouloir le piéger pour me faire épouser. Il m'a traitée d'intrigante et de petite… Enfin, un mot déplaisant que je n'utilise jamais. Pour finir, il m'a dit qu'il était déjà marié. Sa femme, universitaire elle aussi, était en voyage d'études en Europe. Il a conclu qu'il n'avait pas l'intention de payer une pension alimentaire pour les dix-huit années à venir, et que je devais me faire avorter sur-le-champ.

Ryan s'efforçait de rester calme, mais il n'aurait rien eu contre cinq minutes en tête à tête avec ce salaud pour lui dire sa façon de penser.

— Et toi ? demanda-t-il. Qu'as-tu décidé ?

— J'ai sérieusement envisagé cette solution, avoua-t-elle en se forçant à soutenir le regard de son amant. J'ai même pris un rendez-vous auquel je me suis rendue avec Gina.

— Tu voulais te débarrasser de l'enfant pour pouvoir poursuivre ton aventure avec le juge ?

Cette hypothèse parut la scandaliser.

— Absolument pas ! Je voulais me débarrasser du juge aussi bien que de l'enfant.

Sans doute inconsciemment, Elizabeth avait posé les deux mains sur son ventre où avait grandi autrefois ce bébé conçu sous de si tristes auspices. Ryan posa la main sur les siennes et l'encouragea gentiment à reprendre le fil de son récit.

— Que s'est-il passé ?

— Une fois au pied du mur, je n'ai pas pu me résoudre à faire une chose pareille. Mais dans mon malheur, j'avais quand même la chance de ne pas être sans ressources. En disparaissant, mon père m'avait laissé de l'argent. J'en avais suffisamment pour vivre, mais j'ai quand même pris un travail dans une librairie pour avoir l'esprit occupé et éviter de broyer du noir.

— Tu étais décidée à garder l'enfant ?

— Non. Je connaissais trop bien les souffrances qu'endure un enfant privé d'un foyer stable et de l'amour d'un de ses parents. Il m'était impossible d'infliger ce sort à... mon fils.

Elizabeth entremêla ses doigts à ceux de Ryan. Ses yeux étaient emplis de larmes.

— Je l'ai donné à l'adoption. C'est la chose la plus difficile que j'aie jamais faite, confia-t-elle dans un murmure.

— C'était un acte de courage et de générosité, déclara Ryan avec conviction.

— A l'époque, je ne me suis sentie ni généreuse ni courageuse, rétorqua-t-elle. Juste malheureuse.

Ryan imaginait sans peine l'angoisse qu'elle avait dû connaître. Et à présent qu'il était au courant de l'épreuve qu'elle avait traversée, il ne comprenait que mieux pourquoi elle était à ce point attachée à Jesse et pourquoi les manques de Gina en tant que mère l'avaient révoltée. Il comprenait également pourquoi il lui était si difficile de faire confiance à un homme — à n'importe quel homme.

— Mon fils était brun, dit-elle d'une voix rêveuse. Il doit avoir les yeux sombres, même s'il était impossible d'en juger quand il est né. Il pesait quatre kilos et demi, et mesurait quarante-cinq centimètres. Il a fêté son dixième anniversaire, et il habite à Denver avec ses parents adoptifs.

Elle se tourna vers Ryan, de manière à ce que leurs visages se touchent presque, et conclut :

— J'ai eu la chance d'être mère et j'ai dû y renoncer. Si quelque chose devait arriver à Jesse ou à Jennifer, je crois que je n'y survivrais pas…

— Nous allons les retrouver saines et sauves…

Elizabeth haussa les épaules en un geste d'impuissance.

— Je suis très inquiète à propos de l'état mental d'Austin, avoua-t-elle. Qu'est-ce qu'il peut bien être en train de manigancer ? Il devait éloigner Jesse au plus vite. Son geste désespéré n'avait pas d'autre justification. S'il a loué une voiture, on devrait déjà l'avoir repérée sur les routes. Il ne peut tout de même pas voler ! Alors, où peut-il être ? J'en viens à me demander si…

— Le bateau ! l'interrompit Ryan d'une voix vibrante d'excitation. Le bateau de son père…

D'un geste brusque, il rejeta le drap qui les couvrait tous deux, et se frappa le front du plat de la main.

— C'était ça qui me trottait dans la tête ! s'exclama-t-il. Bon sang ! Je savais qu'il y avait quelque chose qui…

— Ryan…, l'interrompit Elizabeth, pleine d'espoir. Tu penses qu'il a pu les emmener sur le bateau de Curtiss Leggett ?

— En tout cas, c'est une piste on ne peut plus crédible.

— Mais son père ne lui aurait jamais prêté le bateau, au risque d'être accusé de complicité de kidnapping…

— Austin a très bien pu se passer de sa permission ! rétorqua Ryan en partant à la recherche de son pantalon. En tout cas, il existe un moyen de s'en assurer rapidement.

Après avoir en hâte enfilé sa chemise, Ryan alla récupérer son portable dans la poche de sa veste.

— Je vais appeler Steele et lui demander d'envoyer une patrouille inspecter le quai du port de Galveston, où Leggett amarre son bateau.

— Austin est un bon navigateur ?

— Hélas non ! Raison de plus pour faire vite !

Steele décrocha son téléphone à la première sonnerie.

— Ryan ! lança-t-il sans même lui laisser le temps de parler.

J'allais vous appeler. On a repéré la voiture de location. Vous ne devinerez jamais où…

— Galveston ?

— Exactement ! répondit Steele, surpris. Elle est garée sur le parking du yacht-club. Je m'apprête à aller vérifier la liste des clients pour la nuit.

— Chargez-en quelqu'un d'autre ! lui enjoignit Ryan en saisissant ses clés dans sa poche. Allez jusqu'au port, où se trouve le Bertram de Curtiss Leggett. S'il n'est plus à quai, demandez aux gardes-côtes de l'intercepter d'urgence. S'il y est toujours, empêchez-le de partir et fouillez-le. Quelque chose me dit qu'Austin pourrait y avoir cherché refuge… On vous rejoint, Liz et moi.

L'eau du port était glaciale. Jennifer suffoquait autant sous l'effet du choc que par besoin de reprendre son souffle. Elle avait plongé non loin de l'endroit où Jesse avait sauté — du moins l'espérait-elle. Battant des jambes et des bras, elle lutta pour se maintenir à la surface, s'efforçant de ne pas prêter attention à la pellicule graisseuse et malodorante qui flottait autour d'elle. Elle réalisait à présent à quel point ses chances de retrouver la fillette étaient minces. Elle le savait : les jeunes enfants qui ne savent pas nager peuvent se noyer en un rien de temps. Mais elle ignorait si Jesse savait nager ou non.

Au-dessus de sa tête, sur le bateau, Leggett s'agitait beaucoup et jurait plus encore. Mais il ne semblait pas vouloir plonger pour porter secours à sa fille. Jennifer ne devait compter que sur elle-même pour la retrouver. Lançant autour d'elle un long regard panoramique sans rien découvrir que l'obscurité la plus opaque, elle prit une profonde inspiration et s'apprêta à plonger.

— Jen, je suis là…

Jennifer faillit se mettre à crier sous l'effet de la surprise et du soulagement. Ces mots avaient été chuchotés d'une voix à peine audible, mais c'était celle de Jesse, sans qu'aucun doute soit possible. La fillette avait eu la présence d'esprit de ne pas se trahir aux oreilles de son père. Tous les sens en alerte, Jen tenta de localiser l'endroit d'où la voix avait surgi. Le quai était soutenu par un tas de piliers de bois qui ne lui facilitaient pas la tâche. Il était difficile d'apercevoir quoi que ce soit dans le noir, et surtout une petite fille.

— Jesse ! lança-t-elle d'une voix aussi basse que possible. Où es-tu ?

Heureusement pour elles, Austin faisait tellement de raffut de son côté qu'il ne pouvait pas les entendre, de toute façon. Il continuait à courir d'un bout à l'autre du pont en s'époumonant en vain, et il n'avait même pas eu la présence d'esprit d'arrêter les moteurs. Comme s'il éprouvait réellement de l'inquiétude pour elle, il ne cessait de crier le nom de sa fille, encore et encore. C'était bien la seule chose que Jen pouvait porter au crédit de cette caricature de père…

— Je suis par ici…, répondit la petite voix assourdie de Jesse. Je me retiens à un gros truc qui glisse et qui sent très mauvais.

Une amarre, comprit Jennifer, ou quelque câble de même acabit.

— O.K…, chuchota-t-elle. Reste où tu es. Je viens te chercher. Dis quelque chose pour m'indiquer la direction.

— Comme quoi ?

— Contente-toi de parler. Récite un poème, par exemple.

— Un poisson, deux poissons, un bleu, un rouge…

Jen faillit se mettre à rire. Cette gamine ne manquait décidément pas de cran…

— Continue, ma puce ! l'encouragea-t-elle. Est-ce que quelqu'un t'a déjà dit que tu étais la petite fille la plus courageuse au monde ?

— Tu sais, gémit-elle, j'ai tellement froid…

Jennifer sentit son cœur se serrer. Rien qu'au son de sa voix, elle avait compris que la fillette devait être transie, mais elle parlait et c'était déjà un miracle ! Au point où elles en étaient, il fallait se raccrocher au moindre signe d'espoir. D'ailleurs, la voix de l'enfant était de plus en plus nette… Et lorsque Jen sentit quelque chose lui effleurer la jambe sous la surface de l'eau, elle faillit se mettre à hurler avant de comprendre qu'il s'agissait de Jesse.

Elle en fut si heureuse qu'elle la prit dans ses bras avec enthousiasme, au risque de leur faire boire la tasse. Jesse était effectivement accrochée à un gros câble d'acier amarré à un pylône couvert d'algues et de berniques. Elle en garderait sans doute de nombreuses éraflures sur tout le corps, mais il serait toujours temps de s'en occuper plus tard. Pour l'instant, rien ne pouvait lui arriver tant que le froid ne lui faisait pas lâcher prise. Jennifer pouvait donc se concentrer sur les moyens possibles de les sortir de là et d'échapper à Austin.

— C'est à cause de lui que ma maman a eu son accident, murmura Jesse à l'oreille de son amie. Il nous a poursuivies, et il est rentré par-derrière dans notre voiture…

Un frisson d'horreur secoua Jennifer.

— Il m'avait dit de ne pas parler de ça, poursuivit Jesse d'une petite voix pressante. Mais il allait te faire mal ! Alors, j'ai sauté…

— Chut ! fit Jen en posant l'index sur ses lèvres. Tu ne peux pas savoir comme je suis heureuse de réentendre le son de ta voix, mais il va falloir que tu continues à être muette jusqu'à ce qu'on soit rentrées à la maison. Maintenant, écoute-moi bien…

Avant de poursuivre, un ton plus bas, elle colla ses lèvres tout contre l'oreille de la fillette.

— Il faut qu'on sorte rapidement de cette eau glacée, ma petite puce… Alors, voilà ce que l'on va faire. Si on grimpe sur le quai ici, ton papa risque de nous voir. Il va donc falloir rester dans l'eau pour longer les quelques bateaux que tu vois là. Je parie que tu sais nager…

— Un peu, répondit Jesse non sans une certaine fierté. Tante Lizzie m'a fait prendre des leçons à la piscine.

Dieu merci ! songea Jen en son for intérieur. *Et merci tante Lizzie…*

— D'accord, reprit-elle d'un ton déterminé. Je t'aiderai autant que je le pourrai, mais tu vas devoir nager mieux que tu ne l'as jamais fait. Tu penses pouvoir faire ça ?

— Oui.

Si jamais elles parvenaient à s'en tirer, songea Jen, Jesse mériterait la médaille du courage… Que des parents aussi déficients que Gina et Austin aient pu avoir une petite fille aussi exceptionnelle relevait déjà du miracle. Mais que son père lui-même puisse ne pas s'en rendre compte et mette sa vie en danger… ça, ça la dépassait complètement. Mais le moment était plutôt mal choisi pour sonder la psychologie des pères indignes…

D'où elles étaient maintenant, Austin pouvait les entendre mais pas les voir. Jennifer allait se risquer le long du Bertram quand elle s'aperçut qu'il ne criait plus. Elle se demanda aussitôt ce qu'il fallait en déduire. Figée dans l'eau, elle attendit de voir ce qui allait se passer… Bientôt, dans un grand *splash !*, elle vit une bouée amerrir à quelques mètres d'elle, et dut lutter contre l'envie de se précipiter pour la récupérer. Plutôt mariner des heures encore dans une eau fangeuse que de retomber aux mains d'Austin !

— Je reviens tout de suite, Jesse…

Après avoir empli ses poumons autant qu'elle le pouvait, elle s'enfonça dans l'eau et se dirigea vers la bouée en une souple et rapide brasse coulée. Son plan était de l'entraîner jusqu'à Jesse par en dessous, mais elle eut tôt fait de constater qu'une corde y était attachée, si bien qu'elle renonça. Cela ressemblait bien à ce salaud ! songea-t-elle rageusement en rejoignant Jesse.

Aussitôt qu'elle eut récupéré son souffle, elle annonça à la fillette :

— On n'a pas le choix, ma puce… Il va falloir nager. Essaie de ne pas boire cette eau dégoûtante. O.K. ?

— D'accord.

— Très bien. Tu sais ce que tu dois faire. Allons-y !

La partie délicate de son plan consistait à s'éloigner du Bertram sans qu'Austin les remarque. Dès qu'elles auraient atteint le bateau voisin, il leur serait relativement facile de s'éloigner sans être vues.

Laissant le quai derrière elle, Jennifer jeta un coup d'œil pardessus son épaule pour voir si Jesse suivait. Elle levait la tête trop haut pour respirer, ce qui la fatiguait inutilement. Quant à sa brasse, elle manquait d'assurance mais pas d'efficacité.

Deux minutes plus tard, elles s'accrochaient à l'amarre du

voisin de quai du Bertram, un monstre encore plus imposant. Tout allait bien, sauf que l'eau était vraiment glacée. Avril n'était décidément pas le mois rêvé pour prendre des bains de minuit, même sous un climat aussi chaud que celui du Texas...

— J-j-j'ai... v-v-vraiment froid, J-Jen ! balbultia Jesse en claquant des dents.

— Encore trois bateaux et on pourra sortir de l'eau.

Mais Jesse n'avait plus le courage de nager. Faisant appel au souvenir de ses propres leçons de natation, Jennifer utilisa la technique de sauvetage qu'elle avait apprise pour la soutenir dans l'eau et la traîner derrière elle.

Enfin, elle aperçut un bateau dont le propriétaire négligent avait laissé pendre l'échelle de coupée. En toute hâte, elle aida la petite fille à la gravir, et toutes deux s'affalèrent avec reconnaissance sur le pont.

Laissant Jesse récupérer un peu, Jennifer se lança à la recherche de quelque chose — n'importe quoi — susceptible de les réchauffer toutes deux.

29

Ils roulaient à tombeau ouvert, si bien qu'ils n'eurent pas longtemps à attendre avant d'être arrêtés par une voiture de police. Pendant que l'agent vérifiait leur histoire en appelant Shepherd Steele sur sa radio de bord, Ryan pianota impatiemment sur le volant, sans quitter sa montre des yeux.

— Il fallait s'y attendre..., dit Elizabeth en réprimant un sourire. Quelle que soit l'urgence, on ne peut pas rouler aussi vite.

L'aiguille du compteur approchait les 170 km/h quand elle y avait jeté un coup d'œil, mais elle avait préféré ne pas s'en préoccuper. Galveston se trouvait à moins de quatre-vingts kilomètres de Houston ; le trafic était nul à cette heure sur la I-45, et elle ne pouvait le blâmer de vouloir rejoindre le port aussi vite que possible, même si elle ne voyait plus l'utilité d'un tel empressement. En cours de route, Steele avait appelé Ryan sur son portable, lui annonçant qu'il était arrivé à temps pour empêcher Austin de prendre la mer sur le bateau de son père. Mais, après ce qui s'était passé entre eux, elle n'avait aucune envie d'entrer en conflit avec Ryan.

Elle ne s'était pas trompée en voyant en lui l'homme qui pourrait faire de nouveau d'elle une femme désirable et sûre de sa féminité. Chaque minute de leurs ébats lui avait prouvé à quel point il était fou d'elle. La trahison de son premier amant avait eu pour conséquence de lui ôter toute confiance en elle dans ce domaine, mais elle voyait dorénavant cette expérience sous un nouveau jour. Après tout, ce n'était pas elle qui ne s'était pas montrée à la hauteur, lors de cette première expérience, mais plutôt Evan.

Et si quelqu'un devait en éprouver de la culpabilité, c'était lui… Elle avait porté ce poids sur la conscience durant des années, et elle se sentait libérée, à présent qu'il lui avait été ôté.

Le retour de l'agent de police la tira de ses pensées. Il leur expliqua que tout était en ordre et qu'il allait les escorter jusqu'à destination. Ce n'était pas Elizabeth qui allait s'en plaindre… Pour achever leur trajet, Ryan continua de rouler vite, mais tout de même moins vite qu'il ne l'aurait fait sans l'intervention du policier. Elle était bien placée pour comprendre son impatience, puisqu'elle la partageait. Il était pressé de rejoindre les filles, et tout entier concentré sur sa conduite, il affichait un visage sombre, presque effrayant. Elle préférait ne pas être à la place d'Austin au moment des *retrouvailles* entre les deux hommes…

A l'horizon, le ciel virait au rose, promesse d'un nouveau jour radieux, lorsqu'ils parvinrent à la marina de Galveston. Sans ralentir, ils passèrent devant le yacht-club où Austin avait abandonné sa voiture de location. Ryan savait où était amarré le Bertram de Curtiss Leggett, et il se rendit directement sur les quais. Cinq voitures de police étaient déjà garées sur le petit parking, zébrant l'air matinal de leurs gyrophares bleus et rouges. Les pêcheurs et les plaisanciers qui arrivaient pour une journée en mer ajoutaient à la confusion ambiante. La voiture de Ryan et son escorte achevèrent d'engorger totalement les lieux.

Avant même d'avoir coupé le moteur, Ryan jaillit de son véhicule. Le cœur battant à tout rompre, Elizabeth l'imita.

— Cette fois, dit-il d'une voix grinçante, en observant d'un œil noir l'extrémité du quai, Austin a dépassé les limites.

A bord du Bertram de Curtiss Leggett, toutes les lumières brillaient. Sur le pont, ils distinguèrent quelques silhouettes, et quelques autres dans la cabine.

— Tu le vois ? demanda-t-elle.

— Non. Mais Steele m'a dit qu'il attendait notre arrivée pour le faire embarquer.

Tout en parlant, ils s'étaient mis en route vers l'extrémité du quai. Plus elle approchait du but, plus Elizabeth accélérait l'allure, pressée d'en finir. Elle s'était presque mise à courir lorsque Ryan la retint par le bras, à quelques mètres du bateau.

— Liz, attends un peu…

D'un geste brusque, elle se libéra et protesta d'un air farouche :

— Non ! Je veux la voir… J'ai besoin de…

Sans tenir compte de ses protestations, il la prit dans ses bras et lui releva le menton pour la forcer à le regarder.

— Je ne te l'ai pas dit avant pour ne pas t'inquiéter, confessa-t-il d'une voix blanche, mais les filles ne sont plus à bord.

— Ah non ? Alors, où sont-elles ?

Les yeux écarquillés, elle fouilla le quai du regard, comme si la présence de Jesse et de Jennifer avait pu lui échapper.

— S'il faut en croire Austin, conclut Ryan d'une voix lugubre, elles ont sauté par-dessus bord.

— Quoi ?

— Il prétend que Jesse a sauté la première et que Jennifer l'a suivie pour lui porter secours.

— Mais… il fait tellement froid !

Elizabeth agita une main devant elle et conclut fermement :

— C'est impossible… Non, Ryan. Non !

— Il va falloir encore un peu de patience et de courage. Les recherches ont commencé.

— Quand ? demanda-t-elle en pressant une main sur son cœur. Quand ont-elles…

— Il y a deux heures. Selon Austin.

Incapable d'exprimer autrement son horreur et son refus d'y croire, Elizabeth secoua longuement la tête. Puis, en voyant les plongeurs en tenue émerger de l'eau et grimper sur le quai, elle reprit confiance. Malheureusement, l'un des deux hommes secoua négativement la tête à l'intention de son collègue, et le désespoir fondit de nouveau sur elle.

— Je veux parler à Austin ! lança-t-elle, refusant de céder à la panique. Je veux l'entendre me dire en face qu'il a laissé Jesse et Jennifer sauter dans ce trou noir et sans fond !

Pour ce faire, ils n'eurent pas à monter à bord du yacht. Assis sur une chaise, la tête basse, les coudes posés sur les genoux, les mains entravées par des menottes, le responsable de cette débâcle attendait, résigné, que l'on dispose de lui. Shepherd Steele vint les accueillir quelques mètres avant qu'ils ne l'aient rejoint, mais Elizabeth ne le salua même pas et garda les yeux fixés sur Austin. Il dut le sentir, car il releva la tête et bredouilla d'un air égaré :

— Liz… je…

— Où est Jesse ? l'interrompit-elle d'une voix glaciale.

Pour ne pas se précipiter sur lui et lui labourer le visage, Elizabeth serra les dents et planta ses ongles dans la paume de ses mains.

Mal à l'aise, Austin détourna le regard, s'abîmant dans la contemplation des eaux noires et huileuses du port.

— Je leur ai lancé une bouée…, raconta-t-il d'une voix absente. Je n'ai pas pu trouver les gilets de sauvetage. Jesse a sauté quand j'ai…

Les menottes l'empêchèrent de lever la main en l'air.

— Quand tu as quoi ? cria Elizabeth.

Austin poursuivit sans les regarder :

— Ce ne serait pas arrivé si Jennifer s'était montrée plus coopérative. Elle ne voulait pas la fermer… Elle posait des milliers de questions. Elle me harcelait. Vous savez ce que ça donne quand une gamine décide d'être insupportable. Elle vous chauffe la tête jusqu'à ce que…

— Jusqu'à ce que quoi ? lança Elizabeth. Jusqu'à ce que tu la fasses taire à ta façon ?

Brusquement, comme un possédé, Ryan se rua sur lui. Heureusement pour Austin, Steele était là pour le retenir.

— Tu l'as frappée ? hurla-t-il. Espèce de salaud ! Tu as frappé Jennifer ? Et puis quoi d'autre encore ? Tu l'as jetée par-dessus bord ?

— Non ! Non ! Je…

— Je jure de te tuer s'il leur arrive malheur ! l'interrompit Ryan, effectuant une nouvelle tentative pour se libérer de la poigne ferme de Shepherd Steele. Je pensais savoir jusqu'à quel niveau de bassesse tu pouvais descendre, mais je me trompais…

Austin se dressa sur ses jambes et tendit ses mains menottées devant lui en gage de bonne foi.

— Je ne les ai pas jetées par-dessus bord ! plaida-t-il en se forçant à soutenir le regard de Ryan. Je le jure ! Je leur ai jeté une bouée. J'y avais accroché une corde pour pouvoir les repêcher. J'ai crié après elles, encore et encore…

Son visage se décomposa et il conclut à mi-voix :

— Je n'ai pas cessé d'appeler et de crier. Mais l'eau était si noire…

— Trop noire et trop profonde pour que tu prennes le risque d'y sauter à ton tour !

La voix de Ryan était aussi méprisante et impitoyable que son regard.

— Je n'ai pas voulu ça…, se lamenta Austin, les épaules secouées de sanglots.

— Alors, pourquoi as-tu kidnappé deux enfants innocentes, espèce de salaud ?

Redevenu maître de lui, Ryan se libéra de l'emprise de Steele et alla prendre Elizabeth dans ses bras. Elle pleurait à chaudes larmes derrière ses mains jointes.

— Rendez-lui service, Steele ! lança Ryan au policier. Ôtez-le de ma vue…

— Hé ! Laissez-moi passer ! cria soudain un homme, parmi la foule.

C'était un pêcheur en caban de marin. Il fit la grimace et maugréa :

— Dites-moi seulement ce que je dois faire des deux gamines que j'ai trouvées sur mon bateau…

— Oh, mon Dieu ! s'exclama Elizabeth.

En quelques pas, elle eut rejoint le vieil homme.

— Où ça ? demanda-t-elle d'un ton pressant. Où sont-elles ?

Ils retrouvèrent Jennifer et Jesse dans la cale du bateau, serrées l'une contre l'autre dans un filet à crevettes, l'air hagard et les yeux bouffis de sommeil.

Elizabeth ouvrit les bras pour serrer tout contre elle les deux enfants qu'elle avait eu tellement peur de ne jamais revoir.

Ryan revivait. Sa fille était saine et sauve. Et grâce à la bêtise d'Austin, Jesse était désormais débarrassée de sa présence encombrante. Les mains plongées au fond des poches de son coupe-vent, il scruta l'horizon où quelques nuages s'attardaient encore, même si la journée promettait d'être belle. A quelques pas de lui, Jennifer répondait aux questions de Shepherd Steele. Il avait promis d'être bref. Ryan avait tant de choses à lui dire, et tellement de promesses à lui faire…

Il revoyait le visage transporté de joie d'Elizabeth quand elle avait appris que les filles étaient retrouvées. Tous deux, songea-t-il avec un frisson rétrospectif, ils étaient passés à deux doigts d'un désastre dont ils ne se seraient sans doute jamais remis. La joie des retrouvailles n'en était que plus précieuse et plus forte. Il se promettait de ne jamais l'oublier.

— Voilà, Ryan…, annonça enfin Steele en rangeant son calepin dans sa poche. Je vous la rends. J'aurai sans doute besoin de quelques informations supplémentaires, mais ça peut attendre un jour ou deux.

Avec un clin d'œil complice à l'intention de Jennifer, il ajouta :

— En tout cas, cette jeune demoiselle est sans conteste l'héroïne de ce petit miracle. Je suppose que vous en êtes conscient ?

— Et comment ! s'exclama Ryan en attirant sa fille tout contre lui. Et elle mérite bien une récompense. Elle n'aura qu'à choisir.

— Super ! lança Jen avec un sourire radieux. Justement, je voudrais passer mon permis de conduire dès que j'aurai seize ans !

Steele éclata de rire et lança en s'éloignant :

— Bien joué, Jen !

Ils le regardèrent marcher vers ses collègues qui se préparaient à quitter les lieux, puis les yeux de Jennifer se portèrent sur le yacht de Curtiss, et son visage se rembrunit.

— Où est-il ? demanda-t-elle.

— Austin ? Il est déjà en route vers Houston, dans un fourgon cellulaire, répondit Ryan en glissant derrière son oreille une mèche de cheveux blonds qui avait glissé sur son visage. Il n'aura plus l'occasion de naviguer d'ici très longtemps…

Les sourcils froncés, il tourna le visage de sa fille vers la lumière pour l'étudier de manière plus approfondie. Un bleu livide était apparu sur sa pommette, surmonté d'une petite coupure au coin de l'œil. Il n'en fallut pas plus pour attiser de nouveau la rage au fond de son ventre, mais il lui faudrait attendre pour régler ses comptes avec Austin. D'une manière ou d'une autre, il s'était promis de lui faire payer ce qu'il avait fait à Jen, et il tiendrait parole.

— Il a avoué qu'il t'avait frappée, reprit-il. Ça aggrave encore son cas. Mais on peut espérer que grâce à ça — c'est-à-dire grâce à toi —, il ne lèvera plus jamais la main sur une femme.

Jen hocha la tête d'un air triste.

— Tu sais, dit-elle, je crois que son cas relève plus de la psychiatrie que de la justice. Tout compte fait, il me fait un peu pitié. Pas toi ?

Ryan considéra sa fille comme s'il la voyait pour la première fois. Plutôt que de se répandre en plaintes et en pleurs comme tant d'autres l'auraient fait à sa place, elle parvenait encore à émettre un jugement nuancé et humain sur son agresseur. Une fierté immense et une vague d'amour paternel balayèrent en lui les dernières traces de colère.

— Te voilà psy, à présent ?

Pour toute réponse, elle lui décocha un petit coup de poing dans le bras, mais à son sourire, il devina qu'elle n'était pas peu fière.

— Rien d'autre ? lui demanda-t-il encore. Il ne t'a pas… blessée ailleurs ?

— Quand il m'a envoyée valser contre le bastingage, j'ai eu

très mal aux côtes, mais comme je continue à pouvoir marcher et nager normalement, je suppose que tout va bien.

— Bon. Et… c'est tout ?

Intriguée par son insistance, Jennifer fronça les sourcils.

— Qu'est-ce qu'il pourrait y avoir d'autre ?

Une lueur de compréhension passa dans son regard, et sa bouche s'arrondit sous l'effet de la surprise.

— Oh ! s'exclama-t-elle en riant. Tu veux parler de *ça* ? Tu te demandes s'il m'a violée ?

Ryan fit la grimace. N'y avait-il donc rien pour effrayer une adolescente, de nos jours ?

— Non, p'pa, répondit-elle en feignant le plus grand sérieux. Rassure-toi, je suis toujours vierge.

Ryan étouffa un soupir et l'entraîna par le bras.

— Viens, dit-il. Nous n'avons plus rien à faire ici. Il est temps de rejoindre la voiture.

— Où est Jesse ?

— Pendant que tu parlais à Steele, Liz l'a emmenée au yacht-club. J'y ai loué deux chambres pour que vous puissiez vous reposer et reprendre figure humaine avant de rentrer à la maison. Après une bonne douche, tu pourras enfiler des vêtements qui ne sentent pas le poisson.

Jennifer leva les yeux au ciel.

— P'pa…, protesta-t-elle. Au cas où ça t'aurait échappé, je n'ai pas eu le temps de préparer mes bagages avant de partir pour ce petit voyage inattendu. Je n'ai rien d'autre à me mettre que ce que j'ai sur le dos.

— Aucun problème. Lindsay est en route avec des vêtements propres pour toi et pour Jesse.

— Wow ! Je suis flattée…, minauda Jen. Tu sais que c'est une vraie vedette ?

— C'est toi, la vedette de la journée ! corrigea Ryan en passant un bras autour de ses épaules. Plutôt ingénieux d'avoir réchauffé Jesse en vous enroulant dans un filet de pêche. Tu nous as tous impressionnés par ta débrouillardise. Sans compter qu'il fallait un certain culot pour tenir tête à Austin comme tu l'as fait.

— Bah ! répliqua-t-elle avec un sourire modeste. J'ai fait ce que j'avais à faire.

— Et même un peu plus ! Il fallait aussi du cran pour plonger sans réfléchir dans cette eau glacée. Je connais beaucoup d'hommes qui auraient hésité.

— C'était ça ou laisser Jesse se noyer. Je n'avais vraiment pas le choix.

— On a toujours le choix, Jen. Simplement, tu as su faire le bon à un moment crucial. Je suis tellement fier de ma fille… Je ne sais pas si je me serais débrouillé mieux que toi dans une situation pareille.

— Je me suis mieux débrouillée que le jour où j'ai foncé dans le vélo de Rick ?

Elle souriait toujours, mais Ryan n'avait pas manqué de remarquer son regard anxieux.

— N'en parlons plus. Ce qui s'est passé cette nuit efface ta dette, ma chérie. C'est ta propre vie que tu as risquée.

— J'ai saisi la deuxième chance qui se présentait, conclut-elle d'un ton dégagé.

Frappé par ces paroles, Ryan s'arrêta et l'entraîna vers un banc sur lequel il l'incita à s'asseoir. S'agenouillant devant elle, il prit ses mains entre les siennes et chercha son regard.

— C'est une façon intéressante de voir les choses, dit-il. On n'a pas toujours une seconde chance dans la vie. Toi, tu as pu en faire l'expérience très tôt.

Ryan marqua une pause. Ce n'était pas la timidité qui le faisait hésiter, mais la peur de ne pas trouver les mots adéquats pour ce qu'il avait à lui dire.

— J'ai eu moi aussi le temps de penser à tout ça, dernièrement, reprit-il enfin. Jen… J'ai beaucoup aimé vivre à tes côtés, ces dernières semaines. C'était un bonheur de te voir chaque jour. J'aimerais que tu réfléchisses à la possibilité de rester.

— Tu veux dire… pour toujours ?

— Aussi longtemps que tu le voudras, corrigea-t-il avec un sourire. Je n'ai pas eu le temps de faire mes preuves en tant que père. Tu connais les raisons pour lesquelles nous avons divorcé, ta mère et moi. A l'époque, j'ai tout naturellement rejeté les torts sur elle. Aujourd'hui, je me dis que si j'avais su la rendre plus heureuse, la situation aurait sans doute été différente. Si j'avais passé plus de temps chez nous, si je n'avais pas accordé tant d'importance à ma carrière, elle ne serait peut-être pas allée chercher le bonheur ailleurs.

— Attends un peu ! lança Jen, les yeux ronds. Ne me dis pas que tu envisages de te remettre avec m'man…

Ryan scruta attentivement son visage, espérant qu'une réponse honnête ne viendrait pas réduire à néant l'un de ses rêves secrets. Il savait que les enfants de divorcés pouvaient parfois entretenir ce genre d'espoir fou pendant longtemps.

— Aucun risque que ça se produise, répondit-il. J'espère que tu ne comptais pas là-dessus ?

Jennifer eut une seconde d'hésitation, et ses yeux se firent brumeux lorsqu'elle répondit :

— Au début, peut-être un peu. Mais pour te dire la vérité, je ne vous vois pas du tout repartir de zéro tous les deux. Tu le sais mieux que moi, ton ex-femme n'est pas un modèle de stabilité. Je veux dire… Je l'aime beaucoup, c'est ma mère, mais si tu veux mon avis, je pense que tu as plus de chances d'être heureux avec Liz.

— Liz…

Elle pointa le menton d'un air de défi.

— Tu es amoureux d'elle, p'pa. Ça crève les yeux, et ça fait des semaines que je m'en suis rendu compte.

— Des semaines, hein ?

— Tu ne vas pas nier, au moins ?

Sans lui répondre, Ryan se remit sur ses pieds et lui tendit la main. Puis ils se remirent en route.

— Voulez-vous que je vous dise, mademoiselle Jennifer Paxton ? plaisanta-t-il. Vous êtes un sacré numéro !

— Vous en êtes un autre, cher père…

Une lueur malicieuse dans le regard, elle tourna la tête vers lui et ajouta :

— Et la prochaine fois que nous aurons une discussion sérieuse, tu pourras m'expliquer le truc des petites fleurs et des abeilles... puisqu'il ne m'est encore rien arrivé, côté sexe, comme je te l'ai expliqué.

Ryan se mit à rire.

— Dans tes rêves, oui !

— Ah ! Si je dois vivre avec toi, ce sera ton rôle ! répliqua-t-elle sans pouvoir garder son sérieux.

Dieu, qu'il était bon de rire ainsi ! songea Ryan en laissant son regard s'attarder à l'horizon. Plus aucun nuage ne subsistait dans le ciel, et la journée s'annonçait radieuse, douce et chaude. Tout bien pesé, il avait mille raisons d'être reconnaissant...

— Je t'aime, Jen.

— Moi aussi, papa. Moi aussi, je t'aime...

Elizabeth laissa tomber dans le silence qui baignait la chambre les derniers mots de l'histoire. Jesse poussa un petit soupir de bonheur. *Le Mariage de Dame Araignée* restait leur livre favori à toutes les deux. En souriant, elle le referma et songea que si ce livre avait été écrit pour les adultes, ç'aurait été un roman d'amour : celui d'une belle araignée partant à la recherche du compagnon idéal.

— Et voilà..., dit-elle d'une voix douce en remontant le drap sous le menton de Jesse. A présent, il est temps de fermer les yeux.

— La porte est bien fermée, tante Lizzie ?

Elizabeth soupira, prit sa petite main dans la sienne et la porta à sa joue.

— Oui, ma chérie. La porte est bien fermée. Toi et moi, nous sommes à l'abri dans notre maison.

— Parce que la police a arrêté mon papa, c'est ça ? Il a fait quelque chose de vraiment très mal, et le policier est venu le prendre pour l'emmener dans sa voiture qui lance des éclairs bleus.

Elizabeth sentit son cœur chavirer. Dans le tourbillon qui

avait suivi leurs retrouvailles, elle n'avait pas pu soustraire Jesse au spectacle de l'arrestation de son père.

— Oui, répondit-elle d'une voix ferme. Ton papa a été arrêté parce qu'il a fait quelque chose de mal, Jesse. La loi interdit d'enlever les enfants, même quand ce sont les siens. C'est un grave délit, et quand les adultes commettent des délits, la justice les punit en les enfermant dans des endroits spéciaux.

— Pendant combien de temps ?

« Jusqu'à ce qu'il gèle en enfer » n'étant pas une réponse acceptable, Elizabeth expliqua posément :

— Pendant très longtemps. Tu ne pourras sans doute pas voir ton papa pendant plusieurs années.

— Je ne suis pas triste.

Elizabeth lui caressa tendrement la joue.

— C'est normal, ma chérie. Et tu n'as pas à t'en vouloir pour ça.

— Mais je suis triste à cause de maman.

La gorge serrée, Elizabeth dut attendre quelques secondes avant de pouvoir répondre :

— Je suis triste, moi aussi. Alors, voilà ce que nous allons faire… Nous allons réfléchir à tous les moyens que nous avons de ne jamais oublier ta maman. Nous avons des photos d'elle, et aussi tous les cadeaux qu'elle nous a faits. Mieux que ça encore : nous gardons dans nos têtes les souvenirs de tous les bons moments que nous avons vécus avec elle.

Plongée dans ses pensées, Jesse contempla le plafond.

— Demain matin, quand je me réveillerai, dit-elle d'une voix pleine de sommeil, je vais faire un grand dessin pour maman. Et je collerai dessus des vraies fleurs. Papy Louis me laissera cueillir dans son jardin toutes les fleurs que je veux.

— Papy Louis te laisse faire tout ce que tu veux, hein ? dit Elizabeth d'un ton faussement offusqué. C'est parce qu'il t'aime. Et moi aussi, je t'aime…

— Tu veux que je compte pour toi tous les gens que j'aime ? demanda Jesse, s'apprêtant à se redresser dans son lit.

— Tu peux les compter en restant allongée…

Jesse leva ses deux mains devant elle et compta sur ses doigts.

— Je t'aime toi, j'aime Jennifer, j'aime aussi Papy Louis et Archie.

Fronçant le nez, elle ajouta en prenant Liz à témoin :

— C'est tout ?

— Je ne sais pas, répondit Elizabeth en riant. A toi de me le dire.

— Je crois que j'aime aussi Ryan, reprit-elle avec le plus grand sérieux, parce que Jennifer dit que c'est le meilleur papa qui existe dans le monde entier. Elle me l'a dit, et je lui ai demandé s'il pouvait être mon papa aussi, parce que le mien n'est pas très bien…

Le front ridé d'un pli soucieux, elle tourna les yeux vers Elizabeth et lui demanda d'un air inquiet :

— Tu crois qu'elle voudrait bien partager son papa avec moi ?

Elizabeth éteignit la lampe de chevet pour lui dissimuler les larmes qui coulaient sur ses joues.

— J'en suis certaine, ma chérie. Tout à fait certaine.

Quand Jesse fut endormie, Elizabeth trouva la maison bien trop calme et silencieuse. Elle n'en revenait pas du peu de temps qu'il lui avait fallu pour échanger sa vie de semi-recluse contre une autre où il lui était difficile de se passer de la compagnie des gens qu'elle aimait. Elle gagna son bureau, ouvrit les portes-fenêtres et se glissa à l'extérieur. De cette façon, elle pourrait entendre Jesse si elle se réveillait, ce qui lui semblait peu probable. Au lieu de la traumatiser, l'épisode de son enlèvement et son dénouement dramatique semblaient avoir apaisé ses terreurs enfantines. Bien loin de s'en étonner, Elizabeth était simplement reconnaissante que Jesse et Jen s'en soient sorties indemnes et qu'Austin ne puisse plus nuire à personne, désormais.

Les mille petits bruits de la nuit étaient partout autour d'elle. L'épaule appuyée contre un pilastre, elle prit le temps de les savourer. Le parfum familier de ses parterres de fleurs, et celui plus discret des roses de Louis porté par le vent… Elle éprouvait le même plaisir que d'habitude à les respirer, et pourtant…

Les fenêtres étaient encore éclairées dans la maison de Louis. Lorsque la voiture de Ryan avait débouché dans l'allée, il était sorti sur son perron pour assister au retour des filles. Toutes deux avaient couru vers lui, et il les avait accueillies dans ses bras par une vigoureuse et tendre accolade de grand-père. Et quand son regard avait croisé celui d'Elizabeth et de Ryan, ils avaient pu constater à quel point il était secoué.

Par la suite, malgré la joie qui avait baigné toute cette journée, Liz n'avait pu s'empêcher de regarder régulièrement dans sa direction, lui trouvant toujours le même air triste et mélancolique. Alors, elle avait compris et accepté que son bonheur ne serait pas complet tant qu'elle n'aurait pas fait la paix avec lui.

Elle n'était peut-être plus son amie, désormais, songea-t-elle avec une étrange nostalgie, mais elle avait cessé d'être une enfant abandonnée. Elle était la fille de Louis — la fille de Matthew Walker, corrigea-t-elle aussitôt —, et elle savait qu'il l'aimait.

Pour la première fois depuis qu'il lui avait révélé son secret, elle s'autorisa à ressentir ce que cela lui faisait. Debout dans la nuit, comme il l'était sans doute lui-même, elle explora les possibilités que lui offrait cette relation filiale, sans doute la plus naturelle mais aussi la plus complexe qui soit. Et ce qu'elle ressentait lui faisait du bien, dut-elle reconnaître dans le secret de ses pensées. Tout comme elle avait été comblée en prenant le risque d'aimer Ryan, elle le serait sans doute tout autant en prenant celui de pardonner à son père.

Tournant les talons, elle rentra dans la maison et n'hésita pas plus d'une seconde avant de se rendre dans son bureau. Les mots lui venaient facilement lorsqu'elle s'installait à son ordinateur pour écrire ses livres, mais ce qu'elle avait à écrire ce soir — cette nuit — ne pouvait l'être que de sa propre main. Tout en haut d'un placard, elle alla chercher une boîte au fond de laquelle elle repêcha un très ancien papier à lettres décoloré par le temps, celui-là même qu'elle utilisait, autrefois, pour écrire à ce père qui ne lui répondait jamais. Puis elle s'installa à son bureau et commença sa missive.

« Cher papa…

» Combien ces deux mots me paraissent familiers, même après toutes ces années ! Autrefois, lorsque quelque chose me tracassait, il me paraissait tellement naturel de prendre la plume pour te l'écrire… Mais ce soir, par où commencer ?

» J'aurais aimé accueillir plus sereinement la révélation de ta véritable identité. J'aurais aimé pouvoir me jeter à ton cou en te disant au creux de l'oreille que je ne t'en voulais pas d'avoir gardé le secret durant toutes ces années. Plus que tout encore, j'aurais aimé que tu n'aies pas été forcé de faire le choix que tu as fait. J'aurais aimé savoir que mes lettres te parvenaient et que tu les lisais. J'aurais aimé avoir un jour une réponse — juste une. Mais si tous ces souhaits avaient été exaucés, nous n'en serions pas là où nous en sommes aujourd'hui, n'est-ce pas ? Je me réjouis donc de la seconde chance qui nous est donnée de bâtir cette relation affectueuse et tendre de père à fille dont j'ai toujours rêvé, qui m'a tant manqué… et qui a déjà commencé depuis que nous sommes voisins.

» Je ne sais pas si j'aurais été capable de passer au-dessus de tout cela il y a quelque temps, mais ces jours-ci, j'ai eu l'occasion de mesurer ce qui est réellement important dans l'existence. Ma vie était sage et ordonnée jusqu'à ce que Gina et Jesse viennent tout chambouler. J'aimais Gina comme une sœur. Jamais je ne l'oublierai. Je chérirai sa mémoire autant que sa fille… Ensuite, comme si ce chambardement n'avait pas été suffisant, il y a eu Ryan et Jennifer, Lindsay et Megan… et, pour finir, toi. Soudain, le monde a cessé d'être sage et bien ordonné. C'était le chaos, la passion… mais aussi l'amour. C'est Ryan qui m'a convaincue de laisser le passé reposer en paix, et d'accepter de m'engager dans une vie réelle, faite de hauts et de bas, d'excitation, de dangers, et du bonheur que seule peut apporter une famille. Il a su percer mes défenses et se frayer un chemin jusqu'à moi sans que je voie rien venir. C'est ce que vous êtes également parvenus à faire, toi et mes sœurs.

» J'essaierai d'être pour la fille de Gina la meilleure mère possible. Et pendant que je m'y efforcerai, nous pourrons peut-être surmonter le passé, toi et moi, et ne vivre que dans le bonheur du moment présent. Je t'aime, papa. »

30

Debout dans l'encadrement de la porte du patio, Elizabeth regardait Jesse et Jennifer régaler leurs auditeurs attentifs du récit de leur aventure. Si leur fuite désespérée avait laissé en elles un traumatisme, celui-ci n'était guère évident. En fait, c'était surtout Ryan et elle qui subissaient le contrecoup de ce qui avait failli être une double tragédie. La panique qui s'était emparée d'Austin ainsi que son état mental dégradé auraient pu avoir de bien plus funestes conséquences.

Soudain, elle sentit Ryan s'approcher d'elle, et se laissa aller contre lui.

— Tu énumères tes raisons d'être heureuse ? lui demanda-t-il en suivant la direction de son regard.

Steele s'occupait du barbecue avec Lindsay. Megan et Louis étaient en train de dresser la table du pique-nique. Et Rick Sanchez ne quittait pas Jen d'une semelle.

— Oui, pourquoi ? rétorqua-t-elle avec un regard espiègle. Pas toi ?

L'expression de son visage répondit à cette question mieux que des mots. La terreur de cette longue nuit refluait peu à peu, mais ils n'oublieraient jamais ce qu'ils avaient éprouvé en croyant que les filles s'étaient noyées.

— Tu dois être terriblement fier de Jennifer…

— Et toi de Jesse ! A cinq ans, elle a fait preuve d'une bonne dose de courage et d'un sacré caractère.

Ils regardèrent Jennifer aider Jesse à emplir son assiette, puis lui donner la main pour l'entraîner vers le belvédère en compagnie de Rick.

— Aussitôt que Diane sera rentrée, expliqua Ryan, je lui raconterai dans le détail comment Jen a su faire face à cette terrible situation. Ça devrait suffire à aplanir leurs derniers différends.

Elizabeth lui lança un regard inquisiteur.

— Tu as l'intention de renvoyer Jen chez sa mère, l'année prochaine ?

— Certainement pas ! répondit-il vivement. On en a parlé, tous les deux. Elle sait qu'elle peut rester avec moi aussi longtemps qu'elle le voudra. Je crois qu'elle a compris que ses parents l'aimaient énormément, mais qu'ils n'étaient plus amoureux l'un de l'autre.

En regardant les jeunes gens s'installer pour manger sur le belvédère, Elizabeth songea qu'il était très délicat, de la part de Jennifer, de faire une place à Jesse, alors qu'elle aurait probablement préféré garder Rick pour elle toute seule.

— Je ne pense pas que tu auras beaucoup de mal à la convaincre de rester à Houston, dit-elle à Ryan.

Ryan se mit à rire.

— Tu penses que si elle a envie de rester ici, c'est pour Rick beaucoup plus que pour moi ?

Elizabeth haussa les épaules.

— Quelle femme pourrait résister au charme de deux types aussi adorables ?

Il la prit doucement dans ses bras et plongea son regard dans le sien.

— Si je comprends bien, dit-il, tu me trouves *adorable* ?

— Seriez-vous à la recherche d'un compliment, maître Paxton ?

— Plus que ça. Je te le demande expressément.

— C'est inutile, affirma-t-elle en riant. Tu sais parfaitement que tu es un type bien.

— Bien comment ?

Elle soupira et fit mine d'être exaspérée.

— Sur une échelle de un à dix ?

— Je ne t'en demande pas tant. Je veux juste savoir si je suis assez *bien* à tes yeux pour te faire une proposition qui me brûle les lèvres.

Elizabeth eut l'impression que son cœur s'arrêtait de battre.

— Quel genre de proposition ?

— Le genre qui engage toute une vie. Le mariage.

Elle ne fit pas l'effort de cacher sa surprise et bredouilla, le souffle coupé :

— Eh bien… c'est si… Je veux dire : je n'imaginais pas que…

— Que quoi ? Que j'aurais envie d'épouser la femme que j'aime ?

Il avait raison, songea Elizabeth. Une telle proposition n'avait rien d'étonnant de sa part. Pas plus que son choix de faire sa déclaration à l'improviste, alors que six paires d'yeux étaient rivées sur eux.

Elle s'efforçait encore de rassembler ses esprits quand Lindsay leur fit signe en agitant les bras.

— Venez nous rejoindre ! lança-t-elle. Steele est prêt à mettre le poulet sur le gril.

— Dans une minute ! cria Ryan en retenant Elizabeth par les poignets pour l'empêcher de sortir.

Il l'attira tout contre lui et la fixa une fois encore droit dans les yeux avant de reprendre dans un murmure :

— Ne me dis pas que tu as couché avec moi parce que tu étais désemparée… Une femme telle que toi ne fait pas l'amour sans amour. Je le sais, mais aussi curieux que ça puisse te paraître, j'ai besoin de t'entendre me le confirmer. Il est temps de changer de vie, Liz. Jesse va rester avec toi. C'est une bataille de gagnée, et non des moindres. Mais tu dois savoir maintenant si tu as envie de rejoindre le bataillon des mères célibataires… Tu as su faire le bon choix, autrefois, pour assurer la stabilité de ce petit garçon dont tu ne voulais que le bonheur. Aujourd'hui, te voilà devant un nouveau choix crucial… Epouse-moi, Liz ! Formons une vraie famille, tous les quatre : toi, moi, Jesse et Jen…

Il dut interrompre sa tirade enflammée pour reprendre son

souffle. Elizabeth en profita pour prendre la parole avec un sourire attendri.

— Puis-je dire un mot, maître, ou s'agit-il de l'une de vos plaidoiries ?

— Je ne plaisante pas, Liz. Je…

Elle leva une main pour poser l'index sur ses lèvres et lui caresser la joue.

— Je ne veux pas t'épouser juste pour donner à Jesse un foyer équilibré, Ryan. Cela…

Voyant qu'il s'apprêtait à l'interrompre de nouveau, elle le fusilla du regard et protesta :

— Laisse-moi au moins finir ma phrase !

Il lui répondit par un grognement désapprobateur, mais parut se résigner et garda le silence.

— Si je me marie, ce ne sera pas pour Jesse mais pour moi. Et si j'accepte avec joie ta proposition de mariage, c'est pour la meilleure des raisons. D'ailleurs, tu le sais déjà : je t'aime, Ryan, et je n'envisage même pas de continuer à vivre sans toi.

Soulagé et heureux, Ryan ferma les yeux et demeura un long moment le front posé contre le sien.

— D'accord, murmura-t-il enfin. D'accord…

Après lui avoir donné un baiser à couper le souffle, il déclara :

— Il faut fixer une date au plus vite, et pas question de faire machine arrière ! J'ai déjà trop attendu, et la patience ne fait pas partie de mes qualités principales. Te voilà prévenue…

Puis il lui sourit et sortit sur la terrasse.

En rejoignant ses invités, Elizabeth craignait de paraître rouge et essoufflée, mais, en fait, personne ne remarqua son trouble : ils étaient tous en grande conversation, et leurs préoccupations semblaient tourner autour d'Austin.

— Que va-t-il lui arriver ? demanda Lindsay en déposant sur la table un plateau chargé de cuisses de poulet et d'épis de maïs grillés. La liste de ses méfaits s'est singulièrement allongée…

Non seulement il a violé la mesure d'éloignement qui lui avait été signifiée, mais il s'est rendu coupable de kidnapping. Même si son avocat essaie d'atténuer ses responsabilités en arguant du fait que Jesse est sa fille, il ne pourra nier le fait que Jen, elle, ne l'est pas !

— Tu oublies le principal, intervint Elizabeth en versant du thé glacé dans des verres. C'est lui qui est responsable de l'accident de Gina. Depuis qu'elle a recouvré l'usage de la parole, Jesse nous livre des détails de plus en plus précis sur ce qui s'est passé cette nuit-là. D'après elle, il a embouti la voiture de Gina intentionnellement et à plusieurs reprises. C'est à cause de ça qu'elle a perdu le contrôle de son véhicule.

— Certes, admit Steele en s'essuyant les lèvres avec un napperon en papier. Mais le témoignage de Jesse peut poser quelques problèmes. Elle n'a que cinq ans, et même si nous n'avons les uns et les autres aucun mal à la croire, un jury pourrait se montrer plus difficile à convaincre.

Renonçant à goûter à la cuisse de poulet qui ne se trouvait qu'à quelques centimètres de ses lèvres, Lindsay s'indigna :

— Alors, d'après toi, il pourrait s'en sortir blanc comme neige ?

— Pour l'accident, c'est ce qui risque de se produire, admit Steele avec une grimace de dépit. Par contre, l'accusation de kidnapping est suffisante pour l'envoyer quelques années derrière les barreaux.

— De toute façon, reprit Elizabeth, je ne pense pas que j'aurais accepté de laisser témoigner Jesse à la barre d'un tribunal. Ce serait trop grave pour elle de savoir qu'elle a fait condamner son père pour meurtre : ça pourrait lui occasionner des troubles psychologiques.

— Il ne serait pas condamné pour meurtre, mais pour mise en danger de la vie d'autrui, corrigea Louis.

C'était la première fois qu'il prenait la parole. Elizabeth l'évitait autant qu'elle le pouvait, elle en avait bien conscience. En dépit de ses bonnes résolutions, elle avait toujours du mal à faire la paix avec lui et à lui pardonner ses erreurs passées. Plus d'une fois au cours de cette journée, elle avait senti son regard anxieux et plein d'espoir peser sur elle.

— Son avocat, poursuivit-il, aura beau jeu de prétendre que ce n'était pas un acte prémédité, et qu'il a agi sous l'empire de la passion.

Même si elle comprenait son point de vue, Elizabeth avait du mal à accepter que la passion pût être ainsi désacralisée. La passion, c'était précisément ce qu'elle ressentait lorsqu'elle regardait Jesse dormir dans son lit. C'était aussi ce qui la poussait à écrire des histoires qui faisaient briller les yeux des enfants et qui peuplaient leurs rêves. La passion, c'était ce trésor si rare qu'elle et Ryan venaient à peine de découvrir au fond de leurs cœurs. Mais confondre passion et envie de meurtre était à ses yeux une abomination.

De l'autre côté de la pelouse, Archie se mit à aboyer de toutes ses forces après un écureuil qui devait le narguer. Comprenant qu'il n'était pas près de s'arrêter, Louis se leva de son siège pour aller le calmer. Aussitôt, Jesse laissa derrière elle Jen et Rick pour courir vers lui, sans doute dans l'intention de lui apporter son aide.

En voyant le vieil homme prendre la main que la fillette lui tendait en toute confiance, Elizabeth songea que Jesse ne s'embarrassait pas de questions inutiles. Il lui suffisait de savoir que Louis l'aimait pour répondre à son amour en toute ingénuité…

Lindsay était en train d'exposer ses derniers doutes quand Elizabeth reporta son attention sur la conversation.

— Vous pensez vraiment qu'Austin a *profité* de l'accident pour régler définitivement le problème que Gina lui posait ?

— A cause de sa grossesse ? demanda Elizabeth, tout en piochant une olive dans un saladier. Ce dont je suis quasiment sûre, c'est qu'elle lui a annoncé qu'elle était enceinte, ce soir-là, et on peut se douter que ça l'a rendu fou de rage.

— D'où le départ précipité de Gina, compléta Lindsay. Pour éviter une scène en plein restaurant.

— Et pour épargner à Jesse le traumatisme d'une nouvelle dispute violente entre ses parents.

— Tu penses aussi, reprit Lindsay d'un ton passionné, qu'il était suffisamment hors de lui pour la poursuivre, percuter sa voiture par l'arrière à plusieurs reprises et lui faire perdre le contrôle de son véhicule ?

— Je pense que c'est exactement ce qui s'est passé.

— Et il serait allé jusqu'à l'achever après l'accident ? intervint Megan, une expression horrifiée sur le visage.

Ryan, assis à califourchon sur une chaise, secoua la tête d'un air sceptique.

— Il me semble que vous allez un peu vite en besogne, mesdames… Pour commettre un tel crime, il faut un peu de temps et une bonne dose de sang-froid. Or, nous savons, grâce aux femmes qui ont été ses victimes, que les crises de violence d'Austin étaient toujours explosives et très brèves. Comment aurait-il pu savoir que Gina était grièvement blessée ? Et en admettant qu'il l'ait constaté en arrivant sur les lieux et qu'il ait décidé d'en profiter, où se serait-il procuré une arme ? Sur place ? En retournant à son véhicule ? Et qu'en aurait-il fait ensuite ? Sans compter que Jesse, elle, n'était pas inconsciente, et qu'elle n'a jamais rien raconté de tel.

Steele opina gravement du chef et abonda dans son sens.

— Je crois, dit-il, qu'on ne saura jamais ce qui s'est passé exactement, cette nuit-là. Lors du procès, les débats se focaliseront sans doute sur le kidnapping, qui est, comme je vous l'ai dit, sévèrement puni. Ajoutez à cela le fait que sa carrière est brisée, et vous conviendrez avec moi que justice sera faite.

Il parut hésiter à poursuivre, puis conclut finalement d'une voix rauque :

— L'assassin de ma sœur, lui, n'a jamais eu à répondre de quoi que ce soit. Il a pris soin de ne laisser aucune preuve derrière lui. Résultat : ni mes parents ni mes sœurs ni moi n'avons pu faire notre deuil.

Un silence pensif retomba sur l'assemblée. Les souvenirs traumatisants des jours passés étaient encore bien vivaces, et la mort de Gina ne se laissait pas facilement oublier. Malgré cela, il y avait dans l'air comme un parfum d'allégresse et de gratitude.

Elizabeth, quant à elle, ne comptait plus ses motifs de satisfaction, à commencer par le fait que Ryan l'aimait et qu'un avenir heureux s'ouvrait devant eux. Néanmoins, elle ne pouvait se faire à l'idée qu'il lui avait fallu perdre Gina pour que survienne dans sa vie un tel bonheur. Elle allait devoir apprendre à vivre avec ça, et elle se doutait que ce ne serait pas facile.

Comme d'eux-mêmes, ses yeux se reportèrent sur Jesse et Louis, que suivait un Archie réduit au silence et la queue basse. Comme si elle avait décidé de rattraper le temps perdu, Jesse n'arrêtait pas un instant de parler.

Louis s'assit sur un banc près de la fontaine et la prit sur ses genoux. Sans doute lui racontait-elle son aventure pour la énième fois, mais il l'écoutait avec la même attention et le même sérieux qu'à son habitude.

Puis, comme s'il avait pu sentir les yeux d'Elizabeth posés sur lui, il tourna la tête et leurs regards se croisèrent. Dans le sien, elle lut ce besoin d'être pardonné. Elle ne l'avait encore jamais remarqué, et pourtant, si elle y réfléchissait bien, il devait s'y trouver depuis que Louis était revenu partager sa vie, cinq ans plus tôt. Elle comprit alors qu'il y avait toujours eu en lui une certaine tristesse, et qu'elle seule était en mesure de l'en délivrer. Troublée, elle tourna la tête pour découvrir que Ryan n'avait rien raté de la scène et l'observait d'un air sévère. Placée au pied du mur, elle sentit une grande émotion l'envahir, et son cœur se mit à battre la chamade. La lettre était dans sa poche. Elle y glissa la main, et sentit le papier sous ses doigts. Avait-elle écrit cette lettre pour la lui donner, ou simplement pour elle-même, comme un exorcisme ?

Elle vit Jesse sauter sur ses pieds et bondir pour rattraper Archie, qui venait de repartir en chasse derrière un nouvel écureuil. Elizabeth choisit d'y voir un signe du destin, et se força à se lever. Comme une automate, elle marcha jusqu'à son père, songeant à tous les bonheurs que la vie venait de lui offrir, et dont la petite fille abandonnée qu'elle avait été autrefois n'avait pu que rêver : l'amour, la famille, l'amitié, la justice… Aussitôt qu'elle se trouva devant Louis, elle sortit la lettre de sa poche et la lui tendit.

Une expression de surprise émerveillée se peignit sur les traits du vieil homme lorsqu'il reconnut le papier à motif fleuri. Entre ses doigts tremblants, il étudia l'enveloppe. Au recto, d'une belle écriture appliquée, Liz avait écrit le nom du destinataire : *Juge Matthew Walker.* Et au verso, le nom de l'expéditrice : *Elizabeth Walker.*

Lorsqu'il releva la tête, ses yeux brillaient de larmes contenues.

— Cette fois, dit-il d'une voix tremblante, je te promets de te répondre.

Parce que tout avait été dit, Elizabeth se contenta de lui sourire. Puis elle tourna les talons, et le laissa à sa lecture.

DANS LA MÊME COLLECTION

Par ordre alphabétique d'auteur

MARY LYNN BAXTER	*La femme secrète*
MARY LYNN BAXTER	*Un été dans le Mississippi*
JENNIFER BLAKE	*Une liaison scandaleuse*
MEGAN BROWNLEY	*La maison des brumes*
CANDACE CAMP	*Le bal de l'orchidée*
CANDACE CAMP	*Le manoir des secrets*
CANDACE CAMP	*Le château des ombres*
CANDACE CAMP	*La maison des masques*
ELAINE COFFMAN	*Le seigneur des Highlands*
PATRICIA COUGHLIN	*Le secret d'une vie*
MARGOT DALTON	*Une femme sans passé*
EMMA DARCY	*Souviens-toi de cet été*
SALLY FAIRCHILD	*L'héritière sans passé*
FIONA HOOD-STEWART	*Les années volées*
FIONA HOOD-STEWART	*A l'ombre des magnolias*
RONA JAFFE	*Le destin de Rose Smith Carson*
PENNY JORDAN	*Silver*
PENNY JORDAN	*L'amour blessé*
PENNY JORDAN	*L'honneur des Crighton*
PENNY JORDAN	*L'héritage*
PENNY JORDAN	*Le choix d'une vie*
PENNY JORDAN	*Maintenant ou jamais*
PENNY JORDAN	*Les secrets de Brighton House*
ELAINE KNIGHTON	*La citadelle des brumes*
CATHERINE LANIGAN	*Parfum de jasmin*
RACHEL LEE	*Neige de septembre*
LYNN LESLIE	*Le choix de vivre*
ANN MAJOR	*La brûlure du mensonge*
ANN MAJOR	*Le prix du scandale**

… / …

DANS LA MÊME COLLECTION

Par ordre alphabétique d'auteur

CURTISS ANN MATLOCK	*Sur la route de Houston*
CURTISS ANN MATLOCK	*Une nouvelle vie*
MARY ALICE MONROE	*Le masque des apparences*
NORA ROBERTS	*Retour au Maryland*
NORA ROBERTS	*La saga des Stanislaski*
NORA ROBERTS	*Le destin des Stanislaski*
NORA ROBERTS	*L'héritage des Cordina*
NORA ROBERTS	*Love*
NORA ROBERTS	*La saga des MacGregor*
NORA ROBERTS	*L'orgueil des MacGregor*
NORA ROBERTS	*L'héritage des MacGregor*
NORA ROBERTS	*La vallée des promesses*
NORA ROBERTS	*Le clan des MacGregor*
NORA ROBERTS	*Le secret des émeraudes*
NORA ROBERTS	*Un homme à aimer**
ROSEMARY ROGERS	*Le sabre et la soie*
ROSEMARY ROGERS	*Le masque et l'éventail*
JOANN ROSS	*Magnolia*
EVA RUTLAND	*Tourments d'ébène*
DALLAS SCHULZE	*Un amour interdit*
DALLAS SCHULZE	*Les vendanges du cœur*
JUNE FLAUM SINGER	*Une mystérieuse passagère*
ERICA SPINDLER	*L'ombre pourpre*
ERICA SPINDLER	*Le fruit défendu*
CHARLOTTE VALE ALLEN	*Le destin d'une autre*
CHARLOTTE VALE ALLEN	*L'enfance volée*
SUSAN WIGGS	*Un printemps en Virginie*
BRONWYN WILLIAMS	*L'île aux tempêtes*
SHERRYL WOODS	*Refuge à Trinity*
SHERRYL WOODS	*Le testament du cœur*
KAREN YOUNG	*Le passé meurtri*

* *titres réunis dans un volume double*

6 NOUVEAUTÉS À PARAÎTRE EN FÉVRIER 2007

Composé et édité par les
éditions Harlequin
Achevé d'imprimer en novembre 2006

par

LIBERDÚPLEX

Dépôt légal : décembre 2006
N° d'éditeur : 12492

Imprimé en Espagne